"研究生学术论文写作"丛书

文艺学研究论文写作
案例与方法

◎ 主　编　曾　军
◎ 副主编　苗　田　段似膺　黄雨璇

Paper Writing

上海大学出版社

图书在版编目(CIP)数据

文艺学研究论文写作：案例与方法 / 曾军主编. —上海：上海大学出版社,2022.11
（研究生学术论文写作）
ISBN 978-7-5671-4557-3

Ⅰ. ①文… Ⅱ. ①曾… Ⅲ. ①文艺学—论文—写作 Ⅳ. ①I0

中国版本图书馆 CIP 数据核字(2022)第 198499 号

责任编辑　陈　强　倪天辰
封面设计　缪炎栩
技术编辑　金　鑫　钱宇坤

文艺学研究论文写作：案例与方法
曾　军　主编
上海大学出版社出版发行
（上海市上大路 99 号　邮政编码 200444）
（https://www.shupress.cn　发行热线 021-66135112）
出版人　戴骏豪

*

南京展望文化发展有限公司排版
上海普顺包装印刷有限公司印刷　各地新华书店经销
开本 710mm×1000mm　1/16　印张 25.25　字数 426 千
2022 年 11 月第 1 版　2022 年 11 月第 1 次印刷
ISBN 978-7-5671-4557-3/I·667　定价　62.00 元

版权所有　侵权必究
如发现本书有印装质量问题请与印刷厂质量科联系
联系电话：021-36522998

"研究生学术论文写作"丛书
编委会

主　任　汪小帆

副主任　刘文光　李常品　曾桂娥

委　员　(按姓氏笔画为序)
　　　　　于瀛洁　王廷云　王远弟　毛建华
　　　　　卢志国　田立君　闫坤如　李凤章
　　　　　沈　荟　张勇安　张新鹏　姚　萱
　　　　　姚　蓉　聂永有　黄晓春　曾　军

总序

教育部办公厅《关于进一步规范和加强研究生培养管理的通知》明确指出,研究生培养单位要加强学术规范和学术道德教育,把论文写作指导课程作为必修课纳入研究生培养环节。上海大学积极响应,安排各个学院组织开设相关课程并纳入研究生培养环节,取得良好效果。

为了进一步提升研究生培养质量,上海大学研究生院和上海大学出版社联合策划了"研究生学术论文写作"丛书,作为研究生学习学术写作的指导用书。本丛书内容涵盖文科、理科、工科、医学、经济、管理等多个学科,邀请各学科教授及学术骨干领衔担任主编,并根据学科特点,采用以下两种编纂模式:一是对已发表的高水平论文进行综合分析,归纳出写作要点;二是在已发表的论文案例基础上,论文原作者解析撰文过程和注意事项。这种"案例+方法"的编纂模式,通过论文作者现身说法的方式,从问题意识、论证方法、创新之处等方面揭示论文的成文之道,为研究生提供可参考、可借鉴的学术写作范例。

上海大学老校长钱伟长生前指出,研究生培养分为两个阶段,一个是课程学习阶段,另一个是论文写作阶段。钱校长非常重视研究生学术论文写作能力的培养,他曾经在研究生开学典礼的讲话中指出:"论文很重要。写论文以前,你首先要到第一线找到人家的'肩膀'在哪儿。"本丛书的编纂,践行钱伟长教育思想,探索案例和方法相结合的教学途径,为研究生提供学术研究的"肩膀",为各学科研究生提供学术论文写作的方法指导,也可为青年教师撰写学术论文提供思路启发。

我们真诚地希望使用本丛书的教师、学生以及广大读者对其中存在的问题提出修改意见或建议,交流互鉴,共彰学术。

"研究生学术论文写作"丛书编委会
2021 年 9 月

目录

序言　文艺学研究空间的开拓与创新 ··· 曾　军　1

第一编　文学基础理论的深耕

"文学图像论"之可能与不可能 ··· 赵宪章　1
　　作者手记：作为"理论问题"的文学图像论 ···································· 15
对恩格斯"美学和历史的观点"及其相关问题的再思考 ············· 张永清　18
　　作者手记：换一个角度看问题 ·· 33
"形象思维"的发展、终结与变容 ··· 高建平　36
　　作者手记："形象思维"一词意义之意义 ······································ 60
中国古代文论命题的思维学考察 ·· 张　晶　唐　萌　64
　　作者手记：从思维学角度推进命题研究 ·· 81
东欧马克思主义美学的理论形态及其启示 ··································· 傅其林　83
　　作者手记：文献整理、学术研究与话语表述 ································ 95

第二编　文艺美学思想的深化

系统阐释中的意义格式塔 ··· 周　宪　98
　　作者手记：漫说文学之意义 ·· 125

1

康德审美判断力批判的意义 …………………………… 陈剑澜 127
　　作者手记：关于论证 ……………………………………… 148
生命与意义
　　——论狄尔泰的"体验"概念与间在解释学 …………… 金惠敏 151
　　作者手记：在中国做西学 ………………………………… 171
论生态美学的美学观与研究对象
　　——兼论李泽厚美学观及其美学模式的缺陷 …………… 程相占 174
　　作者手记：建构生态美学的基本思路 …………………… 186

第三编　文化研究空间的开拓

文化研究：学科大联合的事业 ………………………… 金元浦 189
　　作者手记：文艺学的问题意识 …………………………… 205
20世纪七八十年代之交流行歌曲的传播语境与接受效应
　　——以邓丽君为个案的考察 ……………………………… 陶东风 208
　　作者手记：我为什么要研究邓丽君 ……………………… 222
身体表征的现代中国发明：以刘海粟"模特儿事件"为核心 …… 朱国华 226
　　作者手记：事件研究：解放经验事实的理论重构 ……… 243
声音与"听觉中心主义"
　　——三种声音景观的文化政治 …………………………… 周志强 246
　　作者手记：回到声音本身，探索声音之外 ……………… 263

第四编　文艺学研究方法的开拓

"概念的旅行"与"历史场域"
　　——《概念的旅行——西方文论关键词与当代中国》导言…… 胡亚敏 267
　　作者手记：概念旅行中的"旅行" ……………………… 273
文艺评论价值体系建设论纲
　　——兼及重大项目组织和致思方式呈现 ………………… 刘俐俐 276

作者手记：重大项目之"器"如何贯之"道"? ·················· 299
讲故事的人或形式的政治
　——本雅明视角下的赵树理 ···················· 赵　勇　302
　作者手记：看的辩证法 ································· 321
"在汉语中出生入死"
　——"毕达哥拉斯文体"的语言阐释 ················ 吴子林　324
　作者手记：述学文体的革命，是时候了! ················ 361

附　录

导师寄语：观剑识器，操曲知音 ···················· 苗　田　367
学生心得：于文献与实践中，体味理论研究的魅力 ········ 黄雨璇　370

序言　文艺学研究空间的开拓与创新

曾　军*

这本教材的编选受到上海大学研究生院和上海大学出版社共同策划组织的"研究生学术论文写作"丛书项目的资助。感谢学校对研究生培养的重视，尤其是抓住了研究生培养最核心的环节，并提出了具有创造性的解决方案。众所周知的是，在高校从事教书育人的工作最引以为豪的事情之一就是"当导师"，能够教学相长、自成一家、桃李满园、学术传承自然是为师为学的追求目标和人生境界。不过，在指导研究生学习的过程中，如何让同学们能够掌握治学方法、提升思维能力、学会学术表达，却时常成为导师们挥之不去的"梦魇"。从这个意义上说，加强对研究生学术论文写作的指导就非常有必要了。这既需要有"道"，也需要有"术"。所谓"道"就是学科发展、学术研究的理念、精神、价值以及境界；所谓"术"就是撰写学术论文所必备的问题意识、学术规范、写作套路。

研究性的论文写作，是知识生产的重要步骤。因此，其评价的标准不是一般日常上的文辞优美，而是知识上的思想独创。判断一项学术成果到底在多大程度上具有创新性，无外乎三个方面：是否提供了新材料、新观点和新方法。新方法将会改变我们整个学术生态，甚至会是研究上的一种革命。文艺学研究的方法论反思是一个大问题，涉及到文艺学的学术形态、学科属性以及知识创新等多个方面。

一、理论重装：像大师一样思考

文艺学研究致力于探索文学和艺术基本原理、普遍规律和研究方法，并积累

---

* 曾军，上海大学文学院教授。

了大量理论研究文献，如中国的文论、诗论、画论、乐论，西方的诗学、美学、批评理论，等等。文艺学的知识体系即是由古今中外关于文学和艺术的理论成果作为基石而构筑起来的。因此，从事文艺学研究，首要的即是对前人文艺理论与思想的研究。在我看来，研究前人的文艺理论和思想有两种基本方式：一是理论重装，二是像大师一样思考。这也就是巴赫金所说的："不存在任何绝对死去的东西：每一涵义都有自己复活的节日。"①认识和思想永远不会绝对死去，它会有复活的一天。所以，过去的理论即便暂时失效了，但是条件发生变化之后，这些思想可能会被重新激活。

所谓理论重装，就是指一种思想在新的语境里面重新被激活，它的意义会重新被发现。对理论进行阅读、进行研究、进行探讨的过程中其实包含着一种对你所研究的理论的拆散和重装。如同安德烈·莫洛亚在研究普鲁斯特的《追忆似水年华》时所谈到的那样，我们每个读者去读这部小说时，肯定都会觉得漫无边际，会感到自己作为一个理性的读者无法去把握一种非理性的意识。但是莫洛亚认为一旦我们一旦理解了它的结构，便会知道"它在结构上与大教堂一样简单、稳重"②。意识流小说尚且如此，以概念、术语和严密的逻辑推理构筑起来的理论与思想的大厦更易于进行整体把握及理论重装。理论重装有多种方式："原样复原"型，如系统梳理、整体把握亚里士多德的《诗学》体系和句读释义、对康德的"三大批判"思想的见微知著等；"整合重建"型，如从马克思、恩格斯著作中抽取其对文艺问题的相关论述，按照马克思主义理论立场建构"马克思主义文艺理论"；"解构批判"型，如德里达对《斐德若篇》的拆解、20世纪哲学美学对黑格尔体系的批判与超越等③。

所谓像大师一样思考，就是在研究中，不仅认知和理解所研究对象的思想观念，还要学习他们是如何进行理论思考的。我们经常根据一个人研究的是哪位思想家或大师的思想，来判断这个人的学术能力。所以我们在指导自己的学生

---

① 巴赫金：《人文科学方法论》，《巴赫金全集》第4卷，晓河译，石家庄：河北教育出版社1998年版，第392页。

② 安德烈·莫罗亚："序"，《追忆似水年华》，施康强译，南京：译林出版社1989年版，第11页。

③ 正如M.怀特所说的，"几乎20世纪的每一种重要的哲学运动都是以攻击那位思想庞杂而声名赫赫的19世纪的德国教授的观点开始的"。他甚至指出："现在不谈他的哲学，我们就无从讨论20世纪的哲学。"(M.怀特：《分析的时代》，杜任之译，北京：商务印书馆1981年版，第7页)

的论文选题和课题研究时经常会提出明确的要求：应该为自己认真琢磨一位值得与我们对话的大师级别的学者。这位大师一定是与我们情投意合的，是值得我们至少要花费三到五年，甚至更长时间刻苦钻研的。在这个过程中，我们一方面把这位大师一生的学问作为自己思想的一部分；另一方面再用自己的思想去重构这位大师的思想，去学习他是如何来思考问题的。倘若我们随便选择了一个不入流的或者资质平平的学者作为自己的对话者，那么我们很可能会发现，他的思想对于你在智识层面上已经提不出任何更高的挑战了，这种情况就会比较痛苦。因此，选择哪位学术大师来与我们对话，就基本上决定了我们能够在学术研究这条路上走多远。

二、作为学科与作为方法的文艺学

通常来说，一个学科之所以形成，无外乎有相对明确的研究对象以及相对共识的研究方法。以中国语言文学学科来说，中国古代文学、中国现当代文学、外国文学、儿童文学、少数民族文学等无疑是以研究对象来确定自身的；文艺学、比较文学则主要是以研究方法来塑造其学术形象的。因此，文艺学既具有学科属性，也具有方法功能。

作为知识体系，西方的文学理论研究其实有两大学术传统。一个是"日耳曼—斯拉夫"（德国和俄苏）为代表的"原理派"或者称为"科学派"；另一个是英美派，这个"英"不单纯是指英国，而是指广义上的英语世界，也可以称为"批评派"。当然，这样区分还是很粗暴的，只是为了区分两者之间的显著差异。或者具体而言，一个叫文学学，一个叫文学理论。但事实上，它们是同一个问题的不同侧面。就中国的文艺学学科发展来说，也经历了一个从"原理"到"批评"的过程。20世纪80年代时，文艺学这个二级学科下面还有不少三级研究方向，其中首当其冲的就是文学基本原理。但是到了20世纪90年代之后，随着"后学"的兴起，开始出现对前苏联体系、文学本质论等问题的反思。大家的研究兴趣也逐渐开始转向。所以现在我们可以看到，目前整个文艺学界占主导地位的是做中西文论史研究的学者，这就是一个转型的过程。

文艺学作为学科，要求的是建构文艺学的知识体系和话语系统；文艺学作为方法，要求的是为各类文学史、文学现象提供理论视野和分析工具。不过，现在的文艺学学科的发展总体上来说，学科意识强于方法效能。文艺学作为学科门类日渐成为以"内循环"为主的知识生产模式。文艺学学术创新的活动本来应该是来自于对具体的文学史、文学批评研究的理论总结和方法论反思，然后进一步提升文学史研究、文学批评能力的一门学科。但是非常可惜的是，国内的文艺学在发展的过程中，逐渐与文学史研究、文学批评研究拉开距离，越来越将历代文艺理论家及其著作作为了自己的研究对象。所以，文艺学不再以文学史、文学现象作为研究对象，而是以文艺理论家及其理论著作作为研究对象。这就是文艺学研究的"内循环"模式，即就理论研究理论，就概念研究概念。比如说，我们研究罗兰·巴特的符号学理论，本身确实很有价值，但或许更重要的应该是沿着罗兰·巴特的思路去研究大众文化，并在大众文化分析中来发展符号学理论。可惜的是，后续的研究并不太多；即使是有，也只是浅尝辄止，甚至只是满足于成为理论的例证和图解。

与学科有关的另一个问题是，我们逐渐形成了关于文艺学研究的学术形象。因为当我们出去与其他学科进行交流的时候，别人就会问你是哪个学科的，你说你是研究文艺学的，别人就会对你形成一个基本的判断。提及文艺学，我们经常会说它不仅仅只研究文学。文艺学是关于文学艺术的科学，所以"搞文艺学的"不仅要研究文学，还要研究艺术。此外，文艺学不仅要研究文学，还要研究文化。这里的"文化"是什么意思？其实就是伯明翰学派的文化观，是指广义上的文化，尤其是文化的社会学定义，即雷蒙·威廉斯所强调的人类的整体生活方式、斯图尔特·霍尔所强调的"普通的""正在发生的文化"，其关注的问题涉及社会、政治、经济、文化各个方面。文艺学学者还研究媒介，比如笔者这些年就一直在研究视觉文化，还写过关于声音研究、听觉文化的文章。因此，文艺学的内部知识结构其实是一个混合物，其知识体系先后出现了三种来源：第一种是从哲学美学中衍生出来的文学观念，如康德、席勒、黑格尔的相关理论；第二种是从创作理论中提炼出来的文学思想，如浪漫主义、现实主义、现代主义、后现代主义等文艺思潮；第三种是从文学研究和文学批评活动中逐渐形成的文学批评理论和文化批评理论。第三种来源构成了20世纪文论的主潮,其主要特点是大量征引文学之外的各种语言、文化、社会、政治、经济理论,甚至精神分析、自然科学等领域的知识应用于文学现象的分析。特别是文化批评理论将大量的社会理论、经济理论、传播学理论引入文学研究,这就是为什么文艺学现在"面目可憎",让学生望而生畏。因为它的知识变得越来越漫无边际,而且它所涉及到的问题也实在是太多了,甚至彼此之间充满了矛盾和争议。因此,文艺学学科就建立了这样一个非常特别的学术形象:你要成为文艺学的研究者,不仅要拥有哲学家的思想,还要有文学鉴赏家的品位;不仅要懂经济,还要懂政治;不仅要了解传播,还要了解精神分析。这就是文艺学的魅力,同时也是一种无奈。

作为方法的文艺学,也容易导致一个误区,即认为文艺学就是各类文学批评方法。如印象式批评、社会历史批评、形式主义批评、解构主义批评、精神分析批评等。简言之,就是将文艺学研究方法混同于20世纪西方文论的各种批评思潮。比如说,艺术史研究非常重视图像学。而文学研究方法论,比如说文本分析,小说《三体》讲了一个怎么样的故事;比如说作者意图,作者刘慈欣的创作意图是什么?他的科幻观是什么?再比如读者接受,这背后包含了接受美学的问题意识,还有社会历史等维度。但还有一种研究模式——关键词研究。比如《西方文论关键词》《文化研究关键词》等。还有一种研究模式,就是运用研究方法在作品中去印证某个问题,我们进行现当代文学、古代文学研究时经常用生态批评的视角、精神分析的方法来解读作品,要用我所学到的理论去解读所阅读的对象,这是一种基本的方法。这种方法在学术研究初期比较有效,但是如果把它作为一个研究方法其实还是低层次的。略有不同的是理论的应用:理论的应用是把理论置于一个新的问题场域中,在这个过程中反思理论的有效性和理论未来发展的可能性。

三、范式革命,或知识型

文艺学学科要发展、知识要更新,就不能停留在对已有的理论家和话语体系的学习与复述上,就必须要推进文艺学研究方法论的反思与重建。我们通常会习惯于某种研究方法或者批评模式,那么如何才能"走出舒适区",迎接新的问题挑战,推进文艺学的话语创新呢?

举个例子,传播学研究中有一种"海外媒介的中国报道"的模式。假设以《纽约时报》对中国问题的报道作为一个论文选题,研究者会先确定一个时期,比如说1990—2021年,然后把该时段的《纽约时报》中与中国有关的报道全部汇总起来,数据化,再提炼关键词。进而分析,20世纪90年代《纽约时报》中的中国形象是什么?对中国的态度是什么?关心的议题是什么?21世纪以来关心的议题是什么?对中国的态度是什么?然后进行比较,以此呈现出《纽约时报》对中国问题的一个历史性的脉络,最后做出一个总结。这就是一种研究类型,如果把《纽约时报》换成《泰晤士报》《朝日新闻》等等,都可以这样进行研究。研究方法不变,只是换材料、换内容。这就像普洛普研究俄罗斯民间故事时提出来的"功能"与"角色"一样,"功能"没有变,只是"角色"变了。这就是"套路",所有的文章和所有的结论基本可以预期,研究具有可重复性。因此在很多时候,当一位研究者学会了一种新方法,就不再追问方法的合理性的问题,也不再去探讨新方法的可能性问题,而只是认为自己学会了这个方法,就可以去重复生产无穷无尽的论文。

这就是库恩在《科学革命的结构》中命名的"常规科学"。"'常规科学'是指坚实地建立在一种或多种过去科学成就基础上的研究,这些科学成就为某个科学共同体在一段时期内公认为是进一步实践的基础。"[①]"常规科学"意味着研究有固定的研究对象,有关于这个问题的基本假设,有若干条确定的基本原理,而且这个原理一般都很简单。比如说,几何学的公理之一是"两点之间直线最短",后面的研究者在这个公理的基础上去解决问题,他们也很少反思这个问题。只有当常规科学碰到了问题,出现了危机,出现了自身没有办法解决的问题的时候,新的研究方法才有可能出现。这是库恩所说的科学革命的结构。它为我们建构了一个科学发生发展变化的普遍性的规律。科学的发展其实也经历了一个从前科学,逐渐出现常规科学,当常规科学出现危机,然后发生范式的转变,并出

---

① 托马斯·库恩:《科学革命的结构》,金吾伦、胡新和译,北京:北京大学出版社2003年版,第9页。

现库恩所说的科学革命的过程。在这个基础上诞生的新的科学过一段时间又变成了常规科学,这就是新的常规科学。新的常规科学在发展到一定程度的时候,又会出现危机,再次出现范式的转变,然后又诞生更新的科学革命。所以文艺学研究方法论,其实真正要关心的不是前面所提到的大家已经习以为常的批评方法。西方文学批评研究其实是将已有的文艺学研究的方法进行总结和模式化,然后让它变成可复制可推广、可以习得的一种可训练方法。可以说,以前所有的研究基本上都是在常规科学的思路下探讨问题;我们之前所有知识的习得都是在常规科学的模式中。

因此,文艺学研究方法论的研究其实就是看看能不能对我们以前所习以为常的、已经变成常规的文艺学研究方法进行"重装"。再进一步,盯着它们产生的危机,然后来尝试一下,看看有没有可能推动新的范式的形成。乔纳森·卡勒《文学理论入门》中有这样一句话:"理论的本质是通过对那些前提和假设提出挑战来推翻你认为自己早就明白了的东西,因此理论的结果也是不可预测的。即使你无法最终掌握理论,你还是取得了进步。你对自己阅读的内容有了新的理解,你针对它们提出了不同的问题,并且对这些问题的意义有了更清楚的理解。"[①]所以说,你学习了理论,可能没有成为理论家,但是你的思维能力可以肯定地说已经不在原来的水平了,因为你已经不再用原来的那套思维方式在思考了,至少已经知道自己要提出新的问题了。

与库恩的《科学革命的结构》有异曲同工之妙的,是福柯的《知识考古学》。库恩是以自然科学作为研究对象提出"范式革命"的概念;福柯则是以人文研究作为研究对象,或者说把人类的观念作为自己的研究对象,提出"知识型"的概念。但是福柯也强调了自己的考古学与知识思想史之间根本性的区别。这个区别用最简单的话说就是把不连续性、断裂、界限、极限、序列植入了研究思维。也就是说在此之前,绝大多数的研究是基于连续性的。所谓连续性的研究意味着所有的思想都会有源头,然后发生、发展到高潮、低谷,直到消亡。这其中有向前也有退后,包括循环,这些都是连续性的过程。构造了这样的"连续性",一个问题就具备了时间空间之间的联系。但是在福柯眼中,他的考古学是一个非连续

---

① 乔纳森·卡勒:《文学理论入门》,南京:译林出版社2008年版,第18页。

性的、充满断裂的思想发展过程。

库恩和福柯都发现了非连续性在知识生产中的极端重要性。库恩的范式革命的前提就是常规科学出现了危机，所谓新的范式的转换其实是与旧方式的决裂。这也是福柯知识考古学的反思。他们共同关心的是危机、断裂，这给了我们一个非常大的方法论启示。因此，我们如果要研究文艺学研究方法论，就不能够仅仅满足于经验式的、总结式的、描述式的，对既有的知识进行总结、归纳、梳理，然后把它分类，建立一个"框"，把里面全部都塞满，认为什么时候塞满了，研究任务就结束了。我们应该把一个理论放到具体的、历史的、区域的、文化的和它的发展脉络之中去考察。看看这一方法是怎么产生的？它和其他的研究方法之间到底是怎么碰撞的？不同的范式之间是怎样转换的？——这些才是我们真正需要关注的问题。正是在这里，福柯所说的话语及话语实践成为一个非常核心的问题。话语不是我们所理解的术语，话语其实是在我们的使用过程之中、实践之中所形成的。只要话语一出场，那么它肯定就是一个话语实践。而话语体系的迭代和知识型的断裂正是库恩所说的范式革命。

总而言之，对文艺学研究方法论的反思想强调的正是新方法的重要性。学术创新需要新材料、新观点、新方法。前面两点相对容易理解，而且也相对容易去做，真正困难的是新方法。文艺学研究的使命正在于能够在知识生产的方式转换中来推动学术转型。

具体到《文艺学研究论文写作：案例与方法》这本教材而言，我在选编这本文选时也试图回应当前文艺学专业研究生培养中所面临的诸多困惑。其一，文艺学理论资源的驳杂。无论是中国古代文论涉及的各种文论、诗论、词论等历代文献，还是西方文论从古希腊到21世纪的各种哲学美学、创作理论、批评理论，真可谓浩如烟海、无可穷尽。仅就20世纪以来的西方文论而言，除了各种创作理论、美学思潮之外，还有大量来自哲学思潮、社会理论、自然科学等不同学科思想的引进甚至是挪用。其二，理论思维的"中层化"。这也是多年来对文艺学研究思维能力的非常重要的批评，即高不成低不就，既抽象不上去，又具体不下来。理论化表达不如哲学之通透，还常有逻辑之短板；具体化分析不如批评之细密，还时常缺乏文学史在文献上的扎实。其三，研究对象的文论史化，即越来越多的文艺学学者将中外文论史上的学者及其著述作为对象,忽视了文艺学之所以为文艺学,要积极面对文学基础理论、立足当下寻求创新型发展、面向未来致力于新领域的开拓的维度。因此,面对上述问题,破题解惑,也成为选编这本面向文艺学研究生的写作教材的一种动力。

本教材在选编过程中,得到了文艺学专家学者们的大力支持。从 2021 年七八月份开始,我首先组建了由苗田、段似膺两位同事和我指导的博士生黄雨璇共同组成的编写组。大家多次头脑风暴,从不同角度提出对教材的设想和选文的期待。进而,我决定采取"笨办法",全面梳理和回顾 21 世纪以来中国文艺学学科发展历程,铆定一大批已经在文艺学学科发展史上书写出浓墨重彩的重要专家学者和能够在文艺学学科史上留得下来的重要学术成果。接下来,我们再分别与各位专家学者进行沟通,综合专家学者的代表性、学科发展的代表性、编写思路的代表性等多重因素,最终遴选出 16 篇论文。最后,确定入选的专家再结合入选论文写一篇"作者手记",具体内容可以涉及该文的写作背景和问题意识、该文发表后引起的学术反响及学者对相关学术反响的回应以及对文艺学研究生论文写作和学术研究的建议。当然"作者手记"也可以只涉及其中任何一个问题,写法也比较自由,随笔、漫谈均可。其实就是和研究生聊聊天,这样能拉近学生和学者们的距离。

本教材的选编思路最终确定为两个基本原则:一是聚焦 21 世纪以来国内文艺学研究的成果,增加这本教材对于研究生来说的当代性和切身性。笔者是从 20 世纪 90 年代开始读书做学问、逐步进入专业领域的。博士毕业之后先后经历了"文化研究的兴起""学术规范大讨论""文学研究与文化研究之争"等思潮,直到晚近的"数字人文热潮""人工智能美学""元宇宙神话"。而我们所指导的研究生现在已经是 90 后甚至是 00 后"网络原住民"。一代有一代之学术,作为导师,我们既有责任让学生熟悉和了解我们所经历的学术时代,也有义务及时跟进和理解他们正在经历的社会与文化变迁。二是聚焦文艺学的中国声音和中国气派,关注中国文艺学研究新领域的开创、中国化的努力和学术化的典范。经常有一种说法,认为中国改革开放以来的哲学社会科学受西学新潮的影响太大,很多学者只满足于做学术的"二道贩子",照搬、移植西方的学术思想,因而存在

"这一代学者不行"、没有学术原创性等看法。作为这一个时期后半段的亲历者,尤其是整个21世纪以来中国文艺学学科发展的参与者,对此我并不敢苟同。我把"简单否定改革开放以来引进西学的成绩,仅仅用'西化'来概括改革开放40多年的学术发展"的看法命名为"当代虚无主义",认为"孰不知,在'中学西化'的同时,'西学中化'的进程也在同步进行,中国传统文论的现代转换进程也同样构成了当代中国文论的重要力量"①。仅就本教材所选篇目来说,如赵宪章老师的"文学图像论"就是他历经十多年时间开垦的全新的研究领域,并作出"21世纪或将是'文学与图像'的世纪,'文学与图像'或将成为21世纪文学理论的基本母题"的重要判断。再如胡亚敏老师的"西方文论关键词"研究代表了这些年来文艺学研究非常重要的"关键词研究"的学术范式所取得的实绩。金元浦、陶东风老师从20世纪90年代就开始推动的"文化研究"迄今显然已进入文艺学的知识体系,并改变了一代人的学术思维方式。此外,还有本教材特意遴选的两篇文章,一篇是刘俐俐老师为其所承担的重大项目结项的总结报告,从中可以一窥人文学科"有组织的科研"的奥秘;另一篇是吴子林的"毕达哥拉斯文体"的专论,也是其近些年来致力于从"学术文体"的角度摆脱西方学术影响的努力。

为了更好地帮助同学们使用,本教材还做了两个方面的创新:其一是采取典范性论文与作者手记相结合的形式。如同作家的"创作谈"一样,学者的研究也有自己的"学术心得"。作者手记即是以散文、随笔乃至拉家常的方式,将自己选题的来由、运思的过程、学术的反响以及自己对各种反馈所做的回应等如实呈现,由此拉近前辈与后学之间的距离。其二,本教材还增加了"导师寄语"和"学生心得",分别从导师怎么教和学生怎么学两个方面提供路径的指引。

我深知,任何选本都是遗憾的产物。一是可选作者、可选论文实在太多;二是可选择的领域、可讨论的问题也实在太多,难免挂一漏万。好在本教材的编撰是首次尝试,随着教学的展开,我们或许会不断修订、扩容,或者选编第二辑、第三辑。衷心感谢各位专家学者的大力支持,正是在与学者们的广泛交流、深入讨

---

① 曾军:《关于中西文论"对话主义"研究方法的思考》,《南京社会科学》2017年第10期。

论中,教材的编选思路及体例才逐步明晰,笔者也得以在这个过程中重温21世纪中国文艺学辉煌的历史和成就。同时还要感谢与我一起完成选编工作的苗田老师、段似膺老师以及黄雨璇博士。正是凭着对学科的热爱、对学术的热忱以及对学生的责任感,他们才能够不计名利、不较得失、不执己见地共同完成这项不乏新意的工作。

> 第一编　文学基础理论的深耕

"文学图像论"之可能与不可能[*]

赵宪章[**]

摘要：从19世纪到20世纪，文学理论的母题经历了从"文学与社会"到"文学与语言"的蜕变，并且正在朝向21世纪的"文学与图像"渐行渐近。后者作为新世纪之"新学"，参照维特根斯坦的"语言图像论"，可将其命名为"文学图像论"。"文学图像论"认为应当回到亚里士多德"文学是语言艺术"的文学观；文学语象如何外化和延宕为视觉图像，视觉图像在何种意义上可以被言说，以及语言和图像作为人类符号体系之两翼的比较研究，构成了它的基本范畴和方法。不可否认的是，这一"新学"作为跨学科之原创，必然会面临诸多问题和困难；因此，并非所有的构想都可能转化为现实，即使它是合乎逻辑的、有意义的。

关键词：文学；图像；理论

一、一代有一代之"新学"

100年前，王国维曾经感叹"凡一代有一代之文学……而后世莫能继焉者也"[①]，充满了文学的自信与豪迈；100年后的今天，文学的风光不再，我们已经很难说出哪种文体堪称当下之天骄，诗歌？小说？散文？……都不是，因为整个文学的"模样"已经模糊不清；唯有和图像的关系密切、甚或是被图像符号咀嚼过了

---

[*] 本文为作者主持研究的国家社科基金重点项目"文学图像论"（项目编号：12AZW005）的阶段性成果。

[**] 原载《山东师范大学学报（人文社会科学版）》2012年第5期。

[**] 赵宪章，南京大学中国新文学研究中心教授。

[①] 王国维：《宋元戏曲考》自序，北京：中国戏剧出版社1999年版，第1页。

的叙事作品才备受青睐。在这类跨媒介的"新文体"中,"白纸黑字"经过它的反刍已经改变了原有的模样,"文学读者"已经变身为"文学看客"。这就是文学志士们所惊呼的"图像时代的来临"以及"文学命运的终结",深沉的忧虑和无奈溢于言表。可以说,当今之时代,文学和图像的关系复杂多变前所未有,两者的剑拔弩张前所未有,它们之间的痛苦纠结前所未有;令人特别忧虑和无奈的是,此境此势遥遥无穷期,图像对于文学的影响将愈演愈烈,因为一日三变的"技术"就是它的生产力。

更重要的是,在所谓"文学危机"的背后,还有整个人类所面临的"符号危机",那就是20世纪下半叶电视文化普及以来,人类社会开始经受的图像符号的挑战。这是更深刻、更严峻的危机。美国学者尼尔·波兹曼为此写过一本《娱乐至死》,深刻批判了以电视为代表的图像文化,将其斥之为足以让美国人"娱乐至死"的大众传媒。值得注意的是:波兹曼在20世纪80年代中期写作这本书的时候,互联网还没有进入日常生活,所谓"娱乐至死"不过是他的一个隐喻;而在当今的网络时代,"网瘾"所导致的"娱乐至死"已经成为正在发生的血腥的事实①。事实是,包括电视、网络、大众文化在内的所有图像,"娱乐"正是它的符号本质;图像作为最强势的传媒符号,正在迅速而无节制地、强行而不加商量地侵入到包括政治和意识形态在内的每一方寸。在图像符号的强力诱惑下,人类的思考习惯正在逐步丢失,人类的语言能力正在慢慢萎缩。更可怕的是,这种"丢失"和"萎缩"是在不知不觉中进行的,就像青蛙跳进正在加热的温水中,大限将至还浑然不觉。这就是"文学危机"背后的"符号危机",一种涉及人类存在的更沉重和更挠心的危机。人文学术不能在这样的危机面前保持沉默,需要对"语言"和"图像"重新认识,需要对它们之间的符号关系作出有说服力的阐释。于是,在文学的视野中研究这一关系,即文学作为语言艺术与视觉图像的关系研究,也就成了文学理论义不容辞的学术责任。

毫无疑问,对于文学和图像两者关系的认识和阐释必须是历史的、学理的,而不能仅仅停留在情绪判断的层面;进一步说,只有历史的才能是学理的,奠基在历史把握之上的学理分析才是可靠的。因此,在我们正式进入本论题之前,不妨首先在宏观层面回溯整个文学理论的现代进程,再由此出发讨论我们面对"符

---

① 2012年1月31日,台湾新北市一名23岁男子在连续网游23小时之后猝死。警方抵达网吧时,发现他的尸体仍然端坐在电脑前,两手伸长的模样好像仍在一手打键盘、一手握鼠标。"网瘾"所引发的类似意外已经多次见诸报端,屡见不鲜。

号危机"应当如何作为。

我们知道,当年的王国维处于两个世纪之交。就"世界文学"的总体性而言,在他之前的19世纪,显然是一个集中关注"文学与社会"的时代。在那样一个时代,以"真实地再现社会"为己任的批判现实主义成了文学的主流。表现在文学理论方面,就是以法国文论为代表的文艺社会学的兴起。文艺社会学将文艺作为一种社会现象,参照社会学的理论和方法对文艺展开研究,从而得出社会性的结论。"文学艺术是一种社会现象"是文艺社会学最基本的文艺观,也是它研究文学的出发点。从这样一种基本观念出发研究文学艺术,文艺社会学就必然侧重于文艺之社会本质和社会规律的研究。因此,文艺社会学的理论学说多是关于文学艺术的社会性判断,文艺和社会的互动关系是其基本主题。文艺社会学作为一门学科,是文艺学与社会学的汇流;作为一种方法,是从社会学的角度对文艺之社会本质和社会规律的思考①。于是,"文学与社会"也就成了19世纪文学理论的基本"母题"②,侧重文学的价值判断是其主要特点。"文学与社会"之所以成了19世纪文学理论的母题,除批判现实主义这一最直接的文学背景之外,最根本的还是资本主义原始积累所导致的社会矛盾,包括马克思主义、空想社会主义和实证哲学在内的社会思潮则是它的思想资源。

王国维所处的20世纪则是一个集中关注"文学与语言"的时代,或者说"文学与语言"是20世纪文学理论的母题,文学的语言形式是其关注的焦点和出发点。"文学与语言"的母题源自19世纪的形式主义和唯美主义。对于19世纪的社会现实而言,形式主义和唯美主义尽管也是一种抗争或批判,但在当时的历史语境中不可能成为主流话语或核心命题。"文学与语言"之所以跃升为20世纪文学理论的母题,一方面有现代主义、后现代主义文艺思潮作为它的直接背景,另一方面更有索绪尔之后现代语言哲学和符号学的兴起。就整个20世纪来说,意识形态问题已经上升为时代的主要矛盾,在一系列民族冲突、宗教冲突和政治冲突的背后,无一不是意识形态的冲突与对峙,实则是不同意识形态体系之间的对抗与较量。而所谓"意识形态",说到底是一个"表意"问题;而所谓"表意"问

---

① 关于文艺社会学,拙著《文艺学方法通论》(江苏文艺出版社1990年初版,浙江大学出版社2006年修订版)中已有详细阐发,此略。
② 本文所使用的"母题"概念,也可称之为"核心论题",意指某一时代或时期处于主流或核心位置的学术论题,其他论题多和这一论题有着直接或间接的关联,或者说是由这一论题延宕、生发而来的文学理论话题。

题,说到底又是一个语言问题①。于是,语言理论开始兴盛并且引领一代风骚,对于整个人文社会科学都产生了重大影响;于是,文艺创作在语言形式方面更加别出心裁,"反传统"和向文学惯例挑战成了人们乐此不疲的游戏。注重语言形式的创新或"革命",不仅成了20世纪文学的主流表意风格,也成了这一时期文学理论研究的主要选项。

按照这样的思路继续展望"图像时代的来临",我们似乎有理由作出这样的推断——21世纪或将是"文学与图像"的世纪,"文学与图像"或将成为21世纪文学理论的基本母题。如是,王氏"一代有一代之文学"将在另外的意义上被改写,他的文学研究路径也将随之有所改变。例如,仅仅研究《屈子文学之精神》是不够的,还要研究屈子文学与图像的关系;仅仅言说《人间词话》是不够的,还要言说诗词和图像的关系理论;仅仅描述《宋元戏曲史》是不够的,还要描述戏曲戏剧的"语图关系史";仅仅有《红楼梦评论》是不够的,还要对《红楼梦》和图像的关系进行评论。这样,文学研究的空间将被大大拓展,文学研究的路径将产生另外分支,文学研究的学术理想将被重新定义。毫无疑问,这里所展现的是不同于王氏时代的新的学术地平线,可谓不仅"一代有一代之文学",同时,一代有一代之"新学"、一代有一代之文学理论。我们不妨将这一文学理论之"新学"命名为"文学图像论",认为"文学与图像"作为21世纪文学理论的基本母题是可能的。

这就是我们在"世界文学"的视域中所描述的现代文学理论的演变踪迹:从19世纪到20世纪,文学理论的母题经历了从"文学与社会"到"文学与语言"的蜕变,并且正在朝向21世纪的"文学与图像"渐行渐近,可谓"时运交移,质文代变……文变染乎世情,兴废系乎时序"②。"文学与图像"如果真正成了21世纪文学理论的母题,毫无疑问是应和了时代的呼唤和期待,同时也是"图像时代"赋予文学理论走出窘境的"凤凰涅槃"。

二、"文学图像论"的命名理据

"文学图像论"这一命题受到前期维特根斯坦"语言图像论"的启发。维氏在

---

① 关于语言问题为什么跃升为20世纪人文科学的"母题"(核心话题),本人至今没有发现相关研究以便参考。在没有论证的前提下我在此提出这一观点仅供参考,并欢迎方家批评讨论。
② 刘勰:《文学雕龙·时序》,范文澜:《文心雕龙注》,北京:人民文学出版社1958年版,第671—675页。

其《逻辑哲学论》中描述了"语言"和"世界"在逻辑序列上的同型结构,认为可以用"图像"将这种关系一一对应起来。这就是维氏的"语言图像论",又称"图式说"(theory of picture)。"文学图像论"由此取义,认为文学作为语言的艺术,是一种"象思维"的语言,更是经由图像和世界发生逻辑联系。因此,探讨文学与世界的图像性关系不仅应和了现实的呼唤,也是在学术史的正路上沿着维氏的足迹继续前行,确切地说是"借题发挥"以面对我们的问题。

文学与世界的图像性关系一方面表现为文学对于世界的"语象"展示,而不是通过"概念"说明世界;另一方面表现为语象文本向视觉图像的外化和延宕,文字和文本造型、诗意画、文学插图、连环画、文学作品的影像改编等就是这种外化与延宕的结果。因此,文学图像论所直接面对的就是阐发作为语言艺术的文学与视觉图像之间的逻辑关系。就此而言,尽管此前并没有"文学图像论"这一命题,但是,关于文学(语言)与图像的关系研究,却古已有之、中外有之。例如诗与画,从古希腊开始,西方哲人就注意到两者的关系,所谓"画是无声诗,诗是有声画"(西摩尼德斯)、"诗如画"(贺拉斯)等①就是西方先贤留下来的经典名句。中世纪的阐释学和圣像学同时并存并曾有激烈论争,则是语言和图像两种表意符号相互矛盾的最初较量。启蒙运动时期以温克尔曼和莱辛为代表的诗画关系论争延续了西方学界对于这一问题的关切,至今仍有重要影响。20世纪西方语言哲学、图像学和符号学,围绕"词语、图像、意义和世界",涉及大量语言与图像关系方面的论题,从而成为文学图像论的重要参照。需要特别指出的是:由于汉字构型、汉语文化和汉语思维的特殊性,使汉语(文学)与图像的关系在中国语境中尤其密不可分、复杂多变,积累了更加丰富的学术资源。所谓"图书关系""名实关系""言象意关系""诗画关系""形象思维"和文学的影像改编之类,就是中国文艺理论史上关于文学与图像关系的理论批评。

值得注意的是:近20年来,特别是21世纪以来,文学与图像关系的研究进入了一个新的视域,那就是面对"文学遭遇图像时代"的现实境遇,探讨文学在"图像时代"的生存策略和未来命运。例如金惠敏的《图像的增值与文学的当前危机》、高建平的《文学与图像的对立与共生》等,具有鲜明的现实关怀和强烈的

---

① 西摩尼德斯(约前556—约前468)的这一观点见于罗马时期希腊作家普卢塔克(约46—119后)的转述,见《欧美古典作家论现实主义和浪漫主义》(一),北京:中国社会科学出版社1981年版,第56页。贺拉斯"诗如画"的观点见于他的《诗艺》,原文是:"诗歌就像绘画:有的要近看才看出它的美,有的要远看;有的放在暗处看最好,有的要放在明处看,不怕鉴赏家敏锐的挑剔;有的只能看一遍,有的百看不厌。"见亚里士多德《诗学》、贺拉斯《诗艺》合订本,杨周翰译,北京:人民文学出版社1962年版,第156页。

文艺学研究论文写作：案例与方法

忧患意识，从而将这一研究推向了文学基本理论的学术前沿。另一方面，由于面对"图像时代"的文学与图像关系研究刚刚起步，侧重价值判断或情绪化的表述也就难以避免，从而为深层的学理探究留下了十分广阔的空间。这就是文学图像论所要着力拓展的方面，即在基本理论的层面探讨文学与图像的学理逻辑——文学如何在"图像时代"使"世界被把握为图像"①，从而为阐释文学与图像的当下关系提供理论参照。

"文学图像论"尽管取义于维特根斯坦的"语言图像论"，但是并非完全相同，两者并不存在"对译"关系，只是借此表达"文学与图像"研究这一母题的要义。众所周知，后期维特根斯坦又提出了"语言游戏论"，似乎是对"语言图像论"的否定和超越。实际上并非如此，"语言图像论"和"语言游戏论"不过是一种相反相成的关系，两者共同成就了维氏的语言哲学，辩证地揭示了语言符号这枚"硬币"的两面——这是一个不可分割、也无法分割的整体。就此而言，"文学图像论"作为一个中性概念更是这样：文学作为语言艺术，对于世界而言既有再现或表现的一面，也有游戏或解构的一面，两者共同建构了它和世界的逻辑关系。相对语言与世界的图像性关系而言，文学与世界的图像性关系更加复杂而深刻，在某些方面甚至是难以言表的。因此，它们之间的关系恐怕不仅仅只是"两面"，有可能纵横交错、若隐若现，具有"多面"或"无穷面"也是可能的。这是因为，一方面，由于"图像"符号的介入，使文学作为语言艺术的内部关系发生了裂变和重组；另一方面，由于图像进入了"文学"这一异域，图像作为符号本身也可能发生裂变和重组；而"文学图像论"所要探究的，则是这两种经历裂变和重组的符号之间的关系，以及它们凝定为"新文体"之后和世界所发生的"新关系"。

不可否认，以往的文学理论在文学之"象"方面多有论及，特别是在文学意象和文学形象方面的研究相当丰富，但那只是局限在文学作品本身；而文学作为语言艺术之"象"，如何延宕为观看之"像"，除莱辛的"诗画异质"和我国古代的"诗画一律"之外，并未有更多、更深刻的研究和理论拓展。尽管这些古代经典理论很有启发性，是文学图像论的宝贵学术资源，但是，用来解释当下文学所面临的问题显然力不从心。道理很简单：无论是莱辛还是中国古代先贤，都未经历我们今天所面临的"图像时代"及其所引发的"文学危机""符号危机"；而这恰恰是

---

① 海德格尔：《世界图像时代》，《林中路》，孙周兴译，上海：上海译文出版社2004年版，第91页。

文学图像论最重要的立意和最根本的学术立场。

可见,"文学图像论"并非是在名称和概念上玩花样,也不是在刻意追逐什么学术时尚,而是一种背靠历史、立足现实、面向未来的"新学"。它在传统"文学意象论"和"文学形象论"的界域之外确定了"图像"这一新的参照物,以便在"文学语言"和"文学图像"的对话中重新认识自我、发现"新我"。对于文学理论而言,这显然是一个新的视域和新的话题。因此,"文学图像论"的未来可能伴随许多困难和困惑,我们今天无法判断它究竟能走多远,但是有一点是可以肯定的:它行走在了文学理论之学术史的正路上。

三、"文学图像论"的文学观

"文学图像论"作为文学理论之"新学",首先需要在文学观的层面确定自身的合法性。在我们看来,回到亚里士多德"文学是语言的艺术"这一简单、素朴的文学观尤其重要。"文学是语言的艺术"尽管不是亚氏的原话,但却是他在《诗学》开篇所明确表述的思想①。亚氏之后,各种文学观或文学定义层出不穷,后学们赋予了它太多的枝蔓后反而变得模糊不明,但是有一点是肯定的:亚氏之后的任何定义,至今没能否定或颠覆他对文学的这一总体把握。这就是"回到亚里士多德"的理由,目的在正本清源、去芜存菁,还原理论的清明和本色。因为"把简单的问题复杂化"并非理论的品格;理论作为抽象概括,"把复杂的问题简单化"才是它的理想境界。

如是,"文学图像论"应当系统检讨既往的、仍在影响着我们的各种文学观。其中,阿布拉姆斯的"文学坐标系"无疑对我国新时期文学理论产生了重大影响,也可以说是新时期以来最具影响力的"文学定义",甚至成了很多"教材体例"或"理论体系"不能回避的参照。但是,稍微细心的读者不难发现,阿氏在《镜与灯·导论》"批评理论的总倾向"中所提出的这个观点,只是为其"浪漫主义文论及批评传统"(《镜与灯》的副题)确定一个言说的方位,并非在"世界文学"的层面为文学整体所提出的定义,至少作者的主观意图如此。如果这一判断大致没错

---

① 亚里士多德《诗学》开篇提出文艺的摹仿本质后,紧接着便从"媒介""对象""方式"三个方面区别了摹仿的差异性,并进行了具体分析。在他看来,由于摹仿的媒介不同,例如有的用颜色或姿态,有的用声音或语言,于是便产生了画家、雕塑家、音乐家或诗人等。也就是说,亚氏是用"语言媒介"来为诗歌定义的,其中就蕴含着"文学是语言的艺术"这一思想。

的话,那么,文学作为语言的艺术,"语言"和"艺术"才是文学的"血亲",而所谓"作者""读者"和"世界"三要素只是它的"邻里"。如果考虑到上述"三要素"同样环绕在语言作品和艺术作品的周围,那么,将这一"纵向轴"同阿氏的"平面坐标"整合起来,也就生成了一个新的"立体"结构(如下图)。

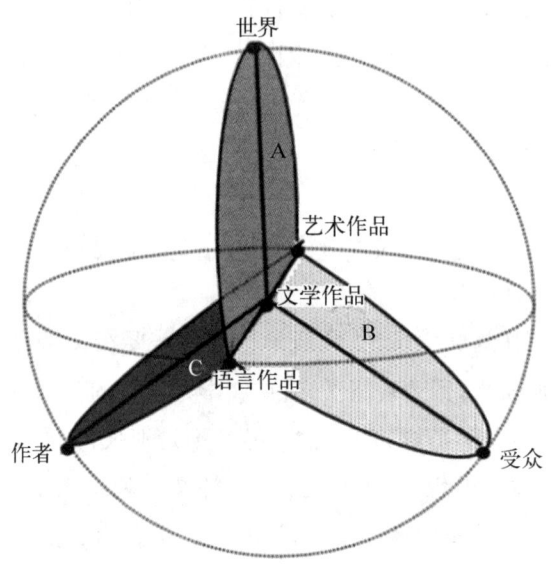

在这一新的立体结构图中,阿布拉姆斯的"文学坐标系"居于中间部位,"语言作品"及其与"作者""受众"和"世界"三要素构成的平面图位于它的前方,"艺术作品"及其与"作者""受众"和"世界"三要素构成的平面图位于它的后方。将这三个平面图"缝合"在一起,也就生成了一个酷似球体的新的关系结构图。这才是相对完整的文学观念系统,即由亚里士多德的文学观所引申出来的文学观念系统。这个基于亚氏文学观的文学结构系统,就是"文学图像论"应当坚守的"球体文学观",也是文学与图像关系研究的重要理据——文学作为语言艺术就是语言的图像化,语言的图像化就是语言艺术化的主要表征;这也就意味着,文学作为语言艺术,必然是通过"语象"而不是通过"概念"和世界发生联系①。因此,所谓"文学图像",就是艺术语象的外化、流溢和新的生成,其间的逻辑关系就是文学图像论所要研究的对象。

---

① 语言的图像化就是它的虚化和艺术化,从而成就了文学之为文学而不是一般的语言作品。关于这一问题,本人已在《语图符号实指和虚指》(《文学评论》2012年第2期)进行过论述,恕不在此赘述。

由此反观韦勒克否定文学与美术之间的比较研究,不仅和其"语言本体论"相抵牾,而且在学理上也是不能成立的。韦勒克在他和沃伦合著的《文学理论》中将文学研究划分为"外部研究"和"内部研究",这是他最有影响力的学术观点之一。但在我们看来,这种划分似有"走回头路"之嫌,因为早在20世纪初,俄国形式主义就否定了"内容与形式"两分法,确定了语言形式的文学本体论。韦勒克可能是为了进一步凸显语言形式的意义,将文本之外的文学研究,包括思想史的、社会学和心理学等方面的研究方法一概斥之为"外部",其中包括文学和其他艺术之间的关系研究。在他看来,文学与美术的关系研究"是一种毫无价值的平行对照",所谓"诗如画""雕刻似的"之类术语只是一个"朦胧的暗喻",意谓诗歌可以在某种程度上传达类似绘画或雕刻的效果,"但我们必须认识到诗中的清冷和接触大理石的感觉,或者和从白色联想到的感觉是完全不同的;诗中的宁静与雕刻中的宁静也是完全不同的"[①]。令人不解的是,韦氏又没有全盘否定文学和其他艺术之间的联系,因为这种联系显而易见、人所共知。既然这样,他为什么断定研究两者的关系"毫无价值"呢?韦氏解释说是因为找不到"各种艺术可以进行比较的共同的因素","没有进行各种艺术间比较的任何工具"[②],所以它们之间的比较研究才是不可能的。这就使韦勒克陷入了自己所设置的矛盾:文学和其他艺术的联系是存在的,但是研究两者的关系又是"毫无价值"和不可能的;而"不可能"的原因,只是由于找不到它们之间的"共同因素",不存在用来进行比较的"任何工具"。

在我们看来,韦勒克的困境在于他将"语言本体论"推向了极端,从而陷进了"语言唯一论"的泥沼。而我们所主张的"回到亚里士多德",并不意味着将语言形式作为文学的唯一,文学既然和作者、读者、世界存在密切联系,借鉴各学科的方法研究文学也就是其中应有之义。因此,韦氏所说两者的"共同因素"及其"比较工具",也就不应该限定在语言本身,而应参照社会学、心理学等其他学科的方法,在语言和图像这两种符号之间发现它们的交汇点。文学和艺术的媒介不同,"媒介"层面之间的比较和置换当然无从谈起;但是,不同媒介之间的"统觉"却可以在人的心理层面实现共享,"统觉共享"就是语言艺术和图像艺术相互交汇的

[①] 韦勒克,沃伦:《文学理论》,刘象愚等译,北京:生活·读书·新知三联书店1984年版,第132—134页。
[②] 韦勒克,沃伦:《文学理论》,刘象愚等译,北京:生活·读书·新知三联书店1984年版,第137页。

"公共空间"。如果按照索绪尔的观点,语言的本体存在是在场言说的"声音",并且是一种伴随图像的声音,那么就可以说,所谓"语言"不过是"声音的图像呈现"和"图像的声音表征"。就索绪尔为语言能指所作的这一规定而言,所谓"言说"同时也应该是"图说","图说"本身就蕴含着"言说"。如是,文学和图像在语言本体的层面就存在密不可分的关联,韦勒克否定文学与艺术之间的比较研究不仅和他的语言本体论相抵牾,而且就语言学理论而言也不足为训①。这属于另一种形式的对亚里士多德文学观的背离。

四、"文学图像论"的范畴和方法

文学语言既然是一种"象思维"的语言,即通过"语象"而不是通过概念和世界发生联系,那么,语象和图像的关系也就成为文学图像论的核心问题、元问题。从某种意义上说,这两个相对而言的概念,也是文学和图像关系问题研究的基本理论范畴。

"语象"(verbalicon)本是语义学的术语,"新批评派"理论家维姆萨特首先将其移植到文学理论中,意指文学文本以语言为媒介描写出来的艺术形象,并建议用这个词取代含义模糊的"意象"(image)概念。但是,维氏并未具体阐发"语象"代替"意象"的理由,更没有涉及"语象"和"图像"的关联。这显然是一个十分复杂的难题,需要我们从索绪尔为语言能指所下的"音、像"定义出发,借鉴康德的"统觉"概念和心理学的"通感"理论,甚或参照西方现代哲学的"身体"概念和生理学的某些成果重新探讨。

我们之所以主张将"语象"概念引入文学与图像的关系研究,并和"图像"概念一起构成文学图像论的基本范畴,就在于"象"和"像"存在着自然的语义联系,两者的不同主要表现为前者是心理的、想象的,后者是物理的、可视的。所谓"文学图像",也就是和文学相关的图像,作为作品文本的模仿和外化,一方面源自文学原作,同时也不可能一一对应。一般而言,文学图像是文学原作的筛选或省略,或者是一种变形或变相,等等。无论怎样,文学的图像呈现必定来自作品的语象蕴涵,或者说文学语象是文学图像的生成之源,而"文学的图像化"说到底是

---

① 关于韦勒克否定文学与美术的比较研究,本人已在《文学和图像关系研究中的若干问题》(《江海学刊》2010年第1期)作过分析,恕不在此赘述。关于语言学层面声音和图像的关系问题,本人将有另文专题研究。

"语象的图像化"。因此,文学图像论只有立足于语象和图像的比较,才能发现文学和艺术的内在关联及其互文规律,才能对两种符号的互动及其所重构的世界进行有效阐释。这就需要我们摒弃以往所惯用的"宏大叙事"和"高空作业",通过"文本细读"和"图像凝视"发现和阐释相关问题。

毫无疑问,将语象和图像作为基本理论范畴,从两者的逻辑关联出发探讨文学和图像关系,特别是两者相互模仿的机制,应是文学图像论所涉及的重要内容。例如诗画关系,有一种现象至今尚未受到普遍关注和充分阐释,那就是两者相互模仿的艺术效果问题:大凡先有诗而后有画,即模仿诗歌的绘画作品,例如"诗意画",很多成了绘画史上的精品;反之,先有画而后有诗,即模仿绘画的诗歌作品,例如"题画诗",在诗歌史上的地位则很难和前者在画史上的地位相匹配。即使像李白、杜甫这样的伟大诗人,他们的题画诗也不能和其"纯诗"的成就相提并论;反之,对于他们"诗意"的模仿反倒成就了不少绘画作品。诗画互仿的这一"非对称"效果并不是偶然的,而是普遍存在于语言和图像的相互模仿中。诸如此类的"语图互仿"规律还有很多没有被我们所发现,或者没有得到充分阐释,或者没有在"文学遭遇图像时代"的语境中进行过阐释,需要我们展开细致而深入的梳理和探讨①。这些梳理和探讨说到底无非包括两个方面:一是文学语象如何外化和延宕为视觉图像,或者说语言在何种意义上可以被"图说";二是视觉图像如何被文学语象所描述,或者说图像在何种意义上可以被"言说"。其间,语象和图像的关系显然是必须用心关注的核心问题,将它们称为文学图像论的基本范畴当是学理逻辑使然。

另一方面,文学和图像的关系尽管错综复杂,但是几乎都可以在符号学的层面发现它们的根源。仍以上述诗画互仿的"非对称"现象为例,就是源自语言和图像两种符号的不同功能:语言是一种实指符号,图像是一种虚指符号;实指的所以是强势的,虚指的所以是弱势的。因此,当两者互相模仿或共享同一个文本时,强势的语言符号总是处于主导地位,弱势的图像符号只能充任它的"副号"。这就是诗画互仿之"非对称"现象的符号学根源。如果这一论断可以成立的话,那么,我们就可以解释中国文人画发展到明清,为什么出现了"以诗臆画"的境况,也可以解释我们面对玛格丽特的《形象的背叛》,为什么相信了画面上的语言表述而对烟斗图像产生怀疑。事实说明,只有将文学与图像的关系提升到符号

---

① 详见拙文《语图互仿的顺势和逆势——文学与图像关系新论》,《中国社会科学》2011年第3期。

学的层面进行阐释,借鉴符号学的理论和方法比较语言和图像的异同,才能在根本上解释文学和图像之间的学理关系①。

就此而言,符号学对于文学图像论不仅是一种方法,同时也是研究的对象——文学之"语言"符号和"图像"符号之间的关系,由此进一步发现文学和世界的符号学关系。符号学自从20世纪80年代传入我国以来,应该说已经取得不少进展,特别是在译介和评述西方理论方面成绩卓著。如果说有什么遗憾的话,那就是面对中国本土的意识有待加强。而中国历史文化的特殊性,又决定了我们有自己的传统和问题,所以应当建构具有中国特色的符号学,而不是紧跟人后亦步亦趋或生搬硬套。如果我们将符号学研究放在文学与图像的关系中,或者说以文学与图像的关系为视域研究符号学问题,那么,一种新的"比较符号学"或将产生;如果将这一研究放在中国文学与图像关系的视域中,那么,一个极富民族特色的符号学——"中国(文学)比较符号学"或将呈现于世界学人面前。这个设想之所以是可能的,就在于语言和图像是人类有史以来所创造的最伟大的两种符号,是人类社会最普遍、最具功能价值的两种符号,也可以说它们是人类符号体现的两翼。将二者进行比较研究不仅具有当代意义,而且有益于丰富传统符号学的基本理论,也是符号学自身发展的需要。

五、"文学图像论"之不可能

古往今来,并非如黑格尔所言"合理的"都是"现实的",并非所有"可能的"都可以转化为"现实的",哪怕这些合理的、可能的构想很有意义和价值。文学图像论同样如此,它的合理性和可能性不等于它的现实性,它的现实达成尚需诸多条件和必要的语境。其中,能否回到亚里士多德的文学观是首要问题。

我们所说的"回到亚里士多德",是被落实到具体理论研究的真正意义上的"回到亚里士多德"。它不是一种认可或承诺,更不是一种表态和口号,而是在具体研究中践行亚氏的文学理念。其中,最关键的是将"语言"作为理论研究的出发点,借鉴语言学的理论和方法研究文学。但是,我们的文学研究和文学理论长期以来习惯于"思想史"或称"主题学"的方法,"诗言志""文以载道"是其始终如一和难以割舍的情结,不仅缺乏语言学的知识积累和充分介入,也缺乏对于语言

---

① 参见拙文《语图符号的实指和虚指——文学与图像关系新论》,《文学评论》2012年第2期。

问题和语言本身的感觉①。

语言是什么？语言就像空气,我们须臾不可离开但又感觉不到它的存在,除非空气污染或者我们的呼吸系统出现了问题。这就是语言在惯常生活中的"自动化",也是文学存在的重要理由——只有在文学中,我们才能感觉到语言的存在。因为文学作为艺术"就是使事物陌生化"②,"文学是语言的'突出'"③,于是就有了"艺术的语言"和文学的艺术性。这是文学作为语言艺术不同于一般语言的特殊性之所在。如果没有充分的语言学的知识积累以及厚实的语言经验,缺乏对于语言的敏锐感觉,那么,文学图像论显然是不可能的。

文学图像论既然将文学与图像的关系作为研究主题,也就需要图像认知的理论和技术,这方面也是包括文学理论在内的整个中国文学研究所缺乏的。中国美术史和美术评论理应成为文学图像论的重要参考,但是从总体上说,这类研究至今仍然停留在传统的经验层面;除却它所提供的基本史料之外,很难发现其中有多少理论方面的参照和价值。包括格式塔心理学在内广义图像学应是文学图像论的西方资源,但是这些研究除在技术层面提供了许多借鉴之外,理论方面对于我们而言多有"隔靴搔痒"之憾;因为他们所津津乐道的问题并非我们所最需要的,并且往往就图像论图像,鲜有将其和语言符号相对而言,也不注意在文学的视域中展开比较研究。这可能和西方"语音主义"的思维和文化传统有关,面对"图像时代的来临",他们并不像汉语言文学这样"如临大敌"。总之,文学图像论的建构尚需图像学的理论支持,特别需要"中国图像学"的建构和崛起。否则,文学与图像的关系研究很难抵达自己的学术理想,或者说很难在中国语境中抵达自己的学术理想。

一方面是"语言",一方面是"图像",文学图像论的"跨学科"性质不言自明。当下的"跨学科"似乎成了一种学术时尚,殊不知仅仅将其作为"旗号"者居多,为"跨"而"跨"而已,真正的原创研究寥若晨星,因为对于"跨学科"的理解至今仍是一笔糊涂账。在我们看来,今天的"跨学科"已不同于传统的"文史一家",其中最

---

① 李泽厚提出的中国哲学(美学)应"走出语言"的主张(李泽厚《能不能让中国哲学"走出语言"?》,《文汇报》2011年12月5日)。我们现在需要向他请教的是:中国哲学"进入语言"了吗?语言已经成为中国哲学和美学的"牢笼"了吗?关于这一问题,本人已有论文反驳,参见《现实关怀及其问题——对话中国文学理论未来之走向》,《学术月刊》2012年第6期。

② [苏]什克洛夫斯基:《艺术作为手法》,托多罗夫编选:《俄苏形式主义文论选》,蔡鸿滨译,北京:中国社会科学出版社1989年版,第63—65页。"陌生化"原译"奇特化",有的也译为"反常化",最通用的是前者。

③ 乔纳森·卡勒:《文学理论入门》,李平译,南京:译林出版社2008年版,第30页。

关键的在于能否在不同的学科之间发现新问题,或者说这些新问题只有在不同学科之间才能被发现。这才是真正意义上的"跨学科",或者说这样的"跨学科"才有意义。相反,传统意义上的"文史一家",只是借用不同的学科资源和方法研究同一个对象,这并非真正的"跨学科",或者说并非现代意义上的"跨学科"。真正的、现代意义上的跨学科是将"发现新问题"作为首要标准①。文学图像论就是在文学和图像之间发现了新问题,从而决定了它不同于传统的诗画关系研究。这种不同不仅表现在研究范围的扩容,更在于它是一种直面现实的新学问,这个"现实"就是我们今天所面临的"文学危机"和"符号危机"。就此而言,文学图像论所面对的问题首先在现实中,而不是从书本里抠拉出来的所谓新问题。这一问题只有在语言、文学、图像、符号、社会等不同学科之间才能被发现,其次才能谈到它在学术史和学理逻辑方面的顺理成章。

也就是说,真正的、现代意义上的跨学科,最主要的是要求理论直面现实而不是拘泥于书本,但是这一问题恰恰成了当下中国文学理论最致命的软肋,脱离当下、脱离中国、脱离文学本身和"文学人"的期待,成了最普遍和最难疗救的"流行病"。更可怕的是,对于这种"脱离"越是痛如切肤、咬牙切齿,越有可能"远离"了真正的现实:因为我们对于什么是应该面对的现实仍然一头雾水;有时自以为贴近了现实,实则面对的却是唐吉诃德之"风车"。② 如果不能发现真正的现实,那么,文学图像论显然也是不可能的,或者说它在中国的兴盛是不可能的。

文学图像论作为全新的跨学科之原创,所需要的条件当然不止于这些。但是归结到一点,作为21世纪文学理论之"新学",面临诸多困难和问题是必然的,包括不可能像现行学术体制所要求的那样"大干快上"。实际上,包括文学图像论在内的任何学术原创,最需要的条件是时间和耐心,需要平静的心态和充分的学术自由。这显然和当下的学术体制相抵牾,除非身在体制而又不为体制所困。从某种意义上说,包括文学研究在内的整个人文学术首先是一种人格境界的自我完善,是一种"为己之学";学者只有把学问作为自己的宗教,摒弃一切杂念和身外之物,才有可能走向学术至境。但是,现实却把"为学"和"名利"紧紧地捆在

---

① 笔者此前曾以调侃的口吻谈论过"跨学科"(《匪夷所思"跨学科"》,《文汇读书周报》2010年3月12日),现在的观点有所修正。

② 关于文学理论的现实性问题,可参见笔者和曾军的对话:《现实关怀及其问题——对话中国文学理论之未来走向》,《学术月刊》2012年第6期。

了一起,前者被后者所绑架。如是,文学图像论作为 21 世纪文学理论的母题不仅是不可能的,即使苟延残喘也需要很大的勇气。

——但愿不会不幸而言中。

 作者手记:

作为"理论问题"的文学图像论

"文学图像论"是对"文学与图像关系研究"的重新命名。此项研究古已有之、中外有之,例如"诗画关系"问题;之所以需要重新命名,缘自它在晚近的兴起与"文学遭遇图像时代"密切相关。广而言之,在文学与图像关系的背后,是语言与图像的关系;而语言与图像,乃人类有史以来最重要的两种表意符号,两者固有的和谐、唱和关系在"图像时代"被彻底改变,从而决定了此项研究与古代文人之诗画雅兴大不相同,它是通过"文图关系"追问"语图关系",从而赋予该论域以深切、现实的人文关怀。

在这样的背景下,本文基于已有研究,面向中国、借鉴西学,对晚近以来的文学与图像研究进行了宏观描述、理论概括和未来展望,类似一部大书展开之后首先映入眼帘的"导语"。此文发表之后,文学与图像关系研究的热情进一步增强,现已经涉足文学和艺术的各个论域,各种课题立项越来越多,优秀成果也层出不穷,整个研究步步深入、方兴未艾,验证了本文所讨论的理论、观念和方法等是有效的。例如,在本文思想指导下编撰的多卷本《中国文学图像关系史》(本文是该书"总序"),于 2021 年荣获国家新闻出版署颁发的"第五届中国出版政府奖(图书奖)"。如果说文学与图像关系研究开辟了一个新论域,成功地验证了文学和艺术的跨学科研究,为固有的学科"扩容"做了新的有益尝试,那么,《"文学图像论"之可能与不可能》就是这一新论域、新尝试的新宣言。

需要说明的是,"文学图像论"有广、狭两义之分:广义指"文学遭遇图像时代"背景下整个"文学与图像"研究,狭义仅指文学与图像关系的理论研究。前者以"史"为主,后者以"论"为主。当然,史中有论、论中有史,史论结合是整个文学与图像关系研究的特点。就文艺学专业而言,近年来以此为题的本科生、研究生论文都有不少,多是以史为主,包括文学作品与其插图研究、文学插图艺术家研究、文学与图像关系断代史研究等。其次是以论为主的论文,一般撷取文学与图像(或语言与图像)中的某一问题展开;此类研究不仅要求具备一定的文学图像史知识,而且也应具备较强的理论修养,所以较难驾驭。特别是对于初涉该领域的学生,不建议选择后者。

无论是否研究"文学与图像",无论是学士、硕士或博士论文,甚或一般学术研究,相对其他学科而言,文艺学有自己的特点。把握好文艺学的特点,对于提升研究水平不无裨益。现就自己的经验谈两点体会。

一、我在应教育部之邀为研究生"导学"所写的条目中做过这样的表述:王国维所谓"学无古今中西"对于文艺学而言再适合不过了。这并不是说文艺学是一个大杂烩,而是说它是以理论为研究对象,古今中西的文学史只是它的材料。所谓以理论为对象,就是以"理论问题"为对象。因此,文艺学研究生的基本素质首先应有"问题意识"。诸如文学从哪儿来?会到哪儿去?它是什么或不是什么?它的意义和存在、批评和鉴赏,及其与语言、艺术、心理、文化、社会、政治的关系怎样等,都可以纳入文艺学的框架进行思考。这就需要学生兼具"形而上"和"形而下"两方面的知识结构。"知之者不如好之者,好之者不如乐之者",对于"理论问题"没有兴趣的学生最好不要选择这一领域。一旦选择了这一领域,就要考虑如何做一个实在的而不是空头的理论家。所谓"实在的理论家"就是要立足中国立场、面对中国文学现实,"古今中西"皆为我"拿来主义"的对象,而不是傍人篱壁、拾人涕唾,满足于做前人和他人的"传声筒"。要做到这一点的前提是先把前人和他人搞懂,特别是把"古今中西"的经典搞懂,因为"理论问题"不是他人赠送给你的,而是需要自己发现的。总之,勇于持异而又持之有据才是文艺学研究必备的品格。

二、文艺学既然将"理论问题"作为研究对象,那么,怎样养成"问题意识"并能善于发现问题呢?这就要搞清楚"问题"的来源:一是历史文献,一是现实活体,两者缺一不可。就前者而言,包括文艺学在内的人文学术需要阅读大量历史文献,如前所述。没能发现问题,或没能发现更有意义的问题,首先在于文献阅读量不够,因为"问题"就隐蔽在既往的文献中;文献阅读量足够,"问题"就会自然彰显。就后者而言,人文学术的"问题"不仅隐藏在文献中,还活生生地表征在现实中,在你耳闻目睹、身陷其中的环境中;关键在于自己是否用心——用发现问题的心思去思考周围的一切。鉴于以往重视文献而忽略现实的状况,我们现在应当特别强调后者,即提倡在文学现实、文学现象中发现问题,反对"本本主义"。实际上,上述两方面可以互相补充、交相印证。文学与图像关系研究之所以能够蓬勃兴起,就在于这一"新世纪的新学问"既有丰富的文献资源,又有强烈的现实感,两方面实现了较好的互补、互证:丰富的文献资源说明它是传统的延续,不是任意而为;强烈的现实感使其平添了创新的活力,没有误入"掉书袋"的歧途。

对恩格斯"美学和历史的观点"及其相关问题的再思考*

张永清**

摘要：通过具体分析"观点"与"方面"等关键词的翻译与理解，考察恩格斯"歌德论"与"歌德论战"各方观点之间的关系，重新思考恩格斯在"《济金根》问题"中的角色与功能。本文认为，正是现实和理论的双重需要使得"美学和历史的观点"及其相关问题在20世纪80年代初成为中国马克思主义批评理论的基本问题。

关键词：美学和历史的观点；历史唯物主义；马克思主义批评

恩格斯"美学和历史的观点"及其相关问题①堪称中国马克思主义批评理论界的专属研究对象，这与其在国外马克思主义研究中的缺席形成了强烈对比②。该研究对象虽不是中国马克思主义理论话语的热点，却始终是其难点；虽未曾居

本文为中国人民大学科学研究基金（中央高校基本科研业务费专项资金资助）项目"马克思主义批评理论"（项目编号：2013030283）的阶段性成果。

* 原载《外国文学评论》2016年第4期。

** 张永清，中国人民大学文学院教授。

① 为便于行文，本文依据恩格斯写作的先后顺序把1847年问世的《诗歌和散文中的德国社会主义》简称为"文本一"，把恩格斯于1859年5月18日致费迪南·拉萨尔的信简称为"文本二"，把它们合称为"两个文本"。尽管"文本一"中"美学和历史的观点"这一表述与"文本二"中"美学观点和历史观点"这一表述略有差异，但若无专门讨论的必要，就统称为"美学和历史的观点"。

② 本文所指的国外马克思主义大体包括：以梅林、普列汉诺夫等为代表的第二国际的马克思主义，以卢那察尔斯基、里夫希茨等为代表的"苏联的马克思主义"，以卢卡奇、葛兰西、法兰克福学派、伯明翰学派等为代表的"西方马克思主义"，以伊格尔顿、詹姆逊等为代表的当代英美马克思主义，等等（详见李中一《谈谈文艺批评的"历史观点"》，《求是学刊》1985年第4期）。马克思、恩格斯论文学艺术的"五封书信"（"文本二"是其中之一）在20世纪30年代初刊出后，国内即就展开了对现实主义、革命悲剧、莎士比亚化等问题的相关研究，但从未关注过其中的"美学观点和历史观点"这一问题，一直到20世纪80年代初，该问题才与"美学和历史的观点"一起作为马克思主义的文艺批评标准问题在国内学界被明确提出。关于该问题背后的"八十年代现象"，详见崔柯：《如何理解"美学和历史"的批评——论马克思主义经典作家的文艺批评标准与方法》（《文艺理论与批评》2014年第6期）。至于国内外研究何以形成这种强烈反差，还需专文对此问题进行深入探讨，本文暂不论及。

于问题研究的前沿领域,却一直处在基础地位。不可否认的是,关于当初提出该问题的现实必要性与理论正当性,当代国内马克思主义理论研究界不乏质疑之声①,甚至觉得对该问题的当下研究也是毫无意义的重复讨论。本文认为,中国马克思主义批评理论的创新也可以表现为对相关研究存在的诸多问题进行再思考,使其真正成为构建马克思主义批评理论"中国形态"的不可或缺的思想资源。

关于恩格斯"美学和历史的观点"及其相关问题,已有相关研究中存在以下五种主要研究路径与问题取向:其一,从批评的本质出发,把"美学和历史的观点"定义为标准说、规律说、原则说、观念说、方法说、理想说、不平衡说这七种主要类型②;其二,从批评的内涵维度,把"美学和历史的观点"阐释为形式和内容、内在和外在、合力与分力这三种有机融合的总体性存在③;其三,从批评的内在关系入手,把"美学和历史的观点"理解为在辩证统一基础上的"历史优先"与"美学优先"这两种彼此对立的互动模式④;其四,把批评的哲学基础作为探究"美学和历史的观点"的理论重心⑤;其五,把黑格尔、别林斯基、恩格斯三者之间的思想渊源作为剖析"美学和历史的观点"及其相关问题的主要方面⑥。通过对"两

---

① 参见包永新:《坚持政治标准与艺术标准相统一的文艺批评标准——学习毛泽东文艺思想紮记》,《延安大学学报(社会科学版)》1981年第4期。
② 关于标准说,详见李衍柱《坚持美学观点和历史观点统一的批评标准——学习马克思恩格斯文艺思想札记》,《山东师院学报(哲学社会科学版)》1980年第5期;董学文《马克思文艺批评方法的本质特征》,《华中师范大学学报(人文社会科学版)》2013年第4期。关于规律说,详见纪怀民《马克思主义文艺批评规律琐议——学习马克思、恩格斯有关文艺批评论著的体会》,《文学评论》1981年第6期。关于原则说,详见王启和《对恩格斯的文艺批评"标准"的一点理解》,《湖北大学学报(哲学社会科学版)》1987年第2期。关于观念说,详见陆贵山《对恩格斯的"美学的历史的观点"的再理解》,《文艺争鸣》1988年第2期;吴晓平《美学的观点不仅仅是一种批评标准》,《浙江师大学报(社会科学版)》1995年第4期。关于方法说,详见黄文敏《马克思主义文学批评标准与西方现代派文学》,《广州大学学报(综合版)》1996年第1期。关于理想说,详见金永兵《"美学观点和史学观点"的整体性——无产阶级美学理想再认识》,《首都师范大学学报(社会科学版)》2012年第2期。关于不平衡说,详见丁国旗《论"美学和历史的"标准的不平衡性》,《理论学刊》2013年第12期。
③ 详见吴德辉《美学和历史观点的批评——学习马克思恩格斯对〈济金根〉的评论》,《昆明师范学院学报(哲学社会科学版)》1982年第1期;唐正序《文学批评的美学观点与历史观点》,《四川大学学报(哲学社会科学版)》1995年第2期;宋建林《文艺批评标准刍议》,《北京社会科学》1996年第1期。
④ 详见张春宁《正确理解恩格斯的文艺批评标准》,《社会科学战线》1982年第4期;范道桂《关于美学的历史的批评》,《云南师范大学学报(哲学社会科学版)》1986年第5期;李中一《青年恩格斯文艺批评三题》,《华中师范大学学报(哲学社会科学版)》1992年第1期。
⑤ 详见薛纯华《美学观点和历史观点的统一——学习马克思、恩格斯的文艺批评理论》,《吉林大学社会科学学报》1983年第2期;王常新《美学和历史的统一观——谈马克思主义的批评标准》,《华中师范大学学报(哲学社会科学版)》1987年第4期;王善忠《由恩格斯评价作品的"最高的标准"想到的》,《文学评论》1992年第2期。
⑥ 详见罗漫《论恩格斯的"美学观点和历史观点"师承于黑格尔》,《中南民族学院学报(社会科学版)》1987年第3期;卢铁澎《"美学观点和历史观点"探源》,《首都师范大学学报(社会科学版)》1997年第3期。

个文本"中的关键概念、历史语境等进行再细读,本文将重点关注以下两方面的主要问题:第一,依据德文原文重新审视"观点""标准""历史"这三个关键词在俄文与中文两个译本中的翻译及其意涵,探讨疑难问题的起源与解决办法;第二,研究"美学和历史的观点"形成的社会历史语境及其他重要因素,尽量客观地呈现论争各方的思想概貌。在结尾部分,本文将从理论上尝试回答如何理解和把握诸如"美学观点优先"与"历史观点优先"等问题,讨论缘何唯独中国学界把恩格斯的"美学和历史的观点"视为马克思主义批评理论的有机组成部分,追溯其历史性建构过程。

尽管恩格斯也用英语与法语写作,但"两个文本"是他用母语德语写作而成的。由于《马克思恩格斯全集》的中文第一版是据俄译本转译而非根据德文原文直译而来,俄译本因而充当了德文本与该俄译本的中译本之间的中介。在过去相当长的时间内,国内批评理论界从未质疑过该中译本的准确性,始终把它作为讨论问题的唯一根据,也从未借助过德文本对所涉关键词进行必要的甄别,对问题产生的根源缺乏语言多重转换以及不同社会历史语境方面的考量。因此,本文以比对德文、俄译、中译的相关段落开始讨论。

先请看"文本一":

德文本:Wir machen überhaupt weder vom moralischen, noch vom Parteistandpunkte, sondern höchstens vom ästhetischen und historischen Standpunkte aus Vorwürfe; wir messen Goethe weder am moralischen, noch am politischen, noch am „menschlichen" Maßstab.①

俄译本:Мы вообще не делаем упреков Гёте ни с моральной, ни с партийной точки зрения, а упрекаем его разве лишь с эстетической и исторической точки зрения; мы не измеряем Гёте ни моральной, ни политической, ни «человеческой» меркой.②

中译本:我们决不是从道德的、党派的观点来责备歌德,而只是从美学和历史的观点来责备他;我们并不是用道德的、政治的、或"人的"

---

① Friedrich Engels, "Deutscher Sozialismus in Versen und Prosa," in Karl Marx and Friedrich Engels, Marx Engels Werke, Band 4: Karl Marx und Friedrich Engels Mai 1846 — März 1848, Berlin: Dietz Verlag, 1978, S. 233.

② Ф. Энгельс, "Немецкий социализм в стихах и прозе," К. Маркс и Ф. Энгельс, Сочинения, Т. 4, Издание 2, Москва: Политиздат, 1955, с. 234.

尺度来衡量他。①

再请看"文本二":

德文本:Sie sehen, ich lege einen sehr hohen Maßstab an Ihr Opus, nämlich den allerhöchsten, sowohl nach der ästhetischen wie nach der historischen Seite hin, und daß ich das tun muß, um hie und da einen Einwand machen zu können, das wird Ihnen der beste Beweis meiner Anerkennung sein.②

俄译本:Как видите, и с эстетической, и с исторической точки зрения я предъявляю к Вашему произведению чрезвычайно высокие, даже наивысшие требования, и то, что только при таком подходе я могу выдвинуть кое-какие возражения, послужит для Вас лучшим доказательством моего одобрения.③

中译本:您看,我是从美学观点和历史观点,以非常高的、即最高的标准来衡量您的作品的,而且我必须这样做才能提出一些反对意见,这对您来说正是我推崇这篇作品的最好证明。④

---

① 中共中央马克思恩格斯列宁斯大林著作编译局编译:《马克思恩格斯全集》第4卷,第1版,北京:人民出版社1958年版,第257页。

② Friedrich Engels, "Engels an Ferdinand Lassalle in Berlin," in Karl Marx and Friedrich Engels, Werke, Band 29: Briefwechsel zwischen Marx und Engels Januar 1856 — Dezember 1859, Berlin: Dietz Verlag, 1978, S. 604.

③ Ф. Энгельс, "Энгельс-Фердинанду Лассаль В Берлин," К. Маркс и Ф. Энгельс, Сочинения, Т. 29, Издание 2, Москва: Политиздат, 1962, с. 495.

④ 中共中央马克思恩格斯列宁斯大林著作编译局编译:《马克思恩格斯全集》第29卷,第1版,北京:人民出版社1972年版,第586页。后文出自同一著作的引文,将随文标出该著简称《全集·第29卷》及引文出处页码,不再另注。除该中译本以外,"文本二"目前还有两个中译本,即《马克思恩格斯选集》第4卷(中共中央马克思恩格斯列宁斯大林著作编译局编译,第3版,北京:人民出版社2012年版,第443页)以及《马克思恩格斯论艺术》第1卷([苏]米海依尔·里夫希茨编,曹葆华译,北京:人民文学出版社1960年版,第42页。后文出自同一著作的引文,将随文标出该著简称《论艺术》及引文出处页码,不再另注。为了行文简便,本文把《马克思恩格斯全集》第1版第29卷中的相关段落称为"旧译本",把《马克思恩格斯选集》第3版第4卷中的相关段落称为"新译本",就所引段落看,这两个译本仅有"一字之差",新译本把"美学观点和历史观点"改为"美学观点和史学观点",本文将沿用国内学界更熟悉与常用的"美学观点与历史观点"。相较于这两个版本,俄译版《马克思恩格斯论艺术》的中译本对这一段关键词的翻译更符合俄文原意:"您看,我是从美学的观点和历史的观点对您这篇作品提出非常高的、甚至是最高的要求,而且只有这样我才能提供一些反对的意见,这正是我十分推崇这篇作品的最好的证明。"(《论艺术》:42)

仔细比对以上六个段落,可以发现,不同语种或同一语种的不同译本在关键概念的选择与运用上存在着"观点"与"方面"、"尺度"与"标准"、"历史"与"史学"这三个差异,它们是以往研究很少关注甚至忽略的问题。

首先,"观点"与"方面"之间的差异源于德文本自身。具体而言,恩格斯在"文本一"与"文本二"中分别使用了 Standpunkte 与 Seite 这两个德文词,前者的本义是"观点",其近义词有 Ansichten 与 Auffassung 等,后者的本义是"……侧、面",其近义词有 Aspekte 与 Hinsicht 等。俄译本并未完全忠实于德文本,而是把上述两个德文词统一译为 точки зрения,以 точки зрения 一词翻译 Standpunkte 很准确,但把 Seite 也译为 точки зрения 就不是很恰切,因为前者的"观点"意涵完全覆盖了后者的"方面"之意,这就使得两个德文词之间的区别被一个俄文词抹去。由于最初的中译本是从俄译本转译而来,国内研究者如不查证德文本或许就会误认为德文原著中的表述也不存在任何差异;假如中译本当初依据的是德文本,那么汉语中的"观点"与"方面"就能较为恰切地把德语的 Standpunkte 与 Seite 这两个词语间的差异更准确地表征出来。面对从"文本一"的"观点"到"文本二"的"方面"这一明显变化,国内理论界又该如何解释恩格斯对这两个关键概念的选择与区分?本文将在结论部分对此进行分析与阐释。

其次,"尺度"与"标准"之间的差异存在于俄、汉两个译本中。恩格斯在上引两个文本中始终使用的是 Maßstab 一词,俄译本却选择用 меркой 和 требования 这两个不同的词来翻译它。与此相应,中译本则以"尺度"与"标准"来翻译俄文词 меркой 与 требования,并未做到"完全忠实":把 меркой 译为"尺度"固然很准确,把 требования 译为"标准"就不大符合该词的原意,这是因为 требования 一词在俄语中有"要求"但并无"标准"之意①。因而,即使仅从概念的前后统一性考虑,《马克思恩格斯全集》中文版在翻译"文本一"和"文本二"时也应在"尺度"与"标准"这两个语词中选定一个而非混用。虽然就词义本身看,"尺度"与"标准"在我们的日常生活中确实可以互换互用,但就理论表述的严谨性而言,"批评尺度"与"批评标准"的各自意涵显然存在着明显差异:前者的主观性、自由度色彩

---

① 前注已指出,俄译本《马克思恩格斯论艺术》第 1 卷的中译者忠实于俄译本,将 требования 一词译为"要求"而非"标准"。此外,还可以设想另一种可能性:假如《马克思恩格斯全集》中译本第 1 版选择"尺度"一词翻译俄译本"文本一"的相应概念,像《马克思恩格斯论艺术》中译本那样选择"要求"一词来翻译俄译本"文本二"的相应概念,由此产生的有关批评标准问题的讨论似乎就不复存在。

更浓,后者的客观性、规范性更强。这或许在一定程度上解释了国内马克思主义理论界缘何一直偏好用"批评标准"而非"批评尺度"来概括"美学和历史的观点"及其相关问题的精神实质。

再次,"历史"与"史学"之间的差异则存在于不同的中译版本中。从俄译本对德文词historischen的翻译及《马克思恩格斯全集》中文第1版对俄文词исторической的翻译看,历来的研究者并未就"历史的"这个中文对应词提出过疑义。但是,1995年出版的《马克思恩格斯选集》第2版第4卷将"文本二"的"美学观点和历史观点"改译为"美学观点和史学观点",之后于2009年出版的《马克思恩格斯文集》第10卷及于2012年出版的《马克思恩格斯选集》第3版第4卷中沿用了这个改动①。德文中相当于中文"历史的"的词有两个,即"historistische"和"geschichtliche"。"geschichtliche"这个德文词来源于中高地德语"geschiht"和古德语"gisciht",意为"发生"和"事件",强调历史中究竟发生了什么事情,而"historistische"来源于古希腊文"historia",即"知识",由此可知"historie"语义重点落在了"历史知识"上,而"historistische"的意思则来源于"historismus",意为"历史主义的理解方式",具体到恩格斯的语境中就是"从形成某件事情的历史条件的角度来理解和解释一切现象",而要理解形成某一事情的历史条件,就必须掌握同那个时代相关的历史知识②。或许正是在这个意义上,《马克思恩格斯选集》第2版将"historistische"改译为"史学",至于这一改动将在何种程度上影响学界对相关文本的讨论,因非本文讨论重点,故不赘述。

上述关键词分析仅仅还原出了第一方面问题的本质,还需要对第二方面的诸多问题继续进行辨析,力求重构那些深刻影响了恩格斯这两个文本的社会历史语境及其他重要因素。

先来看与"文本一"关系密切的两大问题域③。其中,第一个问题域主要涉

---

① 详见中共中央马克思恩格斯列宁斯大林著作编译局编译:《马克思恩格斯选集》第4卷,第2版,北京:人民出版社1995年版,第561页;中共中央马克思恩格斯列宁斯大林著作编译局编译:《马克思恩格斯文集》第10卷,北京:人民出版社2009年版,第177页;中共中央马克思恩格斯列宁斯大林著作编译局编译:《马克思恩格斯选集》第4卷,第3版,第443页。
② 在此感谢本文匿名审读专家的相关意见。
③ "文本一"的内容与结构由"倍克论"与"歌德论"两大部分构成,但鉴于"美学和历史的观点"出现在"歌德论"这一部分,笔者就把相关讨论范围严格限定于此。

及"歌德论战"①的历史动因、论战各方主要立场以及恩格斯的态度等主要问题。

"歌德论战"绝非一种偶发现象,而是历史发展的必然,它是由当时的欧洲与德意志的社会历史与现实境遇所决定的。对整个欧洲而言,1789—1848年这一历史时期意味着"不断革命":1789年法国大革命之后,欧洲又经历了希腊革命、七月革命及1848年革命等。对尚未统一的德意志而言,1806年的耶拿战役及1813年的莱比锡战役等意味着民族意识的觉醒与民族情感的迸发。在思想层面,这一历史时期则见证了保守主义、自由主义、社会主义、民族主义等社会思潮的萌生与传播②。在这样的思想政治语境中,文学艺术不可避免地被高度政治化,"即使最不具'意识形态'的艺术家,也都普遍隶属于某个党派,并将为政治服务当作他们的首要责任"③,歌德及其著作也因此经历了不同的解读。

"歌德论战"各方的观点主要有三种:"极左翼"的政治自由主义与民族主义的政治、道德、审美批判;"极右翼"的保守主义与虔信主义的宗教批判;"折中派"的文学自由主义的艺术赞美—政治批判。

沃尔弗冈·门采尔(Wolfgang Menzel,1798—1873)和卡尔·路德维希·白尔尼(Karl Ludwig Börne,1786—1837)是"极左翼"观点的主要代表。1819年,门采尔在其自办刊物《德国文学》(Literaturblatt)上率先从政治、道德、艺术等各个领域全面批判歌德,认为在德意志争取民族自由与解放的伟大时代,歌德却脱离现实、远离人民,转而躲进艺术的象牙塔内,是一个十足的贵族和审美享乐主义者,因此席勒远在歌德之上,歌德不是艺术天才,只是有点才能而已,等等④。但即使像席勒这样曾为自由事业呐喊的诗人在当时也难以避免被苛责的命运,比如,白尔尼就针对席勒在崇高道德理想方面的匮乏而非艺术形式方面的

---

① 在19世纪20—40年代的德意志,各方围绕歌德(1749—1832)及其著作展开了一场大论战,以下简称"歌德论战"。
② 详见罗兰·斯特龙伯格:《西方现代思想史》,刘北成、赵国新译,北京:金城出版社2012年版,第247、273页。
③ 艾瑞克·霍布斯鲍姆:《革命的年代:1789—1848》,王章辉等译,北京:中信出版社2014年版,第310页。
④ 作为自由主义者、民族主义者、道德主义者的门采尔在1828年的文学史著作《德意志文学》中依然延续着此前的批判(详见勃兰兑斯:《十九世纪文学主流》第六分册《青年德意志》,高中甫译,北京:人民文学出版社1997年版,第72—75页。后文出自同一著作的引文,将随文标出该著简称《青年》和引文出处页码,不再另注)。

缺陷对后者进行批判，认为席勒塑造的威廉·退尔绝非"时代英雄"，而是一个性格软弱的伟大"市侩"（详见《青年》：51）。在此境况下，对已被政治自由主义者认定为不支持民族解放伟业的歌德来说，被批判便是可预见的结果。不过，与门采尔不同，白尔尼始终承认歌德是位艺术天才，把批判的边界严格限定在政治和道德领域，未曾延伸到美学和艺术领域（详见《青年》：63）。

普斯特库亨－格兰佐（Johann Friedrich Wilhelm Pustkuchen，化名Glanzow，1793—1834）是"极右翼"观点的主要代表。1821年，名不见经传的乡村牧师普斯特库亨假借歌德之名出版了歌德小说《威廉·迈斯特的学习时代》（*Wilhelm Meisters Lehrjahre*）的续作《威廉·迈斯特的漫游时代》（*Wilhelm Meisters Wanderjahre*）的同名仿作，将虔信主义（Pietistic）宗教观贯穿在整部仿作中。由于这部仿作与歌德本人所著续作同时问世，读者误认为仿作的作者正是歌德本人，竞相指责歌德"创造不出高贵的形象"，其作品充斥着"庸俗的人物"，"没有道德目的"，甚至还声称席勒比歌德伟大，因为席勒"塑造出来的尽是一些理想化的最高贵的人物"，正是最后一点引发了席勒派与歌德派的激烈争论①。这部伪作让普斯特库亨成为极端保守主义的代表，卡尔·勒贝雷希特·伊默曼（Karl Leberecht Immermann，1796—1840）1823年的《关于假冒的〈威廉·迈斯特的漫游时代〉及其附录致友人书》一文以及马克思1836年题为《普斯特库亨假冒的〈漫游时代〉》的讽刺短诗②都对其进行了辛辣批判。

亨利希·海涅（Heinrich Heine，1797—1856）和鲁道夫·文巴尔克（Christian Ludolf Wienbarg，1802—1872）是"折中派"的主要代表。海涅在1833年的《德国近代文学史略》（*Zur Geschichte der neueren schönen Literatur in Deutschland*，该书后扩充篇幅并于1836年以《论浪漫派》[*Die romantische Schule*]之名发表）中认为，前述极左与极右两派的政治、道德及艺术批判缺乏对歌德及其著作最基本的尊重和理解，是一种简单、粗暴且十分片面的恶劣批判。尽管海涅本人对歌德也持批判立场，但他首先以歌德崇拜者身份出现，在对歌德的艺术天赋予以充分肯定与衷心赞美之后才对其泛神论世界观进行理解性批判，认为歌德没有像席勒那样投身于时代、现实与社会之中，而是

---

① 详见海涅：《论浪漫派》，张玉书译，收入张玉书编选：《海涅文集·批评卷》，北京：人民文学出版社2002年版，第49—51页。
② 详见中共中央马克思恩格斯列宁斯大林著作编译局编译：《马克思恩格斯全集》第1卷，第2版，北京：人民出版社1995年版，第739—743页。

沉湎于自我、艺术与自然,原因在于其所秉持的"泛神论"观念即"淡漠主义"①。不难看出,海涅试图从艺术家歌德与现实生活中的歌德两个向度对其人其作的矛盾性做出合理解释,有意识地将艺术肯定与政治批判两者有机结合在一起。

在海涅影响下,文巴尔克在1834年出版的《美学运动》(*Ästhetische Feldzüge: Dem jungen Deutschland gewidmet*)一书中试图把门采尔、白尔尼和海涅等相互对立的观点糅合到一起。在他看来,无论是门采尔对歌德艺术才能的全盘否定,还是白尔尼对歌德政治观的彻底批判,都过于武断与主观,过于意识形态化;同时,海涅的兼容论对歌德二元论政治观的相关解释也无法令人完全信服。因此,文巴尔克把《浮士德》第一部(1808)作为划分"青年歌德"与"老年歌德"的分界线:前者以"普罗米修斯"的形象示人,后者则以"德国庸人"的形象生活在世;前者是为自由而奋勇抗争的"革命者",后者则是"躲进小楼成一统"的"唯美主义者"。②

恩格斯当时就十分熟悉论战各方的主要观点③。出于对白尔尼坚定政治信念与不屈斗争意志的推崇,恩格斯不仅在白尔尼-海涅之争中毫不犹豫地站在白尔尼一边④,还把他奉为德意志的"自由的旗帜"⑤。同时,恩格斯也对文巴尔克

---

① 详见海涅《论浪漫派》,第52—59页。此外,考虑到恩格斯在"歌德论"中专门谈到了"党派的观点",同时还考虑到学界以往研究中对"党派"内涵的理解存在着歧义,本文在此有必要指出,当时的论争不仅发生在极左和极右两派之间,而且也发生在左派内部阵营之中,比如白尔尼与海涅的激烈论争。其中,"党派观点"是白尔尼-海涅之争的主要论题之一。今天看来,海涅无疑是具有强烈政治倾向与批判意识的诗人,可白尔尼为何还以"有些才能却无品位"以及"无党派观念"之类断语来批判海涅?这是因为,海涅在贵族和民主革命者之间的摇摆不定恰恰是其政治上软弱与不彻底的表现。据勃兰兑斯的分析,"党派"一词具有政党、国家或民族以及普世思想这三种主要意涵,但在当时主要指后两者,因此,当白尔尼把席勒看作是具有"党派观点"的诗人时,以及格奥尔格·海尔维格在诗歌《党》中对斐迪南·弗莱里格拉特进行批判时,就不能从"政党"这一意涵方面来理解,因为当时还没有形成现代意义上的政党(详见《青年》:109、195—198)。

② See Peter Demetz, *Marx, Engels and the Poets: Origins of Marxist Literary Criticism*, trans. Jeffrey L. Sammons, Chicago: University of Chicago Press, 1967, pp.161 - 163.

③ 在19世纪30年代末至40年代初,恩格斯是"青年德意志"的诗人与评论家。虽然恩格斯的"歌德论"无疑受到了包括文巴尔克在内各方观点的影响,但恩格斯在"文本一"中关于歌德的基本观点绝非像德梅兹在《马克思、恩格斯和诗人们》一书中所指控的那样,是文巴尔克观点的翻版,德梅兹甚至还断言恩格斯连概念范畴也是照搬文巴尔克的(参见 Peter Demetz, *Marx, Engels and the Poets: Origins of Marxist Literary Criticism*, pp.165 - 169)。德梅兹只看到了恩格斯对文巴尔克概念范畴的借鉴,却未能看到恩格斯是以历史唯物主义来论歌德的两重性的,因此只能得出一些表象之论。

④ 详见中共中央马克思恩格斯列宁斯大林著作编译局编译:《马克思恩格斯全集》第2卷,第2版,北京:人民出版社2005年版,第454页。后文出自同一著作的引文,将随文标出该著简称《全集·第2卷》和引文出处页码,不再另注。

⑤ 恩格斯有关白尔尼的论述主要体现在六篇论文、诗作和四封书信中,论文和诗作分别见《马克思恩格斯全集》第2卷(详见《全集·第2卷》:97—101、128、161、271—272、422、449—452),四封书信分别见《马克思恩格斯全集》第47卷(详见中共中央马克思恩格斯列宁斯大林著作编译局编译:《马克思恩格斯全集》第47卷,第2版,北京:人民出版社2004年版,第177—178、198、207、222—223页。后文出自同一著作的引文,将随文标出该著简称《全集·第47卷》和引文出处页码,不再另注)。

的"歌德观"多有接受①,对其政治立场也多有肯定,认为青年德意志"这个流派已经完全丧失了它一度有过的思想内容……在他们当中文巴尔克是最高尚的一个;他像一个一次铸成的闪闪发亮的、没有一点锈迹的雕像一样,是一个完整的坚强的人"(《全集·第2卷》:453)。

那么,"文本一"中的"歌德论"是否如德梅兹断言的那样表明恩格斯只是"人云亦云"地接受了文巴尔克等的观点,还是证明了恩格斯有着自己的独到见解?答案显而易见。作为歌德及其著作热爱者与研究者的恩格斯,此前确实不曾有"专论"论及歌德,其零星之论散见于四篇论文和三封书信,但它们并非是恩格斯缺乏独立判断力的明证。恰恰相反,1844年的《英国状况——评卡莱尔的〈过去和现在〉》以及1845年的《德国状况》等文章充分表明,恩格斯本人早就摆脱了文巴尔克等"青年德意志"的视野局限与理论束缚,已能够用他和马克思初创的历史唯物主义对歌德世界观的两重性等进行独到而精辟的论析②。

前述涉及第一个问题域的几个方面,如果这些方面只与"文本一"间接相关,那么第二个问题域的三个方面则与"文本一"直接相关③。

首先,恩格斯本人缘何对卡尔·格律恩(Karl Grün, 1817—1887)以及德国社会主义持前后两种迥然相异的态度与立场?这主要由两个因素所致,即双方思想都发生了裂变以及德国社会主义的蜕变与德国共产主义的出现,而1845年则是转折点。在"青年德意志"文学评论家恩格斯的相关描述中,1845年前的格律恩只是一位抒情诗人。恩格斯不仅清晰勾勒出了格律恩创作思想所经历的从青年德意志

---

① 恩格斯在1839年7月30日致格雷培兄弟的信中写道:"席勒是我们最伟大的自由主义诗人,这已是定论。他预感到,法国革命以后将开始一个新的时代,而歌德甚至在七月革命以后也没有感觉到这一点;当事件已近在眼前以致他几乎不得不相信某种新事物正在到来时,他却走进内室,锁上了门,以求安逸。这十分有损歌德的形象;可是革命爆发时(1789法国大革命),歌德已四十岁了,已经是一个定型的人了,所以不能为此责备他。"(《全集·第47卷》:202)由此不难看出,恩格斯以"年龄"论歌德政治取向的做法明显受到了文巴尔克《美学运动》一书的影响。

② 恩格斯的四篇论文分别为《伍珀河谷来信》(1839,详见《全集·第2卷》:62)、《现代文学生活》(1840,详见《全集·第2卷》:128)、《英国状况——评托马斯·卡莱尔的〈过去和现在〉》(1844,详见中共中央马克思恩格斯列宁斯大林著作编译局编译:《马克思恩格斯全集》第3卷,第2版,北京:人民出版社2002年版,第521—522页)以及《德国状况》(1845,详见中共中央马克思恩格斯列宁斯大林著作编译局编译:《马克思恩格斯全集》第2卷,第1版,北京:人民出版社1957年版,第634页)。恩格斯的三封书信分别为:(1)1838年9月17—18日致格雷培兄弟的书信,恩格斯在信中首次明确谈到了歌德《向青年诗人进一言》等对其创作的影响(详见《全集·第47卷》:95);(2)1839年7月3日致格雷培兄弟的书信,他在其中对席勒和歌德作了简短比较与评论(详见《全集·第47卷》:202);(3)1840年12月21—28日给妹妹的信,恩格斯在其中提到,他拿到了《歌德全集》的领书证并正在读《亲和力》(详见《全集·第47卷》:269)。

③ 鉴于以往相关研究已就"文本一"的内容本身做过十分深入细致的重点讨论,本文不再赘述,只就与本文论题密切相关但以往又关注甚少的三个问题作补充性说明。

到青年黑格尔派的变化,而且还给予了充分肯定①。不过,《法兰西和比利时的社会运动》于1845年的出版意味着格律恩不仅完成了从文学领域到社会政治领域的彻底转变,思想也从倾向于青年黑格尔派转向信奉"真正的社会主义"。此后,随着1846年《从人的观点论歌德》以及1847年的译作(蒲鲁东《贫困的哲学》)的相继出版,格律恩成为"真正的社会主义"在文学领域最具影响力的"代言人"②。同时,在19世纪40年代,虽然德国社会主义者与共产主义者同属左翼,但他们之间仍存在相当大的分歧,恩格斯在1886年的《路德维希·费尔巴哈和德国古典哲学的终结》以及1888年英文版《共产党宣言》的《序言》中对此都有十分明确的论述:

> 在1847年,所谓社会主义者,一方面是指那些信奉各种空想学说的分子,即英国的欧文派和法国的傅立叶派,这两个流派都已经变成纯粹的宗派,并在逐渐走向灭亡;另一方面是指各种各样的社会庸医,他们都答应要用各种补缀办法来消除一切社会病痛而毫不伤及资本和利润。这两种人都是站在工人阶级运动以外,宁愿向"有教养的"阶级寻求支持。至于当时工人阶级中那些确信单纯政治变革全然不够而认为必须根本改造全部社会的分子,他们把自己叫做共产主义者……可见,在1847年,社会主义是资产阶级的运动,而共产主义则是工人阶级的运动。③

---

① 在1839年11月13—20日致格雷培兄弟的信中,恩格斯谈到他已读了格律恩的《旅行札记。波罗的海与莱茵河》(1839)(详见《全集·第47卷》:221);在1839年的《卡尔·倍克》一文中,恩格斯称格律恩为"青年文学"的抒情诗人(详见《全集·第2卷》:96);在1840年《现代的论战》一文中认为格律恩等已实现了青年一代与黑格尔派的联合(详见《全集·第2卷》:143);在1842年《评亚历山大·荣克的〈德国现代文学讲义〉》一文中依然把格律恩等视为抒情诗人(详见《全集·第2卷》:449)。1844年8月前,恩格斯的主要哲学思想属于青年黑格尔派,政治思想主要属于社会主义。19世纪30年代后期,恩格斯通过对白尔尼著作的阅读才接触到法国空想社会主义;在19世纪40年代初期,恩格斯主要受德国的赫斯以及英国社会主义的影响;1845年对恩格斯而言则具有划时代的标志性意义:他出版了《神圣家族》(与马克思合著)与《英国工人阶级状况》,完成了《〈傅立叶论商业的片段〉的前言和结束语》的写作(刊发于1846年)。此后,《德意志意识形态》(与马克思、赫斯等合著,撰写工作开始于1845年,完成于1846年)、《诗歌和散文中的德国社会主义》(1847)以及《真正的社会主义者》(1847开始写作,生前未完成)等一系列著述表明,1845年的恩格斯在哲学上已成长为历史唯物主义者,在政治上已由此前的"社会主义者"转变为"共产主义者"。此外,正是以《〈傅立叶论商业的片段〉的前言和结束语》为开端,恩格斯对德国社会主义持一种坚定的批判立场。

② 详见中共中央马克思恩格斯列宁斯大林著作编译局编译:《马克思恩格斯全集》第3卷,第1版,北京:人民出版社1956年版,第573—574页。

③ 中共中央马克思恩格斯列宁斯大林著作编译局编译:《马克思恩格斯全集》第21卷,第1版,北京:人民出版社1965年版,第407—408页;关于《路德维希·费尔巴哈和德国古典哲学的终结》,详见《马克思恩格斯全集》第21卷,第314页;另参见埃里克·霍布斯鲍姆《如何改变世界:马克思和马克思主义的传奇》,吕增奎译,北京:中央编译出版社2014年版,第21—24页。

其次，我们不应把"文本一"的"歌德论"简单地视为两种批评观念之争，而应将其看作恩格斯和马克思自1845年以来在哲学、政治经济学、文学艺术等领域所展开的思想批判的有机组成部分。马克思与恩格斯的思想分工既体现在合著中也体现在独著中，譬如在《德意志意识形态》中，马克思主要承担了对以费尔巴哈、布·鲍威尔和施蒂纳等为代表的德国现代哲学的批判，恩格斯则主要承担了对以"莱茵年鉴"、格律恩以及格奥尔格·库尔曼等为代表的德国社会主义尤其是"真正的社会主义"的分析与驳斥①。相对而言，德国哲学和蒲鲁东的政治经济学是马克思的重点批判对象，如《哲学的贫困》是对《贫困的哲学》的无情批判；清除"真正的社会主义"在文学艺术领域的影响则是恩格斯的中心工作，如对格律恩《从人的观点论歌德》的严厉批判可以在恩格斯的相关论述中得到"佐证"②。

再次，与以自由主义、民族主义、保守主义等为思想根据的"歌德论"相比，格律恩的《从人的观点看歌德》属于第四种即以所谓的"社会主义"观念作为其"立论"基石的"歌德论"。格律恩站在现代小资产阶级的社会运动立场，把圣西门、傅立叶等人的社会主义词句与费尔巴哈"人的本质"等哲学概念拼凑在一起，对歌德两重性中的庸俗一面大肆吹捧，而对其伟大的一面"不是匆匆地一闪而过，就是滔滔不绝地说一通言之无物的废话"③。恩格斯以"历史唯物主义"为理论基础，深刻剖析了格律恩的"歌德论"的非历史性、抽象性及片面性。从延续了近三十年的"歌德论战"这一视角看，恩格斯是第五种观点的代表，他的"歌德论"最为深入、全面且具说服力。

与"文本一"所涉两大问题域相比，"文本二"需要重构的问题较少也较琐碎，但对本文结论部分的相关思考来说同等重要。由于"文本二"只是"《弗兰茨·冯·济金根》问题"（以下简称《济金根》问题）的一个重要方面，我们需要首先重现马克思、恩格斯、斐迪南·拉萨尔（Ferdinand Lassalle，1825—1864）三人在

---

① 《德意志意识形态》对格律恩所著《法兰西和比利时的社会运动》一书的批判主要从"圣西门主义""傅立叶主义"和"蒲鲁东"三个方面展开。关于恩格斯对格律恩与"青年德意志"和社会主义之间关系的相关论述，详见中共中央马克思恩格斯列宁斯大林著作编译局编译：《马克思恩格斯全集》第3卷，第1版，北京：人民出版社1956年版，第538、574页。

② 恩格斯在1880年4月7日《关于〈哲学的贫困〉》一文中对马克思《哲学的贫困》的写作动因作了具体说明（详见中共中央马克思恩格斯列宁斯大林著作编译局编译：《马克思恩格斯全集》第19卷，第1版，北京：人民出版社1963年版，第248页）。他在1847年1月15日致马克思的信中明确谈到，他希望把自己有关格律恩论歌德的论述纳入《德意志意识形态》中（详见《全集·第47卷》：455）。

③ 中共中央马克思恩格斯列宁斯大林著作编译局编译：《马克思恩格斯全集》第4卷，第1版，北京：人民出版社1958年版，第74页。

《济金根》这部悲剧出版前后两年间的交流情况①,才能在此基础上回应与论题直接相关的两个小问题。

恩格斯是主动介入"《济金根》问题"中的。马克思主义批评史上的两篇典范之作其实是这样产生的:拉萨尔在《弗兰茨·冯·济金根》这个剧本出版后,于1859年3月6日致信马克思,"请求"马克思提出"详细"与"坦率"的"看法","盼望"马克思做出"真挚的批评"②;马克思于3月28日收到拉萨尔寄来的剧本,4月19日即寄出了应拉萨尔之邀而写的评论。然而,从恩格斯3月14日主动写给拉萨尔的信件和拉萨尔3月21日的回信里不难看出,后者对前者"要读一读"的暗示显得有点无动于衷,也就希望前者"收到它后就读它一遍吧"③。即便如此,恩格斯还是在5月18日给拉萨尔寄去了自己对拉萨尔剧作的评论。难道恩格斯这么做是出于构建一种批评理论的自觉吗?如若这样,那又该如何解释随后发生的事:拉萨尔仅隔一周(5月27日)就在致马克思与恩格斯两人的信

---

① 本文把剧本《弗兰茨·冯·济金根》的写作、出版及其相关评论简称为"《济金根》问题",该问题只是马克思、恩格斯两人与拉萨尔之间有关政治、哲学、经济、文学等复杂思想关系的缩影之一。为有助于对《济金根》问题的整体把握,本文对以往研究关注不够的相关背景情况作以下三点说明:第一,拉萨尔与马克思早在"1848年革命"时就相识,双方尽管时有冲突但还是志同道合的朋友,相比较而言,拉萨尔和恩格斯则仅将彼此视为同志而非朋友。从1848年至1858年十年间马克思写给拉萨尔的信看,他们之间的来往时续时断:1848年至1858年间,马克思一共给拉萨尔写了11封信件,其中,1849年至1853年间两人联系曾有所中断,当1856年两人联系再次中断后,拉萨尔几次委托两人共同的朋友弗莱里格拉特转交他写给马克思的信,马克思后于1857年12月21日致信拉萨尔,两人恢复联系。同样在1848年至1858年间,恩格斯和拉萨尔不存在书信来往,而在1859年至1864年间,恩格斯仅给拉萨尔写了6封信件,其中仅1859年3月14日和5月18日的书信与《济金根》问题有关。第二,文中"两年"指的是1857年5月至1859年6月,三人交流起始的标志有两个:其一,拉萨尔的"原序"表明《济金根》大部分内容写于1857年春,全部完成于1857年末至1859年初,最终于1859年2月底3月初出版(详见斐迪南·拉萨尔《弗兰茨·冯·济金根》,叶逢植译,北京:人民文学出版社1976年版,第1页);其二,马克思于1857年5月8日致恩格斯的信和恩格斯于1857年5月11日致马克思的信可以再度帮助确认《济金根》的创作进程,恩格斯在剧本尚未完成的情况下就在信中作了如下预判:"他拼凑写成的不会是什么好作品,就是这篇他认为'将激动人心'并这样保密的东西,也会是这样。"(《全集·第29卷》:129;关于这两封信内容详见《全集·第29卷》:127—130)第三,三人交流终结的标志也有两个:其一,拉萨尔于1859年5月27日致马克思和恩格斯的信(详见《论艺术》:74);其二,马克思于1859年6月10日分别致恩格斯、拉萨尔的信(详见《全集·第29卷》:432、590)。尽管三人专注的领域各有不同,但"《济金根》问题"无疑是他们在这一时期共同的"副业",因为三人在这一时期的来往信件都对自己主要关注的思想领域作了明确说明:马克思重点研究政治经济学和历史学,恩格斯关注军事学和比较语言文学,拉萨尔则将主要精力放在政治经济学和历史哲学上。

② 信中还涉及了以下内容:解释写作《悲剧》的缘由,随信附寄关于悲剧观念的论文和三本《济金根》(一本送马克思,其余两本由马克思转交弗莱里格拉特和恩格斯,但并没有请后面两位提阅读意见);尽管拉萨尔自己有很多朋友,尽管他与马克思相处不多,但他仍把马克思看作真朋友;此外,拉萨尔在写给恩格斯的回信中还说,除马克思外,他不会对任何人"甘拜下风"(详见《论艺术》:15—19、25)。

③ 这是恩格斯和拉萨尔两人书信来往中的首封,它有四个主题,即,感谢拉萨尔在《波河与莱茵河》的出版上所提供的帮助、马克思《政治经济学批判》的出版进展情况、要求读一读《济金根》、恩格斯自己的在研军事问题(详见《全集·第29卷》:563—564;关于拉萨尔的回信详见《论艺术》:29)。

中进行了长篇辩驳,说自己不再"要求回答",要求两人"只要读一读我的信就行了"(《论艺术》:74);但是,6月10日,马克思仍然在分别致拉萨尔和恩格斯的信中做出了回应。在给拉萨尔的信中,他写道:"关于《济金根》只要有时间,我就会读它并随后作一答复"(《全集·第29卷》:590),而在给恩格斯的信中,他则写道:"拉萨尔向我和你所做的关于他的《济金根》的答辩。写得密密麻麻的纸一大沓。在这样的季节,在这样具有世界历史意义的事件面前,一个人不仅自己有工夫来写这种东西,而且还想叫我们花费时间来看它,实在不可理解。"(《全集·第29卷》:432)马克思和恩格斯自此之后再未答复过拉萨尔,"《济金根》问题"便永远消失在了三人的理论视野之外。概言之,无论恩格斯究竟是出于礼貌或者友情或者是就文学问题同同志交换看法等何种考虑,自觉构建批评理论绝非恩格斯介入"《济金根》问题"的动机。

那么,恩格斯和马克思在写作《济金根》评论期间[①]是否交流过各自的阅读意见?之所以如此提问,是因为马克思与恩格斯对《济金根》的批评从结构安排到基本理论观点都呈现出某种一致性甚或相同性(详见《全集·第29卷》:572—575、581—587)。如果此问题能得到合理解释,就可能为从理论上回答缘何把恩格斯的批评称为"马克思主义的"这一问题奠定基础。在当时通信不便的技术条件下,分别居住于伦敦和曼彻斯特的马克思和恩格斯不可能像今天这样通过即时交流方式交换看法,只能通过面谈与书信这两种方式进行沟通。从马克思和恩格斯1859年3月初至5月底这近三个月期间的二十封来往信件看,他们彼此从未就《济金根》交换过任何看法[②];两人在这一段时间内也未曾谋面,自

[①] 本文将"时限"定为1859年3月28日(马克思收到剧本《济金根》之日)至同年5月18日(恩格斯致信拉萨尔之日)。

[②] 具体情况如下:1859年3月两人间共有6封信件,其中马克思致信恩格斯5封(3月3日、10日、16日、22日、25日),恩格斯致信马克思一封(3月4日);1859年4月两人间共有七封信件,其中马克思致恩格斯6封(4月1日、9日、12日、16日、19日、22日),恩格斯致信马克思一封(4月11日);1859年5月两人间共有8封信件,其中马克思致信恩格斯7封(5月6日、16日、18日、24日、25日、27日、28日),恩格斯致信马克思1封(23日)。这20余封信件中唯一提及《济金根》的是马克思于5月24日致恩格斯的信件,其中马克思抱怨《济金根》的出版拖延了他的《政治经济学批判》的出版时间;更何况在此前的5月18日,恩格斯已将有关《济金根》的信寄给了拉萨尔(详见《全集·第29卷》:389—426)。当然,或许还有另一种可能性,即马克思把自己于4月19日写给拉萨尔的信件的复本随同日写给恩格斯的信件寄给了后者,这样恩格斯就可能参考了马克思的评论意见。的确,马克思与恩格斯在书信来往过程中频繁使用"随信附"和"随信还"的形式,但他们一旦采取"随信附"这种形式时就会在信中明确提出,并且在随后的回信中也会写明"随信还"。由于上述这些信件均无"随信附"或"随信还"这类文字,我们可以彻底排除这种假设。

然更无法当面交流①。排除了这些可能性后就只剩下一种结果：马克思和恩格斯对《济金根》的评论完全是两人各自独立思考、独立判断的产物,历史唯物主义是两者共同的理论基础和方法论根据。

在19世纪欧洲思想界,"美学观点"与"历史观点"这两个术语有较高的使用频率,恩格斯并非这些术语的首创者。从术语的单独使用看,同一时期的马克思在有关黑格尔的讽刺短诗、《评普鲁士最近的书报检查令》、《论犹太人问题》等论著中就使用了这两个术语;从将这两个术语结合起来加以运用来看,"历史的与美学的"的首创者是黑格尔,而"美学的与历史的"的首创者则是别林斯基②。此外,"观点"与"方面"在使用上的差异也绝非恩格斯的随意之举,而是他在面对不同批评对象时精心选择的结果：在面对"论敌"格律恩的资产阶级思想与立场时,恩格斯的"文本一"的措辞就十分尖刻犀利,并有意强化"美学和历史的观点"与"人的观点"的不同;在面对与自己思想政治立场相近的拉萨尔的悲剧思想与文学观念时,恩格斯在"文本二"中的用词就非常含蓄友善,在表达自己的不同意见时有意弱化自己的立场,因而选择使用"方面"而非"观点"。

我们应该在历史唯物主义的理论图谱中理解和把握"美学和历史的观点"及其相关问题。将"统一"理解为"平衡",或者把"辩证"理解为"美学优先"或"历史优先"③,都不够合理与科学。如果将这些不够合理与科学的认知机械地运用到对"文本一"和"文本二"的分析中,我们就会发现恩格斯成为自己观点的反对者,站到了自己观点的对立面：例如,恩格斯在"文本一"中提出用"美学和历史的观点"论歌德,但通篇却并未触及美学方面,对歌德"两重性"的分析也"只是从一个方面观察了歌德"④,根本就未能做到"统一",这样一来"历史优先"论似乎就有据可依;另一方面,从形式与结构看,"文本二"好像很符合从美学与历史两个方面来

---

① 上述信件已说明,1859年3月初至6月初,马克思和恩格斯未曾见面。不过,两人在6月下旬确实见了面,这已与我们的问题无关了。马克思在5月25日致恩格斯信的中明确表示不能离开伦敦;在6月7日的信中明确表示必须到曼彻斯特去;马克思于6月下半旬先去了曼彻斯特后去了苏格兰,7月2日回到伦敦(详见《全集·第29卷》：422、431、716)。

② 详见黑格尔：《美学》第2卷,朱光潜译,北京：商务印书馆1994年版,第381页;别林斯基：《别林斯基选集》第3卷,满涛译,上海：上海译文出版社1980年版,第595页。

③ 在文学活动、批评活动中不能抽象地谈论"美学优先"还是"历史优先",需要从两个层面作出具体分析：就文学阅读发生学而言,文学创作与阅读的本质区别在于,缀文者情动而辞发,观文者则披文以入情,因此对文学作品的阅读常常是美学优先;就批评活动而言,究竟以哪个为优先,研究者会根据现实的需要、作品本身的艺术或思想取向尤其是研究者自身的问题导向来作出选择。

④ 中共中央马克思恩格斯列宁斯大林著作编译局编译：《马克思恩格斯全集》第4卷,第1版,北京：人民出版社1958年版,第274页。

看的要求,先"美学"后"历史",但还是未能平衡两者,"美学优先"论也似乎有了立论的依据。因此,这样的思维方式与其说是辩证的还不如说是形而上学的。事实上,恩格斯在"文本一"中的作家论(论歌德)和"文本二"中的作品论(论《济金根》)是"具体问题具体分析"的经典之作,是历史唯物主义在文学批评活动中的具体实践:面对批评对象,批评者要在全面把握问题、以问题为导向的基础下明确讨论重点,而不是将"总体论""重点论"及"问题导向"这三者简单地割裂再机械地拼凑在一起。

那么,为什么"美学和历史的观点"在20世纪80年代初成了中国马克思主义批评的基本问题?概言之,这既是现实的迫切需要,也是理论建设的迫切需要。为实现思想的解放,当时的批评理论界在纠正"两个标准"——"政治标准第一、艺术标准第二"——在以往的批评实践中造成的偏差的同时,还需要从马克思主义理论尤其是创始人马克思和恩格斯的思想理论中去寻找突破的理论依据,力图在马克思主义理论架构内重建文艺批评的理论向度与价值取向,"美学和历史的观点"因而被作为基本问题提了出来,而当时的研究文献也十分清晰地反映了用"美学和历史的观点"作为新的批评标准来替代"两个标准"这一理论诉求。从这个意义上讲,"美学和历史的观点"及其问题成为马克思主义批评理论的基本问题是中国学界在80年代初的理论自觉,但并非恩格斯本人的理论自觉。无论是黑格尔对"历史的与美学的观点"的理论阐释还是别林斯基对"美学的与历史的观点"的理论剖析,都远比恩格斯深入和具体。恩格斯只是使用了这些概念和术语,但并未对其内涵以及两者之间的关系给予任何关注,且恩格斯的两个文本是批评实践而非系统阐释其批评理论的典范之作,但80年代的国内学界却误将"美学和历史的观点"及其问题作为了研究的主要方面,将我们自己关注的问题重点视为恩格斯关注的问题重点。对当代中国马克思主义批评理论建设来说,恩格斯的批评实践提供的最重要的启示则是:历史唯物主义不是教条而是指南,不是实用工具而是科学方法,不是从概念与思辨而是从现实与问题出发。

 作者手记:

换一个角度看问题

近一段时间,我本人主要从事的是马克思主义文论方面的教学与研究工作。2021年9月20日,上海大学曾军教授在微信中谈到,他正琢磨着编一本用于研究生培养的文选。11月2日,曾军教授在微信中确认:文选定名为《文艺学研究论文写作:案例与方法》,主要为文艺学研究生提供学术研究和论文写作的思路与方法;除文选之外,还将收录篇幅为2 000字左右的"作者手记"。承蒙曾军教授另眼相待,他相中了拙文《对恩格斯"美学和历史的观点"及其相关问题的再思考》,恭敬不如从命。论文写作甘苦自知。我主要谈谈我在写作《对恩格斯"美学和历史的观点"及其相关问题的再思考》一文过程中的粗浅体会与想法,希望能够对文艺学研究生的学术论文写作有所启发。

学术研究怕炒冷饭、忌人云亦云,理论创新更怕为新而新、更忌胡言乱语。对恩格斯"美学和历史观点"及其相关问题的"再思考"的"再"字意味着:这个问题不是首次提出、首次探究,而是早已形成、反复讨论;"再"字还意味着相关探究不仅是在已有研究基础上的新思、新见,而且必须是建立在可靠、翔实文献资料基础上的新思、新见。细细回想,我之所以如此关注这个问题,主要受三方面因素影响:

其一,关键词的改动给我带来的阅读困惑与理解困难,即1995年版《马克思恩格斯选集》第4卷将恩格斯致拉萨尔信中的"美学观点和历史观点"改译为了"美学观点和史学观点",2009年版《马克思恩格斯文集》第10卷以及2012年版《马克思恩格斯选集》第4卷均沿用了这一表述,究竟是"美学和历史的观点"还是"美学和史学的观点",我当时对此无法做出判断,但并未把它作为一个问题认真对待。

其二,2014年,中国艺术研究院马克思主义文论研究所专门组织了"如何理解'美学和历史'的批评——论马克思主义经典作家的文艺批评标准与方法"的专题讨论会,董学文等学者的相关思考最终刊载于《文艺理论与批评》2014年第6期。本人也参加了这次讨论会,与会者的真知灼见给了我很多新启示,但也给我带来了新疑惑,我觉得有必要把它作为一个问题展开进一步的追问。2015年,我确立了关键概念溯源、问题形成的历史还原等切入路径,并围绕所确立的问题与思路来收集、细读原典以及重要研究文献,在此基础上形成了我的基本看法,并在年底写出了论文初稿。

其三,2016年,《外国文学评论》组织有关马克思主义文论方面的研究文章,我有幸得到了龚蓉博士代表杂志社的约稿。借此机会,我把所涉文献再细读,把相关主张再琢磨,把文章反复打磨。比如,对关键段落、核心概念的理解是否准确?我不懂俄文,我就请教周启超教授;我不懂德文,我就请教方维规教授,请他们帮我解惑。再比如,根据外审专家的修改意见及建议,我认为其中合理的就无条件修改,我觉得其中有不妥的就做详细说明。概言之,拙文关注的是问题而不是领域,而问题的孕育、提出大体经历了这样一个过程:细读经典文本过程中所产生的阅读困惑;专题讨论会所带来的启发、疑惑,以及属于自己的问题意识初步形成;带着困惑与问题去耙梳相关文献,并在此基础上最终确立属于自己的真问题,以及与此相应的进入问题的具体路径。

拙文发表后,没有相关论著对拙文所提出的相关看法进行商榷。客观而论,国内学者对此问题已经从不同方面做了十分深入的探究,拙文只是从另外一个方面提出了另外一种理解。从这个意义上讲,拙文是马克思主义批评理论在"美学和历史观点"研究方面多样性的又一具体表现。

基本理论问题难就难在,它是一个老问题但同时又是一个新问题,它兼具基础性与前沿性两大学术特质。作为一个老问题,我们要对研究历史与现状有充分的理解与把握,要充分尊重学者们的辛勤劳动及研究成果。但要使老问题呈现出新面目,要把基本理论问题研究向前推进,我们决不能把已有研究的各种观点作为铁板钉钉式的定论,而要在大胆质疑、合理举证的基础上勇于提出新观点、得出新结论。学术研究不是不经论证的自我独白,而是研究者就不同观点所展开的平等对话。

以上唠叨之语,或经验或教训,希望能对读者有所助益。

"形象思维"的发展、终结与变容[*]

高建平[**]

摘要: "形象思维"观点最早来源于俄国,20世纪30年代传入中国。在50年代到60年代初,和从1978年到1985年,"形象思维"两度在中国引起了激烈的讨论。这些讨论与中国1949年以后的"意识形态"建构的任务和几十年间的社会政治状况以及美学和文艺学研究的总体发展联系在一起。前一次讨论对"美的本质"起了平衡作用,后一次讨论引发了新一轮的"美学热"。自从1985年以后,对"形象思维"的讨论走向低潮,但这一讨论却化身为文艺心理学、文学人类学研究和古代文论中的"意象"研究。作者认为,以上几个途径都是"形象思维"的积极的发展,值得肯定,但是,认识论上的经验的和符号的态度,可以提供更多的启示。对艺术特征的理解,曾经经历了"是认识""是一种特殊的认识""不是认识"这三个阶段,我们需要有第四阶段的理解,这第四阶段的核心,可以概括成一句话:"还是认识"。

关键词: 形象思维;认识论;符号学

在过去60年的中国文学理论的发展中,"形象思维"话题曾经受到人们广泛关注,引起过激烈争论。无论在"文革"前的20世纪50年代至60年代初,还是在"文革"结束后的70年代末至80年代初,这个话题都起过特殊的作用,成为美学家们和文艺理论家们的学术兴奋点。

"形象思维"作为一种理论探讨,提问的方式主要是:"有没有'形象思维'?""'形象'能否用来'思维'?""'形象'如何进行'思维'?"这仿佛是在问一个有关思维科学的问题。然而,"形象思维"最初就不是作为思维科学问题提出的,而是对

---

[*] 原载《社会科学战线》2010年第1期。
[**] 高建平,中国社会科学院文学研究所研究员。

"艺术特征"的存在理由的猜测。学界几十年对"形象思维"问题的讨论,尽管不断寻求与思维科学挂钩,但更多的是与哲学认识论建立联系,并且在这种联系中渗透进政治隐喻。

进入20世纪80年代中期以后,"形象思维"的讨论逐渐停止。但是,这种讨论所包含的内容,并没有在美学与文学艺术理论中消失,它仍通过种种化身而得到延续。

一、"形象思维"的提出

"形象思维"原本是一个俄国文论的用语,最初是俄国著名文学批评家别林斯基提出来的。这个术语在别林斯基那里,采用的是"寓于形象的思维"的提法。例如,他在《伊凡·瓦年科讲述的〈俄罗斯童话〉》中写道:"既然诗歌不是什么别的东西,而是寓于形象的思维,所以一个民族的诗歌也就是民族的意识。"①从1838年到1841年这几年中,别林斯基多次使用"寓于形象的思维"一词。例如,他在《艺术的观念》一书中写道:"艺术是对真理的直感的观察,或者说是寓于形象的思维。"②运用这个概念,别林斯基致力于论证一个道理,即科学与艺术具有不同的到达和显示真理的途径。他有一段名言:"哲学家用三段论法,诗人则用形象和图画说话,然而他们说的都是同一件事。"③别林斯基并没有清晰地作出一个在后代非常看重的区分:"形象思维"是认识真理,还是仅仅表现真理。

以后的俄国作家,例如屠格涅夫,很喜欢别林斯基所创造的这个词,认为对于作家来说,最重要的熟悉生活,接触形象。他感觉到,自己长期旅居国外,形象缺乏,对文学活动产生致命的损害。原因就在于,诗人是在用形象来思考,没有形象,文学创作就没有源泉④。但是,他仍然没有像后来的一些理论家那样,严格

---

① 别林斯基:《伊凡·瓦年科讲述的〈俄罗斯童话〉》,载《别林斯基全集》第2卷,莫斯科:苏联科学院出版社1953—1959年版,第506—507页。中文译文引自中国社会科学院外国文学研究所编:《外国理论家、作家论形象思维》,北京:中国社会科学出版社1979年版,第55页。
② 别林斯基:《艺术的观念》,载《别林斯基全集》第4卷,莫斯科:苏联科学院出版社1953—1959年版,第585页。中文译文引自中国社会科学院外国文学研究所编:《外国理论家、作家论形象思维》,北京:中国社会科学出版社1979年版,第59页。
③ 别林斯基:《1847年俄国文学一瞥》,《别林斯基选集》第2卷,上海:时代出版社1952年版,第429页。中译本引自《外国理论家、作家论形象思维》,北京:中国社会科学出版社1979年版,第79页。
④ 屠格涅夫《致Я.波隆斯基·书简集》,1869年2月27日,载《屠格涅夫作品书简全集》第七卷,莫斯科:苏联国立文学出版社1956年版,第328页。中文译文引自中国社会科学院外国文学研究所编:《外国理论家、作家论形象思维》,北京:中国社会科学出版社1979年版,第102页。

区分"形象思维"认识真理和表现真理的功能。

别林斯基的这份遗产,在俄国的马克思主义美学和文学家们那里得到了继承。例如,普列汉诺夫指出:"艺术既表现人们的感情,也表现人们的思想,但是并非抽象地表现,而是用生动的形象来表现"①,"艺术家用形象来表现自己的思想,而政论家则借助逻辑的推论来证明自己的思想。"②

这本来是对别林斯基说法的赞同,但在后世却被挑剔的论辩者归入反"形象思维"的阵营之中。针对普列汉诺夫的观点,卢那察尔斯基曾写道,只是说艺术家"用形象来表现自己的思想",是不够的。他认为,"作家不是在社会性的争论已经解决了的时候才走上舞台的……作家是实验的先锋,用自己特有的形象思维的方法综合它们,为我们提供有血有肉的、鲜明的概括说,现在我们周围哪些过程正在进行着?"③他的意思是说,艺术家是通过形象来认识世界,而不只是表现已经认识到的结论。显然,卢那察尔斯基通过他的论述,致力于凸显他与普列汉诺夫观点之间潜藏着一种对立。本来,普列汉诺夫只是在批评列夫·托尔斯泰只提到艺术表现情感之时,强调艺术既表现情感也表现思想。托尔斯泰提出艺术是在心中唤起自己曾经有过的情感感受,并通过形象(声音、色彩、文字)将之传达出来。这是一个无论在当时,还是在当今的美学界都普遍受到重视的观点④。普列汉诺夫则将"思想"加进去,提出艺术既传达情感也传达思想,只是用形象来传达。因此,普列汉诺夫这句套用托尔斯泰的句式形成的对艺术特性的论述,在卢那察尔斯基那里被理解成,他虽然赞同用形象表现思想,但他认为这仅限于思想的"表现"而已。普列汉诺夫高度强调别林斯基命题的意义,也谨慎地提出艺术所表现的观念是"具体的观念"。这种"具体的观念",更像是黑格尔式的"具体的理念"思想的移植,艺术只是使这种理念获得感性显现而已⑤。与此

---

① 普列汉诺夫:《没有地址的信》(1899—1900),《普列汉诺夫美学论文集》I,曹葆华译,北京:人民出版社1983年版,第308页。

② 普列汉诺夫:《艺术与社会生活》(1912—1913),《普列汉诺夫美学论文集》II,曹葆华译,北京:人民出版社1983年版,第836页。

③ 卢那察尔斯基:《艺术家M.高尔基》(1931),中译本见《外国理论家、作家论形象思维》,北京:中国社会科学出版社1979年版,第139页。

④ 这一观点在列夫·托尔斯泰《艺术论》一书中得到详细的阐释,在许多当代重要美学论述的选本和美学史中,这一观点都被人们提到。例如,Thomas. E. Wartenberg, *The Nature of Art: An Anthology* (Beijing: Peking University Press, 2002) 和 Dabney Townsend, *Aesthetics: Classic Readings from Western Tradition* (Beijing: Peking University Press, 2002),以及门罗·比厄斯利:《西方美学简史》(高建平译,北京大学出版社2007年版),等许多当代著作中都提到此书。

⑤ 普列汉诺夫:《别林斯基的文学观点》(1887),中译本见《普列汉诺夫美学论文集》I,曹葆华译,北京:人民出版社1983年版,第200页。

相反,卢那察尔斯基则坚持认为,"形象思维"是一种独特的认识世界的方式。

在"形象思维"能够认识世界,还是仅仅表现已有的认识这两难之中,高尔基另辟蹊径,提出了一个新的观点。他也同意作家创作有两个过程,第一个过程是抽象化,第二个过程是具体化。但这两个过程并非思想的形成和思想的表现,而是典型化过程的两个阶段。他举例说:"假如一个作家能从二十个到五十个,以至从几百个小店铺老板、官吏、工人中每个人的身上,把他们最有代表性的阶级特点、嗜好、姿势、信仰和谈吐等等抽取出来,再把它们综合在一个小店铺老板、官吏、工人的身上,那么这个作家就能用这种手法创造出'典型'来,——而这才是艺术。"[①]在这里,高尔基似乎是在提出一种既不同于普列汉诺夫,也不同于卢那察尔斯基的"形象思维"概念。他像普列汉诺夫那样,赞同存在着两个过程,前一个过程是认识,是抽象化的,后一个过程是表现,是具体化的。但是,他认为,这里的抽象化并不是抽掉形象,而是抽取形象;这里的具体化,是将抽取出来的形象集中到一个人身上。当然,形象如何"抽取",又如何"具体化",这些都只是作家艺术家的心得之言。对此,高尔基并没有,也不可能用理论的话语进行论证。

二、"形象思维"讨论在中国的兴起

20世纪50年代中国的文学理论的形成,有四个源头,两个是显性的,两个是隐性的。在两个显性的源头中,第一个源头是苏联文学理论。在一切向苏联学习的气氛中,苏联的文学理论对新建立的共和国的文学理论的建构产生着深远的影响。第二个有着巨大影响的源头,就是从共产党从根据地带来的文艺思想,包括毛泽东和其他领导人的一系列讲话,特别是毛泽东于1942年所发表的《在延安文艺座谈会上的讲话》。这双重思想来源,构成了当时文学理论的主要内容框架。由于苏联文学理论的引入,俄国和苏联学者关于"形象思维"的思考,也在这一时期被引入中国。除了这两个源头之外,还有两个在当时并不特别显著,但随着时间的推移,影响越来越大的源头:这就是"五四"以来所接受的西方的文艺思想和中国古代的传统文艺思想。无论是西方的文艺思想,还是中国古

[①] 高尔基:《谈谈我怎样学习写作》(1928),中译本见中国社会科学院外国文学研究所编:《外国理论家、作家论形象思维》,北京:中国社会科学出版社1979年版,第145页。

代的文艺思想,都没有直接谈"形象思维"。但是,在这些文艺思想中,都有着丰富的强调艺术独特性的因素,这些后来都成为"形象思维"观点发展的重要营养。

苏联文艺思想,当然并非到20世纪50年代才影响中国。早在30年代,形象思维就已经随着别林斯基和普列汉诺夫的思想在中国的传播而被人零星提到。1931年11月20日出版的《北斗》杂志("左联"的机关刊物)上,刊载了由何丹仁翻译的法捷耶夫的《创作方法论》,提到了"形象思维"这个概念。1932年12月胡秋原编著的《唯物史观艺术论》中,提到普列汉诺夫从别林斯基那里引用了"形象的思索"的观点。赵景深在1933年3月北新书局出版的《文学概论讲话》中,将"想象"解释为"具体形象的思索或再现"。1935年7月郑振铎和傅东华曾邀请欧阳山为他们编的《文学百题》一书写"形象的思索"的条目。到了40年代,胡风在《论现实主义之路》一书的"后记"中,曾写过作家的要用形象的思维,"并不是先有概念再'化'成形象,而是在可感的形象的状态上去把握人生,把握世界"①。

在左翼文学和学术界受苏联的影响,谈论"形象思维"之时,另一个受西欧和北美学术影响的学术圈子刚从另一个角度谈论艺术的思维特性和艺术本质问题。这方面的主要代表,是朱光潜先生。朱光潜在《文艺心理学》一书中,以"形象的直觉"为核心概念开始了美学构建工作。他引用意大利哲学家和历史学家克罗齐的话说,"知识有两种,一是直觉的(intuitive),一是名理的(logical)"②。由此得出结论说,"严格地说,美学还是一种知识论。'美学'在西文原为aesthetic,这个名词译为'美学'还不如译为'直觉学',因为中文'美'字是指事物的一种特质,而aesthetic在西文中是指心知物的一种最单纯最原始的活动,其意义与intuitive极相近"③。朱光潜的这本书是他综合当时在国外占主流地位的一些美学理论著作而写成的讲稿,于1936年在开明书店出版。这里的"直觉学"的观点,受克罗齐的影响,但其根据仍可追踪到最早使用aesthetic这个词来指审美活动的18世纪德国哲学家鲍姆加登。根据鲍姆加登对美学的理解,艺术是与"感性"有关,而美学则研究"感性"的完善。

在这本著作出版以后,蔡仪于1942年出版《新艺术论》一书,既批评"形象的

---

① 以上对"形象思维"在中国引入和发展的早期史的描述,参考了王敬文、阎凤仪、潘泽宏《形象思维理论的形成、发展及其在我国的流传》一文,见中国社会科学院哲学研究所美学研究室和上海文艺出版社文艺理论编辑室合编:《美学》第1期,上海:上海文艺出版社1979年版,第200—201页。
② 朱光潜:《朱光潜全集》第1卷,合肥:安徽教育出版社1987年版,第207页。
③ 朱光潜:《朱光潜全集》第1卷,合肥:安徽教育出版社1987年版,第208页。

直觉"说,即将艺术和审美看成是一种低级的认识的看法,也批评那种将艺术的认识与科学的认识等同的看法。蔡仪努力想要证明:"形象"可以"思维"。蔡仪提出了一个关键词:"具体的概念"。他认为,概念"一方面有脱离个别的表象的倾向,另一方面又有和个别的表象紧密结合的倾向,前者表示概念的抽象性,后者表示概念的具体性。科学的认识则是主要地利用概念的抽象性以施行论理的判断和推理。艺术的认识则是主要地利用概念的具体性而构成一个比较更能反映客观现实的本质的必然的诸属性或特征的形象"①。根据这个道理,他提出,"艺术的认识,固然是由感觉出发而通过了思维,却是没有完全脱离感性,而且主要地是由感性来完成的,不过这时的感性已不是单纯的个别现实的刺激所引起的感性,而是受智性制约的感性"②。可以看出,这是一个将"感性""直觉""形象"等等与"思维"联系起来的努力,比起前面所说的几位左翼作家和翻译家只是介绍或借用来说,蔡仪显然是想在理论的阐释上做一些工作。

20世纪50年代和60年代前期的"形象思维"论争,与另一场大讨论结合在一起,这就是美学大讨论。50年代的美学大讨论,出现在那个时代的大背景之中,有着一个突出的任务,这就是要在中国建立马克思主义的美学。这是新中国成立后在思想意识形态领域建立新的社会意识形态的一部分。在当时,出现了许多文学艺术领域的论争,美学讨论是其中之一,但又是非常特别的一个。许多文学艺术的论争最终都导向了大批判,但美学讨论是例外。当时的美学讨论,是围绕着美的本质问题展开的。美学家们围绕着这个问题,分成了四大派,分别认为美是主观的、美是客观的、美是主客观的统一,以及美是客观性与社会性的统一。在当时,确定美的客观性,并将之与辩证唯物主义和历史唯物主义哲学挂上钩,是为美学争取存在合法性的需要。这种对"美的本质"的讨论,离开文学艺术的实际很远。用当时的一些美学家的说法,美学讨论只解决了美学的哲学基础问题。如果说得更严厉一些,当时的美学讨论在诱导一种美学脱离艺术的倾向。当然,我们对此需要历史地看,而不能求全责备。当时的文学批评家们在搞大批判,对文学作纯政治的解读,而哲学家们忙于将政治家的言论阐释成哲学,与此相比,美学家还多少保留着一些学术思考。可以这么说,尽管那一代美学家的一些论战性文章在今天已不忍卒读,但在当时的历史语境中,美学家们已经是整个

---

① 蔡仪:《新艺术论》,《蔡仪文集》第1卷,北京:中国文联出版公司2002年版,第40页。
② 蔡仪:《新艺术论》,《蔡仪文集》第1卷,北京:中国文联出版公司2002年版,第40页。

学术生态中最健康的一支力量了。在这种语境之中,作为美学大讨论的另一个重要话题的"形象思维",由于它讨论了文学艺术创作中的思维状况,并且试图确立艺术与哲学和政治宣传不同的特性,与实际的文学艺术的创作保持密切的关系,从而成为"美的本质"讨论的重要补偿。

当然,最早注意"形象思维"观点的,并非是处于美学讨论中心的人物。一些文学理论家们,强调文学艺术的特点,认为艺术要用"形象思维",而科学要用抽象思维。他们一边批判胡风,一边却又倡导"形象思维"这一胡风赞同过的观点①。最早写出较为厚重的专门讨论"形象思维"大文章的,是霍松林先生。霍松林先生提出,"形象思维"与"逻辑思维"有着共性,两者都是客观现实的反映,也都需要对感觉材料的"去粗取精、去伪存真、由此及彼、由表及里的改造制作功夫"(毛泽东语)。"形象思维"的特点在于"不但保留、而且选择那些明显地表现出某种社会历史现象的一般本质的感性因素,并把它们集中起来,创造典型的艺术形象"②。显然,霍松林的说法,与前面所引用的高尔基的观点,有一致之处。

霍松林的提法,得到了许多美学研究者的赞同。例如,蒋孔阳曾在1957年写道,与逻辑思维要抽出本质规律,达到一般法则不同,"形象思维"则是通过形象的方式,就在个别的具体的具有特征的事件和人物中,来揭示现实生活的本质规律。他还提出,"形象思维"不仅是收集和占有大量感性材料,而且是熟悉人和人的生活,从而创造出典型来③。

在此以后,李泽厚在1959年发表了一篇影响深远的文章《试论形象思维》。他的观点是,"形象思维"与逻辑思维一样,是认识的深化,是认识的理性阶段。在"形象思维"中,"个性化与本质化"同时进行,是"完全不可分割的统一的一个过程的两方面",在这个过程中,"永远伴随着美感感情态度"。④

在讨论中,也有许多文章不同意上面这种"从形象到形象"的解释,提出"形象思维"也存在一个从"形象"到"抽象"的过程。例如,著名的文学理论家巴人提出,作家首先以世界观指导,"观察、体验、分析、研究一切人,一切群众,一切阶

---

① 周扬:《建设社会主义文学的任务——在中国作家协会第二次理事会会议(扩大)上的报告》,《人民日报》1956年3月25日。亦参见李拓之:《论形象思维与创作实践——批判胡风的反动文艺理论》,《厦门大学学报》(哲学社会科学版)1955年第4期。
② 霍松林:《试论形象思维》,《新建设》1956年5月号。
③ 蒋孔阳:《论文学艺术的特征》,上海:新文艺出版社1957年版。这里所引的文字,参见该书第4章。
④ 李泽厚:《试论形象思维》,《文学评论》1959年第2期。参见李泽厚:《美学论集》,上海:上海文艺出版社1980年版,第226—255页。

级,一切社会,然后才进入于艺术创造过程。而当作家进入于艺术创造过程的时候,那就必须依照现实主义的方法,艺术地和形象地来进行概括人、群众、阶级和社会等等特征"①。巴人没有正面反对"形象思维",但他提出的两段论,又不明确说他是高尔基式的两段论,就有了反对"形象思维"可以达到对真理的认识之嫌。

在反对"形象思维"的学者中,比较重要的是毛星先生,他认为,"形象思维"是一个黑格尔哲学影响下的概念,它不一定是指人的思维,而是指黑格尔式的普遍理念在人身上的一个发展阶段。据此他指出,这个词是不科学的。思维是大脑的一种认识活动,离不开概念、判断和推理,不能只是一堆形象②。

1966年5月,即"文革"已经开始发动之时,出现了著名的郑季翘的文章,对"形象思维"的观点进行了严厉的批判。这篇文章的题目是《文艺领域里必须坚持马克思主义的认识论——对"形象思维"论的批判》。文章认为,用形象来思维的说法,违反了从感性到理性、从特殊到一般、从形象到抽象的规律;"不用抽象、不要概念、不依逻辑的所谓'形象思维'是根本不存在的";作者创作的思维过程是:表象(事物的直接映象)——概念(思想)——表象(新创造的形象)③。也就是说,艺术创作被分成了两段:第一段是认识真理,这时,需要抽象思维;第二段是显示真理,这时,需要想象。在论述中,郑季翘使用了当时流行的心理学教科书中的术语,将认识看成是经历了"由感觉、知觉、表象而发展到概念,再运用概念进行判断和推理"的过程。这种对认知心理的描述,在心理学上属于古老的构造主义学派,从心理学学科上讲,是19世纪后期现代心理学草创时期的产物。郑季翘从当时心理学的教科书中摘取一些术语,使这种解读具有科学与哲学结合的色彩。根据这一观点,艺术与科学在认识世界上没有什么区别,而在显示认识成果上,却是有区别的。

这一对"形象思维"过程的看法当然并不是什么创造,它早已隐藏在包括俄国的普列汉诺夫和中国的毛星等在内的许多人的论述之中。但是,普列汉诺夫尽管对艺术创作的思维过程持有两段论,但他并没有反对"形象思维"。中国学者毛星反对"形象思维",他主要是从当时对思维规律理解的水平来看这个问题。

---

① 巴人:《典型问题随感》,《文艺报》1956年第9期。
② 参见毛星:《论文艺艺术的特征》,《文学评论》1957年第4期,以及《论所谓形象思维》,《中国科学院文学研究所专刊(4)》,北京:人民文学出版社1958年。
③ 郑季翘:《文艺领域里必须坚持马克思主义的认识论——对形象思维论的批判》,《红旗》1966年第5期。

郑季翘在《红旗》杂志这一中国共产党的机关刊物上,高调地宣示"形象思维"违反马克思主义认识论,是唯心主义,这是前所未有的。用意识形态的话语解决学术问题,这是当时的普遍风气,这当然不是第一篇。但是,在"形象思维"的讨论中,这一篇有点特别。文章一开始,就这样写道:"这个理论断言文艺作家是按照与一般认识规律不同的特殊规律来认识事物、进行创作的。正因为如此,每当某些文艺工作者拒绝党的领导、向党进攻的时候,他们就搬出形象思维论来,宣称:党不应该'干涉'文艺创作,因为党委是运用逻辑思维的,而他们这些特殊人物却是用形象来思维的。……经过研究才知道:所谓形象思维论,不是别的,正是一个反马克思主义的认识论体系,正是现代修正主义文艺思潮的一个认识论基础。"①一篇发表在《红旗》杂志上的文章,用这种严厉的口吻对"形象思维"下判决,说它反马克思主义认识论,是"拒绝党的领导、向党进攻"的工具,是"现代修正主义文艺思潮的一个认识论基础",这给学术界造成一种感觉——这是从党内高层给这个讨论了许多年的问题所下的一个正式的结论。

这里的所谓"现代修正主义文艺思潮"的字样,有着特殊的背景。当时,中国与苏联在意识形态上出现了分歧,进行了是社会主义还是修正主义的激烈论战。中国写"九评",苏联也相应作反驳。这种争论恶化了国家间关系,也扭转了1949年后一切向苏联学习的大气氛。既然"形象思维"是一个来自俄国文论的术语,自然又与"修正主义"挂上了钩。"形象思维"说的苏联保护伞消失了,这支大棒挥下来就更加有力。今天,许多人提出要走出苏联模式。这真是此一时,彼一时。今天的走出苏联模式,是要思想进一步解放,但在当时,中国文艺界走出苏联模式,却是从批判"形象思维"等一些理论,批判现实主义,也包括批判人性和人道主义开始的,那只是用"'文革'模式"批判"苏联模式"而已。

郑季翘在文章中提出了"表象——概念——表象"的公式。文学艺术的创作被明确分成两个阶段。第一阶段是从表象到概念,"要思维,要发现事物的本质,就必须运用抽象的方法。没有抽象就根本不可能有思维"。第二阶段是从概念到表象,"艺术形象也是人们头脑中第二阶段的表象,是由作家用一定的艺术手段描绘出来的第二阶段的表象"②。这种表象,是将概念还原为表象,或者说,为

---

① 郑季翘:《文艺领域里必须坚持马克思主义的认识论——对形象思维论的批判》,《红旗》1966年第5期。
② 郑季翘:《文艺领域里必须坚持马克思主义的认识论——对形象思维论的批判》,《红旗》1966年第5期。

概念而发挥"创造性想象",从而制造表象。

这篇文章生逢其时,迎合了当时的种种机缘。"文革"期间的种种文学理论,都能够从这种理论中找到根据:第一,可以允许"主题先行",先行的主题是概念、判断和推理;第二,要有"三突出",按照概念找到最需要突出的主要人物,找到英雄人物,进而找到主要英雄人物;第三,要试验"三结合"式的创作,即领导出思想、群众出生活、艺术家出技巧,两阶段的第一阶段可以由领导、革命家、政治上正确的人,或者那些能够进行"认识"并达到一定的"认识"高度的人,第二阶段才交给作家艺术家们去做。

这是中国社会通向"文革"的合唱中的诸声部之一。当然,这不是主旋律,主旋律是由姚文元的《评新编历史剧〈海瑞罢官〉》唱响的。从批吴晗的《海瑞罢官》,到批由邓拓、吴晗、廖沫沙组成的"三家村",再到批判周扬等"四条汉子",吹响了"无产阶段文化大革命"的"战斗号角"。郑季翘的文章,从理论上讲,其实比姚文元的文章更具有攻击力。这篇文章也的确戳到了主张给文学有一些自由的空间的人在理论上的软肋,同时,它又似乎很有说服力,与人们一般所理解的"认识论"合拍。自从这篇文章发表以后,中国社会进入到"文革"之中,"形象思维"说就再没有人提起。

三、改革开放与"形象思维"

"文革"以后,中国的思想界经历了从绷得很紧的意识形态话语中逐渐放松开来的过程。1976年10月7日,全国人民从新闻中听到的,是修建纪念堂和出版《毛选》第五卷,而不是比这要重要得多的、发生在前一个晚上的那次惊心动魄的行动。刚刚粉碎"四人帮"时,还提要"继续批邓,反击右倾翻案风",粉碎"四人帮"还被解读成是新一次"路线斗争"的胜利。尽管这一切在后世看来已经变得非常可笑,但在当时的特定情境中,有着它的合理性。中国社会的精神气氛走出"文革",比10月6日晚上的那个行动所需的时间要长得多。从"胜利的十月"到"三中全会",这是一段很长的、有很多的坡需要爬的山路,文学艺术界的人,在这个过程中起了很重要的作用。

1977年,首先从文学开始,一切都开始复苏。1976年清明节天安门广场上的诗,1977年清明节读起来意味就不同了,于是有人开始编辑《天安门诗抄》。从1977年出现的刘心武的《班主任》,到1978年卢新华的《伤痕》,再到

文艺学研究论文写作：案例与方法

北岛、舒婷等人的诗，另一种文学开始了。今天，我们在纪念改革开放时，都以1978年5月开始的"实践是检验真理的唯一标准"的讨论，和1978年底的中国共产党第十一届三中全会为标志。中国的美学和文学理论走出"文革"影响的所迈出的决定性的第一步，在时间上应该早一点，这就是开始于1978年初的"形象思维"热。

在《诗刊》杂志1978年的第1期上，刊登了一封毛泽东写给陈毅的谈诗的信。信是1965年写的，信中几次提到"形象思维"。例如，其中有这样的句子，"诗要用形象思维，不能如散文那样直说，所以比、兴两法是不能不用的"①。这本来只是共产党内高层老同志之间谈诗的一封私人书信，信中只是提到"形象思维"这个词而已，没有用理论的语言谈论"形象"何以能"思维"。毛泽东并没有将这封信当作准备发表的文章来写，事隔多年，当时写信者与收信者均已去世，一般说来，这封信更多的只有史料价值而已。然而，学术界和文学艺术界对这封信发表的反应之强烈，出乎所有人的预料。用一句当时流行的话说，这封信成了"威力无比"的"精神原子弹"。

毛泽东在信里所讲的，只是一种作诗法，与哲学上的认识论并没有什么关系，没有讲认识真理。如果一定要说有什么关系的话，那么，也许从这里的不"直说"，可以引申出一种表述方式的独特性。比方说，毛泽东提出，"宋人多数不懂诗是要用形象思维的，一反唐人规律，所以味同嚼蜡"②。说的就是这个意思。当然，毛泽东的信，如果不是有意为之的话，也在实际上具有了这样一种意义：将"文革"之前，特别是50年代从苏联引进的"形象思维"概念与像"比""兴"这样一些中国传统文论概念联系起来。这为后来中国学者发挥"形象思维"说留下了伏笔，从蔡仪论述赋、比、兴与"形象思维"的关系，到后来众多学者所持的"意象说"，都是这方面思考的发展。

这封信发表后仅仅一个月，即1978年2月，复旦大学的文学理论教师们就完成了《形象思维问题参考资料》的编辑工作，并在三个月后，即1978年5月出版③。与此同时，南到四川，北到哈尔滨，全国许多大学的文学理论教学研究者都

---

① 毛泽东：《给陈毅同志谈诗的一封信》，《诗刊》1978年第1期。这封信同时在1977年12月31日的《人民日报》上发表。
② 毛泽东：《给陈毅同志谈诗的一封信》，《诗刊》1978年第1期。这封信同时在1977年12月31日的《人民日报》上发表。
③ 复旦大学中文系文艺理论教研组编：《形象思维问题参考资料》第1辑，上海：上海文艺出版社1978年版。

闻风而动,编出各种资料集①。当然,在这众多的资料集中,质量最高、名气最大、也最具影响力的,是中国社会科学院编的一部近50万字的巨著《外国理论家、作家论形象思维》②。这部书仅仅在毛泽东的信发表七个月后,即1978年8月就翻译和编辑完成,参加编译的有钱锺书、杨绛、柳鸣九、刘若端、叶水夫、杨汉池、吴元迈等许多当时中国社会科学院的重要学者,并于1979年1月由中国社会科学出版社隆重推出。尽管参加编译的专家过去有积累,在"文革"前就翻译过一些相关的材料,但在这么短的时间、以那么高的质量完成这么一本大书,仍是很不容易的。这些编辑、翻译、出版和印刷的工作,考虑到当时没有任何复印、电脑打字、扫描等手段,完全靠手写和手工铅字排版,只有能调动所有可调动的力量,翻译、编辑、排字和校对人员全力以赴,将之当作一件"政治任务",日夜加班来做,才有可能做到。在中国,一件事成为"政治任务"后,总是能创造奇迹的。问题在于,"形象思维"的讨论有什么理由能成为一项重要的"政治任务",并且还得到当时众多重要学者的衷心拥护?

不仅是书的编辑和编译,更值得注意的是,在当时,一下子出现了大批的论形象思维的论文和文章,一些当时最有影响的美学家都加入了讨论之中。例如,打开《朱光潜全集》第五卷,就会发现上面有三篇论"形象思维"的长篇论文。其中一篇原载于《谈美书简》,两篇原载于《美学拾穗集》。这是朱光潜在晚年留下的两本最重要的著作③。不仅如此,他在1979年出版的《西方美学史》第二版的第二十章"四个关键性问题的历史小结"之中,专门辟一节谈"形象思维",甚至提出这是西方美学史的一个普遍的问题,似乎从古到今的西方美学家们都讨论过"形象思维"。④

在1978年第1期的《文学评论》上,蔡仪就立刻发表了一篇学习毛泽东给陈毅的信的文章,取名为《批判反形象思维论》。在同一年,他还写了另外两篇论

---

① 除了这两本之外,当时还有多本形象思维研究资料集出版。例如,四川大学中文系资料室编:《形象思维问题资料选编》,成都:四川人民出版社1978年版;《鸭绿江》杂志社资料室编:《形象思维资料辑要》,沈阳:辽宁人民出版社1979年版;《社会科学战线》编辑部编:《形象思维问题论丛》,长春:吉林人民出版社1979年版;哈尔滨师范学院中文系形象思维资料编辑组编:《形象思维资料汇编》,北京:人民文学出版社1980年版;等等。
② 中国社会科学院外国文学研究所编:《外国理论家、作家论形象思维》,北京:中国社会科学出版社1979年版。
③ 见《朱光潜全集》第5卷,合肥:安徽教育出版社1989年版。这三篇论文的题目分别是《形象思维与文艺的思想性》《形象思维:从认识角度和实践角度来看》《形象思维在文艺中的作用和思想性》。
④ 见朱光潜:《西方美学史》,北京:人民文学出版社1979年版,第676—694页。

"形象思维"的论文,发表在后来出版的《探讨集》上。他还于1979年至1980年间在中国社会科学院研究生院专门讲授这个问题,讲稿发表在1985年出版的《蔡仪美学讲演集》上①。蔡仪在以后还一再提到形象思维问题②。

在出版于1980年的李泽厚的《美学论集》中,收入了五篇论形象思维的文章,其中除了一篇写于1959年外,其余四篇都是在1978至1979年间写的③。李泽厚在1959年发表的文章提出,形象思维与逻辑思维一样,是认识的深化,是认识的理性阶段。在形象思维中,"个性化与本质化"同时进行,是"完全不可分割的统一的一个过程的两方面",在这个过程中,"永远伴随着美感感情态度"。④他的《形象思维的解放》一文,是一篇政治批判的文章,主要将反形象思维的观点,特别是郑季翘的观点,与"四人帮"的"三突出""主题先行"的理论联系起来。这是一篇给报纸写的、读了毛泽东给陈毅的信以后的即时反应的文章⑤。在这篇文章以后的一篇文章,即《关于形象思维》,可以看成是他承续1959年文章的思路,在思想上所作的进一步深化。这里所强调的观点,仍是"本质化与个性化的同时进行"和"富有情感"。⑥在差不多同一时期,李泽厚还发表了一篇根据讲演整理而成的文章《形象思维续谈》,认为"逻辑思维与形象思维各有所长","艺术的本质还不尽在认识"。⑦ 这几篇文章,都可以看成是对同一观点的发展。

除了这三位美学家以外,在中国的文学理论界,出现了大量的论形象思维的文章⑧。这些文章有的继续讨论有关形象思维与逻辑思维的关系问题;有的从毛

---

① 见《蔡仪文集》第4卷,北京:中国文联出版社2002年版。在这一卷中,收入了上面提到的《批判反形象思维论》《诗的比兴和形象思维的逻辑特性》《诗的赋法和形象思维的逻辑特性》《形象思维问题》,共四篇文章。

② 例如,1980年,蔡仪主编的《美学原理提纲》,收入了"形象思维与美的观念"一章。见《蔡仪文集》第9卷。再如,由蔡仪主编,并于1981年出版的《文学概论》一书,再次论述了形象思维。

③ 李泽厚:《美学论集》,上海:上海文艺出版社1980年版。这五篇文章的题目分别是《试论形象思维》《形象思维的解放》《关于形象思维》《形象思维续谈》《形象思维再续谈》。其中《形象思维的解放》发表于1978年1月24日的《人民日报》,《关于形象思维》发表于1978年2月11日的《光明日报》,都是读了毛泽东的信以后立刻写成的。

④ 李泽厚:《试论形象思维》,原载《文学评论》1959年第2期。参见李泽厚《美学论集》,上海:上海文艺出版社1980年版,第226—255页。

⑤ 李泽厚:《形象思维的解放》,原载《人民日报》1978年1月24日。参见李泽厚《美学论集》,上海:上海文艺出版社1980年版,第256—261页。

⑥ 李泽厚:《关于形象思维》,原载《光明日报》1978年2月11日。参见李泽厚《美学论集》,上海:上海文艺出版社1980年版,第262—268页。

⑦ 李泽厚:《形象思维续谈》,原载《学术研究》1978年第1期。参见李泽厚《美学论集》,上海:上海文艺出版社1980年版,第269—284页。

⑧ 这些论文发表在当时国内的各种杂志中,并被收集在各种论文集之中。其中比较集中地收录了这些论文的论文集有《社会科学战线》编辑部编:《形象思维问题论丛》,长春:吉林人民出版社1979年版。

泽东的信中所提到的比兴出发，从古代文学理论的一些观点寻找形象思维存在的证据；有的从艺术起源和原始思维的角度，论证形象思维存在的理由。这些讨论构成了"文革"后的第一个理论热潮。美学的一个新的黄金时代，就是这样拉开序幕的。历史上将这一时期，称之为"美学热"。如果说，在20世纪50年代，美学讨论是从"美的本质"到"形象思维"的话，那么这一次，是从"形象思维"到"美的本质"。当然，在这一时期，"美的本质"的讨论呈现出了一个新的面貌，国外的思想大量涌入，"美的本质"也被迅速融化到更新的话题之中。

四、对"形象思维"的反思

在欢欣鼓舞地庆祝毛泽东的信发表，从而出现有关"形象思维"的著述井喷以后，也有人开始了反思。郑季翘当年动辄说别人"反党"，当然不对，但他的观点，是否还需要从学术上讨论一番，而不只是再将帽子扣回去呢？郑季翘说别人"反党"，有了毛泽东的这封信后，就会有人再回敬他"反毛"。这层意思的确包含在许多批判郑季翘的文章之中。郑季翘辩解说，他写那篇文章时，不知道毛泽东有这么一封信①。如果说，这是一个学术问题而不是政治问题的话，这种讨论的方式当然是没有什么意义的。这里所问的是有没有"形象思维"，"形象"是否可用来"思维"，而不是文字工作干部们常常喜欢关心的"提法"问题。当然，在郑季翘的这篇新的文章中，除了对过去的一些事进行辩解外，也表明了他的立场的一些变化。他不再说不存在"形象思维"，而是退了一步，认定"形象思维"不可以认识，而只能表现。

按照当时被普遍接受的对认识论和心理学的理解，人的认识被区分为感性的和理性的。感性认识包括感觉、知觉和表象，理性认识包括概念、判断和推理。一些讨论"形象思维"的文章甚至使用巴甫洛夫的"第一信号系统"和"第二信号系统"与感性理性二分相对应的说法。这些说法既与巴甫洛夫的原初的思想相差很远，也完全跟不上当代心理学的最新发展。这种模式决定了"形象思维"说从一开始就受到质疑。"形象"能否"思维"，这个问题讨论了许多年，写了无数的文章，但有一个问题一直没有能绕过去：一方面，按照当时所理解的"马克思主

---

① 郑季翘在1979年《文艺研究》创刊号上发表《必须用马克思主义认识论解释文艺创作》。在这篇文章中，他强调他没有看到毛泽东《给陈毅同志谈诗的一封信》，并叙述他在"文革"时如何受"四人帮"的排挤。

义的"和"科学的"的"认识论",只有概念才能思维,不存在没有概念的思维。思维就是从概念到判断再到推理,在这方面,认识论、逻辑学和心理学整合成一个体系。另一方面,"形象思维"的赞成和拥护者,主要是一些熟悉文学艺术创作实际的人。这些人深刻地感受到,他们在创作时,并没有使用在认识论和逻辑学意义上的"概念",从"形象"到"形象",本来就是可以通过"思维"来选择、连结、整合和提炼的。

正是由于这一原因,在"形象思维"的讨论达到高峰,由于毛泽东的信而形成的肯定"形象思维"的观点一边倒的形势下,仍然有人坚持对"形象思维"的否定。例如,1979年6月在吉林省哲学社会科学联合会的第二次会议上,有人提出,郑季翘当年的观点是正确的。这种观点认为:"从科学的含义来讲,思维或理性认识必然是抽象的,用形象不可能进行思维。至于艺术家在认识生活、反映生活过程,观察、体验、研究、分析各种形象素材,并根据这些形象素材创造艺术形象,借以表达思想,并不等于用形象来思维。"①持这种观点的人,除了前面说的郑季翘本人外,还有高凯、韩凌、舒炜光、王极盛等,李泽厚认为,他们的观点是郑季翘观点的"延伸或变形"②。这就足以说明,郑季翘的观点,抛开政治批判色彩的话语,只是回到当时人们对认识论和心理学的一般理解而已。

仔细分析赞同"形象思维"的人的观点,我们也可以看出,这些人实际上在说着不同的东西。前面说过,20世纪的30和40年代,朱光潜与谈论"形象思维"的人,并不属于一个阵营,对艺术的看法,也完全不同。到了50年代至60年代,当学术界讨论"形象思维"时,朱光潜并没有写这方面的文章。相反,无论是40年代还是50年代,美学家们在讨论"形象思维"时,都对朱光潜持批判的态度。在《文艺心理学》一书中,朱光潜以"直觉说"统领全书。朱光潜认为,"知的方式根本只有两种:直觉的和名理的。……从康德以来,哲学家大半把研究名理的一部分哲学划为名学和知识论,把研究直觉的一部分划为美学。严格地说,美学还是一种知识论。"③

批判朱光潜的人提出,朱光潜讲"直觉""形象""感性",就是没有讲"思维"。因此,朱光潜的观点不能称之为"形象思维"。"思维"必须有一个"去粗取精"的

---

① 见一位署名"治国"的人整理的《形象思维讨论情况综述》,《社会科学战线》编辑部编:《形象思维问题论丛》,长春:吉林人民出版社1979年版,第395页。
② 李泽厚:《形象思维再续谈》,见李泽厚《美学论集》,上海:上海文艺出版社1980年版,第555页。
③ 朱光潜:《文艺心理学》,《朱光潜全集》第1卷,合肥:安徽教育出版社1987年版,第207—208页。

提炼,有一个从感性到理性的飞跃。这是蔡仪、霍松林、蒋孔阳等许多人所持的一个共同观点。李泽厚讲"个性化与本质化同时进行"的提炼过程,也是对朱光潜只讲"形象"不讲"思维"的否定。

然而到了1978年,朱光潜成了"形象思维"的最积极的拥护者。在《谈美书简》这本当时有着巨大影响的书中,朱光潜解释说:第一,"形象思维"就是"想象";第二,原始人先有形象思维,抽象思维是在长期实践训练之后,才逐渐发展起来的①。他的这个观点,在《形象思维:从认识角度和实践角度看》一文中得到了展开②。朱光潜的这些文章,极大地壮大了"形象思维"说支持者的声威,并且在《西方美学史》一书的第二版中,他将"形象思维"说与西方美学史的许多观点联系起来,给人以从古到今人们都承认"形象思维"存在的印象。然而,如果我们回到这个根本的问题:"形象"能否"思维",我们会发现,朱光潜并没有提供清晰的回答。

蔡仪是坚决主张"形象"可以"思维"的。他反复坚持的观点,就是存在着两种思维,一种叫"逻辑思维",一种叫"形象思维"。两种思维都有着从感性上升到理性的过程,都可以达到对世界的本质认识。

在这一时期,最引人注目的,是李泽厚的一篇题为《形象思维再续谈》的文章。对于"形象思维"论的拥护者来说,这篇文章无疑是出乎意外的。我们知道,无论是在"文革"前还是在1978年,李泽厚都是"形象思维"说的坚决拥护者。他的"本质化与个性化"同时进行的观点,在"形象思维"的拥护者那里极其流行。然而,在这篇"再续谈"中,他突然改变立场,提出在"形象思维"这个复合词中,"思维"这个词只是"在极为宽泛的含义(广义)上使用的。在严格意义上,如果用一句醒目的话,可以这么说,'形象思维并非思维'。这正如说'机器人并非人'一样。……在西文中,'想象'(imagination)就比'形象思维'一词更流行,两者指的本是同一件事,同一个对象,只是所突出的方面、因素不同罢了,并不如有的同志所认为它们是不同的两种东西"③。他进而提出,艺术不能归结为认识,尽管文学艺术作品之中,特别是小说中,有认识因素。美学也不是认识论。美学与伦理学一样,主要不是与"第一个飞跃",即从感性到理性有关,而是与"第二个飞跃",即

---

① 朱光潜:《谈美书简》,《朱光潜全集》第5卷,合肥:安徽教育出版社1987年版,第294页。
② 朱光潜:《形象思维:从认识角度和实践角度看》,原载《美学》第1辑,后收入朱光潜《美学拾穗集》,亦参见《朱光潜全集》第1卷,合肥:安徽教育出版社1987年版,第468—486页。
③ 李泽厚:《形象思维再续谈》,见李泽厚《美学论集》,上海:上海文艺出版社1980年版,第557—558页。

从理性到实践有关①。

李泽厚的这篇文章,可以看成是"形象思维"讨论的分水岭。从这一篇文章起,"形象思维"的讨论就开始走下坡路。到了80年代中期,由于一系列的原因,中国的文艺理论界逐渐放弃了形象思维。

形象思维说走向衰退的原因,主要有以下几条:

第一,艺术不再被看成是一种认识论。从70年代末开始的"美学热",用当时的语言说,具有一种"新启蒙"的倾向。那个时代人们对美学的理解,还是康德式的审美无利害和艺术自律的思想。这种对美学的理解在"文革"泛政治化的文艺思想被批判的时代,具有思想解放的意义。艺术自律,意味着摆脱工具论。审美,意味着和谐,符合人性,反对斗争哲学。这时,艺术的认识功能也连带受到质疑。形象思维的讨论是在这些思潮中兴起的。从"艺术是认识"到"艺术是一种特殊的认识"(通过"形象思维"达到的认识),这是一种进步。这种观点引领人们走出"文革"时代的政治说教,即对生活本质的认识;引领人们走出"三突出",即递进式地突出正面人物、英雄人物和主要英雄人物,以及"三结合",即领导出思想、群众出素材、作家艺术家出技巧式的创作,以及"主题先行"等文学理论观念。然而,从70年代末到80年代初美学界的总倾向,是在导向康德式的艺术与审美的无功利性。这种倾向本来是欧洲从19世纪末到20世纪初美学界所共同具有的大趋势。随着"美学热"在中国的兴起,这种趋势在美学界也日渐明显地展现出来。其结果是,艺术不再被看成是一种认识世界的手段。于是,"形象思维",用对这个问题作过专门研究的尤西林先生的话说,就"成为历史而失去了它存在的根据"②。从"艺术是认识",到"艺术是一种特殊的认识",再到"艺术不是认识",这是70年代末到80年代初中国文学理论所经历的一个发展过程。"形象思维"的讨论推动了这个过程,成为其中一个重要的中间环节,又最终为这个过程所抛弃。

第二,20世纪70年代末和80年代初,中国文艺理论界经历了一个从受苏联理论影响到逐渐被来自西方的理论影响的过程。这种变化的原因,也是历史

---

① 参见李泽厚:《形象思维再续谈》,这里的意思综合了李泽厚《美学论集》(上海文艺出版社1980年版)第560—562页上的内容。

② 这句话引自尤西林《形象思维论及其20世纪争论》,钱中文、李衍柱主编:《文学理论:面向新世纪》,济南:山东人民出版社1997年版,第339—347页。该文从哲学角度对"形象思维"在中国的兴衰史作了简明的概括。

形成的。"文革"前受到大学教育的一代人,主要接受的是苏联的影响。尽管20世纪60年代的中苏论战和随后的"文革"以及中苏关系的大破裂,苏联被宣布为"主要危险",文艺理论所接受的,总体上还是苏联模式,只是在这个模式的基础上作过或大或小的修补而已。"文革"后上大学的这一代人,则更多地受到西方思想的影响。当这一代人成长起来,成为学术研究的主力时,整个文学理论和批评的话语体系必然会产生一个巨大的变化。"形象思维"在这些新的话语体系中再也找不到相应的位置。由于这一系列的原因,从80年代后期到90年代,"形象思维"这一术语在各种美学和文学艺术理论的教材中被淡化,以至最终消失。

五、"形象思维"论的三个发展

20世纪80年代,有关"形象思维"的讨论逐渐停止,美学和文艺理论界被一些新的话题所吸引。然而,并于文学艺术创作活动中人的思维的性质这个问题并没有解决。

这一讨论实际上转向了三个方面:第一个方面是文艺心理学,从科学的角度探讨文艺创作和欣赏的心理。对于中国美学界来说,文艺心理学当然不是一个新问题。早在20世纪30年代,朱光潜先生就写出了著名的《文艺心理学》,这是当代中国美学史上的一部里程碑式的著作。20世纪80年代,有大批新的文艺心理学和审美心理学方面的著作问世。这些著作中,有的将国内已接受的普通心理学知识应用到艺术与审美之上,有的在介绍国外的一些较新的艺术心理学研究成果的基础上,进行综合。在这两方面的研究著作中,前一方面的代表是金开诚先生的《文艺心理学论稿》(北京大学出版社,1982年)一书,这本书将普通心理学的思想运用到审美与艺术的研究中,后一方面的代表是滕守尧先生的《审美心理描述》(中国社会科学出版社,1985年),这本书介绍了一些西方较新的审美心理学思想,并将这种描述归结到一个由李泽厚先生所勾画的审美心理图表上。介乎前面两种类型之间的,有一本彭立勋先生的《美感心理研究》(湖南人民出版社,1985年)。在这本书中,有对普通心理学思想的运用,有对20世纪初年的一些西方心理学思想的介绍,也有对前一段时间积累的"形象思维"话语的复述。

文艺心理学是一个需要专门进行历史描述的话题。从总体上讲,一方面,心理学给文学艺术的研究带来了新的启示,但另一方面,心理学也带来了许多新的困境。现代心理学的诞生,与实验美学有着共源的关系。实验心理学的第一人古斯塔夫·费希纳对实验心理学和实验美学的诞生,都具有巨大的贡献。然而,他所创立的这两门学科,后来的命运却完全不同。实验心理学有了重大的发展,在费希纳之后,出现了像赫尔曼·冯·赫尔姆霍茨和威廉·冯特这样一些重要的心理学家。从此,心理学与实验室联系在一起,成为一门实验科学①。心理学在20世纪开始了它的新的历史,相继出现了构造主义、机能主义、行为主义、格式塔、精神分析,等等,这些流派分别在不同的国家发展,并逐渐获得国际意义②。这些心理学流派的研究方法与美学和文学艺术理论家所使用的方法间有很深的鸿沟,尽管美学家和文学艺术的理论家、批评家们常常从心理学那里借用一些概念。有一个例子很能说明问题:20世纪初,心理学家爱德华·布洛在《英国心理学报》上发表了不少关于审美心理实验研究的论文③,但使他得以闻名于世的成果,却是一个与实验无关的、借助于内省而形成的关于"心理距离"的假设④。类似的情况,在许多文艺心理学家那里都存在着。所有在文学艺术的研究中产生了巨大的影响的心理学学说,包括著名的格式塔学说和精神分析学说,尽管本来都有实验或医学临床治疗的依据,但它们在艺术中的运用,都是在超出了实验之外进行理论延伸和哲学思辨之时产生的。格式塔学派把研究局限在知觉之上,论证知觉的整体性。这比起构造主义心理学而言,向前进了一步。但是,光有知觉的整体性还是不够的。知觉所从属于的人的整个心灵的整体性,却是在格式塔心理学的研究之外。因此,格式塔心理学只能在对象的形式与知觉之间建立一种同构的关系,而对象意义的探寻,超出了格式塔心理学为自己设定的研究范围,只能交给研究者假设。心理分析学派最初来自对精神病的治疗业。这一学派后来形成的关于人格模型的设想、关于内在的心理动力源,以及关于原始意象的假设,都超出了实验科学所能达到的边界,属于一种心理玄学。

在心理学所带来的这种复杂的语境之中,"形象思维"的思想没有得到验证,

---

① E. G. 波林:《实验心理学史》,高觉敷译,北京:商务印书馆1982年版,第311—386页。

② 有关这里提到的历史的一般性描述,参见杜·舒尔茨:《现代心理学史》,杨立能等译,北京:人民教育出版社1981年版。

③ 例如,《论色彩显示出的沉重性》("On the Apparent Heaviness of Colours," *The British Journal of Psychology*, Vol. II, No. 4, pp.111-152),《对简单的色彩结合进行审美欣赏时"透视问题"》("The 'Perceptive Problem' in the Aesthetic Appreciation of Simple Colour-Combinations," *The British Journal of Psychology*, Vol. III, No. 4, pp.406-447)。

④ 《作为一个艺术因素和一个审美原则的"心理距离"》("'Psychical Distance' as a Factor in Art and an Aesthetic Principle," *The British Journal of Psychology*, Vol. V, No. 2, pp.87-118)。

也没有被完全否定。"形象思维"只是一种哲学上的认识论话语,它没有能很好地实现与心理学话语的对接。

第二个方面是原始思维研究对"形象思维"的延续。20世纪80年代,是美学的人类学研究走向兴盛的时代。从大的环境来说,对从泰勒、弗雷泽和摩尔根以及马林诺夫斯基的著作的译介,促成了中国的文学人类学研究的兴盛。联系到"形象思维"研究,在80年代,有两部影响巨大的译著,一部是列维·布留尔的《原始思维》[①],另一部是维柯的《新科学》[②]。这两部著作,前一部对原始人的思维方式,特别是"集体表象"的思想,进行了详细的论证,后一部则论述了"诗性智慧"。这些都论证了另一种"思维方式"存在的可能性。从原始人思维的独特性,证明"形象思维"的存在,再进一步运用比较人类学的方法,说明不同思维方式在价值上的平等性,从而证明"形象思维"与"逻辑思维"的平行论,是当时研究者的一个重要的论述策略。这种策略的实际结果,是90年代以后文学人类学的迅速发展。然而,"形象思维"的提法,却日渐减少。后来的文学人类学研究,逐渐减少了对"思维"特征的关注,而走向语言和符号。

第三个方面是关于古代文论的研究。毛泽东给陈毅的信,本来就是围绕作诗法来谈的。信中将"形象思维"与"比""兴"等手法联系起来,并谈到唐人与宋人诗的区别。许多文学理论研究者沿着这一思路,做了大量的工作。例如,蔡仪曾分别就"形象思维"与"赋"以及"形象思维"与"比、兴"的关系写过两篇长篇论文[③]。从20世纪80年代中期到90年代,是中国古典美学大繁荣的时期,众多的古代文学概念,特别是影响巨大的"意象"研究,直接承续"形象思维"的讨论而来。如果说,1978年是"形象思维"年的话,那么,1986年也许可以被称为是"意象"年[④]。对于这些研究者来说,那些未受感性与理性二分的西方哲学影响的古人的思维方式,是他们的重要思想源泉。从这个意义说,也许可以写出"从形象思维到意象的创造"方面的文章,来清理"形象思维"说在这方面的余绪。"意象"说强调"意象"不是"形象",强调此"象"需经过心灵的转化。转化后的此"象"非彼"象",实现了主客的统一。这方面的研究,当然是有益的,但是,如果仅仅归结

[①] 列维-布留尔:《原始思维》,丁由译,北京:商务印书馆1981年版。
[②] 维柯:《新科学》,朱光潜译,北京:人民文学出版社1986年版。
[③] 《诗的比兴和形象思维的逻辑特性》《诗的赋法和形象思维的逻辑特性》,见《蔡仪文集》第4卷,北京:中国文联出版社2002年版。
[④] 这一说法参考了刘欣大先生的《"形象思维"的两次大论争》一文中的说法。这篇论文坚持认为,"形象思维"借"意象"研究而转世。

到这一步,那离"形象思维"说的原初的设想,即确立一种艺术思维的方式,以证明艺术家在循着自己的途径认识社会和生活,还有一些距离。

六、从形象思维到符号思维

当人们说用"形象"来"思维",并且"形象思维"是始终不脱离形象时,由于一方面有苏联文学理论的影响,另一方面又觉得它契合了文学艺术创作的经验,从而得到了许多人的认同。但是,对西方古典哲学的学习和对感性与理性二分的理论模式的接受,又使他们产生对这种观点的质疑。这里面隐藏着一个深刻的矛盾。一些搞文学艺术的人坚持认为有"形象思维",因为这给他们的艺术创作与欣赏经验提供一个很好的解释模式。搞哲学的人,则觉得这不符合主流哲学,特别是从德国理性主义到德国古典哲学对认识论的理解。这种争论在当时被种种意识形态的争论掩盖着,使得赞同"形象思维"的人显得在政治上和学术上偏"右",而否定"形象思维"的人显得在政治上和学术上偏"左"。拨开意识形态的迷雾,经验与理论的矛盾就展现了出来。这里面隐藏的是这样一个简单的道理:从艺术创作和批评的经验方面看,文学艺术家和批评家们时时感到艺术思维的独特之处。艺术家的工作方式与科学家不同。他们的确有对生活和社会的深刻认识和洞察,这种认识不能为科学的认识所取代。不仅如此,不同门类的艺术家,诗人、画家和音乐家,都对世界有着不同性质的感受。他们都是用自己所掌握的媒介来"掌握"世界的。当我们说"掌握"时,文学理论界的人都能体会到,这里引用了马克思在《〈政治经济学批判〉导言》中的一段话,提到了包括"艺术的"方式在内的"掌握"世界的四种不同方式[①]。马克思在这篇笔记中所提出的猜想,尽管也曾受到过文学艺术理论研究者的重视,但一直没有得到深入的阐发。从流行的哲学,特别是认识论的模式上看,很难为"形象思维",或者某种独特的艺术的"思维"找一个位置。

产生这种情况的根源,在于一种在欧洲哲学史上根深蒂固的感性与理性二分的理论模式。感性与理性的二分,来源于柏拉图的表象与理念的二分。理念的世界一般不可见,只能在思维中把握;可见的表象世界,只是理念世界的摹仿

---

① 马克思:《〈政治经济学批判〉导言》(1857年8月底至9月中),《马克思恩格斯选集》第2卷,北京:人民出版社1972年版,第104页。

而已。这是欧洲哲学上二元论的起源。此后经过中世纪的经院哲学对神的世界与人的世界的二分，再到近代笛卡尔的理性主义哲学，以及康德关于主体性与自在之物的二分，这种传统被延续了下来。在欧洲从柏拉图直到康德的哲学中，美与艺术都是分离的，美从属于理性，艺术从属于感性。希腊人讲美在形式，来源于毕达哥拉斯关于数的观点。从对美的数与量的理论，到将标准的几何图形看成是美的图形，直到将美归结为平衡、对称和比例等数量关系的思想，都是这种传统的体现。艺术是模仿，给人以感性的吸引力。柏拉图从否定性角度看待作为模仿的艺术，是从认识论与伦理学的角度否定艺术，从反面肯定了艺术的感性吸引力。夏尔·巴图将模仿当作所有"美的艺术"的"单一原则"，从正面肯定了模仿，从而肯定了将这种感性吸引力作为现代艺术体系的基石。鲍姆加登关于"感性认识的完善"的思想，肯定了感性的独立性。但是，他的基本理论模式仍是理性主义的，艺术只不过是一种低级的认识论而已。

哲学上的这种感性与理性二分的理论模式，在20世纪陷入深刻的危机之中。当费尔南德·索绪尔在《普通语言学教程》中宣布，我们是在用语言思维，而不是用概念来思维之时，他走在通向揭开谜底的路上。那种设想形象与概念完全不相容，只用概念才能进行思维的理论，也就破产了。实际上，人们绝不是用抽象的概念"思维"出一个结果，再用语言或其他的材料，如图像和声音，将它表达出来。人的思维总是要借助于外在物质材料，语言是声音与意义的结合体，是思维的工具和载体。用索绪尔的话说，是"能指"和"所指"。没有清晰的语言，就没有清晰的思想。我们是在以生活中的任何的形象，套用索绪尔的术语，用"能指"来进行思维的。"能指"无所不在，还可以有"能指"的"能指"，如一个手势表示一个场景，一个场景代表一个意义，等等，以及无"所指"的空"能指"，只是形象，意义丧失或意义不明。这些都是当代理论所揭示的种种复杂性。

就我们所涉及的抽象与形象思维的区分来说，我们可以说，人们可以用抽象的"能指"思维，也可以用具象的"能指"思维。语言当然是比较抽象的"能指"，但也不是最抽象的。数学的符号以及由数学符号构成的数学公式和等式，就比语言要更抽象。逻辑学原本主要用语言描述，现代逻辑学追求用数学符号来描述，也是这种抽象化努力的一部分。其他的一些科学，如物理和化学中，大量的数学符号被采用，数学的思维方式在不断地加入。

与此相比，视觉图像和声音就是具象的。耳听八面、眼观四方，本身就已经是认识，并不一定要等待它们被转换成话语形式才是认识。相反，这些认识被转

换或翻译成话语形式时，反而会失去其中许多极有价值的部分，变成了另一种东西。语言对于人类来说，当然是极重要的，但这并不是说，只有运用语言才能思维。语言是人类所掌握的各种各样的符号之中的一种，尽管是非常重要的一种。它在思维中与其他符号的关系，只能是一种相互影响的关系。更何况，语言本身，也有相对抽象和相对具象之分。

在"形象思维"的争论中，我们关于"形象"能否"思维"的讨论，实质上是围绕着我们在生活中所形成的种种认识，是否有待于用话语将它们表述出来才能存在的问题的讨论。用话语来表述，只是多种认识方式中的一种，而人在生活中无时不在的认识，以多种多样的方式存在着。

从这个意义上讲，我们可以将当年的所有论争，来一个彻底的颠倒。本来就没有什么完全没有形象的抽象思维。即使最抽象的思维也不能离开符号。这些符号可以是由字母和数字组成的符号，由种种示意图形组成的符号，由色彩、音符、人体动作、由种种物质材料组成的符号，当然，也包括语言符号，包括语言的声音符号和文字符号。在语言符号中，我们还可再进一步划分为理论论断性语言符号和故事叙述性语言符号。我们是在用这些符号进行思维。因此，我们也许可以极端地说，所有思维都是"形象思维"，只是这些"形象"中有的较为具体，有的较为抽象而已。

我们曾经说，艺术曾经被理解为是认识。这时，艺术只是一种低级的认识，它有待于上升到高级的认识。这种高级的认识，就是理性认识，它是由哲学家完成的。后来，有了"形象思维"的观点，艺术被看成是一种特殊的认识。据说艺术家有一种特殊的能力，能够不脱离形象也能认识真理。这样，艺术存在的理由就得到了确认，艺术的特征也得到了指认：哲学家和思想家们用三段论，艺术家用"形象"，他们说的是一回事。再后来，艺术的独立达到了这样一个地步，它不再需要通过"认识"来确证自己的存在理由：艺术是人类花园中所开的花朵。花朵对充饥和避寒都没有什么用处，它不是我们的生命活动所必需，我们也不应将它纳入到污浊的人与人的斗争之中。艺术也是如此，就像花儿一样开放，所有的人都喜欢它。于是，有了艺术自律的观点。根据这种观点，艺术不是一种认识。

"形象思维"说只存在于艺术"是一种特殊的认识"这一中间阶段，当历史走出了这个阶段时，"形象思维"说似乎也就寿终正寝了。但是，正如我们在前面所说，根据现代哲学对思维的理解，我们可以在上述的学术史描述的基础上再往前走一步。人的认识过程，是一种将世界符号化，并依赖符号"掌握"世界的过程。

各种符号之间,并没有高下之分。艺术本来而且应该是运用一些具象的媒介对世界、对自然和社会、对人的关系和人的心灵的"掌握"。从这个意义上说,如果艺术是认识,是一种特殊的认识,不是认识,我们对艺术的认识走了三大步的话,我们现在可以而且应该迈出第四大步:艺术还是一种认识。

人类社会需要艺术,艺术家以他们特有的方式来认识生活,艺术的观赏者从作品中获得知识,并由于这种知识的获得而产生快感。这些都是最古老的,亚里士多德和孔子就有的见解,也是在当代社会需要重新建立的信念。当我们读了一首好诗,一部小说,看一幅画,听一支曲子之时,我们的心灵会有所感动,有所感悟,有所启示,有所丰富,这就是艺术的作用。艺术作品不是经验的直接展现,艺术家们运用他们所熟悉的媒介,从经验之流中将它们捕捉到,固定下来。艺术家运用他们的媒介进行思维,媒介就是他们的符号,通过符号认识世界。当然,不同类型的符号相互影响,例如语词会影响图像、声音。但是,这只是符号的相互影响而已。

在诸种符号之中,语词的作用也许更重要一些,但这一点并不是绝对的。人们对世界的理解,并不有待于转化为语词,眼耳鼻舌身所感受的一切,都能成为知识。从这个意义上讲,那种一切对世界的认识都有待于转化为理性的概念,就像一切科学的认识都有待于转化为数学公式一样,如果不是过时看法的话,也是简单化和绝对化的看法。

那种哲学家和思想家用三段论、艺术家用形象、他们说的都是一回事的说法,也是不准确的。运用不同的媒介和符号的人,说的不可能是"一回事"。他们实际上是用不同的符号,把握世界的不同的方面、侧面和层面。如果我们知道诗与画和音乐等不同类型的艺术,只能各自把握同一对象或事件的不同方面、侧面和层面的话,那么,哲学家和思想家、政治家、法学家和其他方面的专家,对同一对象的把握,就更不相同。这些不同的"把握",各有其意义和价值。不同的人在对象的选择方面,是不同的。我们不能要求所有的人,都对同一事物和事件发言。即使他们对同一事物和事件发言,也不会说出同样的、属于"一回事"的话,只能对同一事物和事件各自从自己的角度作出自己的反应。

关于这方面的详细阐述,已经不是这篇已经太长的论文所能完成的任务了。在文章的最后,我想再次强调一个观点,艺术还是一种认识。通过这种认识,我们的见识得到了增长,我们的人生得到了丰富,我们的趣味得到了提高。这对社会的繁荣,文明质量的改进,对美好的乡村和城市的建设,都会起重要的作用。

文艺学研究论文写作：案例与方法

作者手记：

"形象思维"一词意义之意义

在中国美学和文艺理论界，提到"形象思维"，会有复杂的反应。从浅层说，一般人会将之当成一种关于思维科学的表述，认为存在着两种思维，科学家、哲学家，以及在日常生活中一般的人，都用逻辑思维，而艺术家则用形象思维。这种划分的方式，给人们带来了许多疑问：普通人在日常生活中是不是也在用形象思维？科学家与哲学家完全不用形象思维吗？文学家和艺术家是不是只用形象思维？

关于"形象思维"的讨论在20世纪的中国有着独特的历史。它在30年代被引入中国，伴随着俄国革命对中国的影响，在"左翼"文艺界流传。在50年代至60年代初的"美学大讨论"中，围绕"形象思维"的争论起过重要作用。从1978年开始，在"思想解放"的年代，这一讨论被重启，并扮演了一个特殊的角色。在80年代中期以后，这一讨论逐渐淡化。

《"形象思维"的发展、终结与变容》一文所做的第一件事，是梳理"形象思维"在中国的历程。这一概念起源于俄国，由别林斯基提出，是俄国文学理论的一个重要概念。本文选取四个人的观点作介绍，分别是屠格涅夫、普列汉诺夫、卢那察尔斯基、高尔基，从这几位重要作家和思想家的论述中引出后来关于这个概念理解的不同线索。

在中国，"形象思维"的历史分为三段：第一段是1949年以前，随着对苏联文论的介绍，这一概念被引入中国。当时对"形象思维"的讨论是与30年代的"左翼"文学的兴起联系在一起的。第二段是从50年代到1966年。当时，在中国出现了"美学大讨论"。这场"讨论"的主线，是"美的本质"，而"形象思维"作为讨论的副线存在着。"美学大讨论"具有哲学和艺术的两翼。所谓哲学，是将讨论建立在"唯物"还是"唯心"、"辩证法"还是"形而上学"区分的基础上；而所谓艺术，就是通过"形象思维"，将研究引向关于艺术思维特点的探讨上来。"形象思维"代表着当时"美学大讨论"中重视艺术规律的一翼。第三段，则是从1978年开始。这时形象思维成为对"文革"式思维在文艺界进行"拨乱反正"的突破口，推动了当时轰轰烈烈的"思想解放"运动。进入80年代以后，随着苏联文论影响逐渐被当时大量引进的欧美文论冲淡,美学和文论的研究者们也逐渐实现话语和术语转换,谈"形象思维"的人也越来越少。

几十年漫长的"形象思维"一词的中国之旅,从本质上讲,有一个问题总是绕不开的,那就是这一讨论的性质。有人说有"形象思维",有人说没有。他们究竟是在说什么?从表面上看,这是一场关于思维科学的讨论,谈论的是艺术家如何思维,或者说,有没有一种专属于艺术创作(也可扩展到艺术欣赏)的思维。然而,如果只是思维科学问题的话,那需要的是用科学实验的方法进行研究,而不是由哲学家、美学家、作家和艺术家来讨论。作家和艺术家们只是从自己的创作感受出发,进行内省式的描述,而哲学家们将这一问题或者放到哲学体系中进行论证,或者用哲学方法进行分析。

对于作家、艺术家,以及文艺评论家们来说,"形象思维"构成一种文艺的主张,即作品要有生动的形象,这些形象直接来源于生活本身,而不是分成两段,先抽象化为意识或原理,再用形象来表现它们。这种分歧进而转化为两种文化——政治的主张。主张艺术反映现实生活的人,赞同"形象思维",而主张艺术演绎某种意识或原理的人,则反对"形象思维"。这种文化——政治主张,典型地反映在中国社会进入"文革"和走出"文革"的时代转变上。伴随着1966年郑季翘的一篇文章批判"形象思维",中国开始了"文革"。"文革"时代,在文艺上主张"三突出",要"主题先行",这自然是反"形象思维"的。在"思想解放"运动时,重提"形象思维"。随着1977年底毛泽东《给陈毅谈诗的一封信》的发表,再经过1978年的"形象思维"年,中国人在精神上走出了"文革"。"文革"是一场政治运动,但毕竟是以"文化"命名,在"文化"的名义下所进行的运动。进入与走出"文革",都分别伴随着与"形象思维"有关的事件,这不是偶然的。

在一些哲学家那里,"形象思维"是否符合马克思主义认识论,成为一个大问题。根据一些马克思主义哲学教科书,认识要从"感性认识"上升到"理性认识"。"感性认识"包括"感觉""知觉"和"表象",是"具体的",而"理性认识"包括"概念""判断"和"推理",是"抽象的"。这种教科书断定,只有抽象的才能思维。主张"形象思维"的人,认为形象也能思维。那么,这种观点是否符合马克思主义认识论,就面临着种种解释的困难。当时的许多"形象思维"论者倾向于认为,一般的思维都是抽象的,但"形象思维"是一种特殊的思维,可以用形象,自始至终不脱离形象,同时充满感情。许多关于"形象思维"的哲学争论,其中的困难就在于此。研究者们一方面感觉到的确有一种可以被称为"形象思维"的东西,另一方面又很难将它放进流行教科书简化了的理论模式之中。

"形象思维"的讨论到了20世纪80年代中期就淡化了,然而它并没有消失。1978年的"形象思维"大讨论推动了改革开放,而从这时开始,包括美学和文艺学等在内的种种学科研究就兴盛了起来。从这个意义上讲,"形象思维"的讨论启发和引导了许多学科研究,成为它们的出发点。本文举了三个学科为例。

第一,关于文艺心理学研究。"形象思维"所研究的原本就是艺术思维。从1978年开始的这场讨论引发了俄苏文论与西方美学的对接。"形象思维"原本是俄苏批评家和作家讨论文艺创作心理时提出的概念。这时,"形象思维"的概念被扩大了。例如,中国社会科学院外国文学研究所编的《外国作家艺术家论形象思维》一书,将从古代直到现代人们所讨论的"想象""幻想""直觉"等许多概念都放进了"形象思维"之中,从而编出一本普泛化的"形象思维"的资料集。朱光潜所著的《西方美学史》也加入了一章专论"形象思维",认为从亚里士多德开始,整个西方美学史上都有"形象思维"。这些做法是在淡化"形象思维"的文化—政治含义,而强化其心理学—哲学的含义,实质上是在推动审美心理和文艺心理研究。下一步所面临的问题,是将研究导向心理学—哲学的思考和分析,还是导向实验科学的研究方向,这两者截然不同。但是,不管研究如何发展,"形象思维"讨论作为最初的引发者,具有历史的意义,也为后续的发展预留了空间。

第二,当下在中国文艺理论界流行的文学人类学研究一派,也可溯源到"形象思维"的讨论。"形象思维"热以后,在中国学术界有几本书特别流行,其中有朱光潜翻译的维柯《新科学》,还有列维-布留尔的《原始思维》,以及弗雷泽的《金枝》。这些书籍的流行,表明了美学和文艺研究者对有关文艺的思维方式的兴趣。从在马克思主义文论中占据重要地位的"艺术的起源"问题出发,部分研究者关注原始神话思维,探索一种"诗性思维"的可能性。这种研究兴趣,促使文学人类学在中国的兴起。作为这种研究的进一步发展,又从艺术的起源转向文明探源。

第三,"形象思维"还直接启发了中国古代文论研究。1978年的"形象思维"讨论,是从毛泽东《给陈毅谈诗的一封信》发表开始的。毛泽东在这封信中,谈到了诗要用比兴手法,谈到了唐人与宋人诗歌的比较,这些论述对于古代文论的研究具有重要推动作用。美学家蔡仪在当时就用"赋""比""兴"与"形象思维"的关联分别写出文章。此后,围绕着神思、意象等概念,中国古典美学的研究有了很大的发展,王元化出版了《〈文心雕龙〉创作论》一书。再后来中国古代美学和文论研究蓬勃发展,终于像如今这样蔚为大观了。

"形象思维"讨论对从20世纪80年代开始的中国人文社会科学学术研究的影响,是多方面的。这种研究的成果,以及受这种研究启发而产生的思维方式,早已融化在各种各样的学术研究之中,只是后来的人们越来越少提及"形象思维"这个词而已。

然而,对"形象思维"的探讨并不能就这样消失。从一开始接触这个问题的"浅层",直至回到这个问题时的"深层",我们可以发现,人们能否用"形象"来"思维",仍然是一个合理的问题。过去我们认为,人在用概念思维,其实,人们并没有用一种看不见、摸不着的"概念"进行思维。在一般情况下,人们是用语言思维,即以有声音、可以书写的语言,进行着思维。当人们使用自己的母语时,思维就自由而更有创造性,用掌握得不够好的语言时,思维就受到局限。这就说明了思维工具的重要性。更进一步,人们是在用各种符号进行思维。数学家用数学符号思维,棋手在思维时心中有棋子和游戏规则。艺术家们也是如此,画家是用线条和色彩来思维、音乐家是用声音来思维、舞蹈家用人体动作来思维。从符号学的观点看,人们都是用"能指",而不可能直接用"所指"来思维。离开了这些具有物质性存在的符号的"能指",思维就不存在。从这个意义上说,我们可以说一句完全相反的话,思维都要依赖形象,没有纯抽象的思维。

中国古代文论命题的思维学考察*

张 晶 唐 萌**

摘要：中国古代文论命题是古人的思维产物，它是基于对中国古代文学创作与批评实践的感性体悟和理性思辨而创成的一种复合型语言表达形式。古代文论命题结构复杂、形式多样，不同类型的命题不仅服务于文学思想的表达，更反映着古人的思维特征。从思维学角度考察命题，着眼于命题生成的内部机制，包括命题的思维类型与思维程序；落脚于命题的外部功能，包括文论体系的建构与文论思想的阐释，是对古代文论命题进行的根本性、整体性与宏观性学理考察。

关键词：古代文论；命题；思维学

命题研究是中国古代文论研究的一项开创性工作，由吴建民、张晶等人发起，渐为学界所重。近年来，在大量范畴研究、命题个案研究的基础上，学界开始展开深层次的命题研究。相比范畴研究而言，命题研究对于探索古代文论思想系统、开发古代文艺思想资源、创建中华思想文化的话语体系等都具有重要意义，笔者曾提出："要在中国美学理论建设上有突破性进展，构建中国哲学社会科学话语体系，仅停留在范畴研究的层面上已经难以充分发挥古代文艺理论的资源功能，难以承载这样的历史使命了。"[①]现有的范畴研究在理论阐发方面已经取得了丰硕的成果，但要进行命题研究，不应驻足于"命题"的理论阐释层面，而是需要对"命题"生成的内部机制，包括命题的思维类型与思维程序，以及命题的外部功能，包括文论体系的建构功能、文论思想的阐释功能以及文化风俗的引领

本文为国家社科基金重点项目（"中华美学精神的诗学基因研究"，项目编号：19AZW001）的阶段性成果。

* 原载《南京大学学报（哲学·人文科学·社会科学）》2021年第3期。

** 张晶，中国传媒大学人文学院资深教授；唐萌，北京外国语大学中国语言文学学院讲师。

① 张晶：《中国古代美学命题研究的意义何在》，《社会科学辑刊》2020年第1期。

功能等深层机理性问题有自觉的认识。

从现有研究论著看,学界对"命题"本身已经做了基本辨析,涉及命题的内涵与外延以及范畴与命题之间的关系等。在此基础上,研究应进一步向纵深拓展。在举出经典命题范例之后,还应继续总结命题的一般性特征;认识命题的发展与流变之后,更要了解命题的生成过程;注意到命题与范畴的形式区别之后,还应关注命题相对于范畴的独特功能。作为意识的模型、思维的外显,命题深受中国传统思维的影响,不同类型的命题反映着不同的思维模式,不同表述形式的命题背后是不同的思维形态。鉴于此,本文拟从思维学角度对古代文论命题进行综合考察,以揭示古代文论命题深层的学理依据。

一、古代文论命题的定义、形式与构成

吴建民提出:"中国古代文学理论体系由命题构成,命题借助于名词概念即范畴来表达。三者的关系是:范畴构成命题,命题组成体系,命题与范畴是构成古代文学理论的两个基本因素。"①其中涉及两个基本问题:一是命题的表达形式,二是命题与范畴的关系。这两个问题是认识古代文论命题的关键。

要认识命题,必先了解"范畴",因为命题与范畴关系密切。何为范畴?

从"范畴"一词的起源看,最早使用"范畴"概念的是亚里士多德,其《范畴篇》对范畴的语言形式进行界定。亚氏称:"所说的东西中一些是按复合说的,一些则无复合。因此,那些按复合说的例如人跑、人赢;而那些无复合的例如人、牛、跑、赢。……不按任何复合方式说的东西中的每一个,或者表示实体,或者表示数量,或者表示性质,或者表示关系,或者表示何处,或者表示何时,或者表示姿态,或者表示具有,或者表示施为,或者表示遭受。"②质言之,亚氏将范畴的语言表达形式分为"复合"与"非复合"两类。姚爱斌说:"根据亚里士多德的理解,范畴应该是'非复合词'(即词)。而不应是'复合的'语言表达(即句子)。""按照现在的说法,'复合的'表达相当于或长或短的句子,'简单的'表达则相当于词。"③我们可以确认,从语言表达的形式来看,"范畴"是非复合概念,相当于语词,而非

---

① 吴建民:《命题与古代美学理论之建构》,《社会科学辑刊》2020年第1期。
② 亚里士多德:《范畴篇 解释篇》,北京:商务印书馆2017年版,第4、6页。
③ 姚爱斌:《"范畴"内涵重析与中国古代文论范畴研究对象的确定》,《文艺理论研究》2008年第1期。

或长或短的句子。

汪涌豪的《中国文学批评范畴及体系》对范畴进行了全面研究。他总结了"范畴"的定义:"范畴是英文 category 的汉译,指反映认识对象性质、范围和种类的思维形式,它揭示的是客观世界和客观事物中合乎规律的联系,在具有逻辑意义的同时,作为存在的最一般规定,还有本体论意义。正是基于这种特性,它被人用作精神操作的工具,进而确认为思维特有的逻辑形式。"①简单说,范畴是关于事物特征与关系的基本概念,它能够揭示事物之间的合乎规律的联系,具有逻辑意义、本体论意义及特有的逻辑形式。在古代文论范畴中,有"道""气""象"这样的元范畴,有"神思""妙悟"等创作范畴,有"风骨""雄浑""冲淡"等风格范畴,还有"体势""意脉""格律""肌理"等体式范畴,等等。从内涵上看,范畴从不同侧面揭示了众体文学的特征及规律;从形式上看,范畴则表现为不同概念的集合②。

这里周延出"概念"一词。"概念"是人类在从感性认识上升到理性认识的过程中,把所感知事物的共同本质特点进行抽象概括的一种语词表达,它是反映对象的本质属性的思维形式。一般认为,从感性认识到理性认识的过程靠的是逻辑思维。事实上,人的思维不只有逻辑思维这一种类型,也有非逻辑思维,感性认识即偏重于非逻辑思维或称前逻辑思维。这就是说,概念是思维的产物,既含有逻辑思维也不乏非逻辑思维的参与。概念的集合又以某种形式组成了范畴,所以,范畴具有比概念更高一级的思维属性。汪涌豪说:"范畴是比概念更高级的形式。……概念是对各类事物的性质和关系的一种反映,是关于一个对象的单一名言,而范畴则是反映事物本质属性和普遍联系的基本名言,是关于一类对象的综合性名言,它的外延比前者更宽,概括性也更大,在许多时候能统摄一连串层次不同的概念展开事理的推演和论列,故具有最普遍的认识意义。"③

在对"范畴"的形式和内涵进行一番简要梳理后,回到本文的核心议题"命题"。既然范畴是命题的基本单位,命题由范畴构成。那么,命题的形式是什么?古代文论中哪些形式可称为命题?吴建民认为:

---

① 汪涌豪:《中国文学批评范畴及体系》,上海:复旦大学出版社 2017 年版,第 5 页。
② 关于"概念"与"范畴"的关系问题,张岱年认为,在概念之中,有些可以称为范畴,有些不是范畴。如表示存在的统一性、普遍联系和普遍准则的可以称为范畴,而一些常识性的概念如山、水、日、月、牛、马等,不能叫作范畴。参见张岱年:《中国古典哲学概念范畴要论》,北京:中国社会科学出版社 1987 年版,第 4 页。张岱年从哲学范畴立论,与本文所探讨的文学理论范畴仍有区别,可做参考。
③ 汪涌豪:《中国文学批评范畴及体系》,上海:复旦大学出版社 2017 年版,第 7—8 页。

"命题"本是一个逻辑学概念,其基本形式是"判断的句子"或"陈述句",也可以是一种单纯的"判断";其基本内涵是"判断"或"陈述"一种道理、观点。这种解释基本适用于解读古代文论中的命题。按照"命题"的这些特点,古代文论中的"诗言志""知人论世""立象尽意""诗无达诂""发愤著书""神用象通""文已尽而意有余""不平则鸣""以文为戏""不著一字,尽得风流""思与境偕""文以载道""独抒性灵,不拘格套""体物而得神""文,心学也"等都是典型的命题。①

通过以上列举的命题范例可以看到,所谓"范畴构成命题"的形式特征即命题包含范畴。具体而言,命题是以某种特定的逻辑位序进行的范畴串联,它表达对某些范畴的经验性或逻辑性的体认以及范畴之间的诸种联系。比如,明末公安派袁宏道提出的"独抒性灵,不拘格套"命题。其中,"性灵""格套"作为基本的文论范畴,一属风格,一属体制,常见于古代文论。在这里,袁宏道对性灵、格套两个范畴提出了具体要求,即"独抒"性灵、"不拘"格套。这种要求与明代文坛拟古风气有关。明代文坛复古之风大盛,文学创作受格式套路的束缚甚剧。对此,袁宏道提出这一命题,饱含着袁氏追求独创的文学观念。显然,袁氏重自由抒发、追求独创的思想观点是通过对"性灵"与"格套"的态度表达出来的,而表达这一态度的语言形式就是命题。可见,命题与旨在描述、体现、反映某种事物的本质属性的"范畴"不同,它还肩负着表达某种意向(包括思想、观点等)的话语职能。关于古代文论命题的这些特点,我们可以借助近代英国哲学家、观念史学家以赛亚·伯林(Isaiah Berlin)在《概念与范畴》一书中对作为哲学概念的"命题"的定义来参照理解,伯林对"命题"的定义是:"命题指的是向人表达某事是或不是怎么回事的句子。句子指的是遵守一定语法规则的词语组合。"②伯林对哲学命题的定义直观地阐述了命题的三个基本特征:其一,命题表达是非判断;其二,句子是命题的表述形式;其三,表述命题的句子遵循一定的语法规则。

无论是作为哲学概念的命题,还是作为逻辑学概念的命题,两者对"命题"这一概念的内容与形式特征的论述基本一致。根据这些论述以及与范畴定义的比较,我们可以对中国古代文论命题做出基本的界定:中国古代文论命题是指能

---

① 吴建民:《中国古代文论命题研究》,南京:南京大学出版社 2017 年版,第 8 页。
② 以赛亚·伯林著、亨利·哈代编:《概念与范畴:哲学论文集》,凌建娥译,南京:译林出版社 2019 年版,第 19 页。

够表达文学观点、阐发文学思想的复合型长短句,它体现着是非判断或对事实的认定,具有阐释文学思想与指导创作实践的意义,比如"诗言志""文以载道""外师造化,中得心源"等。

二、古代文论命题的思维特质与思维类型

从整个文学批评理论的大系统与中国古代文学创作的实际情况来看,术语、概念、范畴、命题何其之多,不可胜数,但它们始终离不开古人的知觉活动、想象活动、情感活动和思维活动。无论是术语、概念、范畴还是命题,都是对古代文学创作、批评经验的特定视角的言说,本质上都是一种话语形态。而不同的言说方式、多元的话语形态,归根到底都是思维问题。语言与思维的关系甚为密切,一方面,语言是思维的工具,思维需要借助语言来表达;另一方面,思维方式决定着言说方式,有什么样的思维就有相应的言说方式与之配合。中国文学文论的诗性表达反映着中国传统的思维特征。正如袁行霈在《中国诗学通论》中强调的,要研究中国诗学,"就要了解中国诗学的特殊的思维方式和表达方式"①。的确,思维是开启中国诗学、中国文论研究的门径,因此,研究古代文论命题也须从思维入手。

思维学是一门周延广泛的学科,哲学、逻辑学、语言学、心理学、脑生理学、符号学等都有从本学科视角对"思维"进行界定及建构的相关理论。然而,这些界说大多遵循逻辑思辨的分析方式,难以涵盖前逻辑思维阶段即原始宗教思维类型。为此,思维学家赵仲牧提出新的思维界说,今从之。赵仲牧提出:"思维是运用符号系统、遵循一定的运作程序,从不同的领域去发现或构造各种秩序和规范的意识活动。思维具有符号、程序、秩序三个基本要素。"②他根据思维的构成要素与整体结构对思维进行了分类,分为原始—神话思维、审美—艺术思维、思辨—分析思维、体悟—直觉思维、计量—运算思维、日常—综合思维六类。应当承认,中国古人的思维方式以直觉、感性为主,相比西方的辩证思维、逻辑思维而言,直观性和整体性确乎是中国传统思维的显著特征。但是,这并不意味着中国古人没有抽象化、概括性、思辨性的理性思维。从"命题"这一特殊视角统观整个

---

① 袁行霈、孟二冬、丁放:《中国诗学通论》,合肥:安徽教育出版社1994年版,第13—14页。
② 赵仲牧:《赵仲牧文集 第1卷·思维学、元理论和哲学卷》,昆明:云南大学出版社2014年版,第176—186页。

中国古代文学理论著述,就能够非常清楚地看到,中国古代文学、文论并非只有感性直觉的体认、诗性的表达。除感性直觉的体认、诗性的表达之外,审美—艺术思维、思辨—分析思维、体悟—直觉思维三种思维并驾齐驱,诗性言说、理性论述、体悟式表达迭相而出,共同构成了中国古代文论的思维模式和理论表达模式。

（一）审美—艺术思维类命题

审美—艺术思维类命题是基于审美—艺术思维而创设的文论命题。此类命题是由作为思维主体的人和心所具有的"情"与作为思维客体的天和物表现出的"景",两者相磨激荡而生成。物与天呈现出的"景"寄寓着人心之中的"情",天人之间、心物之间的关系借由情景相融而呈现,这是审美—艺术思维创作审美意象的实质。有研究认为,文论范畴、命题具有逻辑思辨性,是逻辑思维的产物。此论只揭示了范畴、命题的一种特征,或者说是某一类范畴、命题的特征。如机趣、韵致、通变、阴阳一类范畴是古人对客观现象、文学规律的抽象概括,确实富有思辨性。但是,诸如"文""诗""人""心"这类范畴则是一种文体或本体的概念指称,并未体现出明显的思辨意识。范畴如此,命题亦是如此。应该看到,并非所有范畴都是逻辑思维的产物,也不是所有的命题都只有逻辑思维的参与。审美—艺术类思维是建构文论命题的重要思维类型,它被广泛运用于文学批评之中,让抽象的规律呈现出形象的言说形态,从而使得文学理论既有"理性地"说也有"诗性地"说,如"陶钧文思,贵在虚静""神用象通""杼轴献功"等。

此类命题给人的第一印象是形象化的语言面貌。从语言表达方式与人对世界的感知方式来看,中国古代语言往往带有一种泛化的诗性色彩。古人善于运用形象化的、感性的、直观的语言来表情达意,而这种语言形态所表征的正是"审美—艺术思维"的基本程序。赵仲牧说:"审美—艺术思维的思维程序是通过形象去表现情意的思维程序,这是一种运用想象、移情和触景生情、寓情于景等方式去创造审美意象和表现感情意念,并着力梳理和描述与此相关的深层秩序的思维程序。"[①]以"杼轴献功"说为例,《文心雕龙·神思》云:

拙辞或孕于巧义,庸事或萌于新意,视布于麻,虽云未贵,杼轴献功,焕

---

① 赵仲牧:《赵仲牧文集 第1卷·思维学、元理论和哲学卷》,昆明:云南大学出版社2014年版,第181页。

然乃珍。①

"杼轴献功"是刘勰针对文学构思而创设的理论命题,理解这一命题须联系上下文语境。首先,"杼轴献功"说是一种隐喻。刘勰将文学创作喻为织布,将文章构思喻为织布的经营组织。所谓"杼轴",亦作"杼柚",是指织布机上的两个部件,即用来持纬(横线)的梭子和用来承经(竖线)的筘。织布的经营组织与文章的构思具有内在思理的相通相似,这是刘勰以前者隐喻后者的前提。织布隐喻文章构思在《文心雕龙》中很常见,如"故情者,文之经,辞者,理之纬,经正而后纬成"(《文心雕龙·情采》),"盖纬之成经,其犹织综,丝麻不杂,布帛乃成"(《文心雕龙·正纬》)等,都是以经纬经营隐喻文学创作。对此,古风、闫月珍等人总结过《文心雕龙》乃至中国古代文论所具有的"以器物隐喻文学"的特点。从表面上看,"器物喻文"是一种话语言说形态。而进一步从语言背后的思维角度看,"器物喻文"在本质上反映的是借助形象表达事理的思维程序。就"杼轴献功"而言,其中,既有刘勰对"织布"过程中的杼轴、丝麻等织布器物、织工程序的形象认识,也有对文学中情辞关系与创作规律的深层体会。更为重要的是,还有对于两者之间共通性的大胆联想。基于此,刘勰才能够以艺术化的语言来描述文学构思的深层秩序。此说之意为拙辞、庸事常蕴含着巧义与新意,犹如布出于麻。文章构思与织布经营一样,只有善于经纬相配、精心加工才能制造珍品。可见,"杼轴献功"命题以具有隐喻意义的艺术性语言为思维符号,展开于"文学"与"器物"的类比联想的思维程序中,最终表达了文章构思、语言加工的深层秩序。

如"神用象通""衔华佩实""谢朝华于已披,启夕秀于未振""理扶质以立干,文垂条而结繁"等命题大抵如此,都是以形象化的语言(思维符号)、类比式的想象联想(思维程序)来表达文学创作的某种规律(秩序)。从这个意义上说,这些命题都是审美—艺术思维作用下的文论命题。尽管这些命题未脱离感性的语言形式,甚至还粘连于具体的物象描述,"取一种感性直观的姿态"②,但它们的感性形式及所勾勒的经验世界,最终指向某种客观理性秩序,这是作为文论命题的真正价值所在。将理性的规律诗性地表达,个中展示着中国古代文化最生动鲜活、最具人文色彩的文化品格。可以说,此类命题是最具中国传统思维特色的一

---

① 范文澜:《文心雕龙注》,北京:人民文学出版社1958年版,第495页。
② 汪涌豪:《中国文学批评范畴及体系》,上海:复旦大学出版社2017年版,第61页。

类文论命题。

（二）思辨—分析思维类命题

19世纪以来，西方的"实证主义"（positivism）与非实证主义论者提出两种认知路径，因而形成两种哲学命题：关于可能经验的直接陈述的"经验命题"与用理性把握材料的"逻辑命题"。前者忠实于直接经验，以直接经验的获得作为认知真理的途径；后者强调逻辑推理，以间接经验的获得作为认知真理的途径。两者各具优势，分别适用于不同的认知对象、不同的认知条件。两种认知途径代表着两种思维类型，如果说此前所论审美—艺术思维类命题接近于哲学上的经验论，那么这里要谈的思辨—分析思维类命题则近似于唯理论。

根据思维学对思辨—分析思维程序的定义："这是一种运用演绎、归纳或假设、求证等方式并根据形式逻辑的规则，去推导或解析自然、社会和心理领域中深层秩序的思维程序。"①这一思维程序与我们通常理解的逻辑思维甚为接近而有别于形象思维②。随着人的思维能力的提升，对客观世界认识的深化，人们不再满足于对客观世界的形象化描述而开始尝试以现象作为基础，通过演绎、归纳、推断的方式进一步解释某一领域的深层秩序。这时，思辨—分析思维走向成熟，在文学批评领域即表现为从经验范畴向逻辑范畴，从经验命题到逻辑命题的转变。

"外师造化，中得心源"是颇具代表性的思辨—分析思维类命题。若按现代学科分类看，这并不是文学理论命题，而是艺术学领域的绘画理论命题。但以古代大文艺观视之，画论与文论同属于古代文艺范畴，同样能够反映古人的思维方式与文化观念。这一命题载录于《历代名画记》，由唐代画家张璪所提出。

"张璪，字文通，吴郡人。……尤工树石山水，自撰《绘境》一篇，言画之要诀，词多不载。初，毕庶子宏擅名于代，一见惊叹之，异其唯用秃毫，或以手摸绢素。因问璪所受。璪曰：'外师造化，中得心源。'毕宏于是阁笔。"③"外师造化，中得心源"命题中包含三组具有辩证关系的范畴，分别是：外与中、师与得、造化与心源。在张璪看来，绘画应有所师法而非闭门自悟。究竟师法于何人何处？他提

---

① 赵仲牧：《赵仲牧文集 第1卷·思维学、元理论和哲学卷》，昆明：云南大学出版社2014年版，第182页。
② 关于思维分类方法，现有三分法即"形象思维、逻辑思维、灵感思维"。赵仲牧反驳此说，认为形象思维的确定以是否有"象"为分类标准，逻辑思维以是否具有逻辑分析为标准，两者标准不同，不足以区分不同的思维模式，故提出思维的六分法。
③ 张彦远：《历代名画记》，上海：上海人民美术出版社1964年版，第201页。

出师法"造化"。事实上,"师造化"这一观念早在魏晋南北朝时期已由画论家姚最提出,其云:"天挺命世,幼禀生知,学穷性表,心师造化,非复景行所能希涉。"①所谓"师造化"就是取材于自然。姚最强调"心"师造化,心即是师法的主体。在心师造化的过程中,画家之心被造化所化,从这个意义上说,心也是师法造化的客体。所以在姚最这里,心与造化的分际尚不明显,心物之间的辩证关系亦不突出。到了张璪,他将造化界定为外部条件,"外"可以理解为"向外"。既然有"外",势必有"内","内"又指什么呢?答案就在这个命题的后半部分——中得心源。向外,师法造化;向内,求诸内心的情思营构。姚最的心师造化强调"心"对造化的师法,忽略了心对造化的改造。而张璪的"外师造化,中得心源",一方面承认了向外"师造化"的必要性,另一方面,更强调艺术家内心的情思营构之关键。毕竟,自然造化不能自觉地成为艺术美,由自然到艺术还需要人"心"之源。所以,"外师造化,中得心源"命题,从创作过程看,有"求之于外"与"得之于中"的分际;从艺术构思看,有师法与自得之别;从主客关系看,有造化与心源之分。应该说,张璪对艺术创作过程中的艺术构思、主客关系、心物关系的思考与分析已经越过了实践经验层面,走向理性思辨的境域。

　　中国古代文论命题的思辨性取式于中国传统哲学的辩证思维。先秦哲学系统中的"有无""阴阳""动静""神理"等大量的哲学范畴无不体现着辩证统一的思想,沾溉于此,古代文论的很多范畴、命题亦表现出同样的思辨性。从"心""造化""师法"的单一范畴到"心师造化"的独立命题,再到"外师造化,中得心源"命题的生成,这一过程经历了由心物不分到物我之别、由主客一体到主客分际、由单一到辩证、由粗朴到精细的多重转变。究其实质,是古代文论思维由实践的直观经验向抽象的理性思辨的进步。这一进步,决定着命题相对于范畴在创作实践方面的普遍指导作用,奠定了命题作为成熟的理论话语的自在品质,并孕育出贯穿整个中国文学理论发展史的精神活力。

　　(三)体悟—直觉思维类命题

　　直觉体悟作为把握外部世界的一种方式,历来为古人所重。先秦儒家的"思通"、道家的"玄览"、宋代理学家的"静观"以及禅宗讲求的"顿悟",都是体悟—直觉思维的映现。与审美—艺术思维和思辨—分析思维有所不同,这一思维具有更强的内向性、更注重体验性,也更具有心灵化和个性化特征。受其影响,古代

---

① 姚最:《续画品》,北京:中华书局1985年版,第5页。

文论家在对文学现象的思考与阐发中也善于运用体悟—直觉思维,并创设了一系列体悟—直觉类命题。

"体悟—直觉思维的思维程序主要是比喻说理的程序。这是一种运用体察、内省或领悟、直觉等方式,选择特定的事象作为比喻,去说明或论证心物之间和天人之间以及相关领域中的深层秩序的思维程序。"①文学出于人心巧思,描绘大千世界众生图景,常有"言所不追,笔固知止"(《文心雕龙·神思》)的精微之处。刘勰说"伊挚不能言鼎,轮扁不能语斤",即言精微境界中不可言说之妙。这一"妙",不能直接感知,亦不能用概念表述,只能借助比喻加以描摹。南宋严羽《沧浪诗话》提出:"大抵禅道惟在妙悟,诗道亦在妙悟。且孟襄阳学力下韩退之远甚,而其诗独出退之之上者,一味妙悟而已。惟悟乃为当行,乃为本色。"②严羽以参悟禅法的方式领悟诗道,在他看来,诗道与禅道一样都有不可说破之妙处。诗道如何妙?严羽这样说:

> 夫诗有别材,非关书也;诗有别趣,非关理也。然非多读书,多穷理,则不能极其至。所谓不涉理路,不落言筌者,上也。诗者,吟咏情性也。盛唐诸人惟在兴趣,羚羊挂角,无迹可求。故其妙处透彻玲珑,不可凑泊,如空中之音,相中之色,水中之月,镜中之象,言有尽而意无穷。③

诗有别材之妙,有别趣之妙,这些妙处与读书论理无关,但是不读书不论理又难以达到至妙之境。不沉耽于论理,不落于语言之束缚,才是诗之上等之妙。盛唐人的妙,妙在兴趣,有如羚羊挂角,无迹可求。这种妙,透彻玲珑,不可凑泊,像空中的声音、形貌中的色彩、水中的月亮、镜中的成像,言有尽而意无穷。既然诗之妙不可凑泊,又以不涉理路、不落言筌为上,那么,对诗之妙的刻意言说注定徒劳无功。所以严羽并没有对"妙"进行过多的理论辨析,而是采用了"比喻"式的描摹。他说:"其妙处透彻玲珑,不可凑泊,如空中之音,相中之色,水中之月,镜中之象。"这段描摹诗之"妙"的文字,在形式上构成了一个命题。这一命题正是严羽以"体察、内省、领悟、直觉"的方式,以音、色、月、象为喻体,去描摹"妙"这一深

---

① 赵仲牧:《赵仲牧文集 第1卷·思维学、元理论和哲学卷》,昆明:云南大学出版社2014年版,第183页。
② 严羽著、郭绍虞校释:《沧浪诗话校释》,北京:人民文学出版社1983年版,第12页。
③ 严羽著、郭绍虞校释:《沧浪诗话校释》,北京:人民文学出版社1983年版,第26页。

层秩序。由于这种深层秩序——精微之妙的特殊性与复杂性,在叙述中严羽借助了象喻的方式,通过象喻的形象性来悟解义理的精微。这也说明,体悟—直觉思维是一种形象与理辩相互关联交替而行的思维模式。

体悟此类"不着痕迹""不可说破""不立文字"的精微妙境需要实现两重超越:其一,超越感性经验;其二,超越理性思辨。一旦陷入事物的有形之象或个别事物的殊相,必然很难上升到"体道"的层面。道家讲"无状无象,无声无响,故能无所不通,无所不往"[①],这既是对"道"的特征的概括,也有对体道方式的提示。禅宗讲"教外别传,不立文字。直指人心,见性成佛"[②],也是讲求不依经卷、不涉文字,唯以心灵契合之"心传"为参禅之法。沾溉于斯,古代文论中的很多范畴直接得益于传统哲学。严羽"以禅喻诗"就是极为典型的一例。由此可见中国传统哲学思维与文学思维的迭相参照。也正因为此,中国古代文学批评与中国传统哲学在形式上极为相似,都少有完备的逻辑推衍系统、缺乏严整的推理体系,并呈现出零散化、个性化、心灵化的理论面貌。当然,从另一角度说,这些特征也为体悟—直觉思维的诞育与发展开辟了天地。

综上可知,思维并非一个不可解构的笼统概念,思维有不同的类型,思维对象互有分界,不同类型的命题有不同的思维特质。审美—艺术思维重"象",此类命题以文学形象的观察、想象、联想为出发点,以再现、描绘、刻画形象的规律为落脚点;思辨—分析思维重"概念",此类命题以演绎、归纳、求证文学活动的本质规律为出发点,以思辨析理为旨归;体悟—直觉思维重"喻理",此类命题以体察、内省文学思想的精微之理为出发点,以喻理言说为要义。很明显,不同类型的思维创设着不同的命题,用于解决不同层面的问题。

从魏晋南北朝时期的审美—艺术思维类命题"杼轴献功",到唐代思辨—分析思维类命题"外师造化,中得心源",再到宋代体悟—直觉思维类命题"其妙处透彻玲珑,不可凑泊,如空中之音,相中之色,水中之月,镜中之象",有两条甚为清晰的线索呈现于前:一是中国古代思维发展的脉络,二是中国古代文论命题演进的理路。思维作为命题生成的智能基础,决定了命题生成的思维程序与结构形式;命题这一语言形式作为思维的工具,展示了不同类型的思维在人类认识客观世界、解析事理规律、建构天人秩序过程中的独特魅力。思维对于文字、语

---

① 王弼注、楼宇烈校释:《老子道德经注校释》,北京:中华书局2016年版,第31页。
② 张岱年:《中华思想大辞典》,长春:吉林人民出版社1991年版,第810页。

词、范畴、命题的组创,开拓了古代文论饶有意味的表现形式与无穷的理论空间,使其得以长久地照鉴着中国文学的发展演进。

三、古代文论命题与文学秩序的建立

作为思维的产物,命题具有思维的功能属性。思维所具有的重要功能特性就在于通过对深层秩序的梳理来解释各个层次的秩序,最终把客观世界中各种可观察感知的秩序以及相关的事象解释清楚。如前所述,审美—艺术思维借助形象梳理秩序;思辨—分析思维以思辨析理表现秩序;体悟—直觉思维通过喻理言说表达秩序。尽管运用的思维方式不同,但它们在更高层次上实现了共同的旨归——推进了文学秩序的建立。对于古代文论命题而言,其所论广涉古代文学的各个层面,但总其归途,文论命题建立文学秩序分别在形式秩序、思想秩序、价值秩序三个层面推进。

(一)形式秩序

自20世纪二三十年代始,受西方文学理论影响,中国古代文论学界一直试图解答这样一个问题:中国古代文论有无体系?学术界形成了两种基本观点:一种认为,古代文论有以《文心雕龙》为代表的体系完备的论著,因而具有体系性;另一种认为,古代文论多零散性、自发性、点评性表达,缺乏严整的理论体系[①]。应该说,这两种观点都如实地反映出了中国古代文论的某些特征,因论者视角不同,加之对于"系统"一词的标准各异,各有其道理。但若从命题视角重新审视古代文论,不难发现,文论命题所具有的衍生性与系列性,在形式层面建构了中国古代文论的内在体系。

从前文分析可知,命题的基本单位是范畴,作为范畴的组合体,命题与范畴具有某些共同属性,如衍生力及统序性。尤其是单体范畴,具有极强的衍生力,

---

[①] 梁实秋的《近年来中国之文艺批评》说:"中国文学里,本来有文学批评这一类的作品,但大半不过是些断简残片,没有系统的叙述,亦没有明确的主张,例如诗话一类的作品,里面也不是没有一点半点的批评的材料,但未经整理与译述之前,简直不能算作正式的批评。"见梁实秋:《梁实秋散文集》第3卷,长春:时代文艺出版社2015年版,第64页。郭绍虞说:"中国的文学批评并无特殊可以论述之处,一些文论诗话及词话、曲话之著,大都是些零星不成系统的材料,不是记述闻见近于史料,便是讲论作法偏于修辞;否则讲得虚无缥缈,玄之又玄,令人不可捉摸。"见郭绍虞:《中国文学批评史》上册,北京:商务印书馆2010年版,第7页。蒋寅说:"中国古代有系统的文学理论吗?或者说有一个文学理论体系吗?……我的回答是否定的,因为古代没有产生一部真正成体系的文学理论著作。"见蒋寅:《关于中国古代文章学理论体系——从〈文心雕龙〉谈起》,《文学遗产》1986年第6期。承认古代文论具有体系的论者众多,故不列举。

它能与其他范畴搭配组合,形成若干新范畴。比如,"韵"这一单体范畴,可与"神"这个范畴组合生成"神韵",还与"气"这个范畴组合生成"气韵",还能进行内涵更丰富的组创,衍生出"气韵生动""神韵冲简"等涵容更大的范畴或命题。与范畴一样,命题也具有这种衍生性与序列性,在不同的逻辑位序串联组合下,单个命题衍生出命题组序。比如,由"诗"到"诗言志",再到"诗缘情",再到"诗者:根情,苗言,华声,实义"等,这就是一个关于"诗"文体范畴的命题组序:

诗言志。(《尚书·尧典》)

诗,可以兴,可以观,可以群,可以怨。(《论语·阳货》)

诗所以合意。(《国语·鲁语》)

诗无达诂。(《春秋繁露·精华》)

诗者,志之所之也。(《毛诗序》)

诗缘情。(《文赋》)

诗者,持也,持人情性。(《文心雕龙·明诗》)

诗者:根情,苗言,华声,实义。(《与元九书》)

这些命题都围绕某个范畴衍生而成,正是这种衍生性形成了命题组序。从历史的角度看,古代文论命题组序纵贯于中国古代文学发展的历程之中,反映着历代文人意脉相连的文学思想。自上古至近代对"诗"的理解,形成了一个内在体系。《尚书·尧典》提出"诗言志",认为诗是用来表达情志的。春秋之际,孔子提出"诗可以兴,可以观,可以群,可以怨",总结了诗的四种功能。战国时期,《国语》又提出"诗可以合意"。汉代以降,董仲舒又对解诗有新的看法,提出"诗无达诂"。《毛诗序》作者继承"诗言志"说,强调诗的情感意志属性。魏晋南北朝时期,伴随文学的自觉,文论家对诗的认识得到空前解放。陆机别开生面,提出"缘情"说,一改此前对诗的传统认识。在《文心雕龙》中,刘勰也认同了"诗能表达情性"的观点,提出"持人情性"一说。唐宋以后,讨论渐多,亦渐成熟。白居易在《与元九书》中提出"诗者:根情,苗言,华声,实义",这一命题已有总结前人成说之功。以"诗"为中心,在历代文论家的思想"加持"下,众多讨论"诗"的命题形成了一个清晰的组序,呈现出"诗"这一文体在中国文论史上的发展流变脉络。若将视域继续扩大,古代文论史上不仅有"诗",还有"象""清""韵""气""体""神"等文体序列、创作序列、审美序列的相关范畴,这些范畴所衍生的命题汇聚成一个庞大而完备的体系,这个体系就是古代文学理论体系。由此而言,以古代文论命题的衍生性与系列性所决定的这一形式秩序,最终指向了古代文学理论体系的建构。

(二) 思想秩序

如果说命题的形式秩序是一种呈现于"外"的秩序,那么,命题的思想秩序则是一种归属于"内"的秩序。对于古代文论家而言,或许他们还没有自觉建构文学的形式秩序的明确意识,但他们怀有建构文学思想秩序的强烈愿望。在古代文论史上,没有哪一位论者的论述是凭空而论、为论为论,所论必定基于对文学现象的切实体悟与深刻理解,甚至很多古代文论家都是一流的文学家,其论皆为亲历创作的甘苦之言。应该说,无论是理论著述,还是零散点评,甚或不同编选意图的选本,无不寄寓着古人的文学思想与文学理想。

就文论命题的内容而言,它是某种观点的表达或理论的阐发。表达观点、阐发理论的过程无异于思想秩序的建构过程。赵仲牧说:"各种解释活动和解释模式均在不同程度上以可观察感知的秩序为根据,用不同的方式去梳理和描述不可观察的秩序,并力图用后者解释前者。"①面对纷繁复杂的文学现象与既有的观点,文论家渴望以其独到的理解树立某种新的理念。比如,"象"范畴的发展流变。

  观物取象。(《周易·系辞》)
  大象无形。(《老子·四十一章》)
  铸鼎象物。(《左传·宣公三年》)
  澄怀味象。(《画山水序》)
  神用象通。(《文心雕龙·神思》)
  超以象外,得其环中。(《二十四诗品·雄浑》)

"象"范畴最早作为哲学范畴出现于《周易》,意为对物的模拟,"象也者,像此者也"(《周易·系辞》),其意义在于反映古人对宇宙运行规律的思考。《老子》继承了"象"概念并提出"大象"的新概念,以象喻道,赋予"象"本体论意义。《左传》中

---

① 赵仲牧:《赵仲牧文集 第1卷·思维学、元理论和哲学卷》,昆明:云南大学出版社2014年版,第113页。

也出现了"象","铸鼎象物,百物为之备,使民知神奸",此处"象"有模拟之意,仍作为手段而言。及至魏晋,画论家宗炳从艺术鉴赏的角度提出"澄怀味象"的命题,刘勰以"象"作为贯通精神与物象的方式,提出"神用象通"的命题。从"物象""取象"到"大象""象物",再至"味象""意象","象"作为一个基本范畴表现出了多面性,从哲学拓展至文学、艺术、美学等众多领域,从方法意涵演变为本体论再变为艺术鉴赏范畴。这种多面性反映出古人借助"象"表达对世界本原、文学创作、艺术鉴赏等不同领域的深层秩序的自觉体认。

一方面,规律的总结植根于可观察的、已有的秩序;另一方面,总结规律的目的更在于呈现新的秩序。如前所列与"诗"有关的系列命题,所呈现的就是一个不断变化、不断更新的文学思想的发展轨迹。先秦时期的"诗言志"是对"诗"的内容界定;孔子的"兴观群怨"说是对"诗"的社会功能的综合说明;"诗无达诂"是对"诗"义理解的一种观点;"诗者,持也,持人情性"是从文体角度出发,对"诗"的文体性质进行的定义;"诗者:根情,苗言,华声,实义"则是根据创作实践,对"诗"的体裁、内容的全面概括。后者往往以前人的观点为基础,或继承之,或反驳之,或另辟视角提出新的论说,总之,不会完全因袭前人之言,而是试图革新成说或集前人之大成。因此,对"诗"的理解才有了历时的发展。从内容到功用、到意义、到性质、到体裁,从不同的方面,对"诗"进行界定、说明、论证、定义、概括,从而创成新说,由此成就了系列性的文论命题。这其中无不体现着论者对于建构"诗"这一文体秩序的努力。

共时地看,每一种观点、每一个命题都反映着论者以个体视角建构的思想秩序;历时地看,每个时代、每个时期的主流思想则代表着某个时代的思想秩序。"诗言志""兴观群怨""诗所以合意"是先秦时期重功用的文学观念的体现;"诗无达诂""诗者,志之所之也"是汉代儒家诗教观念的体现;"诗缘情""诗者,持也,持人情性"是魏晋南北朝重艺术特征、重情性的体现;"诗者:根情,苗言,华声,实义"则是中唐写实尚俗文学观念的体现。通而观之,这些命题所揭示的某种秩序都烙印着论者的思想,各自呈现出鲜明的学术特点。作为古代文论发展的历史性成果,它们更是时代思想的印记。

(三)价值秩序

在形式秩序与思想秩序之外,古代文论家还着意于价值秩序的建构。价值秩序广涉于作品、作家、鉴赏各个领域,是与事物的好坏、是非、对错、真假、善恶、美丑等价值相关的秩序。价值秩序更能体现古代文论家的个性化观点。

纵观古代文论发展史,历代都有论者"热议"的话题,都有各自推崇的风尚,如汉魏"风骨"说、南朝"声律"说与"滋味"说、唐代的"兴寄"说、宋代的"法度"说等。当论者或以客观陈述、或以褒贬态度高频次地评说某一现象时,预示这一现象即将上升为"现象级"的焦点。尤其是在当世文坛宗主的引领之下,声浪更甚。比如,清初诗坛的叶燮在《原诗》中所提出的一系列诗学命题,颇具价值导向。

> 大约才、识、胆、力,四者交相为济。
> 四者无缓急,而要在先之以识;
> 无识而有胆,则为妄,为卤莽,为无知,其言背理叛道,蔑如也。
> 无识而有才,虽议论纵横,思致挥霍,而是非淆乱,黑白颠倒,才反为累矣。
> 无识而有力,则坚僻妄诞之辞,足以误人而惑世,为害甚烈。①

叶燮是明清易代之际的诗人、诗论家,晚年隐居于太湖横山,开坛设教,弟子甚众,沈德潜、薛雪皆从其学。清初诗坛,叶燮主张破除明人"诗必盛唐"的偏窄诗论观念,有意拓展诗歌的多元化取向,重视诗人的主体性,渐开风气之先。叶燮提出,创作主体应具有"才、识、胆、力"四种质素,指出四者之中当以"识"为先。他还进一步论述了"有胆无识""有才无识""有力无识"三种弊端。很明显,叶燮从"才、识、胆、力"四个方面对创作主体进行考察,无论对于"学诗者"还是"诗作者"来说,都是十分明确的要求。换言之,在叶燮看来,"才、识、胆、力"是衡量当世诗人的"价值标准"。叶燮之后,门人沈德潜、薛雪等人继承其诗论主张,宣扬成说,也提倡以诗人的"胸襟、人品、才思、学力"作为考察诗人诗作的标准。

不唯叶燮在诗学领域的主张,历代诗文流派的创作主张、文坛口号、审美风尚无不体现着鲜明的价值导向。殷璠《河岳英灵集》中主张的"神来,气来,情来",元白诗派宣扬的"文章合为时而著,歌诗合为事而作""写实、尚俗、务尽",韩愈主张的"以文为诗",西昆体标榜的"雕润密丽"的形式美,江西诗派讲求的"无一字无来处",明代复古派主张的"文必秦汉,诗必盛唐"以及清代的"肌理"说、"神韵"说、"性灵"说等,都是以不同的形式表达各自流派或个体的理论主张,具有明显的价值导向意味。与一般的理论观点不同,具有价值导向的观点往往裹

---

① 叶燮著、蒋寅笺注:《原诗笺注》,上海:上海古籍出版社2014年版,第189页。

挟着论者尖锐的批评立场与鲜明的褒贬态度,对作品、作家的品评影响更大,使得这些导向甚至冲破文学的界域,走向更高层次的文化形态。刘熙载所提"诗品出于人品"(《艺概·诗概》)已由诗歌品级上升到人之德性,反映了对品德的崇尚。司空图所提"落花无言,人淡如菊"(《二十四诗品·典雅》)由诗风之雅丽引向了典雅人格的追求。刘勰指出"风末气衰"(《文心雕龙·通变》)的文坛风尚已经内在地透射着社会与时代的衰颓。诸如此类,文学批评之于人生、社会、时代的功用已不止于"再现",更在于超前的洞悉与价值的引领,这无疑是某种价值秩序的内在建构。

综上,古代文论命题为文学秩序的建立开示了门径。文论命题的形式秩序决定着古代文论体系之建构,有力地回应了中国古代文论是否具有体系这一重大论题。文论命题的思想秩序对应于文学规律的总结及理论的阐发,昭示着古代文论并未停留在对文学现象的描述,而是进阶到思辨论理的思想秩序的建设层面,即从所谓"从事象立言"发展到"从事理立言"的高度。文论命题的价值秩序呈现于对文风、人格、世风、时风的文化引领中,绾结着各个时代的人文精神与世相风貌。形式秩序、思想秩序、价值秩序所导向的体系建构、理论阐发、文化引领,可以说是古代文论命题三种独特的文化功能。我们只有跳脱出古代文论本身的理论内涵,从文论命题的外部功能来考量,对古代文论命题独立的理论品格与高标的理论地位方能有更为清醒的认识。

四、结　语

文论命题的生成与发展反映了文学内外诸要素的矛盾运动,同时也折射出中国古代思维的发展与嬗变。作为思维的产物,命题的生成与思维的演变息息相关。不同的思维方式组创着不同类型的命题,不同类型的命题阐释着不同视域、不同层面的理论问题。丰富的思维类型决定了文论命题多元而丰富的理论形态,由取象到析理、由个体到整体、由局部到统观、由感性直观到理性思辨的多重转变,既符合人类思维进化的规律,也同样适用于对命题发展过程的描述。在中国古代文学漫长的历史进程中,我们看到,文论命题不满足于对文学现象的描述、对事实的认定,而是以精谨的语言、鲜明的观点、理性的思辨揭示着文学现象背后的内在机理,阐释着文学发展的深层秩序,以此不断强化着文学批评的话语地位,最终建构起文学批评在中国文学史上的绝对话语权。

命题就是这样一种语言形式,这一形式在理论的确定性与言说的不定性之间形成了一种内在张力。一面是语言对理论的把控,一面是理论对语言的挣脱,两相作用之下使得语言对理论的言说总有着或多或少的失落。也正因此,被言说着的理论将永不褪色。

作者手记:

从思维学角度推进命题研究

关于中国古代美学的命题研究,是近几年在国内学术界兴起的研究领域。在新时期以来的文论和美学研究中,作为新的研究方法或范式,范畴研究在20世纪八九十年代,几近成熟。汪涌豪的《中国文学批评范畴及体系》确立了古代文论范畴研究这一重要范式。21世纪以来,古代文论学界一直在探索新路径、新方法、新范式,试图寻求古代文论连通当代文学的"转型"之路,试图回应自20世纪70年代西方文论涌入后中国文学理论界出现的"失语症"现象,试图建构古代文论自有的、区别于西方文论的话语体系,从而在更高的学术视域中有所斩获。面对古代文论研究存在的问题以及学界公认的难题,《中国古代文论命题的思维学考察》一文力图做一些尝试性的回答。

早在2011年,江苏师范大学吴建民教授提出古代文论命题研究这一思路,本文希望在"范畴"研究的基础上有所拓展。主要是基于三方面考虑:其一,范畴是古代文论的基本单位,但范畴一般不能独立存在,它需要借助语言载体。这种载体往往是一个短句或短语。比如,"神用象通"。"神""象"都是范畴,而"神"与"象"的关系即"神用象通"就是一个命题。"神""象"都不能单独存在,对他处的"神""象"范畴的分析与阐释也应还原至始源语境的命题中。其二,范畴是一个孤立的"术语""概念",是批评家对某个文学艺术现象的描述或总结,不能表达批评家的褒贬意图。比如,"诗缘情"。"诗"是一个范畴,"情"也是一个范畴,但"诗"与"情"的关系,单独分析"诗"或"情"都不可能得出。只有以"诗缘情"这一命题才能完整地理解陆机提出这一命题的初衷以及对"诗"与"情"的理解。其三,现有的研究混淆"范畴"与"命题"。有的研究将命题当作范畴,人为地遮蔽了古代文论系统中的不同层级的单位,在一定程度上造成了研究的混乱。基于以上三点考虑,本文以"命题"研究作为古代文论研究新的学术增长点,展开了相关的思考。

命题是一个涉及多元领域的概念,哲学、数学、逻辑学、心理学等学科都有各自领域的命题。而对于古代文论这一领域而言,命题无疑是一个全新的说法。这是因为这一说法借助了其他领域的术语运用到文学理论领域。因此,"古代文论命题"这一说法势必有这一领域的新特点。古代文论命题是源于批评家对文学艺术现象的感性认知,而又具备理性思辨的一种语言形式。感性描述与理性思辨相比,后者是古代文论命题的核心价值。如果仅仅是对现象的描述,或许可以在一定程度上揭示文学艺术的某些特征,但不能够从更高的层次上去把握文学艺术的本质与规律。基于此,本文借助赵仲牧先生的"思维学"理论,从思维角度对古代文论命题进行全新的考察,希望从命题系统与范畴要素的关系上把握文学艺术现象的内在规律。赵仲牧提出"思维"可以分为审美、思辨、直觉等几个大类,作为思维的产物,命题也可以用这几类加以区分,并且对不同类别的命题的特点、功用加以总结归纳。所以,《中国古代文论命题的思维学考察》一文的主要目的,就是借助思维学方式对古代文论命题进行分类、归纳、总结,探索出一条适合于古代文论命题研究的路径。

按照思维学的分类方式重新认识古代文论命题,文章得出这样的结论:古代文论中不同的命题都是围绕某些基础的范畴展开的。这一结论再次验证了"范畴"作为古代文论基本单位的论断。更重要的是,以不同类型分类命题,我们找到了一套古代文论自有的体系。这一体系的生成与发现,是对"中国古代文论是否存在体系"这一重大争议问题的有力回应。在中西文论对话的过程中,命题的提出、命题的彰明、命题的阐释,使得中国古代文论以崭新的理论姿态回应西方文论既成的话语体系。从思想内涵来说,中国古代文论命题所蕴含的文学思想、哲学思想相比西方文论毫不逊色,这为中西文化对话、中西文明互鉴,赢得了平等对话的学术话语权。在古代文论学界呼唤"古今转型"、追寻"范式重构"的当下,如何转型、如何重构,是古代文论学科发展的现实问题。命题作为连通古今的桥梁,能够承担起古代文论当代转化的历史使命。同时,命题研究作为全新的研究范式,对于建构中国特色哲学社会科学的学术体系和话语体系,具有重要的理论意义和方法论意义。

东欧马克思主义美学的
理论形态及其启示*

傅其林**

摘要：东欧诸国针对不同的民族文化传统、资本主义和社会主义现实，建构了实践美学、现实主义、美学现代性批判、符号学美学等各种理论形态，但同时出现了马克思主义美学制度化、理论腐化、合法性危机等问题；总结与反思这些理论形态的得失，对于中国当代马克思主义文艺理论与美学的探索具有重要的启迪和警示。

关键词：东欧马克思主义；实践美学；现实主义；现代性；符号学

"东欧"是指受到苏联模式影响的欧洲社会主义国家，主要从政治意义上加以界定，在地理空间上多流布于中欧和东欧，故学界又常称之为"中东欧"。这些国家涌现的一大批马克思主义美学家，出版了数量众多的美学著作，提出了一些独特而新颖的理论命题、概念范畴与批评方法，其对实践美学、现实主义理论、美学现代性批判、符号学美学等领域的开垦令世界学者瞩目。但是在建设社会主义的曲折历史过程中，东欧诸国遭遇了马克思主义美学的教条化困境，多次经历马克思主义理论的合法性危机，最终导致社会主义制度及其文化意识形态的瓦解。因而，清理与检视东欧马克思主义美学的基本理论形态，考其得失，辨别良莠，对于中国特色的马克思主义文艺理论与美学的建构也将有所参照和启迪。

本文得到国家社科基金重大项目"东欧马克思主义美学文献整理与研究"（项目编号：15ZDB022）资助。
* 原载《文学评论》2018年第1期。
** 傅其林，四川大学文学与新闻学院教授。

一、实践美学

　　东欧马克思主义美学最为基本的理论使命是对实践哲学及其美学的系统论证。它对青年马克思的哲学著作加以深入探析，或严格遵奉列宁的实践哲学，建立实践美学的多种形态，从而奠定了阐释文艺本质与审美现象的不同范式。

　　一些东欧新马克思主义哲学美学家在实践哲学中挖掘现象学、存在论的向度，提出了作为人之存在的实践概念，赋予其以描述性与规范性的意义，可以称之为实践存在论。卢卡奇的《历史与阶级意识》既是西方马克思主义美学的起点，也是东欧马克思主义实践美学的奠基之作。此书对实践概念进行了历史的现象学的阐释，以具体的总体性为旨归，把现实理解为一种社会过程，将其视为人类的感性活动，提出内含历史唯物主义和辩证法的实践哲学，主张具有客观性和主观性的历史性生成的哲学思想和美学伦理观，"实践成为与独立个体相适应的活动形式，成为这种个体的伦理学"①。卢卡奇的出色学生赫勒追寻此在的日常生活哲学与审美理论，探索从日常生活提升至作为物种价值意义的审美领域的社会人类学基础，指出"审美思维方式的前提和原初模型，是内在于日常思维的异质复合体之中"，同时"审美体验也总是以某种形式出现于这一复合体之中"②。科西克沿着卢卡奇的路径考察辩证法如何与实践、现实相统一，如何实现具体的总体性，他认为，"实践是人类存在的领域"③，是人类构建现实过程的本体，本身包含着审美感性。南斯拉夫实践派把马克思的实践概念与亚里士多德的理解相联系，强调实践的自由价值与审美意义，认为实践与人类生存的必要条件的劳动和物质生产不同，"只有当劳动成为自由的选择，并为个人的自我实现和自我完善提供一种机会时，劳动才成为实践（Praxis）"④。这些马克思主义实践美学试图超越现代资产阶级的美学学科，建基于坚实的大地，真正回到日常生活实践的感性与个体性，具有现象学的生活世界的此在论色彩，包含浓厚的人的存在意义的坚守。这是人道主义的实践美学，是对青年马克思的实践美学的

---

① Georg Lukács, *History and Class Consciousness*. Trans. Rodney Livngstone. Cambridge: The Mit Press, 1971, p.19.
② 阿格妮丝·赫勒：《日常生活》，衣俊卿译，重庆：重庆出版社1990年版，第115页。
③ Karel Kosik, *Dialectics of the Concrete*. Holland: D. Reidel Publishing Company, 1976, p.136.
④ 马尔科维奇、彼得洛维奇编：《南斯拉夫"实践派"的历史和理论》，郑一明等译，重庆：重庆出版社1994年版，第23—24页。

具体阐发。与卢卡奇模式不同,民主德国著名美学家科赫严谨地深入辨析《巴黎手稿》和《关于费尔巴哈的提纲》,分析实践和审美客体、审美主体的密切关系,从而赋予艺术的实践基础和人的本质力量的对象化的意义,其中不乏洞见。他主要从苏联模式的马列主义劳动实践的理解切入艺术创作和审美发生①,从列宁、里夫希茨的实践哲学立场阐释实践美学的唯物主义认识论基础。还有众多体制化的东欧美学家从列宁的实践哲学论析审美的基本问题,提出文艺是社会实践的产物,具体化、系统化马列主义实践认识论,大多为官方模式推演的实践美学,满足了现实政治的迫切需要,但是表现出程度不同的教条化、机械化和制度化特征。他们以实践的客观科学性消解人的自由存在,原初性与思想性比较缺失,"实践"几乎成为一个抽象的不容置疑也不加反思的概念符号,东欧剧变之后遭到尖锐批判与彻底质疑。

东欧马克思主义实践美学不仅在普遍意义的哲学维度拓展,而且关注社会主义革命与建设的历史进程。这样,革命哲学与革命美学特别耀眼,这是面对社会主义革命与实践、为现实社会主义文化建设而提出的理论形态。革命的审美性、文化革命、审美教育成为实践美学的新形态、新问题和新方向。革命是对旧制度的摧毁,也是新制度的实践创造;它是人类先锋力量的表达,在某种意义上是审美的艺术行为。格尔里奇认为,革命是历史的一种间断,导致了旧世界的终结,"是人类真正的人的历史的实现"②。彼得洛维奇从马克思的革命概念中探讨了革命的存在价值与人的审美创造的融合,认为"革命不仅是一种存在形式向另一种更高的存在形式的过渡,不仅是存在的一种特殊的断裂和飞跃,而且是最高的存在形式,即在其完整性上的存在本身。革命是创造性之最发达的形式,是自由之最真实的形式,是一个开辟了多种可能性的领域,是一个全新的王国。它是存在的真正'本质',是其本质的存在"③。文化革命是东欧社会主义建设的历史任务,是其现实实践的有机成分,旨在通过社会运动、审美教育等途径颠覆资本主义旧文化,建立社会主义新文化,确立社会主义新人的政治文化身份与新人的存在价值,因而受到布莱希特、科赫、施陶尔、日夫科夫等人的重视与探讨。还有一些理论家提出日常生活革命的主张,以真实的审美需要瓦解资本主义与极

---

① 汉斯·科赫:《马克思主义和美学》,佟景韩译,桂林:漓江出版社1985年版,第101页。
② 马尔科维奇、彼得洛维奇编:《南斯拉夫"实践派"的历史和理论》,郑一明等译,重庆:重庆出版社1994年版,第165页。
③ 马尔科维奇、彼得洛维奇编:《南斯拉夫"实践派"的历史和理论》,郑一明等译,重庆:重庆出版社1994年版,第177页。

权主义社会的虚假需要、异化需要以及"对需要的专政"[①],从而实现日常生活的丰富性存在和人的全面发展。就此而言,革命的实践美学包含本体论、政治和审美的表达。

东欧马克思主义实践美学的突出成就主要表现在一些理论家独立地阐释并多维度地发展马克思主义,大胆突破庸俗的概念框架与知识范式,敢于直面真正的现实实践,勇于捍卫人的尊严与自由,具有尖锐的批判性、鲜明的历史意识与知识话语的理性力量,而其中诸如巴甫洛夫等一些美学家抽象地演绎稳妥的马列主义实践范畴,因循守旧,味同嚼蜡,他们的实践哲学及其美学存在合法性危机。

二、现实主义理论

现实主义成为东欧马克思主义文艺美学讨论的热点。这些讨论不仅彰显美学的知识合理性,而且履行政治意识形态的功能,因而斗争激烈,思想复杂,话语多元。

一方面,不少理论家受制于苏联主流意识形态和官方文艺政策,急切地阐释现实主义的马列主义哲学基础,形成社会现实、现实主义理论与文艺本质的内在统一。他们以列宁的认识论为基础,强调文艺反映的物质性、社会现实性、客观性、科学性、人民性与党性。譬如,施陶尔鲜明地提出:"新社会秩序的建设强烈要求:拒绝逃避,直面现实。……沃尔凯尔一代的贡献还在于加速了艺术朝现实生活和客观主义的发展以及为人民服务的意识。"[②]另一方面,一些新马克思主义文艺理论家对庸俗文艺反映论提出了批判性质疑[③],对审美反映的复杂机制与功能作了精湛的窥探,值得借鉴。卢卡奇提出,审美反映是整体地、具体感性地揭示现实的普遍性规律与真理,同时意味着人的自我意识的整体性建构,能够解除人的存在之异化。科西克认为,文艺不仅是社会现实的反映,更是一种投射性的世界生产。沙夫主张,文艺是一种能动的创造性反映。莫拉夫斯基则发

---

① Ferenc Feher Agnes Heller and György Markus, *Dictatorship Over Needs*. Oxford: Basil Blackwell, 1983, p.298.
② Ladislav Stoll, *Face to Face with Reality*. Trans. Stephen Jolly. Prague: Orbis, 1949, p.44.
③ 傅其林:《论东欧新马克思主义对反映论美学模式的批判》,《马克思主义美学研究》2013年第1期。

现,文艺反映与模仿具有审美价值的客观属性,但不能脱离人类主体内在的表现性。

社会主义现实主义理论在东欧亦充满复杂性。它既受苏联模式的影响也与之展开对抗,形成了强大的张力,彰显出较为多元的思考,具有鲜明的民族性与差异性。它在民主德国、保加利亚的积极建设比较突出,二战以来长期占据了颇为显著的理论空间。德国的科赫、保加利亚的巴甫洛夫、丹切夫等著名美学家的主要贡献是追摹苏联意识形态,对社会主义现实主义进行系统论证,确立其作为"科学美学"的合法地位,忠诚地维护现存社会主义主流意识形态。巴甫洛夫把社会主义现实主义的实质、本质与形式规律视为人类社会与文化的最高级现象,认为它能够阐释一切人类艺术,是逻辑、历史与人类实践的辩证统一,其哲学基础是坚定的马列主义,"只有作为总体艺术理论的马列主义美学,才能最终成功地揭示出所有的人类艺术最深刻的实质、作用和意义,尤其是揭示社会主义现实主义的、苏联的和人民民主的艺术的起源,以及艺术与科学、道德、新闻、涂鸦等非艺术的异同"[1]。在50年代的激烈论辩中,巴甫洛夫的论述因为没有触及审美反映的特殊性而遭到捷克等国的学者广泛质疑。丹切夫则试图克服巴甫洛夫美学体系的破绽,强调把世界观、党性有机渗透、融入艺术天才的感情、想象和幻想之中[2]。科赫更为关注审美机制,"一件艺术作品的党性是通过它的特殊审美作用表现出来的,这种审美作用往往是潜移默化的,而决不都是可以直接感觉到的"[3]。波兰、南斯拉夫、匈牙利、捷克斯洛伐克则更多在批判苏联模式中独立开掘新思路,强调自由创作的开放性,积极响应毛泽东提出的"百花齐放、百家争鸣"的口号。科特以马克思主义的现实主义态度和艺术的客观真理观,否定了被神化的艺术创作方法,"不承认以马克思主义美学为基础的社会主义现实主义的方法是人类已经达到的最完美的艺术手法"[4]。莫拉夫斯基也对之号脉诊断,指出其官僚化、制度化的严重问题,从他律与自律角度揭示了其教条化与理论腐化的逻辑,从而提出富有价值论意义的新路径。依他之见,社会主义现实主义是过去最好的艺术遗产和理论遗产的一部分,它是开放的理论:"社会主义现实主义不是假定一些整齐划一的艺术表达方式的运动。这个概念应该在更广泛的框架

---

[1] Тодор Павлов, *Избранные Труды по Эстетике*. Москва: Искссство, 1978, C. 363.
[2] 译文社编:《保卫社会主义现实主义》第2辑,北京:作家出版社1958年版,第651页。
[3] 汉斯·科赫:《马克思主义和美学》,佟景韩译,桂林:漓江出版社1985年版,第641页。
[4] 译文社编:《保卫社会主义现实主义》第2辑,北京:作家出版社1958年版,第322页。

中使用。因为它指称的是与新的知识和情感事实——由社会主义革命之前和之后的新的社会条件所造就——相关的价值。"①卢卡奇虽然肯定其优越性,但是揭橥了它既有的意识形态化、抽象化、公式化问题及其错误的发展倾向,进而探测古典的批判现实主义与社会主义现实主义的内在联系及转变的可能性,张扬民族性和创造性:"正在形成的社会主义现实主义,如果它不是违背生活的宗派主义,人工的实验室的产品(无产阶级文化),就必须深深地置身于民族的内容和形式的世界传统中……不影响独创性,甚而恰恰是使独创性得到加强和具体化。"②

东欧现实主义理论具有唯物主义哲学的合法性、阶级党性的坚定性、社会现实的针对性和文学阐释的民族性,特别是在对审美主义、形式主义、结构主义的质疑与内部的自我批判过程中颇为重视艺术形式与创作的自由,这在一定程度上摆脱了其理论话语的僵化。

三、美学现代性批判

马克思在《巴黎手稿》中指出:"正像一切自然物必须形成一样,人也有自己的形成过程即历史,但历史对人来说是被认识到的历史,因而它作为形成过程是一种有意识地扬弃自身的形成过程。历史是人的真正的自然史。"③其与恩格斯在《德意志意识形态》的手稿中曾写道:"我们仅仅知道一门唯一的科学,即历史科学。"④马克思和恩格斯对此岸性、现实性、过程性的把握,对人的感性的历史性的洞见,事实上是对现代性的深刻论述,其对资本主义鞭辟入里的剖析亦属批判的现代性话语。东欧马克思主义者深入挖掘马克思的现代性思想,把美学置于历史哲学的视野,揭示其现代性特征,确立历史性与时间性之维度,考察后现代性为美学提供的意义与危机,形成了较为丰富的美学现代性思想,在当代马克思主义美学中具有独特的地位。

东欧马克思主义者颇为倾注于美学话语的现代性分析,从历史唯物主义和历史哲学的视野蠡测美学话语与艺术、美、文化等概念的现代建构及其悖论性问

---

① CF. Max Rieser, "Contemporary Aesthetics in Poland," in *The Journal of Aesthetics and Art Criticism*, Vol. 20, No. 4 (Summer, 1962), pp.421-428.
② 《卢卡契文学论文集》(二),吴言译,北京:中国社会科学出版社1981年版,第116页。
③ 《马克思恩格斯文集》第1卷,北京:人民出版社2009年版,第211页。
④ 《马克思恩格斯文集》第1卷,北京:人民出版社2009年版,第516页。

题。一些学者对资产阶级美学话语进行批判,认为美学学科是现代性的产物,与资产阶级社会的危机和历史问题息息相关,可以说属于"史学美学"①,是一种大写的历史哲学,一种宏大叙事,具有不可克服的悖论。艺术概念与现代历史意识密切地关联,内含理性化、普遍化的逻辑。一些美学家强烈质疑黑格尔化的大写历史哲学的美学形态,认为法兰克福学派诸如阿多诺、本雅明、马尔库塞等承续黑格尔化的理论范式,信赖审美乌托邦,同样无法摆脱现代美学的困境与悖论。东欧马克思主义者积极探索文化在现代性中的结构、功能、悖论及潜能,或辩证思考科学技术与文化的复杂关系,或立足于此在的时间现象学重建文化现代性理论,富有启发性。

审美自律是被不少东欧马克思主义美学家所关切的命题。一方面,以原创性为核心的审美自律观念排斥艺术造假却又催生赝品,两者互相交织,互证合法性,"艺术造假是一种现代艺术和美学的现象"②。另一方面,以自律为主导、追求意义浓密度的高雅文化,蔑视芸芸众生的趣味,但不得不面对市场与公众,故自律与他律也构成结构性依存的悖论关系。那么,如何评价现代主义?卢卡奇、巴甫洛夫、科赫、施陶尔等强烈地拒绝现代主义,否定其审美自律性追求,挖掘其资产阶级没落意识形态的功能,撕破其非艺术性的虚假面纱。与之相对,布洛赫、布莱希特、科西克、赫勒、莫拉夫斯基、瓦伊达等对现代主义持有深深的同情,认同现代主义的个体性、创造性、真理性和革命性。值得注意的是,在南斯拉夫及其解体之后,现代主义被一些马克思主义者所充分肯定,"社会主义现代主义"成为审美现代性的一股新思潮。更有甚者,一些新马克思主义美学家在后现代语境下,解构宏大叙事与人民的虚假概念,建构后现代性美学话语,注重多元性、偶然性和异质性。流亡海外数十载的赫勒,从反思的后现代历史意识出发,思考后现代的人类存在条件和文化政治革命的可能性问题,消解总体,瓦解中心,关注此在的偶然性,提出了颇有创造性的后现代美学思想。她认为,当代历史小说不同于传统历史小说,超越了小说本身的标准规范,体现出后现代的历史意识。莎士比亚作为历史剧的创作者树立了"高不可及的范式"③,已经孕育了后现代的历史意识。鲍曼强调现代性的流动性、后现代的异质性与多元主义。南斯拉

---

① 阿格妮丝·赫勒、费伦茨·费赫尔编:《美学的重建——布达佩斯学派论文集》,傅其林译,哈尔滨:黑龙江大学出版社 2014 年版,第 7 页。
② Sándor Rádnóti, *The Fake: Fogery and Its Place in Art*. Trans. Ervin Dunai. Lanham. Boulder. New York. Oxford: Rowman & Littlefield Publishers, 1999, p.VI.
③ Heller Ágnes: *A maitörténelmiregény*. Budapest: MúltésJövö, 2010, p.27.

夫的后现代转向,在20世纪80年代对先锋派的分析中初露端倪,齐泽克、艾尔雅维茨等后社会主义或者后现代的社会主义美学家,与朗西埃、巴丢等理论家的后现代政治美学达成深度的共识,犹如朦胧诗一般激进地以先锋的艺术力量,大胆地挑战意识形态的崇高客体。当然,这些后现代转向既是现存社会主义危机的美学征兆,也是批判性反思审美自律问题的意识形态表现,不同程度地脱离马克思主义或者呈现后马克思主义的特征,这是需要在学理上仔细辨析的。

如果说实践美学和现实主义理论受苏联的影响比较明显,那么东欧关于美学现代性问题的研究更多是在西方的知识视野中展开的,在某种意义上类似于西方马克思主义审美现代性批判,但是它具有更为宽广的社会历史视野与人类存在危机的切身考量。

四、符号学美学

东欧孕育了肥沃的符号学土壤。波兰从18世纪伊始有着语言学与逻辑分析的哲学传统,捷克布拉格大学在日耳曼化时期受到形式主义美学家齐默尔曼的巨大影响①,保加利亚在19世纪后期兴起审美形式主义思潮。20世纪以降,欧洲与美国的符号学风起云涌,俄国形式主义通过布拉格学派不断向东欧诸国蔓延,推动文艺理论的语言学转向。东欧马克思主义者处于苏联与西欧之间的连接带,主动关注西方的学术传统与最新趋势,批判地回应日益繁盛的符号学思想,建构了具有马克思主义特色的符号学美学。

首先是对符号学的猛烈批判。东欧马克思主义者在苏联的影响下,基于社会实践的辩证唯物主义和历史唯物主义,以集体或个体的名义对形式主义、结构主义、语言学等纯粹符号学思想发难,以国家意识形态或理论话语的姿态展开与符号学的激烈交锋。这在东欧各国的历史不尽同步,所针对的理论问题并非完全一样。在20世纪初,保加利亚以布拉戈耶夫为代表的马克思主义美学家,对以克鲁斯杰夫为代表的形式主义美学进行讨伐②。与此同时,罗马尼亚的格里亚以马克思主义的倾向性艺术观,批判"为艺术而艺术"的审美形式观。20世纪30年代的捷克,马克思主义文论与布拉格结构主义之间,弥漫硝烟。1951

---

① 克罗齐:《美学的历史》,王天清译,北京:商务印书馆2015年版,第228页。
② Prada Spassova, "Aesthetics as a Philosophical Discipline in Bulgaria," Studies in East European Thought (2001) 53: pp.111-117.

年,民主德国从社会主义文化政治与实践认识论的角度,尖锐地批判布莱希特等人的形式主义艺术观,出版了《对艺术与文学中的形式主义进行斗争,追求先进的德国文化》,认为"形式主义不仅拒绝艺术作品的内容意义,而且捣毁了艺术形式和艺术本身"①,是脱离人民的艺术,是服务于资产阶级帝国主义的。卢卡奇揭露了自然主义、意识流文学的形式主义特征,其关于审美特性的理论建构包含对形式主义的无情批判。基于社会存在的本体论,卢卡奇对实证主义、语义学等符号学模式进行质疑:"全部认识论变成了一种语言规则、语义学和数学符号的转换信息、一种'语言'翻译为另一种语言的工具。"②他认为,语言符号理论忽视了认识与实践的统一性,忽视了人类主体的正确地位,忽视了个体性与普遍性的辩证法,从而导致众多谬误和困境。波兰的科拉科夫斯基系统地梳理了西方实证主义思想史,认为实证主义导致了科学的物理化,"以语句的有意义性归结为指涉物体行为的内容的可能性来定义语句的意义的规则意味着,所有科学命题必须——如果它们是有效的——被译成物理学的语言"③。这无疑是理性的异化。罗马尼亚的瓦尔德对结构主义的批判也是深刻的,他把现象学和结构主义之间的斗争视为客观形而上学和主观形而上学之间的斗争,认为结构主义崇拜结构而忽视了结构元素和构成成分,它崇拜结构分析而忽视了归纳的普遍意义,"消解了最人性的属性:拒绝与创造的自由"④,从根本上说没有辩证地看待必然与自由的动态关系。

当然,这些批判不乏粗俗武断,带有鲜明的意识形态性,也遭遇不少语言符号学家的反批判。不过,在彼此对垒与批判的过程中,一些东欧马克思主义者开始有意识地、严肃地借鉴符号学方法⑤,如莫拉夫斯基肯定地指出,"符号学解释不仅以新的术语而且以新的问题进入了美学话语"⑥,"马克思主义符号学"⑦在文艺理论领域也被明确地提出。总的说来,东欧马克思主义符号学美学丰富复

---

① Hans Lauter, *Der Kampfgegen den Formalisus in Kunst und Literature, füreine Fortschrittliche Deutsche Kultur*. Berlin: Dietz Verlag, 1951, p.13.
② 卢卡奇:《关于社会存在的本体论》上卷,白锡堃等译,重庆:重庆出版社1993年版。
③ 莱泽克·科拉科夫斯基:《理性的异化——实证主义思想史》,张彤译,哈尔滨:黑龙江大学出版社2011年版,第175页。
④ Henri Wald, *Introduction to Dialectics of Logic*. Bucuresti: Editura Academiei. p.4.
⑤ 参见M.C.卡冈主编:《马克思主义美学史》,汤侠生译,北京:北京大学出版社1987年版,第195页。
⑥ Stefan Morawski, *Inquiries into the Fundamentals of Aesthetics*. Cambridge: The MIT Press, 1978, p.203.
⑦ J. Michalál ed., *Znak, systém, proces. K problémommarxistick ejsemiotiky*. Bratislava, 1987.

杂，主要有三个维度：一是注重符号学结构体系、意指关系的理论分析，揭示形式、结构、意指、意义的社会实践基础。如马尔科维奇对实践的符号交往维度的界定①与对意义的多维度的辩证论述，沃伊茨克提出的基于信息最优化效果的实践符号学，沙夫在批判胡塞尔的符号现象学中对既有符号分类系统的扬弃，赫勒在现象学基础上提出日常生活的符号学，等等。值得关注的是，在罗马尼亚，帕斯卡迪（Ion Pascadi）、马库斯（Solomon Marcus）、瓦尔德（Henri Wald）、拉杜（Cezar Radu）、马谢克（V. E. Masek）等理论家侧重探究审美的符号本体论、语言规则、数学模型、结构机制等，在东欧马克思主义符号学美学中具有特殊的意义。如帕斯卡迪充分借鉴托多诺夫、罗兰·巴特、热奈特等法国结构主义符号学以及阿尔都塞、戈德曼等马克思主义结构主义，探讨审美维度中的艺术感受、艺术语言、艺术结构、审美功能等问题。他认为"作品是按照组织的方式而形成的符号系统，是一种结构，其语言可以在美学上借助于符码来解释"②，但是他并非遵循纯粹的结构主义路径，而是赋予审美符号系统历史性、实践性、社会性与人的价值意义，推进审美的人道主义探索。二是对美学范畴进行语义学辨析，突破了传统理论的知识学视阈，凸显美学范畴的层次性、复杂性和多义性。奥索夫斯基对再现、表现、现实主义等范畴的语义学分析颇为精彩，譬如他把再现概念解释为三个部分的复杂关系："第一个部分是图画（image）或者描写（description），第二个部分是再现对象（object represented），第三个部分是指示物（designate）。"③从前两者关系审视则是"方法的现实主义"，从后两者理解属于"内容的现实主义"，所以"现实主义"概念本身是复杂多元的。同样，莫拉夫斯基从巴特、麦茨、塔尔图、穆卡洛夫斯基等人的符号理论中获得方法论启示，也对现实主义、表现、反映、模仿、引述等概念进行语义分析，令人耳目一新，得到美学家比尔兹利的高度认同。三是对文艺现象的符号学阐释，譬如丽莎和希穆涅克对音乐作品的语义学阐释，卢卡奇对小说形态结构尤其是叙述与描写的辨析，赫勒对莎士比亚戏剧以及历史小说的结构特征与叙事机理的精微洞悉，等等。这些皆体现出对文本符号结构的审美性体验和历史意识、政治意识形态的巧妙融合，在一定程度上深化了文艺审美意识形态论

---

① Mihailo Markoviº, *Dialectical Theory of Meaning*. Trans. David Rougé, Joan Coddington and Zoran Minderovic. Holland: D. Reidel Publishing Company, 1984, p.39.
② Ion Pascadi, *Nivele Estetice*. Bucuresti: Editural Academi ei, 1972, p.45.
③ Stanislaw Ossowski, *The Foundation of Aesthetics*. Trans. Janina and Witold Rodzinski. Holland: D. Reidel Publishing Company, 1978, p.106.

的理解。

事实上,在激烈交锋与对话的过程中,诸如奥索维斯基、穆卡洛夫斯基等语言符号学家逐步转向马克思主义,而一些马克思主义者也辩证地吸纳对方的理论话语与思维方法,显示了马克思主义美学的开放性,激发了马克思主义美学的当代生机和阐释力量。

五、东欧马克思主义美学的当代启示

基于社会现实和民族传统的认知与体悟,东欧马克思主义美学对马克思、恩格斯等的经典美学思想进行深入阐释,批判地吸收俄苏马克思主义、西方马克思主义美学的最新成果,与现象学、存在论、语言符号学、精神分析学说等展开交锋、交流与交融,形成了具有普遍性和民族性的马克思主义美学理论形态。同时,它存在着严重教条主义、制度化、政治意识形态化甚至非马克思主义化等问题。对其成绩与问题的检视,无疑具有启迪和警示的意义。

第一,东欧马克思主义美学着力于马克思主义经典文本的阐释,认同经典的原创性、多维性和开放性,以回到马克思的旨趣复兴马克思主义的人道主义与批判精神,其中青年马克思的《1844年经济学哲学手稿》《关于费尔巴哈的提纲》《德意志意识形态》《〈政治经济学批判〉导言》《资本论》等文献被不断阐释,在现代性艰难的历史进程中闪耀着丰富的美学意蕴。新马克思主义美学家在卢卡奇的创造性阐释下,不断回到马克思的实践哲学和美学的论题,获得了对实践美学的人道化的深刻理解,从而避免了简单的工具论或认识论意义的实践美学模式,真正在一定程度上实现了"马克思主义复兴"。

第二,秉持对理论相对自律性之追求,迸发出话语逻辑的强大力量。这是东欧马克思主义者对美学的系统性追求的结果,显示了把美学学科化和理论化的学术精神与理论勇气,注重对理论的学术历史与逻辑肌理的把握,饱含思想的灵感和激情。但凡在世界有着深远影响的美学家,诸如卢卡奇、赫勒、格尔里奇、穆卡洛夫斯基、莫拉夫斯基、沙夫、瓦尔德,悉皆昭示以严谨的、铭刻个体生命的学理精神。只有这样,马克思主义美学的理论命题与话语体系才能够直面现实,撞击心灵,凝聚力量,溢满诗性。否则,仅依附于官方主流意识形态政策与方针的注释,急于对简化的马列主义进行美学演绎,只会导致马克思主义美学的制度化、理论腐化和合法性危机。

第三,在开放的知识话语与国际化语境中推进美学之思,是东欧马克思主义美学取得成就的主要原因之一。当代东欧美学家虽然置身于社会主义阵营,但不是闭门造车、孤芳自赏,而是保持着与世界前沿学术思想的直接对话。比如,南斯拉夫实践派以《实践》杂志和科尔丘拉夏令学园、国际学术会议,搭建了东西方马克思主义交流的对话平台。《实践》杂志所刊载的马克思主义及其美学文章主要以德语、英语、法语三种语言传播,发表了东欧诸国著名的马克思主义美学家以及列菲伏尔、戈德曼、哈贝马斯、弗洛姆、布洛赫、马尔库塞、费舍尔、加洛蒂等西方批判理论家的文章,实现了跨文化的、开放的、多民族语言的传播与交流。

第四,深深扎根于民族传统与现实土壤,这是东欧马克思主义美学的显著特征。东欧各国有着悠久的、深厚的文化传统,不仅具备严谨的哲学与美学思想史,而且在文学、音乐、戏剧等艺术领域成就辉煌,享誉世界。它们历经不同的社会主义制度形态,担负不同的现实使命。这些文化传统与现实政治的民族性赋予了东欧马克思主义美学以独特的品格,这是马克思主义美学跨文化本土化的表现。匈牙利热衷于对民族文学尤其是凯尔泰斯的小说作品的阐释,重视对卢卡奇美学的继承与超越;民主德国离不开布莱希特的叙事剧理论和戏剧实践,广泛汲取法兰克福学派的美学养分;捷克关注布拉格结构主义与伏契克、哈谢克等作家的文学经验;波兰侧重于音乐艺术传统与语义学方法、米沃什的诗歌写作;保加利亚依赖于斯拉夫文化的民族传统;罗马尼亚有效阐释文学现代主义思潮和本民族文化传统的批判精神,形成了数学诗学等独特的美学形态,等等。东欧理论家在吸收苏联马列主义及其美学的同时不断与之保持距离,既苏联化又去苏联化;它流淌于民族传统之长河,竭力挖掘、阐释传统;它置身于社会现实,既建设又批判现实,在矛盾的张力中凸显思想话语的穿透力和生命力。

总之,东欧马克思主义美学是对民族历史文化传统与现实命运、个体伦理政治选择的多元探索,彰显出理论逻辑与历史实践的融合,其理论话语既是文艺审美经验的熔铸,又是民族的政治符码和镜像。有论者指出:"从历史文化积淀(中东欧民族独特的历史体验)、思想理论传统(中东欧民族特有的理论领悟力)和直接的历史经验(对第二次世界大战的经验和独有的社会主义改革的探索)等多方面审视,东欧新马克思主义在20世纪的马克思主义和人类思想演进中都占据十分重要和独特的地位,是人类社会健康发展不容忽视的珍贵思想和精神资源。"[①] 这

[①] 衣俊卿:《东欧新马克思主义精神史研究》,哈尔滨:黑龙江大学出版社2015年版,第214页。

种判断对于东欧马克思主义美学来说也基本适用,但是我们不能漠视其所存在的严重问题,而应该从中吸取经验教训,避免其理论制度化过程中的合法性危机。

作者手记:

文献整理、学术研究与话语表述

这篇文章是我主持的国家社科基金重大招标项目"东欧马克思主义美学文献整理与研究"阶段性成果中最具有代表性的一篇,花费了我较多的精力。面世四年,我仍心有余悸。

我写的文章大致可以区分为两种。一种是即兴写作,在阅读、讨论或思考中,偶发兴致,突发新思,旋即而作,我于2003年发表在《文艺研究》的《后现代消费语境中的时装表演》一文即是。另一种是一点点积累,越积越多,反复思考,从碎片至总体把握,《东欧马克思主义美学理论的基本形态及其启示》一文是其典型。此文涉及东欧马克思主义美学的核心问题,如实践美学、现实主义理论、符号学、美学现代性批判等,是对东欧马克思主义的正统形态和新形态进行概观,非一时即兴就能够写成的,即便写成了也是肤浅而没有价值的。但是我有信心写好,我对这个领域有学术的兴趣,在我内心有着一股学术的动力,一种强大的动机催促着我。因为这个领域在国内没有人这样思考,没有多少人集中研究这个领域。而且在梳理已有的研究成果的过程中,我发现国外学者,尤其是东欧的学者也对此关注不够。所以说,内在的学术动力推动着我朝着某种既定的未知领域前进。

如何才能写好这篇文章呢?首先是阅读文献,尽可能地阅读代表性著述。东欧马克思主义美学著述众多,我阅读了数百本著述,诸如卢卡奇的《历史与阶级意识》《审美特性》,布达佩斯学派重要成员赫勒的《日常生活》《当代历史小说》,凡此种种。阅读文献是愉快而艰巨的过程。之所以愉快,是因为每读一本书,我就被投入一个没有到过的世界,如入无人之境,独自享受着思想的洗礼和理论的涌动,这不仅是知识的对话和知识的积累,更是活动的灵魂,一种生命的触动。我不断进入东欧马克思主义的美学世界,这些文献在我的眼前从物的状态进入了思想的境界,触动我的心扉,激发我的思考,开启我的视野。之所以是艰巨的,是因为东欧马克思主义美学文献大多没有中文译本,英文文献也有限。它们分布于德语、匈牙利语、捷克语、罗马尼亚语、波兰语、塞尔维亚语等文献之中。这些文献横亘在我面前,阻碍我抵达语言背后的思想,如铜墙一般抗拒着我的进入。于是我要学习这些语言,尽可能多地学习。虽然学语言很枯燥,花了我很多时间,但是语言也能开启世界,多学一门语言也就多一个世界,在艰巨中也收获很多,学习的快乐从来没有消失。随着语言的学习,文献思想之门逐渐开启,日积月累,积淀也就多起来。这可以说是我写文章的材料处理环节、基础性环节,也是不可或缺的环节。这个环节留下了很多的笔记,一旦在阅读中发现重要而精彩的观点,我就记在本子上。虽然现在年轻学生更喜欢在电脑、iPad上做电子版笔记,但我还是习惯于传统的手写笔记,好记性不如烂笔头。阅读之后,笔记本上,众多星星点点,真是思想之精华,虽是碎片,却无比耀眼,胜似珍珠。

　　我在阅读过程中深入思考,反复推敲,不断提出问题,以期深入东欧马克思主义美学的核心命题。我写文章,不太注重对于研究对象的细节描述,我喜欢以问题意识、关键符码、核心命题作为思想的坐标,以抵达更为深邃更为普遍的领域。在反复阅读思考之中,我也在与西方马克思主义文艺理论和美学、中国马克思主义文艺理论进行比较。我逐渐提出了东欧马克思主义美学的核心命题。当然,阅读和思考不是截然分开的,思考受阻之时,我不得不重新去阅读东欧马克思主义美学文献,反复阅读重点代表作,尤其是关键段落,甚至长时间停驻在几个关键词上。这种反复阅读也是思考,是对东欧马克思主义美学命题的进一步凝练。如从众多理论家和文献中提炼出实践美学,需要在阅读中列出具体的观点和代表著述,对现实主义命题、符号学命题、现代性批判命题的提炼也是如此。其中,我对符号学命题是较为着力的,因为这是现代文艺理论和美学的重要问题,也因为东欧符号学思想有着深厚的历史文化基础,还因为马克思主义与符号学充满激烈的斗争。因此,如何批判地吸收符号学来构建马克思主义符号学,是理论家不可忽视的关键问题之一。这样我就必须在符号学的知识领域所有积累,索绪尔、皮尔斯的著述是不能缺少的。花了几年的工夫,对东欧马克思主义美学的基本理论形态的构建就形成了。

　　尽管如此,这只是文章的大致轮廓,一篇草稿而已。修改完善也是花时间的,我至少修改了三年左右,有时会在僻静处大声朗读,体会文气是否通顺,文理是否周全。在不同形式的学术交流讨论中,尤其在与我的博士生、硕士生的交流中,文章内容不断完善,观点更为辩证,表达日趋精简凝练。经过几十次的阅读与修改,去粗取精,2018年此文才得以在《文学评论》上刊发。记得在《文学评论》审稿过程中,知名编辑吴子林给文章提出了宝贵的修改意见,评审专家也提出了一些建议。我深刻感受到,此文真是集体的产物。如今回想起来,此文从最初准备到最后面世,至少五载光阴,如酿酒、如炼钢。重新阅读此文,过去的日日夜夜记忆犹新,留下的笔记有好几本,保存的电子修改版本有好多个。阅读这篇文章,我们可以看到东欧主要国家的马克思主义美学的总体地图,了解其主要美学家、代表性著述以及基本观点。同时也可以见到其得与失,以及对构建中国当代马克思主义美学与文艺学的诸多启示。文章发表之后,在国内外获得不少学者关注,《中国文学批评》《南方问题》在总结2018年文艺学研究综述时谈及了此文,保加利亚的学者还专门写信跟我讨论巴甫洛夫的反映论问题。

第二编　文艺美学思想的深化

系统阐释中的意义格式塔*

周　宪**

摘要：如何阐释文学文本的意义？这个问题一直是文学理论中争议颇多的难题。本文通过分析20世纪三种最具代表性的理论——文本客体说、作者意图说和读者反应说，指出三者共同的方法论是意义阐释的单因论。作者主张，文学是一个复杂的文化系统，包含了诸多因素及其相互关系，因而文学理论和批评对文本意义阐释的讨论，应提倡从单因论向复杂系统论的方法论转变，进而实现从一元论转向多元论、从意义实体论向意义建构论的转变。为此，本文在引入格式塔心理学"整体性在先"原则的基础上，提出了"意义格式塔"概念，将文学意义视作在逻辑上和时间上结构化的系统，并以复杂系统的视角来探究文学意义的阐释方法，以期达到文学理论和批评共同体的理想的多元阐释协商性。

关键词：意义；文本生产性；意义格式塔；单因论；复杂系统

20世纪文学理论和批评中最具争议性的问题之一是：文学文本意义的决定性因素是什么？进一步的问题是：文本意义到底是确定的还是不确定的？

这是两个密切相关的问题。第一个问题是要追索文学文本的意义根源来自哪里，是源自作者写作的意图吗？还是来自文本中的语句或修辞意义？或是经由读者阅读或批评家阐释所发现？这是20世纪最常见的三种不同回答。正像语言哲学家塞尔所概括的那样，当代文学理论中有三种迥然异趣的主张，它们对意义根源的看法有天壤之别。"这三种不同的主张——意义乃是一种文本的语

---

* 原载《中国社会科学》2018年第7期。
** 周宪，南京大学艺术学院教授。

言学特性，意义属于作者的意图问题，意义在读者之中——看起来它们很像是相互竞争的理论。第一种观点认为，文本意义严格地属于如下问题，即意义是特定语言中的词语和句子所表达的东西。……第二种观点是说，文本的意义完全是由作者的意图所决定的……第三种观点则主张，文本意义完全是一桩读者对文本反应的事。"①这三种不同观点代表了关于文本意义之根源的不同理解，由此形成了探讨这一问题完全不同的方法论。第二个问题涉及文学文本的意义是已然的还是或然的问题，当人们面对莎士比亚的《哈姆雷特》，或曹雪芹的《红楼梦》时，文本的意义是业已完成的实体性的东西，通过阅读即可把握，因此读者不过是重现意义的"复印机"？还是相反，把文学文本的意义看作是不确定、总在生成的现象，是文学形态中因素的互相作用的过程形成的？

本文将围绕文本意义"解释冲突"（利科语）问题展开讨论，讨论的焦点放在意义阐释的方法论上，进而尝试提出一种新的解决方案。按照哲学家利科的看法，就是对每一种说法进行评判，"通过表明每种方法以何种方式说明一个理论的形式"，实现一种哲学阐释学的批判功能。②在我看来，当代文学理论中存在着一种追求单一意义根源的方法论误区，以局部因素来取代系统功能，这种方法论可称之为"单因论"。它片面地夸大了文学系统中的某一因素，对文学复杂系统中的诸多因素的相关性视而不见，因此忽略了意义来自系统中多因素相互作用这一事实。所以，我们对文学文本意义问题的探究，有必要实现方法论的转变，从"文本意义根源何在"的提问方式，转向"文本意义如何被文学系统生产出来"的新方向。

一、关于意义的三种单因论

在20世纪文学理论的知识场域中，有三种最具代表性的单因论，可分别名之为"文本客体说""作者意图说"和"读者反应说"。从表面上看，这三种理论立场迥异，观念不同，但它们在方法论上却表现出惊人的一致性，都把文本的意义根源归结为文学系统中的某单个因素。"文本客体说"坚持认为，文本的意义其实就在文本的词句后面，由于文本已脱离作者和读者而独立存在，所以，文本意

---

① John R. Searle, "Literary Theory and Its Discontents," in Daphne Patai and Will H. Corral, eds., *Theory's Empire: An Anthology of Dissent*, New York: Columbia University Press, 2005, p.164.
② 利科：《解释的冲突》，莫伟民译，北京：商务印书馆2005年版，第16页。

义也是独立存在的;"作者意图说"恪守作者意图乃是文本意义唯一可信赖之根源的信念,认定脱离了作者意图去探求文本意义无异于缘木求鱼;与前两种理论的归因方向不同,"读者反应说"虔信读者才最终赋予文本以意义,离开了读者现实的阅读,任何文本的意义都无从谈起。虽然三种理论归因的方向判然有别,但它们的论证逻辑却别无二致,将文学系统中的某一因素作为文本意义的唯一根源,因此都属于方法论上的单因论。以下我们就来分别解析一下这三种理论。

文本客体说实际上是一种古老的理论,它以文学文本为唯一根据,通过文本中文字的字面或修辞意义的解析和阐释,来把握文本的意义。比如中国古代文学的研究,就有文字学、训诂学等语文学方法,它们是通过对文字音义的辨析来把握其意思。古典文献中大量的集注文献就是明证,宋代大儒朱熹的《楚辞集注》,就是一个典型的例证,它逐字逐句地对屈原的文本做出精细的解释,对文字的意思和流变做出阐释①。这种方法可看作是中国古典文论中的文本客体说。

在20世纪的现代文学理论中,文本客体说是一种影响甚广的理论,特别是由于语言学的成熟,为各种文本客体说提供了强有力的方法论支撑,以至于有学者认为,只有在现代语言学进入文学研究,现代意义的文学理论才真正出现②。语言学方法带有鲜明的科学性和实证性,主张此方法论的文学理论家们,大都有一个共同的倾向,那就是只关注文本中语言的构成和分析,拒斥诸如心理的、社会的和历史的考量,这一点鲜明地体现在俄国形式主义文学理论中。无论是雅各布森还是什克洛夫斯基,都强调文学研究的真正对象不是作家、社会、历史或心理学,而是所谓的"文学性",就是"使一部作品成为文学作品的东西"。③ 在这些理论家看来,文学性的特质乃是通过语言之诗意用法而实现的,所以文学性就是文学的各种修辞技巧,因此,文学作品与文学之外的其他因素毫无关系,文本词语和修辞乃是意义的唯一根源。

从俄国形式主义到捷克布拉格学派,再到英美新批评,以及后来的法国结构主义等,这样的理论立场一以贯之。他们都虔信文学文本的意义就在文本中,与作者和读者均无干系,与历史、文化、社会和心理均不相干。这一取向的

---

① 参见朱熹:《楚辞集注》,上海:上海古籍出版社2010年版。
② 比如德曼就认为,只有语言学方法进入文学研究,现代文学理论才算是有了合法的知识论根据,尤其是索绪尔的语言学方法。参见Paul de Man, *The Resistance to Theory*, Minneapolis: University of Minnesota Press, 1986, pp.7-8.
③ 艾亨鲍姆:《"形式方法"的理论》,托多罗夫选编:《俄苏形式主义文论选》,北京:中国社会科学出版社1989年版,第24页。

理论有两个主要特征：其一，力主艺术自主性的观念，即艺术是自在自为并独立存在的，所以，文学文本也是独立自在的。由此观念出发，对文学文本的意义探究必须聚焦于文本，不能关涉其作者的主观心理或外在的社会现实。其二，多采用语言学或语文学的方法，强调词语意义表达的文学技巧、修辞或惯例，注重文本的形式分析。现代文学理论中最具代表性的文本客体说，当属英美新批评派。

在新批评派看来，文学文本是有自己生命力的独立存在的实体，与文本之外的任何其他因素无关。进一步，新批评主张文学文本有其特有的有机形式，有自身的内在统一性和一致性，所以，文本的意义就在文本的语句背后，文学研究要做的工作就是对文本的细读，仔细分析这些页面上的词语和句子。新批评干将维姆萨特和比尔兹利，明确地指出了文学研究中的两种错误的观念：一个是把作者意图作为文本价值和意义阐释的根据，即所谓"意图谬见"；另一个则是以读者的体验为依据来评判文学作品，即所谓"感受谬见"。[①] 在他们看来，艺术品一经诞生，便不再受艺术家的支配，因而艺术家的意图对其作品便无甚影响。"诗已是属于公众的了。它是通过语言这个特殊的公有物而得到体现，其内容是关于人类这个公众知识的研究对象。"[②]由此推论，作者构思其实是诗之成因，并不能把它作为作品评价之标准[③]，这是需要仔细区分的两个完全不同的问题。此外，读者反应也不能作为批评的根据，因为"从诗的心理效果推衍出批评标准，其终则是印象主义和相对主义。不论是意图谬见还是感受谬见，这种似是而非的理论，结果都会使诗本身作为批评判断的具体对象趋于消失"[④]。既然文本意义与作者和读者无关，那源头就只有一个——文本自身。

> 从根本上说，诗是关于情感和客体或是关于客体的情感特征的论述。……它只能在其客观对象中得到表现，并作为知识的一种模式精心构

---

① 两个"谬见"的理论主要是强调艺术品的价值评判只能依据艺术品自身，而不能依照其他非文本的因素。但是，这里所反映出来的思想也适合于对艺术品意义的理解。在对"谬见"的批判中，维姆萨特和比尔兹利不同程度地涉及意义问题。
② 维姆萨特、比尔兹利：《意图谬见》，赵毅衡编选：《"新批评"文集》，天津：百花文艺出版社2001年版，第236页。
③ 维姆萨特、比尔兹利：《意图谬见》，赵毅衡编选：《"新批评"文集》，天津：百花文艺出版社2001年版，第234页。
④ 维姆萨特、比尔兹利：《意图谬见》，赵毅衡编选：《"新批评"文集》，天津：百花文艺出版社2001年版，第257页。

思而成。诗是情感固定下来的一种方式,可以说是让世世代代的读者都能感受其情感的一种方式。①

维姆萨特和比尔兹利秉承了 T. S. 艾略特和瑞恰慈的理论遗产,极力区分诗歌文本与诗人情感的不同,进而将读者阅读文学文本所引发的情感效果也一并驱逐出去。他们坚信,"尽管各族文化有了变化,但诗篇却是永存的,它们能说明一切"②。这表明文学文本是亘古不变的,因而其意义并不会因为时代或读者而变。在维姆萨特和比尔兹利看来,一首诗只能依赖于语言学和修辞学的物质特性而存在,这一特性才是文学研究的唯一对象。"一首诗只能是通过它的意义而存在——因为它的媒介是词句……诗就是存在,自足的存在而已。诗是一种同时能涉及一个复杂意义的各个方面的风格技巧。"③据此新批评着重区分了三个范畴,即文本意义的内在根据、外在根据和中间根据。内在根据乃是它的语义、句法,是通过人们所熟知的语言或语法或字典意义而确定的,它是公开的、人人皆知的;外在根据则是私人性的,是作者所特有的,因而是非语言现象,比如作者写作时的特定境况;中间根据则是作者及其所属集团赋予词汇或标题以某种个人或半个人性质的意义,它是某种联想的产物④。只有第一个范畴与文本意义相关,充其量只需要兼顾第三个范畴,但与第二个范畴毫无关系。通过这一系列复杂的逻辑论证,新批评确立了文本意义的来源于文本自身的原则,文学研究就是对文本词句的语义、语法、修辞的分析。所以,文本细读的方法成为这一派文学研究的基本方法,回到文本,回到页面的词句和修辞,才是文本意义探究的正确路径。"诗歌以外的意图总是要靠诗歌本身来证实,就本质而言,没有任何东西比引证诗歌本身更能说明问题了。"⑤半个世纪后,新批评的另一位主将布鲁克斯毫不讳言地指出,文本客体论的核心就是依循韦勒克所规定的文学"内在的"

---

① 维姆萨特、比尔兹利:《意图谬见》,赵毅衡编选:《"新批评"文集》,天津:百花文艺出版社 2001 年版,第 278 页。
② 维姆萨特、比尔兹利:《感受谬见》,赵毅衡编选:《"新批评"文集》,天津:百花文艺出版社 2001 年版,第 280 页。
③ 维姆萨特、比尔兹利:《感受谬见》,赵毅衡编选:《"新批评"文集》,天津:百花文艺出版社 2001 年版,第 235 页。
④ 维姆萨特、比尔兹利:《感受谬见》,赵毅衡编选:《"新批评"文集》,天津:百花文艺出版社 2001 年版,第 243 页。
⑤ 维姆萨特语,引自布鲁克斯:《新批评》,赵毅衡编选:《"新批评"文集》,天津:百花文艺出版社 2001 年版,第 606 页。

研究,它与"外在的"研究分道扬镳①。

　　文本客体说彰显意义阐释方法论上追求客观性和实证性的取向,它反对在阐释中纳入任何主观的、社会的或文化的外在因素。平心而论,这种方法论是很有诱惑力的,但实际上它很难贯彻到底。因而我们看到,新批评派在分析文本时,往往也难免要谈及作者的写作背景,作品的社会、历史和文化等。更有趣的情况是,新批评派的不同学者对同一文本的意义,也会出现不同的阐释,这恰好说明了批评家的阐释兴趣、知识背景、相关文献的掌握、文学观念等差异,对文本意义的阐释是有影响的。被文本客体说所拒斥的文学系统的其他要素,总是会以某种方式进入文学研究之中,比如作者意图。

　　历史地看,作者意图说也是一种有悠久历史的古老理论。中国古典诗学中孟子著名的"以意逆志"论,还有各式各样的考据派、索隐派,大都关注于作者意图与文本意义的关系,强调厘清作者意图对于理解文本意思的至关重要。在西方文学理论中,传统的传记批评方法,以及后来影响深远的浪漫主义理论,在突出作者的天才、情感、想象的同时,更加关注作品如何表现作者的情感与想象。华兹华斯"一切好诗都是强烈情感的自然流露"这一经典表述②,清晰地界说了作者情感表达与文本的因果关系。20世纪文学理论也发展出不同的作者意图说,最具代表性的理论要数美国批评家赫什的文学阐释学,他明确地亮出了"捍卫作者意图"的旗号。他写道:"我把文本意义界定为作者的'字面意图',这就意味着,为了发展出作者文本意义建构的导向和规范,阐释学必须关注作者目的和态度的重建。……从形式上说,作者的和言者的主体行动对于字面意义来说是必不可少的。"③在赫什看来,文本词语中含有作者的某种字面的意图,它是明确的并有据可查。一方面,他坚持文本中一定存在着某种不变的、客观的意义,缺乏这个特征文学阐释就失去了普遍有效性;另一方面,赫什也注意到文学的复杂性及其与作者意图的关联,比如不同时代和不同读者会对同一文本产生不同理解。于是,他创造性地区分了两个相关却又不同的概念——意义(meaning)和意味(significance)。在他看来,"意义"属于文本,它在文本中应该是确定的和固定不变的;而"意味"则不同,它随着时代和读者的不同阅读和理解而有所变化。

---

　　① 参见韦勒克、沃伦:《文学理论》,刘向愚等译,南京:江苏教育出版社2002年版。
　　② 渥兹渥斯(华兹华斯):《〈抒情歌谣集〉序言》,刘若端编:《十九世纪英国诗人论诗》,北京:人民文学出版社1984年版,第6页。
　　③ E. D. Hirsch, Jr. "Objective Interpretation," in *PMLA*, Vol.75, No.4.(Sep.1960), p.470.

更进一步,赫什强调,文学理论和批评应聚焦"意义"而非"意味"。

既然意义而非意味是文学研究的主旨,既然文本意义和作者"字面意图"密切相关,那么,如何依据作者意图来阐释文本的意义呢?赫什提出了一个具体的设想,那就是文本"阐释者的基本任务就是在自己身上重现作者的逻辑、态度和文化传承,简言之,就是重现作者的世界"①。这是一个艰难的任务,将批评家自己带入作者的时代和文化,重构作者写作时的"逻辑、态度和文化传承",这说起来容易做起来难,因为当下的批评家与过往的文本之间存在着历史的距离,甲文化的批评家与乙文化的文本之间亦存在着复杂的文化差异。

赫什进一步强调,文本意义的阐释有赖于理解,理解就是对意义的建构。他具体分析了两种不同的阐释类型,其一是内在的阐释,它是有关作者意图或目的的评说;其二是外在的阐释,它是对其价值而非作者目的的论述。赫什的作者意图说,旨在批判文学阐释中的相对论和语义自主论。前者主张文本的意义不是普遍的、共同的和客观的,它相对于不同的欣赏者、不同的文化和不同的时代,呈现出不同的意义;后者则坚持认为文本意义就在作品语言自身,与作者无关,新批评即如是。赫什虔信,这两种看法都混淆了"意义"与"意味"的区别,因此对文本意义的阐释带来了深刻的危机,而解决的唯一路径就是对作者意图的正确把握。

赫什捍卫作者意图的理论引发了不少争议,支持者和反对者针锋相对。值得注意的是一些新的理论在批评赫什主张的同时,进一步完善和强化了作者意图论。如柯奈普和迈克尔斯一方面指出了赫什理论的问题所在,另一方面又引入了言语行为理论来说明作者意图的重要性。他们认为,意义与意图密不可分,但是赫什囿于作者主观意图,因而无法真正确立意义阐释的客观性和普遍性。所以有必要引入言语行为理论作为修正,将意义与意图的二元概念,修正为意义与言语行为的二元概念。"意义总是有意图的,意图是不可能加入语言或从语言中减去的,因为语言是由言语行为构成的,这些行为也总是有意图的。"②然而,无论怎样修正赫什的理论,最终的指向还是一如既往,那就是文本意义的根源在于作者意图,或者更准确地说,来源于言语行为活动中的作者之意图。

---

① E. D. Hirsch, Jr. "Objective Interpretation," in *PMLA*, Vol.75, No.4.(Sep.1960), p.478.

② Steven Knapp and Walter Benn Michaels, "Against Theory," in David H. Richter, ed., *The Critical Tradition*, New York: St Martin's, 1989, p.1433.

作者意图说的主旨意在强调文本意义即作家意图,显然有一定道理,因为文本是由作者写出来的,它是借以传达作者特定观念或感受的载体,用艾布拉姆斯的说法就是,艺术家借助作品表达了他所要表达的某种意念或意图①。因此,对文本意义的阐释和理解是不可能对作家意图视而不见的。但问题在于,作者意图究竟是文本意义阐释的唯一根据还是诸多根据之一呢?如果是前者,就像艾布拉姆斯说的那样,艺术家本身变成了创造艺术品并制定其判断标准的根据②,文本阐释的唯一工作就是搞清作者意图何在并依此来解释文本。照此办理却问题和麻烦众多。首先,如何发现并确定作者意图,就是一个难题。有些作者根本没有留下任何有关其创作意图的文字,有些作品是佚名无主的,作者是谁无从考据。其次,作者意图与作品之间并不是一一对应的。有些作者的意图得到了清晰表达,有些则不尽然,所以英美新批评直接提出了"意图谬误"说,而解构主义则关注文本中矛盾、含混之处,去解读作者自己并未明说的东西。最后,作者自己说的话也未必可信,在不同的境况中,作者会表述不同的意思,甚至是故意隐瞒真实意图,王顾左右而言他。看来,作者意图说需要参照更多的其他要素,才具有合理性。

与作者意图说采用同样思路的第三种理论是读者反应说,差别只在于将作者意图换成了读者反应。这种观念也有久远的历史,俗话说"因人而异"即如是。鲁迅的说法很幽默也很精辟,同一部《红楼梦》,"道学家看到了淫,经学家看到了易,才子佳人看到了缠绵,革命家看到了排满,流言家看到了宫闱秘事"③。这一说法道出了一个不可忽略的事实,一个文本的理解或阐释必然会众人殊异。如果说作者意图论所强调的是单一作者的意图,还比较容易把握的话,那么,读者反应则有可能是不同读者的无数种解读。如此一来,对文本的解释权就从一个作者的意图转向了无数读者的自由解读,这就通向了文本意义阐释的开放性。读者反应论的代表人物费什认为,文本的意义只存在于复杂的阅读活动中。"意义是话语,即分析对象的一种(部分的)结果,但并不等同于话语——对象本身。……因此,这种信息,仅仅只是一种效果,产生另一种反应,是意义经验中的另一组成部分。但这种信息绝不是意义本身,没有

---

① 维姆萨特和比尔兹利认为,"所谓意图就是作者内心的构思或计划。意图同作者对自己作品的态度,他的看法,他动笔的始因等有着显著的关联。"维姆萨特、比尔兹利:《意图谬见》,赵毅衡编选:《"新批评"文集》,天津:百花文艺出版社2001年版,第234页。
② 艾布拉姆斯:《镜与灯》,郦稚牛等译,北京:北京大学出版社1989年版,第25页。
③ 鲁迅:《〈绛洞花主〉小引》,《鲁迅全集》第八卷,北京:人民文学出版社2005年版,第179页。

什么意义本身。"①费什的观点体现了一种意义观的转变,从把意义视作已然存在的实体般的事物,转向了强调意义乃阅读过程中的动态建构之产物。读者反应说的核心是关注某种"流动性,即意义经验的'运动性',也因为这种分析引导我们通向行为的原发地——阅读经验中读者主动而且一直在活动着的意识"②。但是,如何使因人而异的作品解读变得有客观性呢?如何避免阐释的相对主义和怀疑论呢?他提出了著名的"解释团体"概念。

> 意义既不是确定的以及稳定的文本的特征,也不是不受约束的或者说独立的读者所具备的属性,而是解释团体所共有的特性,解释团体既决定一个读者(阅读)活动形态,也制约了这些活动所制造的文本。③

"解释团体"的概念明显受到了库恩的"科学共同体"概念的启发④,它类似于科学共同体对科学范式的运用,在文学领域,人们对文本阐释和理解亦有一系列社会文化的限制条件,其核心乃是使用同一语言的人必然遵守一套内化了的规则体系,由此每个人的理解和阐释才趋于一致⑤。因为在解释团体中,起作用的是某种习惯化或制度化了的组织结构,任何阐释者不过是这一结构的延伸了的中介而已。由于这一结构的文化在阐释者中是根深蒂固的,因此不会出现唯有某个阐释者所独有的理解。由于任何阐释者都是依据他在社会中结构化了的位置来制造意义,所以,他的阐释行为总是被普遍认可的。以为强调读者反应会导致那种完全我行我素不受约束的做法,其实是没有根据的⑥。

以上三种理论虽然主张各异,但细心审辨不难发现它们的方法论具有内在

---

① 斯坦利·费什:《读者反应批评:理论与实践》,文楚安译,北京:中国社会科学出版社1998年版,第188页。
② 斯坦利·费什:《读者反应批评:理论与实践》,文楚安译,北京:中国社会科学出版社1998年版,第160页。
③ 斯坦利·费什:《读者反应批评:理论与实践》,文楚安译,北京:中国社会科学出版社1998年版,第46页。
④ 参见托马斯·库恩:《必要的张力——科学的传统和变革论文选》,范岱年,纪树立等译,北京:北京大学出版社2004年版,第296页。库恩写道:"'范式'一词无论实际上还是逻辑上,都很接近'科学共同体'这个词。一种范式是,也仅仅是一个科学共同体成员所共有的东西。反过来说,也正由于他们掌握了共有的范式才组成了这个学科共同体,尽管这些成员在其他方面也是各不相同的。"
⑤ 斯坦利·费什:《读者反应批评:理论与实践》,文楚安译,北京:中国社会科学出版社1998年版,第160页。
⑥ 斯坦利·费什:《读者反应批评:理论与实践》,文楚安译,北京:中国社会科学出版社1998年版,第61页。

一致性，那就是将文本意义阐释的根源归诸于文学系统内的某一因素，或是文本自身，或是作者意图，或是读者反应。虽然所归结的单一因素各有不同，然而它们都有显而易见的单因论特征。由此而引出的问题是：这样的单因论方法可以完整地把握文学文本意义吗？如果单因论有局限，那么，我们应该如何避免这样的局限性呢？

当然，三种理论的差异也值得我们注意。其一，作为意义根源的文本、作者和读者，这三个因素有很大的不同。文本是一个客观物，而作者和读者则是主体。比较来说，文本客体说最有客观性和实证性，它旗帜鲜明地反对任何主体因素的介入，反对主观的阐释；而作者意图说和读者反应说则聚焦于主体范畴，稍有不慎很容易落入主观偏见之渊薮，所以，它们也都提出了一些限制性条件。作者意图说一方面论证作者意图是客观存在的，另一方面又特别点出意图与特定时期的语言实践和惯例密切相关；读者反应说则更容易走向相对主义，所以搬出了"解释团体"以及阐释规则来加以限制。其二，从这三种理论单因根源的确定性上看，文本客体论注重文本语句、修辞及其物质性，因此方法论上最有实证性，而意义则被当作某种可确证的东西，是确定的、客观存在的。其次是作者意图说，虽然意图是一个主观范畴，但相较于无数读者的自由解读的无限可能性，单一作者的确定性是显而易见的。比较起来，读者反应说对意义规定最不确定，最多元也最开放，因为读者本身就是一个复数的、无限的开放概念。总体上看，文本意义的阐释和理解，便从文本客体说的确定性，到作者意图说的相对确定性，走向了读者反应说的高度不确定性。但是，读者反应说彰显了一个极为重要的转向，即从意义乃是完成了的实体性的概念，转向了动态的、生成性的过程，这一从意义实体论向意义建构论的转变，对于我们进一步思考文本意义的阐释问题很有启发性。遗憾的是读者反应说仍局限于读者解读的单一根据做文章，未能真正走出单因论的窠臼。

二、单因论的质疑与批判

以上三种理论看似截然对立，但在两个方面出人意料地一致。一是单因论的倾向，二是最终都不得不归诸语言用法的社会历史语境。有学者认为，文学研究在文本意义问题上始终存在着一个"大区分"，"过去二十五年里，文学研究历史上没什么比以下两个阵营的分野更让人感到奇怪的了，一个阵营多半是要证明所有意义都是不确定的,或设法将语言的意义与语言之外的现实区分开来,另一阵营则努力表明,意向性的意义是借助充分的明晰性来传达,这样的意义与现实相关,现实的重要性远不只是构成语言系统"①。在笔者看来,这种"大区分"其实还有更复杂的情况,那就是一方认为,文学文本的意义是确定的可以查证的,但却与外在的社会现实无关,是一个语言学内部的问题;另一方面则认定,文学文本的意义是不确定的,因为受到社会历史语境多重因素的作用,决不只是一个语言学内部的问题。

回到单因论的方法论问题上来,文学理论界质疑的声音一直不绝于耳。

后结构主义的文本论就深刻质疑了单因论及其一元论。巴特率先亮出了"作者之死"的旗号,从表面上看,"作者之死"完全不合逻辑,作者怎么会死去呢?没有作者就没有文本,但实际上巴特是要传递一种全新的文学观,颠覆长久以来统治着文学研究的意义的一元论。巴特认为,在传统的文学理论中,作者占据了一个"特权的、父亲式的、真理—神学性的"(privileged, paternal, aletheological)本源性地位②,文学作品及其意义就源于这个本源性的根据,文本意义与作者的关系,就像信徒皈依于上帝,子嗣源于父亲一样。这种因果渊源关系清楚地标识出一个传统观念,就意义而言,存在着某个唯一的根源,巴特称之为"神学一元论"(theological monism)③。巴特大胆地质疑它,明确提出文本全然不同于作品,它是语言活动中话语之产物。他写道:

> 文本是复数的概念,不能简单地说它有多种意义,而是说它产生出如此意义的复数性:即意义有不可化约的(不只是可以接受的)复数性。文本不是诸意义的共存,而是一个过程,一种穿越;所以它不是在应答一种解释,甚至是无所限制的解释,毋宁说它是一种爆破,一种散播。即是说,文本的复数性并不基于其内容的含混,而是依据其所谓的能指编织的立体化的复数性。从词源学上来说,文本就是某种织物,某种编织物。④

这里,有必要注意巴特所强调的文本的复数性,其要旨在于用复数的多元性,来

---

① Wendell V. Harris, *Literary Meaning: Reclaiming the Study of Literature*, London: Macmillan, 1996, p.9.
② Roland Barthes, *Image Music Text*, London: Fontana, 1977, p.161.
③ Roland Barthes, *Image Music Text*, London: Fontana, 1977, p.160.
④ Roland Barthes, *Image Music Text*, London: Fontana, 1977, p.159.

对抗传统的"神学一元论"。解构它的最有效路径,就是强调文本意义在阐释过程中的"爆破"或"散播"现象。巴特特别引用了《圣经》中的一段话来说明,"我的名字叫群,因为我们多的缘故"①。巴特用文本复数性或多元性概念,来批判和解构意义的"神学一元论",他甚至回到了文本(text)概念的拉丁文语源学上来寻找根据,那就是文本说到底不过是一种"编织物"而已。透过他的文本意义论,我们就不难理解为什么他如此执着地断言,只有在作者死后读者才有可能诞生。因为死去的并不是那个写作文本的现实个体,而是像上帝一般宰制文本及其意义源头的那个"特权的、父亲式的、真理—神学性的"一元论。以一元论的作者之死,换来多元论的无数读者之诞生,他们将以不同的方式来阐释文本的复数意义,进而达到某种多元主义的意义建构。笔者以为,这里隐含了一个方法论上的重要转变,那就是彻底颠覆了追寻单一根源的阐释方法论,转向了对文本编织过程中的复数意义无限可能性的探寻。更重要的是,意义作为话语过程的产物,并非总是已然存在的实体。文本是编织物,读者的阅读就是不断延续和变化的文本"编织",意义正是在这样的"编织"过程中产生的。不过遗憾的是,巴特显然是过度凸显了文本的开放性,只是指出了意义是语言活动的产物,是能指游戏的对象而具有复数性,但却没能仔细分析文本阐释过程中各种复杂因素的关系及其结构,最终难免滑向了相对主义。

其实,早在巴特之前,维特根斯坦的语言哲学就开始了对语言本质主义的批判。依据本质主义,所谓意义就是文本中纸面上的语言符号所意指的东西,特定语言符号代表了特定事物,符号与所指物之间的对应关系构成了传统的意义观,亦即传统的关于意义的"命名论"。依据这种观念,意义是透明的、恒定的和一致的,它就是词语符号所指涉的事物,代表了事物的本质,所以意义确确实实存在于词语中,只要我们透过符号的解读,便可以直接把握词语的具体意义。"语言中的单词为事物命名——句子是这种名称的结合。在这幅语言的图画中,我们发现了以下想法的根源:每个字都有一个意义,这个意义同这个字词是相联系的。它是字词所代表的东西。"②文本客体论实际上也在相当程度上分享了这样的观念。但值得注意的是,维特根斯坦彻底推翻了这种观念,提出了"语言游戏"和"意义即用法"的著名理论,因而摆脱了语言命名论的本质主义束缚。维特根

---

① Roland Barthes, *Image Music Text*, London: Fontana, 1977, p.160.
② 维特根斯坦:《哲学研究》,李步楼译,北京:生活·读书·新知三联书店1992年版,第7页。

斯坦认为,意义是未完成的语言活动过程的产物,意义有赖于复杂的语境来建构。这个转变不再把意义看作是隐含在符号后面的意指之物,而是倾向于把意义当作尚待建构的东西,而建构则有赖于语言背后一系列复杂的社会、历史和文化机制。

维特根斯坦指出,语言原本是一种实用的工具,通过语言人们得以交流思想和情感,因此,对词语意义的思考不应拘泥于字面的词典意义,而是要转向复杂的语境中实际的语言用法。每个符号本身是没有生命力的,只是在它的具体使用中才被赋予生命。所以,"在大多数使用了'意义'一词的情况下——尽管不是全部——我们可以这样解释:一个词的意义是它在语言中的用法"①。正是语言的用法教会了我们理解词语本身的意义。这里,维特根斯坦坚持一种鲜明的反本质主义立场,他坚信在词语背后并不存在什么共有的本质。比如我们赞叹不同事物是"美的",其实并不存在共同的"美的"本质这样的事物,有的只是这个形容词不同语境中的具体用法。看到一处风景我们发出"好美呀"的感叹,欣赏一幅石涛的山水画,我们也由衷地给出"美的"判断,甚至品尝了一顿美食,也会发出如此慨叹。这些相似的判断其实是一种"家族相似"现象所致,就像一个家族的人,有的声音相似,有的走路姿态相似,有的性格特征相似等。人们之所以选用同样的词语来描述不同事物,是基于这样的"家族相似"现象,并非这些事物有什么共同的本质②。进一步,维特根斯坦还指出,语言并不是私人性的,而是公共性的、交往性的,因此,语言总是社会的。"讲语言是一种活动的组成部分,或者一种生活形式的组成部分。"③也就是说,语言是人"生活形式"的产物,它在具体的语境中被使用,只有在这样的语境中才能交流和传达意义,才能形成特定的语言用法。"意义即用法"这个命题便可以转换为意义即特定生活形式的产物。同样的词语在不同的语境中加以使用,会有不同的意思,那种认为语言意义可超越语境而恒定不变的想法显然是站不住脚的。

从巴特对文本意义阐释一元论的解构,到维特根斯坦对语言命名论的本质

---

① 维特根斯坦:《哲学研究》,李步楼译,北京:生活·读书·新知三联书店1992年版,第31页。
② 维特根斯坦认为,人们之所以用同样的概念来描述事物,并误以为存在着事物的共同本质,这其实是一种本质主义的幻觉,实际上是由语言的家族相似所导致的,而不是有什么共同的本质。他写道:"我想不出比'家族相似'更好的说法来表达这些相似的特征;因为家族成员之间各种各样的相似性:如身材、相貌、眼睛的颜色、步态、禀性,等等,也以同样的方式重叠和交叉。——我要说:'各种游戏'形成了家族。"参见维特根斯坦:《哲学研究》,李步楼译,北京:生活·读书·新知三联书店1992年版,第46页。
③ 维特根斯坦:《哲学研究》,李步楼译,北京:生活·读书·新知三联书店1992年版,第19页。

主义的批判,都指出了有关文本意义的两个确凿事实。一方面,文本的意义不是一个业已完成的某种实体物,而是基于语言行为并有待完成的生成物;另一方面,无论是文本、抑或作者还是读者,总是依据特定的语境及其语言规则来表述和理解意义的,意义并不是透明的、确定不变的,它有赖于具体语境中语言的复杂用法。其实,在费什的读者反应论中,他所提出的解释团体及其阐释规则的概念,似已吸收了后结构主义和分析哲学的某些观念,强调读者阅读受到特定语境中共同体及其语言规则的制约。但问题是读者反应论并未纳入对作者意图、文本与其语境的复杂关系的考量,最终仍落入了一种意义阐释的单因论樊笼之中。

至此,我们可以得出几个初步的看法。其一,文本的意义是多元的和开放的,一元论或本质主义的阐释是成问题的,进一步而言,任何归诸单一或唯一文学要素的理论和方法都是有局限性的。所以,从方法论上说,重要的不是拘泥于单个原因的意义追索,而是必须考量文学意义形成的诸复杂因素之间的系统结构,这就提醒我们,有必要从单因论阐释转向复杂系统研究。其二,文本的意义是具有生产性功能的,它与其说是"已经完成的",不如说"总在过程中",意义是在语言活动过程中不断形成和丰富的,这就是文本"生产性"要旨所在。如果这么来看文本意义,就必然将意义作为一个语言阐释活动的结果,或者用巴特的话来说,"文本是一个方法论领域,……它是一个操演的过程,是依据某些规则(或反对某些规则)叙说出来的;……文本就在语言中,它只存在于话语的运动中"[①]。文本的生产性与其过程特征密切相关,正是在诸因素互动的动态过程中,意义才通过理解和阐释行为显现出来。其三,既然文本意义是在某种解读或阐释过程中最终实现的,那么,对文学理论来说,就有必要将焦点从"何谓意义",转向"意义如何产生"的提问。如伊瑟尔所言,要把注意力放在意义产生的过程而非其结果上,解释者的目标不是说明一部作品,而是揭示其产生各种可能效果的条件[②]。卡勒则干脆说,文学符号学不是阐释作品而是试图发现使意义所以可能的那些惯例。[③] 换言之,文学理论和批评不能只局限于考察作品讲了什么,更重要的是要弄清楚在特定语境中意义理解和阐释过程的规则或惯例。

---

    ① Roland Barthes, *Image Music Text*, London: Fantana, 1976, p.157.
    ② Wolfgang Iser, *The Act of Reading: A Theory of Aesthetic Response*, Baltimore: Johns Hopkins University Press, 1980, p.18.
    ③ Jonathan Culler, *In Pursuit of Signs*, Ithaca: Cornell University Press, 2002, p.37.

三、意义范畴的逻辑结构和时间结构

在汉语中,意义是指"语言文字或其他信号所表示的内容"①。但是,当意义概念用于文学研究时却涵义复杂且有歧义。所以,我们有必要对意义概念的不同意思加以分析,厘清它们的差异,进而把握文学中意义概念的结构性。

在语言哲学家塞尔看来,文学理论中许多关于意义的争议其实属于不同的问题,而导致这一混乱局面的原因则在于,文学理论家们对逻辑学、语言学和语言哲学中已广为接受的那些原则和区分漠然置之。据此,他提出了文学理论家们应特别注意的语言哲学原则。他提到的第一个原则也是最重要的原则,就是"阐释背景"原则:

> 尤其是意义和一般而言的意向(即意图——引者按)性要产生作用,只有形成一系列背景性的能力、技能、假设和通常所说的门道(know-how)才得以可能。进一步,除了前意向背景之外,意义和意向性要产生作用,通常来说就需要一个知识、信念、欲望等构成的复杂网络。尤其是言语行为不可能完全由一个句子显著的语义内容所决定,甚至也不会完全由说话人句子表述中的意向内容所决定,因为一切意义和理解行为都发生在意向性网络中,它们有赖于诸能力所构成的背景,这些能力本身并非所表达或理解之内容的一部分,但对内容的实现来说却至关重要。我把这个意向现象的网络称之为"网络",把这一系列背景性能力称之为"背景"。②

显然,塞尔希望把意义问题的讨论纳入言语行为的视野加以考察,由阐释背景出发,他接着指出了其他七个重要原则,分别是类符与单符的区分、句子与表述的区分、用法与引用的区分、语义合成性、句义和言者义的区分、本体论与认识论的区分以及句法非物理事实等③。但是,细读塞尔的方案,似乎并不能从根本上解

---

① 《现代汉语词典》,北京:商务印书馆2005年版,第1618页。
② John R. Searle, "Literary Theory and Its Discontents," in Daphne Patai and Will H. Corral, eds., *Theory's Empire: An Anthology of Dissent*, New York: Columbia University Press, 2005, p.149. 此处所说的"意向性"就是"意图性",文学理论中的"意图"即现象学哲学的"意向"。
③ John R. Searle, "Literary Theory and Its Discontents," in Daphne Patai and Will H. Corral, eds., *Theory's Empire: An Anthology of Dissent*, New York: Columbia University Press, 2005, pp.152 - 157.

决文学文本意义问题。不过塞尔的思路倒是提醒我们,有必要注意语言规则与言语行为的关系,特别是那些极易忽略的范畴或概念的细微差异,从而进一步加强意义阐释研究中的区分性意识。

这里,我们不妨转变思路,把区分性转向对意义范畴的复杂性和结构性分析。诚如塞尔所言,文学理论中意义问题的争议很多情况下是混乱的非逻辑性的,因为不同的人在使用不同的意义概念或意指意义的不同层面。因此,对于意义的讨论来说,当务之急是需要厘清意义范畴,对各种不同的意义概念及其逻辑关系加以考量,唯此我们才能避免"一锅煮"的混乱局面。区分文学中意义范畴的结构关系,有两种不同的路径:其一是逻辑的区分,其二是时间的区分。逻辑的区分是从意义的概念层面来展开抽象分析,而时间的区分则是从文学活动的言语行为过程来思考;前者可以被设想为一个概念性的层级结构,即从最小的意义单元到整体意义,后者可以描述为从写作到文本到阅读的时间转换过程;前者更多地以文学的语言学视角来审视,后者则更多地涉及文学中言语行为的社会和文化机制。

在具体讨论意义的逻辑结构和时间结构前,需要区分文学的三个不同意义范畴——文本意义、作者意图和读者会义。文本意义是文本由其语言载体所构成并传达的意义,它由一系列不同层次的意义项结构而成;作者意图是作者意欲通过文字来传达的特定意涵,是其意向性或意图性的意思;而读者会义乃是读者通过解读文本所领会和理解的文本意义。这三个意义形态分属于不同的文学要素,但从言语行为视角来看,三者有一个时间上的连续过程,是从作者意图到文本意义再到读者会义。单因论的迷误就是未能将三者视为一个共同结构、一个完整的动态过程,因而失之于片面。

以下我们先来分析以下意义范畴的逻辑结构,这个结构主要聚焦在文本意义上。我们知道,文本意义是一个特指的概念,但却包含了许多复杂的内涵。从最小的意义单元到大的文本(语篇)整体,文本意义实际上是由许多不同层次构成的逻辑结构。最小的意义单元是词语所构成的词义,每个词语都有能指(物质载体)、所指(概念)和指涉物(所代表的事物)三重复杂关系[①]。李清照词《声声慢》开篇一连串叠字,"寻寻觅觅,冷冷清清,凄凄惨惨戚戚……"每个字都有其词典意义,但这些词语分开来是不能单独产生表意功能的,组合在一起便可以传情

---

① 参见霍尔主编:《表征》,徐亮、陆兴华译,北京:商务印书馆2003年版,第15—18页。

达意,形成一种真切的伤感氛围。这就涉及另一个更大的意义单元——句义。句义要比词义复杂得多,且极富变化,因此句义是文本意义分析的基本单位。新批评、文体学和其他带有形式主义倾向的文本细读方法,往往特别关注文本的句义分析。再往上一个层次就是段义,一定的段落构成了一定的意思或主旨,它们是许多句子组成的更大单元。一个文本是由不同的段落结构而成,段落随着意义的变化而变化,它们是本文的构架性的部分。最高层次的意义单位是整个文本意义,用文学批评的语言来说,通常被称之为作品主题。从词义到句义到段义到文义,是一个从具体到抽象的意义提升过程。一般说来,词义甚至句义比较具体,容易把握和确定,而段义和文义则相对抽象,受到更多的语言与非语言因素的影响,易出现理解的差异性。新批评派理论家布鲁克斯写道:"意义乃是一个情境戏剧化的特殊意涵。总之,作为某种展现了人类情境的戏剧,诗就意味着一种面对该情境的态度。……这就是为什么说主题只是作为一个陈述,它总是从诗里抽象出来的所展现的人的情境。"[1]他还认为,一首诗就是一出小的戏剧,而诗的主题就是这出小戏所要表达的东西,所以主题显现了对这出小戏发展而来的生活的某种态度,它是"对人类经验的评价"[2]。如果说在词义和句义层面比较容易将意义具体化的话,那么,到了文义层面,就不但与词义和句义有关,而且与作者意图相关,亦与阅读时的读者会义相关,它更带有体验性和评价性等主观因素。

文本意义另一个复杂问题是词语的语言学(或词典)意义与其文学(修辞)意义之间的差异性。哲学家利科指出:"在一系列可能的解决方法的一端。我们有科学语言,它可以定义为系统地寻求消除歧义性的言论策略。在另一端是诗歌语言,它从相反的选择出发,即保留歧义性以使语言能够表达罕见的、新颖的、独特的,因而也就是非公众的经验。"[3]文学语言的显著特点就是它的歧义性,古往今来的诗人作家们创造了很多方法来形成一词多义,最常见的就是隐喻等修辞法。利科认为,隐喻是由两个不同的词所形成的独特关系,因此每个词都被赋予了一种附加的意义,使得两个词构成了复杂的涵义。这复杂的涵义在日常语言

---

[1] Cleanth Brooks and Robert Penn Warren, *Understanding Poetry*, Bel Air: Heinle & Heinle, 1976, p.267.

[2] Cleanth Brooks and Robert Penn Warren, *Understanding Poetry*, Bel Air: Heinle & Heinle, 1976, p.269.

[3] 利科:《言语的力量:科学与诗歌》,朱国均译,胡经之等主编:《西方二十世纪文论选》第三卷,北京:中国社会科学出版社1989年版,第296页。

的词典意义上是难以成立的,有时甚至在语义上是反传统的,逻辑上是荒谬的。比如李清照的词《武陵春》下阕:"闻说双溪春尚好,也拟泛轻舟。只恐双溪舴艋舟,载不动许多愁。"这里的"愁"就是一个精彩的隐喻修辞,看不见摸不着的内心愁绪变得有形有质有重量了,"轻舟"已无法承载这沉重的"愁"绪。再比如李清照"李三瘦"的别称,说的是她三句描写"瘦"的隐喻佳句:"新来瘦,非干病酒,不是悲秋"(《凤凰台上忆吹箫》),"知否,知否,应是绿肥红瘦"(《如梦令》),"莫道不消魂,帘卷西风,人比黄花瘦"(《醉花阴》),这里"瘦"字的隐喻意义丰富而含混,其意思远远超出了"瘦"字的词典意义,引发人们无限遐想。2011年获诺贝尔文学奖的瑞典诗人特朗斯特罗姆,也是一个驾驭诗歌隐喻的高手,他是诗作中充满了奇特的隐喻:"灌木中词用新的语言在呢喃:'元音是蓝天,辅音是黑色枝杈,它们在雪中漫谈。'""我返回旅馆:床,灯,窗帷/我听见奇怪的声响,地下室拖着身子在上楼。"这些别具一格的隐喻无疑创造了丰富的文学意义,挑战读者的理解力和批评家的判断力。

  现在我们再来讨论一下意义的时间结构。如果说文本意义是由不同层级意义单位构成的话,那么,这个系统并不能独立存在,这样就必然会进入意义生成语境的时间转换过程,这个过程就是从作者意图到文本意义再到读者会义的时间性结构。将这一结构置入意义分析,也就是将一种系统结构的视角带入文本意义的考量。我注意到燕卜荪在讨论诗歌含混的七种类型时,特别指出了对含混的阐释绝非孤立的语言分析,往往要关联到作者和读者。他认为至少有三种含混类型和作者相关:一类是多义结合表明了作者处于复杂的内心状态;一类是侥幸的混乱,是因为作者在写作过程中才知晓自己要表达什么;还有一类是完全的矛盾,它表明作者思想中存在着分歧。他还指出,当诗的含混所表达的东西呈现为矛盾和不相干时,读者则必须自己来加以解释,这又涉及读者会义了[①]。

  从根本上说,意义是一个与人的表达和理解活动密切相关的范畴,它既不是天文地理的自然现象,也不是动物植物的生命现象,而是人的交往活动的产物。虽然赫什的作者意图论有明显不足,但是他关于"意义"和"意味"的区分还是有启发性的。这一区分指出了一个重要的现象,那就是从作者到文本再到读者,意义的形态在不断地发生变化。他写道:"意义是文本所表征的东西,

---

[①] 参见燕卜荪:《朦胧的七种类型》,周邦宪等译,杭州:中国美术学院出版社1996年版。

是作者使用一连串特定符号所表达的东西，亦即符号所表征的东西。另一方面，意味却是对该意义与某人关系的称谓，或者对一种观念或情境的称谓，或是对可想象之物的称谓。"① 在他看来，体现作者意图的那个文本意义是不变的，而意味则随着读者的不同或时代的不同而有所变化。因此，文学阐释学要研究的不是意味而是那个不变的意义。赫什的说法既有合理的一面，又有偏颇的一面。合理性在于他注意到从体现作者意图的文本意义在不同语境的读者中会有不同的理解，而偏颇之处则在于他把作者意图义与文本意义混为一谈。因此我们有必要指出更为复杂的区分：作者意图与文本意义的差异性，而文本意义与读者会义也不是同一个范畴。对这三种意义概念不加区分地使用必然导致逻辑的混乱。

赫什提出文本的意义源出于作者意图，从文学活动的时间过程来看是合理的，因为作者写作了文本。但从逻辑上看则不尽然，因为作为主体的作者与作为客体的文本分属两个不同的范畴，关于这一点，新批评对作者意图论的批评又有一定道理。但问题的关键在于，作者意图与本文意义之间的复杂关系必须加以考虑，尤其是作者意图的不同形态与文本意义的复杂关系。我们至少可以设想几种不同的作者意图模式，首先是作者意图的自觉与不自觉就是两种不同的意向性状态，前者是说作者对特定文本的写作有清晰的明确的意图，后者则是作者写作时并没有非常明确的意图。其次是统一性意图与矛盾性意图两种样态，前者是指作者往往以某个意图来贯穿于写作的全过程，比如巴赫金所分析的托尔斯泰小说的"独白"特点；后者是指作者意图比较复杂甚至有内在矛盾，比如巴赫金所分析的陀思妥耶夫斯基小说的"复调"形态，许多彼此矛盾冲突的声音在小说中争论与对话②。最后是作者意图的预设性与后生性，前者是指作者在写作伊始就已形成明确的意图；而后者则是说作者的意图是在写作过程中逐渐明确起来的，一切均在过程中发现（海明威语）。仅就这三种情况来看，作者意图与文本意义就处在不同的关系形态之中，因此文本意义与作者意图之间，并不存在简单对应的关系。

从作者意图到文本意义再到读者会义的时间递转，不同的理论提出了不同的分析模式。信息论认为这是一个从编码文本再到解码文本的过程；语言学则

---

① E. D. Hirsch, *Validity in Interpretation*, New Haven: Yale University Press, 1967, p.8.
② 参见巴赫金：《陀思妥耶夫斯基诗学问题》，白春仁、顾亚铃译，北京：生活·读书·新知三联书店1988年版，第111—119页。

看成是一个带有情感性的表意与接受过程。赫什的阐释学强调,蕴含作者意图的文本意义是不变的,而经由读者解读出来的意味则是多变的。后结构主义正是利用意味的这一可变特性,彻底消解了"上帝—作者的"意义本源及其垄断;分析哲学则转向了语言的复杂用法,而读者反应理论也是由此出发将意义的阐释权交给了解释团体。从作者的单一性意义源,到文本的语言学意义构成,再到读者的语境差异性多义性,意义的形态变化的考量需要纳入时间距离的维度。时间维度不但体现在文学文本的生产性中,也反映在文本出现的历史语境与读者阅读的当下语境两者间的张力中,这是文本意义阐释的一个难题。关于这一时间张力,加达默尔的哲学阐释学特别强调意义及其理解的历史性。他区分了文本出现时的期待视野和当下阅读的期待视野两个不同的语境,但他既没有回到历史主义对原初意义的追索,也没有夸大当下阅读的期待视野如何重要,而是强调带有辩证意味的"视域融合",即过去的期待视野和当下的期待视野的融合,由此形成的更大视野是把握文本完整意义的必要条件①。这种融合所形成的阐释构成了意义理解的历史性,所以时间距离不是一种需要克服的东西,而是构成了具有积极创造性的理解,正是在历史距离中,流传物的意义方彰显出来。加达默尔写道:

> 对一个文本或一部艺术作品里的真正意义的汲舀是永无止境的,它实际上是一种无限的过程。这不仅是指新的错误源泉不断被消除,以致真正的意义从一切混杂的东西被过滤出来,而且也指新的理解源泉不断产生,使得意想不到的意义关系展现出来。促成这种过滤过程的时间距离,本身并没有一种封闭的界限,而是在一种不断运动和扩展的过程中被把握。②

加达默尔指出了一个极为重要的问题,文本的意义从不会处于一种封闭的状态,而是随着历史语境的变化,它始终处在开放的状态。所以,文本意义的阐释是无限的过程,在这个过程中错误的阐释不断被剔除,而新的意想不到的意义便彰显出来。这正是意义阐释的时间维度的重要性所在,意义的未完成性表明,

---

① 加达默尔:《真理与方法》上卷,洪汉鼎译,上海:上海译文出版社1999年版,第385页。
② 加达默尔:《真理与方法》上卷,洪汉鼎译,上海:上海译文出版社1999年版,第383页。

它永远在后人阐释的途中。

四、作为系统概念的意义格式塔

　　无论是从逻辑层面,还是从时间层面来考量,文学的意义问题都应该成为一个结构化问题,采取一种系统观的视角,这样才能超越单因论的局限。从方法论角度看,以下三个方面的转变甚为重要。

　　第一个转变是从意义实在论向意义建构论的转变。所谓意义实在论,是指那种将意义看作是业已完成的固定物,好像一尊花瓶或一棵树那样已然存在的实物,它早就存在于某个地方,文学理论家和批评家的工作不过是去确证它而已。意义建构论则是另一种思路,它强调意义不是一个完成物存在于何处,而是有赖于阅读、理解和阐释而最终实现的,因而文本具有某种生产性与生成性特征,文本意义在与作者意图、读者会义的关系中被不断发现和完善。所以,从作者到文本再到读者,意义总是处在不断被建构的生成过程中,很难说有一个绝对的终点或终极的意义。这对文学研究来说,是一个深刻的观念性变革。进一步的问题是,意义是如何被建构的呢? 这就涉及第二个转变。

　　第二个转变是从意义来源的单因论考量,向其文学复杂系统生成的考察的转变。单因论将意义之源视为文学系统中的某一要素,并以此为根据来阐释文本意义。要克服单因论的偏向,笔者认为有必要引入格式塔心理学的重要原则——"整体性在先"的原则。为了克服元素论(亦即心理学中的单因论)和行为主义心理学刺激—反应论的局限,格式塔心理学主张用"场"的理论来研究心理活动,强调心理活动是一个完整的场域,具有整体性和结构化的特征。格式塔心理学对元素论的批判和改造,与本文讨论的文学复杂系统论对单因论的批判有某种方法论上的相似性,所以引入格式塔心理学的原理对于解决文学的意义问题有所启发。由此本文尝试提出一个结构化的概念——"意义格式塔"(gestalt of meaning),并以格式塔心理学的原理为方法论来解析文学意义难题。按照格式塔心理学,所谓"格式塔"是指被感知到的大于其部分之和的组织化整体,因此,"意义格式塔"概念强调的就是意义的整体性和结构性,它不是某些部分的简单相加,更不是个别元素的功能,而是一个整体性在先的结构化的产物。正像"盲人摸象"的故事所表明的那样,盲人们摸到的大象各个部分并不等同于大象,而各个部分的相加也不是大象,大象整体性才是决定其各部分的根据。格式塔心理学的代表人物考夫卡明确指出,在图形认知中,良好的连续性和构型性是由组织完好的要素关系的结构而形成的,只有在格式塔结构中才能产生可理解的意义。换言之,意义是从一个完整结构的格式塔中产生的,个别要素或局部价值不足以说明其意义。考夫卡写道:

> 我们的现实世界并不只是些基本事实的排列,而是由一些单元构成的,其中没有一个部分可以独立存在,每个部分都超越自身并暗指着一个更大整体。事实和意义不再是分属不同领域的两个概念,因为事实总是某个内在一致的整体之中的事实。我们无法通过每个点逐一分别解决的方式来解决系统(organization)问题,必须围绕整体才能加以解决。所以我们会看到,意义问题与如下关系问题密不可分,亦即整体与其各部分的关系。这也就是说:整体大于其各部分之和。更准确地说,整体是某种不同于部分之和的东西,因为累加是一个毫无意义的步骤,而整体与部分的关系才具有意义。①

以上这段经典陈述有几个要点颇为重要。其一,考夫卡强调任何事物都不是分散孤立存在的,其各个部分是以结构单元的形式完整构成的。更重要的是他明确指出,每个部分都有超越自身指向更大整体的特性。正是基于这个特性,考夫卡道出了第二个方面,即方法论上的要求,必须把注意力放到整体与部分的关系上,而不是个别要素,哪怕是最重要的要素。这种方法的真谛在于,不再采取逐个考量具体要素的做法,而是围绕整体来解决问题,此乃整体性在先原则的体现。最后,考夫卡认为,意义乃是整体与部分关系的产物,因此,格式塔心理学最核心的观念就是,整体不等于并大于部分之和。在文学研究中,这个观念要求我们不能做各个局部的意义范畴的累加工作,更不能夸大某个部分的重要性,而是着力探究意义格式塔结构。意义格式塔要求我们,必须将任何要素或部分都置于结构化的系统中加以考虑。据此笔者认为,意义格式塔有两个最基本的涵义:一是意义本身是一种系统中诸多要素关联形成的场,是一种结构化功能的产物;二是我们对文本意义的阐释,也必须从这

---

① Kurt Koffka, *Principles of Gestalt Psychology*, New York: Harcourt, Brace & World, 1963, p.176.

种结构化的整体系统观出发,不能片面强调某个因素的重要性,而是关注这些因素在系统结构中的功能和关联。

第三个转变是从文本意义阐释的独断论向协商论的转变。所谓文本意义阐释的独断论,是指那种将某种阐释看成是唯一正确的做法,或虔信自己乃是绝对真理的拥有者,因而对其他阐释则听而不闻视而不见。协商论说的是文学研究中的一种交往、对话的状态,这种状态有可能出现在一个特定的批评家身上,是他努力与各种不同的阐释展开协商对话;也可以出现在诸多批评家组成的文学共同体内,亦即不同批评家之间的讨论与争议。从独断论向协商论的转变,内含了一种对绝对真理观和"神学一元论"的质疑,提倡各种不同意见对话协商的交往理性。本文认为,协商实际上就是不同意义的阐发所达成某种妥协,不妨借用克里斯蒂娃的"互文性"(intertextuality)概念来说明。克里斯蒂娃认为,互文性揭示了一个简单的事实,即任何表意实践都处在诸多表意系统的转换场域中,所以任一表述的位置和意指对象都不可能是单一的、完全的并与自身同一,而总是多元的、散落的和可汇聚的。因此,多义性可以视作符号多面相关性的产物,它与不同的符号系统相关[①]。简单地说,互文性就是一个特定文本与其他文本之间的相互关系,没有一个文本是孤立存在的,意义的生产性就存在于诸多文本的相互关系之中。这里,笔者把克里斯蒂娃用于说明文学文本的互文性概念,转到用于说明文学阐释的各种理论文本之间的相互关系。这种相互关系的协商性状态乃是文本意义生成性的样态,所以在严格意义上说,每一种阐释也总是必不可免地与其他阐释有所参照和关联。这种参照和关联也就是一种协商和对话,它涉及读者(或批评家)与作者通过文学文本中介的对话,又涉及批评家与批评家之间不同理论文本间的对话,由此而形成某种协商的格局。从哲学上看,这种对话性是交互主体性(intersubjectivity)的体现。恰恰是由于交互主体性,对话和理解才得以可能,文本意义的阐释才得以实现。用哈贝马斯的话来说,交互主体性是一种平等的可互换位置的交往:

> 纯粹的交互主体性是由我和你(我们和你们)、我和他(我们和他们)之间的对称关系决定的。对话角色的无限可互换性,要求这些角色操演时任

[①] Toril Moi, ed., *Kristeva Reader*, New York: Columbia University Press, 1986, p.111. Also see Julia Kristeva, *Desire in Language*, New York: Columbia University Press, 1980, p.36.

一方都不可能拥有特权,只有在言说和辩论、开启与遮蔽的分布中有一种完全的对称时,纯粹的交互主体性才会存在。①

哈贝马斯把"纯粹交互主体性"看作是言语交流的理想情境,笔者认为也可以把它视作阐释共同体内不同阐释关系的一个条件,这也是批评家在阐释文学文本时所形成的自我—他者关系,是一种阐释的协商状态。据此有理由认为,意义是一种主体间交往和理解的产物。但需要指出的是,交互主体性说的是交往和理解的可能性,并不是达成无条件一致的证明。因此,协商性说到底乃是某种相互沟通和相互理解,是趋向某种有差异性的共识,而非强制性的全体一致认同。

至此,我们需要对文学复杂系统中的意义格式塔生成,做一些深入的分析。

回到前面分析过的三种最常见的单因论,除了对其共同的方法论展开批判外,还有一些差异性值得考量。首先要注意的是,无论作者意图说抑或读者反应说,它们都离不开文本。因为文学活动最直接最具体的载体是文本,作者写作文本,读者阅读文本,正像艾布拉姆斯四要素关系图式一样,文本始终处于各要素关系的中心。因此,文学复杂系统中其要素的结构关系是以文本为中心的,这一点需要特别强调。以文本为中心,但并不意味着文本是意义的独立来源,需要进一步关涉作者和读者等其他层面,着重考察它们在意义生成过程中的不同功能及其相互关系。其次,作者、文本和读者三者虽然都对文本意义的生产有所贡献,但他(它)们是有所差异的范畴。作者与读者属于主体范畴,文本则是客体范畴,而意义乃是主客体之间的某种关系性的产物。从文学活动的时间性结构来看,作者是文本的生产者,文本是作者的创造物,而读者不可能与作者有什么事实上的联系,读者是通过阅读文本而与作者产生想象性的关联。由此我们把文学的意义格式塔视为不同层级的意义源和衍生项所构成的整体系统,它们处在一种动态的生成关系中。

这么来看,文学阐释要考虑的意义源有两个:一个是作为客体范畴的文本,另一个是作为主体范畴的作者意图,两者的复杂而非同一的关系构成了意义的二元关系性源头。意义格式塔的第一意义源乃是文本。在这方面,新批评关于

---

① Jürgen Habermas, "Social Analysis and Communication Competence," in Charles Lemert, ed., *Social Theory: The Multicultural and Classic Readings*, Boulder: Westview Press, 1993, p.416.

文本客体的有些论断是合理的,文本语句中蕴含了有待阐释的第一层意义。新批评的问题在于它只关注到文本语言学和修辞学规则下的语句义,仅有这样的分析还不充分,还必须进入到意义格式塔的第二意义源——作者意图。换言之,文本自身的理解有必要关涉到作者的写作意图等复杂的主体因素。只有以文本为中心来关涉作者意图,阐释方才有可能建构出意义格式塔。

不同于意义源,读者属于另一个范畴,严格说来并不是意义的来源,却是意义实现的必要条件。由于他们不属于意义源,而只是意义的转换或延伸环节,所以姑且称之为意义格式塔中的意义衍生项。显然,在文学系统中,第一意义源和第二意义源之间会有差异与抵牾,再到第三意义衍生项,则有可能导致不同的意义理解。从理论上说,作者意图、文本意义和读者会义三者差异可造成无数可能的意义阐释,但并非无规律可寻。它们之间存在着某种张力关系,差异亦有一定的范围,文本意义与作者意图相互制约,这种制约又反过来制约着读者会义的形成。正是三者的互动与制约关系决定了文本意义具有某种弹性,这种弹性是文本生产性的根源所在。那么,它们是如何制约或限制的呢?笔者注意到,无论是维特根斯坦"意义即用法"的理论,还是赫什的作者意图说,或是费什的阅读团体理论,都强调一个很重要的条件,那就是特定语境中的语言使用规范,或者说是语言的"游戏规则"。这似乎是不同理论防止自己落入危险的相对主义甚至虚无主义的最后底线。文本是一个语言构成物,它必须依照特定语境中所约定的语言使用规则。作者的文本写作遵循这样的规则,即使现代文学理论非常强调文学语言的用法有别于日常用法(或科学用法),但是,它仍然依赖于日常用法的大背景。共同的语法、语义和修辞规则是语言所以成为社会交往媒介的前提条件,这也是塞尔所说的言语行为理论的重要原则——"阐释背景"。至于读者或文学批评家,也是遵循着这样的语言学规则或"阐释背景",虽然可能有时间性的历史差异(如今人读古诗等),或空间性的文化差异(如中国读者阅读莎士比亚剧本等)。这正是维特根斯坦"意义即用法"命题的深意所在,也是塞尔等人所强调"阐释背景"的重要性所在。

由此可见,作者、文本和读者并不是存在于真空之中,他们总是处在特定时空条件下的特定语境之中,因为任何语言规则和用法都有赖于具体的语境,无论作者或文本或读者。我们知道,语境这个概念是指事件或言语行为发生的背景,只有在语境中这些事件和言语方才能够被传达并被理解。换言之,语境乃是作家、读者甚至文本存活于其间并产生意义关联的历史构架。就语境与作者、文本和读者的复杂关系而言,必然会产生出许多微妙的差异性。作者语境是影响其写作并提供特定内容的背景,可称之为语境一,它是文本写作时的语境。如果读者与作者属同时代人,那么作者——文本——读者是在同一语境中理解文本。有趣的是,作者的生命是有限的,而文本(尤其是那些"伟大传统"的经典)的生命则是无限延长的,因此,就导致文本的第二种语境——关联性语境。古典作品与当代性的语境关联,或西方文化与东方文化的语境关联。即是说,导致文本自身的语言惯例和规则的那个原初语境,会随着文本生命力的延续而进入新的语境,产生一些值得关注的变化,同时也会造成许许多多的距离、差异和冲突。读者阅读是语境三,它与作者语境有可能一致(如读者和作者处于同一时代),也可能有很大的历史距离,还有可能产生文化差异性。三种语境之间的差异,使得作者、文本与读者处在一个相当复杂的语境构架中。从历时角度说,历史的差异是最为突出的,这也就有了赫什所说的"意义"与"意味"之别。从共时角度看,即使读者与作者处于同时代,但不同文化之间的差异,比如中国读者阅读加拿大小说家阿特伍德的小说,或西方读者阅读莫言的小说,也会因为语境的文化差异而产生完全不同的理解和阐释,特别是在一种语言翻译成另一种语言的情况下。

从两个意义源与一个意义衍生项的差异,再到三个语境的差异,使得文本阐释充满无限可能性,使得意义阐释工作不是一个按图索骥式的证明,而是在各要素复杂关系中发现意义的过程。行文至此,笔者想特别讨论一下阐释的技术。正是通过这些技术,我们有可能实现在文学复杂系统诸要素关系中阐释文本意义,并在阐释技术上实现或部分实现意义格式塔。

对于文学理论家和批评家来说,要搞清特定文本的所有相关要素的整体结构,这往往是有难度的,于是就必须考虑更为方便可行的方法,那就是阐释的关联性技术。作者意图说也好,文本客体说也好,读者反应说也好,往往都会以某一要素为中心来确立文本的意义,其局限是显而易见的。但是,破除单因论方法论的一个有效方法就是将某一因素与另一或更多因素关联起来。对具体批评实践来说,这是可行的且容易上手。"芝加哥学派"提出的整合的阐释多元论方法,就是一个可资借鉴的方法。其领军人物麦克基恩认为,每个文本在其漫长的阐释历史中,都会存在不同的理解和阐释。某一阐释之长处也许恰恰是另一阐释之短处,一种理解所强调的东西,也许正是另一种理论所忽略的。这就要求批评家把视线转向更丰富的意义、思想、见解和感悟。"批评的多元论打开了一个阐释的连续历史的通道,它在不断的解读中将丰富我们对那些尚未确定的作品之意义,丰富无限可能的意义和价值。批评的多元论是某种连续和关联的方法,通过这种方法,一个读者从一本书的结构进入了对它的欣赏、分析和批评,进而把它当作诗学中的一个艺术对象。"①如果说麦克基恩的主张还稍显抽象的话,那么,其弟子布斯提出的"二元模式参照"方法论则更为清晰。他写道:"完全意义上的批评多元论是一种'方法论的视角主义',它不但虔信准确性和有效性,而且虔信至少对两种批评模式来说才具有某种程度的准确性。"②正是基于两种视角的参照,批评家可以看到文本更为丰富复杂的意义。所以,关联性技术的要旨就是摆脱单一视角的局限,更多地关涉其他视角,它从根本上克服了单因论的视角局限,趋向于加达默尔提出的"视域融合"境界③,形成了一个更大的视域。正是不同视角、方法或观念的关联、参照或融合,使读者或批评家可以洞见特定文本的复杂意义。

结　语

从单因论到复杂系统论的转变,改变了以局部代替整体的做法,这就实现了哲学方法论上的从一元论向多元论的转型。卡勒在说到文学特性时,曾经说过一段耐人寻味的话:"一部文学作品会有一个诸多意义的范围,决不是只有任何一种意义。……但是由于我们确信任何作品都有一个可能的诸种阅读的范围,它是开放的而不是封闭的意义集合,所以,我们需要探究这些意义是如何产生的。"④但问题在于,卡勒等人采取了解构主义的策略,最终走向了文本意义的相对主义,甚至是虚无主义。卡勒指出的文本诸意义范围很重要,但如何确定并操

---

① Zahava McKeon and William Swenson, eds., *Selected Writings of Richard McKeon*, Vol. 2, Chicago: University of Chicago Press, 2005, p.69.

② Wayne Booth, *Critical Understanding: the Powers and Limits of Pluralism*, Chicago: University of Chicago Press, 1979, p.33.

③ 加达默尔认为,理解传统就是一个将自身置入的过程,但这种置入并不是一个个性置入另一个个性,也不是另一个人受制于我们自己的标准,"而总是意味着向一个更高的普遍性范畴的提升,这种普遍性不仅克服了我们自己的个别性,而且克服了那个他人的个别性。'视域'这个概念本身就表示了这一点,因为它表达了进行理解的人必须要有的卓越的宽广视界。获得一个视域,这总是意味着,我们学会了超出近在咫尺的东西去观看,但这不是为了避而不见这种东西,而是为了在一个更大的整体中按照一个更正确的尺度去更好地观看这种东西"。这就是加达默尔所说的"在理解过程中产生一种真正的视域融合"。参见加达默尔:《真理与方法》上卷,洪汉鼎译,上海:上海译文出版社 1999 年版,第 391—392、394 页。

④ Jonathan Culler, "Prolegomena to a Theory of Reading", in Susan R. Suleiman and Inge Crosman eds. *The Reader in the Text: Essays on Audience and Interpretation*, Princeton: Princeton University Press, 1980, pp.49, 51-52.

作这个范围却是难事。本文提出的意义格式塔，正是对这范围的一种探索。总之，以复杂系统观念来指导文本的意义阐释，可以避免相对主义，这应是文学研究方法论的合理选择。

 作者手记：

漫说文学之意义

关于文学研究的要旨，一种共识性看法是聚焦于意义之阐释。这个说法彰显出文学研究的人文学科的典型特征：一种有关意义和价值的知识生产，而文本解读功夫则是每个文学研究者必备的基本功。

说到意义，人们首先会想到作为文本的文学作品，《诗经》也好，《红楼梦》也好，阅读文学作品的乐趣在于文本必产生意义，否则文学便不复存在。然而，深入到文本意义阐释的理论研究中，便发现这个看似简单的活儿其实并不简单，它涉及诸多与意义相关的要素及其相互关系。本文的一个核心设想是打破意义阐释的"单因论"窠臼，迈向一种复杂的系统阐释，据此提出了一个新概念——文学"意义格式塔"。基于这一概念，文学中的意义不只是来自文本自身，也就是说，文学中的意义生产绝非来自某个单一意义源或意义项，而是诸多意义源或意义项之关系的结构性产物，正像"整体性不等于并大于部分之和"的格式塔基本原理所表述的那样。诚然，用单因论范式来阐释文学文本意义有很强的可操作性和惯例性，一俟进入诸要素的关系系统往往不知从何下手。所以，有两点需要特别指出：其一，作为一个观念，系统阐释的意义格式塔具有方法论的指导意义，否则必失于单因论的偏狭之中；其二，本文的用力所在，就是探寻在系统阐释中的意义格式塔建构路径，包括观念、方法论甚至操作性技术。

说到这里，我想聊聊撰写这篇文章的"初心"。其实，对这一问题的兴趣早已形成，也陆续写过几篇文章加以讨论，但总是感到问题没有得到比较好的解决，后来便重又拾起这个问题，寻找新的思路来作新的探索。

就我个人经验来说，学术研究有三个彼此关联的环节：发现问题、提出问题、解决问题。这一说法听起来很平常，其实大有门道。首先是要发现自己感兴趣的并有学术价值的问题。一位学者的水平高下相当程度上取决于发现问题的能力，如果你能发现一些别人看不见或忽略了的问题，这就迈出了可喜的第一

文艺学研究论文写作：案例与方法

步。接下来，就是将发现的问题提炼成为值得探究的学术问题，或者说是从问题转成提问，提问能力偏弱是当下本土人文学科教育和研究中普遍存在的现象。提问既是给自己设问，同时也是给学界同道提问，这需要很好地凝练问题的焦点和指向。再往下就进入了解决问题环节，通过深入特定问题的理论及其问题史语境之中，参照已有的种种理论资源，在与其他理论家的对话中找到属于自己的答案。今天，我们经常挂在嘴边的一个词是所谓"问题意识"，这个概念究竟意指什么呢？其实它就贯穿在以上三个环节中。发现问题需要敏锐的眼光和良好的学术判断力，提出问题需要有聚焦、提炼和组织架构的能力，而解决问题则需要丰富的学养和创新思维。

在本文写作过程中，我注意到一个有趣的现象，在文学文本意义阐释中存在着形形色色的不同思路，而且彼此冲突甚至相互批驳，都极力主张自己的理论才是唯一正确的。比如文本论对作者意图论的攻击，或者相反的情况，或是读者反应论对前两者的攻击。尽管这些理论看起来在观念、方法甚至结论上迥然异趣，但是它们在归于单一原因来寻找意义之源这一点上却是高度同源。于是，一个有价值的学术问题便形成了，这就是如何超越单因论的局限而寻找新的理论路径。系统阐释作为一种可能性便出现在我面前，我想到了格式塔心理学的一些基本原理可作为方法论引入，这便形成了"意义格式塔"的解决之道。在研究这一问题的过程中，我广泛吸纳了语言学、美学、哲学和心理学等学科的多种理论资源，最终以系统阐释中的意义格式塔为核心理念，在理论上做了一些新的尝试。

本文在《中国社会科学》杂志上发表后，即获人大报刊复印资料等二次文献转载。这篇文章的英文版后来发表在顶尖的英文杂志 *Philosophy and Literature*（Volume 44，Number 1，April 2020）上，并得到了国际学界一些同行的关注，有国外学者读了此文后来和我交流，并邀请我参加专题国际学术会议。毫无疑问，这些都是对这一研究最好的回报。但我知道，文学研究中的意义阐释问题是非常复杂的，不可能在一项研究或一篇论文中彻底解决，或者说根本不可能彻底解决。本文只是提出了一种可能的解决方案，期待读者在学习和思考过程中，提出更好的理论观念和方法论。

康德审美判断力批判的意义*

陈剑澜**

摘要：康德的体系构想是把现代问题的不同面向置于同一个主体哲学框架中来处理。批判哲学论题的扩展，从内部看，是为了解决之前批判留下的疑难，在外部则是由一个逐渐开启的总体视野引导的。《判断力批判》旨在通过反思判断力的批判，寻求自然概念领域与自由概念领域统一的超感性根据。其中，审美判断力批判被认为是本质地属于批判哲学的。这本书实际包含着两个并行的论证路线。一是先验哲学意图及证明，把反思判断力的自然合目的性原则确立为道德神学的主体性根据，从而使主体达致对至善理想的先天认识。二是人类学证明，接续实践理性感性论的方向，在演绎纯粹审美判断如何可能的基础上，把论题引向情感的普遍可传达性与人的社会性的经验联系。后者论证并不充分，但是开辟了一条以审美和艺术为人性教育手段的思想道路，因而成为现代审美主义的问题源头。

关键词：康德；判断力批判；美学；德国哲学；现代问题

康德初版于1790年的《判断力批判》，据说标志着德国人精神生活的一座分水岭，"藉之，德国18世纪最重要的观念和理想传给了观念论和浪漫派一代"[①]。康德希望以此书来结束他的批判事业，同时又随机从启蒙立场对当时德国宗教、政治领域的争论作了曲折的回应，而二者是纠缠在一起的。这使得第三批判较

本文为国家社科基金艺术学项目"西方现代审美主义思想源流"（项目编号：12BA011）阶段性成果。

* 原载《北京大学学报（哲学社会科学版）》2018年第6期。
** 陈剑澜，中国人民大学文学院教授。
① Cf. John H. Zammito, *The Genesis of Kant's Critique of Judgment*, Chicago and London: University of Chicago Press, 1992, p.1.

之前两个批判更加晦涩难解,乃至于康德为何写这本书,始终是一个问题。康德自己宣称,他要通过判断力批判,消除之前遗留的理论理性与实践理性之间的裂痕,从而使自由概念领域向自然概念领域的过渡成为可能。但是,"他所设想的此问题之解决究竟是什么,甚至问题本身究竟是什么,迄今仍是康德学界争执不休的话题"①。

政治思想史学者哈斯内(Pierre Hassner)注意到,康德的三大批判难得直接谈及政治,仅有的例外是《判断力批判》中的一个段落。"在那里他明确提出一种政治教诲,并且是借助于法权学说或历史哲学提出来的。"②哈斯内指的是《判断力批判》第83节"作为一个目的论系统的自然的最后目的"。在此,康德讨论了人们相互关系中的法制状态,即公民社会和世界公民观念,尔后讨论趣味的文雅化,即"通过某种可普遍传达的愉快,通过在社交方面的磨砺与文雅化","使人对唯有理性才有权力施行的统治作好准备"。③ 社会性是康德长期关心的论题,从《关于一种世界公民观点的普遍历史的理念》(1784),一直延续到他晚年的《论永久和平》(1795)和《道德形而上学》(1797)。《判断力批判》首次在批判哲学范围内从主体之间的角度提出审美判断的普遍可传达性与人的社会性的经验联系:"如果我们承认社会的冲动对人来说是自然的,承认对社会的适应性与偏好,即社会性,对于注定为社会造物的人的需要来说,是属于人道的特点,那么我们就免不了把鉴赏也看作对我们甚至能够借以向人人传达自己情感的东西的评判能力,进而看作对每个人的自然爱好所要求的东西加以促进的手段。"④这是一条与贯穿于三大批判的先验哲学意图截然不同的路线。在第三批判里两者是并行的,康德想把它们捏合起来,其中缘由只能从他关于现代问题即主体正当性问题的总体视野得到解释。

在现代思想中,主体有两层含义:一是形而上学的,指认识或道德主体;二是经验的,指政治与法律的权利主体,组成社会的基本单元。现代问题因而包括

---

① Allen W. Wood, *Kant*, Oxford: Blackwell Publishing Ltd., 2005, p.151.
② Cf. Pierre Hassner, "Immanuel Kant," in Leo Strauss and Joseph Cropsey eds., *History of Political Philosophy*, Chicago and London: The University of Chicago Press, 1987, p.581.
③ 康德:《判断力批判》,邓晓芒译、杨祖陶校,北京:人民出版社2002年版,第287—291页;AK V:429—434。引文依照科学院版(Akademieausgabe,简称"AK")《康德全集》(*Kant's gesammelte Schriften*, hrsg. der Königlich Preußischen Akademie der Wissenschaften, Berlin: Georg Reimer/Walter de Gruyter & Co., 1900—1955)作了改动。以下康德著作引文凡有改动的,先标注中译本出处,并附原文卷次及页码。
④ 康德:《判断力批判》,第139页;AK V:296—297。本文把"Geselligkeit"(又译"社交性")译作"社会性",把"Neigung"(又译"偏好""禀好")译作"爱好"。

两个方面:一是主体如何成为认识和道德的最后根据,二是主体之间如何协同建立一个合乎理性的社会。批判哲学意在解决前一方面的问题,依原初构想,批判之后的形而上学"不过是系统地整理出来的我们通过纯粹理性所拥有的一切的清单而已"[1]。后一方面的探究,马基雅维利以降,通常依附于某种人类学和心理学观点。在《道德形而上学》中,康德指出,法权概念尽可以运用于经验事例,而它所蕴涵的先天原则要求一个出自理性的体系。借助于扩展的自由概念,法权论和德性论一并构成道德形而上学体系[2]。至此,康德把认识、道德与政治或法律问题置于同一主体哲学框架中来处理;易言之,现代问题的不同面向在康德接近完成的体系里二而一了,当然是以模糊先验哲学与形而上学的界限为代价的。批判哲学论题的不断延展,从内部看,是为了解决以前批判留下的疑难;在外部则是由一个逐渐开启的总体视野引导的,其核心问题是自由及其现实性。

一、自由的迷局

康德把自由概念称为整座理性体系大厦的"拱顶石"[3]。阿利森(Henry R. Allison)说:"毫不夸张,康德的自由理论是他的哲学中最难于解释、遑论加以辩护的部分。"这还是就法哲学和政治哲学之外的自由论述而言的[4]。在《纯粹理性批判》中,康德提出了两个自由概念:先验的自由与实践的自由。先验的自由是宇宙论意义上的自行开始一个状态的能力。实践的自由指的是自由的任意,即独立于感性冲动的强迫、仅仅由出自理性的动因来规定的任意。康德此处关于任意的论述具有基础意义。他在自由的任意之外又区分了两种任意:"一种任意就其(通过感性的动因)被病理学地刺激起来而言,是感性的;如果它能够成为病理学上受强迫的,就叫做动物性的。"动物性的任意属于感性的任意,而感性的任意不必是动物性的任意。自由的任意之独立只针对感性冲动的强迫,而不针

---

[1] 康德:《纯粹理性批判》第一版序,邓晓芒译、杨祖陶校,北京:人民出版社2004年版,第78页;AK IV:13。
[2] 康德:《道德形而上学》,张荣、李秋零译,《康德著作全集》第6卷,北京:中国人民大学出版社2013年版,第213、237—239页。
[3] 康德:《实践理性批判》,邓晓芒译、杨祖陶校,北京:人民出版社2003年版,第2页。
[4] Cf. Henry R. Allison, *Kant's Theory of Freedom*, Cambridge: Cambridge University Press, 1990, p.1.

对感性冲动本身。紧接着,康德写道:"人的任意虽然是一种感性的任意,但不是动物性的,而是自由的,因为感性并不使它的行动成为必然的,相反,人身上具有一种独立于感性冲动的强迫而自行规定自己的能力。"①

自由理论的展开基于一系列概念区分。首先是意志(Wille)与任意(Willkür)之分。贝克(Lewis White Beck)说,《实践理性批判》是两个不同的却未明确区分的意志及其自由概念的汇聚地:一个是主要出自《纯粹理性批判》的作为自发性的自由概念,另一个是从《道德形而上学奠基》承接来的作为自律、作为立法的自由概念。两种能力一概被冠以"意志"之名,并且在"意志自由"题下加以讨论。它们实际上是关于不同事情解答不同问题的理论。康德后来才正式把前者称作"任意",把后者称作"意志"。甚至《道德形而上学》中所作的区分,也不免缠绕②。康德的区分从欲求能力入手。欲求是存在者通过自己的表象而使该表象的对象具有现实性的能力。如果它与自己产生客体的行动能力的意识结合在一起,就叫做任意;否则,叫做愿望(Wunsch)。如果其内在规定根据是在主体的理性中发现的,则叫做意志。"意志就是欲求能力,不是与行动相关(像任意那样)来看的,毋宁说是与任意去行动的规定根据相关来看的,而且意志本身真正说来没有规定根据,就其能够规定任意而言,意志就是实践理性本身。"这个意志是立法的意志。"法则来自意志,准则来自任意。后者在人身上是一种自由的任意;仅仅与法则相关的意志……无关于行动,而直接关乎为行动准则立法(因此是实践理性本身),所以是绝对必然的,甚至是不能被强迫的。"③

如此,问题就涉及两个方面:一是任意事实上是如何被规定的,二是意志即实践理性如何规定任意。任意常常是他律的。当任意的规定根据是一个客体的表象以及主体对于对象的现实性的欲求,由此而产生的是一条质料的实践原则,充其量能成为准则(Maxime)。在此情形下,任意的规定根据和实践原则必定是经验的。这种任意依赖于遵从感性冲动或爱好行事的自然法则,只提供合理地遵从病理学法则的规范,是他律的。然而,任意确立的实践原则不必是他律的,若规定根据仅仅被看作对单个主体的意志有效,是主观的准则;若规定根据被认为对所有理性存在者的意志都有效,是客观的法则(Gesetz)。一个实践原则的

---

① 康德:《纯粹理性批判》,第 434 页;AK III:363—364。
② Cf. Lewis White Beck, *A Commentary on Kant's Critique of Practical Reason*, London and Chicago: University of Chicago Press, 1960 (Midway reprint 1984), pp.176-177.
③ 康德:《实践理性批判》,第 9 页;《道德形而上学》,《康德著作全集》第 6 卷,第 218—220、233 页;AK VI:211—213,226。

质料是意志的对象。在他律的场合,质料成了意志的规定根据。现在还有另一种可能,把一切质料即所有意志的对象从规定根据中排除掉,看能否找到一个适合于普遍立法的根据。如果理性存在者要把自己的准则同时思考为实践的普遍法则,他就只能把这些准则思考为不是按照质料而仅仅按照形式包含着意志的规定根据的原则。准则在排除了质料以后,只剩下单纯的形式。于是,一个理性存在者要么根本无法将自己的准则思考为普遍法则,要么假定,唯有这个单纯形式才是适合于普遍立法的形式,从而使准则独立地成为实践的法则。要确证之,必须诉诸自由的理念。第一步是从普遍立法形式的理性性质演绎出先验意义上的意志自由:"一个唯有准则的单纯立法形式才能充当其法则的意志,就是自由意志。"反过来讲,除非意志不自由,准则的质料才能成为意志立法的根据。第二步是回溯式的,从意志自由推定"立法的形式只要包含在准则中,就是唯一能够构成意志的规定根据的东西"[①]。

上述证明蕴涵一个前提:"自由和无条件的实践法则是交替地互相归结的",具体说,自由是道德法则的存在理由,道德法则是自由的认识理由[②]。康德相信这个命题能够避免自由与法则之间看似无法摆脱的循环。问题在于:我们对无条件的实践之事的认识从自由开始,还是从法则开始?从自由开始是不可能的。自由概念起初是消极的,我们既不能直接意识到,也不能从经验推论出来,因为经验提供的自然的机械作用的法则是自由的对立面。反之,我们一旦为自己拟定意志的准则就立即意识到的道德法则,是最先向我们呈现出来的,并且由于理性将它表现为一种不让任何感性条件胜过甚至完全独立于它们的规定根据,正好导向自由概念。在此,须辨明两点。其一,所谓"消极的"有两层含义:一是自由作为先验理念属于本体,是理论知识所不及的;二是意志(任意)对于客体(质料)与爱好的独立性。其二,由于道德法则连同其独立于感性冲动的规定根据呈现于意识而导向自由概念,意味着这种独立性是自由的充分条件。接着,对道德法则的意识是如何可能的?我们能够意识到纯粹的实践法则,是因为我们注意到理性用以颁布法则的必然性,以及理性向我们指出的对一切经验条件的剥离。纯粹意志的概念源于前者,正如纯粹知性的概念源于后者。这里,"道德首先向我们揭示了自由概念"。经验也证实了我们心中的概念秩序。假使一个人为自

[①] 康德:《实践理性批判》,第21、24—25、33—37、44页;AK V: 19, 21, 27—29, 33。
[②] 康德:《实践理性批判》,第37、2页。本文把"Sittlichkeit"(又译"德性")译作"道德",而把"Tugend"(又译"德行")译作"德性"。

己淫欲的爱好找各种借口,一有机会就会付诸行动,而当机会来时,在屋前放一座绞架,待他淫乐之后行刑,他会不会克制自己的爱好呢?他的回答显而易见。然而,倘若问他,他的君主以同一种死刑相威胁,无理地要求他针对一个君主想以莫须有罪名加害的清白之人提供伪证,此时无论他如何爱惜性命,他是否认为克服贪生之念是可能的呢?他不敢肯定自己会不会去做,但是他必定毫不犹豫地承认,这么做对他来说是可能的。"所以他断定,他能够做某事是因为他意识到他应当做某事,他在自身中认识到了平时没有道德法则就会始终不为他所知的自由。"①

意志的立法并非外在于任意,而是经由任意推己及人从准则中抽取出普遍形式来实现的。实践理性的基本法则只有一条:"要这样行动,使得你的意志的准则任何时候都能同时被看作一个普遍立法的原则。"这条法则要求应当绝对地以某种方式行事,是无条件的定言命令。为何一条仅用于实践原理的主观形式的法则可以设想为通过法则的客观形式规定的根据?康德认为,对于法则的意识是一个理性的事实,不可究诘。"为了把这条法则准确无误地看作被给予的,我们必须注意:它不是任何经验的事实,而是纯粹理性的唯一事实,纯粹理性借此宣布自己是原始地立法的。"②贝克指出,此处有两个"理性的事实",一个关乎法则的意识,一个关乎道德法则本身。另外,康德还用"事实"指意志自律。鉴于康德把自律的自由等同于道德法则,后两种用法可归并。但倘若这个显见的区分成立,就无法从前一个事实(我们意识到法则)转换到后一个事实(存在只能出自实践理性的法则)。贝克通过进一步区分理性的事实,试图证明:"唯有理性自身给予理性自身的法则才能被实践理性先天地认识,并且是纯粹理性的事实。"③这是康德实践哲学最含混不清的问题之一,只能尝试去理解。

康德区分了两个自由概念。消极意义的自由在此具体指道德法则对准则的质料(欲求的客体)的独立性。道德法则针对一切有理性和意志的有限存在者,甚至包括作为最高理智的无限存在者。人是有理性的存在者,又是受需要和感性动因刺激的存在者。在他身上能够预设一个纯粹意志,却不能预设神圣意志。神圣意志是不可能提出任何与道德法则相冲突的准则的意志。纯粹意志与法则

---

① 康德:《实践理性批判》,第38—39页;AK V:29—30。
② 康德:《实践理性批判》,第39—41页;AK V:30—31。
③ Cf. Lewis White Beck, *A Commentary on Kant's Critique of Practical Reason*, pp.167 - 169.

的关系是以责任为名的依赖性,意味对行动的强制,如此行动就叫做义务①。两者的区别,近似于《中庸》所谓:"诚者,天之道也;诚之者,人之道也。诚者,不勉而中,不思而得,从容中道,圣人也。诚之者,择善而固执之者也。"②系于法则的强制、责任和义务针对的是任意的行动,而非纯粹意志。在病理学上刺激起来的任意不免带有主观的愿望,常常与纯粹的客观的规定根据相对立,因而需要实践理性的某种抵抗作为道德强制。道德强制的目的不是让任意逆转,而是使任意保持不受病理学刺激规定的本然的自由状态。唯此,意志即实践理性是自己立法的——这是积极意义的自由。"道德法则……是通过一个准则必须能胜任的单纯普遍立法形式来规定任意的。""道德法则仅仅表达了纯粹实践理性的自律,亦即自由的自律,而这种自律本身是一切准则的形式条件,只有在这条件之下一切准则才能与最高的实践法则相一致。"③关于意志自律的所有可能的误解,都源于把两个自由概念认作自由的不同面向或环节,而在康德自由是一以贯之的。

接下来是自由的现实性问题。"道德法则仿佛是作为一个我们先天意识到并且确凿无疑的纯粹理性的事实而被给予的,即便认可在经验中找不到严格遵守法则的实例。"因此道德法则的客观实在性不能由任何演绎来证明。但是,道德法则可以作为一个演绎原则证明自由的可能性,而且在认识到法则对自己有约束力的存在者身上证明自由的现实性。道德法则实际上是一条出于自由的原因性(先验自由)的法则。由于在经验中不可能给出与作为绝对自发性的自由理念相符合的例子,只有把一种自由行动的原因的思想应用于感官世界的存在者使之同时被看作本体,才能为此种思想辩护,不过不能在实践意图之外将它实在化。在此,自由理念的应用,仅限于把感官存在者的意志的规定根据置于纯粹(实践)理性之中,归入事物的理知秩序,而完全撇开这个原因概念在理论知识上的应用,甚至根本不理会这个原因概念对认识事物有什么规定作用。当然,理性必须以某种方式来认识意志在感官世界中行动的原因性,否则实践理性就不能现实地产生任何行为。然而,自由概念是理性从自己作为本体的原因性构造出来的,理性无需为认识它的超感性存在理论上去规定它,也无需以此方式赋予

---

① 康德:《实践理性批判》,第42—43页;AK V:32。
② 朱熹:《四书章句集注》,北京:中华书局1983年版,第31页。
③ 康德:《实践理性批判》,第44页;AK V:33。

它意义。这个概念的意义是通过道德法则获得的,虽然只是为了实践的运用①。所以,那个虚构情境中的人面对君主的要挟会毫不迟疑地承认舍生取义对于他是可能的,可他无从知晓自己为何确信。我可能做,因为我意识到应当做,于是我能够做。此番逻辑先得靠人格理念来解释。

  义务断绝与爱好的一切亲缘关系而使人自己给予自己的价值得以安身的渊源何在? 在人格。人属于感官世界,又属于理知世界。人格是人作为理知世界存在者所具有的摆脱了自然机械作用的自由与独立的能力。道德即人格的价值。"道德法则是神圣(不可侵犯)的。人的确是不够神圣的,但其人格里的人性对于他必定是神圣的。在全部造物中,人所想要和能够支配的一切也可以仅仅被用作手段;唯有人,连带每一个理性的创造物,才是目的本身。他凭借自由的自律是神圣的道德法则的主体。"②人作为道德王国的成员,既是立法者,也是臣民。"因为这个道德法则是建立在他的意志自律之上的,而他的意志乃是自由意志,它依据自己的普遍法则必然能够同时与它应当服从的东西相一致。"③问题仍然是:为何我意识到应当做,就一定能够做?

  "现在,虽然在感性的自然概念领域和超感性的自由概念领域之间横着一道巨大的鸿沟,以至于(通过理性的理论运用)从前者过渡到后者绝无可能,好像它们是两个不同世界……但是……自由概念应当使其法则所赋予的目的在感官世界中成为现实……因此,终究必须有一个把自然以为基础的超感性物与自由概念实践地包含的超感性物统一起来的根据……"④康德把这个任务交给了第三批判。

二、先验哲学意图及其证明

  自然概念领域与自由概念领域的分立是批判哲学预设的。知性和理性在同一个经验领地(Boden)实行不同的立法,互不相扰,形成各自的领域(Gebiet)。至少可以合理地设想,两种立法及其能力共存于同一主体之中是可能的。然而,两个领域施用于感官世界又不停地彼此牵制,不能构成一体。自然概念在直观

---

① 康德:《实践理性批判》,第 62—66 页;AK V:47—50。
② 康德:《实践理性批判》,第 118—119、152 页;AK V:86—87,110。
③ 康德:《实践理性批判》,第 113、180 页;AK V:132。
④ 康德:《判断力批判》,第 10 页;AK V:175—176。

中表现其对象,但不是作为物自身,只是作为显象;自由概念将其客体表现为物自身,但不是在直观中表现的。两者都无法获致关于自己的客体乃至思维的主体即物自身的理论知识。因此,对于全部认识能力来说,有一个无限制却不可及的超感性地域(Feld des Übersinnlichen)。现在要在这个原来用理念占领的地域寻找两个领域统一起来的根据①。

康德曾经把全部哲学问题概括为三个:我能够知道什么?我应当做什么?我可以希望什么?第一个是纯思辨的问题,第二个是纯实践的问题,第三个既是实践的又是理论(思辨)的问题。后来他给自己的哲学加上了"人是什么"的问题,并且说前两个问题分别由形而上学、道德和宗教来回答,而《纯然实践理性界限内的宗教》旨在解决第三个问题②。后面的说法容易引起误解,仿佛之前他没有系统处理过这个问题。在《纯粹理性批判》中,这个问题的提法是:如果我做了我应当做的,我可以希望什么?在此,理论与实践、自然与自由的对立,表现为幸福和道德的不一致。道德法则不顾及幸福而完全先天地规定所为所不为,问题在于:如何让有德性的人享有幸福,让不配当幸福的人拥有德性?康德认为,只在理知的道德世界中,道德体系与幸福体系才不可分地结合在一起,从而每个人都有理由希望依其行为配当幸福的程度得到幸福。这是至善(das höchste Gut)的理想:"在此理念中,与最高的永福结合着的道德上最完善的意志是世间一切幸福的原因,只要幸福与道德(作为幸福之配当)具有精确的比例。"为此,需要一种道德神学。道德神学从作为世界必然法则的道德统一性观点出发,追究独立给予此法则以相应的效果及对人的约束力的原因,获致"一个唯一的、最完善的、理性的原始存在者的概念"③。道德神学有别于自然神学。如《判断力批判》中所说:"自然神学是理性从自然目的(只能经验地认识)推论出自然的至上原因及其属性的尝试。道德神学(伦理学神学)是从自然中的理性存在者的道德目的(能够先天地认识)推论出那个至上原因及其属性的尝试。"④道德法则出自实践理性本身,不假外求,仅因其内在的实践必然性才预设一个原始存在者,为

---

① 康德:《判断力批判》,第 9—10 页;AK V: 175—176。本文把与"物自身"(Ding an sich)相对的"Erscheinung"(又译"现象")译作"显象"。
② 康德:《纯粹理性批判》,第 611—612 页;《致卡尔·弗里德利希·司徒林》(1793 年 5 月 4 日),李秋零编译:《康德书信百封》,上海:上海人民出版社 2006 年版,第 199 页;《逻辑学》,《康德著作全集》第 9 卷,第 24 页。
③ 康德:《纯粹理性批判》,第 612—618 页;AK IV: 523—529。
④ 康德:《判断力批判》,第 294—295 页;AK V: 436。

赋予法则以效力。所以,道德神学只有内在的运用,即"通过我们适合于一切目的的体系来实现我们现世的使命"①。

在《实践理性批判》中,康德把问题归结于:至善在实践上如何可能?道德法则是纯粹意志唯一的规定根据,至善是藉意志自由先天必然地产生的客体,其可能性的条件也必须仅仅基于先天的知识根据②。在此前提下,康德演绎了实践理性的另两个公设:灵魂不朽和上帝存在,并且说:"只有宗教加入其中,才有希望有朝一日按照我们所属意的堪当幸福的程度分享幸福。"③《纯然实践理性界限内的宗教》里讲得更直白:"道德不可避免地导致宗教。"至善的理念,把我们应有的所有目的的形式条件(义务)与一切取决于我们的目的同时和义务相称之物(幸福)统一于自身。为使至善成为可能,必须假定一个至圣全能的道德存在者。唯此,才能赋予出自自由的合目的性与自然合目的性的结合以实践的客观实在性。"在这个立法者的意志中,(创世的)终极目的也就是能够且应当成为人的终极目的的东西。"④然而,无论道德神学或宗教,都是理性所不及的,只要它没有从主体获得根据,仍旧是超验的,而不可能有内在的运用。《实践理性批判》辩证论结尾部分想尝试解开这个谜局。我们的理性发现,依照单纯的自然进程,它不可能理解两种按截然不同的法则发生的世界事件之间的精确匹配与完全合目的性的联系。现在,另一种决定根据参与进来,要扭转思辨理性的游移不定。促进至善的命令在实践理性中是有客观根据的,至善的可能性在不违拗的理论理性里同样是有客观根据的。理性无法客观决定的是如何表象这种可能性的方式:是按照普遍的自然法则而无须主宰自然的智慧创世者,抑或仅仅靠这个创世者的预设?"现在,理性的一种主观条件出场了,即唯一在理论上对理性可能的同时对(从属于理性的客观法则的)道德性有益的,把自然王国与道德王国严格的协调一致设想为至善之可能性条件的方式。"⑤这已经预示了批判哲学最后的目标。为道德神学寻求在主体中的先天条件和根据,或者说,在道德神学名目之下为至善的理想确立先验哲学的基础,是《判断力批判》的真正意图。按此意图,与自然神学乃至一切通过理性的不合法运用推论出自然目的的神学之虚妄不同,道德神学凭借反思判断力的先天原

---

① 康德:《纯粹理性批判》,第 621 页;AK IV:531。
② 康德:《实践理性批判》,第 150,154—155 页;AK V:109,112—113。
③ 康德:《实践理性批判》,第 177—178 页;AK V:130。
④ 康德:《纯然实践理性界限内的宗教》,李秋零译,《康德著作全集》第 6 卷,第 7—8 页;AK VI:6。
⑤ 康德:《纯粹理性批判》,第 198—199 页;AK IV:145。

则——自然的合目的性而成为可能。

《判断力批判》是一本关于目的论的书。写作之初,康德曾设想把哲学分成三块:理论哲学、目的论、实践哲学,第三批判试图解决目的论的先天根据问题①。后来康德还是有条件地回到传统的立场。他认可哲学只能分为理论哲学和实践哲学两个部分。主体有三种高级的即包含自律的能力:认识能力(知性)、愉快和不愉快的情感(判断力)、欲求能力(理性)。不同于知性和理性,判断力虽然是立法的,却没有自己的领域,因而在形而上学体系中毫无地位,只是批判哲学不可或缺的部分。判断力的立法不是给自然颁定法则,而是为了反思自然给它自己颁定法则。判断力的先天原则是自然的合目的性。"自然的合目的性是一个特殊的先天概念,它只在反思判断力中有其根源。"藉之,自然被表现为好像有一个知性包含着经验法则多样统一性之根据似的。它既非自然概念,亦非自由概念,仅仅表现判断力的一个主观原则。依照自由概念的原因性在自然中找不到规定根据,自然概念也不能规定主体中的超感性物;反过来倒是可能的,就前者对后者产生的后果而言,依照自由概念的结果是终极目的(至善),它或它在感官世界的显象应当实存,为此我们预设它在自然中的可能性的条件,即作为感官存在物的主体的可能性的条件。"不顾及实践而先天地预设这个条件的能力,即判断力,提供了自然概念和自由概念之间的中介概念——自然的合目的性概念,使从纯粹理论的向纯粹实践的、从遵照前者的合法则性向遵照后者的终极目的之过渡成为可能;因为借此,唯有在自然中并且与自然法则相一致才能成为现实的终极目的的可能性就被认识到了。"②

反思判断力分为两种:审美判断力是通过愉快和不愉快的情感对形式的(主观的)合目的性作评判的能力,目的论判断力是通过知性和理性对自然的实在的(客观的)合目的性作评判的能力。在判断力批判中,涉及审美判断力的部分是本质的,因为只有这种能力包含着判断力完全先天地用作对自然进行反思的基础的原则。目的论判断力不包含任何先天原则,只在遇到某些唯有作为自然目的才可能的事物时,在自然的形式的合目的性原则已经使知性准备好把目的的概念运用于自然之后,才包含着为了理性而应用目的概念的规则③。两种

---

① 康德:《致卡尔·莱昂哈德·莱因霍尔德》(1787年12月28与31日),李秋零编译:《康德书信百封》,第111页。
② 康德:《判断力批判》,第 6、10、13、15、19—20、31—33 页;AK Ⅴ:172,176,179,181,185—186,195—197。下文"判断力"一词除特别说明,均指反思判断力。
③ 康德:《判断力批判》,第29—30页;AK Ⅴ:193—194。

反思判断力的关系究竟如何，尤其目的论判断力批判意在何为，是第三批判最难解的问题①。

审美判断包括鉴赏判断和崇高的判断。"鉴赏是藉无利害的愉悦或不悦对一个对象或表象方式作判断的能力。"其对象即美。就根据而论，没有任何主观目的或客观目的表象能够规定鉴赏判断。因为鉴赏是审美（感性）判断而非认识判断，不涉及对象的性状和概念，仅涉及表象力的相互关系。唯有表象中不带任何目的的主观合目的性形式，才构成鉴赏判断的规定根据。鉴赏本质上是想象力与知性的自由游戏②。崇高的判断把游戏扩展到想象力和理性之间。崇高不容于感性形式，只关涉理性理念。理念虽不可能有适合的表现，却可以通过感性表现的不适合在心中激发起来。"崇高只在于自然表象中感性物由以被评判为适宜对之作可能的超感性运用的那种关系。"主体靠内心唤起的超感性理念，能够把形式上悖于目的的对象评判为主观合目的性的。但是，崇高概念所指示的绝非自然本身中的合目的物，仅仅是我们自然直观的可能运用中的合目的物。所以，必须把崇高理念和自然合目的性理念截然分开，而崇高的理论只是关于自然合目的性的审美评判的补充③。同样，依据审美判断力把主观合目的性运用于自然对象的先验原则，目的论判断至少有理由悬拟地引入自然研究，当然并非据以解释自然现象，只是为了按照与目的原因性的类比将其置于观察与研究原则之下④。鉴赏判断由于完全蕴涵了反思判断力的先验原则，从而成为批判的范例。

鉴赏判断的二律背反表现为鉴赏是否基于概念与其普遍必然性之间的冲突。鉴赏判断必须与某个概念相关，否则不可能要求对每个人都必然有效。但是，它又无法从概念得到证明。概念要么是知性概念，要么是理性概念；前者可以通过相应的感性直观的谓词来规定，后者是作为一切直观基础的超感性物，不能从理论上进一步规定。其实，换个说法，冲突就不存在了。鉴赏判断不基于确定的概念，可毕竟基于一个不确定的概念，即关于显象的超感性基底的概念。它同时也被视为人性的超感性基底的概念，以此为规定根据的鉴赏判断必然对人人有效。这个超感性物的概念是审美（感性）理念。"审美理念不能成为知识，因

---

① 本文对此问题的探讨，仅限于目的论判断力与审美判断力及道德目的论直接相关的部分。
② 康德：《判断力批判》，第56—57页；AK V：221—222。本文把"Geschmack"依上下文分别译作"鉴赏"或"趣味"，把"Interesse"分别译作"利害"或"兴趣"。
③ 康德：《判断力批判》，第83—84、106页；AK V：245—246，267。
④ 康德：《判断力批判》，第209—210页。

为它是一个决找不到与之适合的概念的(想象力的)直观。理性理念决不能成为知识,因为它包含一个永远不能给予与之适合的直观的概念。"审美理念是一个想象力不能阐明的表象,理性理念是一个理性不能演证的概念。"正如对理性理念来说想象力及其直观达不到给予的概念,就审美理念而言知性通过其概念永远达不到想象力与给予的表象结合在一起的全然内在直观。"①鉴赏是从一个先天根据来作判断的,但是鉴赏原则,即审美判断力的唯一原则,不是合目的性的实在论,而是合目的性的观念论。显示概念的实在性总是需要直观,而对于理性理念,绝不可能给出与之适合的直观。一切感性化的描绘要么是图型的,要么是象征的。在图型的描绘中,知性所把握的概念被给予相应的先天直观。在象征的描绘中,一个只有理性才能思维而没有与之适合的感性直观的概念被配以一种直观,判断力用仅仅和它在图型化中所观察到的相类似的方式来处理这种直观,即仅仅按程序规则而非直观本身,按反思的形式而非内容,使之与概念相合。在此意义上,"美是道德善的象征"。唯有在这种对每个人都自然而然的作为义务相期求的关系中,美才伴随着人人赞同的要求而让人喜欢,此时心灵意识到自身从感官的愉快感受提升起来,变得高贵了,对于别人也依他们判断力的相似准则来评定其价值。这是鉴赏所展望的理知之境,我们的高级认识能力正是为此而协调一致。"在鉴赏中,判断力……自认由于主体的这种内在可能性,又由于与之和谐一致的自然的外在可能性,而和主体自身中及主体之外的某种既非自然亦非自由却与自由之根据即超感性物连接在一起的东西相关联,在超感性物中理论能力与实践能力以共同的未知的方式结合成统一体。"②在这个统一体中,创造的终极目的同时应当并能够是人的终极目的。

  终极目的是不需要任何别的东西作为其可能性条件的目的。一物若要必然地作为一个理智原因的终极目的而实存,须在目的秩序中是无待的而只依从自己的理念。唯有从本体看的人,是这样的存在者。在它身上,我们能认识到一种超感性能力(自由),甚至能认识到自由原因性的法则,以及这种原因性的客体(世上的至善)。"唯有在人之中,当然只在作为道德主体的人之中,才能见到关于目的的无条件立法,因此唯有这种立法才使人有能力成为终极目的,整个自然在目的论上从属于它。"③至善是道德与幸福精确地按比例的配置。德性是至

---

① 康德:《判断力批判》,第 185—191;AK Ⅴ:338—343。
② 康德:《判断力批判》,第 194、199—201 页;AK Ⅴ:346—347,351—353。
③ 康德:《判断力批判》,第 292—294 页;AK Ⅴ:434—436。

上的善(das oberste Gut),仅此还不够,必须加上幸福,才成为完满的善(das ganze und vollendete Gut)①。人乃至一切有限的理性存在者在道德法则之下为自己设立一个终极目的的主观条件是幸福,而我们能够作为终极目的去促进的自然的至善(das höchste physische Gut),就是与配当幸福的道德法则相一致的客观条件之下的幸福。但是,穷尽全部理性能力,我们都不可能把终极目的的两个要求表象为单凭自然原因结合起来并且与终极目的的理念相适合的。如果不把我们的自由系于自然原因性之外的另一种原因性(作为手段),终极目的的实践必然性概念就与其自然可能性概念不相容。"于是,为了预设一个与道德法则相符合的终极目的,我们必须假定一个道德的世界原因(创世者);就为自己预设一个终极目的是必要的而言,我们也(在相同的程度上基于相同的理由)有必要假定一个道德的世界原因,亦即假定有一个上帝。"②这个上帝不是自然的原因,自然法则无须上帝而永存。这个上帝也不是道德的立法者,道德法则无须上帝而为人先天地认识;相反,没有道德法则实现之需要,便没有上帝存在的意义。上帝不是人之上的超越者,而是人赋予自己的信念。有限的理性存在者因其内在地具有对无限的向往而具有终极性。

康德指出,这个唯一的创世者的概念是道德目的论完全独立地提供的。"以此方式,一种神学也就直接导向宗教,即导向我们的义务作为神的命令的知识;既然关于我们的义务及其中理性交付于我们的终极目的的知识最先确定地产生出上帝的概念,上帝概念在其起源中就已经与我们对此存在者的责任不可分了。"简言之,这个概念是内在于理性的,和从别处给予的创世者概念不同,后者必然使义务概念带有严刻的强制意味。"相反,如果对道德法则的高度敬重让我们完全自由地按照我们自己的理性规范看到我们命定的终极目的,我们就会以迥异于病理学恐惧的最真诚的敬畏,把某种与终极目的及其实现协调一致的原因接纳到我们的道德前景中来,并自愿地服从它。"支撑这一道德前景的是反思判断力的合目的性原则的运用,而伦理学神学不过是此运用之演绎的结果。康德写道:"对于美的惊赞以及自然如此繁复的目的所引起的感动,这是一个反思的心灵在有理性创世者的清晰表象之前就能够体会到的,有点近似于宗教情感。因此,它们好像先是以一种类似道德的判断方式作

---

① 康德:《实践理性批判》,第 151—152 页;AK V:110—111。
② 康德:《判断力批判》,第 309 页;AK V:450。

用于(对未知原因的感激和尊敬的)道德情感,进而在它们引起的惊赞结合了比纯理论观察所能产生的多得多的兴趣时,通过激发道德理念作用于心灵。"①第三批判的先验证明从审美经验分析开始,经先验演绎与辩证论,延展至目的论批判,终于道德神学。

三、人类学证明

《判断力批判》最后一节所作的这个解释表明了此书方法上的基本特点。如《纯粹理性批判》(第二版)"先验感性论"开篇注脚里提示的,第三批判实际上是部分地在先验意义上、部分地在心理学意义上来处理审美(感性)问题②。在《判断力批判》导论末尾,康德指出,判断力所引起的认识能力的协调一致包含着愉快的根据,"这些认识能力在游戏中的自发性使自然合目的性概念适于成为自然概念领域与自由概念在其结果中之联结的中介,因为这种联结促进了心灵对道德情感的感受性"③。就此而论,第三批判接续了实践理性感性论的思路④。所谓"道德情感"指对法则的敬重。敬重是实践理性的动机,即有限存在者的意志的主观规定根据。"对道德法则的敬重是一种由智性的根据引起的情感,这种情感是我们唯一能完全先天地认识并见出其必然性的情感。"⑤以敬重为唯一的道德动机,是因为理性的实践运用不可能借助于任何直观,却必须对主体的感性产生影响。既然敬重是对情感亦即对一个理性存在者的感性的作用,也就以感性和存在者的有限性为前提。这个存在者的主观任意并不自发地与实践理性的客观法则协调一致⑥。在康德看来,实践的自由是自由的任意,它出自任意的本性。人的任意虽是感性的,却是自由的。意志的立法并不一概排斥感性,只是断

---

① 康德:《判断力批判》,第 344—345 页;AK V:481—482。
② 在这个著名的注脚里,康德转而有条件地接受鲍姆嘉通用"Ästhetik"指称鉴赏力批判的做法:"为此我建议,要么再次弃用这个名称,把它留给真正科学的学说……要么与思辨哲学分享这一名称,部分地在先验意义上、部分地在心理学意义上来使用'Ästhetik'。"(康德:《纯粹理性批判》,第 26 页;AK IV:51)前半句中"真正科学的学说"指先验感性论,后半句字面上有两种可能的解释:一、先验感性论是在先验意义上使用该词,而鉴赏批判是在心理学意义上使用之;二、判断力批判是部分地在先验意义上、部分地在心理学意义上使用它。鉴于《判断力批判》旨在寻求反思判断力的先天原则,第二种解释才是正确的。
③ 康德:《判断力批判》,第 32 页;AK V:197。
④ 关于纯粹实践理性的逻辑和感性论的划分(与第一批判类比而言),参见康德《实践理性批判》,第 123 页。
⑤ 康德:《实践理性批判》,第 101 页;AK V:73。
⑥ 康德:《实践理性批判》,第 104、109 页;AK V:76,79。

绝感性的立法企图,使任意免受病理学刺激的强迫,保全其自由本性。在此意义上,康德说:"人的任意受冲动刺激但不受其规定……它本身(在获致理性技能之前)是不纯粹的,却能够由纯粹意志规定去行动";甚至宣称:"仅仅与法则相关的意志,无所谓自由的或不自由的,因为它无关于行动……只有任意才能被称作自由的。"① 敬重引起的行动的必然性即义务,对于受感性刺激的主体意味着强制,但是这种强制是通过自己理性的立法来施行的,是实践理性的自我批准,而法则在主观上所产生的兴趣是纯粹实践的和自由的②。这是自由的自律的本义。若进一步诘问,则需要一种人类学观点来支持。

在《纯然实践理性界限内的宗教》中,康德指出,人有三种原初禀赋:动物性禀赋、人性禀赋和人格禀赋。所有这些禀赋不仅是善的,即它们与道德法则之间没有冲突,而且还是向善的,即它们促使人遵从道德法则。人的本性中同时有趋恶的倾向,分三个层次:人的本性之脆弱、人心之不纯正以及人心之恶劣或败坏。趋恶的倾向并非自然的,而是道德意义上的,属于作为道德存在者的人的任意。道德之恶必须出于自由,只有作为对自由的任意的规定才是可能的,于是倾向的概念被理解为任意的主观规定根据。然而,恶的根据不在人的感性及其自然爱好之中,也不在为道德立法的理性的败坏。人由于同样无辜的自然禀赋也依赖于感性动机,并且依据自爱的主观原则将其纳入自己的准则。如果他把感性动机作为本身足以规定任意的东西立为准则,而置心中的道德法则于不顾,那么,他就是道德上恶的。恶若是基于脆弱和不纯正,可判定为无意的罪;若是基于恶劣或败坏,则判定为蓄意的罪。人听凭自由选择把禀赋所包含的动机纳入或不纳入自己的准则,成为善的或恶的。但是,人向善的动机存在于对道德法则的敬重之中,永远也不会丧失。在人身上重建向善的原初禀赋,就是建立道德法则作为所有准则的最高根据的纯粹性,必须通过人的意向中的一场革命来促成③。

在此,康德的矛盾是明显的。他一面说,善与恶是人的自由任意的结果,否则便无从归责;一面又说"任意自由的概念,并不先行于对我们心中的道德法则

---

① 康德:《道德形而上学》,《康德著作全集》第 6 卷,第 220、233 页;AK Ⅵ: 213, 226。
② 康德:《道德形而上学奠基》,杨云飞译、邓晓芒校,北京:人民出版社 2013 年版,第 22 页;《实践理性批判》,第 110—111 页;AK Ⅴ: 80—81。
③ 康德:《纯然实践理性界限内的宗教》,《康德著作全集》第 6 卷,第 24—38、44—48 页;AK Ⅵ: 26—39, 44—48。

的意识,而仅仅从我们的任意可由作为无条件命令的道德法则所规定推论出来的"①。为此矛盾辩护是徒劳的。前者康德只在讨论道德归责时坚持,后者是他的一贯见解。康德认为,任意的自由不能界定为遵守或违反法则去行动的选择能力,虽然在经验中这方面的例子比比皆是;自由绝不能理解为理性主体能够作出与其立法理性相冲突的选择,尽管经验证实此类事情时常发生②。正是基于这个观点,他在道德哲学中申言:"使人有责任遵守道德法则的意向是:出于义务,而不是出于自愿的喜好,不是出于哪怕不用命令也乐于为之的努力,去遵守道德法则,而人一向能够处于其中的道德状态就是德性,亦即奋斗中的道德意向,而非自以为具有意志意向的完全纯洁性之中的神圣性。"③德性的培育在于与自然冲动作斗争,在它们威胁道德性时有足够的能力制服之;它使人坚韧,并为意识到重获自由而快乐④。在法哲学中,上述关于任意的自由的观点构成法权概念的基础。"法权是一个人的任意能够在其下依据一条普遍的自由法则与另一个人的任意相一致的条件的总和。"这个概念涉及任意外在运用的自由。法权论要说明什么是正当的,只针对行动,无关动机。为此需要一条法权法则:"如此外在地行动,使你的任意的自由运用依据一条普遍法则能够与任何人的自由共存。"与意志自律的道德法则不同,这是一条主体之间的法则,各方共同依据的"普遍法则"实际上是均衡的原则。如果我的行动或我的任意的自由能够依据普遍法则与任何人的自由共存,就是正当的;相应地,对我行动的阻碍是不正当的,因为它不能与依据普遍法则的自由共存。于是,为了法权之实现,需要一种强制,以抵消自由之阻碍,使每个人的自由都保持在相容的限度内。因此,"严格的法权也可以表述为与每个人依据普遍法则的自由相一致的普遍交互强制的可能性"⑤。"自然唯有在其之下才能实现自己这个终极意图(按:指自然目的)的形式条件,就是人们彼此关系中的法制状态,在其中,交互冲突的自由所造成的损害是由一个叫做公民社会的整体中的合法的暴力来对付的;因为只有在这种状态中,自然禀赋的最大发展才可能发生。"⑥以自由为根本的德性与交互主体性的培育,本质上是人性养成的问题。在《判断力批判》中,此一论题被

---

① 康德:《纯然实践理性界限内的宗教》,《康德著作全集》第 6 卷,第 44、50 页;AK Ⅵ:44、50。
② 康德:《道德形而上学》,《康德著作全集》第 6 卷,第 234 页;AK Ⅵ:226。
③ 康德:《实践理性批判》,第 115—116 页;AK Ⅴ:84。
④ 康德:《道德形而上学》,《康德著作全集》第 6 卷,第 495 页;AK Ⅵ:485。
⑤ 康德:《道德形而上学》,《康德著作全集》第 6 卷,第 238—240 页;AK Ⅵ:230—232。
⑥ 康德:《判断力批判》,第 290 页;AK Ⅴ:432。

置于审美与目的论的框架内,衍生出与先验哲学并行的另一条线索,即人类学证明。

康德的基本意图仍然在先验哲学方面,他将美与善、快适加以比较。善是通过一个概念被表现为某种普遍愉悦的客体,相应的判断有权要求对每个人都有效。美的判断不依据概念,却要求普遍有效性。快适可称作感官的趣味,美可称作反思的趣味;前者只是作私人的判断,后者则是作公共的判断。鉴赏判断的普遍性不是逻辑的,而是审美的(感性的),叫做普适性或主观的普遍有效性,以区别于客观的普遍有效性。由于鉴赏判断不涉及概念,是主观的,其间可普遍传达的不可能是知识或属于知识的表象,只能是表象力关系中所呈现的心灵状态,即想象力和知性在给予的表象里的自由游戏状态。唯有在表象中的心灵状态能普遍传达的基础上,与我们称为美的对象的表象结合着的愉悦之普遍的主观有效性才得以成立①。鉴赏判断不仅是普遍有效的,而且是必然的。为此必须引入一条主观原则,即共通感(sensus communis)。共通感不能建立在经验之上,因为它授权我们作出包含着应当的判断:不是说,人人都会与我们的判断相合,而是说,每个人应当与此一致。唯有以共通感这一理想基准为前提,鉴赏判断才是普遍必然的②。在康德的时代,"共通感"一词有流行的意义。例如,沙夫茨伯里追随人文主义者对罗马诗人的诠释,将共通感理解为公共福利和共同利益感:"共同体或社会之爱,自然情感,人道,友善,或那种由人类共同权利与人类成员之间自然平等的公正感所产生的礼仪。"③康德对诸如此类的用法不以为然,他认为:"必须把共通感理解为一种共同的感觉亦即一种评判能力的理念,这种评判能力在反思中(先天地)考虑到每个他人在思维中的表象方式,以便使自己的判断仿佛依凭着全部人类理性,由此避开那种出自主观(易于被当成客观的)私人条件会对判断产生不利影响的幻觉。"④康德想借助于共通感的理念,解决先天审美判断如何可能的问题。

他随即转向社会性论题。审美判断不以任何兴趣为规定根据,这并不意味着它不能与兴趣结合在一起。鉴赏必须先和某种别的东西结合着,或者是经验

---

① 康德:《判断力批判》,第48—54页;AK V:213—219。
② 康德:《判断力批判》,第74—77页;AK V:238—240。
③ Cf. Anthony Ashley Cooper, *Third Earl of Shaftesbury*, *Characteristicks of Men*, *Manners*, *Opinions*, *Times*, Vol. 1, Indianapolis: Liberty Fund, Inc., 2001, pp.64-66. 另参见伽达默尔:《真理与方法——哲学诠释学的基本特征》上卷,洪汉鼎译,上海:上海译文出版社1999年版,第30—31页。
④ 康德:《判断力批判》,第136页;AK V:293—294。

的,即人的本性所固有的爱好,或者是智性的,即意志的能够由理性来先天规定的属性,从而使关于对象的纯反思的愉悦可以从对客体的存在的愉悦中找到进一步的根据。不过,所有这些兴趣的意义都取决于它们与纯粹审美判断的关系。美的经验兴趣只在社会中。对于注定为社会造物的人的需要来说,社会性是本质地属于他的,而鉴赏作为对情感之可传达的评判能力,不免成为促进自然爱好实现的手段。但是,间接地通过对社会的爱好附着于美的经验兴趣本身无足轻重,要紧的在于那有可能哪怕间接地与先天鉴赏判断相关的东西上面。因为在后一形式中,鉴赏会揭示我们的评判能力如何提供一种从感官享受向道德情感的过渡,进而使人类一切立法所依赖的先天能力链条里的一个中介环节得以展现。问题是:这一过渡能否由纯粹鉴赏来推动?① 对美的兴趣不必是善良道德品质的表征,然而,对自然美怀有直接的兴趣任何时候都是一个善良灵魂的标志;若此种兴趣是习惯的,乐于与自然之静观相结合,就至少表明一种有利于道德情感的心境。一个对自然美怀有直接的智性兴趣的人,不仅喜欢自然物的形式,也喜欢它的存在,并且不掺杂感性魅力。此种兴趣就亲缘关系来说是道德的,必须在稳固地建立起对道德善的兴趣之后才会产生。对自然美怀有智性兴趣的人,或者其思想方式已经被教化成善的,或者特别易于接受这种教化。此论近似于汉语思想里的"比德"说。某些人兼有两种能力,是由于纯粹鉴赏判断与道德判断之间有类比关系,前者先天地把愉悦表现为适合于一般人性的,后者从概念出发做着同一件事,因而无须清晰、精妙、刻意的沉思,就引致对前一种判断对象如同对后一种判断对象一样的直接兴趣:不过前者是自由的兴趣,后者是基于客观法则的兴趣②。依此而论,主体从感官享受向道德情感的过渡,要么绝不能由纯粹鉴赏来促进,要么必须从人性的角度重新考虑鉴赏的可能性。

在谈及美的艺术对崇高的表现时,康德说,在所有美的艺术中,本质的东西在于对观赏和评判来说的合目的性形式,这里愉快同时也是教养(文化),它使精神与理念相合,从而使精神能感受更多的愉快和欢乐。如果美的艺术不是或远或近地与本身带有自主愉悦的道德理念结合起来,那么美的艺术的最终命运便是沦为消遣③。在"鉴赏的方法论"中,康德指出,就最高完善性而言,一切美的艺术的入门不在于规范,而在于让心灵能力通过所谓"人文学"的预备知识得到

---

① 康德:《判断力批判》,第 138—140 页;AK V:296—298。
② 康德:《判断力批判》,第 141—144 页;AK V:298—301。
③ 康德:《判断力批判》,第 171—172 页;AK V:325—326。

陶冶:"或许因为人道一方面意味着普遍的同情感,另一方面意味着使自己最内在的东西得以普遍传达的能力;这些特点结合在一起构成与人性相适合的社会性,人类因而把自己和动物的局限区别开来。在某个时代和诸民族中,一个民族由以构成持久共同体的那种趋于合乎法则的社会性的强烈冲动,在同围困着统合自由(乃至平等)与强制(更多地出于义务的尊重和服从,而非恐惧)之重任的艰难险阻作斗争:这样的时代和这样的民族首先必须发明将最有教养部分的理念与较粗野部分相互传达的艺术,使前者的博大优雅与后者的天真独创相协调,以此方式找到较高的文化(教养)与知足的天性之间的中道,它构成作为普遍人类意识的鉴赏之正确的不为任何普遍规则所左右的准绳。"其理想是"把最高教养(文化)的合乎法则的强制与感到自身价值的自由本性的力量与正确性结合在同一个民族中"。这是康德从批判立场对革命时代精神所作的回应。审美判断力是主体先天禀有的能力,然而,在历史的意义上,无论对个人或民族来说,鉴赏总是有待文化去塑造和改进的。由于鉴赏在根本上是道德理念感性化的评判能力,正是从对道德与情感更深切的感受性中引出了鉴赏宣称对人类都有效的愉快,因此,"创立鉴赏之正途就是发展道德理念和培育道德情感;唯有当感性与道德情感达成一致时,真正的鉴赏才能具有确定不变的形式"[①]。这是在人类合目的的文化中生成的理想的鉴赏,它反过来可以促进人性的成长。

在"目的论判断力的方法论"中,康德指出,人是世间唯一具有知性因而有能力自己为自己建立任意目的的存在者,如果把自然看作一个目的论系统的话,人按其使命是自然的最后目的。这个目的不会是幸福,只能是人的文化。"一个理性存在者一般地(因而以其自由)对随便什么目的的适宜性的生产,就是文化。"唯有凭借文化,作为道德存在者的人才成为超越自然之上的创造的终极目的。但是,并非任何文化都堪当此任。熟巧的文化一般来说是适宜于提升目的的最重要的主观条件,却不足以提升目的适宜性的本质方面,即促进意志去规定和选择自己的目的。"适宜性的后一个条件可称之为管教(规训)的文化,它是否定性的,在于把意志从欲望的专制中解放出来,由于这种专制,我们依附于某些自然物,无力自己作出选择;因为我们让冲动充当了我们的枷锁,自然赋予我们这些冲动只是充当引导,为了我们身上的动物性规定不被忽视乃至受到伤害,然而我们毕竟有充足的自由,依理性目的的要求使冲动张弛收放有度。"在此,康德重提

[①] 康德:《判断力批判》,第 204—205 页;AK V:355—356。

了他之前的历史和政治哲学观点①。熟巧必得借人之间的不平等才能在其族类中得到发展。"随着文化的进步……磨难也在两方面同样剧烈地增长,一方面由于外来的暴行,另一方面由于内心的不满足;但这种引人注目的苦难是与人类种族的自然禀赋的发展结合着的,而自然本身的目的,虽不是我们的目的,毕竟在这里得到了实现。"所谓"自然本身的目的"是指:包括人在内的一切造物的所有自然禀赋注定要完全地发展起来。为了此种发展能合乎道德目的,需要人足够聪明去发现一种法制状态,即公民社会,并且足够明智自愿地服从它的强制。另外,还需要一个世界公民的整体,即所有处于彼此侵害的危险之中的国家的系统;没有它,战争便无可避免。为此必须对爱好加以规训,让人可以接受比自然本身所能提供的更高的目的。尽管趣味的文雅化直至理性化,用以添补虚荣的科学之奢侈,滋生了许多无法满足的爱好,贻害无穷;然而,自然的目的也是明白无误的,就是那些更多属于我们身上的动物性而与我们更高使命的教化极端对立的爱好之粗野与暴戾越来越落下风,为人类的发展扫清了道路。"美的艺术和科学通过某种可普遍传达的愉快,通过在社交方面的磨砺与文雅化,即便没有使人在道德上更善,却使人文明起来,从而远胜于感官偏好的专制,由此使人对一个唯有理性才有权力施行的统治作好准备……并让我们感到隐藏在心中的对更高目的的适宜性。"②

批判哲学最后的人类学证明至此戛然而止。康德的初衷是沿袭实践理性感性论的思路,将情感普遍可传达性的先天形式系于有限的理性存在者,在主体内部解决从感官享受到道德情感过渡的问题。他把共通感概念先验化,用以论证纯粹审美判断的可能性,从而服务于先验哲学的意图。接着,他把话题转向流行的共通感理论所关心的社会性,引申出一个卢梭式的教育主题。康德原则上接受卢梭关于科学和艺术助长奢靡且伤风败俗的观点,但同时从人类文化合目的的发展的角度,赋予审美与艺术以人性教化的功能:"理想的鉴赏具有一种从外部促进道德性的倾向。"③此一断言虽缺少道德目的论和伦理学神学那样的论证力

---

① 康德曾经在朴素的自然目的论框架内表达过这样的观点:包括人在内的一切造物的所有自然禀赋注定有一天要完全地合乎目的地发展起来;人身上旨在运用其理性为自己带来幸福或完善的自然禀赋,只应在类而非个体之中充分得到发展;自然用以发展其全部禀赋的手段就是它们在社会中的敌对,直到这种敌对最终导致一种合法则的秩序;自然迫使人类去解决的最大问题是建立一个普遍管理法权的公民宪政——完善的国家宪政以至世界公民状态(参见康德:《关于一种世界公民观点的普遍历史的理念》,李秋零译,《康德著作全集》第8卷,第23—38页;AK Ⅷ:17—31)。
② 康德:《判断力批判》,第287—291页;AK Ⅴ:429—434。
③ 康德:《实用人类学》,《康德著作全集》第7卷,第238页。

量,却开启了一条以审美自由为德性与交互主体性培育手段的思想道路,因此成为后启蒙时代审美主义的问题源头。

 作者手记:

关 于 论 证

写论文先要选好题目,接下来便是进行论证。所谓论证,就是把一个想法、一个观点讲清楚,让人信服,让人接受。我刚学习哲学的时候,老师们常说:"哲学的精华是论证。"这句话的意思,我好些年后才想明白。其实,道理很简单。我们读小说有时关心故事情节,有时不太关心,这取决于小说的类型。但是无论如何,一部小说不能只有故事梗概,还得把故事讲好,讲得有意思。叙述是小说的精华。一篇理论文章不能只列举观点,还要说明这些观点是如何得来的,最后要达到什么目的或得出什么结论。论证有一套形式规则和方法,需要我们了解并且熟练运用。一套合理的陈述就是理论。理论有一系列检测标准。首先是符合论。一般而言,理论是对事实的描述,因此辨别理论的对错要看它是否与事实相符。然而,对于许多复杂的、高层次的理论,我们不一定能找出它对应的事实是什么,也难以判定两者是否相符。此时就要用有效性的标准,看这种理论能否解释后续发生的现象。其次是内在一致性。一种理论前言不搭后语,推理过程混乱,甚至前提与结论相矛盾,显然是不合格的。即便不存在此类问题,也不表明该理论就是逻辑连贯的,还得看它遇到复杂现象尤其是例外情况时会不会陷入悖论。再次是经济原则,即用最少的假设和尽量简洁的推理达到尽可能多的普遍性。此外,还有一些更繁复的检测标准。总之,按这些标准识别的有时是正确的或错误的理论,更多时候是好理论或坏理论。

论证的程序和方法是比较容易掌握的,关键在于自由地运用它们。做理论研究时,我们不可能总是用这些程序和方法像拿一把标尺那样来度量说出的话是否合适,规则必须内化为思维和表达的习惯。这种训练只有通过大量的阅读和写作来进行,而且是没有止境的。我建议大家下功夫读几本经典著作,比如《判断力批判》这样复杂的、有难度的著作,可以读慢一点。研读学术经典既要了解其中的观点和方法,也要仔细揣摩作者提出和解决问题的具体方式:某个论题为何这么提而不那么提,如何铺展和铺陈,如何推导出结论?这类著作的论述和论证是有迹可循的,但是,哲学家和小说家一样是在从事创造活动,或滔滔不绝,或点到即止,常常由着思想和语言的惯性一路讲下来。我们要善于把握其中的肌理、技术和机巧,反复体会,举一反三。康德以降德国观念论哲学和美学的思维方式如今被冠以"总体性"之名,受到不少理论家的批评。我们读这类著作的目的至少有两个:一是弄明白某些理论家所批评的"总体性"究竟为何物,二是了解这种思想在其前设条件下曾达到何种深度与广度。在当代理论界,"总体性"思维并没有消失,仍然以各种各样的形式存在,并且和反对意见之间保持对话关系。同时,我也建议大家读一些20世纪以来的经典著作,比如海德格尔、德里达以及分析哲学和美学的著作。

做论证是再日常不过的事情了。写一张假条、写一份情况说明总要讲清楚你打算做或者已经做过什么的理由,这就是论证。写论文或研究报告基本道理是一样的,但是情形不同。首先,你不是为自己的行为而是为自己所持的观点做解释和辩护,通常不止涉及事实,还要给出特定的理论根据。其次,你所要论证的,不是简单罗列材料而后诉诸常识常理就能判明的事情,而是需要经过比较复杂的推理才能得出的结论。再者,就学术研究而言,提出和论证一个观点要有足够的知识来支撑,而且研究者必须能够正确、恰当地运用这些知识,将它们组合成完整、合理的陈述。最后,从原则上讲,一篇论文、一部专著应该有自己的见解,因此必须对别人熟悉或不熟悉的材料做出新的解释。这些道理大家都明白,可做起来并不那么容易。

论证做到什么程度才算完备,是很难说清楚的。康德的教授就职论文《论可感世界与理知世界的形式及其原则》提出了"批判哲学"的构想,也做了初步论证。他十年后写的《纯粹理性批判》(第一版)的论述规模和繁简程度就完全不同了。过了几年,他对第一版的论证不太满意,于是着手修订,结果半途而弃,接下来的《实践理性批判》和《判断力批判》仍然在延续这项工作。其间,为了澄清哲学同行对第一部"批判"的误解,康德写了一本《未来形而上学导论》,特别指出与之前"批判"所用的综合方法不同,这本书采用"通俗的"分析方法。他不久后写的《道德形而上学奠基》也是按通俗的方式来论证的,而讨论同一论题的《实践理性批判》又采取了学究式的论证。以上事例表明,论证方式是依作者所认定的论题的性质、意义、针对性乃至写作的用途而定的。罗素曾经说,哲学家最终想表达的观点往往是十分简单的、朴素的,他之所以连篇累牍地去申述自己的见解,是因为他要在所有可能的论敌面前替自己的观点辩护。当然,只有哲学家才能够洞悉另一位哲学家喋喋不休的言辞背后的真正意图所在。每一次有意义的写作，作者大概都会假想一个或多个目标读者，文学写作如此，理论写作也是如此。所以，论证怎么进行、在何处停止，完全取决于作者自以为在和谁说话、说服了对方没有。在学术写作中，如果你把潜在的对话者设想成专业的、挑剔的、难以对付的人，你的论证肯定会做得比较好。

生 命 与 意 义

——论狄尔泰的"体验"概念与间在解释学*

金惠敏**

摘要：解释学是关于意义的学问，是一种意义学，但如果想当然地以为狄尔泰的解释学是生命解释学，以生命为出发点和指归，因而以生命为意义之永不枯竭的源泉，那么这至多说对了一半。根据狄尔泰，意义既不单独地在于生命，亦非纯然存在于概念的差异化运动，而在于生命与它经由概念的表达之间永远无法弥合但又一直试图弥合的努力和挣扎。生命是意义的主体和动力，概念是意义实现的途径和工具，而所谓意义便是生命个体将其自身与外在的他者、乃至整个世界所进行的概念性的或想象性的联结。生命与概念之间不可征服但呈动态调适的紧张，将意义置于一个不断的更新过程之中。

关键词：狄尔泰；生命；概念；意义；间在解释学

西方的"赫尔墨斯学"（hermeneutics 之音译）在中国学术界迄今还没有一个普遍接受的名称，但大势上看来，最终就将是在"诠释学""解释学""阐释学"三者之间择其一而加冕了。不过，较早时候出现的"释义学"尽管如今似乎在逐渐地淡出人们的视野，然而这一名称却是最鲜明地提出了"赫尔墨斯学"最核心的论题——意义。其实，解释学就是意义之争，或者也可以说，解释学就是一种"意义学"[①]。解释学之所以被作为意义学，因为意义并不是我们轻而易举可获取的东西，需要使用一系列的方法来做艰难的探寻。但在方法之先，则我们又必须对意

---

* 原载《文艺研究》2022 年第 2 期。
** 金惠敏，四川大学文学与新闻学院研究员。
① 国内最早提出"意义学"概念的是李安宅（1900—1985），他著有《意义学》一书（商务印书馆 1934 年版）。详细评介可参见赵毅衡《李安宅与中国最早的符号学著作〈意义学〉》（载《河北师范大学学报》2020 年第 5 期）以及岳永逸《魔障与通胀：李安宅的意义学》（载《学海》2021 年第 2 期）等文。

义做出本体性的说明:什么是意义?它来自何处?避繁就简①,对于这样问题的回答分作两派:一派认为意义就是作者的原意,是作者真正想表达的东西;而另一派则主张意义是互文性的或结构性的,是作者之表达与整个社会符号系统的网络关系,即一种符号间性。

狄尔泰是生命解释学最重要的代表,其意义理论自然可以命名为"生命意义论"。这种理论虽然出现在19世纪末期至20世纪初叶,时间较早,但认真研读和梳理,它显然是超越了在其身后各成气候的两大流派,包蕴着某种程度的辩证综合,堪作今后继续探讨的一个出发点。切勿望文生义,实际上在狄尔泰那里,生命绝不止是叔本华的"意志",而且还是由意志而生发的"表象",不止是弗洛伊德的"本能冲动",还是拉康潜在的语言结构;不止是其自身,也是与他者乃至与整个世界的关系,这即是说,生命除了作为一种原始的事实外,还是一种意义,一种意义化过程。甚至也完全可以反过来断言,无意义不成生命。人类的生命需要在对意义的建构中完成其自身。

让我们从头道来,看看能否成功走向如上的断语。

一、"体验"是生命的自我展现:直接性与他涉性

为自然科学、现代技术和工业革命的成功并从而建立起来的威权与孔德从中所抽取出来的实证主义所促逼,这种实证主义假定人类思维和社会世界并非在本质上多么有别于无机的和有机的自然界,它们完全可以根据同样的实证方法来研究,而且犹如在自然科学中那样,对它们进行预言和控制也是可能的②,因此自然科学便成了一切研究的榜样和规范,其被顶礼膜拜为"单一的知识实体""人类进步的典型""人类理性的力量"③,等等,即是说,由于这一文化气候,狄尔泰哲学生涯一个不懈的追求就是为精神科学辩护,而此辩护能否令人信服则取决于能否顺利找到精神科学不同于自然科学的本质特征,从而宣告将自然科学的规则和方法运用于精神科学时的不当和失效。

---

① 意义理论源远流长,涉及众多学科和学派,而且聚讼纷纭、莫衷一是。本文只是聚焦于狄尔泰的生命解释学,从此局部入手,但仍是冀望谈出或强化一些一般性的理论命题。
② See Walter Michael Simon, *European Positivism in the Nineteenth Century: An Essay Intellectual History*, Ithaca: Cornell University Press, 1963, p.4.
③ Michael Singer, *The Legacy of Positivism*, Basingstoke: Palgrave Macmillan, 2005, p.9.

为此,狄尔泰祭出的关键词是"体验"(Erlebnis)。该词虽非狄尔泰所首创①,如伽达默尔所指出,黑格尔早在其1827年的一封书信中即有使用,但伽达默尔坚持说,正是狄尔泰在其《体验与诗》(1906)一书"首先赋予这个词以一种概念性的功能,从而使得它很快便发展成为一个讨人喜爱的时髦词,并且成为一个明白易懂的价值概念的名称,以致许多欧洲语言都将其作为外来词予以接纳"②。这就是说,自此以往,"体验"开始流行起来,并且是作为一个专业性的和包涵价值褒贬的(概念)术语而非一般的日常用语为学界和一般公众所知晓和使用的。伽达默尔这一说法所言不虚,如狄尔泰研究权威鲁道夫·马克瑞尔在其代表作《狄尔泰:精神科学的哲学家》中就曾采信援述③。毫无疑问,"体验"是狄尔泰特别选择的、用以批判实证主义或科学主义的哲学概念,其毕生都在使用,然而也许正是由于其使用历史跨度巨大、语境多样,因而着重点各异,研究者对于该词的准确所指一直存在争议。撇开专家有兴趣的细节差异不论,"体验"的基本涵义事实上还是比较清楚的,而且对于本文所意欲处理的无意识与意义的关系也有恰当和足够的文献可征。

分解地说,德语词"Erlebnis"的核心是"生命"(Leben),其前缀"er"有"使之(词干)如何"的意思,或有将之转变为动词的功能,合起来说,"er"加"L/leben"就是指(让)生命如其本然地运动。词典通常将"Erlebnis"或"erleben"解释为"经历""遇见""感到"等,虽然没有错,但也没有我们所需要的信息:生命活动的主体是谁?此主体又是以什么方式来"体验"?要把握"体验"的性质,回答这两个问题将十分关键。

首先可以确定,在狄尔泰,体验乃生命之自我展开。其一,体验的主体是生命,是生命在体验着和活动着,因而没有生命,体验或活动便无从谈起,或者也可以说,体验不过是对生命经历的一个描述。其二,如果体验有客体的话,那么此客体也不等于在认识论中与主体呈二元对立态势的那种客体,它是生命自身的活动。在这一意义上说,体验意味着生命的自我体验,即生命体验着

---

① 关于该词的来龙去脉,可参见 Karol Sauerland, *Dilthey's Erlebnisbegriff: Entstehung, Glanzzeit und Verkümmerung eines literaturhistorischen Begriffs*, Berlin: Walter de Gruyter, 1972. 作为专题学术著作,该书当然提供了比伽达默尔和雷纳·韦勒克远为丰富的历史和资料。

② Hans-Georg Gadamer, *Hermenutik I*, *Gesammelte Werke 7*, Tübingen: Mohr Siebeck, 1990, S. 67.

③ See Rudolf A. Makkreel, *Dilthey: Philosopher of the Human Studies*, Princeton & London: Princeton Univeristy Press, 1975, p.144.

文艺学研究论文写作：案例与方法

生命本身的体验（经历），这种体验不具有反身而思的性质。因此严格说来，在体验中没有主客体之分，就是一个生命以生命的形式显露着自身。如其构词所提示，"Erlebnis"的要义是生命。

与我们间接获得的知识不同，伽达默尔看到了体验具有直接性的特点："显然，'体验'的两重意义是以其构词形式为基础的：一方面是直接性，它先于所有的解释、加工或传达而存在，并且只是为解释提供依据、为建构提供素材；另一方面是从直接性中所取得的收获，即直接性所留存下来的结果。"①进一步，若是再追问体验何以具有此直接性的特点，那就必须返回体验的主体或核心，即生命存在，即是说，是生命存在赋予其体验以直接性。对此，伽达默尔有一格言式的概括："体验到的东西总是自我体验到的东西。"②体验是自我本身的体验，不是他人代我所行的体验。来自他人的体验对于自我来说就是间接知识，而自我体验由于不经他人而自知，从自身获得，这种体验便是直接的。在体验的自我性的意义上，狄尔泰的《施莱尔马赫传》将其与"自我意识"（Selbstbewußtsein）相提并论或等而视之③，因而该书的编者有充足的理由使用"主体性的"这样兼有物主性的形容词来描述体验活动的所属和特色，即称之为"一种主体性体验"（ein subjektives Erlebnis）④。显而易见，体验的直接性来源于执行此体验的自我，而所谓"自我"首先就是人自身的生命存在，是弗洛伊德人格理论中"本我"（id）阶段的自我。

前面提到，体验不具有反身而思的性质，但需要声明的是，这并不是说人类

---

① Hans-Georg Gadamer, *Hermenutik I*, *Gesammelte Werke 1*, Tübingen: Mohr Siebeck, 1990, S. 67.

② Hans-Georg Gadamer, *Hermenutik I*, *Gesammelte Werke 1*, Tübingen: Mohr Siebeck, 1990, S. 66.

③ Vgl. Wilhelm Dilthey, *Leben Schleiermachers*, Zweiter Band: *Schleiermachers System als Philosophie und Theologie*, Erster Halbband, *Schleiermachers System als Philosophie*, Berlin: Walter de Gruyter, 1966, S. 578. 狄尔泰的原话是："敬虔是一种感觉。这种感觉于是被等同为一种直接性的自我意识。这就是宗教体验概念之本质所在；敬虔是一种直接性的心理功能。因此也可以说：敬虔的直接性的自我意识便是与另外的感性知觉相对而言一种较高级的自我意识。对此，最后也可以补充说：敬虔不仅仅是这种较高级的自我意识，而且还是它与感知性的自我意识的一种混杂。"注意：引文第一句话是施莱尔马赫说的，接着是狄尔泰的解读。在此可以看出，狄尔泰追随施莱尔马赫将"自我意识"看作自我（主体/个体）的、直接的、感性的，且因其是自我的从而便是直接的和感性的，而这讲的也是"宗教体验"以及其他一切体验的特质。狄尔泰还特别注意到，施莱尔马赫不仅称宗教为感觉，并认为这种感觉乃"一种纯粹的主体的状态"（Ebd., S. 584）。考虑到狄尔泰于施莱尔马赫的深度浸润，可以推断，其体验概念即便不是为施莱尔马赫"宗教体验"观所滋养，也一定是深受他的影响和决定。

④ Martin Redeker, "Einleitung des Herausgebers," in: Vgl. Wilhelm Dilthey, *Leben Schleiermachers*, Zweiter Band: *Schleiermachers System als Philosophie und Theologie*, Erster Halbband, *Schleiermachers System als Philosophie*, Berlin: Walter de Gruyter, 1966, S. LIX.

的体验中没有反思,若此,则体验就将流于动物性的本能反应了。不能否认,体验仍具有最低限度的认识论残存,也正是由于这一点,海德格尔曾控诉感性学即美学造成了艺术的死亡①,他将经验(Erfahrung)归为主体性(Subjektität)②,且连带着对狄尔泰与之相区别的体验亦怀疑起来。体验究竟有无反思或概念?若回答是肯定的,那么体验还能成其为作为生命活动本身的、以直接性为其本质特征的体验吗?伽达默尔解决了这一难题。他首先承认"在体验概念中仍然存在着生命与概念的对立"③,但接着又提出一个超越独立个体的、更高级别的自我的统一体或生命的整体,据此则无论体验如何是自我或生命的体验,无论其包含多大程度上的认识要素,也都将归属于这个统一体或整体。以传记文学为例,伽达默尔指出:"那种决定被体验到的东西之意义内涵的自传性或传记性的反思,仍然是被熔化在生命运动的整体之中,并一直与这种生命运动相伴相随下去。"④这是一种以生命为中心的观点,因而即便在生命活动中确乎存在着超越性的反思、反观或概念化等认识论要素,但根本上说它们仍是归属于生命整体的,与生命整体浑然不分。这也就是说,认识原本是生命性的,是生命的机能,是生命活动的一种存在方式或表现形式。同样道理,海德格尔的基础本体论也不缺乏认识论,但认识论都被他纳入人的存在之中,而非像从前那样站在存在的对立面或高居于存在之上,作为存在的决定者。伽达默尔如下一段话可以打消海德格尔对于狄尔泰"体验"的认识论疑虑:"每一个体验都是从生命的连续性中挺拔出来的,同时也与其自身之生命整体相联系。体验当其作为体验自身,即当其尚未被完全纳入与其自己生命意识的内在关联时,它就一直全然是元气淋漓的;不仅如此,体验之如何通过其在生命意识整体之中的溶解而被'扬弃'的方式,原则上也是超越了每一种人们自以为知晓的意义。因为体验本身存在于生命整体之中,那么生命整体便也可以在体验之中现身。"⑤此处伽达默尔意在强调任何体验都是生命的体验:他设想了一种纯然的生命体验,这不用说其中有活泼泼的生命,而即使当体验与生命意识整体相关联,即是说,当体验中有意识存在的时候,或者更严重地说,当体验被净化和提升到意识层次时,其仍然会表现出对于意识的超越,对意识钳制的破坏,生命要顽强地回到其自身,做独立的自己,而

---

① Vgl. Martin Heidegger, *Holzwege*, Frankfurt a. Main: Vittorio Klostermann, 2003, S. 67–70.
② Vgl. Martin Heidegger, *Holzwege*, Frankfurt a. Main: Vittorio Klostermann, 2003, S. 186.
③ Hans-Georg Gadamer, *Hermenutik I*, *Gesammelte Werke 1*, S. 72.
④ Hans-Georg Gadamer, *Hermenutik I*, *Gesammelte Werke 1*, S. 73.
⑤ Hans-Georg Gadamer, *Hermenutik I*, *Gesammelte Werke 1*, S. 75.

拒绝做意识的仆从。不仅自在的体验,即原始的经验,而且也包括关系的体验,即进入生命意识的体验,都是从属于生命整体的。体验是生命的体验,即使体验之中含有意识,被加入意识,仍不能改变其生命的属性。此外,当伽达默尔道出体验与生命整体之相互包含时,他实际上已经暗示,根本就不存在自在的生命,生命即活动,而活动必然超出其自身而指向他物,因此任何生命都是关系性的。与他物的关系或对他物的意识不是外力之强加于生命的结果,而是生命之本质属性。可以断言,生命本身即自带意义,没有意义的生命就不是生命。自我纵使在其生命的基底里就已经是对话性的,而非一定要待其进入意义系统之后。

伽达默尔指出,"体验"一语来自传记文学,或者更切近地说,来自自传书写。这一结论诚然还需要证之以大量的文献,但从理论上说,传记或自传则堪称"体验"意涵之完美注脚。前文提及,体验有两重所指:作为一种活动与作为此活动的结果。其实,不仅是传记或自传文类,而且所有真正的文学,概念文学当然不在此列,都是生命的再现或客体化。

狄尔泰在其《体验与诗歌》中正是这样为文学定性的:"诗是生命的再现和表达。它表达体验,并且再现生命的外在现实。"[①]以歌德为例,狄尔泰还具体地阐释说:"这就是歌德诗歌首要的和决定性的特征,即它是从一个卓越的生命能量中发展出来的。他就这样以一种全然相异的元素进入启蒙文学,以至于连莱辛都不能欣赏他。他的心绪改造着一切现实的事物,他的激情将情境和事物的意义与形式提高到非同寻常的程度,他的不曾稍歇的造型冲动把周围的一切都转化为形式和有形物。就此而言,他的生命和他的诗歌是没有区别的。他的书信,一如他的诗歌,也显示了这一特征。若有谁愿意将这些书信与席勒书信做比较,这一区别就会对他清晰地显示出来。在此,歌德诗歌就已经与启蒙文学完全分道扬镳了。"[②]狄尔泰扬歌德而抑莱辛,前者在他意味着生命不羁的作品,而后者则是理性节制的文学,以启蒙文学为代表。狄尔泰称莱辛为"启蒙之子"[③],并指认说:"其生活理想是单一形式的和抽象道德的,其创作观念是依乎理智的和循

---

① Wilhelm Dilthey, *Das Erlebnis und die Dichtung: Lessing, Goethe, Novalis, Hölderlin*, 8. Aufl., Leipzig: Springer Fachmedien Wiesbaden, 1922, S. 177.
② Wilhelm Dilthey, *Das Erlebnis und die Dichtung: Lessing, Goethe, Novalis, Hölderlin*, 8. Aufl., Leipzig: Springer Fachmedien Wiesbaden, 1922, S. 179.
③ Wilhelm Dilthey, *Das Erlebnis und die Dichtung: Lessing, Goethe, Novalis, Hölderlin*, 8. Aufl., Leipzig: Springer Fachmedien Wiesbaden, 1922, S. 173.

规蹈矩的。"①在这样的比较论衡中,关于文学与生命的关系,狄尔泰宣布了他自己的发现:"生命包含着力量,而这些力量是能够在想象活动中发挥作用的。"②生命进入并活跃于文学想象,并凝聚在这一想象的最终成果之中。而正是基于对文学之蕴含着生命的认知,狄尔泰才提出文学阐释的任务就是向着生命的回返,对此伽达默尔看得很清楚:"由于生命客体化于意义有形物,所有对意义的理解便都是'一种回译(Zurückübersetzen),即由生命的客体化之物返回到其所源出的灵性的生命性之中'。可以说,体验概念构成了对于一切客体的知识的认识论基础。"③显然在伽达默尔,狄尔泰已经不单单是将文学作品,而是将人类的一切活动及其成果,统统视作生命的外化和凝结了,因而从生命的客体化之物回溯至生命的原发处便是一切人文科学研究的方法论。对于人文科学,许多研究者不曾认真辨别体验的双重所指:一是作为其对象,即人类的活动及其结果,二是作为进入这一对象的门径或方法;前者是认识客体,后者是认识主体;但无论作为研究对象,抑或研究主体,都归属于一个生命及其流程。因此,精神科学就是在生命的整体中对生命的认识。应该承认,精神科学也是科学,与自然科学究竟具有相通之处④,但也必须指出,精神科学的本质特性则在于人的生命。在狄尔泰由体验、表达和理解所形成的结构关联体中,没有生命,则表达和理解都无从谈起,即使体验也会因此成为无源之水、无根之木。

二、意义是部分对整体的归属

将体验的本质界定为生命活动,并进而视其为全部精神科学的基础,如伽达

---

① Wilhelm Dilthey, *Das Erlebnis und die Dichtung: Lessing, Goethe, Novalis, Hölderlin*, 8. Aufl., Leipzig: Springer Fachmedien Wiesbaden, 1922, S. 174.
② Wilhelm Dilthey, *Das Erlebnis und die Dichtung: Lessing, Goethe, Novalis, Hölderlin*, 8. Aufl., Leipzig: Springer Fachmedien Wiesbaden, 1922, S. 179.
③ Hans-Georg Gadamer, *Hermeneutik I*, *Gesammelte Werke 1*, S. 71.
④ 有学者指出,尽管狄尔泰以"理解"(Verstehen)与"说明"(Erklären,通常英译为 causal explanation)来区分人文科学和自然科学,但这并非说作为自然科学方法的"说明"不能为人文科学所利用。例如,在其《人文科学导论》中,狄尔泰就争辩,"说明"并不是严格地限制在自然科学范围内,它在人文科学中也同样发挥着重要的作用(参见 Robert C. Schaff, "Understanding Historical Life in Its Own Terms: Dilthey on Ethics, Worldview, and Religous Expierence," in: *British Journal for the History of Philophy*, Vol. 29, Issue 1, 2021, pp.173-174 @ pp.173-180; and Jos de MuL, "Leben erfaßt hier Leben: Dilthey as a Philosopher of (the) Life (Sciences)," in: Eric S. Nelson ed., *Interpretating Dilthey: Critical Essays*, Cambridge: Cambridge University Press, 2019, pp.41-42)。应该说,凡是人类的活动,无论是科学的或非科学的,理性的或非理性的,理论的或实践的,都是生命的外化以及由此而构建的"生命关联体性",因此在研究方法的使用上就不能将"说明"和"理解"截然对立起来。实际上,"说明"经常包含着"理解",而"理解"中也存在着"说明"。

默尔以"回译"所形象地界定的，不过，狄尔泰并未因此而把精神科学降低为生理学，或者简单地将精神科学作为对表象或符号的研究。与叔本华的生命哲学不同，狄尔泰不是将生命作为康德意义上的独立的"自在之物"，恰恰相反，他是将生命视作"自为"从而作为"关系"之物。如上文所述。生命的本质是活动，没有活动则不成其为生命，而所有活动都是指两物之间的联系和互动，且处在一定的时间和空间之中。因此，换一个角度看，关系也是生命的本质。这种关系可以是存在性的，也可以是认识性的，更可以说是兼而有之的。如果我们认定关系乃生命之本质，那么进一步也完全能够说意义内在于生命，或者反过来说，生命本身即包含着意义，再或者如前所谓，生命自带意义。意义是生命的本质属性。正是在这一点上，狄尔泰宣称"意义为生命之第一范畴"[①]，又说"意义乃综合性范畴，置于其下，生命变得可以理解"[②]。这反过来说便是，生命自身不可理解。

撒开生命暂且不论，那么，什么是"意义范畴"呢？索绪尔将意义作为符号之间的差异性连结，这也就是说一个孤立的符号没有意义，它必须由另外的、不同的符号来界定和指涉。同理，生命本身也没有意义，它必须由与其他生命个体之间的关系来界定和阐明。不过对于狄尔泰来说，生命与生命之间的关系在身体性层面上是无法达成相互沟通和理解的，它们需要诉诸超越其单个身体之上的某种共同的东西，狄尔泰设想这种共同的东西为"整体"（Ganze）。这样的"整体"，他解释说，就如同句子之于单个词语的关系[③]：作为部分的单个词语，其意义只能在句子这个整体中得到把握。没有整体，则部分的意义将是游移不定的和多向度可能的，因而也是不可理解的。一个生命若要获得其意义，就必须与整体建立某种特殊的联系。因此，所谓"意义范畴"（Die Kategorie der Bedeutung）即"意义"这样的"范畴"指的就是"生命的部分与整体的关系"[④]，更直接地说，"意义无非是对于一个整体的归属性"[⑤]。既然如此，那么一个整体也是可以同

[①] Wilhelm Dilthey, *Der Aufbau der Geschichtlichen Welt in den Geisteswissenschaften*, *Gesammelte Schriften*, VII Band, Stuttgart: B. G. Teubner, 1958 (1965), S. 361.

[②] Wilhelm Dilthey, *Der Aufbau der Geschichtlichen Welt in den Geisteswissenschaften*, *Gesammelte Schriften*, VII Band, Stuttgart: B. G. Teubner, 1958 (1965), S. 232.

[③] Vgl. Wilhelm Dilthey, *Der Aufbau der Geschichtlichen Welt in den Geisteswissenschaften*, *Gesammelte Schriften*, VII Band, Stuttgart: B. G. Teubner, 1958 (1965), S. 234.

[④] Wilhelm Dilthey, *Der Aufbau der Geschichtlichen Welt in den Geisteswissenschaften*, *Gesammelte Schriften*, VII Band, Stuttgart: B. G. Teubner, 1958 (1965), S. 233.

[⑤] Wilhelm Dilthey, *Der Aufbau der Geschichtlichen Welt in den Geisteswissenschaften*, *Gesammelte Schriften*, VII Band, Stuttgart: B. G. Teubner, 1958 (1965), S. 230.

时具备某种"有机的和内心的实在性"①。部分为整体所统摄,同时整体亦将现身于部分,二者相互包含。

这就是在意义观上狄尔泰与康德、黑格尔以及胡塞尔的区别之处。在康德那里,事物需要进入范畴而取得其普遍性和有效性,重要的不是事物本身,而是对事物进行整合的范畴或理性能力。在黑格尔,虽然他一再声称其概念包涵了丰富的实在,但实际上在他的概念里,实在是没有什么发言权的。胡塞尔更是剔除了一切身体性的杂质,而只留下一个纯粹的意识。追随康德,狄尔泰承认"整体""范畴"对于盲目冲动的生命的规范和导引,将意义作为部分与整体的关系,但坚称"这一关系建基于生命的本质之中"②即生命的本真"存在"之中。例如,为了阐明历史的生命内核,狄尔泰拿黑格尔与真正的历史书写者做比较:"黑格尔提出寻找概念关联体(Zusammenhang)的问题,这一关联体将其推向意识。同样的关联体有形而上学的、自然哲学的以及精神科学的等等。存在着精神的观念层级,在这些层级中,自我发现其自身就是精神,将自身客体化于外部世界,将自身认知为绝对精神。在此有对历史的理智化。历史不止是在概念中被认知,甚至这些概念就是其本质:对于历史的确当知识即以此为基础。精神与历史终于被揭示了出来。它们不再有任何秘密。然则真正的历史书写者绝非这样地对待历史的!"③黑格尔将历史意识化、概念化、精神化,因而同样是寻找"关联体",在黑格尔是诸概念之间的关系,是精神世界内部的事情,而在狄尔泰则是诸生命之间的关系,是生命与其表达之间的关系。狄尔泰理想的看待历史的观点是将历史作为人类生命的历程,而非绝对精神的层级递进,他执着地认为,"在历史的每一时刻都有生命的存在"④,而"生命就是充盈、多样和互动"⑤。因此也绝对不乏这样的情况,甚或可以说

---

① Wilhelm Dilthey, *Der Aufbau der Geschichtlichen Welt in den Geisteswissenschaften*, *Gesammelte Schriften*, VII Band, Stuttgart: B. G. Teubner, 1958 (1965), S. 230.
② Wilhelm Dilthey, *Der Aufbau der Geschichtlichen Welt in den Geisteswissenschaften*, *Gesammelte Schriften*, VII Band, Stuttgart: B. G. Teubner, 1958 (1965), S. 233.
③ Wilhelm Dilthey, *Der Aufbau der Geschichtlichen Welt in den Geisteswissenschaften*, *Gesammelte Schriften*, VII Band, Stuttgart: B. G. Teubner, 1958 (1965), S. 258.
④ Wilhelm Dilthey, *Der Aufbau der Geschichtlichen Welt in den Geisteswissenschaften*, *Gesammelte Schriften*, VII Band, Stuttgart: B. G. Teubner, 1958 (1965), S. 256.
⑤ Wilhelm Dilthey, *Der Aufbau der Geschichtlichen Welt in den Geisteswissenschaften*, *Gesammelte Schriften*, VII Band, Stuttgart: B. G. Teubner, 1958 (1965), S. 256.

在俗世生活中屡见不鲜:"尽管有人什么也没体验到,但他已经是体验过了。"①在其根本上,生命是一种客观存在,不是先有意识、而后才有生命,而是无论是否出现意识,生命都在那里存在着、发生着、发展着、葳蕤着。意识可以改变生命的色彩和强度,但绝对不能废除生命本身的存在,因为废除生命,也就等于是一并废除了意识。

苏格拉底称"不经思考的人生就是不值得经历的人生"②,这是用理性主义来界定人的生命;而狄尔泰则是一方面不否认理性主义的生命观,但另一方面将生命作为理性的出发点或根基。他要在理性与生命之间寻找连接点,因而生命的意义就不再是脱离生命的抽象理性、绝对精神,而是两者之间的互动、调试、磨合及最终所达成的某种意义上的一致或统一。在说到"部分"时狄尔泰使用"整体"概念,但他更经常使用的关键词则是"关联体"。此二者虽然是近义词,甚至也可以说是同义词,然则实际上仍大有区别,以至于认为其中蕴涵了一场哲学革命亦不为过:"关联体"包含了"整体"的意思,关联是部分与整体的关联;但"整体"这个概念则是就"部分"之间的联合而言的,其侧重点在"联合"而不在"部分"。例如在黑格尔的"整体"概念中,"部分"是没有意义的,它在"整体"中已经丧失了其独立性,只是归属为"整体"的一个部分,一个单元,而非作为其本身的"部分",这样的"部分"没有"本身"可言。与此不同,"关联体"是既有"整体",又有"部分";进而,"部分"既属于"整体",同时又有其独立性,乃至于"独异性"(singularity):这就是"部分"的特殊性,它既在观念上、概念上与"整体"共在共亡,也有不进入与"整体"的关联的独立存在、自身存在。没有"整体",但仍可以有"部分",只是不再有"部分"之名。"部分"是"整体"对实在的暴力命名。"部分"有其坚硬的存在。试想一个简单的问题:倘使"部分"失掉了其自身的存在,那它将以什么与其他的"部分"去联合呢?因此,"关联体"就不是胡塞尔的"主体间性",而是"个体间性"和"他者间性",更简洁地说,是"间在"。狄尔泰基本上不去辨析"整体"与"关联体"两个概念的差别,但他关于关联体的众多说明和阐释早已清晰地呈显出其特殊性和本质规定:关联体有生命,有个体,而后才有其对整体的想象性连结。

---

① Wilhelm Dilthey, *Der Aufbau der Geschichtlichen Welt in den Geisteswissenschaften*, *Gesammelte Schriften*, VII Band, Stuttgart: B. G. Teubner, 1958 (1965), S. 252.

② Plato, "Apology", 38a, in: Plato, *Complete Works*, ed. John M. Cooper, Indianapolis/Cambridge: Hackett, 1997, p.33.

对于关联体的构成以及性质似乎无需多说,而对于我们至为关键的是,作为"部分"的个体是如何将自身当作"部分"而与"整体"连结起来的。如果按照海德格尔的"自生"(Ereignis)本体论来看,那么在狄尔泰,个体将自身作为"部分"与"整体"的连结无非一个自然的生命表达、生命展现、生命活动过程,如前所述,这是生命自身的内在属性。狄尔泰指出:"给定物在此总是生命的表现。"①所谓"给定物"(das Gegebene)主要是指人的活动成果,即把人的因素考虑了进来。如果不嫌重复之累,那么可以说狄尔泰的意思是:人的任何产品都是人的生命的外化。这是一个自然的和必然的生命过程。但是,根据海德格尔的本体论,自然而然的存在并非没有对存在的反身意识,因此生命表达作为一个自然而然的过程,也并非没有对生命的认识、关照、想象,而正是靠着这些理性的机能,生命个体才能把自身当作"部分",而把超越自身的存在当作"整体"。紧接着上面的引文,狄尔泰又道出阐释他人之何以可能的奥秘:"它们(指生命表现——引注)进入感官的世界,然而却也是作为某一精神的表现。因此它们就使得我们有可能认识到这一精神。在此我所谓的生命表达不只是表现,即意指或意味着(有意于)某种东西,而且也包括那些虽无意于表现某种精神但仍然使之得以理解的表现。"②简单说,前者是一种有意的表现,后者是一种无意的表现。而无论是否有意,任何表现当其作为表现就已经进入理解的视域,表现在本质上是言说性的、理性的和可把握的。理解是对表现的理解,也是通过表现的理解,无表现将无以达致理解。

进一步说,表现与整体和部分有何关系呢?表现作为一种外化活动是一定要涉及他人他物的,是一定要进入与他人他物的关联的。以传统形而上学观之,在个体生命之外存在一个更广大的群体以及一个更高远的精神实体,这时个体就会把一己之身认之为部分,而把超出自己的部分认作整体,个体不是作为个体来认识,而是作为在整体名下的一个部分被认识。这种"部分-整体"的二元结构并非世界本身的存在样态,而是人的认识的结果。康德揭示了人的认识只能遵循时空和因果律等属于人本身的知性范畴,同样地,"部分-整体"也属于这样的知性范畴,人不得不把自己置于此一思维框架之中,但好处是,借由此一框架,人

---

① Wilhelm Dilthey, *Der Aufbau der Geschichtlichen Welt in den Geisteswissenschaften*, *Gesammelte Schriften*, Ⅶ Band, S. 205.
② Wilhelm Dilthey, *Der Aufbau der Geschichtlichen Welt in den Geisteswissenschaften*, *Gesammelte Schriften*, Ⅶ Band, S. 205.

将自己作为集体的人,甚至神性的人,从而获得人生在世的意义。在部分与整体之间建立联系是一种理性行为,是理性区分出何为部分、何为整体以及两者之间的关系。从这一点出发,狄尔泰提到记忆在其中的作用:前面引用过"意义"乃是建基于"生命的部分与整体的关系",而未引用其紧接着关于生命个体如何建构这一关系的解释:"我们仅仅是通过记忆(Erinnerung)来获得这一关联体。在记忆中,我们能够统观已成既往的生命历程。"①显然,这种记忆就是一种意识性活动。而记忆作为一种意识性活动是必须诉诸一种内在的描述的,进一步说,描述又是需要语言或概念的。记忆是一种类似讲故事的行为,是一种编码行为。当代记忆研究证实,虽然严格说来,记忆是一种个体行为,唯有个体才有记忆,但任何个体的记忆都内化了社会和文化等外部因素的制约:"与意识、语言、性格类似,记忆也是一种社会现象。在记忆过程中,我们不仅深入到隐秘的内心深处,而且将某种秩序和结构引入内心世界,这种秩序和结构具有社会属性,并将我们与社会联系起来。每一次有意识的行为都受到社会的调控,只有在睡梦中,社会结构对内心世界的干预才会有所放松。"②除了通过记忆将部分与整体联系起来之外,理性当然应是还有无数的方法,既然有记忆,也当然会有前瞻,此外,有左顾,也有右盼,等等。一句话,没有理性的作用,便不会有"整体"与"部分"这两个概念及其联系。

与结构主义者不同,狄尔泰没有用语言"吃掉"现实,用结构抽空个体。他与黑格尔也不同,如前所说,用整体消化和消解部分,他坚持两者之间的一种动态性或不稳定的紧张关系,而其"体验"或"体验表现"便是形式与生命之间(或者说整体与部分之间)这样一种关系的最典型的代表。

狄尔泰分辨出三种形式的生命表现。其一是概念、判断和更大的思维构成物等。它们虽则源自生命体验,然却切断了与其来源的联系,其于理解的方便之处是从言说者毫无损失和变异地传达给接收者,例如一个判断无论对于其制定者还是理解者都是一样的,它们脱离了其所产生的时空语境,因而也是放之四海而皆准的。不过问题是,这样的"表现"却不能表现出任何生命的内容及其特殊性。

其二是行动。较之于抽象的概念等生命表现,行动更直接地与生命相连结,

---

① Wilhelm Dilthey, *Der Aufbau der Geschichtlichen Welt in den Geisteswissenschaften*, *Gesammelte Schriften*, VII Band, S. 233.
② 扬·阿斯曼:《什么是"文化记忆"?》,陈国战译,《国外理论动态》2016年第6期。

也可以说,它是生命的直接表现。但在狄尔泰看来,这并不能保证其更多的与生命关联体的相通或者对于生命关联体有更多的呈现。狄尔泰指出的原因是:每一行动都是具体的行动,尽管它可能出自某一意图,从而使我们能够从中发现人类精神,但是其意图是受到具体情境限制的,这样就会出现两种情况:如果意图(动机)一时过于强大,其行为的后果便会更多地成为此意图之实现,然而生命的充盈则因此而变得单一和贫乏;那么,如果是有多重意图又如何呢?狄尔泰仍然悲观地认为,多重意图在具体的行动中最终只能实现其一二。实际上,人的任何行动都不会实现其事先的所有规划。因此,同概念一样,"行动也会分离于生命关联体的基底"[①]。狄尔泰建议,要全面了解一次行动与其所由出的生命之间的关系,则需全面掌握在此一行动中其情境、目的、手段和生命关联体是如何交织在一起的。比较概念和行动之于生命关联体的疏离或背离关系,简言之,概念过于抽象,行动过于具体,而这涉及狄尔泰之所赋予"生命关联体"的既具体而又抽象的特质。

其三是"生命体验表现"(Erlebnisausdruck)。它与概念和行动全然不同:"在生命体验表现、其所由出的生命以及其所发展的理解这三者之间存在着一种特别的关系。比起每一内省所能提供的,生命体验表现因而要包含更多的关于心理关联体的内容。它将此内容从那不为意识所照亮的幽暗深处打捞出来。然而在生命体验表现的本质之中却同时包含这样一个事实,即表现与其所表现的生命之间的关系只能被相当有限地理解到。这种表现不能说其判断为真或为错,而只能说其判断具有非真实性或真实性。这是因为,掩饰、撒谎和欺骗在此会切断表现与被表现的精神内容之间的关系。"[②]依据狄尔泰,如果说概念只能传达概念,行动只能传达被具体化因而乃是狭隘化了的生命或沦落为概念所主导的行动,那么"生命体验表现"则是一端"表现性"地即概念性地连着生命,而另一端则以生命本身的形式具体地和身体性地沟通或更准确地说接续着生命,这是由其所赋予"生命体验"的特性所决定的:在"生命体验表现"一语中,"表现"为一冗词,因为生命体验本身或者说生命本身即包含着其表现。无生命不表现。这也就是说,生命本身即包含着一种本质性的矛盾,即生命总是要表现自身,总

[①] Vgl., Wilhelm Dilthey, *Der Aufbau der Geschichtlichen Welt in den Geisteswissenschaften*, *Gesammelte Schriften*, VII Band, S. 205 – 206.

[②] Vgl., Wilhelm Dilthey, *Der Aufbau der Geschichtlichen Welt in den Geisteswissenschaften*, *Gesammelte Schriften*, VII Band, S. 206.

是要寻求什么来表现自身,而一旦表现出来,这表现就可能离开了自身。不考虑那种有意的歪曲,即便诚心诚意地表现,也不可能是对生命之百分百的复制或再现。这就是老子那句名言"道可道,非常道"千古不灭的意味。由此说来,"生命体验表现"既然作为一种"表现",既然在此"表现"中离不开概念的作用,且任何"表现"都只是在一定的时空中的具体行为,那么它就不可能完全克服概念的抽象化和行动的具体限制。

三、无法诉诸概念的个体、文学和历史

生命体验表现蕴含着概念与反概念或曰界定与反界定之间不可克服的本质性矛盾,但是,狄尔泰的生命解释学并不因此而流为生命的悲剧,恰恰相反,内在于体验或生命体验表现的这种悖论却赋予精神科学即意义科学以无限的活力和动感,且使得这一意义解释学获得了高度的辩证和综合。

狄尔泰首先认定,生命在本质上从来不能完全言说,而且也不能被完全言说。常识告诉我们,所有言说都必须借助符号或言语,而除了可以设想的人类的起源意义上的言说可能属于自创,绝大多数言说在绝大多数情境下都外在于意欲表达的生命个体,它们属于集体、社会和他人。这一言说的外在性被海德格尔和拉康等人极端放大,他们宣称不是我在说语言,而是语言在说我。这意味着,我们身陷于语言的囹圄之中,不可能走出语言的囹圄,离开了它,我们便无以表达自我。语言是我的仆役,但也是我的主人。它既听命于我,亦命令于我。由于语言的外在性,生命的言说就一定是言不称意或言不畅欲(欲求、欲望)的。我在使用语言的过程中总是有外在的、陌生的、异质的东西掺入进来,它们在协助我的同时也在拆解我、毁灭我,使我从本己的河床上漂浮起来,幻化为一个想象中、观念中的建构物。自我是一个无法谈论的客体,一经言说便不再是其自身。于是,所谓"自我"其实就总已是非我;如果说有自我存在的话,那它只能以"前自我"的方式存在,即作为一种有待建构为自我的原始质料。这就是众多的具有后现代趋向的哲学家不相信原初自我或单子式自我的一个主要原因。费希特显然是错误的,不是"自我"设定"非我",而是"非我"孕育和生产了"自我",这无论从存在论或者认识论上说都无不同。费希特的"非我"就是狄尔泰的"生命",个体或自我都由此诞出,但这也就同时决定了两者在某种程度上的分离和分裂,而且是永远无法弥合和修补的:"生命是一个我们不能解开的谜语……生命是什么不

能在一个公式中表达或解释。思维不能走入生命的背后,虽然说它从生命中诞生,并在生命的关系中存在……对思维来说,生命总是不可探测的,作为一个事实,思维自身乃由此而产生,然却不能进入生命的背后……一切知识都植根于某种不可全然知晓的东西。"①在此狄尔泰的意思很清楚,他是说,思维从生命中走出,但它无法返回生命,重归其本源,换言之,思维一旦走出生命,它便永远处在生命的外部或对(立)面。因此,前文所述的伽达默尔以生命"回译"来描述精神科学的性质和任务,现在可以说,这只是讲出了狄尔泰精神科学作为"生命科学"的一方面,尽管是其核心内容。生命是无法被回译的,回译总是以"整体"为坐标对"部分"的定位,其背后是一个语言共同体。

不只是生命本身无从解释,即便生命的延伸或表现,由于其以生命为根基,因而也是不能被完全理解的。以个体性为例,狄尔泰在研究施莱尔马赫时指出,尽管解释学有助于对施莱尔马赫本人的勘测,但其个体性总是不能得到充分的展露。狄尔泰深信"个体是无以言传的"(individuum est ineffabile)②这一自柏拉图和亚里士多德就有的、直至黑格尔和歌德仍在谈论的古老命题。这也是作为解释学家和浪漫派的施莱尔马赫所一贯坚持的观点,他说过,他者的个体性从来不能被透彻地把握:"不可理解"不是阐释活动中的偶然现象,而是一个难以逃避的规律。对于个体之不可阐释的一面,狄尔泰揭示其原因说:"可以设想:一个既定个体与另外一个人在其生命丰盈上完全无法比较,而且也无法交换。不错,这些个体能够通过蛮力征服和奴役对方,只是他们不拥有任何共同的东西,仿佛每个人自身与其他所有人都是相互隔绝的。事实上,在每一个体之中都存在着一个点(Punkt),在这个点上,他是绝对不能因为在行动上与别人相互协调而被归类的。在个体的生命丰满中,举凡被这个点所限定的东西,都不会进入社会生活的任何系统。"③狄尔泰承认诸个体之间在物质层面上的相互作用,但并不认为他们之间在观念上可以彼此相通和分享,因为任何相通和分享都是对物质层面的偏离或本质上的抽象,不抽象又不足以言说相通和分享。然而,每一个体都与生俱来地带有一个他人不可透入和占据的"点",由于这个"点"的存在,任

---

① Quoted in Jos de Mul, *The Tragedy of Finitude: Dilthey's Hermeneutics of Life*, trans. Tony Burrett, New Haven & London: Yale University Press, 2004, p.153.
② Wilhelm Dilthey, *Einleitung in die Geisteswissenschaften: Versuch einer Grundlegung für das Studium der Geschichte*, *Gesammelte Schriften*, I Band, Stuttgart: B. G. Teubner, 1979 (1959), S. 29.
③ Wilhelm Dilthey, *Einleitung in die Geisteswissenschaften: Versuch einer Grundlegung für das Studium der Geschichte*, *Gesammelte Schriften*, I Band, Stuttgart: B. G. Teubner, 1979 (1959), S. 49.

何抽象都不可能是充分的、完满的,而且任何被这个"点"所限定的东西,即是说,任何以此"点"为基础的东西,例如个体,都不接受概念上对它的辨别和归类,也就是说明和阐释。也正是在这个意义上,狄尔泰才紧接着反过来说:"个体的内涵能够作为共享的东西呈现出来,其前提条件是个体之间的相似性(Gleichartigkei)。"①此"相似性"是"可比较"的意思,是以抽象为本质的比较的结果,"差异性"也同样是比较的结果,所不同唯在于如果说相似是向心的比较,那么差异则是离心的比较,但两者最终都归在概念的名下,属于思维性活动。

  作为以生命为基质的表现,与个体的情况一样,文学也应当是拒绝阐释的,这的确是狄尔泰的观点,是其水到渠成的结论:既然文学作品是生命的表达,那么文学就一定是拒绝概念、拒绝阐释的,就一定是"说不尽的莎士比亚"②或者"诗无达诂"。狄尔泰一直是将生命及其表现与逻辑、理性、概念等对立起来的:例如称"在所有的理解中都存在着一种非理性的东西,就如生命本身即存在着这种东西一样;这种非理性不能经由逻辑运作的公式而呈现出来"③;再如说"人性在哪里都不完整,但又无处不在。它从来不会经由概念被穷尽"④,其意谓着,唯有概念才是完整的,而人性总有逃避概念之完整性的一面。狄尔泰还说:"一个不折不扣的、体魄强健的人的生命感受,以及他被给予的世界的内涵,不会在一门普遍有效的科学的逻辑关系中被消耗殆尽。个别的经验内容,它们在起源上彼此相同,不会借助思维而相互转换。任何试图展示现实中的一个体系而非一个逻辑体系的努力,都不过是为着内容而丢弃了科学的形式。"⑤这里显而易见,在狄尔泰,生命感受、个别经验、现实世界等与逻辑、思维、科学、形式等是对立的,乃至是敌对的、水火不容的,因此人们不能期待前者通过后者而得到完满的呈现和说明。狄尔泰为此而有时仿佛显得悲观起来:"自然本身是不可把握的。其之所以如此,绝非出自一个偶然的缘故,而是因为意识之光只能从外部触及自

---

  ① Wilhelm Dilthey, *Einleitung in die Geisteswissenschaften: Versuch einer Grundlegung für das Studium der Geschichte*, *Gesammelte Schriften*, I Band, Stuttgart: B. G. Teubner, 1979 (1959), S. 49.
  ② 歌德:《论文学和艺术》,《歌德文集》第 10 卷,范大灿等译,北京:人民文学出版社 1999 年版,第 234 页。
  ③ Vgl., Wilhelm Dilthey, *Der Aufbau der Geschichtlichen Welt in den Geisteswissenschaften*, *Gesammelte Schriften*, VII Band, S. 218.
  ④ Wilhelm Dilthey, *Das Erlebnis und die Dichtung: Lessing, Goethe, Novalis, Hölderlin*, S. 174.
  ⑤ Wilhelm Dilthey, *Einleitung in die Geisteswissenschaften: Versuch einer Grundlegung für das Studium der Geschichte*, *Gesammelte Schriften*, I Band, S. 395.

然这一条件。"① 显然,这是从空间角度来说的,意识(主体)在空间上外于自然(客体),而从时间上看,自然无时不在变化,生命体验无时不在流动,然则认识和体验世界和生命所依赖的概念或形式却是相对固定的,我们知道,不固定(以及不抽离而外在)则不成其为理性或科学。于此,狄尔泰形象地比喻说:"这就好似在一条滚滚不息的河流中,划出航线,描出轮廓,以为持久地使用。在此一现实与知性之间似乎不可能存在任何理解的关联,因为概念剔除了与生命之流相连结的东西,它呈现某种独立于其制定者的东西,因此便是普遍而永远地有效。但生命之流无论何时何地都只是一次性的,其每一朵浪花都是来去一瞬间。"② 把概念之追求固定与生命之天然流动对立起来,这是狄尔泰作为生命哲学家的基本观点,因而上引的这些言论在他的著述中俯拾即是、不胜枚举。应该说,以生命为中心的理论毫无障碍地都会走向文学不可阐释、历史无法把握或者阐释不尽、把握不全这样的论断。狄尔泰的确直言不讳地表示过:"自从机械论的自然观念兴起以来,文学便一直坚持那种隐秘的、不可阐释的、在自然中的、伟大的生命感受;同样,文学也无处不在地保护那被体验然却不能被概念化的东西,使得它虽在抽象科学的分解性操作之中而未至于烟消云散。在这一意义说,卡莱尔与爱默生所写的东西就是有待成形的诗歌。"③

与文学的情况十分接近,历史与概念的关系也是对立和对抗的。关于历史,狄尔泰亦曾毫不犹豫地断言:"它是一个整体,但从来不会完成。"④ 因为历史只在时间的流动和流逝中展现自身,没有终点,甚至可能连起点都没有,所以历史便断乎不能形成一个整体。平素所谓整体者,不过是历史学家将生命实在提升到以整体为务的人的意识的结果而已。整体是意识的虚构,是哲学对实在的限定性规划,而非文学的无边界想象。在狄尔泰,历史是不可整体阐释的。这说到底,乃是因为历史是生命的外化和活动,与概念本质上不属于一类。

岂止是个体、文学和历史,举凡精神科学的一切对象都有着因其生命之坚硬

---

① Wilhelm Dilthey, *Das Erlebnis und die Dichtung: Lessing, Goethe, Novalis, Hölderlin*, S. 305-306.
② Wilhelm Dilthey, *Der Aufbau der Geschichtlichen Welt in den Geisteswissenschaften*, Gesammelte Schriften, VII Band, S. 280.
③ Wilhelm Dilthey, *Einleitung in die Geisteswissenschaften: Versuch einer Grundlegung für das Studium der Geschichte*, Gesammelte Schriften, I Band, S. 373.
④ Wilhelm Dilthey, *Der Aufbau der Geschichtlichen Welt in den Geisteswissenschaften*, Gesammelte Schriften, VII Band, S. 241.

的内核而无法被概念化、逻辑化所洞穿的情况。这个对象几乎无所不包,人类生活自不待言,即便自然界的事物,例如山川河流、顽石草木、飞禽走兽等,一旦其成为人的对象,与人发生关联,则即刻被赋予人的生命以及无解的生命之谜。从其对象上说,狄尔泰发展的是广义解释学,它不再局限于书写文本或其中被视为经典的文本,而是将一切都当作文本来理解:"这一理解包括了从对于婴幼儿的牙牙学语到对于哈姆雷特或理性批判的所有把握。普通石头、大理石,呈音乐形式的声调,做表情、讲话、书写,行为、经济制度、宪法,等等,从中都表露出同一种人类精神(Geist),它们都需要解释。"①说"需要解释",这无异于承认它们都"难以解释",都有其解释不透的内涵。正是基于如此之考虑,荷兰学者约斯·德·穆尔曾转引狄尔泰的一句话作为其《有限性的悲剧:狄尔泰的生命解释学》一书的题记和结语:"一切时代的思想家和诗人都试图解读那张神秘的、无底的生命面孔,其微笑的唇角,忧郁的眼神,但这种解读也是没有止境的。"②生命有面孔,有丰富的面部表情,这从一方面说,人们的解读不是无迹可求的——人是踪迹的动物、符号的动物,精神科学是踪迹和符号的科学;然而在另一方面,这样的解读仍然不可能获得最终的答案,因为生命有秘不示人的东西,是探不到底的,也即是说,是拒绝揭示、解释和阐释的,一句话,是拒绝理性之光的探照的。这个道理适用于一切思考着的人和他们所有的探究对象,这些对象都可以视其为"生命面孔"或生命的表现或符号体系,然而一旦有解释学家因果性地"披文以入情,沿波讨源",按照狄尔泰的观察,其结果将不是如中国文论家刘勰所期待的"虽幽必显"③,而是恰恰相反的"虽显必幽"。于是乎,生命的面孔成了生命的面纱或面具,表现意味着伪饰,符指异化为"非指"④。面对生命的符号和外观,我们只能以生命而体验之,以身体而抚摸之。此中奥秘实不可言传。

---

① Wilhelm Dilthey, *Die geistige Welt: Einleitung in die Philosophie des Lebens*, *Gesammelte Schriften*, V Band, Stuttgart: B. G. Teubner, 1964, S. 318 - 319. 这里的"普通石头、大理石"应该是指这类石材的制品,如纪念碑、墓碑、雕像等。石材虽是自然的,但其制品已成为人类表意的媒介或符号。

② See Jos de Mul, *The Tragedy of Finitude: Dilthey's Hermeneutics of Life*, trans. Tony Burrett, New Haven & London: Yale University Press, 2004, p.376.

③ 刘勰《文心雕龙·知音》有谓:"夫缀文者情动而辞发,观文者披文以入情,沿波讨源,虽幽必显。"其"情动而辞发"以及"心生而言立"等说法与狄尔泰的生命表现论是一致的,而且狄尔泰还言之凿凿地肯定"只有在语言中,人的内在世界(das menschliche Innere)才能找到其完整的、淋漓尽致的和客观上可理解的表达"(Wilhelm Dilthey, *Die geistige Welt: Einleitung in die Philosophie des Lebens*, *Gesammelte Schriften*, S. 319),这似乎更是支持刘勰作为"自然之道"的文学创作了。但刘勰对于例如道家所谓的"言之而非"缺少像狄尔泰那样持有本质性的警惕,这不奇怪,刘勰是文论家,如果他不相信"文之为德也大矣",那么他就不会"用心"去"雕龙"了。

④ 公孙龙有谓:"物莫非指,而指非指。"这把事物本身与符号所指进行了严格的区别。

不能否认,这的确就是狄尔泰本人的观点,而非我们的一厢情愿的读解,然而,如前文所声明的,这仅仅是狄尔泰观点的一个方面,而如果只是执守其这一面却全然不顾及其另一面,即文学和历史之可阐释的一面,那么我们就会将狄尔泰的观点混同于苏珊·桑塔格和海登·怀特的后现代的文学(反)阐释学和历史(反)阐释学。众所周知,桑塔格视阐释为理智对于艺术和世界的复仇,怀特把历史当成文学或叙述(讲故事),对他们来说,原本和历史从来都是不存在的,这些早已被淹没在话语性的阐释和建构之中。狄尔泰不乏这样的思想,他一点儿也不比这些极端论者温和,除前文引述之外,他甚至宣称过在精神科学中只能是"生命把握生命"(Leben erfaßt hier Leben),把"概念演绎"弃置一边而拾取"心理性状的觉知(Innewerden)",①似乎唯此不涉理路、不落言筌的生命或其感知才能言说文学和历史的本真存在。这里我们不拟涉入这样一个解释学的现代性与后现代性之争,就此而言,狄尔泰如果不是说超越了两者的争执,也可以说是一并涵括了两者。进而言之,如果说狄尔泰同时接纳了文本的不可阐释性与可阐释性,即便有人可以批评他没有将两者完美地协调、统一起来,形成一个严密的体系,而是让两者的矛盾醒目地留存在那儿,明摆在那儿,纵使如此,对于本文拟论证的意义与生命的关系,这也已经足够了。事实上,恰恰是由于他揭示了文本的不可阐释性与可阐释性两者的不可须臾调和的矛盾,我们才能发现生命乃意义之永不枯竭的源泉。这是本文试图得出的结论。不过,这还不是完整的结论。

---

① Wilhelm Dilthey, *Der Aufbau der Geschichtlichen Welt in den Geisteswissenschaften*, *Gesammelte Schriften*, VII Band, S. 136. 这里有两点需要略做说明:第一,严格说来,生命本身是无由理解生命的。实际上,狄尔泰言下之意是要求我们以生命本身的方式来理解生命,而不能把生命当作知识的、外在的对象。这一点已成为研究狄尔泰的基本共识,如有学者所精准地概括的:"要从一个文本中获取知识,人们需要追求那种来自从事知识工作所使用的认识论工具的导引;而要在狄尔泰之 *Verstehen*(理解)的意义上来理解一个文本,则要求我们以如下的方式关联于文本,即内省式地感知(besinnlich sense)该文本是怎样让字词从我们之'基本存在的样态'走出,让字词尽可能地不被文化的或学科的清规戒律所过滤,而这些清规戒律却是说'一个人'就如此的话题或在如此的场合下如何才能做到得体地表达自身。"(Robert C. Scharff, *Heidegger Becoming Phenomenological: Interpreting Husserl through Dilthey, 1916 - 1925*, London: Rowman & Littlefield, 2019, p.xviii). 第二,"内知"(Innewerden)在狄尔泰的语汇中也是一个与"生命"和"体验"相近的概念,侧重于凸显"知"(Wissen)的内在性和非对象性,英译者和英语世界研究者多采用"reflexive awareness"(反思性认知)的译法,例如有学者解释该术语说:"知识的获取在自然科学中是以对外部事实的感知为基础,而与此相反,反思性认知则提供了对于精神科学领域所特有的那种知识的直接获取。由于心理学之作为反思性认知的原型学科,狄尔泰便赋予它一个任务,即为精神科学的探究提供一种新的、在现象学意义上更加适宜的基础。"(Charles Bambach, "Hermeneutics and Historicity: Dilthey's Critique of Historical Reason," in: Eric S. Nelson ed., *Interpretating Dilthey: Critical Essays*, Cambridge: Cambridge University Press, 2019, p.86.)

结　语

　　称生命乃意义之永不枯竭的源泉,这绝非说生命本身即是意义。生命其初是没有意义的(假定生命有其初的话),意义不在于生命,而在于生命的表现或客体化,在于其与世界和他者的关系,在于它们之间所建立起来的"关联体"。在我与他之间,在诸个体之间,虽然有存在性的和行动性的共在和互动关系,但人不是纯粹生物性的或动物性的,这种关系总是被意识、被概念连结起来。人们接触他人,也意识到他人,人们在"实践"他人,实践着与他人的关系。在这一意义上说,正是所谓作为"外在"的概念赋予"内在"的生命以意义,为生命代言,为生命声张。然而,概念对于生命来说又总是处在表达和扭曲之间:当生命被扭曲时,它就会向概念提出修正的请求,甚至是抗议和抗争,迫使概念调适与它的关系,从而尝试建立新的意义链接,而当此新的意义不能以最大限度的充分性和完满性来代表生命的需求时,下一轮意义的革命便发生了。意义与生命的关系就是处在一个不断修订的过程之中,永无终点,永不固定。这也就是说,生命流动不已,意义更新不止。

　　当然,单纯的概念亦非意义之源,结构主义和后结构主义的解释学认为意义来源于符号之间的差异,但是,其问题在于如哈贝马斯所批评的,一旦符号空无所指,与现实失掉本真的联系,一切的阐释,无论是多么逻辑自洽和形式美观,都难逃其土崩瓦解的终局。符号必须是包含实际所指的符号。或者说,符号可以指示一种概念,但这种概念终究是属于人的,属于人的生命。

　　总而言之,意义既不单独地在于生命,亦非纯然存在于概念的差异化运动,而在于生命与它经由概念的表达之间永远无法弥合但又一直试图弥合的努力和挣扎。生命是意义的主体和动力,概念是意义实现的途径和工具,那么,所谓"意义"便是生命个体将其自身与外在的他者(乃至整个世界)所进行的概念性的或想象性的(本尼迪克特·安德森意义上的)联结。由此说来,考虑到狄尔泰解释学兼有生命与生命的意义即生命向世界生长和延伸之双重维度,若我们仅仅称之为"生命解释学",则显然漏掉了它另一维度的重要内容。一个完全的称谓当是"间在解释学":进入意义场的各方,无论阐释者抑或被阐释者(文本和文本的作者),都是作为生命的血肉存在而处于话语的、理性的和公共性的阐释中。解释学乃是既"间"且"在"的解释学。

 作者手记：

在中国做西学

关于本论文的内容不拟絮叨，读者自可去阅读和评论。这里想谈一下在中国做西学研究的性质和方法。这些都内在于论文中，只是未予特别言明罢了。

中国的西学研究如果在读者的设定上不是西方人而是中国人，那么就应该考虑如何去触动中国人和中国学术。这就要求中国的西学研究必须是带着中国问题关切，以解决中国的问题为鹄的。西方思想学术浩如烟海，选什么、不选什么来研究，表面上可能出自研究者的个人兴趣，但其兴趣的背后则是有本国的问题在驱动。异域研究的推动力来自本国问题在研究者头脑中的挥之不去。在此意义上说，任何异域研究都是对自身和自身问题的一种研究。甚至也可以说，在中国大地上发生的西学也是一种类型的国学。例如，季羡林先生就曾以"大国学"概念将佛学研究纳入其中。可以认为，中国性是中国的西学研究本有、应有、本应有的特点。换言之，中国性是对中国西学研究的首要界定。

但进一步说，在一个全球化时代，许多初看起来属于我们内部的问题实际上最终无不与外部的世界有关，因为民族史早已为"世界史"（马克思语）所取代，更准确地说，为"民族星丛"所取代，即便纯粹的中国问题在此星丛格局中也将取得与之前不同的形象和意义。在一个关系场中，任何新元素的加入必定会改变先前各元素之间的关系，也就是每一元素的形象和意义。当中学遭遇西学，一种从未有过的新的中西关系即刻形成。在中国做西学研究，不管研究者是否存有自觉的意识，都不会改变其作为一种比较研究、作为中西关系之研究的性质，这不需要真的将柏拉图和孔夫子做实际的文本比较，研究者即使单单钻研一个柏拉图就已经有"比较无意识"在背后发生作用了。中文系或中国语境中的所有"外国文学"研究都是"比较文学"，而如果把"比较文学"作为各民族文学之关系的研究，那么在关系的意义上，在主体间性的意义上，"世界文学"也是"比较文学"。研究者不是无辜的，他是一个为特殊的历史和文化所结构的主体，他先在的知识和立场早就客观地预定其对异域研究的比较性。这种"先见"是否属于"偏见"暂且不论，而关键的是，倘使没有这样的解释学"先见"，任何研究就不可能发生。研究总是"以己度人"或曰"以我观物"，而"以物观物"不过是一种认识的乌托邦罢了。在异域研究中,研究者的这种"外在性"(巴赫金语),包括其意识形态存在和身体性存在,既是一种客观存在,也是一种由此客观存在所决定的主观视角。所谓"文本间性""主体间性""交往理性""文化间性"等,无不包含一种交互透视即比较视角。

如今,中国已经崛起为全球性大国,政治和经济的全球影响力自不待言,而人文学者亦应有进入、影响、贡献于全球的抱负。普遍性过去一直为西方所表征,中国学者现在并非要从西方手中夺取普遍性,而是力争与西方学者一道共建、从而共享普遍性,这体现在中国学者同样有权利对西方人文学术进行研究和批评,以更好地诠释和解决当代世界问题。可能有人会说,西方人并不读中文研究成果,中国的西学不过是自产自销、自体循环,但要看到:其一,越来越多的中国学者已开始把自己的研究成果变成国际语言来发表。其二,中文西学的接受对象的确是本国的读者,研究的是本国读者的本国问题,但如今的读者(双语乃至多语读者、学者日渐增多),如今的本国问题,如前所说,均已与外部世界相连接,这也就是说,中国的西学在其内部就已经世界化、全球化了。在这一意义上,即便专门面向国内需求的翻译引进西学也是一种内向的世界化,它首先在国内开辟了一个中西交往的世界。语言阻隔不是问题,问题是中国的研究成果是否具有国际意义,是否切中肯綮而值得西方同行关注和重视。域外汉学反哺国内学术当前已呈一大学术景观,而中国西学在未来也一定能够反哺西方。

最近流行一种所谓的"汉学主义",以为西方的汉学是西方意识形态的一个组成部分,因而既不能反映中国,亦不能对中国有什么借鉴意义。其潜台词其实已经否定了所有的异域研究,例如在中国进行的外国文学研究、外国哲学研究、外国历史研究等,因为这些也是中国意识形态及其学术学科体系的一部分,与外国本身无关。不过,只要转换一下思维方式,即只要把异域研究作为与异域的对话,从反映论转向对话论,而且认识到对话不只是发生在话语层次,也会发生在两种文化之间、两个实体之间,即把对话作为"间在对话"而非唯心主义的"间性"对话,那么"汉学主义"便不攻自破了。"汉学"之所谓的"主义"只能意味着汉学因其独特的立场和方法而成其自身,堪以"汉学"相称,而一旦考虑其间的对话性形成和构成,则其"主义"便不可能是自说自话了。国外汉学是与中国历史和现实存在的一种对话,因而它不可能是对其研究对象的准确复制,但也不会是与其对象全然无关。"汉学主义"以及一切"反对阐释"的理论主张均属德里达的意义"延异"论,只是从意义的负面终极圆满了它本来意在克服的西方认识论,我们知道,这一理论从一开始就含有再现的可能性与不可能性这两个方面。意义或文本阐释不是镜像式的反映,而是主体间的行动性的对话。可惜德里达及其追随者都未能理解这一点。

归纳起来,中国的西学研究具有中国性、比较性、世界性和对话性,这应该既是笔者对中国西学的描述,也是对它的一个美好祝愿。

论生态美学的美学观与研究对象

——兼论李泽厚美学观及其美学模式的缺陷[*]

程相占[**]

摘要：构建生态美学的前提是确立恰当的美学观，然后从美学观的角度提炼出生态美学的研究对象。中国当代占据主导地位的美学观是以李泽厚为代表的"美—美感—艺术"三元模式，它最严重的缺陷在于背离了鲍姆嘉滕美学的"审美"而退回到柏拉图意义上的"美"。中国生态美学依据这种美学模式所创造出的"生态美"概念，根本无法深入解释当代生态审美活动，因而是一个误导性概念。青年鲍姆嘉滕美学的核心问题是对于作诗能力的哲学思考，其"感性学"实质上是一种"审美能力学"，近似于其后学康德的审美判断力学说。综合鲍姆加滕的审美能力学与吉布森的生态心理学，我们可以构建出"审美能力—审美可供性—审美体验"三元美学模式，以之为框架而构建的生态美学可以更加合理地解释已然兴起的生态审美活动，可以有效地避免"生态美"概念的偏颇而走向"生态审美"。生态审美才是生态美学的研究对象。

关键词：美学观；生态美；审美能力；审美可供性；生态审美

尽管国际学术界对生态美学研究对象的理解还存在着重大分歧，然而，一个无可争辩的事实是，生态美学已经是一种基本上得到公认、不容忽视的客观存在。比如，国际上比较著名的斯普林格出版社于2010年推出的《现象学美学手

本文系国家社科基金重点项目"生态审美的基本要点与生态审美教育研究"（项目编号：13AZW004）的阶段性成果。

* 原载《天津社会科学》2015年第1期。

** 程相占，山东大学文学与新闻传播学院教授。

册》,就专门设立了由美国学者特德·托德瓦因撰写的"生态美学"词条①。但是,必须清醒地看到,生态美学毕竟处于方兴未艾的草创阶段,一些基础性、前提性的问题还没有得到解决甚至没有讨论。比如说,"生态美学"无疑是一种新型的"美学",但是,什么是美学呢?或者更具体地说,我们应该以什么样的美学观为基础来构建生态美学呢?

之所以会提出这个问题,是因为笔者深切地感到,任何美学研究最终都必将回到美学所谓的"逻辑起点"——笔者一直认为,这个起点应该是"美学观",即对于"什么是美学"这个问题的回答②。出于这种思路,本文试图从美学观的角度来切入生态美学的核心问题。我们将首先概述中国当代占据主导地位的"美—美感—艺术"三元模式,分析根据这种美学模式所创造的"生态美"概念的理论困境与缺陷,然后提出一种以"审美"为核心的美学模式,即"审美能力—审美可供性—审美体验"三元模式,并尝试以之为框架构建一种以"生态审美"为研究对象的生态美学。

一、"美—美感—艺术"三元模式与"生态美"

美学理论之间的纷争,最终都可以归结为美学观的分歧。中国当代出现过不少美学观,其中,影响最大的当属如下一种观点:"美学是研究艺术和美的科学。"这个观点源自朱光潜的《西方美学史》,该书在概括鲍姆嘉滕的美学观时提出:"美学虽是作为一种认识论提出的,同时也就是研究艺术和美的科学。"③李泽厚采纳了这个观点并做了一点修改,提出了一个影响深远的说法:"美学——是以美感经验为中心,研究美和艺术的学科。"④他出版于1989年的《美学四讲》集中体现了这种美学观:四讲其实就是四章,依次分别是"美学""美""美感"和"艺术";除了第一章是对于美学观的讨论之外,第二、三、四章清楚地显示了一种

---

① 尽管该词条不恰当地将"生态美学"等同于"环境美学",但它毕竟没有采用西方已经普遍接受的"环境美学"这个称呼,至少表明作者已经意识到两者具有一定的差别。参见程相占:《论环境美学与生态美学的联系与区别》,《学术研究》2013年第1期。
② 程相占:《怎样研究美学?》,《中国研究生》2013年第4期。
③ 朱光潜:《西方美学史》上卷,北京:人民文学出版社1963年版,第280页。应该指出的是,朱光潜的这个结论下得过于仓促,既有文献利用方面的失误,也有诠释框架的失误,从而掩盖了鲍姆嘉滕美学的核心问题"感性认识能力"及其理论价值。
④ 李泽厚:《美学三书》,合肥:安徽教育出版社1999年版,第447页。

美学模式,即"美—美感—艺术"三元模式①。

对于李泽厚实践美学的理论得失,学术界已经有过很多讨论,笔者这里从美学观的角度提出如下几点批评和质疑:第一,李泽厚严重误解鲍姆嘉滕的"审美学",将之解释为"人们认识美、感知美的学科"②,从而遗漏了美学的阿基米德点——"审美"。因此,李泽厚的"美学"最终还是"关于美的学科"——"美"学,而不是鲍姆嘉滕意义上的"审美"学。第二,所谓的"认识美、感知美",也就是对于美的认识、感知,其结果就是李泽厚所谓的"美感"——这固然解决了"美"与"美感"这两个关键词之间的逻辑联系,但其背后隐含的是一个动宾词组"审—美"——这是对于西方意义上的"审美"这个术语的严重误解,笔者已经对此进行过比较详细的批判分析③。第三,就其核心内容或关键词来说,这个框架难以解释"美"与"艺术"的关系:一方面无法说明两者通过怎样的路径与"美学"同时联系起来——"美"学不是"艺术"学;另一方面无法解释现代以来远离"美"的那些艺术——其最简单的解决途径就是宣布它们为"非艺术"——然而,这显然无法真正面对20世纪以来的艺术实践。第四,李泽厚的美学没有把主要精力用在上述美学问题的理论分析上,而是用到了上述那些问题的哲学基础"实践"上,所以赢得了"实践美学"的名号。但是,我们必须认识到,基础毕竟是基础,就像一个建筑的地基无论多么重要都还不是建筑本身那样——美学的哲学基础无论多么重要,都还不是美学,而是一般意义上的"哲学"。笔者一直觉得中国当代美学的重要偏颇之一是谈美学不足,谈哲学有余,这种特点在李泽厚这里体现得比较明显。

尽管如此,这种模式依然成为中国当代美学的主导性模式,最具有代表性的例子是李泽厚担任名誉主编的《美学百科全书》,其第一部分为"总论",主要包括三方面的问题,依次是"美的本体论""审美经验论"和"艺术经验论"④,正可以与李泽厚的"美—美感—艺术"美学模式一一对应。需要特别指出的是,用"审美经验"来取代"美感"是这部百科全书对于美学理论的重要贡献之一,也是超越李泽厚美学模式的契机之所在。

受上述美学观制约,中国学者在构建生态美学时,顺理成章地提出了"生态

---

① 李泽厚:《美学三书》,合肥:安徽教育出版社1999年版,第469—596页。
② 李泽厚:《美学三书》,合肥:安徽教育出版社1999年版,第443页。
③ 程相占:《论生态审美的四个要点》,《天津社会科学》2013年第5期。
④ 李泽厚、汝信:《美学百科全书》,北京:社会科学文献出版社1990年版。

美"概念——既然美学研究的对象是"美",生态美学研究的对象当然就是"生态美"了①。质疑生态美学的实践美学学者也是从"生态美"概念入手来批评生态美学的。比如,有学者提出了如下问题:"是否存在'生态美'这一美的形态?如果存在,它的内涵是什么?它和自然美、社会美的关系怎么处理?"②其立论角度是"美的形态",论述思路是把所谓的"生态美"视为一种与其他"美的形态"——诸如"自然美""艺术美""社会美""技术美"等形态——平行的一种形态来进行对比。这表明,作者脑海中的"美学"依然是李泽厚意义上的"美"学。

然而,笔者斗胆指出:从"美"这个角度来进行生态美学研究必然误入歧途,因为这种思路根本无视自利奥波德以来的生态审美实践,没有认识到生态审美活动所欣赏的根本不是传统意义上的那些"美"(即优美的对象);恰恰相反,生态审美所欣赏的反倒是那些平凡的、琐细的乃至丑陋的事物;在全球范围内的生态运动兴起之前,这些事物极少,甚至从来没有进入人类的审美视野之中,比如荒野、湿地、沼泽、蚂蟥等。简言之,"生态美"是一个误导性概念。下文将对此进行分析。

二、"审美能力—审美可供性—审美体验"三元模式与"生态审美"

众所周知,"美学"的英语术语为 aesthetics,它由作为词根的形容词 aesthetic 加上表示学科的后缀 s 复合而成。这就意味着,美学的门径或阿基米德点是对于 aesthetic 这个词根的准确理解。

按照通常的解释,aesthetic 是个形容词,它主要有两个义项,一是"审美的",二是"感性的"③。西方学术界也似乎有着同样的思考,按照英语的表达习惯,在形容词前面加上定冠词 the,该词就转化成了名词。所以,西方学术界出现了"the aesthetic"这个比较常见的术语。比如,国际著名的《劳特里奇美学指南》一书的第 16 章就以此为题,并开门见山地指出:

"审美"这个术语最初由 18 世纪哲学家亚历山大·鲍姆嘉滕所使用,用

---

① 徐恒醇:《生态美学》,西安:陕西教育出版社 2000 年版。
② 徐碧辉:《从实践美学看"生态美学"》,《哲学研究》2005 年第 9 期。
③ aesthetic 也可以用作名词,直接表示"美学"。不过,这种用法在西方不太通行。

来指称通过各种感觉器官所得到的认知,也就是感性知识。他后来用它来指代各种感觉器官对于美的知觉,特别是对于艺术美的知觉。康德继承了这个用法并将这个术语运用到对于艺术美和自然美的判断。最近,这个概念再次扩大了内涵,它不但用来修饰判断或评价,而且也用来限定属性、态度、体验和愉悦或价值,它的运用也不仅仅局限于美。审美的领域也比审美上令人愉悦的艺术品领域要更加宽广:我们也可以审美地体验自然。……本章将首要地聚焦于审美属性和审美体验,关注人们在感知这种属性或产生这种体验时,是否涉及一种特殊的态度。简言之,审美态度、审美属性与审美体验这些概念是相互界定的概念。①

这段话可谓言简意赅,涵盖了西方美学从鲍姆嘉滕直至当代自然美学(或环境美学)二百多年的发展历程。它给我们透露的学术信息非常丰富,主要有两方面:第一,"审美"绝不仅仅与"美"或"艺术"相关,康德美学的核心内容之一"崇高"就与"美"无关,而是与"美"并列的一种审美形态;第二,要想准确地理解"审美"的含义,最佳的途径就是解释它作为形容词所修饰(或限定)的那些美学核心术语(或范畴),诸如"审美态度""审美属性""审美体验"等——一旦我们理解了这些术语的内涵,我们就理解了"审美"这个词的内涵。也就是说,包括"审美"在内的这些美学术语其实是一个"家族"——美学术语家族,其内涵就像一个家族的成员之间的关系那样,必须互相界定。比如说,只有通过"丈夫"才能界定"妻子",反之亦然。这就意味着,美学术语所包含的内涵不是一种柏拉图式"本质性"定义,而是维特根斯坦哲学所说的"关系属性"。考虑到这些概念的"互相界定性"隐含着一种"诠释循环",《劳特里奇美学指南》一书"审美"一章的作者从"审美属性"开始讨论,然后讨论审美体验,最后讨论审美态度②。

笔者认为,这种理论思路非常值得我们借鉴——一旦我们理解了审美态度、审美属性、审美体验等术语,"审美"一词的内涵就不难理解了;而一旦我们把握了"审美"的确切含义,它与"美""艺术"的关系就不难把握了;最终,我们就会更加深切地把握"美学"作为"审美学"的确切含义。笔者坚信,上述思路具有较大

---

① Berys Caut and D. M. Lopes eds., *The Routledge Companion to Aesthetics*, London: Routledge, 2001, p.181.
② Berys Caut and D. M. Lopes eds., *The Routledge Companion to Aesthetics*, London: Routledge, 2001, pp.182-192.

的优越性,远远胜过恪守柏拉图式的"美的本质"、时时刻刻围绕着"美"来展开美学思考的那种美学门径——西方古代、中世纪美学与现代美学之间的历史分野就在于此。简言之,将柏拉图式的"美的本质"问题转化为"审美"问题,是鲍姆嘉滕对美学的最大贡献,虽然他远远没有实现他学术上的雄心壮志。李泽厚的上述美学模式尽管试图从讨论鲍姆嘉滕开始切入问题,但事与愿违,他的美学却远离了鲍姆嘉滕而走近了柏拉图,其关键性失误就在于偏离了"审美"而胶着于"美"——一种名词性的、实体性的、远离感官的东西。

笔者这里试图以"审美"为切入点重新构建一种美学思路——这种思路必须有利于构建恰当的生态美学。笔者曾经尝试着对"审美活动"下过一个"工作性定义":

> 审美活动是诸多生命活动中的一种,其工作性定义为:处于特定环境中的生命个体综合运用包括身体在内的五种感官,从感性客体感受意味、体验意义、启悟价值理念的人类活动。①

按照这个论断,"审美"包括三个要点:感受能力、感性事物、感情体验。这三个要点都以"感"字开头,意在表明美学是"感性学"——鲍姆嘉滕意义上的"审美学"。下面结合鲍姆嘉滕的学说来进一步探讨。

(一)审美能力:青年鲍姆嘉滕"感性学"之核心

如果说人类的学科体系是一棵参天大树的话,那么,每一个学科就是这棵大树上的一个枝桠或枝条。人类之所以要设立某一门学科,目的是为了研究某一类特定问题、解释某一种现象。按照这种思路会发现,"美学之父"鲍姆嘉滕创立美学时,正是为了研究某一类问题、解释某一种现象——这类问题或现象的特点可以描述为"模糊的清晰":读一首诗、看一幅画,我们无法像逻辑推理那样"清晰地"说明我们的感受,因此,诗或画这些对象是"模糊的";但是,我们对这些对象的欣赏体验又是"清晰的",所谓"栩栩如生""如在目前"等,都是对于这种体验的描述。因此,在人类的文化活动中,客观地存在着"模糊的清晰"这种现象,鲍姆嘉滕所要研究的就是这种现象。因为此前的学科体系之中没有一门独立学科来研究这种现象,鲍姆嘉滕煞费苦心地将研究这种现象的学科称为"感性学",表

---

① 程相占:《生生美学论集——从文艺美学到生态美学》,北京:人民出版社2012年版,第266页。

明"模糊的清晰"这种现象就是那些"感性的"东西①。

众所周知，鲍姆嘉滕第一次提出"感性学"并不是他发表于1750年的《美学》，而是发表于1735年的《诗的感想——关于诗的哲学默想录》，所讨论的正是他自幼童时就被深深吸引、几乎没有一天不读的诗歌。今天看来，鲍姆嘉滕21岁时发表的《诗的感想——关于诗的哲学默想录》其实是一种"诗学"，所探讨的是"领悟感性表象"的"低级认识能力"②，反复陈述的是"富有诗意的表象"或"唤起情感的表象"，提出了"唤起情感是富有诗意的"或"唤起情感则富有诗意"这样的论断③。在这里，最容易引起误解、同时也是最核心的内容，就是鲍姆嘉滕所说的"低级认识能力"——它的确切含义到底是什么？

鲍姆嘉滕明确指出，他的"哲理诗学""是指导感性谈论以臻于完善的科学"，而"哲理诗学""先行假定诗人有一种低级认识能力"。这说明，所谓的"低级认识能力"是诗人的作诗能力。鲍姆嘉滕既然那么痴迷于诗歌，就不可能在否定意义上来使用"低级"这个修饰语。根据当时的学术背景和鲍姆嘉滕的相关论述可知，与"低级"对应的所谓"高级"认识能力，就是"领悟真理的"逻辑能力，也就是当时理性主义哲学所强调的"理性"。以沃尔夫、莱布尼茨为代表的理性主义哲学在当时占据着思想界的主导地位，所以，鲍姆嘉滕才小心翼翼、略带调侃地提出："哲学家们还可以有机会——而且不无很大报酬——去探讨一下方法，借此改进低级认识能力，增强它们，而且更成功地应用它们以造福于全世界"；他相信："有一种有效的科学，它能够指导低级认识能力从感性方面认识事物。"④

简言之，在鲍姆嘉滕看来，人类具有一种不同于逻辑认识能力的感性认识能力；这种能力的典型代表就是诗人的作诗能力——诗人正是凭借这种能力才创造出了"富有诗意的表象"或"唤起情感的表象"。哲学家们绝对不应该忽视这种能力；恰恰相反，鲍姆嘉滕认为应该找到适当的方法来"改进低级认识能力，增强它们"。针对当时已有学科的缺陷，他尝试着创立一门新的学科——"一种有效

---

① 关于鲍姆嘉滕美学的要义，参见 Paul Guyer, "18th Century German Aesthetics," in Edward N. Zalta ed., *The Stanford Encyclopedia of Philosophy*, http://plato.stanford.edu/archives/fall 2008/entries/aesthetics-18th-germar.

② 鲍姆嘉滕：《诗的感想——关于诗的哲学默想录》，章安祺编订：《缪灵珠美学译文集》第2卷，北京：中国人民大学出版社1987年版，第88、89页。

③ 鲍姆嘉滕：《诗的感想——关于诗的哲学默想录》，章安祺编订：《缪灵珠美学译文集》第2卷，北京：中国人民大学出版社1987年版，第97页。

④ 鲍姆嘉滕：《诗的感想——关于诗的哲学默想录》，章安祺编订：《缪灵珠美学译文集》第2卷，北京：中国人民大学出版社1987年版，第129—130页。

的科学"——来认认真真地研究这种能力,来"改进低级认识能力,增强它们",从而"指导低级认识能力从感性方面认识事物"。这就是青年鲍姆嘉滕的学术意图和努力方向。

鲍姆嘉滕明确地意识到自己的独特贡献。他指出,希腊哲学家和教会的神学者都慎重地区别过"感性事物"和"理性事物";但是非常遗憾的是,他们并不把二者"等量齐观",相反,他们"敬重远离感觉(从而远离形象)的事物"。柏拉图正是这种倾向的典型代表,他的理念式的"美本身"不但远离具体的"美的事物"如漂亮的少女、美丽的鲜花等,而且是感觉器官根本无法把握的。某种程度上可以说,柏拉图的美学其实是"反感性"的,是与鲍姆嘉滕的"感性学"格格不入的。有鉴于此,鲍姆嘉滕大胆地提出了他那天才般的论断,让一门崭新的学科冲破自柏拉图以来的理性主义独霸天下的局面而横空出世:

> 理性事物应该凭高级认识能力作为逻辑学的对象去认识,而感性事物(应该凭低级认识能力去认识)则属于知觉的科学,或感性学(Aesthetic)。[①]

鲍姆嘉滕的思想脉络可以简单地概括如下:

高级认识能力——理性事物——逻辑学
低级认识能力——感性事物——感性学

应该说,鲍姆嘉滕的上述论证非常清楚,理解起来并不特别困难,不应该产生太多误解。然而非常遗憾的是,我们以前通常都会犯如下两个错误:第一,看到"低级认识能力"这种表达方式时,望文生义、不假思索地认为鲍姆嘉滕是在"认识论"的框架内谈论美学问题,买椟还珠式地抛弃了鲍姆嘉滕"哲理诗学"对于"作诗能力"的精彩论述。试想:如果我们准确地把握了所谓的"低级认识能力"就是"作诗能力"的话,那么,我们不但不应该将之纳入国内通行的认识论哲

---

① 鲍姆嘉滕:《诗的感想——关于诗的哲学默想录》,章安祺编订:《缪灵珠美学译文集》第2卷,北京:中国人民大学出版社1987年版,第123页。

学所确定的"认识过程"——从低级的感性认识到高级的理性认识——之中来评价,而且,我们还极有可能将之与维科的"诗性智慧"联系起来进行解读。今天,学者们都容易理解和接受如下判断:作诗能力、读诗能力绝不是一种"低级的认识能力",在很多情况下这种能力甚至很"高级",甚至远远超过能够达到"理性认识"的所谓的"高级认识能力"。古今中外哲学史上重视"直觉"的哲学家如伯格森等,都对直觉的重大价值进行过充分的论述。第二,过于重视鲍姆嘉滕1750年《美学》中美学定义,相对忽视了他青年时期的著作和美学观——至少,我们应该将两处美学定义进行对比分析,从而判断鲍姆嘉滕的美学观是发展了还是退化了。

我们可以通过汉语文化和汉语词汇来更加简明地把握鲍姆嘉滕感性学的要义。王安石《明妃曲》云:"意态由来画不成,当时枉杀毛延寿。""意态"又作"仪态",是美女那种婀娜多姿、风情万种的情态,是比一般的美丽更加深层的魅力。与之相近的是《世说新语》中那些对男士的评鉴之辞,诸如"风韵""风姿""风采""风骨"等。美女的"仪态"与名士的"风韵"正是鲍姆嘉滕意义上的"模糊的清晰":一般人都能清晰地"感受"到或"感觉"到,但都难以用语言和逻辑清晰地描述和表达出来。因此,鲍姆嘉滕的"感性学",正是这种意义上的"感受学"或"感觉学"——它虽然是感性的,但绝对不是一般认识论中与"理性"相对的那种"感觉"或"感性"。正因为这样,我们也可以把鲍姆嘉滕的"感性学"称为"审美学"。

简言之,按照青年鲍姆嘉滕美学的基本思路与理论内涵,人类先天地具有一种与逻辑思维能力相对的、集中体现为作诗能力的"感受力"(或"感知力""敏感性"),它近似于其后学康德所说的"审美判断力"——一种与理性认知和实践意志三足鼎立的先天能力。这种能力可以从两个方面来分析:一方面,从生物进化论的角度来说,这是人类在漫长的进化过程中逐步演化出来的一种区别于其他物种的生物能力;另一方面,从文化的角度来说,这种能力不仅是天赋的生物本能,而且是可以培养的后天能力,我们常说的"审美教育"主要就是对于这种先天生物能力的后天培养,其途径或方式既可以通过艺术品,也可以通过自然事物①。我们把这种意义上的能力称为"审美能力"。

---

① 笔者不同意将"审美教育"简称为"以美育人"式的"美育",或等同于"情感教育"式的"情育"。对此笔者将另文讨论,兹不赘述。

(二) 审美可供性：审美能力与客观属性的辩证关系

为了顺利地构建生态美学，我们这里特别地创造了一个新的美学术语或概念：审美可供性。所谓审美可供性，就是事物呈现给审美能力的客观属性——它是客观事物客观存在的客观属性，但又是相对于审美能力的一种关系属性。简言之，不具备相应的审美能力，事物的审美可供性仅仅是一种潜在的可能性——之所以称为"可供性"，主要是着眼于"可能性"而言的。

"审美可供性"这个术语源自生态知觉理论的"可供性"概念。美国心理学家詹姆斯·杰尔姆·吉布森(James J. Gibson)被认为是20世纪视知觉领域重要的心理学家之一。他在1977年发表了《可供性理论》一文，1979年又出版了《生态视知觉理论》一书，全面系统地论述了他独创的可供性理论。他指出，动词"提供"(afford)在英语词典中是一个常见词，但是，根据它派生出来的名词"可供性"(affordance)则无法从词典中找到。简言之，"环境的可供性指环境提供给动物的东西"[①]，也就是环境向生物所提供的"行动可能性"——它是环境所具有的一种关系性的、功能性的客观属性。例如，楼梯的"可供性"是供人上楼，但对于婴儿而言，这种可供性就只是潜在的可能性，因为婴儿尚无成人的爬楼能力。也就是说，楼梯的可供性是相对于具有正常的爬楼能力的人而言的。又如，普通人无法在直立的墙壁上行走，墙壁对他就没有通行的可供性。但是对于壁虎来说，墙壁就具有确切无疑的可供性——壁虎能够在墙壁上自由自在地活动，因为壁虎这个物种天然地具有这种能力。吉布森明确指出：

> 环境的可供性具有如下重要事实：某种程度上，它们是客观的、真实的和物理的；不像价值和意义那样，经常被视为主观的、现象的和心理的。但事实上，可供性既不是客观属性，也不是主观属性；或者，二者都是——如果你愿意的话。可供性超越了主—客二元对立，有助于我们理解其缺陷。……可供性既指向环境，也指向观察者。[②]

可供性理论出现后被广泛接受，特别是被广泛运用到设计领域，相关的翻译

---

① James J. Gibson, *The Ecological Approach to Visual Perception*, Lawrence Erlbaum Associates Inc., 1986, p.127.
② James J. Gibson, *The Ecological Approach to Visual Perception*, Lawrence Erlbaum Associates Inc., 1986, p.129.

方式也多种多样，诸如"承担特质""承担性""易用性""功能可见性""功能可视性""示能性"，等等。我们之所以翻译为"可供性"，主要是根据吉布森的原意，来表达"环境提供的可能性"这个核心要点。

（三）生态审美体验：生态知识、生态想象、生态感情三种成分及其内在关系

值得高度注意的是，吉布森特别重视借助生态学来论述他的可供性理论。某种程度上甚至可以说，可供性理论主要受到了生态学的启示。吉布森借鉴的生态学概念是"生境"(niche)和"栖息地"(habitat)[①]，他认为两者具有较大差别。他这样写道："生境更多地指动物如何生活而不是何处生活。我认为，生境是一系列可供性。"[②]因此，尽管很多论著都将 habitat 翻译为"生境"，本文还是根据吉布森的语境翻译为"栖息地"，以便将其与"何处"更加清晰地联系起来。

吉布森认为，自然环境为动物提供了多种多样的生存方式，而不同的动物有着不同的生存方式。对于理解"生态审美"最具有启发价值的是吉布森的如下论断：

> 特定的生境隐含着一种动物，而这种动物也隐含着一种生境。[③]

这就清楚地说明：动物及其生境是不可分离的，离开了它的原初生境，那种动物已经不是原来的物种了。人类通常修建动物园来供游客欣赏动物，比如修建猴山来养猴子，修建玻璃馆来养鲨鱼。但是，必须清醒地意识到，这些被饲养的动物已经远远脱离了它们本来的生境和栖息地，它们那些与其生存环境密不可分的天然属性已经大大丧失——即使没有丧失，但也因为丧失了其原本的生境，其无限的丰富性已经荡然无存。人类固然可以对这些被饲养的动物进行"审—美"，将之视为审美对象来欣赏，但是，这与本文所论述的"生态审美"已经有了天壤之别。生态审美所欣赏的是生存在原本生境中的动物，欣赏的是吉布

---

① 需要指出的是，国内生态学界对于这两个术语的翻译存在一定分歧，比如，有学者就将 niche 翻译为"生态位"，而将 habitat 翻译为"生境"（参见戈峰主编《现代生态学》，北京：科学出版社 2008 年版，第 216 页）。本文的译法主要是为了准确地解释吉布森的理论。

② James J. Gibson, *The Ecological Approach to Visual Perception*, Lawrence Erlbaum Associates Inc., 1986, p.128.

③ James J. Gibson, *The Ecological Approach to Visual Perception*, Lawrence Erlbaum Associates Inc., 1986, p.128.

森所说的"动物如何生活而不是何处生活"——在那种状态下,动物的自然本性才能得到最天然最充分的显现,与动物休戚相关的生境也自然而然地成为审美体验的丰富来源。比如说,当我们在原始荒野里欣赏丹顶鹤之美的时候,丹顶鹤的生境"沼泽地"也同时被我们欣赏,因为根据基本的生态学知识可知,没有沼泽地,就不会有丹顶鹤。丹顶鹤之美固然很容易成为人们的欣赏对象,但是,在富有生态教养的欣赏者那里,普普通通的沼泽地及其一片草叶、一个水洼、一只蚂蟥,等等,都因其作为一个生物群落和一个生态系统的有机组成部分而被欣赏。这些东西不是传统意义上的"美的"东西,它们甚至是"丑陋的",但是,这绝不妨碍它们成为充满魅力的"审美对象",具有生态教养的欣赏者能够从中体验到大自然神奇的造化力量,它们都具有当代环境美学理论中所一再强调的"肯定性审美价值"。我们之所以认定这样的审美就是"生态审美",是因为这样的审美最符合生态学的经典定义:有机体及其环境之间的互动。吉布森之所以称自己的视知觉理论为"生态立场的",关键原因就在于他比一般生态学家更加彻底、更加深入地阐述了动物及其生境的内在关系。

简言之,生态审美的要义可以归结如下:第一,尊重事物本身的天然状态而不是将之"人化",这与强调"美的根源"在于"自然的人化"的实践美学是大相径庭的;第二,基本的生态学知识在生态审美中发挥着重要作用,它启发并引导着欣赏者的想象力和感情的方向;第三,传统意义上的"美"根本无法描述这样的审美活动及其审美对象,取而代之的关键词应该是"审美对象"及其"肯定性审美价值"。李泽厚的美学框架因为混淆了"美"和"审美对象"而无法解释上述现象,所以产生了"生态美"这样的误导性概念。

一般来说,审美体验包括如下三个最重要的成分:理解、想象和感情。在生态审美体验中,生态学知识加深了我们对于事物生态属性及其特征的理解,引导着我们按照生态系统及其构成要素之间的关系展开想象,去体验大自然无限神奇的造化力量。与此同时,生态伦理则塑造着我们的感情和态度,促使我们形成新型的感情体验。

美学的理论功能在于解释审美现象、引导审美取向,不能发挥这两种功能的美学理论将失去现实意义。我们反思和批评李泽厚的美学框架,一方面固然是因为它存在着明显的理论缺陷,另一方面则是因为它难以解释生态文明时代的生态审美体验。

构建生态美学的理论动机是回应全球性生态危机,生态审美理论的根本使命在于引导人们"生态地审美",即引导人们在进行审美活动时遵循基本的生态学原理和生态伦理规范。这就要求审美者将生态态度与审美态度结合起来以提高自己的生态敏感性,从而能够将事物的生态属性和审美属性有机整合起来而形成一种吉布森"可供性理论"意义上的"审美可供性",也就是环境中客观潜在的、依赖于欣赏者审美能力的"行动可能性",从而使欣赏者进行生态审美活动而获得丰富的生态审美体验。生态审美体验的发生机制及其构成成分,将是生态美学必须解决的理论课题——这最终决定着生态美学构建工作的成败。

作者手记:

建构生态美学的基本思路

2021年11月2日下午,曾军教授发来邀请,让我为他正在编辑的一部文选挑选一篇自己的生态美学文章。我当即答应了,但具体篇目却颇费思量。我自2001年开始研究生态美学以来,正式发表的中英文生态美学文章有几十篇,到底应该选择哪一篇呢?

正在犹豫不决的时候,李泽厚先生去世的消息突然传来,一家报纸的编辑甚至给我打电话,要我对李先生的逝世发表评论。我对这位陌生的编辑说,我在自己正式发表的文章当中,曾经先后三次批评李泽厚的美学,本来是有话可以说的,但这个节点却不适合发布批评性言论。采访虽然被我拒绝了,但这件事促使我下定决心选择这篇文章,因为我相信,李先生的去世是一个标志:一方面标志着现代性、主体性美学在中国的式微,另一方面标志着生态美学正在走向主流。从这个角度来说,这篇文章试图解决的问题颇为重要,那就是"中国美学的生态转型"。因此,这篇文章的学术立意是比较高远的。

这是不是有点"王婆卖瓜自卖自夸"呢?

请看生态美学的定义:生态美学是为了拯救全球性生态危机、以生态审美为研究对象、进而借鉴生态学原理来阐释审美活动和审美体验的美学新形态。这个定义虽然短,但却是我研究生态美学20年(2001—2021)的总结。我们不妨围绕这个定义来看我批评李泽厚美学的两点原因。

首先,拯救全球性生态危机。这是生态美学产生的时代背景和时代使命。从国际范围内来看,全球性生态运动兴起于20世纪60年代,其标志是1962年出版的蕾切尔·卡逊的《寂静的春天》。此后,西方学术界在1972年出现了生态美学与环境美学,两者都可以视为生态运动的美学回应。反观我国,由于时代错位,80年代时正在进行"四个现代化"建设,"现代化"是我国的第一关键词。李泽厚美学的代表作《美学四讲》正好孕育在"现代化建设"的时代背景之中,其哲学基础正是"现代化"的哲学基础——"现代性"。所以,当西方生态美学和环境美学开始反思和批判现代性危机的时候,李泽厚所代表的当代中国美学却正在为"现代性"高唱赞歌,《美学四讲》中提出的"自然人化""自然为人类所控制改造、征服和利用""人成为掌握控制自然的主人"等论断,正是中国社会竭力走向"现代化"的美学宣言,而这正是生态美学所要反思和批判的。时移世易,2007年党的十七大正式提出生态文明国策,"现代化建设"被"生态文明建设"所取代,现代性美学衰微与生态美学勃兴都是大势所趋。

其次,生态审美。学术界中不乏各式各样的美学,其表述即"××美学"。但我们必须明确一点,无论在"美学"前面加上什么样的修饰语,中心词都是"美学"。因此,"美学是什么?"应该是美学研究首先回答的问题;健全的美学理论体系,必须奠定在健全的美学观之上,这是我研究美学以来的基本信念。正是根据这一思路,我发现李泽厚美学之所以出现严重的理论缺陷,根本原因是其不健全的美学观。笔者认为,李泽厚误解了鲍姆嘉滕的"审美学",不恰当地接受了朱光潜《西方美学史》中对于鲍姆嘉滕美学观的失当研究,在《美学四讲》的第一讲中提出美学是"研究美和艺术的学科"这个命题,并根据这个美学定义构建了"美—美感—艺术"三元论美学框架(其他三讲的内容)。笔者曾经认真辨析过鲍姆嘉滕美学观的本义,认为"美学"的准确译名应该是"审美学","审美"才是"美学"的第一关键词。

正是出于对美学观的高度警惕和自觉,我提出构建生态美学的前提是确立恰当的美学观,然后从美学观的角度提炼出生态美学的研究对象。李泽厚的美学观和"美—美感—艺术"三元模式,背离了鲍姆嘉滕"审美学"的本义及其关键词"审美",其实质是将"美"作为"美学"的第一关键词展开论述。受这种主导性美学观和美学思路的影响,中国学者在研究生态美学的时候,顺理成章地创造出了"生态美"概念,将之视为与自然美、社会美、艺术美甚至科技美等并列的一种"美"的新形态。但非常遗憾的是,"生态美"这个术语根本无法深入解释当代生态审美活动,甚至是一个误导性概念。因为随着生态意识的觉醒,原本不是审美对象的事物,比如沼泽、湿地、杂草等并不符合"美"的标准的事物,却成为富有生

态魅力的审美对象,在欣赏和评价这些审美对象的时候,使用"生态美"这个术语显然捉襟见肘。我还曾经认真辨析过鲍姆嘉滕的美学观,认为其核心问题是对于作诗能力的哲学思考,其"审美学"(或"感性学")实质上是一种"审美能力学",近似于其后学康德的审美判断力学说。我建构生态美学的思路是返回鲍姆嘉滕的审美能力学,在借鉴吉布森的生态心理学的基础上,构建出有别于李泽厚三元美学模式的新三元美学模式,即"审美能力—审美可供性—审美体验"。我相信,这种以"审美"为第一关键词的美学,可以更加合理地解释已然兴起的生态审美活动,有效避免"生态美"概念的偏颇及其误导性而走向"生态审美"——生态审美才是生态美学的研究对象。

这篇文章正式发表于2015年初,到开始撰写这篇"手记"的2021年11月5日,中国知网显示,它被引用29次,下载911次,表明这篇文章还是引起了学术界的一些反响,主要体现在如下三方面:第一,对李泽厚美学观的批判。周维山《在国际交流的视野中构建生态美学的中国形态》、郝二涛、蒋洁《近十年大陆李泽厚美学思想研究回顾与反思》、韩博韬《从热烈到沉潜:中国新时期的李泽厚研究》等文章不仅引用了本文,而且认可本文对李泽厚"美—美感—艺术"三元模式的批判。第二,以"生态审美"作为生态美学的研究对象。龚丽娟《生态诗学的本质规定及实践路径》、汪玥《理论·书写·实践:十三年来中国生态美学的发展纵观》、王中栋《荀子礼义美学思想研究》、田丽《实践美学的生态拓展》等文章引用本文,且认可本文将生态美学的研究对象限定为"生态审美"的立场。不过,也有人持反对意见,比如王中原在《生态美学的合法性困境与自然美的启示》一文中认为,通过将自然生态美的审美经验命名为生态审美、并以之作为研究对象来进行自身合法性论证的做法,并不成功。第三,建构"审美能力—审美可供性—审美体验"三元美学模式。赵卿《中国山水画论的天地观与笔墨说研究——以唐岱"相合"思想为中心》、冯佳音《西方环境美学中的"连续性"问题研究》、汪瑶《中国桂文化的生态美学研究》等文章赞同本文对生态美学的建构,尤其认可笔者对审美可供性的阐释。

学术研究的立意要高远,比如从事美学研究,应该形成健全的美学观,写文章的时候要问问自己能够为美学做点什么——这就是我想对研究生朋友说的几句话。

第三编 文化研究空间的开拓

文化研究：学科大联合的事业[*]

金元浦[**]

摘要：当代文化研究何以兴盛？这是当代学术对全球社会生活的巨大变革向传统学术、传统学科提出的巨大挑战的回应。它是一种开放的，适应当代多元范式的时代要求并与之配伍的超学科、超学术、超理论的研究方式，是当代"学科大联合"的一种积极的努力。它有深厚的多元的学术渊源，与文学研究有着千丝万缕的联系，有着强烈的现实性和批评性，并且特别重视个案研究。"文化研究"对中国当代学术产生了不可忽视的影响。

关键词：文化研究；语境化；文学研究；个案

不是一些人又叒来什么新鲜的"洋货色"——其实货色早不新鲜。20世纪80年代到90年代，一些文化研究的论文论著如威廉姆斯的著作《文化与社会》就已出版发行，但是却没有引起文艺学及文化领域学者的重视。当时笔者曾特别主张中国文学理论与批评要防止理论发展的"凌空一跃"，从政治意识形态批评和社会历史批评直接跃向读者反应和新历史批评，应补上文本中心研究这一中国文艺学最为欠缺的部分。进入21世纪，国际国内的现实生活发生了巨大的变化，现实的实践活动已经远远走在理论的前面，它向我们提出了一系列问题，迫切需要理论工作者给予解说和回答。文化研究的出场是现实的需要、发展的需要、阐释的需要。

笔者在十多年前的一篇文章中谈到文艺学的学科发展时曾提出，任何一个

---

[*] 原载《社会科学战线》2005年第1期，收入本书时增加了一部分内容。
[**] 金元浦，中国人民大学文学院教授。

学科的发展在每一学术转型、范式转换的特定时期,都必须重新思考"我从哪里来,我在哪里,我向哪里去"的问题,都必须进行学科史的梳理与再叩问,都必须再次反躬自问"我是谁"。今天,当我们面对蓬勃发展的社会转型,我们必须再次回答:

文化研究何以兴起?

一、文化研究何以兴起?

首先,文化研究的兴起,是对当代世界社会生活的巨大变革向传统学术、传统学科提出的巨大挑战的回应。

当今世界,社会结构、制度框架、经济方式、交往媒介、生活状态、心理需求都发生了巨大变化,现实向文化、向学术、向观念提出了重新解释的需要。从世界来看,全球化背景随着进一步的开放日益进入我们生活的中心。电子媒质的兴起向纸媒质的一统天下发出强劲的挑战。媒介文化深刻地改变和影响着我们的生活。大众文化走向前台,城市文化快速传播与蔓延,时尚文化大批量复制,采用了浪潮式的运作方式。视像文化占据人们生活的主要空间,在这样一个读图时代里,视像(镜像)甚至已反过来影响纸媒质文化,如由电视剧、电影改编的文学作品和卡通读物,各类读物中的图像、影像所占据的日益增多的比例。网络文化正在逐步改变着我们的交往方式。还有在新的现实条件下的政治意识形态、性别文化、身体文化,边缘弱势群体的生存状态,以及新的生态文化,都已现实地进入我们的生活。

随着社会生产力的迅速发展,人们的社会需要不断提高。在基本的物质层次满足的基础上人们更多地关注文化上的、精神上的、心理上的需要。因此对文化产品的需求极大增加,人们除了对书籍的需求之外,还有对音像、影视、网络艺术等视觉文化产品的需求,以及对娱乐服务、旅游服务、信息与网络服务的需求。即使物质层次的衣、食、住、行需要也大大的文化化、审美化了。

如果说20世纪90年代初的中国后现代论争从理论到问题都是从西方引进的话,如果说中国的文化研究在初期的理论上的移植或借鉴尚有一些盲目性和偶然性的话,那么,今天中国的文化研究已内生出本土现实的实践的需要。经过十来年巨大的变化,中国的国际化程度急剧加深,中国日益进入这个全球化的世界。先前脱离本土现实的、仅在一部分学人中讨论的虚拟的问题发生了质的变化,从西方"移植"的问题,现在拥有了现实的基础,部分地成了真实的问题——这一问题在语境化和本土化的过程中经过了本土实践的选择、淘汰、变异与再生,已不再是先前那个高悬在空中的虚拟的问题了。中国当代文化现实发展则无疑具有相当的必然性。

当然,中国的发展是极不平衡的,又有中国问题的独特性。现实的加速度发展,中国的不平衡发展,世界的多极化发展,使中国的文化研究呈现了十分复杂的情形。

其次,文化研究的兴起,是传统学术、传统学科自身内在发展的迫切需要,是学科的"内爆"涨破原有外壳的必然结果。

新的全球化文化变革的现实,特别是我国本土文化变革的现实,要求相应的新的学术研究的机制、方法和界阈。文化研究是剧烈的社会转型期人文社会科学的各个门类面对急剧变化的现实,打破原有学科界限,进行跨学科综合交叉,从而形成新的学术应对面的结果。

文化研究的兴起就是出于对现有学科分殊的不满,对既定学科制度的批判和对既定学术史的再认识。

现实实践的发展、文化地位的变革、各种新事物和新对象的出现,溢出了原来的学科领域,涨破了原有学科的外壳,并扩展或推移研究的边缘界限,"边界的移动"成了不同学科的研究者们的共识。原先各自独立的学科体系受到了严峻的挑战。

独断论、一统论的范式观的失效,多元主义范式的兴起,加上转折变革的时代氛围,是文化研究崛起的先决条件。文化研究绝不是要独断地取代其他研究,一科独大,成为唯一的学科发展的主导。与我们这个发展和创新的时代相应,文化研究是多元主义时代理论与现实交会的前沿研究的实验地,它提供了学科越界、扩容、创新和重组的机遇与可能性。文化研究是新的学科间相互对话、相互沟通、相互溶浸、相互交叉叠合又相互独立对峙的新的对话交流的平台,是主体间性、学科间性和文化间性历史性出场的渊源。在这里既有从文学出发的文化研究,也有从社会学、传播学、人类学、政治学等学科出发的文化研究,它们在研究对象选择、研究内容设定、研究方法运用上仍然有着相当的区别。此中当然包含着学科间的融合、汇流、整合,也包含着学科的调整变革和新学科建制的建立以及边缘交叉学科如文学文化学、文学传播学、新文艺审美社会学建构的积极的可能性。

寻找文学本体的努力是西方20世纪语言论转向的理论指向和实践成果，具有特定时代的历史具体性和必然性。20世纪西方文学批评经历了作者中心论、文本中心论和读者中心论之后，必然要向更宽广的社会、历史、政治拓展，从局囿于文本向更深厚的文化拓展。

西方的历史具体性和必然性给予了当代中国文学研究以重要影响，但它仍然不能代表或取代中国文学研究的特定的历史具体性。我国文学研究在20世纪90年代初确实存在过凌空一跃的现象，存在着从原先的政治社会批评直接跨到当今的新历史主义与文化研究的情形，存在着缺失的环节。西方文本中心时代的那种语言的、文本的和形式的研究虽在20世纪90年代有一定程度的发展，但至今仍不充分和不深入。这一方面是由于中国近20年文学文化发展的历史具体性不同于西方，有它自身的后发历程。但历史不可能重新来过，一方面中国当代文学的发展不可能按西方的路线原封不动地再走一遍（其实西方各国文学研究的发展也并不完全一致，有着相当大的差别）；另一方面中国文学研究的思路在深层不同于西方的逻各斯中心主义的两极分立的研究路数，并不醉心所谓的片面的深刻，而更满足于执两用中或面面俱到的混成思维。更重要的是，中国当下学术研究思维和理路的多元开拓与新方法论的多极化选择，要求并带来了适应当下复杂人文研究多样变化现实的新的学术架构。

文学研究传统对象的萎缩，新的研究对象的不断生成，新的研究界域的不断拓展，研究内容的转换，致使学科发生"内爆"，这种"内爆"必然突破原有界限。在学科面临转型或多元转换、边界移动的特定历史时期，"边界"的坚守、自律性的坚守就失去了现实支持和学理依据。比如作为自律性支柱的文学性、审美性，作为内部研究的核心的语言论与文本论，作为文学本体研究的形式观，都已发生重要的变化。

作为自律论依据的文学的文学性，现在已溢出文学的边界，广泛地渗透到当代社会生活的方方面面，进入电视、网络、广告、服装、家居、美容、汽车销售以及美食，进入几乎所有日常消费和商业炒作中。而审美性不再是文学艺术的专属性能，而成为商品世界的共性。日常生活的审美化是一个世界性的现象，最近几年它得到社会理论家、美学家与文化研究者的共同关注。审美化已经成了当代社会日常生活的组织化原则。

文化研究究竟是什么？

二、文化研究是什么？

文化研究如詹姆逊所言是一种"后学科"。它是一种开放的，适应当代多元范式的时代要求并与之配伍的超学科、超学术、超理论的研究方式。文化研究是当代"学科大联合"的一种积极的努力。詹姆逊认为："文化研究可谓一种愿望，探讨这种愿望最好从政治和社会的角度入手，将它视为一项促成'历史大联合'的事业，而不是理论化地将它视为某种新学科的规划图。"[①]

寻找文化研究的学科独立性或学科自律性是徒劳无益的，而把文化研究的理论指向归结为总体性也是不恰当的。的确，文化研究论者中确有人有这种倾向，但可以确定的是，文化研究作为一种后学科，在总体指向上是反普遍主义、反本质主义的。

文化研究传统上主要涉及社会心理、文化批评、历史、哲学分析、特定的政治干预等领域。所以，它通过超越学术专业化，从而避免了研究定义标准的划分。文化研究在跨学科的范畴之内运行，涉及到社会理论、经济学、哲学、政治学、历史学、传媒研究、文学和文化理论、哲学及其他的理论话语——这些正是广义的文化研究题目下的法兰克福学派、英国文化研究和法国的后现代理论所共有的。文化和社会的跨学科研究方法，跨越了不同学科之间的鸿沟。这样的方法用于文化研究时向人们表明，人们不应该停留在文本的边缘，而应该探究文本如何适应生产体系，不同的文本如何成为生产类别或类型体系的部分，如何具有文本间的结构——如何表达特定历史环境中的话语。

如果要对文化研究有所定位的话，其要点可以说是对"关系"的深度关注：它与其他学科的关系、学科与学科间的关系、不同地域不同文化间的关系、不同主体不同性别不同身份间的关系、不同范式不同话语间的关系、不同共同体间的关系。由"关系"寻求"联结""协同"或"共识"，又保持自身多元独立性以保持更大发展的可能。詹姆逊就提出，应该用"协同关系网"取代"单一作者"的观念[②]。在当代文化实践中，任何文化行为都已经是在一种关系网络中由各方协同运作

---

① 詹姆逊：《论"文化研究"》，《快感：文化与政治》，王逢振等译，北京：中国社会科学出版社1998年版，第399页。该文原发表于《社会文本》杂志，1993年第34期，杜克大学出版社。
② 詹姆逊：《论"文化研究"》，《快感：文化与政治》，王逢振等译，北京：中国社会科学出版社1998年版，第412页。

的结果。我们先前所理解的那种过去时代的愉怡自适的"个体作家"藏之名山的"单一文本"现在已没有了,或者说,实际上从来就没有过真正意义上的"个体文本"。先前我们所认定的"单一文本"实际上都是协同作用的结果,是两个或多个作者之间、作家和演出公司之间、作家和出版商之间、出版者与校对者之间、出版者与检查官之间协同作用的结果。

这便使文化研究对"间性"的研究和追寻凸现出来。建设并进入合理的对话交往语境,关注和寻找间性,重建文学—文化的公共场域,就成为逻辑的必然。所以,文学的间性,文本间性,主体间性,文学交流中的理论共同体、批评共同体及阅读共同体间性(群体间性),后殖民时代的文学的民族间性,以及学科间性和文化间性就成为我们必须研究的东西。不同于撷取合理要素后的"整合""融合"为一,找出统贯一切的本质,构造涵盖一切的宏大体系,也不同于前期解构主义的完全消解、拆除,间性的研究是要探寻不同话语之间在历史语境中的约定性、相关性和相互理解性,找出联系和认同的可能性与合法性(客观性)。间性秉持一种建构的姿态。

原有线型继承、替代或更迭的一元论的范式观被多元共生、多话语共展并存的众声喧哗的新范式观、话语观所代换。

文化研究是一种具有高度社会性、实践性、参与性的知识活动,这决定了它必须针对自己的现实提出问题并解决问题,它的一个重要特征便是它的"极度语境化"。

这种语境化就是它必然地呈开放状态,而在特定历史时间,在本土的具体化实践中展示或实现自身。美国文化研究学者劳伦斯·格罗斯伯格(Lawrence Grossberg)曾以一种很极端的口气说:"对于文化研究来说,语境就是一切,一切都是语境。"并指出我们最好把文化研究视作"一种语境化的关于语境的理论"。文化研究之所以"能够对付自身历史语境的无限复杂性"[1],就在于它切入现实的能力,在它面对具体权力语境时的应对或重新解释的能力。即使是在东方人看来非常一致的英美之间,后起的美国的文化研究,绝不是英国文化研究的翻版,格罗斯伯格就认为,在美国,"把文化研究付诸实践并不简单地就是采用英国传统中不同个体或集团提出的主张,这种占有方式未能认识到英国人的种种复

---

[1] Grossberg, "Cultural studies, modern logic and the theory of globalization," in: *Back to Reality? Social experience and Cultural Studies*, ed by Angela McRoddie, Manchester University Press, 1997, p.8.

杂的尝试方式,是由他们所置身的英国特定情形和历史决定的","我们面对的任务是在已经占领过的地方重新工作,根据特定的美国语境重新阐发文化研究,在此过程中改造文化研究本身。"①

另一部分学者则认为,文化研究是由于它在理论和物质文化(普通人日常生活及其文化使用)之间架起了桥梁——它的整个传统起这个作用——才对当代学人富有吸引力。对于文化研究来说,理论是知识成果的重要部分。但是,除非知识成果回到文化和政治权力斗争的现实世界中去,除非它对历史的挑战做出回应,否则它就并没有真正完成。可以说,文化研究总是在某种程度上受环境的政治要求和体制处境中的事变所驱使。在过去的20年中,理论会变成哲学思辨式的超处境知识,但文化研究则总是针对特殊社会、历史和物质条件来进行理论运作。它的理论总是努力结合显示的社会政治问题。理论只有回到更广泛的物质关怀,并以此来考验它自身话语的社会作用的时候,才能在文化研究中得到廓清和促进。英国著名的文化研究者斯图亚特·霍尔就指出:"文化已经不再是生产与事物的'坚实世界'的一个装饰性的附属物,不再是物质世界的蛋糕上的酥皮。这个词(文化,引注)现在已经与世界一样是'物质性的'。通过设计、技术以及风格化,'美学'已经渗透到现代生产的世界,通过市场营销、设计以及风格,'图像'提供了对于躯体的再现模式与虚构叙述模式,绝大多数的现代消费都建立在这个躯体上。现代文化在其实践与生产方式方面都具有坚实的物质性。商品与技术的物质世界具有深广的文化属性。"②在今天这个"文化经济化,经济文化化"的时代里,这种现象在日常生活中比比皆是。

文化研究的对象是十分广泛的,几乎没有边界。它突破了传统文学研究圈定的研究范围,批判、解构精英主义的文化概念,致力于关注社会中弱势群体的利益,重新审视文化转型期大众弱势群体在不平等社会现实中的地位变迁和它们的文化取向。这样,文化研究就发展出了一种尝试重新发现与评价被忽视边缘群体的文化的研究机制。由此决定了文化研究的一个基本原则,即它坚持审美现代性的批判意识和分析方式,不追求所谓永恒、中立的形而上价值关怀,相反它更关注充满压抑、压迫和对立的生活实践,关注现实语境,对晚期资本主义

---

① Grossberg, "Cultural studies, mordern logic and the theory of globalization," in: *Back to Reality? Social experience and Cultural Studies*, ed by Angela McRoddie, Manchester University Press, 1997, p.8.

② 转引自 Eduardo de Fuente:《社会学与美学》,《欧洲社会理论杂志》2000 年 5 月号。

文化制度形态进行了严肃的不妥协的批判。在英国伯明翰文化研究的初期，这种立场表现为对于工人阶级文化的历史与形式的关注，而后来的大众文化研究、女性主义研究、后殖民主义研究等也都坚持了这一从边缘颠覆中心的立场与策略。可以说，对于文化与权力的关系的关注以及对于支配性权势集团及其文化意识形态的批判、否定和超越，是大众文化研究保持其持久生命力的原动力。由此也产生了对文学研究中已成为学术规范、学术制度或学术研究的所谓"金科玉律"的反思①。

视觉文化是文化研究特别关注的中心之一。当代社会科学与哲学文化正在发生一系列的"转向"，一系列新问题伴随着旧问题的消隐而凸现。米歇尔说，当下社会科学以及公共文化领域正在发生一种纷繁纠结的转型，而在当代哲学家的论述中，这种转向也是明白无误的。他把这一变化称为"图像转向"。那么，图像的转型转向哪里？它不是转向幼稚的摹仿论、符码的表征或图解，也不是向主体客体相互对应的理论回归，更不是一种关于图像"在场"的玄学的死灰复燃；它是对图像的一种后语言学、后符号学的再发现。它从根本上动摇了长期以来由传播手段限定和形成的人类文明的发展趋向，即文字长期居于独霸地位。而是把图像当作视觉性、机器、体制、话语、身体和喻形性之间的一种复杂的相互作用的综合体来加以研究。因为重要的现实是，图像现在正以前所未有的力度影响着文化的每一个层面，从最高深精微的哲学思考到最为粗俗浅薄的大众媒介生产制作，无一幸免。百姓的日常生活、信息获取越来越多地通过图像达成。所以，过去对图像的熟视无睹、不屑一顾、否定遏制或单纯批判都无济于事，现在，我们必须正视它并逐步建立一套新的视觉文化批评的话语。

三、文化研究的学术渊源

以威廉姆斯、霍尔、霍加特、汤林森四位代表的文化研究有自己的传统和模式，比如卢卡契、葛兰西、布洛赫的传统，20世纪30年代的法兰克福学派到女权主义和精神分析文化、到符号学和后结构主义。在英美，文化研究历史悠久，实

---

① 关于"文化研究的知识谱系""文化研究的意义""文化研究的特征"等文化研究的重要论题，我国学者陶东风已在其著作中做了全面详尽的论述，参见陶东风：《文化研究：西方与中国》，北京：北京师范大学出版社2001年版。

际上产生于伯明翰流派之前。法国、德国及其他的欧洲国家也具有丰富的传统,为世界范围内的文化研究提供了新的理论源泉。

文化研究学术史上的一个重要问题是英国文化研究与法兰克福学派的关系。在过去的许多年里,尽管都有着西方马克思主义的理论背景,英国文化研究与法兰克福学派却似乎是水火不容的。英国文化研究所提出的大众文化理论一般都藐视或丑化法兰克福学派:法兰克福学派一直被讥讽为"精英分子和杰出人士",认为他们忽视了对文化研究方法和事业的关注。这的确有一些事实依据,但也有不少的误解,两派之间的对话长期滞后。

近年也有人主张,尽管两派在研究方面存在着明显的分歧,但仍然有许多推动两派之间对话的共同之处。美国批判理论家凯尔纳(Douglas Kellner)就认为,两派之间的差别和分歧通过对话而接位,很可能产生富有成效的效果,两派都可能在某种程度上克服另一派的不足和局限。"双方的接位能够产生新的视角,并将有利于推动一种新的朝气蓬勃的文化研究。所以,我认为,法兰克福学派和英国文化研究在方法上不是对立,而是相互补充,并以新的形式接位在一起。"①的确,我们可以在英国文化研究的关键立场中发现法兰克福学派的许多重要的特点,以及两派都拥有的一些共同的观点和不足之处。所以,两者的对话、交流、接位与互补就显得非常有意义。

法兰克福学派对大众文化的研究引起人们很多的争论。因为他们坚持高雅文化和通俗文化的二分标准,站在精英主义立场上,认为大众文化不同于"真正艺术"的理想模式,而把批判、颠覆和解放的特征仅归属于高雅文化的"特权",认为所有的大众文化都具有高度意识形态化和同一性的特征,必然产生欺骗被动的大众消费者的后果。这一观点越来越遭到学界的批评和反思。人们认识到,应从整个文化的范围来看待批判和意识形态因素,而不应仅把批判成分局限于高雅文化,却只把通俗文化看成具有意识形态性。实际上,大众文化作为平民文化,天然地具有批判性和反思性。而从某种角度讲,精英主义高雅文化恰恰缺乏艺术反抗和解放的基础。法兰克福学派应该用一种更为统一的模式来分析文化,用相同的批评方法去研究所有的文化产品,从歌剧到流行音乐,从现代派文学到肥皂剧。

---

① Douglas Kellner, "The Frankfurt School and British Cultural Studies: The Missed Articulation," in http://www.uta.edu/huma/illuminations/.

英国文化研究则摒弃了这种高雅文化与通俗文化的区分,通过关注媒介文化产品,打破了法兰克福学派研究中某些局限,也打破了法兰克福学派的被动观众的内涵,设想出了主动的具有创造意义的文化的大众参与者。而瓦尔特·本雅明则成了它们沟通的桥梁。本雅明虽然属于法兰克福学派,但并没有真正成为该学派的核心,作为一个出发点或扭结点,他从媒介文化的研究入手,看到其解放的潜力,并提出了主动观众的可能性,深刻影响了文化研究的主将。在他看来,就像体育比赛的观众越来越对裁判的作用做出判断一样——因为他们能够亲自评论和分析某些体育比赛,电影观众也同样能够成为评论的专家,并对电影的意义及意识形态进行剖析。以这种积极参与者的概念来引导观众整体把握媒介影响,就避免了文化的精英主义和平民主义的对立,也避免了法兰克福学派与英国的文化研究的对峙。

其实,文化研究一直处在变动中,从来没有固定化。它本身就是过程。英国的文化研究就发生了不同的变异,尽管都被称作"文化研究",都已进入学科建制,都可以获得学位证。第一代的文化研究者大多是文学研究者或文学批评家,第二代的文化研究者多集中于传媒研究领域,第三代的文化研究者更多的是社会学家。比如,伯明翰大学的第二代的文化研究者将目标集中于文化传播研究,第三代的文化研究者将重心放到社会学,后来干脆关门大吉。文化研究总是在不断地变动、发展、移位。

从广义的文化研究讲,它的另一个重要资源是后结构主义。在后结构主义中,福柯的知识考古学、知识系谱学、德里达的解构主义、鲍德里亚的文化仿真理论,后弗洛依德精神分析学,如拉康、德勒兹、瓜塔里等,都对文化研究产生了重要影响。1987年,理查德·强森(Richard Johnson)发表《究竟何谓文化研究》一文,认为文化研究与新历史主义都可以看成是一种"后—后结构主义"[①]的运动。可以说,后结构主义理论不仅构成文化研究的理论前提,实际上也成了文化研究的有机组成部分。

文化研究学术史上的另一个重要问题是英国文化研究和美国新历史主义的联系与区别。过去单纯地把文化研究当成是英国伯明翰大学的专利,现在看来是不够完整的。蒙特洛斯(Louis Montrose)就在文化研究内划分了英国学派与美国学派,并以之来进行分析。蒙特洛斯这样作出区别:"英国的'文化唯物论'

---

① Richard Johnson,"What is Cultural Studies Anyway?" *Social Text* 6.1, 1987, pp.38 - 39.

始终是一个处于边缘的学术话语,而美国的'新历史主义'(一个取悦于美国人对事物的商品学科的术语)正在成为最新的学术正统,与其说它是一种批评,不如说它是受意识形态支配的主体。"①总之英国的"文化唯物论"强调文化中的政治作用和社会阶级关系的阐释力量,属于西方马克思主义批评的一部分,尽管他们在学术上有很大成就,但始终未成为英国文学批评之主流。而美国的"新历史主义"则更重视分析文化中的语言叙述或表述,已成为后结构主义之后新的批评潮流,影响深远,渗透到各文学研究领域,与读者反应批评交错汇合,展示了比读者反应批评更宏大的历史视野和现实景观。

而20世纪90年代初在伊利诺大学召开的以大文化研究为主题的国际研讨会可以作为文化研究新的历史时期的开端。这次大会聚集了世界各地数百位不同专业(哲学、文学批评与文学研究、政治学、人类学、社会学、传播学等)学科的学者,其中包括德里达等一批当代学界巨子。会后,由会议主持者劳伦斯·格罗斯伯格、卡里·奈尔逊和保拉·特雷其勒合编了一本论文集,收入了40多位发言者的论文,题名《文化研究》(1992)。此书出版后,引起学界一片轰动,詹姆逊也在《社会文本》上发表了4万余字的长文《论"文化研究"》。文章针对前一论文集中的一些论文的作者,对文化研究进行了全面的评析。

尔后澳大利亚学者成为这种大文化研究的一支强大的生力军。他们著书立说,编辑各种文化研究读本,这种新的文化研究是以当代全球化变革的当下现实为依据的。此后,亚洲各国特别是中国相继兴起文化研究热潮,形成与国际潮流相呼应的全球化形势下的文化研究。文化研究成了探讨普遍社会问题的一种更富实践意义的交叉性超学科的研究方式。在这个意义上讲,把文化研究的学科指向概括为"总体性"追求,有一定的道理。

四、文化研究与文学研究

文学研究不等于文化研究,文化研究也不等于文学研究,但文学研究又与文化研究有着千丝万缕的联系。文化研究从一发端,就与文学研究有着不解之缘。影响了文化研究发生的就有许多是文学理论家或文学批评家,如利维斯、弗莱、

---

① Louis Montrose, "Renaissance Literary Studies and the Subject of History," *ELR* 16, winter, 1986.

阿尔都塞等便是如此；创立文化研究的威廉姆斯、霍尔、霍加特、汤林森也都是文学批评家或理论家。其后的女性主义文化研究者、后殖民主义文化研究者斯皮瓦克、霍米巴巴，东方主义或后东方主义研究者赛义德等都是文学理论家或文学批评家出身。何以如此呢？

当代文学研究中发生了所谓"文化的转向"，这既是历史的总体发展的大势和现实实践发展的需要所致，也是文学自身内部要素运动的结果。

世纪之交文学艺术的文化转向中，人们最大的疑惑是文学本体的消解或消失：我们经历了20余年的拨乱反正，好不容易回到了文学的本体，怎么文学又向文化转向？转向文化，结果文学中什么都有，唯独没有文学本身。自律的文学哪里去了？

坚持文学自律性的前提是文学具有清晰明确的边界。然而当前大众文化、影视文化、图像、传媒、网络文化等的变化，使我们已经很难说这是文学，那不是文学，除非我们闭着眼睛，仍然固守文学的小说、诗歌、散文、戏剧四大门类。然而即使是这样，我们还是要问，文学的边界是固定的吗？

历史上从来没有过边界固定不变的文学。而独立的文学学科则是在18世纪以后随着现代大学教育的建立才逐步完善起来的。同样，文艺学内所包含的文学的体裁或种类也从来不是固定不变的。文学的边界实际上一直都在变动中。小说、诗歌、散文、戏剧以及更小的类型，都在历史上的不同时期、不同传播时代"加入"文学的阵营。而且，在不同的历史时期，文学的"主打"类型也是不同的。在西方，古典主义时代，文学的主打类型是戏剧；19世纪，文学的主打类型是小说。在中国，戏剧、小说正式入主流文学研究，登堂入室已是很晚的事情。因此，重新审视文艺学的学科构成，并依据历史、文化、艺术的发展而有所扩容，有所变更，与时俱进，改革创新，是必要的。

而且，小说作为文学的主打方式缘于传播媒介的巨大变革。工业革命带来了印刷业和造纸业的巨大发展，纸媒质带来了传播的革命，由之产生了公共领域的变革，也由之产生了文学样式的变革，小说，尤其是长篇小说才成了19世纪以来文学的主打类型。今天，电子媒质引起的传播革命，又一次引起了文学自身的变革。文学面临着又一次越界、扩容与转向。一大批新型的文学样式如电影文学、电视文学、网络文学，甚至广告文学，一大批边缘文体如大众流行文学、通俗歌曲（歌词）艺术、各种休闲文化艺术方式，都已进入文学研究的视野，由文学而及文化，更多的新兴的文化艺术样式被创造出来，成为今日文学和文化学关注和研究的对象。

今天社会的审美活动已经大大不同于过去时代的文学艺术的界限和范围，从某种程度上看，今天占据大众文化生活中心的已经不是小说、诗歌、散文、戏剧、绘画、雕塑等经典的艺术门类，而是一些新兴的泛审美泛艺术门类的活动，如广告、流行歌曲、MTV、KTV、电视连续剧、网络游戏乃至时装、健美、环境设计、城市规划、居室装修等。艺术活动的场所也已经远远逸出与大众的日常生活隔离的高雅艺术场馆（如美术馆、音乐厅、剧场等），深入到大众的日常生活空间之中，就是帕瓦罗蒂的经典歌唱也已在数万人的广场进行。可以说，今天的审美艺术活动更多地发生在城市广场、购物中心、超级市场、街心花园等与其他社会活动没有严格界限的社会空间与生活场所。在这些场所中，文化活动、审美活动、商业活动和社交活动之间不存在严格的界限。审美的日常生活化和艺术与美的大众化曾经是数代美学家、艺术家的崇高理想，因此，当代文艺学研究不必固守原有的精英主义苑囿，而应当关注日常生活中的新的审美现象，这是文艺学文化转向的题中应有之义。因此，传统本质论以审美性作为文学区别于非艺术事物的根本特征，作为文学自律性的根本依据的观念，无疑受到了严峻的挑战。

然而，文学理论或文学研究作为学科并没有在文化的转向中丧失自身，文学的跨学科的努力，转向文化的开拓都是基于文学本体的基点或立足点，面对文化这个包含原有文学的边界模糊的庞然大物，面对这一众多人文社会科学进行研究的共同对象，文艺学的文化研究仍然有其不同于社会学、人类学、哲学、政治学、传播学、心理学的学科视野，学术切入角度，仍将逐步重建本学科的独特性或特殊性。毋庸置疑，21世纪的学术转型是在社会转型、范式转换与学科重组中重新确定边界的过程，是文学研究发掘新的学科增长点，开拓新的发展的可能性的有效途径。面对文学和文学研究的边缘化现实，我们理应给文艺学的变革以更大的耐心和热情，更宽容的机制，更能激发创新的良好环境。

当然，这一转向不是简单地回到传统的社会—历史批评理论，更不是回到已被我们抛弃的庸俗社会学，而是将携带着文本中心时代所谓"理论革命"的全部成果，作为"前结构"进入新的批评时代。形式主义、新批评、结构主义、符号学、叙述学、后结构主义仍将作为丰厚的理论资源成为文化转向的一个必要前提。而文化研究、新历史主义、文化诗学、后殖民、女性主义、当代媒介文化则是它所由发生的理论和现实的基础。文学的"文化的转向"是又一次创新，是新时代文化发展的积极成果，是文学理论困境中的又一次突围。

需要指出的是，就像文学研究并不等于文化研究，文化研究也并不只是文学研究。文化研究作为学科大联合的事业，是艺术学、社会学、人类学、民族学、哲学、美学、伦理学、政治学、历史学、传播学、文献学，甚至是经济学、法学所共同关注的对象。它的出现是社会巨大转型的产物；是文化在当代世界社会生活中地位相对经济、政治发生了重大跃升的产物；是人文社会领域范式危机、变革，需要重新"洗牌"——确定学科研究对象、厘定学科内涵与边界的产物。如同当下文学"本体"的多种范式多种话语共展并存、多样共生，极大丰富了文学自身的研究一样，文化作为各相关学科共同面对的巨大对象，自身也是多观相、多维度、多层次、多侧面，立体的、复合交叉、有机融合的。实际上，文化作为对象，它在本质上具有直接同一性，是多样统一的。它不是为学科研究而剖分、区划或存在的，而是自在的、浑整无分的、不断变化发展的。这种浑融的多样性是它的本然状态。正是为了把握它和研究它，人们设定了不同学科的研究路径。19世纪以来学科的精确划分起因于工业革命以后大学教育的普遍建立，专业分工的现实要求和学科研究制度的逐步完善与确立。而学科制度的建立是人们认识把握对象的需要，它是一种主体的假设，一种筹划或投射，一种框架的设定或到达对象的途径、角度的选择。文化研究本质上的多样性，呼唤人文社会学科的"综合治理"——形成由不同学科切入，遵循不同学科方法进行研究的多元话语方式。因此，文化研究是多种范式指导下的各种不同的话语形成的共生，并相互对话、相反相成的集合形态。每一种文化研究的话语方式往往都相对于文化这一巨大对象的某一层次、某一相位、某一侧面或某一维度；相对于某一语境，某一特定历时时段，采用某一特定的方法，从而揭示对象的部分特征，获得阐释的有效性，并具有相应的真理性。各种不同话语——文艺学的、社会学的、美学的、经济学的研究成果的会通与集合，它们之间的由部分而整体、整体而部分的循环，引导我们不断接近当代文化的本相。可见，文化研究是不可能由文学研究"独霸"或"独占"的。

当然，毫无疑问地，今日兴起的全球范围内的文化研究最初确实是由文学研究发动的，这只要看看从威廉姆斯、霍加特到杰姆逊、赛义德等一长串名单就了然了。这是由文艺学学科的本性或特点——它在20世纪后半叶以来由"理论革命"形成的创新思维的敏感性、先锋性、革新意识，以及深厚的批判传统所决定的。在西方，文学研究曾引发20世纪一轮轮社会思潮、社会变革，在中国，它也在20世纪80年代改革开放初期，超载地发挥了思想解放先锋的作用，并在这20多年里，一再地引领最新的社会思潮，并提供给理论界以及当代社会极为丰富的思想资源。

这是事实，事实成了一种新的传统，传统一旦形成，便具有了势能。

五、文化研究在研究方法上的突破

个案研究在当代的文化研究中具有很重要的地位，但在以前的文艺理论与文化批评中却很少进行。这一方面是由于先前的批评范式只关注宏观整体的研究，习惯于从普遍性、一般性的角度来把握文化对象；另一方面，也由于我们还不大会运用个案研究的方法。（特别是考虑到在今天中国从事文化研究的主要还是一些文艺学专业出身的研究人员，出身人类学与社会学的反而很少）

相对而言，国内的文化研究需要从两个方面突破，这就是深刻的逻辑的形而上理论思辨和直面现实的细致具体的个案研究。那种不上不下、既无形而上也无形而下，既无细致的学理梳理，也无理论概念的思维的逻辑推演，又无细致的个案"深描"，却动辄要建构一个统一庞大的体系，列出1、2、3、4，再辅之以例证的简单枚举，这种普遍泛滥的论文"格式"，确实需要改变了。

当前，国内关于文化研究的理论探讨非常多，进行个案分析和个案研究的却非常少，这与西方形成了鲜明的对比。个案研究在当代西方的文化研究中具有很重要的地位，但在中国的文化批评中却很少运用。中国的人文学界长期以来习惯于在抽象理论的层面上打转，把西方的各种理论比较来比较去，试图这样来进行理论上的创新。现在看来这样的理论创新之路是走不通的，是一条死胡同。尤其是考虑到：我们今天所谓"理论"主要是从西方引进的，而西方的理论是产生于西方的语境中，带有自己特定的问题意识与理论传统，很难与中国的实际完全吻合。我们现在越来越感觉到一种新理论的生长点不是在书房而是在"田野"，国外人类学与社会学中非常流行的"田野作业"（field work）在中国一直是薄弱的环节。实际上即使是在西方，理论创新的途径也常常是在"田野调查"中发现的。比如布迪厄是在阿尔及利亚的田野研究中发现了此前的人类学中一系列二元对立模式无法解释那里的经验事实，这促使他创造出一套以"场域""习性""文化资本"等一系列概念为核心，旨在打破二元对立思维模式的社会理论。这种经验是非常值得我们借鉴的。我们只有在具体的经验研究、个案研究中才能发现西方理论是否适用于中国以及在多大程度上适用于中国，从而在中国本土经验的特殊性中检验西方的理论并建立自己的理论。这是我们提倡个案研究的主要原因之一。

基于这样的考虑,我们特别关注一些个案研究的文章。比如陶东风的广告解读、宋晓萍的《厨房:欲望享乐和暴力》、肖鹰的《〈阿姐鼓〉与90年代文化》以及程文超的《波鞋与流行文化中的权力关系》等一批很有力度的个案研究。徐旭的《狂欢在秋雨中的身体》也是以个案研究的方式,在批判性地吸收西方文化研究中文化批评理论的基础上,把第二届金鹰电视节电视直播节目作为一个独立的大众文化生产事件的个案、一个特定的文本,予以再生产式的解读。在解读过程中,又把意义的编码与解码,作为解读与分析的重点;而力图把隐藏在事件背后的各种利益主体的意义诉求挖掘出来则是其主旨。身体与狂欢,编码与解码,这两对西方大众文化研究理论中的经典范畴,被文章借用为描述与分析这一具有乌托邦性质的事件或文本的关键词。

文化研究的巨大魅力之一,是对习焉不察的日常生活的再审视和批判性解读。程文超的《波鞋与流行文化中的权力关系》就很有意思。"波鞋"(ball)不就是球鞋吗?为什么不能叫球鞋呢?作者通过对解放鞋与波鞋的解读,来讨论我国几十年来的政治权力关系和经济权力关系的变革。在这两种权力关系中,我们都看到了等级、特权以及与之相适应的观念。而这两种权力关系的展开也只能在一定的社会语境和社会时尚中进行,才能实现其全部功能。另外一个个案是前几年曾经成为校园文化时尚的"大话西游"事件,讨论由《大话西游》引起和发生的文化冲突与文化变革。依托网络、电视、VCD等现代电子媒介的大众文化必然是跨国的、全球的、世界的,又是本土的、民族的、地缘的和社群的。作为公共空间,它是不同意识形态汇集、交流、沟通、共享、对立、冲突的公共场域,又是社群特别是弱势群体和边缘话语的表达场域。前两年,校园里的《大话西游》话题几乎让网络与大学生们狂热。在这里,传统的经典《西游记》被解构了。过去耳熟能详、家喻户晓的唐僧与孙悟空师徒四人去西天取经的故事,现在被演绎成了既是它又不是它的另一个故事。原先的经典被再编了一通故事,戏说中有戏谑、荒诞和噱头,也有对某种既成规范的挑战、反叛和批判,有一种加入时尚(反叛的时尚)的先锋感,还有一种恶作剧的快感。它是对后现代性的文化所带来的文本危机、经典危机、程式危机,甚至原有视觉机制的危机的戏谑式表述。

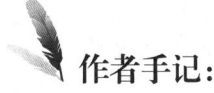作者手记：

文艺学的问题意识

人类对于对象世界的认识解释总是以一种有限的框架去对无限时空中生生不息的对象世界予以框定，唯其无限，才只能以这种有限的方式去把握，否则世界无以认识，而一旦框定又只能是对无限世界的割裂、剖分与固着，失却了其无限发展的本态和解释方式的无限多样性。人类的这种认识、把握、解释只能通过解释实践的无限的试错性而永远趋于接近世界本身的过程之中。在伽达默尔看来："人类生活的历史运动在于这样一个事实，即它决不会完全束缚于任何一种观点，因此，决不可能有真正封闭的视野。"（伽达默尔：《真理与方法》，第390页，译文有改动。）这就是解释学给我们的深刻启示。

在文学研究中，任何一位研究者、解释者都不可能以清明无染的"白板"状态去"忠实"地反映生活或映照文学作品本身，而必然以一种前理解状态或前理解构架进入理解与研究。也就是说，他必然已经先在拥有某种关于文学的理念、范式、话语、范畴（不管他是否自觉意识到），并只能依照这种框架来理解和解释文学。不懂某种语言文字，不了解某一国度、某一历史时期的文学背景与特征，不具备有关文学的基本知识，不了解某一范式的游戏规则，就不可能进入文学的理解、解释或研究，就不能或无法玩这种游戏。一句话，前理解展开了理解的可能性，没有前理解构架就不可能有理解。而每一理解都是向文学对象提出问题，抛出问题，是理解主体（前理解）对对象的一种抛掷、投射，对对象的一种设计或曰筹划。人们阅读文学，理解、解释或研究文学，总是因为什么，并把文学当作什么来阅读、来寻找、来幻想、来享受的。这种"因为什么""要做什么"就是"问此"，就是提问的根本性、首要性。文艺学的研究就是向着文学对象的理解或解释的可能性寻找或成就它的本己的存在。所以伽达默尔不无感慨地说："柏拉图关于苏格拉底的描述提供给我们的最大启发之一就是，提出问题比回答问题还要困难——这与通常的看法完全相反。"（伽达默尔：《真理与方法》，第466页）。

从文艺学的发生发展史来看，对文学的理解解释从来都是依据一定历史条件下的范式规定性、方法论要求或各不同话语的游戏规则来进行的。对于长期以来形成的从属论、工具论的一统论独断论文学观，依循一种黑格尔式的"绝对

知识"的终极性主张,怀着对人类"无限理智"的绝对信仰,对文学采取一种删略前提、删略语境、删略条件的绝对论文学观,对认识和解释文学对象的多种可能性,即多种范式、多种话语采取坚决排斥的态度,只允许一种文学理论"独裁"或"专政"。这大大阻碍或延缓了我们对文学的解释和理解。20 世纪 80 年代以来,我国文学界对于文学本质的反独断论或非本质主义思考,就是通过重新提问或转换提问角度来实现的。所谓"重新提问"就是将文学"作为不同于过去设定的理念的另一种新的什么"或"当作新意识到的某种东西"来认识。一方面,任何"重新提问"都是对过去既成理念、规范和定义的怀疑和重审,怀疑或"重新提问"需要提供理由;另一方面,"重新提问"又表明文学自身发生了重要的变革或转折。重新提问使作为提问对象的文学再次处于悬而未决的状态,使它保有再次拥有各种解释的可能性。文学研究中的每一个真正的问题都要求具有这种敞开性。

每一种新的文学范式,都是一种新的向世界提问的方式。选择了一种提问方式,就选择了一种区别真假命题的标准与尺度,也就选择了一种回答问题的方式。范式的实质即在于它是一种根本性的提问活动。过去时代不同文学范式间的不可通约性首先就表现为问题群的不同,其中此一范式的问题不构成他一范式的问题(不进入他一范式的视域),或者此一范式的核心问题不构成他一范式的核心问题(不构成他一范式的主导因)。比如传统批评中的倾向性与典型论,作为在 19 世纪批判现实主义文学基础上产生的对文学本质的认识论的反映论的理解,它们无疑是传统社会—历史批评的核心问题。但是在 20 世纪语言论转向的现实条件下,对于俄国形式主义、英美新批评、结构主义等批评话语来说,它们就变得无足轻重或湮灭不彰了。独断论时代的"我们认为……",是一种代表真理和公众的标志语式,是建构黑格尔式的宏大叙事的"导语",是发现规律和揭示规律的过程。这种观念下的"我们认为它是这样",就意味着可以推断它就是这样,这就是"真理",这就是"规律"。而在当下范式多元共生、话语多样并存的多元语境中,"在我(或任何一个人)看来……"它——文学——并不能被断定它被所有的人认定就是这样。所有的理论、范式、话语都只是一种理论假设、假说或预设。"在我看来"已变成一种对自己所采取或遵循的范式、话语的说明,是拥有某种"先见"或前理解框架的"夫子自道",它成了一种对理论前提的设定,成了一种不可或缺的预程序。

在如何撰写论文(论著)方面,我曾向学生们提出一些建议,被他们称之为

"论文戒律"。

第一,"开小口子,写大文章"。多少年来,我国文艺学专业的学生往往习惯于大处着眼,漫天纵论,捭阖天下,无所不知。满纸虚言,往往难经历史检验。论文开言泛论,重点不明,煌煌几十万言,尚未到达核心主题。大面积发掘,深度只有五寸。我坚决主张,避免泛而大的空洞论题,题目小一点,才可能有精力深入。要知道,每个人读书期间的时间和精力都是有限的,单位时间究竟能做多少"功",其实是可以计算的。当然,能否提出集中的有深度的"小口子"论题,考验一个人的问题意识和阅读思考能力。

第二,立意高远,取法乎上。从学术发展的前景选取论题,取法乎上,全力耕耘,哪怕最终仅得其"中"。即使算不了上也要保证中。如果一开始便起于泥淖,则永无升高之可能。

第三,在资料搜集上,必须爬梳抉择,涸泽而渔。前人成果必当全力搜取,不可遗漏。当前的网络时代,国国外文章和资料极多,检索手段多且方便,但如何筛选,何者泛览、何者精读,成为新的问题。所以选取资料须分出等级,必须以一手为尊,不可以二流三流资料为据。

第四,当今学术进入万家喧嚷,各擅其长,跨界运思,理论融汇的新时代,因此必须广涉邻科,旁搜远绍,洞观学术发展大势,有融合意识,有跨界思维,由此及彼,生发延展,学术始可大成。

第五,要在点上开掘,发前人之未发,方能掘井汲泉,张皇幽眇。学术进取的路径上,往往依赖于在某个或某几个难题上开掘,深入下去,才能获得学术的真谛。历数先贤,他们几乎都从某一专门路径进入,成为某一领域的翘楚。我意学术若想有所建树,必以深度开掘为宗、为始、为标、为是。舍此,绝无他途。当然我不反对有人专心致力于宏大叙事,但那需要长久学术功力的积累和体验成果的支撑,方可眼界高远,一挥巨笔,便成就经国之大业,不朽之盛事。

第六,欲站在学术的高点,必须守正创新。这一方面需要有继万世之绝学的目标、勇毅和能力,另一方面,站在理论最前沿,必须将创新放在首位,开拓进取,言前人之未言,拓先贤之未济。以高远的学术理想激励自身,奋身前行。

20世纪七八十年代之交流行歌曲的传播语境与接受效应
——以邓丽君为个案的考察*

陶东风**

摘要：本土化的大众文化理论和方法的建构,需要抓住中国经验的特殊性,而其关键之一是回到当代中国大众文化的历史语境与发生现场。中国当代大众文化是改革开放与社会转型的伴生物和有机组成部分,在这个意义上,我们不能只是在审美层面谈论和评价以邓丽君流行歌曲为代表的发生期大众文化,更要从政治文化、社会心理角度把握其独特价值与流行原因。回到历史现场的中国大众文化发生学研究,是对机械搬用西方文化研究的理论方法与价值取向的全方位质疑和超越,也是本土化、在地化的中国大众文化研究范式建构的前提。

关键词：大众文化；邓丽君；新启蒙；文化研究；流行歌曲

在谈到20世纪七八十年代之交的邓丽君热时,著名散文家叶匡政回忆说："当年国内的报纸、杂志、电视、电台,都极难发现她(邓丽君)的身影或声音。没有任何包装或炒作,她就这么温存地抚慰了亿万人的心灵,成为一代人心中永远的偶像。相信对音乐传播史来说,这也算得上一个奇迹。"

对习惯于今天的大众文化传播方式——在官方电台或电视台播出,由官方出版发行批量化的磁带或光盘,举办大型演唱会,作为电视剧的插曲随电视剧获得流行等——的听众而言,邓丽君流行歌曲在当时的传播和接受方式是不可思议的。她的流行的确是一个奇迹,一个值得认真解读的奇迹,一个时过境迁就不

---

* 原载《现代传播(中国传媒大学学报)》2019年第3期。
** 陶东风,广州大学人文学院教授。

可能再出现的奇迹,甚至还是一个能够挑战、修正西方大众文化传播—接受理论的奇迹。

一、转型期流行歌曲的三种传播方式

20世纪70年代中后期是一个转型期,文化领域的开放还没有全面展开,除了政治化的革命文化,其他文化类型几乎不存在,更没有商业化的流行文化。音乐领域也依然是革命歌曲、革命音乐的天下,没有流行文化、流行音乐的份。

据当事人回忆,最早的流行歌曲传播方式应该是通过收听所谓"敌台"[①]。让我们接着看叶匡政的回忆:"在海峡两岸冰冷对峙之时,很多人最早是从'敌台'聆听到她的歌声的。当时的台湾方面倡导对大陆的软性宣传……特别制作了'邓丽君时间'栏目,每周一到周六晚8点播出,25分钟,内容全是邓丽君的新闻或歌曲。这档节目通过短波,向大陆播放。"[②]除了我国台湾地区和美国的"敌台",澳洲的澳洲广播电台华语节目也是邓丽君进入大陆的重要媒介。1978年,澳洲广播电台的著名主持人王恩禧在澳洲广播电台中文部创办并主持以点歌为主的节目《您喜爱的歌》,其中邓丽君歌曲一度成为点播率最高的曲目。据王恩

[①] 已经很难确定邓丽君流行歌曲最初进入中国大陆的确切时间。目前能够见到的说法基本上是出自一些私人回忆录。一位网友写于2005年的文章说:"大约30年前"(也就是1975年),作为知青的他在农场通过澳洲广播电台偷听到邓丽君的《在水一方》(霜冷长河:《一水隔天涯——邓丽君逝世十周年祭》,见赵勇、祝欣:《邓丽君、流行音乐与20世纪80年代的批判话语——当代中国大众文化价值观生成语境分析之一》,《文学与文化》2014年第1期。这是笔者见到的关于听邓丽君流行歌曲传入大陆的最早记录,但作者并不明确和肯定("大约")。李皖坦言:"对不同的人来说,这一天(听到邓丽君的歌曲,引注)的具体日期各不相同",但紧接着补充:"但有一点可以肯定,它一定出现在1978、1979年的某一个夜晚。"(见李皖:《邓丽君与靡靡之音》)。同样带有推断的成分。《邓丽君画传》作者师永刚的说法是:1979年初,各大都市的报摊出现了邓丽君的照片,南方城市有些地方把邓丽君的音乐磁带作为必备嫁妆。几乎凡是有收录机的地方都有邓丽君歌曲,包括北京、上海、广州等地,"到处都能听到邓丽君的歌声"。(见《永远的邓丽君》,《文史博览》2005年第11期)。照这个说法,1979年初邓丽君已经成为大众偶像。

[②] 叶匡政:《白天听老邓,夜里听小邓》,http://mail.cponline.gov.cn/2017/12/01/。当时所谓"央广",应为台湾地区的"中央广播电台",其源头可以追溯到1928年成立于南京的"中国国民党中央执行委员会广播无线电台"(简称"中央广播电台"或"央广"),隶属于国民党中央宣传部。之后,"央广"曾多次改名、迁移,改变隶属单位、组织性质和名称。更准确地说,叶匡政文章中说的"央广",应为1951年开始对中国大陆播出的"中央广播电台—自由中国之声",每天播出6个小时。其是什么时候开始播出邓丽君歌曲的?可以参照马多思的回忆:"1979年开始,台湾地区广播电台开辟对大陆听众广播的《邓丽君时间》节目,这个节目每周播出6次,每次25分钟。1995年邓丽君去世后,节目才停播。这样的播出方式有政治因素,只不过是柔性的政治宣传手段。""当时,台湾地区对大陆的'自由中国之声'广播政治性很强,但为了吸引大陆听众,电台设置了很多音乐元素。除了晚上6点播放的《为您歌唱》栏目,每个整点的节目开头也都要播放10分钟的歌曲,很多都是邓丽君的,还有凤飞飞和刘文正的。"这里"中央广播电台"所指与叶匡政说的"央广"应该是同一个电台。(参见马多思:《偷听邓丽君的日子》,《文史博览》2013年第11期)这篇文章对当时偷听"敌台"的情况记述比较详细。

禧介绍,澳洲广播电台以娱乐和旅游节目居多,相比我国台湾地区和美国的广播声音更为清晰,甚至超过中国大陆的一些广播电台。澳洲电台从而成为人们收听邓丽君的最佳选择①。

那个时代流行音乐的第二种传播方式是"走私"。学者宗道一在其著名散文《听邓丽君的年代》中这样写道:"在一个偶然的机会里,一位小我好几岁的不同寝室的学友赵君慨然将其那只视为珍宝的三洋盒式录音机(已放入邓丽君的磁带)借我消受一宿。夜深人静,万籁俱寂,周遭一片宁静。为防不测,我放下蚊帐,躲进被窝,轻轻按下了放音键。万万没有想到的,那第一首歌就是让人心惊肉跳的《何日君再来》!"②流行音乐的这种传播—接受场景在当时是有普遍性的,它在电影《芳华》里的文工团出现过,在其他与宗道一年纪相仿者的回忆录里也不断得到印证,比如张闳的《文化走私时代的邓丽君》:"20世纪70年代末的某一天,一群大学生聚在简陋的寝室里,围着大板砖似的三洋牌单声道收录机听歌。……当时,这种'靡靡之音'是不可能被公开传播的,如同其他一些海外物品一样,只能通过隐秘的地下管道来传播。事实上,那是一个走私活动很活跃的时代。一些较酷的日用消费品,诸如牛仔裤、T恤衫、墨镜、折叠伞、打火机、电子表、收录机、电视机,等等,都是走私的对象。便携式收录两用机和录音磁带,也是必不可少的构件。当时,大鬓角飞机头发型、墨镜、喇叭裤、花衬衫、三节头皮鞋和四喇叭收录机是有叛逆倾向的所谓'不良青年'的全副'行头'。他们斜提着收录机,吹着不成调的口哨,招摇过市,一路惹来道德纯洁的市民的白眼。这一情形,构成70年代末80年代初中国城镇的文化奇观。"③

可见,走私在当时不只是一种民间商品交易活动,也是一种民间的文化传播活动——张闳所谓"文化走私"。与走私一道进入大陆的,包括一整套相关的生活方式、文化观念和情感结构,并对革命的生活方式、文化观念和情感结构形成了极大冲击,这印证了威廉斯"文化是一种生活方式"的著名论断。邓丽君就是这场"文化走私"浪潮中规模最大的"走私品"。

走私活动最为普遍的地区是广东。广东毗邻港澳地区,是历史悠久的外贸港口,素来有走私传统,新中国成立后也未曾被完全铲除(即使在1966年至1976年"文革"期间,广东和港澳台地区之间的走私活动也还零星存在)。粉

---

① 马多思:《偷听邓丽君的日子》,《文史博览》2013年第11期。
② 宗道一:《听邓丽君的年代》,http://blog.sina.com.cn/s/blog_5d2512af0100i30o.html。
③ 张闳:《文化走私时代的邓丽君》,《社会科学报》2017年5月8日。

碎"四人帮"不久,广东的走私活动开始迅速恢复。邓丽君的流行歌曲和港澳台地区的通俗剧作为发生期最早的流行文化,就是从那里通过走私录像带、录音带的方式传入大陆的。

据1981年1月13日中共广东省委宣传部发布的《批转省委宣传部关于制止不健康的录像带录音带在社会上流传的报告》①披露,20世纪80年代初走私并出售、播放录像带、录音带的活动在广东非常普遍。仅以1980年为例,那一年,湛江地区相关部门查缉到香港走私船中的录音带27万盒,其中有数万盒包含《疯狂的周末》《马场得意》《有钱有面》《情丝剪不断》等所谓"色情、低级、庸俗歌曲"②,其中很多歌曲是邓丽君唱的。汕头地区查获走私录音带33.4万多盒,其中有被认为"内容反动"的《日落北京城》《我们的决心》《莫待失败徒感慨》《跃马中原》《国恩家庆》等我国台湾地区歌曲。这些录音带除少数内部销售给"干部"外,大多数由公安部门交给当地商业部门公开出售,价格不菲(3—5元/盒)。珠海市拱北乐声电子厂和中山县坦背珍宝电子厂,本来是为外商加工装配空白录音带的,但从1980年以来,未经宣传、文化主管部门同意,就从香港进口有声录音带进行复制,并在国内市场销售。当时广东一些地区的文化部门还有自己的录像队放映走私录像带以盈利。比如博罗县文化局录像队,1980年6月至10月,共放映香港、台湾地区录像带161场,观众达11万多人次,收入人民币2.3万多元。该队放映的录像带有《龙门客栈》《真假千金》《庭院深深》等十几部。

从这些不完全的资料可以看出,走私、翻录、销售、播放港澳台地区录像带、录音带的现象,在当时非常普遍,数量不小,且大多有官方机构和人员参与其中,并不完全是民间的或非法的。这就难怪广东省广州市革命委员会1980年的一纸文件《关于禁止出售、转录内容反动和色情的录音带、唱片的通知》③会这样表述:"近年来,从各种渠道流入我市的录音带、唱片等数量很多。据调查,这些录音带、唱片的内容十分庞杂,甚至发现有反动和色情的歌曲。有些单位为了获取利润,公开或私下收购、出售、代客转录,致使这些歌曲在社会流行,特别是在青

---

① 粤发〔1981〕5号,广州市国家档案馆,全宗号3.4,1981年第5号,总第201号。
② 一些歌曲其实谈不上"色情、低级",比如《疯狂的周末》(邓丽君演唱)的歌词是:"礼拜一大家起身太早,礼拜二生意买卖太好,礼拜三偷偷摸摸打电话,哈罗达令给支票,礼拜四整天伸着懒腰,礼拜五看场电影吃迫饱,礼拜六下午跑马赢了钱,再排节目玩通宵,酒醉三分兴致好,随着音乐摇又摆。恰恰恰 rock and roll,越疯狂越是美妙,你不妨自由自在逍遥,不妨痛痛快快欢笑,享受这疯狂过来的好时光,明天礼拜天再睡觉。"
③ 穗革发〔1980〕164号,广州市国家档案馆,全宗号146—一九八〇年第3号,总号第56号。

少年中广为流传,造成了极坏的影响。"可见这些走私活动背后的推手之一就是当时地方政府或企事业单位,其主要原因是有利可图。广州市园林系统和服务行业还办有音乐茶座(流行文化的另一种传播方式),其收入提成被作为职工奖金发放。音乐茶座所卖的饮料、食品价格远高于市场价,其提价部分的收入,一半归职工均分①。

从这里也可以看到,在当时的特殊时期,这种现象属于法律的灰色地带,是否违法难以一概而论。地方政府更多通过临时性政策加以管理,而这种政策制定的主要依据则是中央的意见。比如,在强调反对资产阶级自由化的1980—1983年间,广东省委(革委会)省政府、广州市委(革委会)市政府、广州市旅游局、服务局、公安局等,就接二连三地发布了很多政策文件,集中整肃走私录音带、录像带(以及音乐茶座和舞会、涉外电视台和电视节目等)。但这些数量众多的文件之所以要三令五申反复下发,似乎从反面证明了当时整治力度的不足,也缺乏一以贯之的法律依据。

发生期流行音乐的第三种传播—接受方式是音乐茶座(有时伴有舞会)。还是以广州为例,广州市服务旅游局宣传科1983年11月7日曾经受中共广州市服务旅游局委员会委托,进行过一个"服务旅游系统音乐茶座、闭路电视等文娱设施的情况调查"②,其中披露了非常有价值的信息。依据这个调查,音乐茶座出现于1980年初,原来是广州的一些涉外宾馆——如东方宾馆、广外宾馆、人民大厅、流花宾馆、新亚宾馆——为外宾和我国港澳台地区客人提供的。据1983年11月的统计,广州各音乐茶座共设有座位1 880个,每晚顾客约900多人,最多时达到每晚2 600人,最少时也有600人,票价为每人5—6元。东方宾馆和人民大厅还各有迪斯科舞厅1处。此外,全市还有播放流行音乐的夜茶市11处,座位约4 870个③。在当时,这已经属于具有相当规模的商业活动了。

---

① 参见广州市文化局1982年3月13日发布《贯彻粤府〔1981〕248号文情况的报告》,穗文化(82)27号,全宗号97,一九八二年第51号总号第303号。
② 全宗号279,一九八三年第1号卷总号第213号。
③ 五家宾馆的音乐茶座的具体情况:人民大厅,1982年开业,演唱单位:人民大厅业务轻音乐队。营业时间9:00—12:00,座位数400个,每位收费5元,一般人数100人,最高人数450人,最低人数60人。广外宾馆,1981年12月开业,市文化局派出演出,座位数500个,票价6元,一般平均人数150人,最高600人,最低人数70人,由市文化局派出演出。东方宾馆,1981年11月开业,东方宾馆轻音乐队派出演出,座位数480个,票价6元,一般人数300人,最高800人,乐队全部演员均为东方宾馆职工。流花宾馆,1981年12月开业,越秀轻音乐队演出,座位250个,票价6元,一般人数160人,最高500人,最低70人,乐队归越秀区文化科管理。新亚酒店,1983年10月开业,市文化局派队演出,座位250个,票价5元,一般200人,最高人数250人,最低100人。

这些音乐茶座本是当时政府特许的,对主办者的资质(涉外大宾馆)、演出者(一般是文化局派出)、参加者(外国人和华侨)和演唱内容(比如流行歌曲有一定比例)都进行了规定(参见1981年12月省政府颁发的248号文件)。但因为音乐茶座收费较高,举办这样的茶座显然是一笔有利可图的生意,因此,这些规定实际上常被违反,使各级政府的"规定""意见""通知"的实际效果大打折扣[①]。据广州市文化局1982年3月13日发布的《贯彻粤府(1981)248号文情况的报告》[②],文化局下属文艺科曾成立专门小组对全市舞会及音乐茶座进行全面的甄核、登记、调查,反映的情况如下:

　　1. 舞会、音乐茶座的数量在248号文件下达后不但没有减少,反而"更是迅猛发展",其范围大大超出市内各大涉外宾馆,市园林系统的各公园和市服务行业的一些酒家饭馆,都纷纷自行办起了舞会或音乐茶座,而且均未按文件规定向文化部门办理申报手续;

　　2. 音乐茶座没有按照各级政府的要求对消费服务对象进行限制(各级文件明确规定只能为外国人、华侨、港澳台侨胞),随着茶座的急剧增加,本地的青年听众数量急剧增加;

　　3. 各音乐茶座的听众中外国人和港澳台同胞比例高的地方,中国本民族或广东本地的歌曲反而能受到欢迎,而"本地听众比例越大的场所,越是出现本地青年听众热衷追求港、台流行歌曲的情况,对演唱中国(大陆)歌曲反感,甚至起哄、喝倒彩"。据其介绍,海珠区曲艺队的曲艺名演员赖天涯在音乐茶座唱粤曲,还被轰下台,"现已无人敢在音乐茶座唱粤曲了"。

二、流行歌曲的传播语境与接受效应

　　以上简单归纳介绍了大众文化发生期流行音乐的三种特定传播—接受方

[①] 但这种情况会因为来自中央的压力而改变。在1983年,中央发布了关于"清除精神污染"的指示,受其影响,中共广州市服务旅游局委员会于当年的11月发布了"关于防止和清除精神污染,加强对音乐茶座、闭路电视、音像、舞厅等项目管理的意见",对音乐茶座等进行整顿,其所检查出的问题包括:指导思想不明确,未能把好政治关,多考虑营业收入少检查演唱的内容、台风等,认为演员精神面貌出现一种"港式""港化"倾向,超过比例播放港台地区音乐,等等。

[②] 穗文化(82)27号,全宗号97,一九八二年第51号总号第303号。

式。那么,通过这些方式传播的流行音乐在当时产生的又是什么样的接受效应?听众的感受如何?为什么有这样的感受呢?

在这方面,同样有相当数量的当事人(他们大多数是20世纪50年代出生的一代,也有一些属于20世纪40年代和60年代出生的一代,但很少有"70后",绝没有"80后""90后")留下了可贵的见证回忆。在叶匡政的笔下,邓丽君"就像一个人们夜夜幽会的心灵情人"。类似的回忆还有很多,比如阿城:"我记得澳洲台播台湾的广播连续剧《小城故事》,因为短波会飘移,所以大家几台收音机凑在一起,将飘移范围占满,于是总有一台是声音饱满的。围在草房里的男男女女,哭得呀。尤其是邓丽君的歌声一起,'杀人'的心都有。"①今天的邓丽君迷恐怕很难想象:听了邓丽君软绵温润的"靡靡之音",怎么会连"杀人的心"都有了?其实"杀人的心"在这里只是一个隐喻,喻指接受者那种骚动不安、无法自制的极端化情感,而不是真的要去杀人。民谣歌手周云蓬回忆道:"那时你听那种歌,简直是天籁!电台信号本身不清楚,你就拿着收音机,变着方向听。邓丽君的声音就从那里面传出来。那时刚开始发育,身边又没有任何爱情歌曲,你一听到邓丽君这种甜蜜的、异性的声音,真的是……音乐的震撼力,那个时候是最强的。"②

这些回忆文字包含的信息是极为丰富的,值得认真解读。对刚刚经历"文革"的大陆年轻人而言,"敌台"对于流行歌曲的传播过程,同时是一个"人性复苏"的启蒙过程。正如王朔所言:"听到邓丽君的歌,毫不夸张地说,感到人性的一面在苏醒,一种结了壳的东西被软化和溶解。"③王朔用"人性"这个词可谓抓住了一代人感受的核心。这"人性"的内涵,既有精神成分,也有身体成分。因此,虽然叶匡政突出的是听歌时的心灵感受(所谓"心灵情人"),周云蓬强调的是身体反应(所谓"异性的声音"),但两者在当时其实是分不开的,它们都包含了人性的内容④。就是这种今天看来平常不过的"人性",原先却长期被"革命文化"冰封,以至于"结了壳"——却又僵而未死,现在则被邓丽君的"靡靡之音"唤醒、

---

① 阿城:《听敌台》,北岛、李陀主编:《七十年代》,北京:生活·读书·新知三联书店2009年版,第150页。
② 周云蓬:《春天责备》,上海:上海文艺出版社2010年版,第231页。
③ 王朔:《我看大众文化》,《天涯》2000年第2期。
④ 已有学者从身体政治、身体解放角度的相关研究:"这一代年轻人被邓丽君的声音中的'肌质'打动。他们听见了邓丽君的声音,也听见了她的身体,还听见了这个身体赖以存在的生活方式,以及其中内地所缺乏的独特的韵味,这些东西都微妙地蕴含在邓丽君的歌声里。在特殊时期所形成的高压的政治氛围中,这种韵味带来了一种个体情感的释放。这就是她的'甜'的真正味道。"身体的解放的核心实际上就是欲的解放。参见王翔:《被听见的身体:从邓丽君到崔健》,《艺术广角》2015年第3期。

解冻了。

　　产生这种感受的一个关键因素,是与革命文艺、革命歌曲的对比:这是两种截然不同的声音,其所代表的则是两种截然不同的情感结构和社会文化形态。因此,我们必须从两种声音、两种文化的斗争、博弈的语境,来理解邓丽君和当时大众文化所引发的接受震撼。对于从单一的"革命文化"(以样板戏为典型)中长大的、时值20岁上下的青年人,听邓丽君的温软圆润的流行歌曲真是如沐春风、醍醐灌顶,其震撼力、亲切感难以言表。用张闳的话说,这是"只有在革命电影里的敌方电台里出现过"的"曼妙歌声",它"让一群青春年少的男生心醉神迷"。在此之前,这种声音,"属于国民党女特务和十里洋场上堕落的歌女","'文革'结束之后,这种消失多年的声音卷土重来,使我们这些前不久还是'红小兵'的人大为迷醉,不能自已。"①作家孙盛起的回忆也是着眼于这种对比:"由于从小满耳朵的样板戏和'红歌',而'红歌'大多是要吼的,所谓的'铿锵有力',所以邓丽君那柔美的歌声乍一在耳边响起,我的心一下子就醉了。那对我来说无异于天籁之音!有生以来,我第一次知道:歌还可以这样唱,词还可以这样写!那种美妙醉心的感觉,真是用语言无法形容。"②

　　除了人性复归的震撼感和解放感,那时人们偷听邓丽君,还伴随一种冒犯感、紧张感、危险感乃至犯罪感,它与震撼感、解放感、如沐春风感等一起,共同构成了一种我所称的僭越的快感:一种震撼、解放、紧张、危险混合的感受。这既与他们接受的教育有关,也与当时的社会形势有关③。宗道一写道:"像我这般年纪,又受过完整的传统教育,当然清楚此曲的政治倾向。40多年前,流寓中国的李香兰(即山口淑子)唱的这首歌传遍了灯红酒绿的沦陷区。这位后来成了日本驻缅甸大使夫人的著名女歌星与女汉奸川岛芳子(即金璧辉),同样在我年轻的记忆里打下了深深的烙印。但是,在夜幕笼罩的深夜,我束手无策。我根本不知道怎样摆弄'快进''暂停'之类的按钮。手足无措的我只好无可奈何地任其'毒害'我的灵魂。"但是很快,他的这种紧张、危险的感觉就烟消云散了:"随着时间的悄悄流逝,我急促的呼吸终于归于平缓。《小村之恋》《月亮代表我的心》《独

---

① 张闳:《文化走私时代的邓丽君》,《社会科学报》2017年5月8日。
② 孙盛起:《邓丽君,用歌声给大陆开了个天窗》,http://m.kdnet.net/share-12450912.html?sform=club。
③ 当时出现了批判资产阶级自由化运动,而邓丽君的流行歌曲被视作自由化在文化艺术中的代表受到批判,同时受到批判的还有李谷一、苏小明、程琳等受到邓丽君影响的歌手。参见陶东风:《回到发生现场与中国大众文化研究的本土化》,《学术研究》,2018年第5期。

上西楼》……待到录音机里流出那首优雅清新的《小城故事》,我紧绷的心弦已经完全松弛下来。"①比受众所接受的传统教育更重要的是当时的惩罚政策。孙盛起回忆:"那天回家后,我坐立不安,吃完晚饭,就盼着父母早些休息。那时大陆以外的所有广播,都是'敌台',邓丽君这境外传来的声音,当然属被禁之列。我亲眼目睹了有的学生因为穿着'资产阶级'的喇叭裤,被老师在校门口用剪子把喇叭裤剪成布条的惨状,因此我绝不敢当着父母的面去听那些'靡靡之音',怕他们把录音机从楼上扔下去。"②

这就是邓丽君为代表的"靡靡之音"引发的接受心理效应。要理解这种效应,我们还需要回到当时的历史语境。邓丽君流行歌曲的传播—接受是在双重语境下进行的:一方面是大陆的改革开放、世俗化的进程刚刚开启,许多禁忌还没有完全冲破,批判资产阶级自由化的运动方兴未艾;另一方面,当时的国际形势、台海形势也依然紧张,冷战没有结束,两岸的敌对宣传没有退出历史舞台。因此,收听邓丽君的歌曲是要冒极大风险的。离开了这样的语境,王朔、阿城、孙盛起、宗道一等人描述的那种接受感受就是不可思议的,比如,我们很难想象当时的海外华人听众,或者今天大陆的"80后""90后"听众,能够在听相同的邓丽君歌曲时产生这种感受。

在今天看来,无论是情感层面的人性启蒙,还是身体层面的性的觉醒,都属于阿伦特所谓"私人领域"的事务。但是在当时,在一个从"文革"到"后文革"的特殊年代,私人情感的宣泄、私人领域的回归却与公共领域的重建、公民身份的重建同时进行,因此具有突出的公共性。从20世纪70年代后期开始,随着政治经济文化领域的世俗化转型,长久以来被压抑的情感和世俗欲望,以一种反叛的姿态释放出来,其中夹杂着改革开放初期人们重建世俗公共生活的憧憬,人的解放的准确含义是从20世纪60年代极"左"的控制、从虚假的"主人公"幻觉中解脱出来,而对性、私、情等的肯定,正是它的内在组成部分。邓丽君歌曲就是在这样的时代背景下漂洋过海而来,它积极参与了当时公民主体和新公共性的建构。只有这样去认识,我们才能理解:私人的回归具有公共的意义,情感的宣泄具有理性的维度。温软的靡靡之音具有惊人的解放力量。流行歌曲风行全国的时期

---

① 孙盛起:《邓丽君,用歌声给大陆开了个天窗》,http://m.kdnet.net/share-12450912.html?sform=club。

② 孙盛起:《邓丽君,用歌声给大陆开了个天窗》,http://m.kdnet.net/share-12450912.html?sform=club。

正好也是大众对公共事务的关注热情空前高涨的时期,而那些被"靡靡之音"感动落泪的年轻人也绝不是两耳不闻窗外事、一心只听邓丽君的自恋青年①。

三、建构中国本土的大众文化研究范式

改革开放初期大陆流行歌曲(当然也包括其他流行文化类型)的生产、传播方式,以及受众的接受经验,都具有突出的地方性和时代性,因此也是最有中国特色的。它与西方、特别是法兰克福文化批判理论所描述的大众文化生产和传播方式、受众的接受经验,都非常不同。

首先,对于发生在中国转型时期的流行文化、对于它依托的社会历史环境,应该有一种不同于西方的定位。法兰克福大众批判理论诞生于反思晚期资本主义现代性的大环境中,它批判的是经济、行政、文化高度集中统一的西方垄断资本主义(阿道尔诺称为"晚期资本主义")时期的大众文化(阿道尔诺更喜欢用"文化工业"这个概念),是他"试图从商品、资本的层面对资本主义统治新格局首先解释进而批判的一种尝试"②。在阿道尔诺的环境中,他所批判的大众文化和传媒工业已经被深刻地整合进资本主义的一体化经济生产体系,"最有实力的广播公司离不开电力公司,电影工业也离不开银行,这就是整个领域的特点,对其各个分支机构来说,它们在经济上也都是相互交织着"③。大众文化由此失去了自己的文化独立性和审美自主性,几乎完全遵循资本主义的生产法则,比如商品拜物教、消费主义、批量化、一体化、模式化等,大众文化的所谓意识形态整合、控制功能("社会水泥")也是建立在这上面的。阿道尔诺说:"文化工业调剂出来的东西既不是幸福生活的向导,也不是有道德责任感的新艺术,而不过是要人们顺从的训诫,而这一切的幕后操纵者则是最为势利的利益集团。"④

---

① 弯刀老王的博客文章《白天听老邓,晚上听小邓》写道:"那个年代,我们白天听着老邓的'解放思想',激情澎湃,晚上依旧躲在被窝里,摆弄一个破旧的半导体收音机,一边冒着巨大的政治风险,一边忍受强大的无线电波干扰,如饥似渴地守候着'敌台'(自由之声等)播放邓丽君的'靡靡之音':《何日君再来》《小城故事》《夜来香》……"

② 赵勇:《整合与颠覆:大众文化的辩证法》,北京:北京大学出版社2005年版,第44页。

③ 马克斯·霍克海默、西奥多·阿道尔诺:《启蒙辩证法:哲学断片》,渠敬东、曹卫东译,上海:上海人民出版社2006年版,第110页。

④ Theodor W. Adorno, Culture Industry Reconsidered, in Theodor W. Adorno, *The Cultural Industry: Selected Essays on Mass Culture*, London: Rutledge, 1991, pp.85－92.此文的标题一般译为"大众文化再思考",而此处笔者的译文引自赵勇的翻译,他把标题改为《文化工业述要》,参见赵勇:《法兰克福学派内外》,北京:北京大学出版社2016年版,第377页。

问题恰恰在于,这种晚期资本主义统治的新格局,与改革开放初期的中国相去不啻十万八千里,它显然不适合用来分析当时中国大陆的大众文化。由于历史发展阶段不同,所处的社会文化环境不同,所面对的政治文化权力格局不同,大众文化及其所依托的文化市场化、世俗化、商业化转型,在20世纪70年代末80年代初的中国所发挥的作用,完全不同于其在西方发挥的作用。掌握当时文化领域主导权力的,不是私营的文化市场,不是文化的商业化,不是娱乐文化,而是从20世纪60年代延续下来的体制、文化和意识形态。当时中国根本没有商业化、私有化、市场化的文化工业部门。无论是大众文化还是催生大众文化的世俗化、市场化、商品化浪潮,当时都还处于新生的、边缘的地位,它们的出现和发展恰恰有助于走出极"左"体制和极"左"思想的阴影,冲破原有的计划体制和文化禁欲主义,拓展文化的空间和生活方式的选择。这就决定了以维护边缘文化、肯定文化的僭越性的大众文化研究,其批判性应该体现在对当时本土主导文化权力的反思和批判,应该针对并指向本土的主导文化权力,而不是盲目地跟随西方的批判理论,把西方文化研究反市场化的立场移植到中国的文化研究上。

其次,由于阿道尔诺把大众文化和大众传播定位为具有相同商业目的和经济逻辑的发达资本主义社会工业体系的一个部门,资本主义政治经济结构主导了整个体系——不仅主导了媒体的生产和传播,而且主导了受众(消费者)的意识和需要,于是出现了生产、传播、文本、接受等各个环节的一体化、标准化、模式化。依据阿道尔诺的分析,连接受者的趣味、需要也是标准化的。"在今天,文化给一切事物都贴上了同样的标签,电影、广播和杂志制造了一个系统。不仅各个部分之间能够取得一致,各个部分在整体上也能够取得一致。"[①]"在垄断下,所以大众文化都是一致的。"[②]就连大众文化中出现的那些对于模式和一体化的偏离——各种似乎出乎意料的细节、插科打诨、玩笑,也都是生产者出于利润需要预先设计、定制和配备好的。文化工业部门对不同的受众进行分类统计,"消费者的统计数据经常可以在组织研究的图标上反映出来,并根据收入状况被分为不同的群体,分成红色、绿色和蓝色等区域"[③]。于是产生了阿道尔诺所谓的大

[①] 马克斯·霍克海默、西奥多·阿道尔诺:《启蒙辩证法:哲学断片》,渠敬东、曹卫东译,上海:上海人民出版社2006年版,第107页。
[②] 马克斯·霍克海默、西奥多·阿道尔诺:《启蒙辩证法:哲学断片》,渠敬东、曹卫东译,上海:上海人民出版社2006年版,第108页。
[③] 马克斯·霍克海默、西奥多·阿道尔诺:《启蒙辩证法:哲学断片》,渠敬东、曹卫东译,上海:上海人民出版社2006年版,第110页。

众文化的"伪个性化":"通过伪个性化,在标准化本身的基础上赋予文化上的大量生产(cultural mass production)以自由选择或开放市场的光环。可以说,走红歌曲的标准化,其控制消费者的办法是让他们觉得好像是在为自己听歌;就伪个性化而言,它控制消费者的手法是让他们忘记自己所听的歌曲被'事先消化'(pre-digested)过了。"①个性化或独特性成为一种计划之中的营销策略。

在文化工业体系高度集约化、统一化的西方发达国家,这样的描述和定位有一定的道理。但如果把这些观点运用到20世纪七八十年代之交的邓丽君流行歌曲乃至整个大众文化上,就脱离了发生时期中国大众文化的发生语境和基本事实。如上所述,当代中国大众文化最初是从海外走私进来的,而不是在本土生产的,也不是通过市场化的大众传播公司传播的(我们无论如何不能认为收听"敌台"和走私属于集中化标准化的大众文化传播)。中国大陆完全没有自己集约化的大众文化生产和传播部门(当时中国的文化生产和传播单位,全部都是国家集中控制的事业单位,而且不生产大众文化)。邓丽君的流行歌曲的生产即使是标准化、模式化的,但进入大陆语境之后,其传播和接受环境也使其极大地去标准化。何况,阿道尔诺关于流行音乐标准化和伪个性化的判断,参照的是现代主义艺术和高雅音乐(阿道尔诺本人就精通高雅音乐),但在邓丽君刚刚流行的那个时代,标准化还是去标准化、个性化还是伪个性化,其参照对象恰恰是千篇一律的革命文化和革命歌曲,与这种真正模式化、标准化、千篇一律的革命歌曲相比,邓丽君的流行音乐及其所代表的大众文化,恰恰是高度个性化和反标准化的(这也是当时的青年人听了之后感到震惊的原因)。可见,标准化还是去标准化、模式化还是去模式化,同样取决于具体的语境。在西方是标准化的东西,在中国却不一定是标准化的,相反可能是反标准化的。

再次,最让人觉得与中国大陆发生期大众的流行歌曲经验格格不入的,是阿道尔诺对于流行音乐听众的接受经验的分析。法兰克福学派认为,大众文化的传播是高度计划、自上而下的集中统一传播,这个传播过程也是一个控制大众、欺骗大众的过程,观众在接受过程中是被动的,其心理反应就是心不在焉。阿道尔诺的《论流行音乐》《论音乐中的拜物教特征与听觉的退化》等文章,使用了"心神涣散"(distraction)、"漫不经心"(inattention)、"注意力分散/心不在焉"

---

① Theodor W. Adorno, "On Popular Music," in *Cultural Theory and Popular Culture: A Reader*, ed John Story, London: Prentice Hall, 1998, p.197. 参见赵勇:《法兰克福学派内外》,北京:北京大学出版社2016年版,第93页。

(deconcentration)来描述流行音乐听众的感知觉,这被认为是标准化的流行音乐所导致的听觉退化(regression of listening)现象。阿道尔诺在《论音乐中的拜物教特征与听觉的退化》中认为,流行音乐的听众"无法处于注意倾听的紧张当中,便只好顺从地向降临在他们身上的东西投降。只要他们听得心不在焉,他们就能与所听的曲子平安相处"[①]。对此,约翰·斯道雷这样总结道:"消费流行音乐需要人们漫不经心和思想分散,而流行音乐消费又在消费者中产生漫不经心和思想分散的效果。"[②]

这番描述与我们前面引述的王朔、孙盛起、王宏甲等人所回忆的初听邓丽君流行音乐时的感受,相去何止十万八千里!依据这些当事人的回忆,邓丽君流行歌曲所唤起的不但不是什么心神涣散、心不在焉,正好相反,那时的听众感受到的是无比的震撼、莫名的惊讶和深深的恐惧,以及这三者交织而产生的"触电一般的感受"[③]:既如沐春风又胆战心惊。造成这种错位的原因仍然是:阿道尔诺对流行音乐接受状况的分析,是以严肃音乐为参照对象的;而中国听众听流行音乐时是以千篇一律的革命歌曲为参照的。换言之,从邓丽君流行歌曲的传播和接受看,发生期中国大陆的受众与大众文化的相遇方式与经验感受与法兰克福描述的正好相反:这是一种在毫无准备的情况下的"不期而遇"——突然被"敌台"广播或朋友偶然获得的录音带中的"靡靡之音"触电般地"击倒",其所起到的不但不是麻痹大众、控制大众、整合大众的"社会水泥"作用,而是解放其情感结构、融化其被阶级斗争冰封的心灵世界。

最后,即使在西方大众文化和大众传播领域,法兰克福学派和意识形态批判理论(认为大众文化传播的资本主义意识形态对大众的控制是彻底的和全盘的)也受到了极大质疑。比如,能动受众理论的代表人物约翰·菲斯克指出,法兰克福学派和20世纪70年代意识形态批判存在着很大的局限性,"这两者都视观众为无力抵抗的群体"[④],彻底受制于文化工业生产者的操纵和文本权威的控制。菲斯克认为:"这种模式存在着与生俱来的弱点,它无法适应社会变迁的可能性,也无法使用除了在文化工业或文本面前无能为力的'文化愚民'

---

① 参见赵勇:《整合与颠覆:大众文化的辩证法》,北京:北京大学出版社2005年版,第173页。
② 参见赵勇:《整合与颠覆:大众文化的辩证法》,北京:北京大学出版社2005年版,第68页。
③ 叶开:《单卡录音机里的邓丽君》,《美文》2011年第3期。
④ 约翰·菲斯克:《电视:多义性与大众化》,迪金森等编:《受众研究读本》,单波译,北京:华夏出版社2006年版,第212页。

之外的大众化理论。"①针对法兰克福学派的"整合"、伯明翰学派的"收编"概念，菲斯克提出了"外置"说。所谓外置，就是指社会文化系统中的被支配者从宰制性体制所提供的资源、商品和文化产品中，创造出属于自己的意义（文化）。菲斯克写道："'外置'是这样一个过程：凭借它，被支配者可以从宰制性体制所提供的资源和商品中，创造出自己的文化，而这正是大众文化的关键之处，因为在工业社会里，被支配者创造自己的亚文化时所能依赖的唯一源泉，便由支配他们的那一体制所提供。""大众文化必然是利用'现成可用之物'的一种艺术。这意味着大众文化的研究者不仅仅需要研究大众文化从中得以形成的那些文化商品（菲斯克认为被支配者不可能自己创造这种商品，引注），还要研究人们使用这些商品的方式。后者往往要比前者更具创造性和多样性。"这被菲斯克称为"权且利用"（theart of making do）的艺术②。菲斯克举的例子之一是牛仔服。牛仔服无疑是资本主义工业提供的统一化、模式化、标准化的商品，被统治者自己不能完全拒绝这种大众文化产品（因为不掌握生产资料），但是却可以通过"权且利用"的艺术对牛仔服进行创造性使用（消费），比如对无差别的牛仔服进行改型、撕裂和变形。受众当然也可以对某一个作品的主人公进行类似的改造，从而创造出自己的意义。也就是说，文化工业部门虽然能够控制文化产品的生产环节，却不能控制文本的使用、效果和意义的生产，意义的生产更关乎接受语境。菲斯克甚至举了这样的样子：当美国生产的《豪门恩怨》在荷兰播出时，其"美国性"在荷兰所承载的"抵抗意义""在美国本土是不可能有的"。"美国大众文化商品的'美国性'在其他民族国家中，常常被用来表达对社会宰制力量的抵抗。"这是因为"一种解读，就好像一个文本，不可能自然而然在本质上就是抵抗式的或因循守旧的，是那些身处社会情境的读者的用法，决定着它的政治涵义"。这是目前为止看到的最接近笔者对发生期中国大众文化特点和功能的看法。

但是，菲斯克的理论尽管因其看到了受众和接受的复杂性、主动性和反抗性而能给我们以极大启示，但却同样不能照搬到中国发生期的大众文化身上。这是因为，菲斯克认定被支配者创造自己的大众文化时所能依赖的唯一源泉，是由支配他们的那种体制提供的，他所能做的只是对文化工业提供的产品进行创造性利用。然而，发生期中国流行音乐却不是在中国大陆本土生产的，当时中国文

---

① 约翰·菲斯克：《电视：多义性与大众化》，迪金森等编：《受众研究读本》，单波译，北京：华夏出版社2006年版，第212页。

② 约翰·费斯克：《理解大众文化》，王晓珏、宋伟杰译，北京：中央编译出版社2001年版，第23页。

化和工业部门根本不生产邓丽君流行歌曲这个意义上的大众文化。后者是从港澳台地区生产(有些则是20世纪30年代国统区的老歌)、通过"敌台"或走私传播来的,而且,当时大陆的受众在接受这些流行文化时并没有对之进行撕裂、改型、改造,也没有感到有这种"再创造"的必要,因为比之于集中统一生产和传播的革命歌曲,它们本身已经是充满了新颖性、颠覆性、叛逆性的青年亚文化,根本没有必要进行改造才能显示其颠覆性和叛逆性。而与荷兰的情况不同的是:荷兰的大众是用美国生产的《豪门恩怨》来抵抗和颠覆美国的宰制性权力(因此属于民族主义范畴),而中国大陆当时的大众则是利用港澳台地区的大众文化在抵抗和颠覆本土的宰制性权力。这个重要差别不可不察。

行文至此,我想我已经充分证明:无论是法兰克福学派大众文化批判理论,还是菲斯克的能动观众理论,与发生时期中国大众文化经验之间都存在不同程度的错位。离开对于大众文化的在地化的发生学考察,结果往往是也只能是对西方文化批判理论的机械套用。这样,回到历史现场对中国大众文化进行发生学研究,不仅仅是一种经验研究,它同样具有不可小觑的理论意义。通过对这类中国式大众文化现象的研究,或许能够建构一种适合中国国情、能充分展现中国大众文化特殊性的本土范式,这种研究既能与西方的文化研究进行有效对话,又能充分关注到大众文化的本土性。

 作者手记:

我为什么要研究邓丽君

我对改革开放初期(20世纪70年代末到80年代初)的中国大众文化,特别是邓丽君的流行歌曲,一直怀有强烈的兴趣,这里面既有我个人经历方面的原因,也有理论方面的原因。

从个人经历说,我是50年代末生人,而中国当代大众文化发生于改革开放初期,当时我正是20岁左右的青年,也像其他同龄人一样狂热迷恋邓丽君,追捧《霍元甲》。我和大众文化的初次相遇在心中唤起的那种震撼感受,在今天的青年人听起来肯定恍如隔世。王朔在《我看大众文化》中写道:"听到邓丽君的歌,毫不夸张地说,感到人性的一面在苏醒,一种结了壳的东西被软化和溶解。"这个感受对"50后"一代人,包括我本人而言都是非常准确、真切的。作为大众文化的研究者,这种特殊的经验自然成为我研究那个时期的大众文化,特别是邓丽君的重要出发点。我以为,我们总是可以在一个人的特殊经历中找到其人文学术研究的深层动因。

从理论方面看,我自 90 年代后期以来一直在思考当代中国大众文化的发生问题,这种思考可以通过四个关键词串联起来:大众文化的发生、邓丽君、新启蒙、文化研究的本土化。在这个问题框架下,包含了以下两个子议题:第一,中国 20 世纪七八十年代之交开始的改革开放和新启蒙文化思潮,与当代中国大众文化的发生,特别是邓丽君流行歌曲的进入和流行,到底是什么关系?第二,为了回答第一个问题,我们应该如何超越大众文化本身、进入当代中国社会文化整体转型的视野来审视中国大众文化(把威廉斯关于"文化是整个生活方式"的著名定义落到实处)?特别是,如何超越对西方大众文化批判理论的机械搬用,通过回到历史现场的发生学研究,建构中国大众文化研究的本土范式?

我想特别强调一下最后这个问题的重要性,因为促使我思考改革开放初期大众文化的一个重要理论动机,就来自我对中国大众文化研究本土化的思考。为了呈现这种反思的具体过程,让我先简要地梳理一下文化研究进入中国的历史。

20 世纪 90 年代文化研究在中国的出现,有内部的或曰自身社会文化的原因,也有外部的或曰外来学术思想影响的原因。内部原因是 20 世纪 80 年代中后期,中国文化经历市场化、商业化的转型,文人下海走穴成风,以《渴望》为代表的本土大众文化方兴未艾(此前中国的大众文化基本上是从港台地区和西方、日本引入的)。这些新出现的文化现象已经无法通过 20 世纪 80 年代占据支配地位的"内部研究""审美研究"的方法得到解释,它呼唤着文化研究的新理论、新方法、新视野;外部原因是 20 世纪 80 年代后期开始,西方文化研究的著述被大量介绍和引进到中国大陆,如杰姆逊的《后现代主义与文化理论》,霍克海姆和阿道尔诺合著的《启蒙辩证法》(特别是其中的"文化工业"一章影响很大,被国内大众文化研究的著述所反复引用)等。这两个方面的原因促使了文化研究在中国的兴起。

但在当时,西方以法兰克福学派和后现代主义为主要代表的大众文化批判理论,与中国本土的大众文化实践,特别是 20 世纪七八十年代之交处于发生期的大众文化实践,存在相当程度的脱节和错位。西方大众文化批判理论诞生于西方发达资本主义国家,是回应西方大众社会的文化问题而产生的,其诞生语境、问题意识、价值取向和批判目标等,都与中国的大众文化存在错位。但相当一个时期内,国内大众文化研究界基本上没有意识到这种错位,一味机械套用西方理论(这种情况甚至延续到现在)。我自己也写过一篇文章《欲望与沉沦——大众文化批判》,把法兰克福文化批判理论(其主要代表就是《启蒙辩证法》中"文化工业"一章)机械地拿来套到中国的文化现象上,说大众文化是自上而下实施的对大众的欺骗和操控,以虚假满足迷惑大众,使其丧失批判精神;说大众文化的功能和效果是维护统治阶级的意识形态,发挥了使社会一体化、固化的"社会水泥"的作用;说大众文化的文本贫乏、雷同、无个性、无深度,生产过程机械复制;等等。90年代中期,我开始接触法兰克福学派和后现代主义之外的一些西方社会科学理论和政治学理论,比如自由主义取向的市民社会理论、现代化理论,特别是哈耶克和阿伦特等人对于纳粹极权主义和斯大林主义的批判,并尝试从另一个角度理解中国当代文化问题。随着研究的深入,我逐渐意识到中国文化研究不能照搬以法兰克福学派为中心的西方批判理论,意识到文化研究本土化的重要性。因此,我写了《批判理论与中国大众文化》,开始对法兰克福学派进行质疑,试图从中国的改革开放、中国社会的世俗化与现代化、市场化转型角度,来理解大众文化出现的合理性和必然性,认为大众文化是中国改革开放和社会转型的伴生物,是对之前极左"革命文化"的有效抵制和告别,大大拓展了原先固化、封闭的文化空间。中国社会向世俗文化价值观的转型,其重要标志就是重视人的感性欲望的合理性,为世俗生活的幸福诉求辩护。从这个角度来看,我们可以重新发现中国大众文化对于改革开放及公共领域建设的积极意义。我同时意识到,本土化的大众文化理论和方法的建构,需要我们转向当代中国大众文化的历史语境与发生现场,对之进行发生学的研究,这是建构本土化大众文化研究的重要路径,只有这样才能超越对于西方理论的亦步亦趋的照搬照抄。本文就是我承接以前的思路进行的一次更为具体和深入的探索。

  我的思考的最后结果是两篇论文,一篇为《回到发生现场与中国大众文化研究的本土化》(《学术研究》2018年第5期),另一篇为《20世纪七八十年代之交流行歌曲的传播语境与接受效益——以邓丽君为个案的考察》(《现代传播》2019年第3期)。两篇文章可以说是姊妹篇,其主题都是把发生期的当代中国大众文化,特别是邓丽君的流行歌曲,作为"整体的生活方式"置于改革开放和社会转型的社会时代背景下加以考察,从政治文化、社会心理角度把握其独特价值与流行原因。我认为,邓丽君流行歌曲之所以在一定时期和一定范围内能产生巨大的启蒙效应，不仅仅是其本身的审美质素使然，还要考虑到接受者所处的社会文化场域及其文化心理要求，把握这个要求的前提是回到历史现场。在此基础上，我希望提炼出一套不同于西方，特别是不同于法兰克福学派的本土化的大众文化研究理论和方法。两者的差别在于：第一篇文章依据的资料主要是"50后"一代的回忆录，偏于思辨性；而第二篇文章则大量使用了来自广东省国家档案馆的资料，对大众文化的发生现场及其传播方式（走私录音带、偷听"敌台"、音乐茶座）进行了更加具有社会学意味的还原，偏向实证性。

当代中国大众文化的发生是一个很有魅力的研究领域，我希望自己能够继续这方面的研究。

身体表征的现代中国发明：
以刘海粟"模特儿事件"为核心*

朱国华**

摘要：在传统中国的主流文化中，身体作为表征的对象基本上是缺席的，除非作为色情表达的目的。这与西方存在着巨大的差异。在西方，裸体之所以得到绘画的表征，是因为裸体对应着形式以及完善的概念，它使得理想或本质获得了可见性。身体表征的可能性取决于两种文化所赖以成为可能的认识型。20世纪初，刘海粟所参与的裸体模特儿事件以及郁达夫的小说集《沉沦》，因为试图将身体以艺术之名加以客观化表达，从而引发了中国社会一些衣冠人物的强烈反对。但是，刘海粟与郁达夫及其盟友们通过宣扬西方文化的优越性，获得了最后的成功。值得思考的是，在具体的言说策略中，传统与现代的差异置换了中西差异，而认识型的转变并不能一蹴而就。因此，这样的成功是不稳定的。当现代性的某些价值被怀疑的时候，身体表征又重新变得不可能。中国文化的自我展开还未完结定型，尚处在融合诸多文化因素的过程中。因此，未来的身体表征将会呈现何种景观，还不能盖棺论定。

关键词：裸体模特儿；刘海粟；审美现代性；身体表征

美术学院应该设置人体写生课，而此课应当聘用裸体模特儿，这在今天中国的众多美术学院，已经是一个不言而喻的普遍教学实践。但是，接近一个世纪前，围绕着聘用裸体模特儿这一教学安排的兴废，曾经酝酿成一起引发汹汹群议的重大事件。今天，我们通常将"模特儿事件"与刘海粟联系在一起，而且，绝非巧合的是，

---

* 原载《文艺争鸣》2019年第2期。
** 朱国华，华东师范大学中文系教授。

刘海粟本人也不厌其烦地多次长篇大论论及此事①。刘海粟其实并不是中国第一个进行裸体模特写生课教学的人②,而且他也不是第一个由于裸体绘画而遭到谴责的人③,甚至可以说,"模特儿事件"最后获得的成功,也很难完全归功于他舌战群儒的辩才或者傲视军阀的勇气。但是无论如何,刘海粟通过裸体模特儿的事件化,成功地主演了一场有关审美现代性的惊心动魄的多幕剧。对本文而言,重要的并不是刘海粟是否透过这个事件将自己塑造成一个激进地捍卫自由与进步的"艺术叛徒",一个单枪匹马领导艺术革命的文化英雄④,而是这个叙事的传奇色彩使得它获得了符号标签的价值,使得它从众多繁琐寻常的事情中脱颖而出,变成了审美现代性的法相之一,变成了中国现代美术史的源泉之一,从而激起了我们理解它的强烈冲动。

鉴于深描模特儿事件这样的工作,已经有人从各种不同角度做过了⑤,我完全没有必要画蛇添足。本文设定的任务是理解这一事件的内在逻辑:它为何受到范围广泛而程度猛烈的攻击?它看起来为何又最后取得了成功?实际上,通过对此问题的考察,我们也可能对西方文化在中国的接受过程中所显示出来的某种机制,达到某种认识,即它可能诱使我们询问自己:在西学东渐的其他领域中,我们能否找到该机制的类似作用?

一

让我们先试图将刘海粟的反对者们进行一个最基本的分类。关于这个分类,其实可以首先引用傅雷极具洞见的评论:"刘海粟氏所引起的关于'裸体'的

---

① 参见刘海粟:《人体模特儿》,朱金楼等编:《刘海粟艺术文选》,上海:上海人民美术出版社1987年版;以及刘海粟:《漫话人体艺术》和《回忆当年的"模特儿事件"》,刘海粟:《存天阁谈艺录》,北京:中国青年出版社2007年版。刘海粟对此津津乐道,显然因为此事关系到他最初的文化资本的获取。

② 李叔同可能是最早开设人体写生课的中国人。他的学生吴梦非回忆说:"李叔同先生教我们绘画时,首先教我们写生。初用石膏模型及静物,1914年后改习人体写生。"参见吴梦非:《五四运动前后的美术教育回忆片断》,《美术研究》1959年第3期。

③ 在1916年、1917年的《时报》上,既刊登过奚落那些鄙视裸体女性绘画的道学先生的文章,也发表了攻击月份牌画家郑曼陀裸女画作的文章。参见安雅兰:《裸体画论争及现代中国美术史的建构》,上海书画出版社编:《海派绘画研究文集》,上海:上海书画出版社2001年版,第126页。此外,1924年的山西,也出现了禁止裸体画展览的事情。参见李颖、范美俊:《中国美术论辩》上册,南昌:百花洲文艺出版社2009年版,第148页。

④ 当然,即便着眼于他创办的学校所培养的大量艺术人才而言,回答也应该是肯定的。

⑤ 刘海粟本人的描述请见注释1,学者范美俊对此事进行了迄今最为周详而系统的描述,参见李颖、范美俊:《中国美术论辩》上册,第二章第五节"裸体模特儿之争",第142—176页;安雅兰的上述文章,是较具有批判性的考论性论文,极具启发性;吴方正对此事的论述显示了其卓越的洞察力与深厚的学术素养,参见吴方正:《裸的理由——20世纪初期中国人体写生问题的讨论》,蒲慕州主编:《生活与文化》,中国大百科全书出版社2005年版。

争执,其原因不只是道德家的反对,中国美学对之,亦有异议。"①换言之,反对刘海粟的有两种人,一种是道学家,再一种就是画家,或沉醉于中国美学经验的文人。如今,刘海粟所领导的这场美学革命已经获得成功,因而这场美学革命所确认的艺术法则本身也具有了不言而喻的合法性和正当性,这容易使得他的那些反对者们被化约为落后反动的顽固保守派,他们主张的某些值得思考之处因此也被系统地忽略。

这些所谓道学家,当然基本上是缙绅之士,例如张謇、李平书、沈恩孚等人领导的江苏省教育会②,江西省教育会会长韩志贤。总体上来看,反应更强烈的其实是政客,例如上海闸北区的市议员姜怀素、上海县知事危道丰,乃至于江浙皖赣闽五省联军总司令孙传芳。他们的反对理由主要不外乎这几点:第一,也是最重要的一点,就是谴责这种行为有伤风化。江西省警察厅的禁令指出:"裸体系学校诱雇穷汉苦妇,勒逼赤身露体(名为人体模特儿)供男女学生写真者。在学校方面,则忍心害理,有乖人道;在模特儿方面则含垢忍羞,实逼处此;在社会方面,则有伤风化,较淫戏、淫书为尤甚。"③第二,是带有规劝性质的反对理由,即有违中国国情。孙传芳说:"生人模型,东西洋固有此式,惟中国则素重礼教,四千年前,轩辕衣裳而治,即以裸裎袒裼为鄙野;道家天地为庐,尚见笑于传布者,礼教赖此仅存,正不得议前贤而拘泥。凡事当以适国性为本,不必徇人舍己,依样葫芦。东西各国达者,亦必不以保存衣冠礼教为非是。模特儿只为西洋画之一端,是西洋画之范围,必不以缺此一端而有所不足。美亦多术矣,去此模特儿,人必不议贵校美术之不完善,亦何必求全召毁?"④第三,民间的迷信,对人体写生比较忌讳。美专西洋画科教授周勤豪在20世纪20年代初指出:"我国旧社会的迷信,往往以为画像照相;都要损害精神,减少运气;所以一般的人,不肯轻易去照相画像;于是一般研究艺术的人,就不容易得到制作的材料。"⑤

这三个理由,第二个是辅助性的非正面理由,无非是抱残守缺的守旧派观点,不必说它,至于第三为下层人士的迷信,更是不登大雅之堂,事实上反对派也

---

① 傅雷:《现代中国艺术之恐慌》,素颐编:《民国美术思潮论集》,上海:上海书画出版社2014年版,第296页。

② 江苏省教育会会长沈恩孚是刘海粟的坚定支持者。但是其内部有不同声音,时常会以各种方式向刘海粟施加压力。

③ 李颖、范美俊:《中国美术论辩》上册,南昌:百花洲文艺出版社2009年版,第151页。

④ 李颖、范美俊:《中国美术论辩》上册,南昌:百花洲文艺出版社2009年版,第162—163页。

⑤ 周勤豪:《模特儿》,原载上海美术学校校刊《美术》第2卷第2号,1920年版。参见马海平主编:《上海美专艺术文集》,南京:南京大学出版社2012年版,第166页。

不屑以此作为反对裸体绘画的正当理由。所以值得稍微说一下的是第一条。

让我们且回到先秦时代。《孟子》中有这样一段对话："公都子问曰：'钧是人也，或为大人，或为小人，何也？'孟子曰：'从其大体为大人，从其小体为小人。'曰：'钧是人也，或从其大体，或从其小体，何也？'曰：'耳目之官不思，而蔽于物。物交物，则引之而已矣。心之官则思，思则得之，不思则不得也。此天之所与我者，先立乎其大者，则其小者弗能夺也，此为大人而已矣'。"[①]在这段经常被引用的文字里，孟子对身体进行了一个等级区分，即具有精神性的大体与具有生理性的小体。由于小体是不思考的，因而不得不被物欲所俘获。要是听任它做主，那就意味着人性的沉沦。所以，与西方一样，作为欲望的载体，小体被认为是大体的障碍，它不仅不具有精神价值，而且实际上是精神价值的敌人。如果说，作为肉身存在的身体必须听命于心灵的统帅，也就是说，它实际上被精神吞没了，那么，它就很难独立地成为被艺术表征的重要对象。那么，这是否是中国主流的古代艺术中，人体的普遍不在场的原因呢？在中国古代绘画中，人体的表征是非常稀缺的。可以认为，中国的人体画存在着两种极端：一种是去欲望的人体，也就是已经涤除了性魅力的人体。无论是"曹衣出水"还是"吴带当风"，人物画的关键并不在于人体，而在于遮蔽人体的服饰。另一种极端就是春宫画，也就是从大体的牢笼中解放出来的小体，即色情的裸露的身体。

如果我们从传统观念对于身体表征的压迫这一角度来思考，当然会干净利落地应付这一问题。事实上，这也是刘海粟本人期待大家做出的解释。很多年之后，刘海粟在回顾此事时指出："这是艺术和礼教的冲突，也是一场尖锐的有趣味的反封建的斗争。"[②]但是，就当时的历史语境而言，那些站在所谓守旧派一侧的对于裸体模特儿的反对，有其伦理上片面的正当性。值得指出的是，那些持最强烈批评立场的人，其实往往并非遗老遗少，而大抵上立场开明，受过较好的新式教育。杨白民曾经留学日本，并兴办了著名的现代女校，是完全的新派人物，其他如姜怀素毕业于上海政法大学，孙传芳与危道丰为日本士官学校毕业生。他们措词激烈的批评，很可能与当时裸体图像的泛滥成灾相关。举个例子来说，陈建华指出："从1914年10月至1916年4月《眉语》共出刊十八期，有六期以中

---

① 焦循：《孟子正义》下册，北京：中华书局2004年版，第792页。
② 刘海粟：《回忆当年的"模特儿事件"》，刘海粟：《存天阁谈艺录》，北京：中国青年出版社2007年版，第222页。

国裸女作封面,内页西洋裸女照达三十余幅。该刊遭到袁世凯政府的'通俗教育研究会'的禁止而停刊,罪名是'猥亵''荒谬'等。"①裸体画在当时其实是一个利润丰厚的生意,这一点甚至在当时的小说中得到了直接的反映。在一篇名为"裸体画"的小说中,画家王心余虽然擅长于淡墨山水五彩花鸟,但是因为世人"不好古而好色",因此购者寥寥,倒是他的裸体画一旦面世,买家争先恐后,不惜预付定金,前来抢购,最后该画家竟至于"积金数十万,购地皮,筑厦屋,置良田,娶美妾,出入高车驷马,连宵酒地花天"②。其实,不光是有直接购买的,还有倒买倒卖的。这种所谓"淫画"的交易往往通过沿街兜售的形式来进行。由于市场过于活跃,以至于通俗教育研究会请求教育部予以取缔:"都中向有一种小贩怀挟小筐包件,盛贮各种小说,于街头巷尾茶坊酒肆之间任意兜售,所售之书,大都猥鄙龌龊莫可究诘。其或夹带淫画秘卖。此等人往来街市,踪迹无定,较之列摊设肆者流布尤广,津沪等租界,亦有此项售书之人。"③这种情况,看上去让卫道士们痛心疾首,而一个从根本上解决问题的办法,在他们看来应该是在法律上严禁模特儿。其逻辑是具有社会声望的美术学校及其领导人刘海粟充当了淫画的靠山与源头:"今为正本清源之计,欲维护沪埠风化,必先禁止裸体淫画,欲禁淫画,必先查禁模特儿,必先查禁堂皇于众之上海美专学校模特儿一科;欲禁模特儿,则尤须严惩始作俑祸首之上海美专校长刘海粟。"④当然,还存在着诸多反对裸体模特儿的其他原因。例如,有篇小说讽刺模特儿现象。其中一位画师说:"现在我开办了一个裸体写生学校,还附设一个模特儿养成所……那裸体写生学校里校内校外生有一千余人,参观生就有好几万……校内生是终日在学校里的,校外生却是到模特儿写生时后方才来上课,参观生是并非本校学生,他到课堂里来参观我们的模特儿的,每月收费两元。"⑤在这里,参观生来旁听模特儿写生课程显然是幌子,进行廉价的色情消费才是实情。再一个值得考虑的情况,是能够接受邀请的裸体模特儿往往是社会底层人,从支付的费用来看,如果依照每人每天1元计算,很难相信这点报酬会吸引身体条件优越的人踊跃报名来当人

---

① 陈建华:《杨贵妃"出浴"与摩登上海》,载"澎湃新闻·上海书评",2018年9月29日版,参见:https://www.thepaper.cn/newsDetail_forward_2479481。
② 子春:《裸体画》,《白相朋友》第4期,1914年10月20日版,第3页。感谢王贺博士帮笔者查询此文。
③ 《书画与社会教育之关系》,载《申报》1916年11月6日。感谢王贺博士帮助笔者查询此文。
④ 李颖、范美俊:《中国美术论辩》上册,南昌:百花洲文艺出版社2009年版,第155页。
⑤ 转引自吴方正:《裸的理由——20世纪初期中国人体写生问题的讨论》,《生活与文化》第521页。根据吴方正的考证,上海美专的参观生在当时实有其事。

体模特儿①。有身份的人显然不会在画室轻解罗裳的②。可想而知,艺术家们对人体美的顶礼膜拜,从而诱使我们想象的完美纯粹的裸体美人,与实际上供教学之用的裸体模特儿相去甚远。可以理解的是,有的人有可能会把聘用裸体模特儿与把妓女引入到学校相提并论。吴方正指出:"让我们回到1924年前后人体写生的模特儿中国化与写生化的现象,这些裸体画中的中国妇女如果不是学院模特儿,便极可能是妓女。娼妓并非不见容于当时社会,但必须限制在青楼之内;如果裸体画中的妇女是娼妓,则这种裸体画的公开贩售便是越界,因此应禁;如果无法区分画中裸体妇女是娼妓或是学院模特儿,则模特儿等于娼妓,对色情的清剿溯源而上,立刻威胁到艺术。"③而且,聘请妓女来充当裸体模特儿,也是曾经发生过的历史事实④。而这正是像姜怀素这样的道学家之所以持反对态度的理由。

根据吴方正的考辨,"在'淫画'范围内重要的不是形式而是其内容,绘画与摄影这两种媒材可以互换。"⑤这里面的一个重要问题是,正是形式问题,才使得淫画与裸体画区分开来。肯尼斯指出:"在词汇丰富的英语中,'露体'(the naked)和'裸体'(the nude)是有区别的。'露体'意为我们衣服被剥光,暗指绝大多数人在此状态下都会产生的某种窘迫。与此相反,被有教养地使用的'裸体'一词,却没有令人不快的意味。这个词给人带来的含糊景象并不是蜷缩的、

---

　① 根据《上海美专账册》,1922年8月10日,有支付给女模特儿23天的劳务费23元的记载。这些劳务费应该前后颇有变化,但是变化看上去起伏不大。一个值得参考的信息是今天中国的诸多艺术学院,支付给普通模特儿的劳务费大体上也在每小时40—50元之间。南通大学艺术学院吴耀华教授告诉笔者,该校模特儿六小时劳务费为300元;曾任上海师大美术学院院长的刘旭光教授说,上海师大模特儿一天劳务费为260元;至于南京艺术学院,盛瑨教授说只有每小时40元。
　② 一位叫丹翁的作者甚至要求刘海粟及其夫人率先垂范,首先为艺术献身,躬自充当裸体模特以服众,而刘海粟除了责骂其流氓行径之外,并不能正面回应。参见李颖、范美俊:《中国美术论辩》上册,第158页。
　③ 吴方正:《裸的理由——20世纪初期中国人体写生问题的讨论》,《生活与文化》第530页。
　④ 1919年上海美专几位教师成立"天马会",后来此组织的发起人之一刘雅农回忆说:"因为当时学校里不是没有模特儿,有的就是干瘪老头儿,或者是个身强体壮的塌车夫,再不然,就是弄个老太婆来权充写生的对象,如果想找个年轻女人,脱光了衣服给男人做模特儿,租界巡捕房尚且不许可,莫说南市华界斜桥了。因此当时的上海美术学院,是没有年轻女子供我们做模特儿的,好不容易找到一个,又让刘海粟'请'到他自己家里去了。现在我们既想在艺术上求进步,写模特儿的阶段是不可少的,因此想出了这合作的办法,至于为何要把地点选在虹口呢?有两个原因,一则虹口是日本人的势力范围,那里的巡捕房是靠赌台弄好处的,其他就不大管账;二则虹口方面有的是'咸水妹',找模特儿比较方便。"按"咸水妹"为上海对接待外籍水手的妓女的谑称。参见陈世强:《裸之情境——人文视野下上海美专人体教学背景之历史考察》,《南京艺术学院学报》2009年第6期。当然,聘用妓女作为模特儿,在西方也属司空见惯的事情。
　⑤ 吴方正:《裸的理由——20世纪初期中国人体写生问题的讨论》,《生活与文化》第503页。

无助的身体,而是平衡的、丰盈的、自信的躯体:也就是得到重塑的躯体。"①人体写生的过程,其实就是写生者将处在露体状态下的模特儿,转化为裸体形象的一个过程,也就是以某种艺术形式赋予某个赤裸的肉身,使得它摆脱原初的自然形状,而跳跃到具有神性的自我实现的升华过程。这并不是说,裸体艺术不能唤起人的生理欲望。相反,一部裸体艺术作品如果居然没有引起哪怕是零星的情欲,"它反而是低劣的艺术,是虚伪的道德。对另一个人体的占有或与之结合的欲念,在我们的天性中是如此本质的一个部分,因而对于'纯形式'的评价也必然要受到它的影响"②。但是,事情的复杂之处在于,裸体画给受众带来的经验又不可以化约为肉欲,实际上,它唤起了生活世界的多重经验,它以身体形象展示了我们的理想和情绪,并表征了具有普遍性的价值诉求。这正是透过一系列造像成规与构图法则来获得实现的。这些形式要求既包括希腊以来的西方艺术家们对于和谐的数学比例与完美的几何图形的追求,也包括对叙事题材的限制。马奈著名的《草地上的午餐》与《奥林匹亚》正是因为蓄意冒犯裸体绘画距离化的规则,将资产阶级日常生活未加委婉化处理就搬上画布,才招致了当时艺术批评家对他的广泛攻击,而马奈这样的渎神行为也使得裸体画的社会禁忌得以具有可见性③。

　　但是,至少对于20世纪初的绝大多数中国人来说,这些形式法则或者社会禁忌是不存在、不可见的。由于缺乏艺术形式的中介作用,缺乏必要的认知机器对裸体画意义的指派,裸体的照片或裸体画,淫画或者人体艺术画,这两者的区分也许偶尔会引起某些人的惊奇之感④,但是对大部分人来说,都并无区别,它们都直接意味着内容,意味着裸露的肉体,因此有伤风化,是必然的指控。尽管刘海粟及其少数盟友会强调这两者之间的区别,但是裸体画作为特定美学形式

---

　　① 肯尼斯·克拉克:《裸体艺术》,吴玫等译,海口:海南出版社2002年版,第7页。译文根据英文版做了少许改动。
　　② 肯尼斯·克拉克:《裸体艺术》,吴玫等译,海口:海南出版社2002年版,第12页。
　　③ 此前裸体画所表现的,多半是宗教、神话和历史题材中的人物。相关讨论,参见 Bourdieu, P., *Manet: A Symbolic Revolution*, Cambridge: Polity, 2017, pp.14-37.
　　④ 大约1884年前后,有一位旅英文人曾经做了一首诗:"家家都爱挂春宫,道是春宫却不同。只有横陈娇小样,却无淫亵丑形容。"并加注释云:"大博物馆中有石雕人兽各像。人无男女皆裸露,形体毕具,凹凸隐现,真如生者,谓使学画人物者得以摹拟而神肖也。画工皆女子,携画具入院,静对而摹之,日以百计,毫无羞涩之状。盖亦司空见惯而不怪耳……凡画美人者,无论着色墨笔,皆寸丝不挂,惟蔽下体而已。听事、画室皆悬之,毫不为怪。"参见局中门外汉:《海外竹枝词》,王慎之等编:《清代海外竹枝词》,北京:北京大学出版社1994年版,第215—216页。按局中门外汉,王慎之等认为是徐士恺,而钱锺书等认为是张祖翼。

的成规,在西方是集体性建构的产物,而在中国得到集体性认可,也需要有一个逐渐的历史发展过程。

二

现在再回到前文,看看傅雷所说的所谓"中国美学"在何种意义上构成了反对。表面上来看,在"模特儿事件"发生前后,中国似乎也正发生着一场"美术革命"。早在1912年,蔡元培就任教育总长的时候,就提出了美感教育的新思路,此后,画家吕澂、陈独秀同时在影响深远的《新青年》上发表标题同为"美术革命"的文章①,旗帜鲜明地号召在绘画领域重建新的符号秩序。但实际上,这场雷声大雨点小的美学造反并未起到立竿见影的作用,无论在理论上还是绘画实践上,反响并不强烈。如果翻阅吕澎所著的《20世纪中国艺术史》,可以发现,在19世纪末至20世纪初活跃的画派,尽管程度不同地受到西洋画技法甚至观念的影响,但大体上,无论是海派的任伯年、吴昌硕,或是张扬文人画的陈师曾等画家,或是被标举为"国画家"或"新国画家"的黄宾虹、齐白石与张大千以及岭南画派,强调传统绘画观念的画家构成了主流。这就可以理解,为何刘海粟在当时有势单力孤之感了②。

但是,除了少数画家(主要是上海美专的教师,如丁悚、陈抱一、倪贻德、刘穗九、唐隽)为裸体艺术的正当性做出了辩护外,大多数画家基本上保持了沉默③。不过也有一位画家打破了沉默,公然提出了激烈的反对。以下是刘海粟的记载:"一日,某女校校长偕夫人小姐皆来观。校长亦画家也,至人体实习室,惊骇不能

---

① 刊登在1918年1月15日出版的《新青年》第六卷一号上。
② 范美俊写道:"此时,社会上守旧派对美专开设模特儿课程的攻击非常猛烈,刘海粟基本上处于孤身奋战的局面,鲜有社会上其他人士的公开支持。刘曾致函著名地质学家、以'不吃中药'著名的淞沪督办丁文江求援,但并没有得到明确支持,丁只是同意向上峰报告;即便是美术界,同行们也多有非议。著名士绅张謇、李平书、沈恩孚等人领导的江苏省教育会,还多次来函要求撤销模特儿写生课程。后虽有上海美术界的五个团体登报声援,但从档案原件分析都系刘海粟本人笔迹,很可能是他的虚张声势。"参见李颖、范美俊:《中国美术论辩》上册,第158页。
③ 万书元教授在一次跟我的私人通信中指出:"传统的中国画本身就没有西方意义上的写生的传统,也就是说,从来就没有素描这种训练(中国画的训练是靠临摹、默记再加上一点线描写生,至少在20世纪20年代甚至30年代初以前),而裸体画更多地是运用于素描写生(表现人体的结构、身体的明暗感觉和素描关系)。因此,国家画感到事不关己,是可以理解的。至于上海美专那批人,首先都是刘的同事同道,属于利益共同体,另外,也全部是西洋画家,且多数有留洋经历者,即画过裸体者。"此外,尚需注意到,中国社会所推崇的处世法则是不臧否人物,明哲保身,并不鼓励公开批评,从而引火上身。所以,许多反对人体写生立场的人,其实是保持了沉默。

知悌,在斥曰:'刘海粟真艺术叛徒也,亦教育界之蟊贼也。公然陈列裸体画,大伤风化,必有以惩之。'翌日,即为文投之《时报》,盛其题曰《丧心病狂崇拜生殖器之展览会》。"①根据安雅兰的考证查询,这位女校校长就是杨白民,但是《时报》或当时其他报纸上并未刊出此文。我们只能猜测,实际情况可能是报社通知了刘海粟,而刘设法阻止了此文的刊登。但无论如何,杨白民的愤怒不会是向壁虚构。安雅兰认为,作为城东女学的校长,杨白民"采用的教学方式比当时上海美专更为制度化和先进",因此,她怀疑杨白民尖锐批评的动力之一来自其教学手段的失当②。但是,如果考虑到杨白民从事的是中国画教学,或许我们也可以从中国画的捍卫者立场上来加以思考。也就是说,从在观念上忠诚于中国画的角度来看,杨白民对裸体画的攻击是否变得可以理解了呢?

　　在历史上,西方的绘画存在着三重等级:宗教画最高,历史画与肖像画次之,而静物画与风景画则叨陪末座。长期以来,画得不好的圣母也被认为优于画得好的胡萝卜,人物像毋庸置疑地占据着统治地位。中国绘画则不然,人物画虽然也有渊源流长的历史,但是发展到唐宋达到巅峰,也就渐渐衰落了。宋元以来,山水画成为所有有伟大抱负的画家施展身手的最佳舞台。即便在人物画鼎盛期的唐宋,人物画也完全与解剖学无关。我们不注重人物形体的结构、比例、曲线和肌肉;我们注重的是人物的风神气质,而非形骸躯体。在画人物像中,我们抓住的是所谓"灵魂的窗户"的眼睛:"四体妍蚩,本无关於妙处,传神写照正在阿堵中。"③中国古人对人的品鉴,注重的是精神风貌,而几乎不考虑身体:"凡有血气者,莫不含元一以为质,禀阴阳以立性,体五行而著形。苟有形质,犹可即而求之。凡人之质量,中和最贵矣。中和之质,必平淡无味,故能调成五材,变化应节。"④中国曾经固然也有院画、界画之类相对强调写实的绘画实践和潮流,许多花鸟画也非常重视形似,但是宋末以来,逼真、肖似的绝对重要性逐渐降低了,异军突起的是抒写性灵、不拘形式的画风。而董其昌标举文人画、区分南北宗,更

---

① 朱金楼等编:《刘海粟艺术文选》,第107页。
② 安雅兰对此其实没有下一个很好的结论:"徐悲鸿大约十年后在欧洲画室中所作的素描中,男人体一般都用围兜遮住私处或摆一个不暴露的姿势。使得杨白民为之激怒的究竟是上海美专教学方法不适当,或是因为刘海粟在杨的朋友李叔同运用同样的人体写生教学后还声称他在中国首创人体写生,还是他为其夫人和女儿面对男人体绘画感到不适呢?"参见安雅兰:《裸体画论争及现代中国美术史的建构》,第129页。关于杨对刘声称自己为人体写生第一人的反感,吴方正认为安雅兰此处推断存在着时代错误,参见吴方正:《裸的理由——20世纪初期中国人体写生问题的讨论》,第509页注释47。
③ 徐震堮:《世说新语校笺》下册,北京:中华书局1984年版,第388页。
④ 刘邵:《人物志》,杨新平等注译,郑州:中州古籍出版社2007年版,第32—33页。

是表明中国绘画在追求抒情方面已经达到了高度的艺术自觉。与此同时，工笔画也被不少人认为有匠气而逐渐被边缘化①。就此传统而言，我们并不追求视觉真实，我们需要以形写神，甚至得意忘形。与刘海粟同时代的陈师曾写道："文人画首重精神，不贵形式。故形式有所欠缺，而精神优美者，仍不失为文人画。文人画中固亦有丑怪荒率者，所谓宁朴毋华，宁拙毋巧，宁丑怪毋妖好，宁荒率毋工整，纯任天真，不假修饰，正足以发挥个性，振起独立之精神，力矫软美取姿，涂脂抹粉之态，以保其可远观不可近玩之品格……盖常论之东坡诗云，论画以形似，见与儿童邻，乃玄妙之谈耳。若夫初学舍形似而骛高远，空言上达而不下学，则何山川鸟兽草木之别哉。仅拘拘于形似，而形似之外别无可取，则照相之类也。"②在这样的艺术观的引导下，能够出现的人物像显然与西方的传统人物像正好背道而驰。即便是今天，我们常见的许多图画往往毫无美感可言。例如寿星的长相似乎是畸形的，而招贴画上的小女孩完全就是一个卡通似的小肉球③。但无论如何，对沉浸于传统中国画审美经验的人来说，穷形尽相地描画一幅裸体画，在他们看来恶俗无比。事实上，对于摆脱了透视学视角的中国山水画，我们拥有表意的无限自由，我们画的不是眼睛所看到的图象，而是心灵所把握到的图象。西方的画家，怎么可能想象比如黄公望《富春山居图》这样美妙的景象呢？显然，中国画与西洋画的美学理想是相互冲突的。有理由相信，杨白民也很有可能基于对西洋画法的排斥立场，而对刘海粟进行了猛烈的抨击。

---

① 清人松年在这个方面表达了对西方绘画毫不掩饰的鄙肖："西洋画工细求酷肖，赋色真与天生无异，细细观之，纯以皴染烘托而成，所以分出阴阳，立见凹凸，不知底蕴，则喜其工妙，其实板板无奇，但能明乎阴阳起伏，则洋画无余蕴矣。中国作画，专讲笔墨勾勒，全体以气运成，形态既肖，神自满足。"松年：《颐园论画》，周积寅编著：《中国历代画论：掇英·类编·注释·研究》下编，南京：江苏美术出版社 2007 年版，第 886 页。康有为则从相反的立场表达了对中国近世以来绘画衰落的惋惜："惟中国近世以禅人画，自王维作《雪里芭蕉》始，后人误尊之。苏、米拨弃形似，倡为士气。元、明大攻界画为匠笔而摈斥之。夫士大夫作画安能专精体物，势必自写逸气以鸣高，故只写山川，或间写花竹。率皆简率荒略，而以气韵自矜。此为别派则可，若专精体物，非匠人毕生专诣为之，必不能精。中国既摈画匠，此中国近世画所以衰败也。"参见康有为：《万木草堂藏画目》，郎绍君等编：《二十世纪中国美术文选》上卷，上海：上海书画出版社 1999 年版，第 21—22 页。

② 陈师曾：《文人画之价值》，素颐编：《民国美术思潮论集》，上海：上海书画出版社 2014 年版，第 38 页。

③ 毫无疑问，风俗画有其独特的审美情趣，但是我这里强调的是民间流行的人物画颇多不符合正常的比例关系，不在意解剖学原理。徐悲鸿如是说："吴道子迷信，其想象所作之印度人，均太矮。身段尤无法度。于是画圣休矣。陈老莲以人物著者也，其作美人也，均广额。或者彼视之美耳，吾人则不能苟同。其作老人则侏儒，非中国之侏儒也，乃日本之侏儒。其人所服则不论春夏秋冬，皆衣以生丝制成之衣。双目小而紧锁，面孔一边一样，鼻傍只加一笔。……夫写人不准以法度，指少一节。臂腿如直筒，身不能转使，头不能仰面侧视，手不能向画面而伸。无论童子，一笑就老。无论少艾，攒眉即丑。半面可见眼角尖，跳舞强藏美人足。此尚不改正，不求进，尚何学！既改正又求进，复何必云皈依何家何派耶"参见素颐编：《民国美术思潮论集》，第 33 页。

三

那么刘海粟及其支持者们是如何强行使中国社会接受这个违背礼教的舶来品的呢？他们进行了在我看来主要是两个方面的论证：其一，这是因为裸体美的代表着宇宙最理想的美。画家陈抱一说："肉体上的明暗调子，至极微妙，含有别种物体所没有的美感。尤其是女性的肉体，则表现上更难。美术家的深刻观察，更易感得平常人所看不出的美点。普通说人体美是曲线美，这不过是一面的说法。若说人体只是曲线美，那么是图案之中，可以有许多曲线的美点。但是肉体美的线不是图案那样的线，肉体的美在曲线以上还有的。肉体上有复杂的面（plein），除色调及微妙的明暗美感之外，还有活跃着的人性的美、灵与肉相调和的神秘的美。在表现上美的程度，又因艺术家的观察如何而定。鉴赏者若没有审美的眼光，就不容易吟味这种美感。"①其二，这是西方国家的通则。刘海粟说："夫人体模特儿之为物，艺术家在习作时期为必须之辅助，盖欲审察人体之构造，生动之历程，精神之体相，胥于此借鉴。以故各国美术学校以及美术研究院中，靡不设置人体模特儿，以为艺术教育上不可或缺者也。凡稍读艺术书报者，闻模特儿其名，必联想及与科学上之化验器具，同一作用，事极泛常，诚无惊奇之足言。"②人体本来是禁忌的、私密的空间，它成为审美直观的对象，这在中国的艺术史中是一个新的发明。在欲望与形式之间的张力中获得的感性愉悦，也就是在欲望中超越欲望的那种共通感，在中国传统的文化词典中，裸体找不到可以真正对译的概念。因而，当它漂洋过海来到中国，并试图本土化的时候，它要么遇到陈旧观念的解读，即伦理意义的曲解；要么就因为它属于被我们认为更高级、更现代的西洋文化而勉强接纳。刘海粟们借助于后者，而获得了这场美学革命的胜利。根据刘海粟的描述，这场战争的取胜是艰难的。从 1917 年到 1926 年整整十年，新旧两派发生了多次激烈冲突。最后在一场不严肃的审判中，刘海粟表面上输掉了官司，因为他以"侮辱人格、有伤风化"为由被责令象征性罚款 50 大洋，实际上换取了学校可以继续使用模特儿的权利。但是根据安雅兰的考证分析，刘海粟在与上海政客姜怀素、危道丰以及军阀孙传芳的斗争中，其实

---

① 陈抱一：《女性肉体美的观察》，《申报·艺术界》1925 年 10 月 7 日。
② 刘海粟：《裸体模特儿》，索颐编：《民国美术思潮论集》，上海：上海书画出版社 2014 年版，第 118 页。

完全落败,刘海粟也发表声明表示顺服,撤除模特儿写生课。但其实账目显示,上海美专一直在实际上使用裸体模特儿,部分证明了刘海粟的说法。在我看来,安雅兰可能过低估计了刘海粟的成功,而刘海粟则有可能过高夸大了自己斗争的严酷性。有研究者指出:事态平息后,裸体画在当时的大众媒体中出现了急剧增长的势头:"《北洋画报》从1926年创刊到1937年停刊,一共出版1578期;同时,在1927年7月到9月间,发行副刊共20期。据笔者统计,在这近1600期当中,该画报共登载女性人体作品500余件,基本达到平均每三期便有一件女性人体出现的频率。"①

实际上,刘海粟遭遇到的危机可能并没有他形容得那么严峻②。差不多跟他同时代的人认为,其实人体画遇到的巨大阻力在1921年后就消失了③。刘海粟之所以能够在惊涛骇浪中全身而退,是因为他建立了一个极为强大的社会后援团,这个首先以校董会形式呈现出来的后援团里,起着决定性作用的人物是蔡元培。正是蔡元培,利用自己广泛的人脉,推荐了当时中国拥有最多政治资本、经济资本和文化资本的一些社会精英进入了校董会。这个校董会并不是形同虚设的荣誉组织,而是实实在在地为上海美专谋取各方面的利益,并协调各方面的社会关系,从而形成了刘海粟的保护伞。这里面有接任蔡元培教育部总长的范源濂,以及从国务总理高位退下的熊希龄,有梁启超、黄炎培、康有为、沈恩孚、赵掬椒、王一亭、张君劢与张东荪等社会名流,而且其人员还根据实际情形不断进行调整。此外,刘海粟也非常关注自己朋友圈的壮大,他对当时拥有海派领袖地位的画家吴昌硕极为尊崇,经常请益,而上海美专的中国画的系主任不少都是吴门弟子。当然,我认为无论是蔡元培还是吴昌硕,对他的支持既有私谊,也有公义。因为他所倡导的西方绘画,代表着更光明、更理想、更进步、更文明的潮流,这与他们求新的信念完全一致,实际上,投资刘海粟,就是投资文化上的潜力股。最后,这样的成功是与新文化运动大获全胜以及国民党北伐的胜利这样的历史

---

① 曾越:《近代中国女性人体艺术的解放与沦陷——再论民国"人体模特儿"事件》,载《妇女研究论丛》2013年第6期。
② 1926年,当刘海粟跟论敌打官司打得难解难分之际,上海美专举行了毕业典礼,当时许多衣冠人物前来为之站台:"许多官方和社会名流到会祝贺。江苏省长派沪海道尹傅写忱为代表到校,法租办许交涉员也派代表前来,校董袁观润、张君勤、章伯寅及刚从国外归来的张道藩、邵洵美均与会捧场并颁发毕业证书给学生。"刘海粟显然稳如泰山,毫无危险。参见安雅兰:《裸体画论争及现代中国美术史的建构》,第141页。
③ 陈抱一说:"在民九、十年以前的洋画展览会中,裸体人物画之陈列还不轻易实行;往往受到无常识无理解的干涉。但民十年以后,对于裸体画之陈列,已渐次不致有人过分神经过敏了。"参见陈抱一《洋画运动过程略记》,素颐编:《民国美术思潮论集》,第514页。

语境联系在一起的。

四

但是耐人寻味的是,刘海粟及其盟友们的合法化论证采取的主要策略是诉诸西方的先进性。具体地说,其论证的逻辑大体上是这样:裸体画是最有难度的题材,同时也是西洋画的基础①,因此意味着先进的艺术技法,因此也就意味着进步本身②,认为裸体画有伤风化,实际上说明了我们还不够开化。而艺术其实意味着文化,甚至意味着物质文明。如果听任我们民族艺术的沉沦,也就意味着神州本身的陆沉。这样,捍卫裸体艺术,就是对启蒙现代性的捍卫,而这是涉及民族存亡的国家大计。刘海粟如是说:"美术者,文化之枢机。文化进步之梯阶,即合乎美术进步之梯阶也。……美术之功用,小之关系于寻常日用,大之关系于国家民性。……今旷觇世界各国,对于美育莫不精研深考,月异日新,其思想之缜密,学理之深邃,艺事之精进,积而久之,蔚为物质之文明,潜势所被,骎骎乎夺世界文化而有之。返观吾国,则拘泥如故,弇陋如故,若不亟求改进,恐数千年之文化,数百兆之华胄,将此世界美术潮流而沦胥以亡。……人生斯世,皆有振兴国族之责任。好美之心,尤所同具。吾人深有此感,宜乘此未亡之际,师欧美诸国之良规,挽吾国美术之厄运,截长补短,亟起直追。"③

自鸦片战争失败以来,"师夷长技"已经是中国知识界的集体性共识。但是"西方"作为一个巨大的能指,却指向着各种想象。这里面尤为重要的,是作为现代性的开启者与传播者的西方,与作为从希腊罗马演化至今的具有一定历史连续性的西方,其实代表着两种迥然不同的文化路标。在裸体模特儿引发的争议中,刘海粟们把叙事的焦点引向的是启蒙现代性的西方,但实际上,作为身体表征的裸体出现并首先繁荣于希腊。因此,从中西差异而非古今差异来观察裸体模特儿事件,会给我们带来更多的思考空间。

---

① 丁悚说:"盖人体彩色变幻之多。无以复加。人体凹凸轮廓之奇妙。亦难以言喻。予当谓造物主宰之造人。诚不可思议。所以人体画法。能指挥如意。再作他种画。则无不得心应手。此人体写生所以为西画的基本也。"参见丁悚:《说人体写生》,马海平主编:《上海美专艺术文集》,第17页。

② 吴方正在进行若干相关史料的考证后,正确地指出了裸体画提倡者们对两种价值的混用:"美人画的价值标准一方面是'似真',达成似真效果的艰难技术是'西法',在此我们已经可以看到两种价值的等同;另一个价值标准是'新',所以美人画如非裸体也以时装美人是新,'新'即是进步,来自何处? 自然是西方。"参见吴方正:《裸的理由——20世纪初期中国人体写生问题的讨论》,第503—503页。

③ 刘海粟:《江苏省教育会组织美术研究会缘起》,朱金楼等编:《刘海粟艺术文选》,第17页。

在朱利安看来,在中国的传统中,裸体不仅缺席,而且,"这个传统到处诉说着裸体的不可能存在"①。但是,这并不是因为裸露总是意味着下流猥亵,不是因为中国的禁欲道德观,不是因为身体的社会性(大体)压倒了身体的自然性(小体)。实际上,"裸露在西方也受社会排斥"②。关键的是,中国缺乏裸体之所以存在的文化上的可能性条件。朱利安进一步指出:"裸体的可能性首先和我们对'形式'的概念相关,而这是由希腊以来一直如此:形式的作用是作为模型、其背景往往被数学化、几何化,而且,因为它固定了本质的理念,所以具有理想的价值:形式确立了裸体的地位……换句话说,身体之美有一个'原型',这原型构成了它真正的形式,这就是艺术家努力寻求达到的。"③这种形式概念,在美术教学实践中,突出地体现为重视解剖学。文艺复兴时期以来,艺术学院的教学主要内容为:古代、人体写生与解剖学。朱利安的观察将裸体的可能性置于中西两种文化的认识型(épistémè)背景下认识,这样的视角可能是对的④。中国画本质上是重视灵性,强调抒情的,我们的绘画与其说在乎空间的视觉特征以及对摹仿之物的忠实再现,倒不如说在乎心灵的自由翱翔,以及对客观物象的超越⑤。我们的绘画受到书法、哲学与文学的强烈影响。与西方重视眼睛所看到的物象的客观性不一样,我们的绘画归根到底还是与某种价值观相关,与某种情怀、胸襟、境界相关。然而,裸体,如果既不属于自然,也不属于某种道德观念所映射下的客体,也就是不属于价值领域,那么只能属于真理的领域,这确实只有在明确判分了事实与价值两者的西方世界才有其可能。显然,我们完全可以理解,裸体固然可以成为美的原型或理想的价值,但是,它其实还可以视为认识的对象,而它的知识的维度,体现在包括数学比例、光影、透视法、色彩等原则中,尤其是通过解剖学的基础得以具有可见性的。与之相关的文学中的身体描写,尤其是性描写,其实呈现的是同样的逻辑。身体要么作为自然的一部分,它只能适宜于在私密空间中借助于相应的行动使其可能性得以实现,也就是说,它不应该是表征的对

---

① 于连:《本质或裸体》,林志明等译,天津:百花文艺出版社2007年版,第9页。
② 于连:《本质或裸体》,林志明等译,天津:百花文艺出版社2007年版,第37页。
③ 于连:《本质或裸体》,林志明等译,天津:百花文艺出版社2007年版,第39—40页。
④ 关于中国与西方的认识型,笔者曾经做过一些描述,参见朱国华:《认识与智识:跨语境视阈下的艺术终结》,《乌合的思想》,上海:上海文艺出版社2012年版,第145—146页。
⑤ 范景中写道:"一位伊斯兰人看看西方绘画,再看看中国绘画,会发出这样议论:在一幅西方绘画,我们的结果是走出画面或画框之外;在一幅坚守阿拉伯大师风范的绘画,我们终究会抵达安拉俯瞰我们的位置,而在一幅中国绘画,我们将被困住,永远也走不出去,因为它可以无边无际,漫延拓长。"参见范景中:《文人画的特色——一个比较的观点》,《新美术》2007年第6期。

象,尤其是在公共领域中合法书写的对象;要么作为社会化的身体,它受到社会秩序首先是道德律的制约。除此之外,它的出场是不可理喻的,是邪恶的,是荒诞的,甚至是危险的。裸体,因为它不指向任何具体目的,不执行任何社会功能,它的存在对中国人来说是突兀的、不自然的、不健康的,并不适合于中国国情。

在刘海粟"模特儿事件"发生的那个时代,我们会发现,在文学领域也发生了一件类似的事件,也就是郁达夫出版《沉沦》所引发的文学事件。虽然这一事件强度不如"模特儿事件",因为绘画具有更强的直观性和感官刺激,事件本身也相对简单一些,但是将这两者结合在一起比较分析,也许更有助于让我们观察中国在审美现代性转型时所展现的更具体而微的景观。

小说集《沉沦》出版后,一时洛阳纸贵,并且迅速引起了一些反响,在媒体上甚至街谈巷议中,出现了不少尖锐的批评。一个主要原因是书中出现了比较直白的关于身体的描写,尤其是偷窥洗澡、野合这样的细节。对个性化的身体欲望的描写,其实与裸体具有结构性同构关系。对郁达夫来说,他不过是在表现一个"久居异国的青年精神上和生理上的忧郁和苦闷"[①],也就是说,他着力于塑造具有普遍性的饱受青春期性压抑之苦的少年的心理真实,这样的真实类似于裸体之美,不应该引向身体欲望,而应该引向一种精神性的审美认识。但是,在中国的传统文学中,身体书写要么就不存在,所描写的"闺房之乐"充其量不过是描眉画眼、谈情说爱之类与身体行为无关的事项,要么就是《肉蒲团》这样的艳情小说。郁达夫这样的身体书写,在传统上被认为是严肃的文学叙事格局中,是不应该存在的。因而,批评者可以认为,这样的描写过于粗俗,在艺术处理上是失败的。他们声称,郁达夫没有解决好灵与肉冲突的叙事技巧,实际上,整篇小说,只见其肉,而不见其灵。郁达夫无法忍受舆论压力,求救于文坛盟主周作人,周作人出色地完成了救援任务。他引用一位美国学者 Mordel《文学上的色情》的观点,对文学中的不道德现象进行了分类,并指出郁达夫的作品不该归类为不道德的文学:"《沉沦》显然属于第二种的非意识的不端方的文学,虽然有猥亵的分子而并无不道德的性质……这集内所描写是青年的现代的苦闷,似乎更为确实。生的意志与现实之冲突是这一切苦闷的基本;人不满足于现实,而复不肯遁于空虚,仍就在这坚冷的现实之中,寻求其不可得的快乐与幸福。现代人的悲哀与传

[①] 冯至:《相濡与相忘——忆郁达夫在北京》,陈子善编:《逃避沉沦:名人笔下的郁达夫 郁达夫笔下的名人》,上海:东方出版中心1998年版,第25页。

奇时代的不同者即在于此……所谓灵肉的冲突原只是说情欲与迫压的对抗,并不含有批判的意思,以为灵优而肉劣;老实说来超凡入圣的思想倒反于我们凡夫觉得稍远了,难得十分理解,譬如中古诗里的'柏拉图的爱',我们如不将他解作性的崇拜,便不免要疑是自欺的饰词。我们赏鉴这部小说的艺术地写出这个冲突,并不要他指点出那一面的胜利与其寓意。他的价值在于非意识的展览自己,艺术地写出升化的色情,这也就是真挚与普遍的所在。"[①]周作人采取的论证路线主要是两方面:其一是引证西方人关于文学与道德的看法为郁达夫进行合法性辩护,其二就是指出郁达夫的价值在于客观地再现具有真实性与普遍性的灵肉冲突的这一现实。周作人这两方面既考虑到了启蒙现代性的西方,也考虑到了强调认识的西方。毫无悬念,周作人一锤定音,他的盟友们如成仿吾、郑伯奇们纷纷登台助阵,最终锁定胜局。《沉沦》变成了所谓受戒者的文学(literature for the initiated),它不是启蒙读物而是具有纯粹的审美眼光才能读解的经典作品。

在一定意义上,裸体之美与肉欲之真具有相同的意义,也就是它们都拒绝使自身成为意识形态的工具或释放生命冲动的手段,它们都通过身体欲望的表征来追求某种纯形式的认识,这在中国的本土文化中找不到其存在的位置。因此,模特儿事件与《沉沦》文学事件所凸显出的是一种历史连续性的断裂,刘海粟与郁达夫及其盟友们企图将一种来自异域的文化理念强行植入中国的文化生产场,启用新的符号筹码,从而置换其固有的游戏规则。民国初这种美学革命取得的成功,是与中国知识界共同体的推崇西学的集体性共识,以及当时整个社会亲西方的历史条件相关的。如果我们可以将这种对西方文化观念的热情拥抱,视为某种文化帝国主义的自我殖民心态,那么需要指出的是,这样的情感态度必然是不稳定的。因为我们主动地学习西方,并不是打算横向移植西方的全部,而只打算学习对我们有用的那一部分,也就是看起来是使得西方的强大之所以成为可能的启蒙现代性。我们并没有意识到,启蒙现代性的一个基本条件和根本保证是它的认识型即求真意志。启蒙现代性是流,而求真意志是源。我们对西方的学习是策略性、权宜性与工具性的。为认识而认识的激情从未成为我们这个民族具有决定性的精神选项,即便我们推崇科学,其最终目的也并非追求真理,

---

[①] 周作人:《沉沦》,李杭春等主编:《中外郁达夫研究文选》,杭州:浙江大学出版社2006年版,第2—3页。

而是谋求民族富强的手段。这样,我们对启蒙现代性的接受很大程度上依赖于不断变化的具体的政治条件与社会语境。一旦西方国家的形象由代表着更先进文明的人类榜样变成了帝国主义强盗,那么对西方文化的某种抵制必然会卷土重来。

五

从1949年到70年代末,裸体艺术在中国大陆几乎不存在。美术学院相关教师为此上书最高领导人毛泽东,希望对此状况有所扭转,以便能维持正常的绘画教学秩序。毛泽东曾经专门做过两次批示,一次指出:"画男女老少裸体Model是绘画和雕塑必须的基本功,不要不行。封建思想,加以禁止,是不妥的。即使有些坏事出现,也不要紧。为了艺术学科,不惜小有牺牲。"又有一次说:"画画是科学,就画人体这问题说,应走徐悲鸿素描的道路,而不走齐白石的道路。"但实际情况是,他的批示并未得到执行。有论者指出:"'文化大革命'爆发后,连维纳斯的雕像也在横扫之列,又何论裸体艺术。甚至连国家副主席宋庆龄卧室内挂的外国友人赠送的人体画像,也被迫取了下来。当时在社会上大批《天鹅湖》等古典芭蕾舞,罪名叫做'大腿满台跑,工农兵受不了',这就是说,规格比禁止模特儿又升级了。'文革'十年间,中国的裸体艺术几乎是一片空白,美术院校不准画裸体,就连着衣者也不例外。"①改革开放之初,美术院校逐渐恢复模特儿写生的基础训练,但以模特儿作为教学工具也并非一帆风顺,有的模特儿甚至因为舆论压力而导致精神失常②。当毛泽东说"画画是科学"的时候,他指出的其实是人体画基于解剖学这一事实。但是,即便他的话被视为"最高指示",在当时也并未充分发挥作用。类似地,在"文革"期间,最流行的手抄本小说叫《少女之心》,这部性描写尺度随着成百上千版本的不同而相差极大的地下小说,满足了被压抑的色情想象。身体书写在主流文学中全面止歇了。

改革开放以来,艺术院校的人体写生得到了全面的恢复。随着市场经济的强劲发展,对外开放的逐步深化,各种类型和风格的身体书写已经产生了许多故事。几十年的时间,至少在表面上,几乎已经上演了西方几千年的身体书写的各

---

① 上述材料及引用,参见吴继金:《毛泽东关于裸体模特儿问题批示的经过》,《文史精华》2003年第3期。
② 陈醉:《人体模特儿史话》,桂林:广西师范大学出版社2004年版,第145—147页。

种可能性。"文革"后的身体书写,既意味着解放、他者与反抗,也意味着欲望的叫喊,在更大的方面,它贯彻着资本的逻辑,成了消费的对象。作为具有普遍性感性认识的对象,身体表征在中国的文化书写中还会有什么可能性?西方侧重于认识的认识型会逐渐融化到我们民族的精神血脉中去吗?在我看来,中国的新文化还在形成之中,这是一个可以留待未来人回答的问题。

附识:本文在写作过程中,在获取资料信息方面,一如既往地获得了老友刘彦顺教授的大力支持。此外,万书元教授、贡华南教授、盛璟教授、徐亮教授、王贺博士、潘黎勇副教授及其硕士对此文亦有贡献。特此致谢!

作者手记:

事件研究:解放经验事实的理论重构

《身体表征的现代中国发明:以刘海粟"模特儿事件"为核心》一文的写作,在方法论上采取的策略是从事件的角度入手,在对刘海粟"模特儿事件"进行重新解读的基础上,理解在这个特定事件上展现的中西和古今冲突,这些不同冲突的连接方式,以及它所隐喻的中国文化未来走向的可能性。

从事件的视角入手,笔者在此前一篇文章即《两种审美现代性:以郁达夫与王尔德的两个文学事件为例》中已经有所尝试。文章在理念上,希望达到经验研究与理论研究的高度统一。因为文化事件意味着我们视为当然的文化秩序的断裂,意味着此前未曾经验过的某种实践的存在可能性。因此,这一事件的横空出现,会使得过去与未来的裂痕如在探照灯下一般得以照亮,它既显示了传统势力的惯性,也昭示着先行到来的他者力量,这指向的是普遍性。因此,从事件的视点来观察,就使得经验研究可能具有了某种理论的意义,因为这可以起到窥一斑而知全豹的效果。

追求经验研究与理论研究的统一,一个很容易进入的路径是拿现成的理论来抓取经验材料。换言之,让诸多材料成为某种理论的注脚。这样的研究方式,套用康德的理论,所发生的判断是一种规范性判断,也就是从一般到个别。与此做法相反,本文试图尽可能回到历史现场,回到未被各种理论解释所浸透的原初的文化事实中去。如果把某些社会事实从它们被绑架的固化解释中解救出来,

文艺学研究论文写作：案例与方法

让它们尽可能回到质朴的自身，我们可以对它们加以重新问题化，这会导向从具体到抽象、从个别到大众的思考程序。继续套用康德的话语，这是一种反思性的判断过程。举例来说，"模特儿事件"并不是刘海粟所代表的捍卫自由、进步的新派战胜了顽固、保守的旧派那么简单；事实上，反对裸体画的那些人都是受过新派教育的新派人物，他们的反对理由并不可以拿"抱残守缺"这种概念化的批评加以打发，这些理由其来有自，有其片面的正当性。透过时代的意识形态迷雾，我们今天可以更加公正地对待它们。

从另一个方面来说，本文不满足于某种文化社会学研究策略，它设定了这样一个具体的问题：刘海粟"模特儿事件"为何受到攻击，以及它为何最后获得了认可。对此问题的回复，涉及一系列因果链，这些因果链会不断穿过事件之所依附的不同广度和深度的语境层面，最后达到中西观念冲突与融合可能性的思考领域：第一层，是围绕着裸体画在文化正当性上展开攻防的双方，在这里，文章指出了反对者无法理解裸体画背后所预设的形式法则，因此必然产生误读，以及，沉浸于中国美学经验的人，会对建立在解剖学与透视学基础上的某种穷形尽相类型的绘画怀有拒斥心理（迄今为止，最受国内大众推尊的画家仍然是吴昌硕、黄宾虹、齐白石这些保留更多传统绘画精神的人）；第二层，是以蔡元培为代表的政治精英或者社会贤达，中国特有的人脉网络（刘海粟师事吴昌硕，并招揽吴门子弟到上海美专任教，从而消灭了潜在的敌人），这些构成了刘海粟强大的朋友圈；第三层，北伐战争的胜利和新文化运动的成功，是刘海粟的裸体画诉求获得合法化的保证；第四层，也可能是最重要的一个层面，是论述了刘海粟的努力之所以获得某种认可，部分是因为求新的时势所造就：裸体画起源于古希腊，但刘海粟们的论证却用启蒙现代性的逻辑，也就是古今之争，置换了中西对立。但是启蒙现代性得以接受的集体无意识还是晚清以来自强保种、救亡图存的策略性安排，也就是对使得启蒙现代性成为可能的条件即求真意志，并未得到照单全收。因此，刘海粟们赢取的成就是不稳定的，这就解释了裸体画一度在中国当代艺术史中的销声匿迹。从写作技术上来说，这样的收尾，看上去虎头蛇尾，但在主观意图上是为了粉碎理论文章很容易产生的必然性的幻象。

写作此文章的一个强烈体会是，经验研究的一个重要的方面是材料的考论必须要坚不可摧。比如，我们很容易相信刘海粟自我描述的一切，这就需要进行广泛的阅读和认真的甄别。文章重视的不是就事论事地解释"模特儿事件"，而是试图把握这个事件背后的客观逻辑，为了解释清楚事理，本文甚至绕道文学，以同一时期发生的郁达夫的《沉沦》文学事件为例来阐述裸体模特儿风波发生的同一机制。最后还必须指出，本文还力求能与当下发生一种回应关系，也就是说，笔者相信，支配着这个故事背后的逻辑，在当代中国，依然在发挥作用。

声音与"听觉中心主义"

——三种声音景观的文化政治[*]

周志强[**]

摘要：现代声音技术以其独特而有效的编码逻辑，显示了对自我意义的侵犯、渗透、改造和创生的能力。摇滚乐之物化噪音、流行音乐之人机共声与梵音音乐之去声音化，呈现出三种不同的声音文化政治的编码方式与生产机制，也显示声音技术逐渐"摆脱"其场所和空间的限定，将人的身份、气息和光晕凝聚为一个可以被不断叠加、编排和合成的自我幻觉之路。由此，声音的拜物教导致"听觉中心主义"。一种"伦理退化症"的倾向与声音的技术政治紧密维系在一起。声音变成"纯粹的能指"，还变成人们用内心的生活代替现实的境遇的有效方式。

关键词：听觉文化；声音文化政治；摇滚；流行音乐；梵音；声音拜物教

现代声音技术的发展，为现代音乐娱乐产业的发展和繁盛提供了基本条件和必要支持。人们对于声音的关注，常常以声音本身的社会与文化意义为核心，大都会忽略声音的技术形态对于声音编码的关键性作用。也因此，对于声音的研究会被看作是一种"听觉的研究"。事实上，早在被听到之前，声音就已经被定向处理和编码，并且以适合倾听的方式批量生产。在这里，表面上"被听到"的声音，实际上乃是"制造听觉"的特殊技术政治程序。

我在这里试图从声音与听觉的关系问题入手，选择摇滚乐、流行音乐和梵音音乐作为研究的对象，考察和分析声音文化政治的编码方式与生产机制，以及这

本文为国家社科基金项目"批判理论视野下的当代中国文化批评研究"（项目批准号：13BZW006）成果。

[*] 原载《文艺研究》2017年第11期。
[**] 周志强，南开大学文学院教授。

种机制随社会生活变迁而呈现的文化逻辑。按照此一思路,我所说的声音,尤其是这里所选取的声音,都是可以脱离肉身而得以"自我保存"的声音,即通过违背其现场性而获得现场性幻觉的声音。这种可以自我保存的声音,已经构成了一种"文化",这种文化的作用,就是不断地创造倾听者的自我感,从而最终把外界隔绝出去。在声音的生产和传播的过程中,"排斥"和"允许"构成了其根本性的文化政治逻辑,而与之相应,自我与外界形成了现代人基本的无意识认知框架。创造一个"内在的空我",并借机创生了一种可以不断被需要的"声音物品","声音"被赋予了一种神圣的意义:它可以导入心灵,回归纯真,回到你的真正自我的经验里面去。这种对于"回归幻觉"的创生恰与现代社会之"退行"或"退化"的症状相互印证。在声音技术创生的音乐文化景观中,这种"退化"趋向于对"被关注的自我"的经验想象,而这种"退化"则表现为人们总是喜欢以情感的生活命题取代社会的现实命题的趋势,或者不妨称之为"伦理退化症"。

一、"声音文化"还是"听觉文化"?

与眼睛相比,人类的耳朵并没有外部保护和遮蔽的系统。眼帘低垂以至关闭,如果不是特定的表意诉求,那就是一种对信息的拒绝姿态。这种拒绝极其有效,甚至在我们观看恐怖片的时候,很多人觉得只要闭上眼,一切恐怖的事情就都不会继续发生。相对而言,我们的耳朵是永远张开的,即使其内部的肌肉具有细微的自我听力保护的机能,但是它依然只能被动地接受着外部信息,没有拒绝的能力。生活在极地的因纽特人长期处于安静的环境之中,对于突然而至的响声也就缺乏适应的能力,从而很容易听力受损[①]。

从这个角度来说,耳朵更容易被暗示和控制。一旦人类进入睡眠,视觉不再起主导性的作用,而听觉则依旧在"默默无声"地接受着信息。只要允许耳朵听到的声音源源不断出现,那么耳朵也就无止无休地被动接受。从而,耳朵更易于被特定意识形态的意义表达反复占用,甚至可以达到无所不在的地步。一个到处充满特定声音的空间,也就是一个到处可以占用耳朵进行文化政治活动的空间。在集体主义占据上风的时代,"高音喇叭"更是充当了严肃的国家宣判与正义凛然的话语通告的角色,也由此变成了无所不在的空间的真正统治者。在电

[①] 米歇尔·希翁:《声音》,张艾弓译,北京:北京大学出版社2013年版,第48页。

文艺学研究论文写作：案例与方法

影《阳光灿烂的日子》(1995)中，高音喇叭声音为背景的片头曲《祝毛主席万寿无疆》总是可以超越任何环境中的杂音而规定画面的意义。无论是人们的喊叫声、游行队伍的锣鼓声、鞭炮声、哨子声、卡车的马达声以及飞机的轰鸣声，都无法遮蔽这个声音的主导性存在。不同的场景，因为这个声音被串联在一起，成为了一组极其富有文化隐喻意义的镜头。这个高昂的声音显示出声音现象背后隐含的"等级"。那些被反复灌输于耳膜的声音，自然而然地成为人们想象一种生活的核心媒介，而生活的杂音被人们当做没有意义的信息轻松略过。

这也就显示了这样一个问题：声音的制作与编码，与其说是对听觉的服从或者对应，毋宁说是对听觉的"霸占"或者"盗用"。征服听觉，而不是声音与听觉进行生理性的配合，构造了声音文化的一种重要现象。

在"听觉文化"正在成为显学的时刻，我主张进行"声音文化研究"，或者直接进行"声音政治批评"①。在我看来，声音政治批评的提出乃是建立在声音文化发展的基础上的。

这并不仅仅是一个"概念之争"，还是尝试提出一种学科研究的方向性问题。对于这个议题，王敦曾提出过质疑：

> "声音"和"听觉"是不是可以互换的概念？与声音概念对应的，是"噪音"还是"寂静"？声音的本体，与语言修辞的"声音""口吻""声口"的关系如何？符号、表征、艺术创造等的机制，如何得以通过声音来运作？并如何通过听觉感知来表意？过去通过音乐学来讨论音乐，与现在经由文化研究、文化人类学、传媒学来讨论声音，有何异同？讨论文学修辞和文学叙事的声音、听觉，能否与讨论实际的声音、听觉发生学理上的关联？身体、形象、语言、符号表意、修辞、时间、空间等，如何在声音、听觉里得到展现？留声机、电话、麦克风、KTV、广场舞，这些不同的声学技术和社会利用方式，能否帮助回答人文社会科学有关现代性转型、社区分化等许多大问题？②

---

① 在与中国人民大学王敦博士的对话中，笔者首次提出"声音政治批评"的命题。值得注意的是，所谓"声音政治批评"中的"政治"，指的是"一个社会中的重大资源的分配方式。而一个社会资源的重大分配当中，我们至少可以分成两个有趣的层面，一个层面就是可见的层面，如现实生活中的政治权力；另一个层面则是无形的层面，如维持权力结构可以在一定时期内稳定地生存下去的观念，也就是说，我们的观念背后有一些影响我们观念的东西，我们的行动被我们的观念所支配，但是谁来支配我们的观念呢？那就是意识形态。观念和审美，也是一个社会的重大资源，怎么分配这种资源，也是一种政治。"该对话经过李泽珅整理，以《寂寥的"声音政治批评"与"听觉文化"》为题载《社会科学报》2017年3月23日。

② 王敦：《"声音"和"听觉"孰为重——听觉文化研究的话语建构》，《学术研究》2015年第12期。

248

他通过详细的语义考证和话语考辨,得出结论认为,"sound studies"应该翻译为"听觉研究",而不是直接翻译为"声音研究"。他提出:"应该考虑听觉经验是如何被塑造的,而不是死死盯住声音本身。这些求索的中心,应该是围着具备听者身份的人本身,而不仅仅是他'听到了什么'。在'听到了什么'之外,'谁在听'、'怎样听'以及'为什么听',都是值得思考的问题。"[①]作为国内具有代表性的听觉文化的研究者,王敦的这个看法也代表了主流的观点。目前来看,国内大部分学者的论文皆以"听觉文化"作为研究主题词。除了王敦所强调的观点之外,我觉得也有另一种考量,即"听觉文化"可以成为与"视觉文化"相对照的概念,这样,就能够"顺便"提出所谓"听觉文化转向"(实为"转向听觉文化")的命题,与此前的"视觉文化转向"相互印证,起到良好的激活新的学术兴趣点的效果。

对于王敦所设想的听觉文化研究应该更注重主体规训和主体能力研究,我认为这反而不仅有可能令"sound studies"陷入技术手段的困境,也会误入另一种"歧途":仿佛声音的文化政治乃是由听者主导的。这其实是一个现象性的误区,人们确实通过自己的耳朵处理声音的信息,"听觉文化研究"也强调这种"倾听"其实乃是人的耳朵被规训的一种途径和方式,但是却依然存在把社会学的问题交给心理学或者人类学来解决的危险。我认为学界应该把王敦的问题置换成这样的问题:声音怎样编码自身?它如何修改和霸占"听"并怎样内在地规定着"听的方式"?声音是怎样生产"听的欲望"的?它的这种生产本身养育了什么样的"倾听主体"?

事实上,在今天这样的消费主义文化政治逻辑主导下的时代,没有任何倾听乃是仅仅因为主体的诉求而发生:"倾听"是一个被声音文化工业生产出来的产物,这个结论应该是毋庸置疑的。也就是说,生产声音的机制,也就是生产"听"的机制,耳朵的顺从性和声音的侵略性乃是二位一体的"圣父",而带有侵略性的"声音",作为生产与接收的关键性的中介物,乃是"sound studies"之核心。

简单地说,"听觉"表面上是一个生理性存在,究其生理学基础而言,声音只有经过听觉之后才会真正实现或生成[②],但是,这仿佛是"儿子由父母生产,却并不由父母决定其性格"一样,声音形成于听觉,但是却是由人与社会的复杂活动来规定其内在意义和特征。与之相应,恰恰因为声音是由听觉最终完成的,所以声音才有机会创造这样的结果:听觉信息(声音)乃是由声音编码(在被耳朵

---

① 王敦:《"声音"和"听觉"孰为重——听觉文化研究的话语建构》,《学术研究》2015年第12期。
② 王敦曾详细举证了声音乃是听觉之完成现象。参见王敦:《"声音"和"听觉"孰为重——听觉文化研究的话语建构》。

听到之前就已经完成的程序)制造出来的一种"幻觉"。概言之,"声音"(一种预先设定了其编码方式,即特定的声音振动频率、震动幅度、时间长度与特定文化信息巧妙结合并形成符合特定要求的修辞形态)创生了"听觉"(一种由耳朵的开放性和特定的接收心态而产生的信息幻觉)。

二、非场所:现代声音技术的文化政治

任何声音都是有音源的,这就意味着"声音的现场性"至关重要。法国学者德里达讨论"语音中心主义"正是基于这样的考虑:声音的发生永远也无法摆脱它对音源的依赖,所以记录语音就等于回到现场:"'意识'要说的不是别的,而只是活生生的现在中面对现在自我在场的可能性。"① 很多场合,听到声音就意味着与音源同在,所以对于声音来说,它总是与稳定的时空暗中锁定在一起,这就为声音产生现场感提供了感受基础。用声音来证明在场,声音就意味着与君同在、与上帝同在。语音中心主义理所应当地发生,因为声音保证了原初意义——逻格斯的完整和真实。所谓的语音中心主义,从声音的角度来说,就是声音的存在本身变成了逻格斯存在的保障,于是声音本身就成为关键性的命题。在这里,声音与听觉完成了文化的合谋,即"我听故我在"。

无形中,声音变成了肉身的象征,也就是说,声音让听者感受到活生生的发声者的气息与经验,仿佛与之面对面交流。在这里,语音中心主义暗示了这样一种场景:那个伟大的布道者,那个圣人,将其声音、气口留在了这里,宛若与你同在!尽管声音来自各种各样的音源,风声、雨声、鸟鸣、水起,但是,声音的"肉身"依旧是声音文化政治的基础——如果不是因为肉身之间的声音交流,怎么会有对大自然各种声音的文化信息的理解和感悟?

有趣的是,现代声音的发展恰恰是向着另外一个方向进行:努力让声音脱离其发生的现场,变成一种"不在场的在场",即声音越来越有条件摆脱其与现实音源——或者就是说德里达所强调的逻格斯——同在的状况,独立成为一种可以随意编码的文化产品。

简单地说,声音的文化政治来自这样一种技术趋势:声音可以脱离发出声音的"肉身"而独立存在。在这里,关键性技术乃是声音与人的分离,即人的声

---

① 雅克·德里达:《声音与现象》,杜小真译,北京:商务印书馆2001年版,第9页。

音，不仅仅是说话，还包括演奏、说话交流时的大自然的背景音等，可以离开声音发生的瞬间和空间而借助于其他载体存在和传播。

事实上，早于现代声音技术的"不在场的在场"现象已经发生过了，这就是文字对声音的记录。象声词和字母文字，隐含的努力就是令声音摆脱其发生的时刻而恒久占有时间，但是声音之真正获得其"物性形态"，而不仅仅只是"存活"于空气等物质元素的震动与耳膜的听力复原的过程中，乃是根源于现代声音的技术。在1877年，爱迪生发明了一种能把声音留在蜡制设备中的东西，这就是最早的留声筒。有趣的是，爱迪生丝毫不觉得这个发明具有什么特殊的意义，他无法想象，正是这个发明，可以在未来产生出一种文化工业：流行音乐，并涉及录音机、电影和电视机文化的发生和延展。大约在爱迪生的发明十年之后，德国的艾米尔·伯利纳创造了蜡盘留声机，即用扁平的圆蜡盘代替蜡质圆筒，刻录和制作"声音波纹"。到了1925年，贝尔研究所研制出Vitaphone留声机。这些发明很快就应用到了电影播放的活动中。于是，电影中的人物影像与留声机里的声音紧密结合，创造出了新的幻觉：人物和声音被技术性地编码在一起，从而创造了具有现场感的"非现场"。

我干脆用"non-place"（非场所）这个概念来描述声音技术所创造出来的新的空间幻觉形态，也就是说，声音技术可以让声音"摆脱"其场所和空间的限定，从而让人的身份、气息和光晕只凝聚为一个可以被不断叠加、编排和合成的新的场所空间幻觉。

有学者这样介绍奥迪的非场所理论："奥吉认为，相对于传统人类学里所研究的那些人类学场所（anthropological space），在当代城市大量建造的是无数的'非场所'（non-place）。人类学场所定义了社群所共享的身份、关系与历史，比如祭祀空间、村社的广场、小镇的教堂等等。这种场所是在社会流动性非常低的前现代时期经由社群与空间长期的互相塑造中形成的，这类空间具有交织的共同记忆与共同物质环境。'非场所'是指那些在快速现代化过程中不断涌现的新设施——主题公园，大商场，地铁站，候机楼，高速公路，各种城市中的通过性空间。'非场所'打破了空间与人自身身份之间的长期磨合所形成的关系。人与'非场所'之间的关系受契约与指令的控制……"[①]事实上，声音技术的发展，尤其是数

---

① 谭峥：《"非场所"理论视野中的商业空间——从香港垂直购物中心审视私有领域的社群性》，《新建筑》2013年第5期。

字声音技术的发展,归根到底乃是让声音逐渐摆脱其"场所性"。只有特定的声音和空间场所的媾和,才具有的特殊的生活气息或神秘内涵。在录制专辑《生命中的精灵》(1986年,台湾滚石唱片公司)时,李宗盛专门录制了自己生活中的汽车声、雨声,尝试用声音技术赋予其专辑一种生命的灵韵。声音的发生与其所发生的生命活动之间,已经再也无法搭建呼吸相应、生息相连的关系。现代声音技术已经发展到了这样的地步:一切声音都是自由而独立的,而一切倾听都变成了这种整齐划一的声音制作流程的幻觉。

在这里,声音与其发生空间或场所的分离,也就让我们的耳朵可以"自由选择"只属于自己个性需求和欲望消费的声音。不过,声音的制作技术空前发达,但是允许进入耳朵的声音却日益单调。我曾讨论过我们倾听的同质化和单一化的状况,在看似丰富多姿的各种各样的歌曲唱法之间,我们慢慢学会了躲避具有危险性的声音,以一种去社会化内涵的方式使用倾听,声音由此便成一种让每个人都获得独立自我幻觉的重要方式[①]。

抛开那些理论的枝枝蔓蔓,不妨这样说,现代声音技术的文化政治归根到底乃是这样一种文化政治:它把声音按照听觉的欲望进行编码,却伪装自己依旧是来自现场的真实记录;同时,它将声音与耳朵的结合转换为凝固的自我空间,从而创造出一种最贴近肉身(比如耳机)的"非场所",这种"非场所"也就将自我固定在"自我的幻觉"之中,给了"自我"这个本来不应该被感知的东西可以被感知的"形式"。

显然,声音技术让声音与耳朵在心理欲望的层面上更为贴合,也更符合倾听的各种要求。"悦耳"变得越来越容易,排斥"刺耳"也变得更加简单。一种所谓的语音中心主义正在暗度陈仓,变成消费主义时代的听觉中心主义,而这种听觉中心主义并不是因为听觉的生理改变而实现,反而是由声音的制作技术完成的一次声音对人的成功"欺骗"与文化"霸占"。

三、摇滚的革命性幻觉

很久以来,人们坚定不移地相信摇滚乃是一种激烈社会革命之声。在《声音与愤怒》一书中,作者详细讨论了摇滚与社会变革诉求之间的关系,但与此同时,

---

[①] 周志强:《唯美主义的耳朵》,《文艺研究》2013年第6期。

他也质疑摇滚会否真正带来社会的革命①。这其实已经显示了这样一种问题的焦虑：摇滚的愤怒之声，既是人的愤怒的表达，又是现代声音文化政治背景下被制造出来的声音愤怒。

简单地说，作为"人声"，摇滚怒气冲冲，制造者带有强烈的反抗气息的噪音，以此抵制资本主义理性话语中对于声音秩序的意识形态规范；而这种怒气冲冲的摇滚其实依然无法彻底摆脱被制作为"物声"的趋势，它终究是在现代声音技术的文化政治规划中形成和生产的产品。于是，对于摇滚来说，"人声"（制造噪音、轰炸耳膜、撞击习惯等）与"物声"（扩音设备、电贝司、合成器、录制音轨等）构造了摇滚声音的内在的基本矛盾。

换句话说，摇滚的魅力乃是这样一种魅力：它虽然处于声音的"非场所"围困之中，却努力营造具有强烈生命气息的场所与空间的存在感。这是一场看似由摇滚歌手来激活的社会革命的行动，却暗含着声音文化政治的内在撕扯与斗争。摇滚的魅力也就内在地处于这样的境地：它只要反抗自身，就可反抗遏制主义和资本主义意识形态。

鲍勃·迪伦在他的著名的乐曲《答案在风中飘荡》中这样唱到：

> 是啊一个人要抬头多少次
> 才能够看见天空
> 是啊一个人要有多少耳朵
> 才能听见人们哭泣
> 是啊到底要花费多少生命
> 他才能知道太多人死亡
> 答案，我的朋友，在风中飘荡
> 答案在风中飘荡

在这首被赋予了追求和平、反对战争的意义的作品中，鲍勃·迪伦用略带沙哑和伤感的声音，搭配了口琴和木吉他，唱出了一种寓言式的主题：人们的哭泣已经无法被耳朵听到，我们到处听到的都是自己想要听到的声音。"答案在风中飘

---

① 张铁志：《声音与愤怒——摇滚乐可以改变世界吗？》，桂林：广西师范大学出版社2011年版，第25—27页。

荡",既是永无答案的意思,也是答案永远无处不在的意思。民谣的婉转多姿和摇滚的桀骜不驯,在这首名曲中实现了完美的结合。民谣的纯真被用来制作属于摇滚的纯粹和真实的幻觉,而懒洋洋的摇滚元素,正好为歌曲带来了沮丧而压抑的愤怒冲动。事实上,摇滚和民谣从来都是互为能指、相互依存的。在《创造乡村音乐》中,彼得森生动地描绘了"乡村音乐"的"本真性"是怎样被"制造"出来的。所谓的乡村摇滚,并不是我们想象的仅仅是淳朴的歌声与简明的乐器,以及那些听起来非常令人怀旧的旋律这么简单。乡村音乐的"本真性"乃是一系列复杂而有效的制作程序的后果①。同样,摇滚的"本真性"诉求与其不可摆脱的商业化道路之间,不仅没有隔着千山万水,反而近在咫尺且唇齿相依。张铁志这样描述20世纪60年代摇滚的革命行动之后歌手四分五裂的局面:

> 也有人说,60年代的革命终究是失败了。政治上,强烈对抗反叛运动的保守主义从那时开始取得霸权;音乐上,流行音乐则进入更商业化、体制化的阶段,音乐工业手边新音乐能量的技巧更强大了。还有人会将摇滚作为青年亚文化的武器吗?②

事实上,摇滚的噪音具有吊诡的双重性:抵制遏制主义与顺从声音技术政治。摇滚破坏声音,却无法破坏声音技术所创造的政治图景。摇滚创造破坏既定的同质化生活的幻觉,却无法破坏声音生产和制作的单一化趋势。这形成了摇滚乐身上总是存在的那种莫名的焦虑和沮丧不安的感觉。刺耳的嘶喊与悦耳的沙哑,交替出现在摇滚歌手的歌喉之中。这两种声音的平衡构造了摇滚与声音技术所决定的摇滚的命运。在轰轰烈烈的社会运动中,革命变成了遥远的20世纪的激情记忆,而留给摇滚的却是永远存在的那种抵抗的幻觉与没有对手的不服输精神。

显然,单纯坚持刺耳的嘶喊与毫不客气地走向悦耳的沙哑,显示出了两种不同的摇滚歌手的命运。窦唯和汪峰由此形成了鲜明的对照。

在窦唯的声音中,平静的激情被压抑成激情的吟唱,其声音路线无形中形成了一种对电子声音和技术的拒绝路线。尝试使用"人声"代替"物声",这是窦唯

---

① 理查德·A. 彼得森:《创造乡村音乐》,卢文超译,南京:译林出版社2017年版,第247—264页。
② 张铁志:《声音与愤怒——摇滚乐可以改变世界吗?》,桂林:广西师范大学出版社2011年版,第45页。

歌声坚守的堡垒。在《幻听》(1999)中,窦唯使用了吉他、贝斯、鼓、梆子(木鱼)、铃鼓,各种声音纠缠撕咬、互相激活,创造出一种黑色而激动的情绪。歌词逐渐离开了窦唯的摇滚,歌手嗓音的呼啸成为引导听者曲折转换心境的路途。而《希望之歌》(1991)中,"蔼——噢——噢"的使用,已经令歌曲的意义一脚踏空,成为无所凭寄的生活感受的表达。窦唯的声音成为20世纪八九十年代理想主义激情消失的哀歌。声音本身的属性与那个时代散落的愿望,都成为窦唯摇滚激变的内在支撑。

简单地说,摇滚在它还是摇滚的时候,并没有获得如此丰富的声音韵律,而窦唯的声音则成为摇滚消失时刻镂摇滚个性的最好的证据。窦唯成为摇滚不再是摇滚的哀悼。这使得这种声音吊诡地成为它曾经存在的消失的表征:窦唯用这种不一样的声音挣扎,证明了摇滚曾经对声音技术政治反抗的意义。

与之不同,从20世纪末开始,汪峰日益致力于嗓音的沙哑感与器乐的厚重丰富的嫁接勾连。在汪峰的声音里面,我们感受到了摇滚声音由肉身的场所或空间的挣扎转向"非场所"的制作逻辑。汪峰的声音携带一种抽象的痛苦感和微甜的沮丧意味,这种声音不再像窦唯那样追求一种只属于自己时代的个性,而是要创造一种充满个性的"共性"。在这里,汪峰更多地在制造一种关于声音的仪式,而窦唯则更多地表达声音的意识。

在汪峰的声音仪式里,这个世界不再是要不要变革的主张,而是要如何接受的诉求。摇滚和革命的联姻,在汪峰这里完全变成了摇滚与生活的巧妙结合。每一次嘶哑的歌喉,唱出来的不再是崔健时代的愤怒,也不再是罗大佑歌声中的沉重而理性的批判,而是一种隐含着"私奔"冲动的激情。只有无处可逃的时候,人们才会使用"私奔"的想象来给自己提供离开的幻觉。汪峰的歌声把摇滚嘶喊所蕴藏的一点超越世俗生活的悲情,变成了令自己神清气爽的呼喊和放松。

然而,无论是窦唯还是汪峰,却都是在摇滚消亡的时刻,从摇滚现场转到"专辑"之路的印证。事实上,对于嘶喊的执著,可以看作是用声音创造现场的恒久努力。摇滚演出的现场注重声音的爆炸、激烈与分裂。完美的声音和器乐的搭配,都不属于摇滚乐的生产瞬间。而专辑却是另外一种逻辑。没有比摇滚现场更具有声音政治的抵抗性意义了,但是也没有比摇滚专辑更富有反讽的意味了。失去了现场,嘶喊将变得毫无生气;而失去了专辑,嘶喊又可能与街头古惑仔的杀伐之声并无二致。

事实上,现场、录音室与声音的挣扎,共同参与了摇滚声音文化景观的制造。

当人们讽刺汪峰失去了摇滚精神的时候,却忘记了摇滚从来就没有真正具有过这种精神。在声音技术政治的图景中,可能摇滚是最桀骜不驯的孩子,却因为其桀骜不驯,给了现代声音的文化政治增添了丰富的注脚。

相对来说,摇滚至少还在尝试发声与空间的对话和连接,至少还在坚持人声本身的感染力和冲击力,而流行乐则是"人机共声"的婉妙儿女。

四、流行乐的"人机共声"与现实隔离

如同摇滚乐的千姿百态,流行乐也千变万化。不过,对于声音设备的依赖,却是流行乐根深蒂固的品性。俗歌俗语与人之常情,这自然是流行乐永恒的主题。但是,流行乐之不同于民间小调小曲的根本原因,乃是其唱法必须借助于声音技术设备才能实现和完成。

按照这样的思路,与摇滚对于肉身和现场的执著不同,流行乐的声音追求的是一种"贴耳的悦耳"。借助于这样的声音幻觉,流行乐把人与各种各样的生活声音"隔离",并生产出这样一种声音的商品:只有特定的声音才是属于自我的声音。

所谓"贴耳",指的是流行乐总是致力于创造一种耳边声音的努力,而不是摇滚那样制造迎面而来的感觉。在人的听觉行为中,存在一种"听觉—发音"循环的现象:人只能发出他所能听到的声音[①]。这就有了听觉被发音暗中引导的问题。在很多时候我们发现,半熟悉的歌声容易引发人们的关注。赵勇在研究街头歌手的时候发现,人们听到熟悉的声音的反应,总是比听到陌生的声音的时候更容易产生认同[②]。"听觉—发音"循环原理可以很好地解释这种现象,因为熟悉的声音首先激活了发音的愿望,进而让倾听变得可能。流行乐的魅力恰恰与这种容易激活的发音冲动紧密相关。当邓丽君的歌声依托清晰的录制设备于夜深人静响起在耳边时,每一句柔美的"呼唤"都仿佛可以在我们的心头荡漾。而邓丽君的声音来到中国大陆的时候,中国大陆刚刚走出"文革",当时的人们习惯了集体大合唱、男高音或者女高音的声音,这是一些"无性"的声音,声音中性与私人隐秘情感的意味丝毫不存在,于是"邓丽君"的纯美之声就不仅仅关乎于美

[①] 米歇尔·希翁:《声音》,张艾弓译,北京:北京大学出版社2013年版,第39页。
[②] 赵勇:《草根歌手的两种命运——以"中关村男孩"为例》,《艺术评论》2011年第9期。

学和诗意的浪漫,还是当时人们用耳朵选择的"情感的启蒙"。邓丽君的声音,贴耳而生,如同跟我们喁喁私语,它所唤起的发音冲动归根到底乃是一种说出自己内心深处的情感微动的冲动。

尽管经由罗大佑、李宗盛和周杰伦的层层改造,华语流行乐已经显示出与邓丽君的卿卿我我截然不同的境界,但是这种"贴耳的悦耳"却始终是其内在核心。所谓"悦耳"并不仅仅是听觉的主观感受,更是声音生产和制作时要遵循的声音频率与振幅规律,音色与频率的巧妙结合会形成"悦耳"的感受。不同的器乐也就有了相应的"悦耳"的频率。比如,一般来说,乐器中的大提琴、小提琴、圆号、钢琴等振动频率与其音色的搭配,会被听觉感觉为声音悦耳;少采用偏执性的高音和低音,也会比较悦耳[①]。事实上,华语流行音乐的发展之路,恰恰是逐渐放弃怪癖的声音而以唯美主义的声音为旨归的道路。当李宗盛代替罗大佑之时,俗语歌词逐渐取代了诗语歌词,声音中的嘶哑和狂喊也就变成了沙哑和呼喊。在零点乐队推出的专辑《永恒的起点》(1997)中,"你爱不爱我"这句口号式的呼喊,喊出了华语流行音乐对于激情使用的正确方式:曾经激荡心中的愤怒和表达抗争冲动的嘶喊,被悄悄置换成关于爱情和人生的深情呼喊。周晓鸥的这一声"你到底爱不爱我",不仅情感充沛,而且激活了"听觉—发音"循环的冲动,很快就成为街头、浴室和卡拉 OK 的"第一喊声"。

这种"贴耳的悦耳",正是流行乐与声音技术长期"磨合"最终慢慢形成的编码默契。在《流行音乐的秘密》一书中,新西兰学者罗伊·舒克尔比较详细地描述了乐器、声音录制技术、音乐承载技术和音乐声音格式技术的发展,对流行音乐内在品格的影响和推动。麦克风和电子扩音技术的出现,不仅形成了通俗音乐,也形成了流行音乐的秘密:"声音颗粒",也即倾听流行音乐的核心元素。而整个声音技术的发展,从立体声到环绕声,再到高清格式与无损格式,都在极端地强调声音的纯粹保真[②]。这种趋势,令流行乐最终成为一种在声音中感觉自我的方式。

耳机插入耳朵,这个世界就被隔绝在我们的经验之外,换句话说,只有自我独处的时刻才是真正的自我时刻,耳机的作用乃在于让"自我"这个原本具有哲学抽象内涵的东西变成我们可以清晰感受到的生活现象。流行乐的"人机共声"

[①] 米歇尔·希翁:《声音》,张艾弓译,北京:北京大学出版社 2013 年版,第 51—52 页。
[②] 相关论述,参见罗伊·舒克尔《流行音乐的秘密》,李皖译,北京:世界图书出版公司 2012 年版,第 41—53 页。

旨在让耳朵"着迷",人为制造出来的声音借由这个永不会关闭的器官直接进入每个人的灵魂深处。在此之前,从来没有这样的体验,一个仿佛来自神秘地方的纯粹干净的清晰声音单独与自己呢喃细语。这种体验的美妙足以抗拒任何不属于这种声音程序的频率。于是,流行乐不动声色地把我们固定在这种幻觉中:倾听音乐才会真正感觉到自我。

事实上,艺术被看作是自我心灵的真实呈现,这种观念自资本主义的审美意识形态发生之后就坚定不移地主导着我们的感受方式。可是,流行乐把自我仅仅作为一个不声不响的倾听主体进行围困的时候,也就无意中彻底把自我抽空。自我就只是一个瞬间的体会,而瞬间就是一切,就是永恒!这种观念一旦在声音的技术政治中确立起来,就会成为普遍性的艺术消费观念:人生不过就是由瞬间的意义构成,除此之外的理想,都是无稽之谈。

不妨说,流行乐鼓励了这样一种意识:声音把自我关闭在自己的生活之外才会有真正的自我生活。这种意识归根到底不过就是一种市侩主义和实用主义的生活意识的苟合:只要自己的感觉好了,一切就都 OK 了!

在这里,流行乐的声音制作,说白了就是"隔离而自我"的生产逻辑,即只有有效隔离外界的噪音,才能真正具有属于自我的时刻。这充分体现在降噪技术的广泛使用中:从影视图像减少颗粒的降噪,到声音处理时尽量把外界和声音隔离起来的降噪,都是视听技术中的重要命题。声音的降噪,简而言之,就是把流行乐的声音作为唯一值得保留的声音,而把现实生活的声音视为干扰音、杂音或噪音。这有点近似于英国学者尤瑞所讲的"游客心理":游客凝视隐含一种"离开"的意识;游客们只把旅行中的日子看做是生命的自由和真谛,而把日常工作和生活看做是没有任何值得关注的现象[①]。旅游者需要"离开",而流行乐则许诺"隔绝"。在流行乐的领域,声音越来越倾向于成为"声音拜物教":声音像神一样统治我们的感觉,让我们把一切非纯粹的、形态各异的声音都看作是对真正的生活精神的干扰和侵犯。于是,人们越来越自觉地困在唯美主义的悦耳声音之中,保持着对于非同质化声音的排斥。2014 年,一首名为《周三的情书》的歌曲在"中国好声音"上被演唱。歌手用略带云南方言的语调和生硬刻板的节奏,反复吟唱:

---

① 约翰·尤瑞:《游客凝视》,杨慧、赵中玉、王庆玲、刘永青译,桂林:广西师范大学出版社 2009 年版,第 3 页。

> 这三十多年来
> 我坚持在唱歌
> 唱歌给我的心上人听啊
> 这个心上人
> 还不知道在哪里
> 感觉明天就会出现

这首歌的魅力在于，演唱者自己用口琴和吉他伴奏，并以方言和说唱的方式形成了话筒前面"肉声真嗓"的感觉。这种感觉与歌曲要表达的那种沮丧失落中寻找希望的感觉相互配合，形成了富有寓言性的声音：疲倦而强打精神的自我激励，匆忙而压抑的底层劳动者生活，两者被这个声音拼接在了一起。这种声音形象与流行乐制造出来的"唯美主义的耳朵"有着明显的差异。于是，当我把这首歌给诸多学生和朋友听的时候，大部分人都无法理解地质疑：这怎么能叫做"歌曲"呢？

显然，"人机共声"的流行乐，已经改变了人们的倾听意识。只有那些看起来让人们可以陷入纯粹悦耳和清晰干净的声音才是可以倾听的音乐。声音技术让今天人们的听歌经验与几十年之前的经验迥然不同了：人们在被技术处理得异常悦耳无杂音的声音倾听中把自己与外面的世界彻底隔绝开来。正是流行乐的"人机共声"创造出这样一种主体或自我：除了我自己空空荡荡的体验，其他的都不重要；声音让唯美悦耳进入心灵，于是心灵就只容纳那些悦人耳目的东西。

不妨将这个被流行乐的声音政治催化出来的自我主体称之为"空我"，而这个空我日益趋向于陷入心灵的幻觉，呈现一种"除我之外别无一物"的精美的利己主义形象。

五、梵音的"空我"与"去声音化"

流行乐之"空我"制造的极端形态，就是梵音音乐。平静委婉，无处不在，流行乐的演唱主体在梵音中被慢慢消解。很多时候人们听流行乐会关注"谁在唱"，对王菲或徐佳莹的声音辨识成为听歌的一种消费理念。可是，梵音致力于用一种包容一切而生生世世的宿命的声音，掩盖演唱的个性。它表面上借助于

文艺学研究论文写作：案例与方法

种种宗教气息和神秘旋律制造出平静而智慧地了悟人生真谛的经验幻象；另一方面，它却在"人机共声"的时代把声音物化，抽空一切现实意义，而只在其中存放抽象意义。

在这里，"放空"成为梵音与日常生活经验沟壑的关键性概念。放空自己才能真正体会人生，这样生活意识背后隐含了流行乐所生产那种"隔绝一切才是真我"的诡异幻觉，于是，梵音的繁盛乃是空我之泛滥的必然后果。

在网上流传的一段甘肃靖远庙会的视频中，人们穿着道袍佛袈迎接"神像"的时候，一曲《太阳最红毛主席最亲》在喇叭里被反复播放。小小的乡镇庙宇，立刻被这个声音变成了与伟寺宏观意蕴相通的空间。这首歌曲的内在意义和旋律起伏都被抹平，男女中音，丝弦相和，既不是所谓的平和中庸，也不是什么淡定从容，而就是无不声色地"念歌"。

于是，这种声音无形中就把这个场所中的人们都变成了一个抽象存在的人，"非场所"的力量在于，可以瞬间让其间的人变成惯性行为者。声音的物化在此被精辟图示：梵音乃是高度抽象化了的声音物质，它坚定不移地把倾听者与其俗世生活隔绝，从而让这种声音内化为一种意识，通过这种意识，内心的想象性关系取代了人们的现实关系，用神灵的痛苦取代俗世的困境。

无论王菲还是李娜，甚至齐豫，无论是《心经》还是《太阳最红毛主席最亲》，不仅声音被同质化、平面化，它演唱的经书或红歌，也消解了远处的意蕴和内涵。有学者用歌曲《花房姑娘》(1989)的三种唱法描述了华语歌曲的三个有趣的时代：

1989年，中国大陆摇滚乐坛的"教父"崔健的专辑《新长征路上的摇滚》收录了歌曲《花房姑娘》。崔健在演唱中采取了一种断点式的声音处理，每一个音节仿佛都是从胸腔中挤出来一样，短促、有力，与吉他松散的惬意和萨克斯流畅的婉转形成了鲜明的对照。他用粗粝而略带破坏性的嗓音、切分式的发音方式与歌词中"花房姑娘"的温情意象形成了一种抵抗的张力，用一种桀骜不驯的姿态，挣脱一切温情脉脉的束缚。

2000年，以高亢清亮的嗓音而著称的台湾歌手林志炫在自己的专辑《擦声而过2》中翻唱了这首《花房姑娘》。林志炫用自己一贯的清亮高昂的声线令崔健《花房姑娘》中那个充满躁动不安和"离开"冲动的"主体"悄然逝去。无论是专辑封面上的歌手形象，还是林志炫那招牌式的华丽高音，都让

260

《花房姑娘》成为一种柔情的向往之地,他用一种尾音的处理,呈现出一种连绵和缱绻的情绪。于是,即使在歌手唱着"我就要回到老地方,我就要走在老路上"的时候,崔健歌曲中的悖离姿态也已经被一种充满柔软的不舍和幽怨情调所置换。

2010年,一名来自东北的歌手赵鹏,在自己名为"低音炮"系列的专辑中再次翻唱了这首《花房姑娘》。吉他被低音贝司取代,加上低音鼓和指板以及歌手宛如耳边絮语的声音,不仅那个挣扎在柔情围困与出走冲动中的声音形象已经荡然无存,连慵懒的情感指向也已经找不到了,剩下的只是旋律、低音音效以及人声之间的无限协调。[①]

"旋律、低音音效以及人声之间的无限协调",这正是梵音声音的文化逻辑。事实上,赵鹏的唱法,表达的是对声音播放设备的尊重,而不是向这首歌曲的内在精神的致敬。这正是梵音的声音秘密:声音已经华丽致美至极,意义也就衰微空虚至极。

梵音文化政治的吊诡也在此呈现:梵音通过声音的扁平化来创造一种"去声音化"的奇特效果。这让我们有理由把今天的流行音乐看作是以"梵音"为最终目标形态的东西:梵音乃是流行乐之最高形态,因为正是梵音的"去声音化",才让一种"毫无意义的意义"释放出来:一种琐碎无聊之极的"我的意义",在这里被顽强表意。

于是,音乐的声音政治完成了一个整齐的故事段落:声音技术从独立的编码开始,终于成功完成了对耳朵的驯化——声音终于创造了这样一种倾听:听,却听不见。

六、听觉中心主义与伦理退化症

在1995年的一首名为《贝多芬听不见自己的歌》的歌曲中,齐秦这样唱到:

贝多芬听不见自己的歌

[①] 参考闫桢桢没有公开发表的读书报告《人的困境与现代社会的文化》,感谢她授权允许笔者使用这段材料。

我想听歌不一定要用耳朵

这算是对现代声音政治的一种富有意味的反思：真正的歌曲耳朵已经听不见了，而我们能听见的都不过只是"听歌"。只要"听"就好了，而不一定要"听见"，"听且有所见"不再是今天声音政治所追求的，"听"是重要的，声音的意义是次要的。

于是，我们遭遇了一种吊诡的"听觉中心主义"：听就好了，就有了消费，就有了满足，何必"见"？"语音中心主义"乃是用声音创造"面对面"的"见"的幻觉，现在，"听觉中心主义"之追求"听"。

在这里，"听觉中心主义"暗含三层含义：

从声音的技术制作的角度来说，声音日益摆脱人的外在物的特性，而是以"非场所"的形式，围绕耳朵的听觉中心展开。扑面而来的摇滚，终究被贴耳倾诉的流行乐代替，并最终成为梵音无所不在的绕耳旋律。这是一种所谓的听觉的自我中心主义，呈现出"向心"的倾向："这个幻觉时而与困扰、受折磨的感觉相连，时而与某种内心的充实与平和有关，感觉与整个宇宙连成一体……"①

从人们的听觉感受角度来说，声音的一切编码和制造，都是为了让我们的耳朵陷入倾听之中却什么也听不到的状况。也可以反过来说，听觉中心主义让倾听变成这样一种行动：听却听不见，听见却没有在听。"任何人，无论在哪里，只要转动一个旋钮，放上一张唱片，就可以听他想听的音乐……人可以听见却没有在听，正如一个人看见却没有在看。缺乏积极的努力和获取的喜悦导致了懒惰。听众陷入了一种麻木之中。"②

进而，从听觉塑造的角度来说，听觉中心主义则表明这样一种现象：倾听这种行为可以暗中规范和驯化我们感受世界的基本方式，这是一种把个人的感觉看作是第一位的基本行为。听觉中心归根到底就是"自我中心"。对于自我的征服，在倾听活动中变现为："征服感觉来最终征服思想。"

"非场所"、听而不见与听觉驯化，这正是声音文化政治隐含的三种主题。

显然，现代声音技术以其独特而有效的编码逻辑，显示了对自我意义的侵犯、渗透、改造和创生的能力。这不仅仅呈现出声音文化景观与生活景观的新形态，也最终提醒我们认识到声音文化研究与听觉文化研究的不同内涵。这就必

---

① 米歇尔·希翁：《声音》，张艾弓译，北京：北京大学出版社2013年版，第32页。
② 罗伊·舒克尔：《流行音乐的秘密》，北京：世界图书出版公司2012年版，第48—49页。

然形成所谓的"伦理退化症"问题,即声音技术的文化政治导向这样一种态度:人们退回到伦理的领域来解决和认识政治经济学所主导的世界。

所谓"退化",来自弗洛伊德的"回归"(regression)概念。大部分条件下这个词被翻译为"退行",指的是一种特殊的心理现象:当一个人遇到困境或处于应激状态,往往会放弃已经掌握了的理性生活技术和方法,而退回到童年生活的欲望满足方式中来应对。所以,弗洛伊德相信,成年人生活的很多方面都包含了对早年经验的回归。比如,我们常常说"恋爱中的人是傻的",这可以看作是一种回归作用:恋爱者往往呈现出童年经验的生活习性,表现得仿佛回归到早期的心智功能之中。就"回归"的意思来说,它既包含了回去、回返、回归的意思,也具有退化的意思。我在翻译 Eli Zaretsky 的著作《政治的弗洛伊德》(Political Freud)一书时,将其翻译为"退化",主要因为这个概念可以用来表达对这样一种现象的反思:当代大众社会中出现了一种把社会性的矛盾转换为情感性的矛盾来处理的趋势,即用"退回"到伦理生活中来想象性地解决社会性矛盾①。

事实上,"声音拜物教"正在促成人们的这种伦理退化。"在商品逻辑和资本体制的推动下,'声音'开始变成一种'纯粹的能指',用千差万别的差别来去差别化,用种种色彩斑斓的个性来塑造普遍的无个性,正是这种特定的抽象的声音,才如此丰富多样灿烂多姿,而又如此空洞无物、苍白单调。"②而这种声音拜物教要构建的正是这样一种效果:情感被神圣化,也就因之而与人的现实境遇隔绝;思想被抽象化,也就消解了声音的具体政治语境;同时,道德被普遍化,即变成可以指责任何问题的武器。在这里,现实和人的关系被彻底颠倒了过来:梵音正在致力于启发我们,去用人的内心的生活取代人的外在的生活。

作者手记:

回到声音本身,探索声音之外

学者研究声音有很多种路径。

---

① Eli Zaretsky, *Political Freud: A History*, New York: Columbia University Press, 1983, pp.8-9.
② 周志强:《唯美主义的耳朵》,《文艺研究》2013 年第 6 期。

很多文学作品中都描写声音,用以激活文字本身无法直接描述的"现场"。像"姑苏城外寒山寺,夜半钟声到客船",以有声带出宁静,以宁静暗含羁旅孤愁;至于"人家在何许?云外一声鸡",则生蓦然遇见的惊喜与迷乱有路的希冀。这应该是文学声音研究的基本方面。

更深入的声音研究则关注文学本身的声音问题。叶嘉莹解析王国维所说的"词之为体,要眇宜修",就强调了词的声音与诗的声音有很大不同。周邦彦《解连环》说"怨怀无托。嗟情人断绝,信音辽邈。纵妙手、能解连环,似风散雨收,雾轻云薄"。"嗟情人断绝"和"似风散雨收"虽然都为五言,却不能读作"嗟情、人断绝""似风、散雨收",只能读成"嗟、情人断绝"和"似、风散雨收"。声音变了,意味也变了:一字带四字,慢起急收,宛如煞尾,成长叹之悲。更有趣的是李商隐的诗句:"荷叶生时春恨生,荷叶枯时秋恨成。深知身在情长在,怅望江头江水声。"诗歌中用"en"的韵调,将"生、春、恨、成、深、身、声"勾连,由"生"起、以"声"回,身与情纠缠,有生又有声,形成伤感轮替的宿命循环。以现代声音读,"en"韵尾和"eng"韵尾恰好形成对立:凡是"en"的字,指向的是短促的、即逝的;凡是"eng"的字,指向的是亘古的、悠长的。以短促的人生感叹无尽的情志,不正是身短情长的妙义吗?

也有学者发现,文字和声音的关系具有更加深厚的社会学背景。王力认为,汉语之对偶,乃来自汉字之方形;汪曾祺则觉得汉语乃是"视觉语言"。我们可以说,文言文更容易看懂,却不容易听懂;反之,白话文便于听懂,乃是隐藏了声音传播的诉求的。千野拓政曾经把中国现代文学的崛起看作是一种声音方式的潜在改变。也有青年学者意识到,革命文学与"传声筒"的宣传方式有着千丝万缕的关系。

声音的研究,不仅仅限定在文艺学领域,还拓展到社会学领域。声音是一种物理现象,是物体的振动所产生的波,这就有了对声音的社会使用。日本人曾经利用声波的震动,发明了"声音炸弹",并应用到战场上;电影中则大量使用可听见的声音和听不见的声音,以产生不同的感觉。比如有科学家发现次声频虽然无法听见,却可以作用于人体,恐怖电影或鬼屋,能够唤起莫名的孤单恐惧,正是因为特定的次声频的作用。

在今天,声音成为电子媒介和数字媒介的重要现象,这和沉默的印刷媒介时代的社会有了很大的不同。一副耳机,不仅仅带来美好的音乐之声,也带来自恋主义的主体经验;"宁静"成为中产阶级生活质量的表征;飞机广告创造出没有飞行噪音的画面,改变了人们的听觉机制,令很多噪音变成了谢弗所谓的"神圣噪音"。

德里达认识到,声音和发出声音的人或物是同步的,于是,包括英语在内的语言与汉语相比,就更倾向于记录发出声音的现场——直接记录声音总是更接近现场布道的上帝原义,这就有了声音中心主义:对于声音的"尊崇",潜在地指向对神秘的神学奥义乃至形而上意义的敬畏。

德里达从声音和音源关系的角度开创的研究很有启发性:现代声音技术不正是通过声音摆脱音源而创生出各种各样的声景文化的吗?一方面,声音早已经成为可以被自由编码的现象,各种声音机器可以制造出符合人们愿望的声音作品,如基于语音合成软件的虚拟歌手洛天依、言和等;另一方面,这种制造还在利用"声音仿佛就是现场"的幻觉,"欺骗"我们的听觉,耳机中好像有一个朱唇轻启的女生趴在你的肩头一样——这就有了这样有趣的"怪相":声音不断地被按照符合听觉欲望的方式制造;流行音乐不再依赖肉嗓真身,而是依赖版本不断改进的数字引擎。声音不再是为了记录说话人的现场,而是为了让倾听者沉浸,这不就是"听觉中心主义"吗?

说白了,听觉中心主义指的是主体欲望的声音客体化,是当代声音制作方式的文化逻辑和生产逻辑。

正因此,笔者写了这篇讨论流行音乐声音的论文,这篇论文应该与之前发表的《唯美主义的耳朵》结合起来,才能比较完整地体现"声音政治批评"的内涵。

论文发表之后,中国人民大学长期从事听觉文化研究的王敦博士与我联系,表达了不同的意见。他更愿意强调声音文化的研究中心应该是"听觉"而不是"声音";同时,也反对我把音乐的倾听者看作是可以被声音技术操控的被动受众。于是,我和他围绕这个话题开始了一场争论。《探索与争鸣》杂志刊发了王敦、刘昕亭和我的争鸣文章。上海大学的曾军教授也对"听觉文化"和"声音文化"的争论发表了自己的意见,指出了两种不同的声音/听觉文化研究的路径。北京大学的陈平原教授则提出了现代文学中声音研究的新指向。当然,更多是青年学者在自己的研究中喜欢这种声音政治批评的"套路":声音研究,不是因为它表达意义,而是它本身的意义,越来越被关注。

除此之外,对于流行音乐的声音研究,也引起了音乐评论学界的关注。围绕听觉中心主义问题,我在上海音乐学院、天津音乐学院、南京艺术学院、河南大学音乐学院等地开展讲座交流。陶辛、李皖、雷美琴等学者对于流行音乐的声音研究表现出浓厚的兴趣。

　　事实上,这篇文章还有很多"未尽之意"。如流行音乐中声音角色的扮演问题、声音场域的空间政治问题以及相关的声音商品的形态问题等,都有待更多的青年学者去思考和追问。

第四编　文艺学研究方法的开拓

"概念的旅行"与"历史场域"
——《概念的旅行——西方文论关键词与当代中国》导言[*]

胡亚敏[**]

摘要："旅行"一词受赛义德"理论旅行"的启发，强调关键词研究的过程。关键词研究采用历史和比较的方法，即在吸收西方马克思主义文学批评的历史和总体观念的基础上，突破线性的历史观，将关键词视为一个动态的、多维的乃至异质的发展过程，发掘和阐释关键词语义在历史进程中丰富的多样性；同时又以开放的民族主义为基本立场，运用跨文化视野来探寻关键词在不同民族和语境中的变迁，考察和总结它们在中国文学批评中的流变与组构。关键词研究为文学批评带来学科史上的革命，文学批评也许从来就不是一个完全独立的学科，跨界是一种必然；同时它也提示人们，给关键词下定义只是一种有限的本质探寻，词语的意义将随着时间和空间的变化向未来开放。

关键词：理论旅行；历史场域；关键词研究；西方文论；文学批评

概念是建构理论体系的基石，核心概念或关键词更是彰显理论特色和理论贡献的标识，正如英文"keyword"的前缀"key"所寓意的那样，"key"既可看成打开奥秘的钥匙，又可解释为关键或核心。20世纪后半叶，关键词研究成为西方文坛的热门之一，英国学者雷蒙德·威廉姆斯的《关键词：文化与社会的词

---

[*] 本文为《概念的旅行——西方文论关键词与当代中国》（中国社会科学出版社即将出版）一书的"导言"，发表时略有删节。

＊　原载《湖北大学学报（哲学社会科学版）》2015年第1期。

＊＊　胡亚敏，华中师范大学文学院教授。

汇》(1976)一书有开启之功。其后,西方文论关键词研究呈兴盛之势,中西学人相继出版了多部有关文学与文化理论关键词的著述,其中既有汇集众多词条的辞书版,又有一词一书的系列丛书。这些著述站在学术研究前沿,对关键词作了梳理、介绍和评述,并注意到这些关键词在西方语境中的演变和发展。

不过,关键词研究这一领域仍有改进和扩展的空间。有些著述词条较多,限于篇幅,很难具体深入地阐述关键词发生发展中历史和系统的复杂性,导致人们在翻阅这些条目时往往有语焉不详或意犹未尽之感;单个关键词研究又像一部理论专题史,读者仿佛被带入一条深深的隧道,里面虽然幽深,但却无法确定该关键词在理论系统中的位置以及与其他术语的关联;并且这些著述大多立足于对西方文论关键词本身的阐释,未能进一步考辨这些关键词在中国文坛的接受和变异。这些问题特别是西方文论关键词与中国文学批评关系的缺失成为我们编撰《概念的旅行——西方文论关键词与当代中国》一书的缘由。

一

《概念的旅行——西方文论关键词与当代中国》(以下简称《概念的旅行》)中的"旅行"一词受后殖民理论家赛义德"理论旅行"(traveling theory)的启发。"旅行",顾名思义,是一个行进的过程。赛义德指出理论或观念的旅行存在四个阶段:"首先,有一个起点,或类似起点的一个发轫环境,使观念得以生发或进入话语。第二,有一段得以穿行的距离,一个穿越各种文本压力的通道,使观念从前面的时空点移向后面的时空点,重新凸显出来。第三,有些条件,不妨称之为接纳条件或作为接纳不可避免之一部分的抵抗条件,正是这些条件才使被移植的理论或观念无论显得多么异样,也能得到引进或容忍。第四,完全(或部分)地被容纳(或吸收)的观念因其新时空中的新位置和新用法而受到一定程度的改造。"[①]《概念的旅行》一书正是沿循传播的路线来考察西方文论关键词在不同时空中的变异和交融的,并在这个过程中寻找中西文学批评对话和中国当代文学批评建设的可行路径。

《概念的旅行》一书精心挑选和集中研究了 20 世纪后半期即 1978 年以来出现在中国文坛上的 10 个西方文论关键词:话语、文本、叙事、文学性、反讽、隐

---

① 爱德华·W.赛义德:《理论旅行:赛义德自选集》,谢少波、韩刚等译,北京:中国社会科学出版社 1999 年版,第 138—139 页。

喻、延异、意识形态、身体、他者。入选标准有两个：一是20世纪西方文学批评中最具有代表性和理论深度且又有待进一步澄清和阐发的概念；二是须对中国文学批评产生了深刻影响并带来了新质。也就是说，这些概念不仅被国人接纳和运用，而且对中国当代文学批评形成了一定的冲击力。与相关著述相比，《概念的旅行》挑选的关键词不多，之所以这样做，是因为编撰者感到与其泛泛而谈，还不如集中研究几个核心概念，在深挖和阐释上下功夫，通过重点突破，以保证研究的质量和研究成果的创造性。

书中每个关键词的结构大致包括四个部分：第一部分是对所选西方文论关键词作溯源研究，主要考察这些关键词在词源学和文献学上的意义以及所承载的历史文化积淀；第二部分辨析这些关键词的各种含义和核心要素，具体包括揭示这些关键词在不同文化语境中内涵的扩展，并梳理出这些关键词的区别性特征；第三部分研究关键词在当代中国的传播，探寻它们在中国的接受、挪用和改造的轨迹，以期获得有价值的理论启示；第四部分考察关键词与中国批评理论范式的重构问题，同时发掘与中国传统文化的相关性，并做出相应的理论反思。书中各篇大致按照这个结构框架展开，因每个关键词的具体情况不完全一样，有的关键词的结构也有所变化。书中10个关键词依次排列，每个关键词都可视为入口。读者既可按顺序依次阅读，又可挑选其中某个感兴趣的关键词加以细读，每个关键词后所附的参考书目也可供读者选择阅读。

需要说明的是，虽然每个关键词都有自己的谱系，但这些关键词并不是孤立存在的，它们处于互为他者的批评理论系统之中。事实上，话语、文本、叙事、文学性、反讽、隐喻、延异、意识形态、身体、他者这10个关键词在凸显各自特定涵义的同时又互相渗透和互相参照，有些关键词还被不同批评流派加以利用和言说，形成了一种具有差异性、交融性和对话性的网络结构。这些关键词一方面展示出20世纪西方文学批评的内在联系和发展，另一方面又因其观点体系的差异而形成对文学的多维观照，犹如不同光束照射到文学文本的不同侧面。透过关键词研究的多棱镜，我们将看到文学文本丰富的意蕴和绚丽的色彩，看到文学这座海上冰山下面的博大世界。

二

在研究方法上，《概念的旅行》吸收了西方马克思主义的历史和总体的观念，并在此基础上有所探索与前行,即突破线性的历史观,将关键词视为一个动态的、多维的乃至异质的发展过程,努力发掘和阐释关键词语义在历史进程中丰富的多样性。同时,又以开放的民族主义为基本立场,采用跨文化视野来探寻关键词在不同民族和语境中的变迁,考察和总结它们在中国文学批评中的流变与组构。

在关键词研究中,《概念的旅行》并不致力于确立关键词的定义,而是注重其历史回溯。一方面,沿着历史的长河,追寻和勾勒每一词语的渊源和发展脉络,建构这些术语本身的知识谱系;另一方面,又注重考察这些关键词与西方文化传统及当时社会的关联,了解西方学者在创造和运用这些概念时所持有的哲学观念和思维方式,挖掘相关学科的思想家对这些关键词的表述,揭示其意义在不同语境中的转换。在探寻的过程中,《概念的旅行》不是把这些关键词视为统一的、同质的总体,而是将其视为被逐渐建构的知识对象,凸显关键词的多元性和异质性,从不同侧面把握其复杂的语义。在对相关史料的搜寻和考辨上,我们还特别注意发现历史缝隙中的遗迹,挖掘和整理此前研究中相对忽视的批评家和理论家的思想资源,力求更为立体地把握关键词所蕴含的意义张力。当然,在强调关键词多元和异质的同时,也注意梳理贯穿其中的主要线索和内在逻辑。每个关键词虽然随着历史语境的变化其语义不断增衍,但毕竟有其区别性的核心要素。换句话说,一方面,每个关键词都处于动态变化之中,蕴含和滋生出多种意义;另一方面,每个关键词也都有自身的规约,不可能漫无所指。

对关键词的考察并不止步于概念史意义上的审视和厘清,鉴于已出版的关键词著述主要限于对西方文论关键词本身的阐释,而对中国本土的接受、变异研究几乎阙如,因此《概念的旅行》进一步把目光投向本土,将西方文论关键词置于中国当代社会的整体文化语境之下,搜集整理这些关键词在汉语语境中的译介和传播等相关资料,分析中国学人在运用关键词时的扬弃和变异。因此,研究这些关键词对中国当代文学批评的价值和意义,是《概念的旅行》与其他关键词著述的又一重要区别。在考察过程中,《概念的旅行》不仅具体辨析了我国学人在关键词接受和运用上的错位和创造性误读(例如对"意识形态"概念的多种理解),而且通过分析关键词在不同语境下的运用,发现中西文学批评在文化和学术传统诸方面的差异。同时,《概念的旅行》还将关键词作为一种"他者",与中国古代文论中相似思想资源加以比照和相互阐发,激活传统思想资源(如我国古代文论中的"言外之意""正言若反"与西方反讽的映照等),并通过这种对比和对接,寻找中西文学批评比较和对话的契机。而跨文化研究的根本指向是考察这些关键词给中国批评理论范式重构带来的意义和价值。中国文学批评的当代建构离不开异质文化的融入,西方文论关键词所具有强烈的反思性和探索性的异质活力,构成了对中国固有文学观念的挑战,并促进了中国文学批评理论体系的更新。

三

如果说《概念的旅行》一书在理论建构上有什么特色的话,那就是"历史场域"的提出和细化。"场域"(champ)是法国学者布迪厄提出的一个概念,主要指社会生活中相对独立的不同空间及其内在关系。布迪厄指出:"我们可以把场域设想为一个空间,……对任何与整个空间有所关联的对象,都不能仅凭所研究对象的内在性质予以解释。"[①]《概念的旅行》将这个概念借用到关键词研究中,并注入历史内容,将其改造成不同时空中流动的复数的"历史场域",作为考察关键词演变的重要范式。

关键词的诞生虽然有其特定时期,但一种思潮一个概念都不是凭空产生的,它们有前驱者,也有后继者,并且"在不同的文化和历史视域中具有不同的内涵"[②]。在关键词研究中,我们将"历史场域"细化和拓展为四个相关联的阶段,具体包括初始场域、生成场域、延展场域和本土场域。第一要考察的是西方文论关键词产生的初始场域,这主要指西方文化的母体即自古希腊乃至古希伯莱以来的文化传统。在关键词研究中,《概念的旅行》把笔触伸到历史深处,从根基上探讨关键词的学理渊源。无论是反讽、隐喻还是叙事、身体,大多从古希腊谈起,以发掘这些概念的原初涵义。第二为生成场域,即关键词作为文学批评术语出现的特定社会文化环境。有些关键词作为语词的历史很漫长,但成为文学批评术语则是 20 世纪的事,因此生成场域要探讨的是它们作为文学批评术语所具有的特定意义。第三是延展场域,即作为文学批评的关键词随着时代的变迁而带来的语义增衍。延展场域又分为两个方面,一是在文学批评领域的发展演变,即

[①] 皮埃尔·布迪厄、华康德:《实践与反思:反思社会学导引》,李猛、李康译,北京:中央编译出版社 2004 年版,第 138 页。

[②] Jeremy Hawthorn, *A Glossary of Contemporary Literary Theory*, New York: Routledge, Chapman and Hall Inc., 1994, p.24.

不同批评流派对这个概念的理解,如马克思主义文学批评的"意识形态"概念出现以后,其他西方马克思主义文学批评家卢卡奇、葛兰西、阿尔都塞和詹姆逊等对"意识形态"内涵的补充;二是文学批评术语向其他学科蔓延,如"话语"概念就经历了从列维-斯特劳斯到阿尔都塞再到福柯的发展演变。第四为本土场域,或称接受者场域,主要指西方文论关键词与当代中国文学批评的关系。与前三个场域相比,这一场域在空间和主体上都发生了变化。西方文论关键词的出现是与西方社会的政治文化、哲学背景以及文学思潮联系在一起的,是它们为了解决自身问题的理论建构和实践尝试。这些关键词一旦被引介到中国,作为域外之物的关键词和中国现实之间必然存在程度不等的张力,因此要充分关注关键词在中西不同场域下的差异。同时,接受主体自身"语境"(如当代社会的现实需要和主体的知识结构等)的制约也需要认真对待。此外,本土场域还要顾及由于语言体系的转换而导致在翻译、阐释和使用这些关键词时出现歧义等问题。

"历史场域"作为一个范式体现了研究方法的探索和融合,"历史场域"不仅实现了历史和空间的融合,而且也尝试内部与外部的结合,即既立足于语言分析又充分考虑其外部条件。并且就其形态来说,"历史场域"既具有理论探讨的性质,又是一种批评实践活动。

四

在追随关键词的旅行中,我们不仅领略到多样的历史文化风景,而且这种旅行也成为反思文学批评的一种方式。可以说,关键词研究带给文学批评的启示具有学科史上的革命意义。

首先,关键词的跨学科特征使我们对文学批评的学科性质有了新的体认。在概念的旅行中,词语在不同语域间的流通已成为常态。有的关键词起初属于其他学科,后来被借用到文学批评领域,并因其异质性而构成对传统文学批评的挑战;有的关键词从文学批评中走出去,成为其他学科和思想领域的词汇,如"叙事"一词被多个学科所使用;有的术语则从来不存在某个固定的场域,它穿梭于哲学、文学批评乃至政治、心理等不同学科之间,如"他者"一词就涉及哲学、心理分析、性别研究、后殖民主义及后现代主义等相关领域,"隐喻"甚至超越了人文与科学界限,成为更为广阔的跨学科的概念,而"身体"则直接进入日常生活。关键词在不同学科的自由运用促进了跨学科和学科交叉研究的兴盛,并导致文学批评也包括哲学、历史等学科疆界的扩展和消弭。由此可以说，就文学批评而言，也许它从来就不是一个完全独立的学科，文学批评的边界是模糊的，跨界成为一种必然。

关键词研究的另一启示是：给关键词下定义只是一种有限的本质探寻，追求完美的定义可能是一个陷阱。关键词的意义从来不是固定的、静止的，我们只有在特定的范围内界定这些关键词，而对其意义的认识是不可能有终点的，它们的含义将随着时间和空间的变化向未来开放。在这个意义上，正如恩格斯所说，"定义对于科学来说是没有价值的，因为它们总是不充分的。唯一真实的定义是事物本身的发展，而这已不再是定义了"①。每个关键词的定义只存在于其特定的语境（即用法）中，事实上，《概念的旅行》这个书名就是对语言表达稳定意义这一观念的质疑。关键词研究是一种立足语境的动态的陈述方式，它不追求体系的完整性和定义的确定性，而是诉诸历史性的理解，不断实践的过程构成了关键词意义的丰富和延展。而我们要做的就是力求认识关键词的历史和现在，在此基础上才能更好地展望关键词的未来。

每个关键词都有它的命运。即如德勒兹所说，"任何概念都无例外地有一部历史"②。在完成这部关键词的旅行后也许对这句话有更加深刻的体会。并且，只要有人阅读，概念的历史就不会完结，各种内部和外部的矛盾冲突将促使关键词的意义向各种可能的阐释开放。

作者手记：

概念旅行中的"旅行"

这部关键词研究著作从筹划到完成历时数年。2005年，我作为教育部哲学社会科学研究重大课题攻关项目"西方文论中国化与中国文论建设"子课题负责人，承担了"中国文学批评三十年（1978—2009）"的研究工作，在撰写过程中，萌生了梳理西方文论关键词的想法。2007年申请国家社会科学基金项目"西方文论关键词与中国当代文学批评"，获得批准，此后便正式着手关键词研究。

---

① 马克思、恩格斯：《马克思恩格斯文集》第九卷，北京：人民出版社2009年版，第351页。
② 吉尔·德勒兹、费利克斯·迦塔利：《什么是哲学？》，张祖建译，长沙：湖南文艺出版社2007年版，第223页。

踏入关键词研究领域后,才意识到这个任务颇不轻松。对关键词的研究是一个极为复杂的过程,首先,我们不得不在海一般的资料中披沙沥金,还要面对不同语种的翻译和转换;同时,每个关键词都有自己的历史,不仅各家各派对其理解不一,而且绝大部分关键词已溢出了原初的学科边界;特别是作为关键词研究的拓展,我们还须将西方文论关键词在当代中国的传播和变异纳入研究视野。如此种种,要撰写数十个关键词几乎构成了对人的智力的挑战。一时间关键词的话题似乎成为团队成员的生活方式,我们不仅在课堂上讨论,在电子邮件中交流,而且延伸到各个场合,包括会议、饭桌乃至旅行……有位成员在一次学术会议上表白,除工作外,八年来似乎都在与"隐喻"这个关键词纠缠着。作为主编,我笃信此言不虚。

在研究过程中,认真和虚心成为团队的基本品格。大家老老实实地读书,认认真真地做笔记,尤其是当发现一些有可能修正或颠覆常规的新材料、新观点时,会在欣喜之余反复推敲,重新审视和修正自己的文稿。我在审稿中经常提出严厉甚至近乎苛刻的意见(事后暗自后悔),但团队成员总能虚心听取,回头反复修改。大家只有一个心愿,就是希望通过这项关键词研究,在尽可能还原这些关键词历史面貌的基础上推进中国当代文学批评理论的发展。在这艰难且充实的旅程中,大家一起在西方文明史中遨游,在中国文坛里寻觅,享受着关键词给我们带来的刺激和愉悦。

如果说本书有什么值得嘉许之处,我想主要有两点,一是思辨性,二是资料性。本书不同于一般辞典的罗列和介绍,而是一种富有思辨力的言说。撰写者通过对关键词前生后世的追问和对不同批评理论条分缕析的阐释,使这部书具有浓郁的理论色彩和一定的反思意识,并且关键词研究过程本身就是中西批评理论的对话,对西方文论关键词的阐释和转换内在地体现了研究者的洞见和理论创造。读者诸君将从"话语""文学性""意识形态"等关键词的历史探幽和剥茧式的理论分析中获得一种思辨的快感。本书的另一价值在于它为国人提供了相对翔实可靠的理论资料,其中既有对重要的理论观点的解读,又有新材料的发掘和补充,还包括对西方文论关键词在当今我国传播状况的梳理。当然,我们也不是对所有材料照单全收,而是有所甄别,有所提炼,尽可能挑选经典的或有理论深度的研究成果,以实现其作为重要工具书的预期目的。鉴于本书的这两个特点,也许可以说,"对一个词做如此深入的开掘在国内尚属首次"(鉴定语)。

在关键词研究的实施过程中,我主持了总体筹划、条目遴选、大纲制定等环节,并担任了书稿的指导、批阅和统稿工作。为了使本书各个条目的结构更为接近,形成相对统一的风格,我与团队成员反复协商,对大纲和体例做了多次调整,逐步形成了大致接近的撰写提纲。此后,面对团队成员每年上交的稿件,我一次次审阅并提出修改意见。近年来,在课题结项、申报"成果文库"和出版前又统稿三次。在整个修订过程中,我既有兴奋又有痛苦,有时甚至心力交瘁,如今交稿之际仍感到有诸多缺憾和惆怅。就文稿而言,材料的搜集和选择、关键词意义的阐释和表达等还需要推敲和打磨;对有些代表性人物的观点的阐述和评价也有待斟酌;特别是西方文论关键词与中国当代文学批评的深度融合还需要进一步研究,也许处于"身在此山中"的缘故,对日益频繁的中外学术交流我们还缺乏从容的辨析和距离观照。就撰写者而言,作为集体项目,团队成员在研究水平和时间分配上存在差异,尽管大家都很努力,但个别关键词的撰写并不尽如人意。我曾对其中的几个关键词章节进行了大幅的修改,无奈关键词所涉领域太广,常有力所不逮之感。作为主编,书稿中的缺失主要由我负责,敬请方家教正。

最后,我要深深感谢所有关心和帮助过关键词研究的朋友们,他们的支持和厚爱我将铭记在心。同时我要特别感谢我的同事和学生,他们欣然加入关键词研究这个团队,其中的甘苦如人饮水,冷暖自知。有位撰写者告诉我,他在这个团队收获很大,其实我从他们身上也学到了很多。这些年我们一起耕耘,一起分享,不仅收获了《概念的旅行——西方文论关键词与当代中国》这部硕果,而且收获了信任和友谊,特别是锻炼了一支对理论有强烈兴趣的研究队伍,这是多么令人高兴的事!

关键词研究恰如一次学术旅行,一路上我们领略了很多好风景,但出版并不是旅行的终点,明天我们将开始新的征程,关键词研究永远在路上!

文艺评论价值体系建设论纲
——兼及重大项目组织和致思方式呈现[*]

刘俐俐[**]

摘要：论纲确定并坚持以审美为基点；批评活动定位在价值体系之内外"中介"；"价值"定位在主客体关系历时性实践属性；并以价值实践为精髓贯穿始终。价值体系理论建设内容定位在实然性的文学功能论、标准论和应然性的价值观念论三部分之合成。中国古代文学、现代文学、儿童文学和民族文学四个实践子课题，分别在各自领域考察既有的功能论和标准论，并予以总结概括，呈现出价值指向，实际地发挥建设应然性价值观念渠道的作用。论纲始终遵循理想与底线的思维方式，动态调整研究内容及其展开的逻辑，力求客观呈现重大项目组织和致思方式。可大致概括为：以项目任务为主，不受学科设置限制；尊重"同"与"独"的各自价值，使开阔视野与具体领域相结合，使发散思维与凝聚思维相结合，反复参照抵达学术目标等。课题理解和遵循基于国家层面提出的三个体系理路，力求在学术体系和话语体系两方面提供思考成果。

关键词：文艺评论；价值体系；文学功能论；批评标准论；文学价值观念

"论纲"的实际写法多种多样，大致有论证式、总结式、展示式、基础式等种类。本论纲遵循论证、总结、反思及完善的组织理路，旨在使原初论证及阶段性研究成果不断得到检视、修订和完善，并在此基础上探索总结重大项目实施与致思方式等。

---

[*] 原载《山东师范大学学报（人文社会科学版）》2022年第1期。
[**] 刘俐俐，三峡大学文学与传媒学院特聘教授、南开大学文学院教授。

本论纲的第一部分梳理和介绍课题研究既有理论基础，并作出必要说明。理论基础包括以审美为基点、文学评论位置、价值关系中的实践属性等；必要说明包括文艺评论以文学评论为中心的选择理由、课题最终学术目标与实践研究的涵义、底线与理想的思维方式、整体研究逻辑及重大项目组织和致思方式的自觉意识等方面。第二部分是"功能论研究"，在文学批评理论领域，首次区分了假说功能型和实际功能型两种考察视角及其理论，分别考察探究了两种功能类型。第三部分是"标准论研究"，分为文学批评标准的理论与实践研究两个方面。理论研究围绕标准建构方法论、普适性与限度、资格评价和品质评价两者区分思路等展开；实践研究沿着"品质评价"方向，以中国政府文学奖为核心予以综合考察，旨在探究评奖的价值观念蕴涵与指向。第四部分是"后续问题与重大项目组织和致思方式"，总结归纳了后续研究的若干问题及重大项目组织和致思方式。

一、理论基础与必要说明

（一）理论基础

1. 以审美为基点

理论研究已有成果《文艺本性研究中的审美概念与审美价值》[①]，在系统梳理审美与审美价值概念及观念历史的基础上，确认了艺术审美关系中美与审美的关系；区分了狭义和广义审美价值的涵义。文艺评论价值体系的理论建设，其审美基点兼取两个方面的涵义：狭义仅标示文艺审美的特殊性，与文艺自律相关；广义是文艺审美价值作为文艺的审美性基础并融多种社会价值为一体，即审美价值融含其他种种非审美的社会价值。取其狭义旨在价值体系建设遵循审美的规定性，取其广义旨在从民族、社会和国家乃至人类大视野观照审美活动及其价值。广义、狭义合取为以审美为基点的全面理解。

2. 审美基本原理的文学评论位置[②]

批评活动（批评家）位置确定在价值体系内外之间的（中介）关系位置。对内遵循审美基点和艺术本性，借此与外在环境相互适应和激发。位置确定依据两

---

① 谭好哲：《文艺本性研究中的审美概念与审美价值》，《文学与文化》2019年第4期。
② 刘俐俐：《论"批评家位置"与"批评分析"问题——从文艺评论价值体系理论建设说开去》，《文艺新论》2020年第3期。

方面的规范:其一,文艺评论价值体系特质决定批评家的"关系"位置;其二,符合外在环境要求,大致理解为"有用";符合审美特质,大致理解为"甜美"。如何兼顾"有用"和"甜美"?康德的有关"美的分析"中的"关系"契机给予了学理支持。康德的《判断力批判》认为"美的分析"有质、量、关系和模态四个契机。单独察看审美静观和审美无功利思想,显然与实践不符。康德提出:"鉴赏判断的第三个契机,按照在它们里面观察到的目的的关系看的。"①"关系",指处于主观合目的性与客观合目的性两方面之间的关系,可兼容性地辩证看待其"有用"和"甜美"。

3. "价值"是价值主客体关系历时性实践的实现与呈现

借鉴李德顺的价值哲学著作《价值论》中与本课题关系密切的重要观点之一,即"各种各样价值现象的共同特征,各种形式价值表达的共同含义,都是指向一定的对象(事物、行为、过程、结果等)对于人来说所具有的现实的或可能的意义"。"意义"观念在李德顺的梳理中,分别有观念说、实体说、属性说、关系说和实践说五种观点。他"主张的是第五种——'实践说'。'实践说'在吸收'关系说'成果的基础上,阐述一种新型的价值学说。它首先承认价值是一种关系现象,指出价值是作为一种特定的'关系态'或'关系质'而产生和存在的"②。课题先期以"关系"理解"价值",经过借鉴将"关系"与"实践"结合,最终将"价值"理解为价值主客体关系历时性实践的实现与呈现。概言之,将实践论思维贯穿研究始终③。

(二) 必要说明

1. 文艺评论集中于文学批评

从学科角度梳理文艺学概念,分析文学与其他艺术形式的关系等因素,策略性地将文艺评论范围集中并以"文学评论"为中心建设价值体系④。研究中通过相关学科比对,意识到并补充以文学评论为中心的理由为:"文艺"是外延宽泛无法规约的概念;"文艺评论"是"文艺学"概念遗留的产物;文学是发展历史最久远和成熟的艺术门类;"文学评论"具有辐射其他艺术样式评论的特质和功能。

2. 课题最终的学术目标与实践研究的涵义

文艺评论价值体系建设是最终的学术目标。原初论证在借鉴党圣元等学者

---

① 康德:《判断力批判》(上),宗白华译,北京:商务印书馆1963年版,第57页。
② 李德顺:《价值论——一种主体性的研究》,北京:中国人民大学出版社2013年版,第27、29页。
③ 刘俐俐:《"实践"贯通美学文艺学的传统学术之路的意义与拓展空间——以王元骧学术研究为中心》,《社会科学》2019年第2期。
④ 刘俐俐:《我所理解的文艺评论价值体系的理论建设》,《江汉论坛》2016年第5期。

价值观念规范性研究成果的基础上①,确定了文学批评标准和价值观念两部分是价值体系的"硬核"。课题组还设计了文学批评实践任务,与前两部分内容共同构成了研究总体框架的三大板块。那么,三者的逻辑关系如何?哪些进入价值体系?最初认识为批评标准和价值观念共同合成为价值体系。这涉及如何理解"价值"和"硬核"两个概念及其在课题中的位置。价值体系的"价值"是价值观,还是价值观与批评标准之和?研究初期并未思考透彻。课题"实践研究"的角色与任务是什么?最初论证设置了一个理论子课题和中国古代文学批评、中国现当代文学批评、中国多民族文学批评和中国儿童文学批评四个实践子课题。前两个为纵向历时性的,后两个为横向共时性的。纵向横向交错。实践研究被确定为与理论研究相互参照地实现价值体系建设的最终学术目标。实践研究自身的学术目标为:返回自己领域的历史和现状,梳理文学价值观念与批评标准的既有理论资源;挖掘各自领域批评实践的特点、个案并予以理论性总结。除此之外,实践研究最初还包括了作品及现象的批评实践,目的是印证研究所获的文学价值观念和批评标准。文学批评实践后来被调整为贯穿于研究始终,由原来的验证价值观念和批评标准,转换成了文学价值观念和批评标准产出的资源和渠道。

3. 底线与理想的思维方式

价值体系的"价值"意涵、追求目标在于中国语境的价值体系建设,自身即带有"导向"涵义。"导向"即引导发展的方向。考虑到成果品质追求的稳定性与可调整、导向性与知识性等的辩证统一,"导向"易误解为短时期、特定权力意志等,与知识性、稳定性有所抵牾,遂以"理想"取代"导向"。理想具有追求性、无止境性等特点,吻合于艺术本体论的不断探索追求的理念。理想与底线相对应。底线指不能逾越的界限。文学艺术的本质特性之一是独创性,具有与占据主流地位的时代社会中的正项美感对应、错位乃至反向等各种关系②。因此,独创性需要底线思维,以独创性命名的异项艺术,需要判断其处于底线之上还是之下。概言之,理想和底线是文学价值体系建设把握的思维方式,理当贯穿于研究始终。

---

① 党圣元:《论文学价值观念的基本规定性》,《学术研究》1996年第3期;董学文、张永刚:《文学价值生成论》,《学术界》2000年第6期;等等。

② 刘俐俐:《"正项美感"亦可覆盖"异项艺术":文艺评论价值体系的导向与底线》,《探索与争鸣》2018年第11期。

4. 研究展开逻辑

哲学价值论的两个思想给予研究展开的逻辑借鉴：一个是功能、价值事实、价值观念三概念关系性的思想。价值哲学认为，"功能"的本义是"用处""作用"。功能是事物结构与特性的外部呈现。功能即"价值事实"，"价值事实是指，主客体之间价值关系运动所形成的一种客观的、不依赖于评价者主观意识的存在状态，它既是客体对主体的实际意义，又是一种'客观'的事实"①。"价值事实"是评价主体把握的对象。价值是主客体关系中意义的认定，体现对于"应然"的期待。"应然"与价值观念大致相当，是意义认定的观念性依据。另一个是价值观念具有"评价标准"的功能。"从更深层的方面来理解，价值观念'是什么'的问题，离不开它'如何是'（怎样形成、怎样作用、怎样变化）的问题。这就要进一步考察它的功能及其发生、变化等各方面的动态特征。功能是体现意义的主要形式。可以十分肯定地说，价值观念之所以重要，正在于它对人的思想、感情、言论和行动起着普遍的整合和驱动作用。而这一功能，最重要的就在于价值观念构成了人们内心深处的评价标准系统。……人们用以把握一切价值的有效评价标准就是价值观念。这是价值观念在现实生活中起的最普遍、最重要的作用。"②

这就确立了课题的研究逻辑：原来设计的价值观和批评标准两部分研究，调整为功能论研究和标准论研究，而不直接进入价值观念研究。因为哲学价值论原理告诉我们：功能和标准蕴含价值观念，而且两论题都包含理论研究和实践研究两方面。理论研究包括透视既有理论资源、分析价值观念指向。实践研究包括两个方面：一方面是总结批评实践的个案与特点，从中提炼价值观念指向；另一方面是文学批评实践，此实践已被意识到并转换为文学价值观念和批评标准的产出资源性质，批评实践具有反思性质，即反思批评秉承的价值观念或价值观念指向，反思批评自觉或不自觉运用的标准。由此研究主体分为三部分：一、功能论；二、标准论；三、价值观念。功能论是实然性的，即四个实践子课题各自领域的历史和现实中实际已经发生且被意识到的功能及其理论表述。标准论也是实然性的，即四个实践子课题各自领域的历史和现实中实际已经发生且被意识到的批评标准及其理论表述。价值观念部分则是应然性的，指根据前面的实然性功能论和标准论总结以及理论探寻，所获得的值得期待的价值观念。

---

① 李德顺：《价值论——一种主体性的研究》，北京：中国人民大学出版社2013年版，第161页。
② 李德顺：《价值论——一种主体性的研究》，北京：中国人民大学出版社2013年版，第153页。

价值观念中包括了应然性的批评标准观念和思想。

5.重大项目组织与致思方式的探索

鉴于新时代社会经济和人们需求发生巨大变化,"许多文艺问题在当今时代形势下所呈现出的极大复杂性和研究难度"①,重大文艺理论问题协同攻关成为文论研究的一种新趋向。本研究作为教育部重大攻关课题即属此类。展开方式、致思方式、思想集成方式等方面都面临着新的挑战。本论纲所以融总结、反思和论证为一体,原因有多方面。其一,修改的原因。研究过程中发现原初论证总体无误但需要修订。修订包括内容性质和位置,如文学批评实践原为印证位置,现在转换为生发价值观念和标准的渠道位置。上述功能论、标准论和价值观念三部分的关系,是改变研究方案的产物。原来设计为直接进入文学价值观和批评标准研究。现在将应然性价值观念研究修改为从功能和标准入手。功能和标准的实然性考察研究为价值观念提供经验与思想指向,成为价值观念的建设渠道。因为批评标准是复杂广阔的研究领域,作为目标很难圆满实现,所以将其由目标修改为价值观念的渠道。"硬核"依旧存在,只是存在性质和位置改变而已。此外,原初设定观念性成果与知识性统一。随着目标范围的调整,观念形态依旧,但知识性呈现方式改变为以观念形态呈现,更主要的是以功能论和标准论研究中的真实范畴的经验描述和概括形态呈现。其二,为尚未获得最终成果的研究提供后续研究任务,理清思路。其三,记录课题展开的经验与教训,总结探索重大项目组织与致思方式,力求使之成为重大课题成果的副产品。

下面先后从功能论和标准论两方面,分析、提取和概括其主要研究成果,并以文学价值观念建构为目标,发现其蕴含和指向。所谓蕴含,是指可分析提取与文学价值观念相关的思想元素。所谓指向,是指较明确的某种价值取向。蕴含和指向,都是文学价值观念构建的来源。

二、功能论研究

文学功能研究任务未设置边界和层次。文论界对文学功能的某些基本规律已有共识。如新批评以"是什么"和"做什么用"两方面界定"文学的作用"的思路,浅显易懂地揭示了它的规律:"文学的本质与文学的作用在任何顺理成章的

---

① 谭好哲:《新时代语境下中国文论研究的若干新变》,《文艺报》2019年11月4日。

论述中,都必定是互相关联的。诗的功用由其本身的性质而定:每一件物体或每一类物体,都只有根据它是什么或主要是什么,才能最有效和最合理地加以应用。"①依据这个逻辑,功能必定为没有周延的范围。但课题对文学功能就"它是什么",以审美属性给出了基本解释。"以审美为基点"观念就是"功能"的基本凭依。文学功能的开放式研究结果,自然而然地显示了假说功能型和实际功能型两大类型。前者指从哲学理论、社会政治、文学观念、文学文本的结构特性等演绎、推导出的文学功能,称为理论假说,是预设的文学功能期待。预设体现了特定价值观念期待实现的作用。后者指文学功能求真性考察、辨析、确认和分析的认知,求此"真"表明研究者关注、探索并概括了其功能,已属于被认知范畴的"价值事实"。所求之"真",包括艺术特性、风格、文体以及诸方面突出的现象。

（一）假说功能型

1. 层次较低的大众文艺"文学功能"及其底线与导向

大众文艺现象是不容忽视的事实。就此,研究以功能和价值观念呼吁相结合方式展开。功能研究起步于尊重人性本能,认定当前以满足大众精神消费需求为导向的大众文艺空前繁荣发展的事实,正视其随着人民群众的精神文化需求日益增长的必然性。大众文艺应被寄予更多更高的期望。就此历史事实,马克思主义经典作家已有确认。恩格斯曾对德国民间故事书的功能有过描述和概括:农民繁重的劳动之余,傍晚疲惫地回到家时消遣解闷、振奋精神,使他在各种美好的想象中忘却劳累,得到慰藉。从民间故事书乃至当前大众文艺的特性分析,概括了其"兼顾了娱乐特性与价值功能"。"大众作品具有比较突出的审美娱乐功能,能够满足人民群众的娱乐消费需求,这无疑是健康有益的","应被寄予更多更高的期望"。"娱乐消费应有的限度和底线问题"由此被提出,指娱乐不可庸俗化、低俗化、媚俗化,不能乐而丧志、乐而失德。大众文艺评论的基本价值观念是倡导"寓教于乐",给人们以教益,努力提高大众的思想道德和文化艺术修养。该功能研究提出了"底线""审美娱乐""寓教于乐""价值立场"等关键概念②。同时激发和提示了:功能具有潜在主体,文学接受的主体和批评主体应各有自己的功能底线诉求。作为自然人群的功能诉求若不设底线,就完全可能导致欲望无边。同理,文学批评家和理论家之外的人们,更有可能旁置文学的审美

---

① 勒内·韦勒克、奥斯汀·沃伦:《文学理论》(修订版),刘象愚等译,南京:江苏教育出版社 2005 年版,第 19 页。

② 赖大仁:《坚守大众文艺评论的价值取向》,《中国社会科学报》2016 年 11 月 21 日。

特性,对文学功用提出更多的实用性要求。笔者翻检到1916年美国人塞缪尔·麦克乔德·克罗色尔斯在《大西洋月刊》所发表的文章,首次提出了"bibliotherapy"这个词,该词标志着"阅读疗法"研究在西方的兴起,"文学疗愈"就是沿着"阅读治疗"而来的。英国人埃拉·伯绍德(Ella Berthoud)和苏珊·埃尔德金(Susan Elderkin)编辑的《小说药丸》①就是这个理念脉络上的文学读物。此概念从学理上细化演绎而来,客观显示和呼吁文学批评理论必须研究和设置文学功能底线,由底线继而呼吁价值观念。

2. 以审美特质为基点的功能视野

返回历史语境原初文化资源而非局限于文学领域,搜寻发掘可能实现的文学功能。该工作吻合于我国先秦文史哲不分家的实际。笔者主持的重大项目专栏"文艺评论价值体系的理论建设与实践研究",选取三篇古代文学研究成果,分别为田淑晶的《文学情感教育功能中理性的逻辑位序——以荀子"乐教"、朱熹"诗教"为探讨核心》、翟杨莉的《"文以明道":文学价值实现的自我规范》、葛瑞应的《以美养善,群而相合——古代文学的伦理共属功能论析》。三篇功能研究蕴含与指向价值观念的思想成果有:首先,角度虽有差异但均立足于审美性质。第一篇从实现情感教育的渠道出发,通过荀子思想中情感理性和朱熹思想中的理性情感比较辨析,认定"通过文学培养情感理性而非传递理性情感,才能真正实现情感教育";第二篇从"文以明道"落脚点的"道"与起点的"道"的差别角度,确认作为审美之"文"的重要功能,此即文统观念:"文学价值也只能在这一活动过程中实现或者说'彰明'";第三篇从"美"的特质即如康德的"美是那不凭借概念而普遍令人愉快的"的审美普遍性角度,阐述"以美养善"的渠道,实现"群而相和"的"伦理共属功能"。其次,三篇概括以审美特性实现的功能。功能实现指向的空间宏大开阔,目标高远。情感理性的功能视野是"文学为现代情感教育的重要担当之一。教育的目的意在培养能够建立秩序与规范的理性"。"文以载道"功能实现的视野,"宏观层面是旨在寻求应对全球化挑战的具有生命力的民族文学传统的真意,微观层面上则是为当下标准混杂的文学批评寻找有效的传统理论资源"。伦理共属功能的"群而相和"的"群"极具张力,小可为家,大可至民族社会和国家,再大可至人类命运共同体。三篇论文呈现了中国优秀传统文化所

---

① 参见埃拉·伯绍德、苏珊·埃尔德金:《小说药丸》,汪芃译,上海:上海人民出版社2016年版。

具有的丰富而扎实的功能论及其价值观念建构的思想资源①。该功能研究蕴含指向了"感情理性""以美养善""群而相和""文以载道""宏观层面""有效的传统理论资源"等关键概念及其思想。

3. 文学经典功能的动态演化规律与特性

文学经典问题域的重要问题之一是文学经典功能的演化规律与特性②。文学经典包括中国与世界两方面。世界文学经典译介并进入我国文学语境,使文学功能更增添了复杂性,其规律与特性的探寻也随之更具学术价值。《文学经典价值延伸问题研究——以美国作家马克·吐温的〈竞选州长〉为中心》是从理论层面探究文学经典价值延伸现象与规律的研究成果。论文从接受史资料中,梳理归纳了该作在我国语境中的诸种功能及其演变过程,大致分为三个阶段:第一阶段,综合一般读者和引导性、规定性的语文课本和大学教科书情形,最主要功能是诉诸"知道",知道美国有竞选这一回事,知道竞选者互相之间会有如此关系。讽刺性风格亦以文学知识和审美体悟熏陶而具"知道"的功能。由讽刺达到的"揭露""讽刺""对比""热爱"等效应,是以"知道"为基础的教育。第二阶段,功能逐步移动:由中国本土立场的"揭露""讽刺""对比""热爱"向国际化客观眼光的"宽容""借鉴"转变。第三阶段,突破了文本限定的意义域转向非文本限定的意义域,功能情形较难概括:"从作品重心移向了当下语境中个人自由体悟为重;从尊重文本规定性向越出文本规定性转移;从作品人物的竞选者身份移向了现实竞选者的实际活动;从现实竞选者身份再移向自己所需求的意义;从文本故事扩展到现实中他人的故事;联系现实中他人的故事,通过联想,进而在内心讲述自己的故事。"③该研究显示:历史越久,文学功能演变而成的种类越多,功能越显示出动态特性;功能实现依托具体历史语境;社会生活越丰富以及视野越开阔,功能呈现越可能多样化;历时性功能绝非功能的消失,功能的历时性和共时性交错叠加,共同汇入人类精神宝库。价值观念的蕴含与指向;价值观念的视野越高远开阔,功能体认越全面;审美价值乃逐步被发现,并与功能转换相伴随;认知和教育功能为文学经典基础性功能;文学经典具有文学接受史和接受理论

---

① 三篇论文以专栏方式发表于《马克思主义美学研究》(第 23 卷,第 2 期),上海:上海人民出版社 2021 年版,第 513—547 页。
② 刘俐俐:《后现代视野与文学经典问题域的新问题》,《南京社会科学》2012 年第 3 期。
③ 刘俐俐:《文学经典价值延伸问题研究——以美国作家马克·吐温的〈竞选州长〉为中心》,《文艺理论研究》2019 年第 1 期。

的重要理论价值,关键概念可为:文学经典、价值视野、认知、教育功能、功能演化。

4. 功能呼吁获得实现的价值观念

另一种功能理论研究,呈现为呼吁获得实现的价值观念。体现于对现当代美学家、文论家及作家文学功能言论和思想的梳理和概括。课题组梳理了"善"在美的庇护下闪光的大致历程和经验,包括近现代以来王国维、梁启超、朱光潜、沈从文等人的著述,概括了"美善"的功能观念。其认为始于审美需要的人性本能,文艺凭借独特的审美性,即通过非实然的虚构和想象营造出一方超越于现实利害关系的净土,读者可在其中获得审美的愉悦和享受,情感、意志得到陶冶和升华,确证与完善人之为人的本质所在,进而为人类提供超脱于现实种种桎梏的"澄明"境界。即文学引人向"善"的重要功能。这种功能观念由于受到"非艺术的"时代语境影响,对于文学"美善"功能的理解只能"下降"为认为文学诸种功能中的边缘性存在,曲折地透露出"美善"功能的价值呼吁。与之相似的是儿童文学功能研究。该研究形成了幼儿文学、童年文学和少年文学划分的理论共识:幼儿文学价值功能显现为游戏性的宣泄与习得;童年文学的主要功能是发展想象力;少年文学的主要功能是引导成长。此乃知识性的、静态性的概括和表述,潜在地呼吁实现的具体语境和价值观念。静态研究儿童文学功能的最大缺憾是忽略了儿童的成长性。诚然,游戏可让幼儿习得。那么,习得怎样的文化中的优秀成分?这是值得研究的问题。再说想象,怎样的价值观念情感感受才能推动想象的飞翔并使其具有意义?至于引导成长,更需明确怎样的价值观才能够让少年文学起到培养和引导孩子们成长的作用?这些问题需要引起关注和探究。关于儿童文学的价值观念,课题组已有若干研究成果,负责人李利芳提出:儿童文学价值观是一个从"儿童"这一中心出发、走向整体人类、走出童年而来到成人社会的过程,其中充满了纯净性、理想性、现实性、未来性、意识形态性等诸多矛盾复杂的议题。简单地说,儿童文学功能的审美机制来源于成人社会对童年生命特质的审美发现。课题组认为,对应三阶段功能应当延伸出更具体和特定的文学价值观念。

(二)实际功能型

1. 实际功能型的宏观视野与假说功能期待

民族文学研究回到民族文学现场,以求真方式探寻民族文学功能。论文《文学民族志:民族文学的文化记忆与阐释功能》考察文学民族志这种民族文学新

文体。借鉴人类学资源,事实与虚构、根基论与工具论之间的文学民族志,衍生出以文化记忆和阐释为主的若干功能,文化品格是文化记忆和阐释功能机制的依托所在。论文《地方性知识:少数民族文学的认知与传播功能》在描述和梳理的基础上概括了"地方性知识"的总体特征,其下分为标识性的显在的直观的认知功能、基本性的审美功能、重要的传播功能和核心性的认同功能等。论文《民族文学的民族认同建构功能》梳理民族文学及其评论,发现和概括了认同建构功能。认同涵义为民族国家和民族国家内部不同族群两层意义的认同,但以后者为主。两层认同都指向文本的身份指认、文化特质把握、本民族情感归属等方面。民族文化认同偏重文化性。以上三篇论文的功能概括与民族文学事实相吻合,蕴含着侧重民族文化展示和认知的倾向,价值指向为认可多元文化价值、文化与审美密不可分。民族文学正式命名始于新中国成立之初,历史较短,这提示我们,如此侧重文化普及展示和认知功能是否具有普适性?是恒定的还是具有历史阶段性的?笔者由此问题出发,回顾和总结了新中国成立以来70余年民族文学的历程与阶段性功能,发现该功能产生自20世纪80年代中期直至目前。地方性知识、文化品格、文化景观、民族身份认同、国家认同、族群认同等为其关键概念。深层原因是民族觉醒、西方后殖民理论借鉴、文化多元等元素汇合等。可概括为"多元"的民族与国家双重文化身份认同功能阶段。此前的自新中国成立到改革开放之初的民族文学主要功能可概括为民族团结。质言之,民族团结功能和"多元"的民族与国家双重文化身份认同功能,两者为侧重多元与侧重一体的两极。依据正反合的辩证原理,再依据假说与期待功能型的合理性,笔者以诸因素分析为基础,提出了"中华民族共同体"理念的导向与民族文学功能问题予以研究,概括从实际功能型研究转向假说功能型研究的过程,其规律可大致描述为:功能具有时段性,其准确定位和评价,须置于大历史视野;任何时段性功能都有其价值观念作支撑;实际型功能具有向理想期待型功能转换的合理性和内在机制,转换后的"筑牢中华民族共同体意识"①价值指向为民族国家利益、国家核心价值观。

2. 小小说综合研究的功能成果

小小说专题研究由印证担当转换成资源担当。研究实际逐步意识到必须以"活动"代替以单篇作品或作家为对象。活动体现了实践的动态,能够顺理成章

---

① 刘俐俐:《中华民族共同体的理念导向与民族文学功能》,《民族文学研究》2020年第5期。

地以全方位视野介入。研究分为宏观活动状态规律和微观文学作品批评两大方面。宏观研究对象为小小说活动：回顾小小说文体提出语境和基本内涵，描述活动发生过程及其轨迹，考察和描述当前现状；在复杂存在样态理解平台上，描述和发现其基本功能，并予以价值认定；追溯文体历史与演变，考察中国小小说实践的文体铸造与探索，研究文体理论建设理路与方法；考察民间奖项的小小说金麻雀奖历程、走向与价值导向；从美育角度，概括小小说活动"深耕美育"的中国经验。微观研究主要为文学作品批评实践。宏观与微观两方面合成一个全方位的实践研究。

小小说的功能考察有趣地呈现了与民族文学相似的实际功能与假说功能的关系。实际功能型考察，分为书写者和接受者两方面。书写者又含有知名作家和小小说园地成长作家两部分。小小说活动对于知名作家的功能为：释放艺术激情，艺术经验在小小说领域施展发挥，以艺术经验、审美理想和小小说的探索，推进小小说文体。对于成长型作家的功能为：填充零碎时间，安抚舒缓心理，传授生产生活知识和培育做人之基本品德。直接或间接涉及了休闲、娱乐、认知、教育等诸方面功能，概而言之，即生活与文学为一体的生存状态。

小小说发生发展过程与活动状态的形式多样，参与人群文化层次和文学修养层次参差，知名作家汇入以后，文学经验得到广泛传递，起到了审美引导的作用。小小说优秀之作频频进入中学语文课本，小小说园地起步的书写者逐步成熟。恰如新华社客户端电讯稿所说的："小小说培育了不少文学爱好者，形成了一道特有的民间审美需求打破生活与艺术之间界限的融合性文化景观。"[①]在关注广泛人群精神生活形式的社会大视野中，实际功能概括，合乎情理地推导出建立在民族、社会和国家层面的假说期待型功能：价值体系中的小小说定位于"社会自我教育"。"社会自我教育"的涵义为：第一，社会大环境中广义的大教育概念，而非教育体系中各层级教育概念，更不是单一的职业性教育或者道德教育等教育概念。"社会自我教育"为混融一体、功能多样、相互组合兼顾的教育。它既包含审美教育因素，又不是单纯的审美教育；既包含生活与生产知识教育，又不是单纯的自然科学知识或者社会科学知识的系统教育。第二，教育施动主体和接受主体合一。这是社会主义先进文化及其核心价值观正面力量为主体所施动的教育，受教育主体寓于其中，施动和被施动主体均为社会正面力量。"社会自

---

① 陈新儒：《小小说蓬勃发展引起学界普遍关注》，新华网2019年5月23日电讯。

我教育"的期待功能可概括为：欣赏与消费同一；知识教育与核心价值观教育同一；文学普及性教育与提高同一；文学普及与消遣身心处于平衡统一的关系。实际发生社会自我教育效应呈现出独特的中国经验。

3. 文学作品批评实践呼吁文学价值观念

文学作品批评实践呼吁文学价值观念。以两个微观例子说明。

事例一

笔者就作家安石榴两篇小小说作品《那一刻》《醉酒》的批评实践。题目是《"隐"得值得，"秀"得机巧》①。"秀"得机巧表现为：文字繁简与时间线索长短形成反比，内涵浓淡相映成趣；有限的文字最经济地容纳人生的丰富曲折；以心理活动显露外在情节进展；特殊场景细致入微；结局含蓄而有品味余地，顺其自然而又出人意料。真情自然而又"动心惊耳，逸响生匏"。"隐"得值得表现为"善良"是贯穿两篇的底线："善良"确实平凡，却是平民的道德底线，它可升华出诸如正直、正义、奉献以及牺牲精神等多种优秀品质。概括此批评实践，获得批评标准的"隐秀"的基本理解："隐秀"为适用任何文类的普适性理论范畴，看看"隐"和"秀"的各是什么。"源奥而派生，根盛而颖峻"②，"源奥"和"根盛"是"秀"之源泉。"隐"的标准是"文外之重旨者也"。"重旨"很重要：文学是人类的精神家园，人文意涵及其多重意蕴交织和细微，即"重旨"之价值。这个微观事例显示：隐秀之"隐"是对小说家可用于"秀"的内在价值观提出要求，同时"秀"本身也对价值观提出要求。阅读者通过作品之所"秀"可以悟到怎样之"隐"，一方面有人类普遍具有的审美能力和倾向性约束，另一方面见仁见智的审美接受特质也呼吁人们的价值观。

事例二

英国文学理论家艾·阿·瑞恰兹（Ivor Armstrong Richards）的《文学批评原理》提出了"冲动"概念。笔者以其作为探究人物内心世界的批评角度与方法，对利维斯（Frank Raymond Leavis）《伟大的传统》中所列被他视为可以配得上串在伟大传统线索的作品进行了品读。例如，乔治·艾略特（George Eliot）的《费利克斯·霍尔特》中的特兰萨姆夫人这一人物内心世界的分析，继而借助接受美学理论研究了"冲动"价值秩序的终极依据问题。所获的基本看法是："冲动"体

---

① 刘俐俐：《"隐"得值得，"秀"得机巧》，《故事会》（文摘版）2020年总第71期。
② 刘勰著、范文澜注：《文心雕龙注》卷八，北京：人民文学出版社1958年版，第632页。

现在文学活动的全过程。冲动的排列秩序可发生在作品、接受者、批评家三个层次。在文学批评活动视野中,"冲动"排列秩序属于"内在价值"范畴,并在内在价值、意义、功能、价值等诸范畴中处于批评的起步位置。终极依据是对文学批评价值判断和评价给予合理性支持和可凭依的观念形态。"冲动"与道德的关联性、文学批评价值体系的理论建设、社会主义核心价值观等从不同层面为终极依据的必要性提供了支持。社会主义核心价值观中的"友善"范畴可作为文学批评的基本参照点。首先,人性中具有"友善"的可能;其次,"友善"与文学书写的"冲动"多样性、复杂性具有双向兼容性;最后,"友善"是文学批评终极性依据的"大众方向"导向等①。

综合以上功能的假说功能型和实际功能型研究以及两者的关联、理论与实践的相互参照等,得到了如下方面的价值观念蕴含和指向:功能以审美特质获得实现;功能认定具有底线及其具体指向;功能应置于广阔大历史的社会视野;功能应界定需求主体;功能演变转换及其边界应以价值观念为依托;等等。

三、标准论研究

(一)文学批评标准的理论研究

1. 批评标准的建构方法论研究

文学价值观建构需要方法论,需要理论依据和推导,更要回到中国传统文论,搜寻具有范式意义的文学价值标准建构的理路和话语方式的概括并作为资源。论文《传统文学价值标准的建构理路与话语方式及其范式意义》考察了三种典范的建构范式:钟嵘《诗品》"重情性"的评诗标准、刘勰《文心雕龙》"尚通变"的文学价值取向和评价标准、严羽《沧浪诗话》"独标妙悟"的价值标准。选取原则和理由分别为:"中国是一个诗的国家,唐宋以后千余年的文学理论批评史上,曾出现大量的诗话、词话,钟嵘《诗品》可说是它们的开山鼻祖";"《文心雕龙》是中国古代文学批评理论史上一部最杰出的重要著作";《沧浪诗话》"是中国古代最重要的一部诗话著作,它有系统的理论主张"。② 此外,"重情性""尚通变""独标妙悟""三种价值标准的建构皆有现实针对性,而其适用性延及后世"。"重情

---

① 刘俐俐:《文学批评理论中的核心价值观意涵——"冲动"价值秩序的终极依据问题研究》,《学术前沿》2017年第5期下。

② 张少康:《中国文学理论批评史教程》,北京:北京大学出版社1994年版,第98、80、175页。

性"的建构路径和话语方式:"以儒家诗论为起点和基石,通过具有思想重建功能的儒家经典论诗话语节略,截断重德音的文学价值观走向,释放诗乐功能需求和价值评判主体的定义空间,创造出诗歌之于作者具有何种价值功能的意义空白地带。""尚通变"的建构路径和话语方式:"刘勰肯定了通变的文学价值,将《系辞》的尚通变和大乘佛学的'不二'思想运用到文学当中,以其理为文理,辅以文学论域内的辨识,在文学论域建构出圆整而切实的通变思想和话语。""独标妙悟"的建构路径和话语方式:"来自体认、证悟这种特殊的思想建构方法,为思想著明和显而易见的话语权变亦是一种独特的话语方式。"该研究的"回到权威诗学之源分其流""本二理成一论""师心而论与话语权变"三种建构理路与范式①,适用于当今文学批评价值观念建设。在笔者看来,"权威诗学"的"权威"来源于时间和实践检验,应指向马克思主义文艺美学和中国古代优秀文化与文论。分其流的"流"可理解为西方自古希腊至今的美学和诗论,以及各种相关哲学思潮等。这与课题组业已确定的跨学科借鉴资源的思路相吻合。"本二理成一论"的合理性在于本何理,只要合乎学理和逻辑即可成一理。可与"回到权威诗学之源分其流"相互结合运用。"师心而论与话语权变"的"权变",指灵活应对随时变化的情况。"权"作为动词,指权衡考量;"变"作为名词,指事物的变化。概言之"权益应变"。文学现实复杂多变而无限,既有的批评标准与方法则有限。"师心而论与话语权变"可让有限应对无限。再从批评标准和方法论角度看,"师心而论"是话语权变来源,这对可"师"之心提出了高要求。"心"绝非是无所依的空洞所在,可依才称之为心。那么,需要依托怎样的情感和价值观,则是"师心而论与话语权变"所具的方法论意义,也是对价值观的呼唤。从此角度学习,就会理解习近平总书记在文艺工作座谈会上"强调弘扬社会主义核心价值观,继承和发扬中华民族优秀传统文化,坚持和弘扬中国精神"②的深意了。

2. 批评标准的普适与限度问题

批评标准的普适与限度作为批评理论的重要问题,亦可从历史经验入手,通过分析而搞清楚普适与限度的关系,或者直接呈现价值观念,或者间接地给文学价值观念以借鉴资源。该研究从传统文学批评实践的"误判"经验入手,更具"上

---

① 田淑晶:《传统文学价值标准的建构理路与话语方式及其范式意义》,《学习与探索》2020年第5期。

② 《〈习近平总书记在文艺工作座谈会上的重要讲话〉学习读本》,北京:学习出版社2015年版,第29页。

手性"①。研究选取了文学批评史已有共识的关于钟嵘《诗品》对曹操与陶渊明的两个"误判"为例进行分析和阐述。钟嵘的《诗品》将曹操品级列为下品,评语为"曹公古直,甚有悲凉之句"。通过梳理分析发现:直接原因在对"古直"的不同理解,深层的原因是"后世对《诗品》曹操品级评定的不认同昭示出不同的情形,即:一些从普适批评角度切入、以普适批评标准为依据的文学批评,仅仅因为从该角度切入、依据该标准衡量,便导向不够公允恰当的评价。在这种情形中,普适批评标准显露出运用的限度,而这种限度往往出现在体系批评之中。《诗品》评诗严肃且有其体系。润色以使其富于语言美,既是普适的批评标准,也是《诗品》批评体系中的批评标准。体系批评要求批评标准的'一贯性'和'同一性',符合这种要求才有所谓'体系'",由此容易引发批评标准运用限度强加于批评的现象出现。钟嵘《诗品》将陶渊明列为"中品"也被后世认定为"误判",评语为"其源出于应璩,又协左思风力。……世探其质直"②。直接原因是钟嵘和后世一些论家对于陶诗的"质直"理解有分歧而导致评价不同。深层原因在于:文学批评标准的内涵谬误易于被指认,而内涵局限不易被发现。钟嵘"误判"依据标准的内涵没有问题,然而内涵的局限,一经置于历史时空之中与苏轼、元好问等对陶诗质直的阐释对照,在后代历史视野中就被发现了。这是标准及其运用的客观规律,也是钟嵘误判陶诗的深层原因。

该研究蕴含与提示在于:首先,"文学批评本有匡正诗坛蔽风、引导创作的功能,钟嵘对于批评亦有此功能期待"③。这个经验性表述提示了文艺评论价值体系建设的时代使命。习近平总书记在文艺工作座谈会上的重要讲话中,将文艺评论置于"第五个问题:加强和改进党对文艺工作的领导",提出"要高度重视和切实加强文艺评论工作。文艺批评是文艺创作的一面镜子、一剂良药,是引导创作、多出精品、提高审美、引领风尚的重要力量"。落实到文学批评理论建设,就是"要以马克思主义文艺理论为指导,继承创新中国古代文艺批评理论优秀遗产,批判借鉴现代西方文艺理论,打磨好批评这把'利器'"。④ 价值体系应具有

---

① 刘俐俐:《反思"上手性"的两面性》,《社会科学报》2018年6月28日。
② 田淑晶:《文学批评标准的限度及其限度超越——以钟嵘〈诗品〉的"误判"为中心的探讨》,《文学与文化》2019年第4期。
③ 田淑晶:《文学批评标准的限度及其限度超越——以钟嵘〈诗品〉的"误判"为中心的探讨》,《文学与文化》2019年第4期。
④ 《〈习近平总书记在文艺工作座谈会上的重要讲话〉学习读本》,北京:学习出版社2015年版,第33页。

匡正时弊和价值引导的功能。其次,提示了文艺评论价值体系对于价值观念及其批评标准都应严谨、统一、周密完备、自圆其说。运用于批评实践,旨在实现与丰富复杂的文学现实相吻合,体现静态与动态两者的稳定性与可调整性相统一的理论品质。同时,在批评经验中发现和归纳新现象、新问题,以便于文学批评标准的不断修订和完善。概言之,理论与实践的持续性相互交叉检验,是文艺评论价值体系建设的长期任务。

3. 两种批评标准问题及其修订

批评标准有其提出主体。梳理我国现代以来文学批评标准的提出者,可发现有两种文学评论标准提出主体:第一种为政治家,第二种为文学理论工作者。前者是国家层面主体,后者是文学理论学者。随之有两种不同的话语方式。前者以原则性、方向性、概括性、导向性、政策性为基本特征,后者以标准的层次性、范畴的等级性、描述性与评价性相结合等为基本特征。前者为后者预留了巨大的理论空间。"作品评价尺度可作宽泛与严谨的弹性理解。现实经验显示,实际上运用尺度以评价,可分为文学评论和文学评奖两大类。所以,如果将评奖活动看作以某种标准进行的活动,那么,文学评论标准在实际上又分为两种情形,一种判断是否为文学作品,而不是宣传品、广告等其他东西,即承认它具有文学的基本品质……另一种,判断它不仅是文学作品,而且是优秀的,甚至是'伟大的'作品,……也就是说,它是以某种尺度通过与同类比较后选拔出来的。……第一种是品质评价,第二种是选拔评价。……第一种情形,就是最广泛的文学评论行为。也是本课题予以确立的文学批评标准定义。第二种情形,就是各种等级的文学评奖行为。"①这是课题最初的批评标准分类。随着研究的深入和文学评奖专题的展开,修订为"资格评价"和"品质评价"两种标准。"资格评价"保留了"是否为文学作品"的涵义,涵义缩小了。"品质评价"的涵义扩展了,包括已具资格的文学作品分析阐述、赞美和推介等,还包括以"比较"和"选拔"产生的编辑选集、文学评奖等。文学评奖尤其是政府文学评奖,即是以"比较"和"选拔"为特质的"品质评价"②。

(二)文学批评标准的实践研究

基于"品质评价"的涵义,课题组沿着"比较"和"选拔"的思路,全面考察研究

---

① 刘俐俐:《文艺评论价值体系与文学批评标准问题研究》,《南京社会科学》2016 年第 12 期。
② 刘俐俐:《中国文学场域视野下文学评奖综合考察的理论发现与问题》,《社会科学辑刊》2019 年第 6 期。

了以政府文学奖为核心的各种文学评奖活动。考察对象以国内文学奖为主兼及国际文学奖,国内以政府文学奖为主兼及民间文学奖,中国古代选本也进入了考察范围。对每个奖项的考察都获得了新发现并概括了走向和规律,以此为基础进行了综合性研究①。

1. 评奖实践考察结果与综合研究的基本成果

政府文学奖作为国家意志体现,处于圆心的主导地位,呈现出权力场内文学场建构与配置,综合描述其建构和配置为:体现了中华民族多民族一体理念,体现了立足民族国家利益对儿童文学发展的重视,体现了尊重和依循文学文体特性,体现了面对时代变迁和人们精神需求的多样性而开放性地接纳新文类、新文体(如小小说和网络文学进入了鲁迅文学奖奖项)。所谓配置,体现于两个方面:国际文学奖作为中国文学理解体认的产物,与中国文学形成互动;民间文学奖项被政府奖积极纳入。文学评奖应遵循政治标准、艺术规律与审美需求相结合的运作逻辑。总体上说,以我国政府文学奖为圆心的文学奖项标准,实现了文学普及与提高并举的效果。概言之,政府文学奖作为国家意志体现,其选拔标准发挥了有利于国家总体利益的主导性作用。政府文学奖评奖标准,以原则性、方向性、概括性、导向性、政策性为主,同时各奖项坚持奖项的特性、文体和诉求目标。在秉承政府意志的同时,颁奖辞以及评语关键词的词频分析,呈现了文学理论话语的层次性、标准范畴的等级性以及描述性与评价性相结合的趋势。"品质评价"标准在总体稳定中伴随着文学发展而调整与变化,调整原则为遵循艺术规律和提高审美水平。如,中国儿童文学奖取消了"寓言"奖项,体现了文体分类逐步严谨,以及遵循审美特性的努力。这证明了政府主导的政治家批评标准与文学理论家的批评标准并不矛盾。此外,中国政治语境的"品质评价"标准,体现为从《在延安文艺座谈会上讲话》的"政治标准第一"和"艺术标准第二"的两分思维,到"思想性"和"艺术性"相统一的历史承续性。在依循历史承续性的同时,还要关注由"政治"到"思想"的延伸与融合。在继承的同时,也要为审美基点的批评标准拓展空间:"思想"可具体化,具体化是指不断深入开拓精神世界的不同层次。"思想"拓展成"感情";"感情"再拓展到以审美为主的多种感情类型;"感情"拓展并有原则地转换为"情绪"等。即实现从最抽象向细腻感情情绪的转换逻

---

① 刘俐俐:《中国文学场域视野下文学评奖综合考察的理论发现与问题》,《社会科学辑刊》2019年第6期。

辑,反之亦然。面对纷繁复杂的文学作品,可从情绪等人类较低级的精神现象起步,依循某种价值观向"品质评价"转换的逻辑。综合考察研究,可概括为"'品质评价'具有向'资格评价'逆向转换之合理性,给予批评家较大自由和知识生产以可能空间"①。

2. 评奖研究的价值观念蕴涵与指向

评奖标准含有自觉或不自觉的文学价值观念。它集中体现于如下方面:其一,文学有独立存在的价值。国家意志的权力场内文学场建构与配置,也确认文学独立存在的价值。恰如习近平总书记所说,"要坚守文艺的审美理想、保持文艺的独立价值"②。其二,审美是文学价值观的基点。文学评奖有其文学场自主运行的逻辑,终归以审美为基点。资本运行需依托审美,艺术特性实现更需依赖审美。其三,文学价值观念需要底线与理想。底线缘由在于,各种精神需求和新文学现象的不断出现,要求价值体系需具有以审美为基点的开放包容的视野。因此,底线问题必须引起注意。同时,文学价值观念须有核心价值观作引导。其四,由"底线"问题引出了"适性"文学价值观念。"适性"建基于主客体相互依存关系的审美理念。"适"既包括"主观适性之美:对象适合主体之性而美",也包括"客观适性之美:对象适合自身本性而美"③。综合理解为:审美发生于关系的"适性"中。"适性"既是价值观念,也是批评标准。通过对评奖进行综合考察发现,"适性"体现在各种奖项条例和评奖实践中。其五,文学价值观念、功能、批评标准三者互相渗透,你中有我,我中有你。印证了哲学价值论原理:功能就是有什么作用和效能,它是事物结构与特性的外部呈现。功能被关注与认识之后,成为"价值事实","价值事实是指,主客体之间价值关系运动所形成的一种客观的、不依赖评价者主观意识的存在状态;它既是客体对主体的实际意义,又是一种'客观'的事实"。也可理解为,就是评价主体把握的对象。价值观念是对"价值事实"和"应然"期待的认定,是指人们内心深处的价值取向或价值理念。价值观念具有"评价标准"的功能。功能、标准等"硬核"之中的"硬核"就是价值观念,"价值观念之所以重要,正在于它对人的思想、感情、言论和行动起着普遍的整合

---

① 刘俐俐:《中国文学场域视野下文学评奖综合考察的理论发现与问题》,《社会科学辑刊》2019年第6期。

② 《〈习近平总书记在文艺工作座谈会上的重要讲话〉学习读本》,北京:学习出版社2015年版,第23页。

③ 祁志祥:《乐感美学》,北京:北京大学出版社2016年版,第162、172页。

和驱动作用"。① 基于以上所述,概括如下:文学评奖标准具有不同的层次性,各层次之间又具有关联性;文学评奖标准是提升、抽象和概括文学价值观念的重要资源。

四、后续问题与重大项目组织和致思方式

（一）后续问题

在基本原则思路不变的前提下,接续既有思维成果,逐步凝练有价值的新问题。后续研究将在功能论和标准论考察成果中建构应然性质的价值观念。主要体现于如下几个方面:其一,批评家位置是价值体系的重要主体,批评家处于价值体系内外"中介"位置,属于价值体系的重要组成部分。其二,价值属性为主客体关系实践中的动态性质,这也应成为超越文艺范围,发现和确认审美现象的理念和方法。随着人民生活水平的逐步提高,生活状态的审美元素不断增多,甚至有可能在不自觉中酿成准艺术品,批评家对此不能无意识或者视而不见。如何看待这种复杂现象?是否认可某种制作是艺术,是哪种艺术?如何向既有艺术类别归类?所有这些问题都在呼吁艺术和生活的"审美连续性的文艺价值观念"②。其三,在对儿童文学功能和标准的考察中发现,儿童文学因产生较晚之故,缺乏文艺美学理论。理论建设的价值维度切入,必有实践的动态思维,要寻找论证儿童文艺美学基础性美学范畴。这基本规范了儿童文学价值观念建设的任务。课题组从动态角度切入提出了"'以美均衡真善'的儿童文学价值观念"。"此观念坚守审美本位,看重均衡真善实现的娱乐和教益功能,倡导多维度的'均衡'。'均衡'以国家民族发展长远利益的大视野为参照,继而根据儿童认知与人类童年认知同构原理以及黑格尔美学原理,提出'以原始诗的观念方式'为途径,实现'以美均衡真善'。"③作为应然性儿童文学价值观念的稳定形态,可否以最基础性范畴为切入点进行建设?比如从儿童文学"同情""新奇"等审美范畴开展研究。其四,在对民族文学功能的考察中已经发现,有从国家角度以"使命"名之的功能,也有基于民族立场的民族文学功能的概括,前者属性是社会主义的民族

---

① 李德顺:《价值论——一种主体性的研究》,北京:中国人民大学出版社2013年版,第161、153页。
② 刘俐俐:《审美连续性的文艺价值观念》,《海峡人文杂志》2021年第1期。
③ 刘俐俐:《"以美均衡真善"的儿童文学价值观念》,《社会科学战线》2021年第1期。

文学,后者属性是民族的少数民族文学。辨析和理论探索之后确认,将"中华民族共同体"作为中国民族文学价值观念之基础。中国民族文学是56个民族的文学组成的多民族的整体性概念。建设任务则包括从历史与现实中梳理和阐述其合理性、探索审美情感与艺术选择的应然性和必然性,以及中国民族文学走向世界的条件因素。这种观念在批评实践中必将越来越显示出哪些意义等。其五,通过对实然性文学批评标准考察得知,标准提出的主体差异性作为客观事实将始终存在。前期研究提示我们:马克思恩格斯提出的"美学和历史的"文艺批评,作为最高标准具有标准和理想的双重属性。理想是追求的目标,标准是文学作品衡量的标尺。课题组确定应然性批评标准建设的基本理路为,以最高标准的理想与具体作品文本分析相向而行。这既是批评实践,又是应然标准建设的探索。目前既有的思考是,最高标准和具体作品两者之间有过渡的承接之处,即"较大的思想深度和意识到的历史内容,同莎士比亚剧作的情节的生动性和丰富性的完美的融合"①。因为"完美的融合"不仅是现实主义文学的理想,同时也是一般文艺的理想,并可以在各时代语境下都有文艺创作和批评的具体解释空间。此外,循着"反复实践"的思路,将有意识地以应然性价值观念和批评标准返回文学批评实践,不断发现问题,完善理论建设。最后,课题组还论证和提出了三个的比较重要的"知识性"理论问题:一是类似于西方的无涉价值和包含价值取向的两种知识论的分歧;二是知识与理论的关系;三是知识的体系性与片段性的关系,并认为在知识体系建设的过程中,应该实现对这些分歧的辩证统一。② 后续将对整个价值体系理论建设进行知识形态回顾和总结。

(二)重大项目组织和致思方式探索

前述已经呈现了组织和致思方式的一些特点,两者是无法截然分开的。致思方式在组织中得到践行,组织方式则是致思的结果。就此再补充如下几点。

1. 以项目任务为主,不受学科设置限制

重大项目设置是基于现实中的复杂问题要求给予理论探索。任务是第一位的,不应受学科限制。为了明确任务属性和最终成果的样态,我们围绕文学批评并以价值和体系为关键词作了相关学术史梳理。美学和文艺学领域的"价值"研究始于20世纪80年代,以文艺学、美学交织形式进入两个一级学科的二级学

---

① 《马克思恩格斯论文学与艺术》(一),北京:人民文学出版社1982年版,第178页。
② 朱立元:《试论人文学科知识体系建构的若干理论问题——以当代中国文艺学学科为例》,《文艺研究》2019年第9期。

科。与本课题关联较大的著作有：杜书瀛的《价值美学》、程麻的《文学价值论——文学价值观念的构成》、李春青的《文学价值学引论》等。系统建立文学价值体系的是敏泽、党圣元的《文学价值论——文学价值观念的构成》，其主旨是："立足于当代社会发展的现实需要，以古今中外文学史上价值论的发展为参照系，以马克思主义及其价值论的基本原则为指导，去建立科学的社会主义文学价值论。本书之作，也就是力图按照上述这种精神所作的一种探索和尝试。"① 以论文形式集中探究文学价值学的学者有党圣元、赖大仁、董学文、程金城等。探究问题集中在：关于文学价值观的理解和界定；文学价值观念规范问题；文学价值观意义问题；文学价值评价标准的涵义，以及如何构成的问题；文学价值评价标准与文学价值标准的区别和关系的问题；文学价值评价的方法论原则问题，等等。中国现当代文学领域 20 世纪 90 年代已关注价值问题，以价值观为切入点研究 20 世纪和 21 世纪以及当下的文学现象。目的是回溯 20 世纪文学价值观念，获得解释当下文学价值观念变化的历史资源，以评判、反思当下文学价值多元乱象。研究包括了翻检、总结和反思、重建两大目标。概括的基本理论问题，有"人类性"要素问题、文学价值与真理的冲突问题、价值选择性问题等。呼吁文艺学解决价值的原理性问题。此外，从文学价值论角度切入文学批评理论研究，显示了批评与价值选择性相关的理念。由学术史梳理得知，文艺学界在"价值"和"价值观"研究的同时，尚未涉及"系统"或"体系"概念，更未涉及文艺批评价值体系问题。现当代文学领域涉及了"价值"和"体系"两个概念，但未触及文艺批评价值体系问题。兼顾价值、体系、文艺评论三者的文艺评论价值体系理论建构，必要而且重要。此课题定位在价值哲学与文艺学的交叉融合，由之辐射到中国文学的各个历史阶段和各种特殊类型，以学科交叉视野确立和组织课题研究。

2. 尊重"同"与"独"的各自价值，使开阔视野与具体领域相结合

重大项目需要团队成员协同工作。博士生和青年教师参与了课题组工作。那么，如何做到既能顾及参与者的个人兴趣、研究方向和博士论文选题，又能使其与课题任务相互结合？课题组秉承尊重"同"与"独"的各自价值理念，具体采取伞状关联和线性交错方式。所谓伞状关联，指成员从各个维度与重大项目研究目标相关联。换句话说，因为重大项目的重大、复杂和学科交叉完全可以覆盖

---

① 敏泽、党圣元：《文学价值论——文学价值观念的构成》，北京：社会科学文献出版社 1997 年版，第 42 页。

团队成员的兴趣、方向和博士论文选题,个人选题因为重大课题之"同"而有了相互交流讨论的合理性,每个人选题之"独"让他们有了个人学术根据地和今后继续拓展的空间。所谓线性交错方式,指课题总负责人从课题全局的俯视角,线性地、一对一地与课题组成员交流切磋。在课题组这个平台上,有 4 篇博士论文通过了博士学位毕业论文答辩,分别为:张琼洁的《当下河北地区民间故事活动价值发生研究》(2018 年毕业并获南开大学优秀博士论文)、陈新儒的《价值论视野中的现代西方艺术观念生成研究》(2019 年毕业)、李伟长的《中国现代文学批评的多元价值维度研究》(2019 年毕业)、朱林的《文学民族志——文化人类学视野下的当代中国少数民族文学(1990 年代至今)》(2021 年毕业)。这些选题分散到民间故事所属的民俗学研究领域、少数民族文学相关的人类学研究领域,以及西方艺术观念史相关的西方美学研究领域等,超出了前面所说的学科交叉范围,但课题的开阔视野让这些具体选题有了创新的可能,课题组成员的论文陆续发表,获得了成就感。

3. 发散思维与凝聚思维相结合,反复参照抵达学术目标

前期以发散性思维为主,目的是发现和触及原初未能进入视野然而确实重要的问题,避免简单认可原计划的合理性而引发的失误;随着研究思考的深入和展开,调整了研究顺序和内容。后期以凝聚性思维为主,便于使最终成果有机统一为整体。在实施过程中将每一次调整作为关节点,均经课题组讨论后形成共识,使研究环节相互接续,以内在学理逻辑形成内在灵魂,反复参照抵达学术目标。

基于国家层面提出的学科体系、学术体系和话语体系三个体系建设理路:"学科体系是加快构建中国特色哲学社会科学的基础","学术体系是加快构建中国特色哲学社会科学的核心,主要包括两个方面:一是思想、理念、原理、观点、理论、学说、知识、学术等;二是研究方法、材料和工具等。学术体系是学科体系、话语体系的内核和支撑,学术体系的水平和属性,决定着学科体系、话语体系的水平和属性","话语体系是学术体系的反映、表达和传播方式,是构成学科体系之网的纽结,主要包括:概念、范畴、命题、判断、术语、语言等"[①]。本重大项目努力理解三个体系建设的内涵,尤其在学术体系和话语体系两方面,争取提供一些

---

① 谢伏瞻:《加快构建中国特色哲学社会科学学科体系、学术体系、话语体系》,《中国社会科学》2019 年第 5 期。

思考成果以为参照。

 作者手记：

重大项目之"器"如何贯之"道"？

刘俐俐

钱穆《湖上闲思录》兼顾考察儒道两家乃至佛家，聚焦器道、体用、气理等三对语词，立足于儒家经世致用理念，将分别侧重人文和自然的两极，予以汇通理解并形成三个对应。这三个对应性概念似乎有些玄，但只要将它们落实于具体对象，而且赋予自己的问题及其理解，对应性概念就成了意蕴丰富的方法，可用于总结教育部哲学社会科学研究重大课题攻关项目实施的心得。心得概括为一句话：重大攻关课题是器、体和气，与研究旨归、理念和成果对应的是道、用和理。何以如此言之？

钱穆认为，器、体、气三者是一极，道、用、理是一极。前三者先有，还是后三者在先？儒家侧重入世的人为哲学，认为因有所追求之道，知道有什么需求即有用性，有用性作为诉求，则成其理。所以，朱子认为理先气后。在他看来，"生命只是一个用，人身乃是一个体"。所以，"先有了人之理，乃始有人之气。也可说先有生命之道，乃始有生命之器"。显然，宋儒的人文属性，认定道、用、理先于器、体、气。重大项目是归属人文界的事情，我不执着于朱子的先后之辨，仅立足于以道为贯穿器之始终的思路，所以有了如上概括。

先说"道"。我们重大项目始终贯穿于"道"，体现于如下方面：探寻终极性价值依据；设置应然性价值观念系列；理论追求与国家民族确定的核心价值观相符；价值体系应和"实现中华民族伟大复兴需要中华文化繁荣兴盛"的时代号召。我国传统儒家文化中的"道"可承载非常丰富的内涵，所以可作为凝聚点。课题的进行过程中，课题组不断地学习和体悟国家大政方针并将其化作自己的感觉，而且缘于研究任务，参与课题的个人也与此"道"建立起从未有过的感情联系。"道"为最具凝聚力之所在，印证了价值哲学的说法：最个性化的个人感觉和观念等绝非与世隔绝，乃是整个社会历史集团价值观念的个性化体现。重大项目团队性的协作推进，就是凭借着此"道"。教育部提出，重大项目同时亦为培养青年教师和博士生的平台，道理就在这里。

其次说"用"。"用"就是有用、有意义。重大项目是十余年前出现的新事物，缘于国家层面根据现实社会需要和中国学科、学术和话语体系建设所设置。借用钱穆的话说，国家利益这个"生命要有行之用，始创出了足之体。后来生命又要有持捉之用，才从四足演化出两手"。具体地说，"用"即建设符合国家文艺发展的适用有效的价值批评理论。课题始终关注和筛选现实中的关键性需求与问题并纳入体系建设视野，就是立足在"用"的目标上。现在回顾课题实施后增添和实施的系列政府文学奖的考察，以及关注现实文学活动中极为活跃的小小说现象等，即出自国家之大"用"的理念。"用"的理念反之又强化加固了课题与"道"的内在联系：因"用"之考察研究，目标更明确，视野更开阔，境界更高远，而且发现了可以体现"道"的新问题，首席专家的组织和致思方式，因"用"而更有了抓手。

再次说"理"。在朱熹那里，"应该是先有了视之理，而后有目之气"。所以，理与用有相似涵义。在我看来，"理"也可理解为理念、理式等。课题的价值体系如何建设？依据价值哲学理论，我们概括出功能论、标准论和价值观念三个重要范畴，又根据思维逻辑，区分了实然性和应然性两个维度。实然性部分又分为功能论考察和标准论考察，目的在于搞清楚既有功能和标准的实践体现，分析存在哪些局限或者问题，哪些指向价值观念建设的思想元素和经验可资借鉴。应然性理论假说包括价值观念和批评标准，为什么没有应然性的功能论呢？因为应然性价值观念就是对功能的期待。可见所谓"理"，其实就是分析思辨之结果的理论形态。课题组强调理想与底线思维，追求理性，守住底线。这是"理"在方法论维度的体现。学术研究就是讲理，将以前人未有之理，汇入学术发展链条中。此为"理"。

现在回到体、气和器一方来看。既然已将课题界定为"器"，就会有个问题，此器何来？课题指南是设计者基于新时代的国家民族之"道"设计而成，一旦脱离了设计者，并被投标人所承担，课题就成了承担者面对的"器"，即一个必须贯之以"道"的"器"；同时，也有了为实现"用"之"体"的品质，也将成为充盈"理"的"气"。价值体系的鲜活生命力、合理的逻辑分布，以及清晰的层次和条分缕析的说理等，都是理的体现。课题组强调价值观念，强调理论品质，强调符合现实需要。课题的器、体和气的品质与实施理念与研究成果的道、用和理相互吻合。

最后我想谈谈重大项目实施过程与在读乃至已经毕业的博士生参与之间的关系，从关系中看参与以及如何参与。博士生参与重大项目绝不会丧失自己的研究领域和主攻方向。何以言之？就此关系的实施方式为：导师清楚主要研究任务和子课题分布，根据在读博士研究生的学术兴趣，反复沟通后帮助他们确定参与的子课题。博士研究生则需要尽快了解和吃透课题的学术目标和研究内容，由此开始"跟着重大项目的关键思想走"的过程。课题关键概念是：价值、应然的价值观念、功能论、标准论、价值实践，等等。博士生们以这些关键性思想和概念进入该领域读书和考察，尤其是思考。最佳思考成果是发现了问题。例如课题原定计划并未含中国民间故事，一位在读博士生原来熟悉叙事学，阅读价值哲学时联系到民间故事叙事，"价值"思想的切入，她意识到故事活动因主客体的价值关系而必定产生价值，这就将价值论带进民间故事领域，随后确定的博士学位论文选题为《当下河北地区民间故事活动价值发生研究》（2018年毕业），该博士学位论文获得南开大学优秀博士学位论文。再如，文学评奖考察研究任务，意识中国古代没有评奖。定位在古代文学领域的一位博士生发现，古代选本之"选"有其标准，于是古代选本研究成了他的研究领域，博士学位论文选题定在《古代选本批评的形态与价值研究》。在读博士生登上了重大项目平台，跟着重大项目的关键思想走，发现了有价值的问题，学术创新成为自然，他们在读期间都有多篇论文发表。对于他们未来的学术意义在于，一生的研究领域就此确定，而且切入点不同于该领域以往传统的路子，对他们来说，这既是挑战也获得了创新的机遇，参与课题耽误时间自然不再是问题。此外，课题组定期召开组会，以交流读书心得和交流问题两种类型为主。大家平等地放松地展开思想碰撞，真正是事半功倍，这也是跟着关键思想走的具体实施方式之一。事实证明，认真参与课题并从课题的大视野获得开阔的眼光，思考和研究脱离了散兵游勇状态，是可遇不可求的机遇，恰是前述贯之以"道"的效应，应当备加珍惜。

"文艺评论价值体系的理论建设与实践研究"（JZD039）已结项。写于结项前一年的《文艺评论价值体系建设论纲——兼及重大项目组织和致思方式呈现》也已发表，以理论形态凝聚了我的心得。我作为首席专家带领由青年教师和在读博士生为主体的团队，自2016年1月起一直浸泡其中。现在重大课题渐行渐远，今天，远距离看它别有一番景象，以上点滴心得就教于同仁。

讲故事的人或形式的政治

——本雅明视角下的赵树理[*]

赵 勇[**]

摘要：在写什么的维度上，赵树理重视对自己亲历"经验"的摹写，并始终以"讲故事"的方式行使着"忠告读者"之职，这非常符合本雅明所谓的"讲故事的人"的特征。在怎么写的环节上，赵树理又成了本雅明所论的"作为生产者的作家"。他以"说—听"写作方案实现了创作技术的"功能转换"，其隐性结构和接受模式与集体主义价值观同步同构，从而以形式（声音）的政治触摸到"艺术政治化"的高级机密。但如此一来，赵树理及其创作也进入到审美前现代性与社会现代性、艺术与政治等的矛盾冲突之中，这也是本雅明并未解决的理论难题。即便如此，赵树理其人其作在今天依然存有某种"光晕"，这正是他在"讲故事"的维度上留给我们的价值。

关键词：赵树理；本雅明；讲故事的人；说—听模式；形式的政治；艺术政治化

在相当长的时间里，赵树理的文学作品都是被当作"小说"来对待的，因为赵树理本人就说过他的作品是"问题小说"[①]，钱理群等学者更是把"创造了一种评书体的现代小说形式"看作赵树理小说的重要贡献，写进了教材[②]。这就意味着后来者思考赵树理，基本上都无法摆脱"小说"的问题框架。但实际上，赵树理并

---

[*] 原载《文学评论》2017年第5期。
[**] 赵勇，北京师范大学文学院教授。
[①] 赵树理：《当前创作中的几个问题》；《赵树理全集》第五卷，北京：大众文艺出版社2006年版，第303页。
[②] 钱理群、温儒敏、吴福辉：《中国现代文学三十年》（修订版），北京：北京大学出版社1998年版，第484—486页。

不十分看重小说这种名头,对其作品是否归类为小说也不是十分在意。例如,他的成名作《小二黑结婚》最初出版时,既有彭德怀"像这种从群众调查研究中写出来的通俗故事还不多见"的题词,又有封面标明"通俗故事"①的定位。其后,赵树理以"故事"之名行世或作者强调其"故事"属性的作品也不少见。《来来往往》(1944)发表时标明为"拥军爱民故事",《孟祥英翻身》(1944)出版时标明为"现实故事"。《登记》(1950)的开头便说:"诸位朋友们:今天让我来说个新故事。这个故事题目叫《登记》,要从一个罗汉钱说起。"②《表明态度》的开头则这样交待:"这是我一九五一年夏天在山西长治专区草拟的一个电影故事,后来因故搁置,今天看来也还可以当个故事看看,所以又把它拿出来了。"③《灵泉洞》(1958)发表时定位于"长篇评书",而赵树理后来则说:"《灵泉洞》上半部,是写历史故事的。"④"故事"的各类说法如此之多,至少说明把写出来的作品称作"故事"是赵树理的习惯之举。更耐人寻味的是,至1963年,赵树理又如此说过:"关于写小说问题。我自己不彻底,小说不像小说,今后要彻底,写小说就是小说。《红岩》改成评书,并不是低标准。"⑤为什么他说自己的"小说不像小说"?不像"小说"是不是像(或就是)"故事"抑或"评书"? 而关于故事与小说,赵树理又在他写出的最后一篇文学作品《卖烟叶》(1964)的开头有了更为明确的说法:

> 现在我国南方的农村,在文化娱乐活动方面,增加了"说故事"一个项目。那种场面我还没有亲自参加过,据说那种"说法"类似说评书,却比评书说得简单一点,内容则多取材于现在流行的新小说。我觉得"故事""评书""小说"三者之间没有严格的界限。例如用评书形式写成的《水浒传》,一向被称为"小说";读了《水浒传》的人向没有读过的人叙述起这书的内容来,就又变成了"说故事"。
>
> 我写的东西,一向虽被列在小说里,但在我写的时候却有个想叫农村读者当做故事说的意图,现在既然出现了"说故事"这种文娱活动形式,就应该

---

① 董大中:《赵树理年谱》,太原:北岳文艺出版社1994年版,第226—228页。董大中:《赵树理评传》,天津:百花文艺出版社1986年版,第126—127页。
② 赵树理:《赵树理全集》第四卷,北京:大众文艺出版社2006年版,第1页。
③ 赵树理:《赵树理全集》第四卷,北京:大众文艺出版社2006年版,第82页。
④ 赵树理:《回忆历史 认识自己》,《赵树理全集》第六卷,北京:大众文艺出版社2006年版,第473页。
⑤ 赵树理:《文艺面向农村问题——在山西省第三次文代会上的讲话》,《赵树理全集》第六卷,北京:大众文艺出版社2006年版,第209页。

更向这方面努力了。闲话少说,让我先写一个卖烟叶的故事,试试灵不灵。

这番细致的交代放在《卖烟叶》的正文之前,是颇值得玩味的。这大概也是赵树理文体观的一次最清晰的亮相。在赵树理的心目中,所谓的"故事""评书"和"小说"并无严格区分。而由于他对故事更为看重,所以,我们也可以说他写小说时就是在写故事。或者按照他的说法,虽然他写的东西可以被叫做小说,但一定要有一种特殊的功能:能被当作故事说出来。然而,虽然他在大小场合多次讲过他的这种小说做法,但似乎依然显得底气不足,于是他只好借助于现实生活中的"说故事",一方面概述自己的一贯主张,另一方面也给自己撑腰打气,以使自己的写法具有某种合法性。这样一来,他也就用故事和评书解构了西洋小说和中国现代新小说的神圣和威严,既让它接上了中国传统的地气,也把它完全纳入自己的写作操练和话语谱系中了。从这一意义上说,与其说赵树理是在写小说,不如说他是在讲故事;与其说他是小说家,不如说他是一个讲故事的人。

那么,在讲故事的层面,又该如何理解赵树理的创作呢?本文试图借助于本雅明的理论视角重新打量赵树理其人其作,以期能有新的思考。

一

实际上,把赵树理定位成讲故事的人不但不是对他的贬低,从某种意义上说还是一种致敬之辞。由此我们可以想到俄国作家列斯科夫(Nikolai Semyonovich Leskov, 1831—1895),想到本雅明在"讲故事的人"的定位之下对他展开的相关论述。本雅明说:"描写一位名叫列斯科夫的讲故事的人,这并不是要缩短他和我们的距离,而是恰恰要拉大这一距离。因为只有拉开距离来看,我们才会发现,讲故事的人那非凡而质朴的轮廓在他身上清晰地凸显出来。"[①]把这段文字中的列斯科夫换成赵树理,我以为也是可以成立的。也就是说,如果我们只是把赵树理看作小说家,固然也能确认其写作特点,却依然有种种说不清道不明之处。如果把他定位成讲故事的人,就不但让他与那些小说家有了区分,也拉大了我们重新打量他的距离。

[①] 瓦尔特·本雅明:《讲故事的人——尼古拉·列斯科夫作品考察》,《无法扼杀的愉悦:文学与美学漫笔》,陈敏译,北京:北京师范大学出版社2016年版,第43—44页。

为便于打量,我们不妨先来看看本雅明的相关论述。

本雅明是在经验的贫乏或贬值的现实语境中进入到讲故事这门艺术的话题之中的,而讲故事的人与小说作者的两相比较,故事听众与小说读者在接受维度上的不同表现,则是他展开这一话题的助力。在他看来,口口相传的经验是所有讲故事的人的灵感之源。这样,由于拥有经验,羁恋土地的农夫和泛海经商的水手也就往往成为讲故事者的古老典型,此谓讲故事者的民间原始形态。然而,进入现代社会以来,讲故事的人日渐稀疏,讲故事的艺术也走向衰落。之所以如此,是因为"讲故事的人诞生于手工业"①,"手工业作坊就是传授讲故事艺术的大学"②。但工业化时代以来,讲故事的物质基础既不复存在,人们在紧张忙碌中也失去了听故事的闲情逸致。例如,在文学生产层面,小说的兴起对讲故事这门艺术冲击极大,因为小说家的创作已完全游离了讲故事的文化传统:"讲故事的人所讲的是经验:他的亲身经验或别人转述的经验。通过讲述,他将这些经验再变成听众的经验。而长篇小说家却是孤立的。长篇小说诞生于孤独的个体笔下,他已无法举例说出自己最关心的事情,他得不到他人的忠告,也给不了他人忠告。撰写一部长篇小说就意味着,通过描写人的生活而将[生活的]复杂性推向极致。长篇小说诞生于丰富多彩的生活中,并致力于描画这种丰富多彩,它证明了,生活中人的极度困惑和不知所措。"③在文学消费层面,当人们对眼前的新闻趋之若鹜时,意味着遥远的故事已不再能让人提起兴致,人们既丧失了倾听的能力,听众的群体也日渐式微。"因为讲故事往往是门复述故事的艺术,而当故事已不再能被保存下来时,这一艺术也就消失了。它之所以消失,是因为人们边听故事边纺线织布的情况已不复存在。"④而正是在这一语境中,才凸显了列斯科夫以及类似于列斯科夫这种作家(本雅明还提到了德国作家黑贝尔、戈特赫尔夫、赛尔斯菲尔德、格斯戴克尔)的重要性。尽管本雅明在许多地方并未挑明,但我们似已听到了他的潜台词:列斯科夫还是一位手工业时代的作家,他还没有经过"现代性"之手的抚摸,而是与民间口述传统保持着密切关系。他倾心于

---

① 瓦尔特·本雅明:《讲故事的人——尼古拉·列斯科夫作品考察》,《无法扼杀的愉悦:文学与美学漫笔》,陈敏译,北京:北京师范大学出版社2016年版,第56页。
② 瓦尔特·本雅明:《讲故事的人——尼古拉·列斯科夫作品考察》,《无法扼杀的愉悦:文学与美学漫笔》,陈敏译,北京:北京师范大学出版社2016年版,第46页。
③ 瓦尔特·本雅明:《讲故事的人——尼古拉·列斯科夫作品考察》,《无法扼杀的愉悦:文学与美学漫笔》,陈敏译,北京:北京师范大学出版社2016年版,第49页。
④ 瓦尔特·本雅明:《讲故事的人——尼古拉·列斯科夫作品考察》,《无法扼杀的愉悦:文学与美学漫笔》,陈敏译,北京:北京师范大学出版社2016年版,第54页。

"讲故事"而不是"写小说",是因为他还在"经验"的滋养之中。而这种滋养显然与他的土生土长、长期与民间和民众为伍密不可分。本雅明援引高尔基的话说:"列斯科夫这位作家深深地扎根于民众,他完全没有受到任何来自国外的影响。"随后他紧接着评论道:"一个讲故事的能手总是扎根于民众,尤其扎根于手艺人阶层。"①这是他对列斯科夫的赞辞,也是他在"光晕"消逝的挽歌轻唱中向列斯科夫致敬的原因之一。

必须对本雅明的用语稍作解释,我们才可能理解他行文中的关节所在。在这篇文章中,"经验"一词频频出现,这其实是本雅明思想中的一个核心概念。根据本雅明的表达习惯,他所谓的经验往往是指 Erfahrung,以此区别于另一种被称作 Erlebnis 的经验。而按照杰姆逊的解释:"Erlebnis 指的是人们对于某些特定的重大的事件产生的即时的体验;而 Erfahrung 则指的是通过长期的'体验'所获得的智慧。在把乡村生活的外界刺激转化为口传故事的方式中起作用的是第二种经验,即'Erfahrung';而在现代生活中人们普遍感受的是第一种经验,即'Erlebnis'。"②如此看来,当本雅明让经验(Erfahrung)与讲故事这门艺术形成一种绝对关联时,他谈论的显然是一种前现代体验:手工业生产的场景,手艺人阶层的出现,纺线织布的氛围,听众的有闲以及他们在听讲中的配合等;共同打造着厚实的经验与经验的护栏,它们是讲故事者与讲故事这门艺术诞生并繁荣的温床。而所谓的经验贫乏,应该是对现代性体验的一种描述。在这种体验中,人们获得了更为丰富的经历(Erlebnis),却反而失去了刻骨铭心的经验(Erfahrung)。正是在这种集体性的遗忘和拒绝中,讲故事的艺术走向了终结。

还需要提及本雅明使用的另一组对举性概念:光晕(Aura)与震惊(Chock)。这两个概念虽然并非他这篇文章的论述重点,但根据他的为文原则,此文与《可技术复制时代的艺术作品》恰恰构成了一种"互补"关系③,而光晕与震惊也正是《艺术作品》一文重点谈论的对象。这样,我们也就不难理解,为什么在《讲故事的人》中本雅明会游离出一笔,思考一战结束后从战场中归来的人们沉默不语。因为战争是一种高强度的"震惊"体验,"震惊"的程度越高,意识的防范性就越强,成为"经验"的可能性也就越小。结果,战场归来者"经历"非常丰

---

① 瓦尔特·本雅明:《讲故事的人——尼古拉·列斯科夫作品考察》,《无法扼杀的愉悦:文学与美学漫笔》,陈敏译,北京:北京师范大学出版社 2016 年版,第 68 页。
② 詹明信:《晚期资本主义的文化逻辑》,陈清侨等译,北京:生活·读书·新知三联书店 1997 年版,第 317 页。
③ 赵勇:《法兰克福学派内外:知识分子与大众文化》,北京:北京大学出版社 2016 年版,第 325 页。

富,"经验"却反而更加贫乏了。如果沿着本雅明的思路往前推进,这是不是意味着小说更多地关联着"经历"而不是"经验"？尤其是像卡夫卡这样的作家,他们输入到小说文本之中的往往是"震惊"之后的现代性"经历"与个人体验,却已无法给人提供某种忠告或教诲了。与此相反,由于"经验在它的核心处是极为深刻地光晕化的"①,故事和讲故事也就走进了一种特殊的艺术传统之中,它已不是单纯的叙事作品,而是"经验"催生出来的富有光晕的艺术。

可以说,正是在这一阐释框架中,列斯科夫才走进了本雅明的视野,他因此拥有了"讲故事的人"的新称号,讲故事的艺术也获得了更为丰富的意涵。

赵树理能走进本雅明的阐释框架吗？回答应该是肯定的。只要做一些简单的对比,我们就可以看到这两者的吻合之处。

本雅明说,讲故事者的古老代表之一是与土地为伍的农耕者(tiller)②,赵树理就是从这一农耕者群体中走出来的一员。山西(尤其是晋东南地区)农民的特点之一是安土重迁,务实勤业,也形成了鲜明的民间文化传统。例如,平日里的听说书、赶会时的看唱戏、自娱自乐时的八音会等,既是农民们一年到头的主要消遣,也是民间说唱文学的重要内容。有资料表明,在赵树理的老家,他的父亲不仅是"八音会里一名拉弦的好手"③,而且还是"村里颇有声望的说书能手,有一肚子故事,在雨天冬夜,常被一大帮人围着,听他道古论今,说鬼,说狐,说狼,说蛇"④。赵树理生于斯长于斯,长期接受着这种文化的熏陶,"他不但能演戏,也学会了说书,带着深厚兴趣读过许多弹词、唱本、章回小说。从小培养起来的这种对民间文学和地方戏曲的兴趣,一直保持到晚年"⑤。如此看来,他能成为讲故事者的新式代表,是一点儿也不值得奇怪的。

本雅明说:"讲故事的人所讲的是经验:他的亲身经验或别人转述的经验。"这一点在赵树理那里体现得尤其明显。他的第一次创作谈便是《也算经验》(1949),此"经验"虽然并不完全等同于本雅明意义上的 Erfahrung,但许多地方又有相通之处。赵树理说:"我的材料大部分是拾来的,而且往往是和材料走得碰了头,想不拾也躲不开。因为我的家庭是在高利贷压迫之下由中农变为贫农

---

① 克劳斯哈尔:《经验的破碎(2)》,李双志等译,《现代哲学》2005年第1期。
② Walter Benjamin, "The Storyteller," in *Illuminations*, trans. Harry Zohn, London: Fontana Press, 1992, p.84.
③ 黄修己:《赵树理评传》,南京:江苏人民出版社1981年版,第11页。
④ 戴光中:《赵树理传》,北京:北京十月文艺出版社1993年版,第44页。
⑤ 黄修己:《赵树理评传》,南京:江苏人民出版社1981年版,第15页。

的,我自己又上过几天学,抗日战争开始又做的是地方工作,所以每天尽和我那几个小册子中的人物打交道;所参与者也尽在那些事情的一方面。"①这里其实并非一个单纯获取写作素材的问题,而是意味着一旦进入到讲故事的语境之中,赵树理自动接通的必然是自己亲身经历过的那些经验——烂熟于心的人物(例如,二诸葛的原型就是他的父亲赵和清),与人"共事"后的体会(赵树理多次提到过"共事",认为"我个人熟悉农村生活的方法就是和人'共事'"②),等等。而无论是人物还是情节,只要他没有亲历过,就心里没底,也不敢让他(它)们进入故事。这大概就是他自己总结的"有多少写多少"③,也是他委婉批评《三千里江山》的原因所在:"杨朔同志在朝鲜只一年多,正面的场面见的也不会太多,大概有些是听来的。从别人那里听来的,就是再生动我也不敢正面描写。"④这种写作之道,固然可以在"身之所历,目之所见,是铁门限"⑤的中国传统文化精神中予以解释,也可以在"山药蛋派"崇"实"的地域文化精神⑥中加以理解,但是,把它看作讲故事的人的一种特点也是可以成立的。小说家固然也从经验出发,但踵其事而增其华、变其本而加其厉似的虚构,往往是其看家本领。相比之下,讲故事的人却更老实一些。像赵树理,当他觉得道听途说都靠不住而必须严格依据亲身经验讲述故事时,他甚至已成为一个经验主义者。

而且,在经验层面,也可解释他的种种焦虑。赵树理是以讲新故事而著称于世,但让其故事熠熠生辉的却并非新人新事,而恰恰是那些旧人旧事。对于这一点,赵树理自然也心知肚明,他的解释是这样的:

> 同志们、朋友们对我所写的作品的观感是写旧人旧事较明朗,较细致,写新人新事较模糊,较粗糙。完全正确,其所以那样,就决定于这全部养料。我已写出的作品,其题材全部是农村的事。要写什么就得了解什么。我和我写的那些旧人物(自然不是那些个别的真人),到田地里作活在一块作,休

---

① 赵树理:《也算经验》,《赵树理全集》第三卷,北京:大众文艺出版社2006年版,第349页。
② 赵树理:《下乡杂忆》,《赵树理全集》第五卷,北京:大众文艺出版社2006年版,第369页。
③ 赵树理:《〈三里湾〉写作前后》,《赵树理文集》第四卷,北京:大众文艺出版社2006年版,第383页。
④ 赵树理:《在〈三千里江山〉讨论会上的发言》,《赵树理文集》第四卷,北京:大众文艺出版社2006年版,第140页。
⑤ 王夫之:《夕堂永日绪论内编》,参见李壮鹰主编:《中华古文论释林》(清代上卷,党圣元主编),北京:北京大学出版社2011年版,第210页。
⑥ 朱晓进:《"山药蛋派"与三晋文化》,长沙:湖南教育出版社1995年版,第247—250页。

息同在一株树下休息,吃饭同在一个广场吃饭;他们每个人的环境、思想和那思想所支配的生活方式、前途打算,我无所不晓。当他们一个人刚要开口说话,我大体上能推测出他要说什么——有时候和他开玩笑,能预先替他说出或接他的后半句话。我既然这样了解他们,自然就能描写他们。对新的人物,大半是在会议时间碰一碰头,……会议之外,自然也还有些别的接触机会,例如土地改革中的串连诉苦,生产中的访问劳动模范等,但所接触者又和开会一样,都是只接触某一方面,而且时间也很短,就事论事写个印象记还差不多,据以写一个又自然又生动又合乎进步规律的新的完整人物是不行的。①

这是出现在1952年的说法,此后,类似的说法便不时被赵树理谈起,似乎成了他的一块心病,也成了他"长期地、无条件地、全身心地到群众中去吸取养料"②的主要动力。然而,尽管与同时代的作家相比,赵树理"下乡"的频次更多,幅度也更大,但这一问题依然没有得到有效解决。之所以如此,是因为在赵树理那里,新人新事只是一种浮光掠影般的"经历",却始终无法走进他的经验系统之中,成为一种"光晕"般的存在。另一方面,在"敢教日月换新天"的时代语境中,互助组、合作社、人民公社、"大跃进"等中国式的"社会现代性"运动横空出世,赵树理也无时无刻不处在一种"震惊"体验之中。他虽然紧跟快赶,但写得却越来越少,讲故事的水平也日趋下降。孙犁的说法是"他的创作迟缓了,拘束了,严密了,慎重了。因此,就多少失去了当年青春泼辣的力量"③。赵树理本人的愤激之词是,读了《欧阳海之歌》,"这些新人新书给我的启发是我已经了解不了新人,再没有从事写作的资格了"④。而在本雅明的阐释框架里,这其实是"震惊"对"光晕"的驱逐,是"经历"对"经验"的占有,是现代性对前现代性的全面扑杀。在老经验不合时宜新经验又极度匮乏的情况下,赵树理的讲述已无所依托,自然,他已不可能再有多大作为了。

然而,即便如此,赵树理依然不忘履行讲故事者的职责——忠告读者。本雅明认为,小说作者是给不了人们忠告的,因为生活的复杂性会让作家陷入到极度

---

① 赵树理:《决心到群众中去》,《赵树理全集》第四卷,北京:大众文艺出版社2006年版,第120页。
② 赵树理:《赵树理全集》第四卷,北京:大众文艺出版社2006年版,第122页。
③ 孙犁:《谈赵树理》,《天津日报》1979年1月4日。
④ 赵树理:《回忆历史 认识自己》,《赵树理全集》第六卷,北京:大众文艺出版社2006年版,第482—483页。

困惑之中,许多问题连他自己都没有答案,他又怎么可能忠告读者呢?比如,卡夫卡无法明确土地测量员 K 能否走进城堡;鲁迅也无法解释祥林嫂提出的问题:人死后究竟有无魂灵。当作家困惑着时,他们的读者就更加不知所措了。但是,注重效用却是讲故事者的一个特性,这种效用"可能表现为故事包含的某种道德寓意、实用建议,抑或某一民间智慧或处事原则。简言之,讲故事的人都懂得如何给读者提忠告"①。按照我的理解,能够忠告读者的作家,他本人的价值观一定是清晰明朗的。或者也可以说,在前现代的世界里,由于生活的相对简单,作家也就更容易形成一种善恶分明的道德观。以这种观念责已度人,他也就拥有了忠告读者的底气。

赵树理正是这样一位作家。他曾经说过:"俗话常说:'说书唱戏是劝人哩!'这是对的。我们写小说和说书唱戏一样(说评书就是讲小说),都是劝人的。"②所谓劝人,实际上就是向读者发建议、提忠告,从而让他们认同作品中作者褒贬臧否过的人物。赵树理有一个著名比喻:三仙姑喜欢老来俏,"小鞋上仍要绣花,裤腿上仍要镶边,顶门上的头发脱光了,用黑手帕盖起来,只可惜宫粉涂不平脸上的皱纹,看起来好像驴粪蛋上下上了霜"③。当赵树理把美学之丑如此这般地涂抹到三仙姑的脸上时,他已充分运用了民间智慧,也一下子亮明了自己的价值观。而当时的读者也正是从这种强烈的暗示中得到了"不可以那样做"的忠告。更耐人寻味的是,当赵树理进入写作困顿期之后,他不仅在 1957 年集中写了《不要这样多的幻想吧?》《"出路"杂谈》《愿你决心做一个劳动者》《青年与创作》《"才"和"用"》《复"常爱农"同学》等书信和文章,直接劝告夏可为同学和自己的女儿赵广建回乡务农,不要好高骛远,老想着靠写作成名成家,而且还写了《互作鉴定》(1962)和《卖烟叶》两篇作品,通过讲故事的方式批评主人公刘正和贾鸿年的不安心农业生产,其忠告读者的意图跃然纸上。今天看来,赵树理忠告的内容虽已大可讨论,但至少这种忠告本身已显示出一个讲故事的人的强烈自信。当赵树理行使着忠告的权力时,他就像一个部落里的长老。显然,他是希望用他自身的经验和由此形成的智慧,形成一种"劝人"之效的。

这就是赵树理,他虽然在 20 世纪 40 年代才正式开始了讲故事的写作活动,

---

① 瓦尔特·本雅明:《讲故事的人——尼古拉·列斯科夫作品考察》,《无法扼杀的愉悦:文学与美学漫笔》,陈敏译,北京:北京师范大学出版社 2016 年版,第 48 页。

② 赵树理:《随〈下乡集〉寄给农村读者》,《赵树理全集》第六卷,北京:大众文艺出版社 2006 年版,第 164 页。

③ 赵树理:《小二黑结婚》,《赵树理全集》第二卷,北京:大众文艺出版社 2006 年版,第 214 页。

却又处处走进了本雅明早已设下的埋伏之中(《讲故事的人》发表于1936年),这或许并非偶然的巧合,而是所有讲故事的人的必然遭遇。

二

实际上,仅仅借助于《讲故事的人》是无法完全解释赵树理的,因为本雅明虽然在"讲什么"的层面谈得充分,却在"怎样讲"的地方所论不多,而赵树理恰恰在这一方面有着极强的实践意识,并形成了一套属于自己的理论。

在20世纪的中国文学史上,赵树理很可能是最具有读者(听众)意识的作家。当他开始出道时,他已非常明确地认识到他是在为广大农民写作,而20世纪四五十年代的农民绝大多数无法识文断字,并不具备基本的阅读能力。这一现状决定了他必须在写作技术层面寻找可资利用的资源。于是他绕过"五四"新小说业已形成的"写—读"模式,直接接通了明清时期话本、拟话本的"说—听"文学传统。陈平原指出:"五四"作家"只要采用日记、书信形式来叙述故事,就不可避免地要抛弃传统的说书人腔调,突破全知叙事的局限"[①],赵树理却是反其道而行之——只要他扮演"讲故事的人"的角色,他就必然要抛弃"五四"新小说那种注重人物主观情绪流露的写法,也必然会采用说书人的口吻,用全知全能的叙述视角讲述出一个个有头有尾、情节曲折、"可说性"强的故事。有关这一点,笔者早已有过探讨[②],兹不赘述。我现在想谈论的是与此相关的另一个问题。

沈从文曾经认为赵树理的小说"只写故事,不写背景",缺少人物的心理活动描写[③],把这一评论放在"写—读"模式的小说做法中是完全可以成立的。但问题是,赵树理采用的是"说—听"写作模式,而在这种模式中,景物描写和心理描写很可能确实不宜出现。赵树理曾经说过:"我过去所写的小说如《小二黑结婚》《李有才板话》《李家庄的变迁》等里面,不仅没有单独的心理描写,连单独的一般描写也没有。这也是为了照顾农民读者。因为农民读者不习惯读单独的描写文字,你要是写几页风景,他们怕你在写什么地理书哩!"[④]这是赵树理对他之所以"这样写"而不"那样写"的基本认知。而他没有意识到的原因或许在于,一方面,

---

① 陈平原:《中国小说叙事模式的转变》,上海:上海人民出版社1988年版,第218页。
② 赵勇:《可说性本文的成败得失——对赵树理小说叙事模式、传播方式和接受图式的再思考》,《通俗文学评论》1996年第4期。
③ 参见《沈从文全集》第19卷,太原:北岳文艺出版社2009年版,第296页;第20卷,第97页。
④ 赵树理:《做生活的主人》,《赵树理全集》第六卷,北京:大众文艺出版社2006年版,第142页。

由话本、拟话本小说衍生出来的"说—听"模式既是一种强大的"话语结构",写作者一旦采用这种写法,他也就走进了"不是我说话,而是话说我"的结构主义关系框架中,从而不得不遵循早已成型的结构法则;另一方面,无谓的描写一多,又会影响到听故事的人的记忆效果。在这一层面,本雅明恰恰有过精当的论述:"使故事嵌入记忆深处的做法,莫过于拿掉心理分析之后的朴实无华和简洁凝练。讲故事的人越是能去除心理遮蔽,把故事讲得自然天成,故事就越是能占据听者记忆,与听者的经验完全融合,听者也就越愿意有朝一日把它讲给他人。"① 显然,本雅明能够注意到这一点,是他意识到只有这样讲故事才容易激活听众经验,才有助于经验的口口相传。而在赵树理的写作方案中,把故事"写给农村中的识字人读,并且想通过他们介绍给不识字人听"②,本来就是其要义之一。为了使读者(听众)的记忆准确无误,也为了保证再讲述的传播效果,他就必须剪除景物描写和心理描写的枝枝桠桠,这样才能凸显故事的主干。

正是基于这一考虑,重叙述而轻描写,重"讲述"(tell)而轻"展示"(show)就成了赵树理讲故事时的叙事法则。当然,这并不意味着他完全不要描写。为了让描写更符合讲故事的特点,他退回到中国叙事学的传统之中,找到了一件制胜法宝——白描。赵树理曾经说过:"我们通常所见的小说,是把叙述故事融化在描写情景中的,而中国评书式的小说则是把描写情景融化在叙述故事中的。"③ 所谓融描写于叙述之中,其实就是白描。这应该是他从传统评书中琢磨出来的技法之一。几年之后,当他又一次面对这一问题时,则干脆把这一技法称作白描:"我写小说有这样一个想法:怎么样写最省字数。我是主张'白描'的,因为写农民,就得叫农民看得懂,不识字的也能听得懂,因此,我就不着重在描写扮相、穿戴。只通过人物行动和对话去写人。"④ 验之于赵树理写出来的那些作品,白描笔法也确实俯拾皆是。例如,他写孟祥英进不了婆婆和丈夫的屋门,只好独自站在院子里。"常贞和姐姐在门外低声哭,她在门里低声哭,后来她坐在屋檐下,哭着哭着就瞌睡了,一觉醒来,婆婆睡得呼啦啦的,丈夫睡得呼啦啦的,院里

---

① Walter Benjamin, The Storyteller, in *Illuminations*, p.90.
② 赵树理:《〈三里湾〉写作前后》,《赵树理全集》第四卷,北京:大众文艺出版社 2006 年版,第 378 页。
③ 赵树理:《赵树理全集》第四卷,北京:大众文艺出版社 2006 年版,第 378 页。
④ 赵树理:《在北京市业余作者短篇小说创伤座谈会上的发言》,《赵树理全集》第六卷,北京:大众文艺出版社 2006 年版,第 126 页。

静静的,一天星斗明明的,衣服潮得湿湿的。"①这里的白描极其简约,三言两语就勾勒了婆婆和丈夫的无情无义,也描画了孟祥英的卑贱处境和无奈心情。又如,他写小飞蛾被张木匠暴打:"她是个娇闺女,从来没有挨过谁一下打,才挨了一下,痛得她叫了一声低头去摸腿,又被张木匠抓住她的头发,把她按在床边上,拉下裤子来'披、披、披'一连打了好几十下。她起先还怕招得人来看笑话,憋住气不想哭,后来实在支不住了,只顾喘气,想哭也哭不上来,等到张木匠打得没了劲扔下家伙走出去,她觉得浑身的筋往一处抽,喘了半天才哭了一声就又压住了气,头上的汗,把头发湿得跟在热汤里捞出来的一样,就这样喘一阵哭一声喘一阵哭一声,差不多有一顿饭工夫哭声才连起来。"②这一处的白描也极为传神。在赵树理笔下,张木匠的凶暴呈现得干净利落,小飞蛾的哭法更是令人惊心动魄——那是忍气吞声的哭,是不敢哭又没办法不哭的哭。在这种极为憋屈的哭法中,小飞蛾的心灵痛苦也得到了一种含蓄的展示。就这样,在赵树理的讲述中,白描不仅简化了表达,节约了字数,而且让故事中的人物、人物的行动爆发了极大的能量。

我以白描为例,其实只是揭示了赵树理故事"怎样讲"的冰山一角。而实际上,在"怎样讲"的层面,可以说赵树理已把他的写作技术武装到了牙齿:说书人的角色扮演,新话本的精心打造,拟书场的空间预设,拟听众的接受预想,可谓成龙配套,样样不落。此外,还有如何借用评书的"扣子"手法吸引读者,如何设置大故事套小故事的结构以使情节波澜起伏,如何使用口语说"人话"让听众听得舒服③,等等,不一而足。而当赵树理如此痴迷于自己的写作技术时,他就又一次与本雅明狭路相逢了。本雅明在《作为生产者的作家》中指出:"在我问一部文学作品与时代的生产关系处于怎样的关系之前,我想问:它在生产关系中是怎样的?这个问题直接指向作品在一个时代的文学创作生产关系之中具有的功能。换言之,它直接指向作品的创作技术。"而创作技术之所以重要,是因为技术既可以消除内容与形式的对立,也能够通过它观察到一部作品政治倾向、文学倾向和文学品质的关系。正是在这一背景下,本雅明形成了两个重要论断:"文学

---

① 赵树理:《孟祥英翻身》,《赵树理全集》第二卷,北京:大众文艺出版社2006年版,第381页。
② 赵树理:《登记》,《赵树理全集》第四卷,北京:大众文艺出版社2006年版,第7页。
③ 赵树理说:"我曾建议出版社成立一个改编部,把各种东西改成通俗的东西,改成各种形式。要把书本上的语言改成人话,改成口话。"参见赵树理:《文艺面向农村问题——在山西省第三次文代会上的讲话》,《赵树理全集》第六卷,北京:大众文艺出版社2006年版,第209页。

的倾向可以存在于文学技术的进步或者倒退之中","正确的政治倾向和进步的文学技术在任何情况下都总是处于这种依赖性中。"①

我在这里又一次让赵树理与本雅明形成关联,一方面是想对赵树理的所作所为形成一种更有效的解释,另一方面也是想为本雅明的论述提供一个中国例证。如前所述,本雅明喜欢在"互补"关系展开自己的思考。与《讲故事的人》构成互补关系的文本其一是那篇《艺术作品》,其二便是这篇《作为生产者的作家》,而"艺术政治化"正是此二文论述的重要内容。在"艺术政治化"的维度上,本雅明不仅强调了创作技术的重要性,而且还在"功能转换"(umfunktionierung)名义下大谈布莱希特"叙事剧"与苏联作家特列契雅科夫(Sergei Tretiakov,1892—1937)的形式革命。在他看来,这两位作家简直就是"技术"革新的能手,因为通过其创作实践,他们确实改变了文学生产形式和生产工具的用途,成功地实现了文学的"功能转换"。由此回看赵树理,在"讲故事的人"的维度上,他类似于本雅明所论的列斯科夫,但是在"艺术政治化"的维度上,他又成了特列契雅科夫和布莱希特的精神盟友。作为"行动的"作家,特列契雅科夫响应"作家到集体合作社去"的号召,两次在"共产主义灯塔"公社逗留,"召集群众会议,筹集购买拖拉机的款项,说服单干的农民加入集体合作社,视察阅览室,办墙报,主编集体合作社报刊,给莫斯科的报刊提供报道,推广收音机和流动电影院,等等"②。赵树理的"下乡"更是家常便饭,可以说在"行动的"层面,他为农业合作社和人民公社做的事情不知要超过特列契雅科夫多少倍。布莱希特通过"中断原理"改变了"叙事剧"的内部结构,进而让它具有了政治功能;而赵树理则通过"评书体"改变了故事或小说的内在构成,从而让其艺术形式呈现了浓郁的政治意味。虽然赵树理的技术手段显得土头土脑,远不如布莱希特来得洋气,但不容置疑的是,他同样成了"艺术政治化"方案的实践者。

于是,赵树理除了是"讲故事的人"外,显然还是一位"作为生产者的作家"。而在这样的作家那里,他那些故事的讲法显然不只是单纯的艺术形式,而且还是形式的政治。伊格尔顿曾经说过:"存在着形式的政治,也存在着内容的政治。"③在赵树理作品与政治的关系问题上,最容易谈论的是"内容的政治",这也

---

① 瓦尔特·本雅明:《作为生产者的作者》,王炳钧等译,郑州:河南大学出版社2014年版,第7—8页。
② 瓦尔特·本雅明:《作为生产者的作者》,王炳钧等译,郑州:河南大学出版社2014年版,第8页。
③ 伊格尔顿:《如何读诗》,陈太胜译,北京:北京大学出版社2016年版,第11页。

成为赵树理研究界常谈不衰的话题。而不容易思考的却恰恰在于"形式的政治"。现在我们需要追问的是,赵树理之所以采用如此讲故事的形式,除了他本人谈论的那些原因外还有怎样的深层动因?这种形式又如何体现出了一种政治功能?

赵树理对其写作宗旨最精炼的概括是"老百姓喜欢看,政治上起作用"①,这就意味着普通民众(尤其是广大农民)是其作品的接受主体,而"起作用"自然也是针对这些普通民众的。由于农民在新旧交替时期确实存在着落后、保守、小农意识、封建迷信等思想,无法跟上新民主主义和社会主义前进的步伐,也由于"严重的问题是教育农民"②已成为最高领导人的基本判断,因此,赵树理所讲述的新故事一开始就介入到农民问题之中,并与主流意识形态高度契合,而"教育农民"或使干部和群众"知所趋避"③,则成为赵树理写作的一个基本动力。但是,既要教育农民,农民的文化水平又普遍不高,如何才能收到好的效果呢?赵树理的办法是"讲故事",而且在他看来也只有"讲故事"才行之有效,因为农民有"听故事"的传统或群众基础。赵树理说:"不要过低估计农民的艺术水平。老一代的农民,虽说有好多人不识字,可是看戏、听说书都是他们习惯了的艺术生活,一听到那些声音,马上就进入艺术环境。"④又说:"一个文盲,在理解高深的事物方面固然有很大的限制,但文盲不一定是'理'盲、'事'盲,因而也不一定是'艺'盲。一个人长到几十岁,很少是白吃饭的。"⑤可以说,这既是赵树理对农民鉴赏能力的基本认知,也是他坚持以"说—听"模式讲故事的现实依据。

现在看来,在"艺术政治化"或"政治上起作用"的层面,"说—听"模式很可能确实优于"写—读"模式。按照本雅明的看法,在后一种模式中,不仅小说作者孤独无援,而且小说读者也是孤独的,他甚至比其他任何作品的读者都要孤独。但是,"听故事的人有讲故事的人相依相伴,即便他在读故事,也依然分享着这陪伴之谊"⑥。这里指出的一个事实是,无论是写小说还是读小说,都是一种个体行

---

① 陈荒煤:《向赵树理方向迈进》,参见黄修己编:《赵树理研究资料》,北京:知识产权出版社2010年版,第177页。
② 毛泽东:《论人民民主专政》,《毛泽东选集》第四卷,北京:人民出版社1960年版,第1366页。
③ 赵树理:《关于〈邪不压正〉》,《赵树理全集》第三卷,北京:大众文艺出版社2006年版,第370页。
④ 赵树理:《不要急于写,不要自己不熟悉的》,《赵树理全集》第六卷,北京:大众文艺出版社2006年版,第145页。
⑤ 赵树理:《供应群众更多、更好的文艺作品——在中国共产党第八次全国代表大会的发言》,《赵树理全集》第四卷,北京:大众文艺出版社2006年版,第483—484页。
⑥ Walter Benjamin, "The Storyteller," in *Illuminations*, p.99.

为：作者在困惑中苦苦追寻着生活的价值和生命的意义，读者则在困惑中苦苦破解着小说中意义和价值的含混之谜，他们都得不到对方的帮助。然而，"说—听"模式却是以讲故事和听故事的人的同时在场为前提的，在"一对多"的讲述中，听者不仅由讲者陪伴，而且听众之间也相互陪伴。这既是一种集体行为，也很容易在相互交流和启发中生成一种集体经验。

实际上，这也正是赵树理所希望看到的图景。在他的构想中，故事自然首先是"写给农村中的识字人读"的，但由于农村中文盲很多，所以"通过他们介绍给不识字人听"就显得更为重要。而为了方便识字人介绍，他几乎采用了中国传统说书艺术的全部套路，也把故事写成了说书人的底本。这样，即便识字人不具备说书的表演才能而仅凭过硬的底本照本宣科，也能产生说书的效果。有资料表明，《李有才板话》面世后，成了干部必读的参考材料。"他们不但自己学习，还把它像文件似的念给农民听。结果反响强烈，收到的实效超过了《小二黑结婚》。农民一边听得乐不可支，哄堂大笑，一边就联系实际，'对号入座'，自动模仿小说中的工作方法来解决本村的问题。"①可以想见，假如在田间地头或房间炕头，村村户户都有人手捧《登记》或《三里湾》，一人念而众人听，念者眉飞色舞，听者欢声笑语，那该是何等盛大的景象！② 它不仅生动地诠释了"说—听"关系，而且也让"寓教于乐"落到了实处，这正是"老百姓喜欢听"之后产生的"政治作用"。

由此看来，赵树理所构建起来的"形式的政治"最终是通过"声音的政治"发挥作用的。也就是说，在他设计的"说—听"传播方案中，一方面需要说书人和听书人的同时在场，另一方面说者又通过底本和讲述建构了一种听觉形象，让它具有了一种直指人心的效果。这种效果类似于麦克卢汉所论的广播或收音机的传播与接受："广播是一种深刻而古老的力量，是联结最悠远的岁月和早已忘却的

---

① 戴光中：《赵树理传》，北京：北京十月文艺出版社1993年版，第170页。
② 这样的景象有文字记载的很少，但还是可以找到一些的。例如，一位名叫范巨通的读者回忆，1966年因"文革"开始，他初中毕业后断了学业，只好回村当农民"修理地球"。为打发时间，他找"闲书"来读，其中便有《小二黑结婚》《李有才板话》《李家庄的变迁》和《三里湾》。"那时候，我们的村里还没有电灯，没有广播，更不要说电视，文化生活很单调。母亲不识字，见我经常抱着书看，就问我书里写了啥，怎么就看得那么认真。我就给她介绍赵树理，介绍书里写的故事，她听了以后感叹道：'还真是有意思！'冬天的夜很长，晚饭后，我就坐在炉火旁边给父母亲读赵树理的书，父亲半躺在炕上侧着耳朵听，邻居们也来凑热闹。大家听得津津有味，念到逗人的地方，比如说三仙姑脸上涂的粉，'看起来好像驴粪蛋上下上了霜'，大家就会开心地笑起来；偶尔也会有人说，你看这个人和咱们村里的谁谁多一样。有时候，夜已经很深了，他们还要我把某个故事念完，因为他们想知道故事里人物的结局。当天没有念完的故事，有的人第二天碰到我，还打听故事里人物后来的情况。乡亲们是真正喜欢赵树理写的书。对于我来说，因为赵树理的书，似乎也使我有了用武之地。"范巨通：《难忘老乡赵树理》，参见杨占平、赵魁元主编：《新世纪赵树理研究：钩沉　考证》，太原：北岳文艺出版社2016年版，第81页。

经验的纽带。""书面文化培植了极端的个人本位主义。广播又正好与之截然相反,它复兴的是深刻部落关系的、血亲网络的古老经验。"①当注重于"写—读"关系的小说诉诸于人的视觉感官,进而在个体主义的培育中大显身手时,赵树理则用"说—听"模式的口语文化向人们的听觉器官发出邀请。它作用于人们在场的身体,唤醒了人们潜意识深处的经验,试图改变的则是人们的"情感结构",而最终建立起来的应该是一种集体主义的价值观。毛泽东曾希望文艺作品"能使人民群众惊醒起来,感奋起来,推动人民群众走向团结和斗争,实行改造自己的环境"②,但他大概没有意识到,所谓"惊醒"和"感奋"也是需要条件的。一个人雪夜闭门读小说,固然也可以孤独求欢,面壁唔叹,但其"惊醒"和"感奋"却远不如集体听赏来得直接和痛快,因为他失去了互动的启发和情绪的相互感染。可以说正是在这一层面,赵树理无意中解决了《讲话》中的一个技术难题,进而让其"形式的政治"暗合了《讲话》中的群众的政治。

而且,更应该注意的是这种"形式的政治"与主流意识形态要求的同步性和同构性。1949年之后,集体主义成为社会主义革命和建设事业中的核心价值观,而在农村兴起的互助组、合作社和人民公社运动,无一不是以集体主义的名义鸣锣开道的。如果从"五四"小说叙事革命的角度看,赵树理的写作实践无疑具有某种"反革命"性,它就是陈平原所谓的"小说叙事模式的倒退"。③ 然而,他的"说—听"模式所形成的隐性结构和集体接受模式却又与主流价值观高度一致。这或许并非偶然的巧合,而是所有信奉"艺术政治化"方案者的必经之路。本雅明曾思考过如何在集体、身体、形象与政治的复杂关系中获取世俗启迪和革命能量:"集体也是一种身体。……只有身体与形象在技术中彼此渗透,所有的革命张力变成了集体的身体神经网,而集体的身体神经网又变成了革命的放电器,现实才能使自己超越到《共产党宣言》所需求的那种程度。"④萨特获得一种"群体价值观"⑤之后也曾大声疾呼:"文学的命运与工人阶级的命运是联系在一

---

① 马歇尔·麦克卢汉:《人的延伸——媒介通论》,何道宽译,北京:商务印书馆2000年版,第371页。
② 毛泽东:《在延安文艺座谈会上的讲话》,《毛泽东选集》第三卷,北京:人民出版社1966年版,第818页。
③ 陈平原:《中国小说叙事模式的转变》,上海:上海人民出版社1988年版,第294页。
④ Walter Benjamin, *One-Way Street and Other Writings*, trans. Edmund Jephcott and Kingsley, London: Verso, 1992, p.239.
⑤ 贝尔纳·亨利·列维:《萨特的世纪——哲学研究》,闫素伟译,北京:商务印书馆2005年版,第617页。

起的",因此,文学必须"通俗化",作家"必须直接为电影和广播写作",因为电影和广播都是"对人群说话的"。① 赵树理显然没有本雅明和萨特那么高的理论水平,但可以确定的是,他所创建的"说—听"模式和追求的共享效果无疑也走进了集体主义的价值谱系之中。说得更直白些,他想建造的是评书互助组和故事合作社,它们简直就是生产互助组与农业合作社的文学翻版。正是在这一情境中,赵树理才以土得掉渣的文学形式触摸到了"艺术政治化"的最高机密。

三

然而,既要"讲故事",又要"艺术政治化",这样做的结果很可能会遭遇一系列无法解决的矛盾。我们不妨先来看看本雅明的处理方式。

一个十分有趣的现象是,当本雅明在"艺术审美化"的层面进入问题时,他举的例子是列斯科夫和黑贝尔等作家,核心概念或意象则是"经验""光晕"和"忠告";当他在"艺术政治化"的维度上展开思考时,他面对的又是布莱希特和特列契雅科夫的作品,而"斗争""行动""中断"和"震惊效果"则构成了他思考的关键词。这很可能意味着,本雅明并非不知道这两者会相互制衡,他的解决办法是分而论之,各言其好。这是一种悬置矛盾的策略,甚至还可能是理论家的一种权宜之计。但是,种种事实表明,赵树理的写作实践却走进了本雅明所预设的矛盾之中:他是讲故事的人,但他同时又是"配合当前政治宣传任务"的"宣传员";②他在前现代的"经验"之中,却又必须在某种"震惊"体验中讲述社会主义革命和建设的现代性故事;他启用的是寓教于乐的前现代说书法,但他却希望受惠于他的听众能够爆发出某种革命能量。此外,还有文本与现实之间的矛盾:他精心打造着"形式的政治",却反而离"内容的政治"的要求越来越远;他认为"把旧东西的好处保持下来,创造出新的形式"才是正途,但实际上,旧东西已在主流意识形态的扫荡之列,后来发展到极端的"破四旧,立四新"便是明证。而在这方面,甚至连本雅明也信奉布莱希特的名言:"不要从好的旧东西开始,而要从坏的新东西出发。"③凡此种种,都让赵树理所讲述的故事表面上看去非常和谐,但深层结

---

① 萨特:《什么是文学?》,施康强译,《萨特文集》第 7 卷,北京:人民文学出版社 2005 年版,第 278—289 页。
② 赵树理:《〈三里湾〉写作前后》,《赵树理文集》第四卷,北京:大众文艺出版社 2006 年版,第 383 页。
③ Walter Benjamin, "Conversations with Brecht," in Ronald Taylor ed., *Aesthetics and Politics*, London: Verso, 1986, p.99.

构却依然存在着某种紧张关系。而这种局面发展到最后,既是审美前现代性与社会现代性的冲突,也是艺术与政治的矛盾,甚至更有可能走到本雅明所谓的死结之中——本雅明本来是想用"艺术政治化"对抗"政治美学化",赵树理却把它们煮成了一锅粥。实在说来,无论从哪方面看,这都是他不一定意识到却必须面对的巨大难题。在这种难题面前,赵树理自然不愿意成为一个纯粹讲故事的人,却又不甘心像丁玲、周立波甚至柳青那样去讲土改故事、合作化故事①,于是他便只好在种种矛盾之中纠结,在种种冲突之中寻找支撑其作品的平衡点。这应该是他后来故事越讲越差,"起作用"的功能也越来越弱的原因之一。

而且,更严重的问题还在于听众的不断流失。在"说—听"模式的结构关系中,其理论预设是潜在听众的在场。这种模式在20世纪四五十年代的中国农村是不成问题的,因为那时的文盲较多,至少在理论上保证了听众的存在。然而随着扫盲运动的开始,随着新一代农民的文化程度逐渐提高,他们即便闲来无事读小说,也往往是以孤独的读者身份出现的,而不再会成为故事的听众。这就意味着"说—听"模式的根基受到了极大的冲击,赵树理构想的那种说书听书的场景也将面临着破产。而到80年代初,"不怎么读"赵树理作品已成赵二湖(赵树理之子)的一个基本判断,因为"眼下的时代,即使是农村的青年人,也喜欢读城市中的爱情故事,像广东的杂志《作品》或北京的杂志《十月》上发表的那种东西了"②。这已不是听众流失的问题,而是赵树理的作品已失去了它的读者和读者群。赵树理在生前并非完全没有意识到这一问题,因为他在1963年就曾说过:"过去我只注意让群众能听得懂、看得懂,因此在语言结构、文字组织上只求农村一般识字的一看就懂,不识字的一听就懂,这就行了。不久以前我才明白了一件事,就是农民买书的机会很少。"③买得少就读得少;读得少,念给人听的机会也不多。正是在这种焦虑中他想到了戏剧:"农民懂诗歌散文不论古今中外都有一定隔阂;小说也接触得少;戏剧这个形式就成为最接近农民的了。……所以说戏

---

① 赵树理曾经说过:"我在写作上有些别扭劲儿,就是不愿重复别人已经写过的东西。我本来计划写个什么东西,准备怎样写,如果有人这样写了,我就只好改变原来的计划。我在写作之前,也不愿意参考同样性质的作品。土改、复仇、翻身等伟大运动,我没有正面去写,因为我要写的时候别人已经写了好几本。别人把这条道路走了,我就另想别的办法。"这种"别扭劲儿"或许可以解释赵树理的所作所为。赵树理:《当前创作中的几个问题》,参见《赵树理全集》第五卷,北京:大众文艺出版社2006年版,第309—310页。

② 荻野脩二:《访赵树理故居》,程麻译,参见《赵树理研究文集·外国学者论赵树理》(下卷),北京:中国文联出版公司1998年版,第105页。

③ 赵树理:《戏剧为农村服务的几个问题》,《赵树理全集》第六卷,北京:大众文艺出版社2006年版,第180页。

文艺学研究论文写作：案例与方法

剧虽不是唯一的，但也是重要的为农村服务的好形式。"①很可能这就是赵树理最后不再倾心于写小说讲故事而是用力打造上党梆子《十里店》的主要原因。不得不说，这一形式显然更符合他那种"说说唱唱"的思路，也比"讲故事"更有效果。但问题是，"自以为重新体会到政治脉搏，接触到了重要主题"②的赵树理因在图解政策方面用力过猛，《十里店》也终究成了失败之作。这也意味着，赵树理虽然转换了讲故事的形式，却不但没有走出"艺术政治化"的误区，反而在那里越陷越深。他最终也没能解决如前所述的那些矛盾，而是成为它们的牺牲品。

由此联想到阿多诺对本雅明和萨特等人的"艺术政治化"的批评，我们也才会意识到马尔库塞如下说法的深刻之处：

> 文学并不是因为它写的是工人阶级或"革命"就是革命的。文学只有在内容转化为形式的过程中而关心自身问题时，它的革命性才富有意义。艺术的政治潜能仅仅存在于它自身的审美之维。它与实践的关系肯定是间接、存在中介并充满曲折的。艺术作品的政治性越直接，就越会弱化自身间离的力量，也越会迷失激进的、具有超越性的变革目标。在此意义上，与布莱希特的说教式剧作相比，波德莱尔和兰波的诗歌很可能更具有颠覆的潜能。③

实际上，也完全可以把这段论述看作是对赵树理的间接批评。也就是说，无论从哪方面看，我们都不得不承认赵树理作品的审美形式之维中蕴含着某种政治潜能，但是革命功利主义的创作理念、过于明显的政治意图、追求"速效"的宣传效果等，实际上又削弱了它们在艺术层面的革命力量。这当然不仅仅是赵树理个人的问题，而是那个时代所有作家的共同问题。与同时代的其他作家相比，赵树理的幸运之处在于他还处在矛盾之中，而那些矛盾既是其作品的内在紧张之源，也是它们在今天依然还可以存活的长寿之根。因为当"内容的政治"过时

---

① 赵树理：《戏剧为农村服务的几个问题》，《赵树理全集》第六卷，北京：大众文艺出版社2006年版，第181页。
② 赵树理：《回忆历史　认识自己》，《赵树理全集》第六卷，北京：大众文艺出版社2006年版，第473—474页。
③ 马尔库塞：《审美之维》，李小兵译，北京：生活·读书·新知三联书店1989年版，第206页。据原文有较多改动。Herbert Marcuse, *The Aesthetic Dimension: Toward a Critique of Marxist Aesthetics*, Boston: Beacon Press, 1978, p.xii.

退场,"形式的政治"无所附丽之后,《三里湾》还可以凭借其审美形式"回家"——回到民间文化之家,回到评书艺术之家,而《不能走那条路》甚至《创业史》等作品却是无家可归的。而对于赵树理本人来说,这个"家"就是"讲故事的人"的那个大家庭。本雅明说:"讲故事的人娓娓道来,他让自己的生命之烛放出温暖的光芒,直至这灯烛徐徐燃尽。这就是讲故事的人能散发无可比拟的光晕的根基。"①本雅明还说过,富有光晕的艺术往往具有"膜拜价值"。毫无疑问,赵树理正是这样一个有光晕的作家,他的作品在今天也依然散发着某种光晕。很可能这正是"形式的政治"风流云散,"说—听"模式的乌托邦王国也土崩瓦解之后,赵树理其人其作留给我们的价值。

作者手记:

看的辩证法

这篇文章成稿于 2017 年 3 月,算是我"十年一读赵树理"的一个小成果。

1996 年是赵树理诞辰 90 周年,自从那年我第一次写了两篇关于赵树理的文章之后,我大概就启动了"十年一读赵树理"的小小计划。即每过一个十年,我都要在赵树理诞辰的整周年之际,重新阅读一遍《赵树理全集》。为什么要读赵树理?因为他既是一个特点鲜明的作家,同时也是一个"问题人物",很适合所谓的"症候阅读"(symptomatic reading)。当然,我来读他,还有一层乡党的因素。为什么又要"十年一读"?因为我毕竟不在"现当代文学专业"做研究,读赵树理是副业而非主业。而我有意拉长重读的时间间隔,也是想以此检测一下自己:赵树理的文本就摆在那里,它不增不减,依然故我,但十年过后,我是否有了一些长进?重读之后,我是否还能发现一些问题?

于是在 2016 年后半年,我又一次把六卷本的《赵树理全集》从书架上搬下来,开始了我的第三次阅读。这一遍读过之后,我先是写出了《在文学场域内外——赵树理三重身份的认同、撕裂与缝合》(《文艺争鸣》2017 年第 4 期),接着又完成了第二篇文章:《〈"锻炼锻炼"〉:从解读之争到阐释之变——赵树理短篇

---

① 瓦尔特·本雅明:《讲故事的人——尼古拉·列斯科夫作品考察》,《无法扼杀的愉悦:文学与美学漫笔》,第 79 页。译者把 aura 译为"气息",现改作"光晕"。

文艺学研究论文写作：案例与方法

名作再思考》(《文艺研究》2017年第9期)。然后我想趁热打铁,再写一篇大块文章,没想到却颇不顺畅。我写写停停、磨磨叽叽了两个多月,才终于完成了这篇《讲故事的人或形式的政治——本雅明视角下的赵树理》。

之所以写这篇文章,是因为学界对赵树理的定位虽早已有之,但我却一直不甚满意。比如,当年有"向赵树理方向迈进"之说,赵树理自然便成了"方向性"作家;赵树理一直在向话本、拟话本取经,他的小说就被称作"评书体的现代形式";而所谓的"问题小说",又是赵树理本人对其作品的自我界定。这些定位自然不能说没有道理,但我还是觉得没有挠准赵树理那里的痒痒肉,于是我启用了本雅明的视角。

我能启用这一视角,大概与我对本雅明的长期关注有关。当年我写作有关法兰克福学派的博士学位论文,本雅明便是我重点思考的人物之一,他的《讲故事的人》《作为生产者的作家》等文章更是读得烂熟。2013年,我把本雅明的"讲演"(即《作为生产者的作家》)拿过来,与毛泽东的延安《讲话》比较一番,算是"窃火煮肉"的一种尝试。但那次是所谓的"平行研究",处理起来相对容易一些;这次明确要启用本雅明的视角,既有一定难度,也容易遭人质疑:凭什么你要启用这一视角?你的这种启用是不是合理?本雅明洋里洋气,赵树理土不啦叽,是什么让他们走到了一起?如此观照,有没有"强制阐释"的嫌疑?这么阐释,其有效性的依据又在哪里?

可以说,写作之前,正是诸如此类的问题困扰着我,让我不得安生。经过反复比对,尤其是我也去读过一番本雅明所论的列斯科夫的小说后,才坚定了启用本雅明视角的信心。我曾经说过本雅明的思想"形左实右",如果从"右"的层面去思考本雅明和赵树理的关系,便都涉及一个前现代语境的问题。即本雅明是在前现代语境中定位"讲故事的人",赵树理也是在前现代的语境中完善着"讲故事"这门艺术。而当本雅明说"讲故事的人"诞生于手工业,其古老原型是拥有经验、羁恋土地的农夫和泛海经商的水手时,你就会觉得赵树理简直已呼之欲出。同时,本雅明和赵树理又都看重忠告读者,都重视"经验"。而本雅明所强调的那种"经验"(Erfahrung),实际上是通过自己亲身体验日积月累所获得的那种智慧。另一方面,如果从"左"的角度进入问题,你又会发现无论是本雅明的理论还是赵树理的文学实践,又都在一个"艺术政治化"的谱系之中,都是阿多诺所批判的介入艺术。经过这番"对位阅读"(contrapuntal reading),我写出了这篇文章,也解决了困惑我多年的一个问题。

而如此观照之后,也给我带来了一个方法论上的启示,我把它称为"互看"。所谓互看,不仅是通过本雅明看赵树理,而且也通过赵树理看本雅明。而在互看的过程中,实际上我还同时启用了隐含的暗视角,比如我用本雅明去看阿多诺,也用阿多诺去看本雅明;或者是用阿多诺看萨特,再用萨特看阿多诺,等等。当然这样一来,互看又会看乱,成了乱看,所谓乱花渐欲迷人眼,文似看山不喜平,像是东北乱炖。但只要你敢于乱看乱炖,只要你能够相看两不厌,你就会发现"我左看右看,上看下看,原来每个女孩都不简单"。这种方法说得形象些,就是东张西望,左顾右盼,声东击西,隔山打牛。我的想法是,通过互看、回看乃至乱看,通过以眼还眼,我们能否像本雅明笔下的闲逛者那样,像苏珊·布克-穆斯所说的那样,最终形成一种"看的辩证法"(the dialectics of seeing)。

"看的辩证法"有许多讲究,但依我之见,首要的问题是你能否拥有看的能力——或者透过现象看本质,或者让阿多诺所谓的"内在批评"(immanente kritik)成为社会的观相术。除此之外,能否成为一个思想层面的异议者也很重要,因为阿多诺说过:"一个异议者的精准想象要比上千双戴着同样粉红色眼镜、把自己之所见和普遍真理混为一谈的退化之眼看得更清楚。"赵树理就是这样一个异议者,于是他在一个和平的年代里看到了农民的"吃不饱"和农村中的"把人不当人"。而对于研究者来说,既要训练学术之眼,也要磨砺思想之剑,两手都要抓,两手都要硬,或许才能把学问做得有点模样。

"在汉语中出生入死"
——"毕达哥拉斯文体"的语言阐释*

吴子林**

摘要：基于独有的宇宙观,中国文化确立了重"象"、重直觉、重体验、重体悟的隐喻思维,迥别于西方重概念、重分析、重演绎、重论证的逻辑思维,与之相应的是"注疏""语录""公案""评点"等"断片"式学术书写。20世纪以降,在西方话语系统的冲击之下,汉语逐渐丧失其主体性,思想与文化的传统随之断裂。钱锺书的研究表明,为"使语言保持有效",应充分发挥汉语之人文特性的优势,将隐喻思维与逻辑思维相融通,以更好地表现人类复杂的心灵世界。"毕达哥拉斯文体"的创构,可谓"在汉语中出生入死";其内在机制与传统的书写经验、思维模式、文化范式等一脉相承,而化解、协调、平衡、弥合了诸多矛盾,形塑一种"新感性",进入了"生生不已"的精神创造空间。

关键词：毕达哥拉斯文体;汉语;宇宙观;钱锺书;隐喻思维

语言是精神存在之所,是生命的血脉;思想的有效性,取决于语言的有效性。语言最为纤细的根茎生长在民族精神力量之中,以民族精神力量为出发点,才可能解答那些最富有内在生命力的语言构造的相关问题。写作者能否在汉语思想的世界立足,首先取决于他能否发挥汉语的人文特性,创造属于自己的文体。"毕达哥拉斯文体"孜孜于汉语思想的创造,"在汉语中出生入死",走向了未来之境。

---

* 原载《学习与探索》2020 年第 7 期。
** 吴子林,中国社会科学院文学研究所研究员。

一、"弹出自己耳朵听到的"

美国"现代管理学之父"彼得·德鲁克(1909—2005)在他的回忆录《旁观者》里讲了一个真实的故事:

12岁那年,德鲁克误打误撞地听过一次美国著名钢琴家、教师和作曲家施纳贝尔(1882—1951)的教学课,受教的是一个叫利齐的14岁女孩(当时她已以技巧娴熟闻名维也纳)。坚称自己音乐鉴赏力不够好的德鲁克,也听出那女孩的技巧已非常高深。施纳贝尔也称许她的技巧。然而,女孩弹完两首曲子之后,施纳贝尔却对她说:"利齐,你知道吗,这两首曲子你都弹得好极了,但是你并没有把耳朵真正听到的弹出来。你弹的是你'自以为'听到的。但是,那是假的。对这一点我听得出来,听众也听得出来。"利齐一脸困惑地看着施纳贝尔。

"我告诉你,我会怎么做。我会把我自己亲耳听到的舒伯特慢板弹出来。我无法弹你听到的东西,我不会照你的方式弹,因为没有人能听到你所听到的。你听听我所听到的舒伯特吧,或许你能听出其中的奥妙。"

施纳贝尔随即坐在钢琴前,弹他听到的舒伯特。利齐突然开窍了,露出恍然大悟的微笑。施纳贝尔停了下来,说道:"现在换你弹了。"这次她表现的技巧并不像之前那样令人炫目,而像一个14岁的孩子弹的那般,有天真的味道,一种更为准确的美展现了出来,而且更令人动容。施纳贝尔转过身对德鲁克说:"你听到了吧!这次好极了!只要你能弹出自己耳朵听到的,就是把音乐弹出来了。"

技巧娴熟的演奏者和真正的高手之间的距离,不完全是关于技术的,而是与一个人的整体身心姿态有关。经过高手的调教,身心振拔,每一处都妥妥帖帖地对准了,一个境界便明明朗朗地显现出来,弹出了自己内心深处听到的音乐。

德鲁克说:"我对音乐的鉴赏力还是不够好,因此不足以成为一个音乐家。但是,我突然发觉,我可以从成功的表现学习。我恍然大悟,至少对我而言,所谓正确的方法就是找出有效的方法,并寻求可以做到的人。"

多年后,德鲁克仍不能忘怀施纳贝尔的这次教学课。他在德国犹太哲学家布伯(Martin Buber)一本早期的著作里,读到一位1世纪犹太智者所言:"上帝造出来的人都会犯下各式各样的错误。不要从别人的错误中学习,看看别人是

怎么做对的。"德鲁克说,他这才明了自己当年无意中已经发现了这一方法①。

与音乐的表达一样,小说创作也存在类似的难题:技艺高超的写作者本人,或是由其设定的叙事者,会因其自身局限而对作品中的人物削足适履,自觉或不自觉地把他们框范在写作者本人的道德或情感辖区,语言不过是被驾驭利用的表达工具,故事则为呈现不言而喻的道理甚至是所有道理而存在:小说叙事充满道德训诫或处处人为的痕迹,缺乏一种浑然之美——这是一条逐渐失去自己的道路。小说家应如何摆脱"匠气",开启激动人心的语言之旅,把一双能倾听、辨别纷繁声音的"耳朵"所听到的"弹"出来呢?

"言语亦心学也。"(刘熙载《艺概》)话语交流是心的交流,其间有感觉、感情、信念、情感等相通的心灵活动。《美国现代七大小说家》的编者威廉·范·俄康纳在该书序言里说,一个小说家"能帮助我们发现这世界上有些东西是我们以前所不知道的,或者不是这样知道的;使我们发现一些我们相信是真实的东西,而这些东西又与我们的行为和态度有密切关联";一个小说家应当找到隐藏在动作里的主题,使这些主题成为活的东西,像一股强烈的电流,"他不应当预先知道他的题材的意义。他表现等待故事开展,逐渐发现他的主题。如果这本书写完以后,主题极清晰地出现,那么作者大概是隐匿了一些证据,写出来的是一套教训或是宣传品"②。

高明的小说家或叙事者能充分意识到自己的局限,扎根在他的智识无法穷尽的现实领域,刺穿一个个自欺欺人之观念的钟型罩,以按其内在节律、自行其是的语言,唤醒或识别自己身上所拖带的世界,产生一种全景式的恢宏视野和如临其境的现场感。具备了随时转化、调整已知的一切的能力,现代小说家体验他所体验的一切,以其完整的、抵达某种极限的想象力,将零星、偶然、杂乱的日常生活编织或整理成有序的"一次经验"(杜威语),让叙事在一个完整的世界里进行,赋予人物强有力的生命,从庸常生活之流中萃取那永恒不朽之物,或指向一些值得敬畏的、比自己更高的东西。

语言先于文学,正如声音先于音乐,风景先于绘画。语言的形态,不断消亡而嬗变;生命的样貌,脆弱而难以确定。虚构从语言开始,言语活动有关自我的

---

① 彼得·德鲁克:《旁观者——管理大师德鲁克回忆录》,廖月娟译,北京:机械工业出版社2018年版,第69—70页。

② 威廉·范·俄康纳:《美国现代七大小说家》,张爱玲等译,北京:生活·读书·新知三联书店1988年版,第1页。

追寻与创造；置身小说丛林，仿佛有一束来自高处的光照亮整座森林，照亮之前被人忽略或盲视的一切。

1961年9月，在接受乔治·威克斯的访谈时，亨利·米勒说："我努力保持开放和灵活，随时准备让风带走我，让思绪带走我。那就是我的状态，我的技巧"；"写作的过程中，一个人是在拼命地把未知的那部分自己掏出来。"①写完或读完一部小说后，我们的生命和周遭的现实，都得到了不可逆的改变和拓展。

德勒兹在晚年的杰作《批评与临床》中也说："写作是一个生成事件，永远没有结束，永远正在进行中，超越任何可能经历或已经经历的内容"②，"文学的目标在于：生命在构成理念的言语活动中的旅程。"③这样的写作根源于写作者对自我生命的认识，包括对容纳、形成自我生命的精神潮流的认识。对于忠实内心、用心灵写作的作家，我们总是心存感激并由衷赞美。正是有了他们的创造与引领，我们才真切感受到生活之丰饶，深刻领略到生命之意味，而更为有力地折返生活之深海。

优秀的古典作家也是这样做的。荷马为什么要用一百多行辉煌的诗句精细地描写阿喀琉斯的盾牌呢？莱辛解释说："荷马画这面盾，不是把它作为一件已经完成的完整的作品，而是把它作为正在完成过程中的作品。在这里，他还是运用那种被人赞美的技巧，把题材中同时并列的东西转化为先后承续的东西，因而把物体的枯燥描绘转化为行动的生动图画。我们看到的不是盾，而是制造盾的那位神明的艺术大师在进行工作。……我们无时无刻不看到他，一直到他完工。盾做成了，我们对着那件作品惊赞，但是作为制作过程的见证人而惊赞。"④语词的意义，通过此时此地的使用者或承担者来显现。"生物之以息相吹也"（《庄子·逍遥游》），随着语言的自然延展，我们跟人、物、事有所兴动，有所感应，便有了生命，有了人世之思，一个广袤的心灵世界便呼之欲出。

"视境"是诗人基于其与事物之间不同的关系，形成不同的美的感应形态，而抵达不同的境域。具有"视境"的人，能分辨、呈现"视境"内的事物。视境即语言：不同视境中的词语，与现实、幻想、境况中的情感，有理不完的复杂关系；在词语浮现的踪迹中，可确定某种生命的真实。语言即视境：一个人的词语能延

---

① 美国《巴黎评论》编辑部：《巴黎评论·作家访谈1》，黄昱宁等译，北京：人民文学出版社2012年版，第47—48页。
② 德勒兹：《批评与临床》，刘云虹、曹丹红译，南京：南京大学出版社2012年版，第1页。
③ 德勒兹：《批评与临床》，刘云虹、曹丹红译，南京：南京大学出版社2012年版，第12页。
④ 莱辛：《拉奥孔》，朱光潜译，北京：人民文学出版社1997年版，第101—102页。

伸到哪里，一个人的视境也就能扩展到哪里，语言的种种限制即视境的种种限制。著名诗人、理论家叶维廉（1937—）将诗人的"视境"与"表达"划分为三种类型：

其一，置身现象之外，把现象切分成许多单位，再用许多现成的或人为的秩序（如以因果律为依据的时间观念），加诸片面现象之中的事物之上，通过逻辑思维、语言分析等澄清、建立事物之间的关系。这种知性的活动的行为，自然产生叙述性、演绎性的表现，有所谓的"逻辑的结构"可循；此类作品往往容易接受科学性的分析，而无极大的损害。

其二，将自己移情或投射入事物之内，将事物转化为书写者的心情、意念或是某种玄理的体现。这样，在表现时自然会抽去一些连结的媒介，而依赖事物之间一种潜在的应和，无须在语言的表面建立逻辑关系。这种感应形态比第一种表现形式诡奇丰富得多，但仍是一种知性的活动。

其三，书写或创作前变为事物本身，从事物本身出发观照事物，即邵雍所谓"以物观物"。这一个换位或融入，不再持守人为的秩序，而是依循自然现象本身的秩序，任由事物在不沾知性之瑕疵的自然现象里纯然倾出，而脱尽了分析性、演绎性。在这种表现形式里，作者不介入对于事物的解说，读者也自然地参与美感经验的直接创造。

叶维廉发现，西方诗歌多为介于第一、二类视境的产物，中国诗歌则多属第三类视境的产物，最多介于第二、三类观物的感应形态之间；而且，西方现代诗有趋同于中国视境的特色：诗人们极力融入事物之中（如里尔克），或打破英文里分析性语法，求取水银灯技巧的意象并发（如庞德）；或排斥说教、演绎成分，以表里贯通的物象为依归（如伯格林、休尔默等）；或以"心理的连锁"代替"语言的连锁"（如超现实主义）……这些意图达到"具体经验"的努力，愈来愈与中国观物的感应形态相息相通。中国现代诗则在中国的视境和西方现代诗转化后的感应形态之中求取一种均衡："表现上达到超然的纯粹的倾出，经验的幅度兼及转化自现代梦魇生活的'形而上的焦虑'。"如何消除或弱化分析性、演绎性的元素及其表现，在"形而上的焦虑"的迷惑下获致纯然的倾出，是我们正面对的最大课题①。

叶维廉认为，诗不是分析网中的猎物，根深在诗人的意识里的美感视境，是

---

① 叶维廉：《中国诗学》（增订版），北京：人民文学出版社 2006 年版，第 345—350 页。

不容分析、解说的程序;"自然"是中国诗歌的最高理想,就好比一览群山,感到的是自然而成的全景的气象,而不是注意到构成该气象的每一个独立山头;在这一"出神"状态中,观者与自然事物之间的对话用的是一种特别的语言,事物内在的活动融入他的神思里,或个人的感受、内心的挣扎融入外在事物的弧线里;体现于诗歌创作(如杜甫《秋兴八首》等),其表现则既依着外在气象的弧线直接倾出,又与内在气象的弧线相互应和……①

通过细密的比较分析,叶维廉得出了令人信服的结论:"现代诗人以至小说家都企图冲破文字的基本性能,利用题旨的复叠、逆转、变化,并用先潜藏、后应和的方法,以动速(tempo)推助,时拉紧、时放松、时跳跃、时滑溜的节奏,达成近乎音乐中纯然的境界,冥冥中应了沃尔特·佩特(Walter Pater)的话:一切艺术都意欲进入音乐的状态。"②

"语言绝不是产品,而是一种活动。"③那么,哲学家又是如何言说的呢?在《哲学家和他的假面具》一文里,法国当代哲学家雅克·施兰格深究了人们熟视无睹的现象:哲学家习惯于藏匿在公共话语的后面,带着假面具出场,像一副面具而不再像一个人似的说话;他所说的一切仿佛不是个人的事,而是公众的事。这些哲学家往往是这样产生的:一个人以征服了他的某种真理的名义、以他试图征服的某种真理的名义预卜未来。这些哲学家那种不容置疑、客观的语调表明,真理在通过他们的嘴在说话,真理的声音压过了个人的声音,使之成为失去一切个人特点的"传声筒"。

"观赏哲学风景的方式支配着人们展示这种风景的方式。"④雅克·施兰格指出,开辟了新的思考路径的大哲学家在孤寂中沉思,从个人的思想经历出发,向我们推出创造性的"最高虚构";他使之概念化、一般化并转变为著作的,正是个人的"血与肉",而不是纯粹的逻辑推演。换言之,大哲学家通过其著作表达的,是自己的思想、文化、天才和梦想:不是真理,而是个人的真理——由于不能直接进入超验性,所以人们永远不能超出这种真理。

大哲学家从自己出发对我们说话的同时,也对我们谈到我们自己,使我们看

---

① 叶维廉:《中国诗学》(增订版),北京:人民文学出版社2006年版,第372—374页。
② 叶维廉:《中国诗学》(增订版),北京:人民文学出版社2006年版,第376页。
③ 姚小平:《洪堡特——人文研究和语言研究》,北京:外语教学与研究出版社1995年版,第121页。
④ 雅克·施兰格等,徐友渔选编:《哲学家和他的假面具》,北京:社会科学文献出版社1999年版,第14页。

到一个可能是我们的世界。大哲学家在思想上触动我们,在我们的存在姿态与思想状况之间的关系方面触动我们,引起我们的注意,使我们看到由于他我们自己才能发现的东西。将整个过去和传统放在自己的心里面,在其中寻到属于自己的过去和传统,这是一切创造的前提。与我们一样,大哲学家也需要探索、体会前人的生活、思想、文化,需要从过去时代的真实样貌汲取能量,让前人来校正自己,从前人处得到助益。否则,一切都只是无本之木、无源之水。

雅克·施兰格生动分析了维特根斯坦从《逻辑哲学论》(1921)到《哲学研究》(1953)的转变。在《逻辑哲学论》里,维特根斯坦似乎处于"明确的真理中",以其表达方式的准确性和不容置疑的肯定性,把每个题目分解成非常具体的元素,抽丝剥茧,层层深入,强行地把他的思想引向一定的方向。在《哲学研究》里,维特根斯坦则服从他的本性,以及在他身上发生的变化。维特根斯坦说:"我们所要的是对已经敞开在我们眼前的东西加以理解。因为这似乎正是我们在某种意义上不理解的东西。"①后期维特根斯坦实现了对早期维特根斯坦沟通的反拨:"我们的思考中不可有任何假设的东西。必须丢开一切解释而只用描述来取代之。这些描述从哲学问题得到光照,就是说,从哲学问题得到它们的目的。这些问题当然不是经验问题,解决它们的办法在于洞察我们语言是怎样工作的……哲学是针对借助我们的语言来蛊惑我们的智性所做的斗争。"②

维特根斯坦充分和真诚地认识自己、承认自己,不强迫自己服从不再是他的方向和风格,而是在力所能及的范围尽力而为,从各个方面探索一个广阔的思想领域,呈现了"个人的真理";其才情、学问、见识、欢喜、忧虑,在字里行间与我们觌面相见,每个话题也都汁液饱满,读起来充满魅惑。这是诚实面对内心和认识自我的结果。维特根斯坦第一变成了维特根斯坦第二,理论的繁殖力、解释能力和开放程度比所谓的真理性更为重要。

海德格尔认为,"在手的东西"是与单纯的看或直观相关的一种现成的在场,而更为根本的、基础性的是"上手的东西";"在手的东西"是与主体对立的、预先摆在主体面前的客体,而"上手的东西"总是涉及隐藏在其背后的东西,并非单纯在场的东西,用中国哲学的语言来说,它是人与之交融在一起的东西。这也就意味着,语言言说总是在场与不在场的东西相结合的整体③。

---

① 维特根斯坦:《哲学研究》,陈嘉映译,上海:上海人民出版社2005年版,第49页。
② 维特根斯坦:《哲学研究》,陈嘉映译,上海:上海人民出版社2005年版,第55页。
③ 张世英:《美在自由——中欧美学思想比较研究》,北京:人民出版社2012年版,第108页。

爱因斯坦看到他的计算和未经解释的天文观测一致时,他就感到身上有什么东西"响了一下"。"响了一下",可能是发现、可能是感动、可能是身体的"化学反应"。同属指向自我心智生活的言语行为,小说、诗歌、哲学的写作与音乐的表达可谓不谋而合:那些成功的写作或表达,抛弃粗鄙的技术主义,让一个思维进程在个人头脑里运行起来,走近那些局外人难以理解之事,体认而非解释或改变它们,并依从自己的内心节奏。于是,作品在自己的身上体验着自己,甚至思考着自己、申明着自己。这种"上手的东西"的言说,其佳境进入了类似音乐的状态。每一个人都有一种内在节奏,每一个人要去寻觅自己的节奏;这种执著于内心生命感受的语词之"演奏",用施纳贝尔的话说,即"把耳朵真正听到的弹出来"!

二、逻辑、论证之外

美国著名诗人、意象派运动的主要发起人埃兹拉·庞德(1885—1972)写了一本诗学论著《阅读ABC》,并将它题献给"那些乐于学习的人",他试图搭建通往帕纳索斯山的一个阶梯。在庞德看来,"好的作家是那些使语言保持有效的作家。就是说,使它保持精确,使它保持清晰",这是写作的首要伦理所在。语言是一个民族文化生活的坚实基础,使语言发挥效用的特殊形式,使用这一语言的民族的思维特征隐身其中。

文字的产生是一个非常复杂的问题,人们对此有诸多的推想和猜测。如关于汉字的起源就有"八卦"说、结绳和契刻说、仓颉造字说、图画说等等,不一而足。从文字的使用角度而言,在某种意义上,可以说"文字是在庙宇里开始的"[①]。人类历史上最早的文字使用者主要是祭司阶层,他们沟通神灵、传达神意,是神圣信息——文字的创造者和书写者,也是经卷的守护者和诠释者。甲骨文是中国迄今所能看到的最早的文字,相当部分的内容为卜辞,与占卜有较为密切的关系。作为记录甲骨纹(裂痕之纹,也就是神的语言)含义的甲骨文,是沟通神、人之间的系统符号,具有统治权力、预言等神圣性力量。神的时代式微后,甲骨文逐渐转变为人与人之间日常的交际符号,走出了庙宇,不过其血脉里仍存留某些神圣性因子,让人敬畏。如,孔子曰:"一贯三为王。"董仲舒释"王"曰:"古之

[①] 赫·乔·韦尔斯:《世界史纲》,吴文藻译,北京:人民出版社1982年版,第220页。

造文者三画而连其中谓之王,三者天、地、人。而参通之者,王也。"①

"上古结绳而治,后世圣人易之以书契。"(《易·系辞下》)自然物象的形构是文字的根据,文字则是大自然物象的缩影;文字与绘画同源,甲骨文、金文都是象形,"六书"皆象形之变。汉字的形构系统与发音系统是一分为二的,其"音化"始终以形象为底线,没有简化为字母,没有将偏旁定为发音符号,只是以"六书"中的假借法"音化"。此外,还用音译法对待一些外来词(如逻辑、幽默等)。"音化"敌不过汉字"形象"的力量。

公元前3000年,苏美尔人(米诺斯人)创造了两种楔形文字:楔形文字A有137个符号,在克里特文化全盛时期通用;楔形文字B有100个符号,比楔形文字A更为抽象,包含类似字母的符号——腓尼基人后来给它配上了一套有规则的发音。楔形文字都从象形文字发展而来,其由"画"到"线"这种"音化"的衍变,预示了不同于中国的文字、文化发展之路。

公元前13世纪后,多利亚人进犯伯罗奔尼撒,楔形文字B在战乱中毁灭,希腊人堕入几百年没有文字的"黑暗时代"。公元前8世纪左右,希腊人引进了腓尼基字母,在此基础上创建了自己的文字,形成了世界上最早、最完整的字母书写体系。公元7世纪,罗马人在希腊字母的基础上形成了拉丁字母。公元9世纪,形成斯拉夫字母。在拉丁字母、斯拉夫字母的基础上改造,产生了现今欧美各国使用的文字,希腊字母成了西方各国文字的母体。

文字与思维互为表里。汉字基本属于字形与字音"分裂"的语言,"形状思维"几乎渗透到汉字的骨髓。作为表意文字,汉字保留着图画的空间品性,其书写、排列不受线性的限制,属于"空间文字"。汉字中绝大部分都是形声字,从汉字的字形释义与从汉字的字音释义同时并存,甚至"互不干涉"或"各自为政",彼此关系比较微妙②。汉字包容了不同方向理解的冲突,人们可在意会中自由玄想。汉语自由舒展、意在言外的意会性,训练了汉民族的非形式逻辑,用语言学家黎锦熙(1890—1978)的话说,"国语的用词组句,偏重心理,略于形式"③。汉语的"意会"性造就了注重生命情调,以及主体之道德性自觉的"生命的学问"。

---

① 许慎:《说文解字》,徐铉校定,北京:中华书局2013年版,第3页。
② 黄侃说:"小学分形、音、意三部……案三者虽分,其实同依一体……三者之中,又以声音为最先,意次之,形为最后。"这里,黄侃实际谈的是语言产生的时间顺序,语音第一,含义第二,文字最后,类似于一种"声音释义学"。参见黄侃:《黄侃论学杂著》,上海:上海古籍出版社1980年版,第7页。
③ 黎锦熙:《新著国语文法·引论》,北京:商务印书馆2000年版,第4页。

空间性的汉字比时间性的字母文字更具信息的密度。汉字凭借其形貌及彼此之间的体悟，相互叠加、放大，即"因字而生句，积句而成章，积章而成篇"（《文心雕龙·章句》）。刘师培云："积字成句，积句成文，欲溯文章之源起，先穷造字之源流。"①著名文史学家、书法家启功说："一次开会休息时，和友人刘宗汉先生谈起句中词与词的关系问题，他说：'总是上管下。'这轻松的一句话，使我觉得顿时开窍。……这里所谓的'管'，不只是管辖、限制，也包括贯注、影响、作用等意思和性质。……不但词与词之间是这样，句与句之间也是这样……"②著名翻译家杨绛谈到翻译时指出："西方语言多复句，可以很长；汉语多单句，往往很短。"③这些都与中西语言句法结构的差异密切相关。

汉语以"字"为最小的句法结构单位，"字"在句法结构上是独立的个体，不受一种统一的形式规则的支配。作为个体的汉字即信息单位，有丰满的生命体征，存留着灵与肉、感性与理性尚未分离时的本初状态；思想的联系产生于字与字、句与句之间关系的领会，上下语脉、文脉、意脉的考察，以及特定语境的重构。汉语在组合上则往往化整为零，用大量散句、流水句、无主句、名词句以表达思想。汉语重意会轻言传，通过内心领悟把握事物之间的联系，形成了具象的、整体性的、意向性的、内省性的直觉思维；从运动、变化的角度去认识不变的永恒世界，由相似、相对到绝对。如尚杰所言，"以汉语为基础的思维，就其本性而言是广义上的艺术思维（以广义的形象为主的艺术思维，强调'无中生有'的直觉与体悟，在模糊的类比联想中唤醒创造性，从而在思维层次上高于表面上'寻找内在论证根据'但实际上是'同语反复'的形式逻辑证明）"④。

作为表音文字，希腊文字则只能在线形中运行，属于"时间文字"。希腊文字"以音载义"，故可"见符知音"，再"由音导义"。希腊语与拼音文字建构方式一致，作为个体意义的各种词，都得在语法的链条中运行而构成句子，句子才是文章的意义单位。这种"句本位"的语言，其句子结构具有一定的封闭性，句子内部的各种成分受一种统一的形式规则的支配。时间性的字母文字犹如一堆代码，意义则犹如一个汪洋大海，为规范代码与意义之间的对应关系，要求每个代码有

---

① 刘师培：《文章源始》，参见郭绍虞、罗根泽：《中国近代文论选》（下册），北京：人民文学出版社1981年版，第557页。
② 启功：《有关文言文中的一些现象、困难和设想》，《汉语现象论丛》，北京：中华书局1997年版，第31页。
③ 杨绛：《杂忆与杂写》，广州：花城出版社1992年版，第158页。
④ 尚杰：《中西：语言与思想制度》，北京：北京大学出版社2010年版，第73页。

准确、固定的意义,建立一套稳定状态的概念、术语、定义,它们的展开、延伸、演绎产生了发达的逻辑学,形成概念分析的、一分为二的、认知性的、外倾性的逻辑思维;从静止不变的角度去认识变化的世界,由绝对到相似、相对,形成了以客观知识为对象,注重抽象分析的学问。

法国结构主义语言学家将神话视为"超语言",即语言上的语言,从中可发现人类文化最基本的思维模式、表现方式,也就是文化的原型。中西文字发展、思维模式的分野,深刻影响了中西神话的表现形态。古代中国神话的字化文本多为片言只语,散见于各个时代、各种观念的文献之中;先秦典籍亦极少鸿篇巨制,多为"断片"式的感悟书写。古希腊神话的字化文本则正好相反,《荷马史诗》长达48卷,近2.8万行,寄寓了一个内容充沛、体系完整的神话谱系;古希腊的思想文本起初也是"残篇断简",随后则出现了亚里士多德《形而上学》《诗学》等体系完备、逻辑严密的系列著作。浦安迪将希腊神话归于"叙述性"的原型,中国神话为"非叙述"性的神话;前者以时间性(temporal)为架构和原则,后者以空间化(spatial)为经营的中心;中国神话与其说是在讲述一个事件,还不如说是在罗列一个事件;空间感优于时间感,这导致中西几千年叙事传统的各自分流①。

与神话相似,与西方哲学那种系统完备、体大思精的思想言说判然有别,金岳霖说:"中国哲学非常简洁,很不分明,观念彼此联结,因此它的暗示性几乎无边无涯,结果是千百年来人们不断地加以注解,加以诠释。"②逻辑的演绎是从已知到已知、从观念到观念的滑行,难免以偏概全、狭隘独断。事实上,在逻辑、论证之外,还有非形式逻辑的存在。不关心形式逻辑的规则,不一定就是非理性主义。没有逻辑学,并不意谓无法思想。中国的形而上学的形成既不是建立在对思维中逻辑命题分析的基础之上,也不是肇始于对语言的分析,而是形成于非形式逻辑、非语言分析的"悟道"。

叶维廉的学识洞见和文学表达是一体的,他一方面对中国诗的美学做了寻根式的研究,另一方面则试图汇通中西两种语言、两种诗学。叶维廉总结了中国古典诗歌与英美现代诗一些共有的风格特色:(一)用非分析性、非演绎性的表达方式求取事物直接具体的演出;(二)空间的时间化和时间的空间化导致视觉事件的同时呈现,突出了空间的张力、绘画性和雕塑性;(三)灵活语法和意义不

---

① 浦安迪:《中国叙事学》,北京:北京大学出版社2018年版,第41—67页。
② 金岳霖:《中国哲学》,《金岳霖全集》(第6卷),北京:人民出版社2013年版,第379页。

限定性带来多重暗示性;(四)不求直线追寻,不依因果律而偏向多重发展多重透视和并时性行进;(五)用连接媒介的减少到切断,提升事象的独立性、具体性和视觉性;(六)都设法将说话人的位置让给读者,让读者参与美感经验的完成;(七)以物观物;(八)以蒙太奇的应用来构成叠象美;(九)自我的隐退,呈现未经界分整体千变万化的生命世界(在西方较少但也有尝试)①。

叶维廉还发现,1917年之后的中国白话诗在美学策略上与西方现代诗几乎完全互换位置:"中国的诗人,在五四时期,不但没有继续发展这些共通的指标,反而疏离它们,而追求西方现代主义诗人企图消散甚至消灭的严谨制限性的语法,鼓励演绎性说明性,采纳了西方文法中僵化的架构,包括标点符号,作为语法的规范和引导。"②从"文言"转换到"白话",从综合性语言形式发展到分析性语言形式,现代诗人之"视境"与运用语言之嬗变是自然的。

甘阳发现了同样耐人寻味的现象:"当代欧陆人文学哲学孜孜以求的这种理想目标——把语言(从而也就是思维形式和生存形式)从逻辑和语法中解放出来,在中国恰恰是一种早已存在的客观现实。……在与西方文化相遇以前,具有数千年悠久历史的中国传统文化恰恰是一种没有逻辑、没有语法的文化。……中国传统文化发展道路的最基本特征,确实就在于它从来不注重发展语言的逻辑功能和形式化特征,而且有意无意地总在淡化它、弱化它……从而形成了一种极为深厚的人文文化系统。……近百年来我们一直是把中国传统文化无逻辑、无语法这些基本特点当作我们的最大弱点和不足而力图加以克服的(文言之改造为白话,主要即是加强了汉语的逻辑功能),而与此同时,欧陆人文学哲学却恰恰在反向而行,把西方文化重逻辑、重语法的特点看作他们的最大束缚和弊端而力图加以克服。"③

叶维廉、甘阳殊途同归的洞见,使当下的文化比较与反思有了更为复杂的性质;汉语之于思想言说的"有效性"问题,不能不细加探究。正如卡尔维诺所言,"恰如其分地使用语言,可使我们小心翼翼、集中精神、谨小慎微地接近在场或不在场的事物,敬重在场或不在场的事物所无言传达的东西"④。

---

① 叶维廉:《语法与表现——中国古典诗学与英美现代诗美学的汇通》,《叶维廉文集》(第1卷),合肥:安徽教育出版社2002年版,第118—124页。
② 叶维廉:《中国诗学》(修订版),北京:人民文学出版社2006年版,第277页。
③ 甘阳:《代序:从"理性的批判"到"文化批判"》,参见卡西尔:《语言与神话》,于晓等译,北京:生活·读书·新知三联书店2017年版,第26—28页。
④ 卡尔维诺:《新千年文学备忘录》,黄灿然译,南京:译林出版社2009年版,第78页。

在《思想的出现》一文,法国思想家埃德加·莫兰颇具穿透力地写道:"从某种意义上说,思想是作为人类命运中最有认知力、最高尚和最无私的东西出现的。……思想本身也具有自我纠正和自我批判的天赋,这种天赋使思想能够自我验证和进行某种与人类精神同时产生的探索,以便尽力不仅设想和理解世界、生命与人类的伟大命运,而且设想和理解思想本身。"①

在量子力学里,一个粒子可以在某种概率上既在此处又不在此处。维特根斯坦听了布劳威尔(数学直觉主义学派的创始人)一场关于数学基础的讲座后,对自己在《逻辑哲学论》中的论证产生了怀疑。"在何种意义上逻辑是崇高的东西?"维特根斯坦说:"……它(逻辑)产生出来,不是因为对自然事实有兴趣,也不是由于把捉因果关系的需要;而是出自要理解一切经验事物的基础或本质的热望。但并非我们仿佛要为此寻觅新的事实;而是,不要通过它学习任何新的东西正是我们这种探究的要点。"②逻辑之外,还有更为广阔的天地、更加重要的东西,且与使用的语言相关。维特根斯坦说:"当我用语言思想,语词表述之外并不再有'含义'向我浮现;而语言本身就是思想的载体。"③

谈到18世纪的法国思想家约瑟夫·德·迈斯特,以赛亚·伯林援引一位哲学家的话说:"为了真正理解一个原创性的思想家的核心学说,首先应该把握其思想核心的特殊宇宙观,而不是关注其论证的逻辑。"在他看来,"论证,无论有多么令人信服,无论给人留下多么深刻的思想印象,通常只不过是外围的工作,是抵御那些现实的和潜在的批评者和敌手已经提出的和有可能提出的反对意见的武器"。

生命的热烈与荒凉、丰盛与芜杂、模糊与暧昧,任何知识、逻辑乃至道德的"取景框"都是无法捕获的。比论证和说服更有效的,是感受和行动,是改变我们自己,是对未知世界的探索和创造,使尚未书写的世界通过我们来表达自己。"论证,既不能表明思想家提问并得出结论的心理过程,甚至也不能表明,想要理解和接受思想家所提出的观念就必须要把握的,思想家为传达和证明其意欲阐明的那些核心概念而采用的那些重要方法。"以赛亚·伯林接着说:

> 像柏拉图、贝克莱、黑格尔、马克思等人……他们的影响在好的和坏的

---

① 雅克·施兰格等:《哲学家和他的假面具》,徐友渔编选,北京:社会科学文献出版社1999年版,第290页。
② 维特根斯坦:《哲学研究》,陈嘉映译,上海:上海人民出版社2005年版,第49页。
③ 维特根斯坦:《哲学研究》,陈嘉映译,上海:上海人民出版社2005年版,第125页。

两方面都远远超出了学术的樊篱……他们的好与坏,或是应得的评价,依据的都不是这些论证(无论是否有效)。因为他们的关键目的,是要详细阐明一种笼罩一切的世界观,以及人在其中的位置和经验;他们所追求的,并不是说服那些他们对之发言的对象,而是要改变其信仰,转变其视域;因此,他们对待事实,用的是"一种新的眼光","从一个新的角度",按照一种新的模式,在此模式之下,过去被看作各种因素偶然聚合的东西现在呈现为一个系统的、相互关联的整体。逻辑的推理或许有助于削弱某些现存的学说,或者是反驳个别的信念,不过,它只是一种辅助性的武器,不能作为根本性的征服手段:亦即它不是那种新的模式,可以将其情感的、智识的或精神的符咒施之于人,使其皈依①。

以赛亚·伯林认为,论证并非重要之物,它只是"外围的工作",顶多不过是一种方法,一种"辅助性的武器";最为关键的是作为思想核心的特殊"宇宙观",它给我们提供了"一种新的眼光"或"一个新的角度",决定或深刻影响着具体的语言形式,并由此形成一种渗透、融合和统一之力,将"过去被看作各种因素偶然聚合的东西现在呈现为一个系统的、相互关联的整体",而这一切又显得自然而然。语言形式与思维方式,总是相互对应或并行发展。小说家的叙事"视角",诗人的"视境",以及思想家的"宇宙观",都跟语言存在一种共生或同构的关系,而"使语言保持有效"。

著名美学家宗白华一语中的:"中国人的最根本的宇宙观是《易经》上所说的'一阴一阳之谓道'","俯仰往还,远近取与,是中国哲人的观照法,也是诗人的观照法。"②上述叶维廉对于中国诗人"视境"的分析,很好地阐释了这一点。可惜,当代中国作家似乎早已遗忘了与空间性汉字相关的文化遗产与思想传统。

1942年,美国诗人、批评家T.S.艾略特曾提出一个问题:一旦古典文学和当代文学之间的联系完全中断,我们的语言和文学可能会受到什么影响呢?他说,人们或许欢迎这种变革,或许会哀叹并视之为文学的没落,"但至少你会同意我们期望这种变革将标志着过去的文学和未来的文学之间出现某种巨大的区

---

① 以赛亚·伯林:《迈斯特与法西斯主义的起源》,《扭曲的人性之材》,岳秀坤译,南京:译林出版社2009年版,第163—164页。

② 以赛亚·伯林:《迈斯特与法西斯主义的起源》,《扭曲的人性之材》,岳秀坤译,南京:译林出版社2009年版,第163—164页。

别——区别或许会如此巨大,以至于标志着从一个旧语言变成一个新语言的过渡阶段"①。艾略特当年面对的问题,也正是我们当下所要面对的问题。

20世纪初,"五四"时期前后,白话文运动以来,人们力图克服"文"与"言"的分离,"白话"取代"文言",成了新文学最为普遍的表达的媒介。对此,张中行有较好的阐释:"文言和白话……两个名称相互依存,互为对立面:因为提倡照口语写,所以以传统为对立面,并称作文言;因为一贯用脱离口语的书面语写,所以以革新为对立面,并称作白话。文言,意思是只见于文而不口说的语言,白话,白是说,话是所说,总的意思是口说的语言。"②此外,人们发现理性、逻辑文化在中国的严重阙如,而将西方语言的词法、句法生搬硬套入汉语,产生了"欧化"或"现代化"的语言。这虽然增强了汉语的表现力度,但同时造成语言的芜杂混杂,破坏了汉语原有的内在情韵。著名诗人、学者郑敏(1920—)批评道:"经过近一个世纪的自我语言自卑与诋毁,祖先对汉字的审美智慧已被改革掉了,中国人在一种文字不稳定、语言审美受摧残的历史过程中已对面前的汉字全失心灵、感受的交谈,纯属以之为工具的麻木心态,因此原来绝非抽象符号的汉字至今很少人在使用它时对每个字的感性质地、神情、意态有多少时间去体会,只把它粗笨地搬来搬去以传播自己所要表达的信息了。"③传统是一个消化系统,没有了这个东西,就只能生吞活剥地从西方拿点这个、弄点那个;任何创新都只能在对传统的批判继承中展开,为此,郑敏极力呼吁:我们应当找回自己的语言与文化传统!

"白话"与"文言"之界分,使新诗与旧诗判然有别。废名这样区别旧诗与新诗:"旧诗的内容是散文的,而其文字则是诗的文字";新诗则"一定要这个诗是诗的内容,而写这个诗的文字要用散文的文字"④。这很接近奥登对于古今诗歌的分辨:"原始的诗歌用迂回的方式述说简单的事情,现代诗歌则试图以直截了当的方式言说复杂的事情。"⑤从综合性语言形式发展到分析性语言形式,中西皆然;废名、奥登又都是于诗歌创作甘苦有得之大力者,他们没有闷死在纷至沓来

---

① T.S.艾略特:《古典文学和文学家》,《批评批评家》,李赋宁、杨自伍等译,上海:上海译文出版社2012年版,第185—186页。
② 张中行:《张中行作品集》(第1卷),北京:中国社会科学出版社1995年版,第3页。
③ 郑敏:《"迪菲昂斯"(difference)——解构理论冰山一角》,《思维·文化·诗学》,郑州:河南人民出版社2004年版,第17页。
④ 废名:《新诗应该是自由诗》,《论新诗及其他》,陈子善编订,沈阳:辽宁教育出版社1998年版,第22页。
⑤ 奥登:《希腊人和我们》,《序跋集》,黄星烨译,上海:上海译文出版社2015年版,第5页。

的理论术语之中,其扎在生命深处的慧根,在某一瞬间推动生命达到了对诗艺的本真观照和特殊发现,故寥寥数语表达出英雄略同之洞见。这印证了钱锺书的判断:"文人慧悟逾于学士穷研。"①当然,这样的洞见给人一种智性与修辞的双重愉悦。

20世纪以降,近代西方(如康德、黑格尔等人)创立或确立的理解事物的方式,及其话语系统,传入中国后便以其"条理明晰""义界分明"等"现代性"特征,取代了中国传统"逻辑匮乏""义界不清"的话语系统,甚至成了中国知识人心智内部的某种原型结构。中国传统那种直观、形象、多义的诗性话语系统,则被打入了冷宫而几乎无人问津。置身无限过去和无限未来的裂隙之中,欢迎或哀叹既有传统的断裂,很多时候是在为自己的不学无术寻找借口。

德国语言哲学家洪堡特(1767—1835)指出,"审美力"(Geschmack)是人类不可或缺的一种能力,"没有它,任何精神文化都会黯然失色,趋于灭亡;没有它,科学研究即使尚能保持敏锐的洞察力和深在的思想,也会失去精微、优雅和应用上的有效性"②。对于文学研究者而言,"如果人对作品的语言没有一定的敏感度,那么他既提不出政治问题,也提不出理论问题"③。然而,绝大多数文学研究者是站在文学之外的,他们对于语言没有独到的感受力和智性想象,哪知道美之所在。不信?那你随意翻开一本学术期刊或学术著作,大多随意、粗率、马虎地使用语言,少有清清爽爽的文字,简直令人不堪卒读。

1933年,钱锺书曾批评某些治文学史的"开宗立派"者"浪盗虚名","作史者亦不得激于表微阐幽之一念,而轻重颠倒","夫文学固非尽为雅言,而俗语亦未必尽为文学,贤者好奇之过,往往搜旧日民间之俗语读物,不顾美丑,一切谓为文学,此则骨董先生之余习耳,非所望于谭艺之士!"④钱锺书的讥讽让人忍俊不禁:"好多文学研究者,对于诗文的美丑高低,竟毫无欣赏和鉴别。……看文学书而不懂鉴赏,恰等于帝皇时代,看守后宫,成日价在女人堆里厮混的偏偏是个太监,虽有机会,却无能力!"⑤

---

① 钱锺书:《管锥编》,北京:中华书局1994年版,第496页。
② 姚小平:《洪堡特:人文研究和语言研究》,北京:外语教学与研究出版社1995年版,第31页。
③ 特里·伊格尔顿:《文学阅读指南》,范浩译,开封:河南大学出版社2015年版,第2页。
④ 钱锺书:《中国文学小史序论》,《写在人生边上 人生边上的边上 石语》,北京:生活·读书·新知三联书店2001年版,第93页、第106—107页。
⑤ 钱锺书:《释文盲》,《写在人生边上 人生边上的边上 石语》,北京:生活·读书·新知三联书店2001年版,第48页。

文艺学研究论文写作：案例与方法

1954年，吴小如也批评某些治中国文学史的权威，说他们"说起来是研究'文学'，其实却始终不曾接触到'文学'本身……他们的历史考据癖好像很深……至于作品本身的思想艺术如何简直很少谈到……既然以考据代替了研究，就很容易形成材料第一的'研究'方式……如果把精力全集中在研究这些东西上面，就真有点'珠买椟还'，甚至把捕鱼用的'筌'看做是'鱼'，弄成'得筌忘鱼'了。"①

钱锺书、吴小如所批评的学者可不在少数。多数思维定了型的学者，心思只停留在经验层、知识层，不知"直下直觉""直下肯定"的"审美力"为何物。"成千上万的学者在忙着杀戮他们所接触的一切"（杰夫·戴尔语），这真让人痛苦得难以忍受。难怪有人揶揄说：只有糟糕的庸常学者才被冠以学院派的标签，就像只有生产不出好作品的作者才被称为文艺青年一样。

思想是生命孕育的海底珠蚌。语言的表达并非无关或滞后于意义的产生；相反，思想在语言中生成，语言在思想中展开，彼此相互刺激、相互接替、相互依赖，语言表达与意义产生是同步的。我们不是在言说已有的语言，而是在言说自身、在言说过程中创造的新的意义，从语言中获取的可能比放入其中的要多得多。

庞德的针砭振聋发聩："一个逐渐习惯于马马虎虎的写作的民族，是一个对它的王国和它本身逐渐失去掌握的民族"，"如果一个民族的文学堕落下去，这个民族就会退化和腐败。"②俄国诗人曼德施塔姆（1891—1938）同样指出，一个民族一旦"失语"，是一种危险，拯救母语的表达，其实是恢复民族的智性③。如果我们听任汉语的腐败，无异于毁灭自己的文化，也无益于创造新的人类文化。我们不能不关注汉语的当代处境及其命运，因为这事关汉语思想的夐夐独造。

真正关心文化的生存、延伸和发展的人，为了"使语言保持有效"，应如艾略特一样去重新创造一个传统，让自身成就为一种弥补断裂的创造物。钱锺书及其著作便是这样的创造物。刘再复认为，出于对所处环境、社会的不信任，钱锺书生活在堡垒之中，也像构筑堡垒似的建构自己的学术堂奥，其《管锥编》的文体

---

① 吴小如：《我所看到的目前古典文学研究工作中的一些问题》，《文艺报》1954年第23、24期；《红楼梦研究资料集刊》第2辑，第493—494页。
② 埃兹拉·庞德：《阅读ABC》，陈东飚译，南京：译林出版社2014年版，第20页、第18页。
③ 曼德施塔姆：《第二本书》，陈方译，桂林：广西师范大学出版社2016年版，第17页。

选择是自觉的:"他大约知道,能进入之人无须防,未能进入之人必须防,其或无知,或偏见,或傲慢,或嫉妒,干脆就在他们面前筑一堵墙,一道壕堑,由他们去吧。"这有一定的道理。钱锺书自己说过:"我们的头发,一根也不要给魔鬼抓住。"①换个视角看,钱锺书述学文体的自觉选择,实在是设置了一个不低的门槛:要进入《管锥编》的世界,每个人首先都要经受语言的考验,或者说,要经受一个文明的考验。

奥登认为,衡量一种文明的高度,在于"它所达到的多样性的程度和它保持的统一的程度"的融合。野蛮人是混沌的统一却不加区分,现代人虽有划分但缺乏核心的统一。在奥登看来,公元前5世纪的雅典人是迄今存在过的最文明的人,"他们拥有自觉的辨别能力的证明……他们有能力保持一种对事物之间普遍的相互关联的感觉","是他们教会我们,不是去思考——那是全人类已然在做的——而是去思考我们的想法"②。疏隔传统甚远的现代人,已然丧失了这种"感觉",包括对于思想的思想的能力。

《管锥编》的魅力正在于此。作为一位智者,钱锺书是献身学术事业的典范。在他的笔下,不仅有取之不竭的知识宝库,还有如日如月的心灵光芒。钱锺书寻觅那隐伏于迷茫历史中的那根扯不断的线,唤醒了一切沉睡之物,并与现代诸多思想生动可感地一一对话;贯穿其中的是中国文化的内在大动脉,其思想光芒直通社会现实与世道人心,自成一个可理解的整体。在某种意义上说,钱锺书《管锥编》里的文字也是一种叙述,"管窥锥指",诸多"断片"组接了智性的"通天塔"。正如意大利符号学家、小说家、批评家安贝托·艾柯(1932—2016)所言,这些文字引领我们通往外在世界的"无限清单",不仅与其他高贵的心灵彼此纠缠,还与一个更为广袤坚实的天地彼此贯通——

> 一部叙述文字的成形和宇宙起源、天体演化不无相似之处。作为叙述文字的作者,你扮演的角色就好比是一个造物主,你创造的是一个世界,而这个世界一定要尽可能的精细、周密,这样你才能在其中天马行空,游刃有余③。

---

① 刘再复:《钱锺书先生纪事》,《读海文存》,沈阳:辽宁人民出版社2013年版,第114—115页。
② 奥登:《希腊人和我们》,《序跋集》,黄星烨译,上海:上海译文出版社2015年版,第5页。
③ 安贝托·艾柯:《一位年轻小说家的自白——艾柯现代文学演讲集》,李灵译,桂林:广西师范大学出版社2014年版,第18页。

三、"在汉语里出生入死"

语言与思维之间不是决定与被决定,而是相互渗透、相互作用的同构关系;仅把语言视作思维的外在表现形式是片面的,它们都生成并受制于特定的文化系统。人类的语言结构在一定程度上反映了世界的结构、思维的结构,包括逻辑的结构。不同的语言产生不同的世界图像。思维与文字同构,思维与语言共生。人们怎么看世界,其答案藏在人脑里,藏在语言的幽深处。五四时期以后,白话文成了写文章的正统。白话文章不披任何外衣,是最能泄底的一种形式,一个人的性情、学识、思想在其中展露无遗。在编选中国新文学大系时,周作人以"意思好文章好"作为评判的标准。当我们进入这一话语系统,怎样才能达到这一高妙的境界?

德国语言哲学家洪堡特指出,每一种语言都包含着一种独特的世界观:"语言的差异不是声音和符号的差异,而是世界观本身的差异"[①],"每一种语言都为其操持者的精神设下某些界限,在指定某一方向的同时,排斥另一方向"[②],"每种语言都包含着属于某个人类群体的概念和想象方式的完整体系"[③]。

洪堡特很早就关注、研究汉语,他发现汉语中几乎没有语法形式,汉语借助语序、语助词建构句子;汉语中词无定类,词无定品,没有确定的语法属性。"汉语之所以满足于这样一种语法,是因为其句子的特殊形式。汉语的句子绝大多数很短,即使看起来较长的句子也可以进一步分为短句。"汉语独特的长处在于,它比任何其他语言都更突出思想内容,将词与词的联系几乎完全建立在思想的序列和概念的相互关系上;汉语比其他语言形式更好地突出了纯思维的力量,使得心灵能更全面、有力地把握纯粹的思想[④]。

古代汉语缺乏语法上的形态学,主谓分别不分明,"主语与谓语既是同等,则在思想上便不产生主从的分别,而一律是平等的"[⑤]。美国汉学家陈汉生指出,主谓相待而生,汉语中的句子像一组"名词串"(string of name),这意味着中国

---

① 洪堡特:《洪堡特语言哲学文集》,姚小平译,北京:商务印书馆2011年版,第32页。
② 洪堡特:《洪堡特语言哲学文集》,姚小平译,北京:商务印书馆2011年版,第5页。
③ 洪堡特:《论人类语言结构的差异及其对人类精神发展的影响》,姚小平译,北京:商务印书馆1997年版,第71页。
④ 洪堡特:《洪堡特语言哲学文集》,姚小平译,北京:商务印书馆2011年版,第119—137页。
⑤ 张东荪:《从中国言语构造看中国哲学》,《知识文化》,上海:上海书店1990年版,第161页。

哲学对语词而非句子感兴趣,而真理观以句子为基础,这说明汉语思想中没有西方意义的真理概念①。命题知识以主谓结构为表达方式,古代汉语中主谓结构不发达,故命题知识不发达。古代汉语没有命题,与之相对的是"名词串"或"辞"。

  法国汉学家谢和耐也注意到了汉语中的"名词串",首先,在他看来,"名词串"容易产生"相辅相成"的思想:"汉文中缺乏任何词形变化,而借助于数目很有限的一批词缀来证明词义相近术语的相似性、意义相反的术语的对立性、节奏和平行'词'的位置或语义单位以及关系类别,借助于这一切来驾驭句子。但两个语义单位的无限结合便提供了取之不竭的词义库。在各种层次上,句子的意义均出自词汇的组合。"②其次,是注重发展变化:"中国的思想仅仅懂得功能特征的分类和对立。它不论述是与非、有和无,而是论述互相联结、互相结合和互相补充的反义;它不是论述永久的实体,而是论述发展和衰退的潜在性、倾向与阶段;它更喜欢的是发展模式的概念,而不是作为不变规律的法则概念。"③此外,没有追求超越的兴趣,汉语思想"特别表现在拒绝把现象与一种稳定的和与色界相分隔的真谛区别开来,把理性与感性相分开"④。

  在汉语思想中,"阴阳""乾坤"等表达相辅相成思想的"名词串",扮演着非常重要的角色。按照赵元任的观察,从音节和语音的节奏的角度看,这还要归因于汉字的单音节性。汉字是单音节词,容易组合成两个、三个、四个等富有节奏感的音节模式,成为方便的思维单位。汉字的单音节性,是汉语中"字"与英语中"word"的根本区别,这又影响了中国人的思维方式:"语言中有意义的单位的简练和整齐有助于把结构词和词组做成两个、三个、四个、五个乃至更多音节的方便好用的模式。……两个以上的音节虽然不像表对立两端的两个音节那样扮演无所不包的角色,但它们也形成一种易于抓在一个思维跨度中的方便的单位。"⑤古代汉语写作产生的"节奏",就如同心脏跳动、血液流淌,其情绪节律汩

---

① C. Hansen. "Chinese Philosophy, and 'Truth'", *The Journal of Asian Studies*, Vol.44, No.3, 1985, pp.491-519. 参见刘梁剑:《汉语言哲学发凡》,北京:高等教育出版社2015年版,第91—92页。
② 谢和耐:《中国与基督教:中西文化的首次撞击》,耿昇译,北京:商务印书馆2013年版,第310页。
③ 谢和耐:《中国与基督教:中西文化的首次撞击》,耿昇译,北京:商务印书馆2013年版,第311页。
④ 谢和耐:《中国与基督教:中西文化的首次撞击》,耿昇译,北京:商务印书馆2013年版,第306页。
⑤ 赵元任:《汉语词的概念及其结构和节奏》,《赵元任语言学论文集》,叶蜚声译,伍铁平校,北京:商务印书馆2002年版,第906—907页。

洇而生，就如舒缓流畅的生命的呼吸。

殷商甲骨文约有 4 500 字，《说文解字》收 9 353 字，《康熙字典》收 47 035 字。上海辞书出版社 1984 年出版了刘正埮、高名凯等人编的《汉语外来词词典》，收录了 10 000 余条古今汉语中的外来词，包括某些外来词的异体或略体。其中，以"形而上学"对译"metaphysics"，始于日本。日本近代学者井上哲次郎、有贺长雄于 19 世纪末编译《哲学字汇》(1881 年初版)即收录此条，并加了按语注明出典："按，《易·系辞》：'形而上者谓之道，形而下者谓之器。'"这貌似形神兼备的"妙译"，其实遮蔽了"形而上者谓之道"这一古义所蕴含的智慧。

梁漱溟较早洞察到了这点："中国形而上学的问题与西洋、印度全然不同，西洋古代和印度古代所问的问题在中国是没有的。……中国自极古的时候流传下来的形而上学，作一切大小高低学术之根本思想的是一套完全讲变化的——绝非静体的。他们只讲些变化上抽象的道理，很没有去过问具体的问题。"①西方几千年来的"meta-physics"往往流于抽象："从追求存在的始基，到以观念为存在的本原，从预设终极的大全，到建构语言层面的世界图景，形而上学呈现传统形态与现代形态实质与形式等区分，但上述意义上的形而上学同时存在着某种共同的趋向，即对世界的抽象理解。"②

西方的"metaphysics"撇开人的存在本身脱离人的知行过程来谈论存在，这是中国传统的"形而上"所没有的，"形而上"不离乎"形"。虚词"而"巧妙地表达了这点，王夫之指出："形而上者，非无形之谓也。既有形矣，有形而后有形而上。无形之上，亘古今，通万变，穷天穷地，穷人穷物，皆所未有者也。"王夫之还提醒我们注意"形而上谓之道"中"谓之"的深刻含义："谓之者，从其谓而立之名也。"③在先秦，"道"往往与人的行动联系在一起。《庄子·齐物论》云："道行之上者谓之道。"王夫之说："行而后知有道。道犹路也。"④中国之"形而上"，乃从人的知行过程出发的存在之学；认识与体悟的具体性，便已包含在"形而上"这个表达之中了。

语言系统是社会结构和社会价值系统的深层的基础，卡西尔说："某种意义上，言语活动决定了我们所有其他的活动。"⑤一种语言中的基本词反映了一个

---

① 梁漱溟：《东西文化及其哲学》，北京：商务印书馆 1999 年版，第 121 页。
② 杨国荣：《存在之维》，北京：人民出版社 2005 年版，第 74 页。
③ 王夫之：《周易外传》，《船山全书》(第 1 册)，长沙：岳麓书社 1996 年版，第 1028 页、第 1027 页。
④ 王夫之：《思问录内篇》，《船山全书》(第 12 册)，长沙：岳麓书社 1996 年版，第 402 页。
⑤ 卡西尔：《人论》，甘阳译，上海：上海译文出版社 1985 年版，第 170 页。

民族特殊的存在样态,是很难转译成另一种语言的。像"形而上学"这样从其他国家输入的语词,在现代汉语里比比皆是。西方文化的术语、概念和范畴大量翻译过来,事实上构成了现代汉语的思想主体。在这样的语词意义中生存,现代汉语大有"弱丧而不知归"之势。

陈嘉映从现代汉语学术词汇如何与日常语言贯通的角度,阐发了现代汉语的困境:"语言是给定的,但不是超验的给定而是历史的给定。……我们既要了解这些语词背后的西文概念史,又要了解中文译名的由来;如果这些中文语词有日常用法(但愿如此!),我们就还得考虑术语和日常用法的关系。"①如果没有日常生活的土壤,如果学术词汇不能进入日常生活,那么通过移植而来的西文概念将是无根的。

现代汉语思想的无根性,还体现在传统词汇失去了曾有的意味,这是现代汉语思想语汇的另一种危机。金岳霖区分了"意义"与"意味",指出每一文化区有它的中坚思想,其中又有它最崇高的概念,最基本的原动力;"中国思想中最崇高的概念似乎是道。所谓行道修道得道,都是以道为最终的目标。思想与情感两方面的最基本的原动力似乎也是道"②;除了"道"之外,还有"仁义礼义",这些概念不仅有理智可以理解的意义,还有打动人心的意味。金岳霖写下了一段极为动人的文字:

> 中国人对于道德仁义礼义廉耻,英国人对于 Lord,God 大都有各自相应的情感。……因为宗教,因为历史,因为先圣遗说深中于人心,人们对于它们总有景仰之心。这种情感隐微地或强烈地动于中,其结果或者是怡然自得,或者是推己及人以世道人心为己任。……世果衰道果微,至少有一情形,而这情形就是人们对于这些字减少了景仰之心③。

"隐微"意味着习焉不察,有弥漫性的渗透力;"怡然自得",意味着精神上的受用,文化上的在家感;"推己及人以世道人心为己任",意味着哲思的、宗教式的、精神的情感,可转化为行动的推动力或原动力。可是,由于现代汉语对于古代汉语的隔阂,对于"道德""仁义""礼义""廉耻"等中国文化基本词,今天我们几

---

① 陈嘉映:《思远道》,福州:福建教育出版社 2000 年版,第 319 页。
② 金岳霖:《论道》,北京:中国人民大学出版社 2005 年版,第 14 页。
③ 金岳霖:《知识论》,北京:商务印书馆 2011 年版,第 830 页。

乎不再有任何的感觉;"世衰道微",文化沦陷,继续斯文的使命感从何谈起呢?

语言的断裂与文化的断裂几乎是同步的。这是不争的事实。近现代以来,现代思想关键词渗入了大量的外来观念与外来词,其中相当一部分未经细细咀嚼,未能与传统思想、语言融合贯通,结果,现代思想的关键词蜕化为一种苍白而没有思想深度的东西。运用无根的现代汉语写作,其结果是整个汉语文化界思想原创力的急剧衰退,述学文体的机械、呆板、单一不过是其表征而已。这正如王国维当年所言,"夫言语者,代表国民之思想者也,思想之精粗广狭,视言语之精粗广狭以为准,观其言语,而其国民之思想知矣"①。

在过去的100年里,我们见证了现代汉语的诞生和发展,我们也探索了现代汉语在表达、认知和想象等方面的某些可能性,这种探索至今方兴未艾。在"与语言搏斗"这点上,先驱者给我们树立了意味深长的榜样。恰如德鲁克所言,我们"可以从成功的表现学习",使语言成为它真正应当成为的,使一切如其所是。

汪曾祺(1920—1997)视"语言"为文学的本体,甚至是唯一的实在:"语言不只是一种形式,一种手段,应该提到内容的高度来认识。……语言是小说的本体……写小说就是写语言。……小说的语言是浸透了内容的,浸透了作者的思想的。……语言的粗糙就是内容的粗糙。"②"语言本身是艺术,不只是工具。"③汪曾祺从辞章、语体、章法等层面,重返母语世界,汲取笔记小说语言形式的优点,在打通古今中恢复汉语的纯净,存留汉语文学特有的"肌理"。

汪曾祺夫子自道:"我的语言一般是流畅自然的,但时时会跳出一两个奇句、古句、拗句,甚至有点像外国作家写出来的带洋味儿的句子。……在叙述方法上有时简直有点像旧小说,但是有时忽然来点现代派的手法、意象、比喻,都是从外国移来的。"④汪曾祺将这种中西古今语言的融通形象地比作"揉面"。"面要揉到了,才软熟,筋道,有劲儿。水和面粉本来是两不相干的,多揉揉,水和面的分子就发生了变化。写作也是这样,下笔之前,要把语言在手里反复抟弄。"⑤

孙郁概括得极好:汪曾祺视语言如生命,"且以一己之力对抗粗俗的文风,在他那里形成了一个内力","语言不都是迎合什么,摄取那些逝去的遗存,糅进现实的经验,或可柳暗花明,辟出新径。……在词语表达变得单调的时代,先生

---

① 王国维:《论新学语之输入》,《王国维文集》第三卷,北京:中国文史出版社1997年版,第40页。
② 汪曾祺:《汪曾祺文集·文论卷》,南京:江苏文艺出版社1993年版,第1—2页。
③ 汪曾祺:《晚翠文谈》,上海:上海三联书店2018年版,第78页。
④ 汪曾祺:《汪曾祺全集》(第3卷),北京:北京师范大学出版社1998年版,第326页。
⑤ 汪曾祺:《晚翠文谈》,上海:上海三联书店2018年版,第87页。

辟出自己的园地,将光引来,将风引来,将天地之魂引来"①。

在接受学者、批评家王尧的访谈时,莫言认为,今天汉语写作的最大问题就是"一种不谋而合的趋同化。……写出来的作品雷同,作家的个性也就比较模糊了。……重要的不是写作,而是通过写作把自己跟别人区别开来","对语言个性的追求是一种悲壮的奋斗"。莫言引用了自己恩师徐怀中的一句话:"作家的语言是作家的一种内分泌。"②

谈到现代汉语写作,小说家李锐认为,语言是作家身体的一部分,就和作家的内脏、四肢、听力、视力、智力一起组成一个完整的人;用汉语表达别人没有表达出来的、没有表达过的东西,这才是一个中国当代作家对于文学的贡献;然而,新文化运动以来,用白话文对抗文言文,采取的是全盘西化的立场,我们不仅没有深刻的理性反省、批判,也没有语言和文化的自觉,更谈不上文化的自信心。由于汉语主体性没有建立,自我全部取消了,语言腔调、生命感觉、叙述节奏、论述主题与方法,全照外国的东西来,或者变成历史的渣滓,或者变成别人的翻版。李锐提出了汉语主体性的确立问题:"在这种时代,在这种共存的全球时代,从事文学创作更需要一种语言的自觉,这个自觉,第一要坚持语言的主体性,第二这个主体性不是一个封闭的主体性,它应当是开放的,它才可能保持活力。"③

问及"语言"与"血统"之间的关系,余华回答王尧说:"西方的语言——无论是英语法语都是靠后缀来完成的,汉语句式的精华是排比句,为什么我们最早读的文言文是没有标点符号的,它不需要,它的节奏断了,句子也就断了,它是靠节奏,而西方语言是靠旋律……西方语言它是充满旋律感。……翻译体的引进以后,我觉得增加了汉语里的旋律感,以节奏为基础,就是'以节奏为基础,以旋律为准则'了……从文言文向现代白话文转化过程中,有很多民间的语汇,在民歌民谣里面,旋律感已经出来了,已经出现很多旋律感的东西。所以我觉得这两种语言现在已经结合得越来越完美。"④无法把握语言的确是一种语言的盲目,王尧将中国作家"与语言的搏斗"形象地称之为"在汉语中出生入死"。

---

① 孙郁:《汪曾祺的语言之风》,《新文学史料》2020年第1期。
② 王尧:《在汉语中出生入死:关于汉语写作的高端访谈》,沈阳:春风文艺出版社2005年版,第46页。
③ 王尧:《在汉语中出生入死:关于汉语写作的高端访谈》,沈阳:春风文艺出版社2005年版,第92—98页。
④ 王尧:《在汉语中出生入死:关于汉语写作的高端访谈》,沈阳:春风文艺出版社2005年版,第151页。

近现代以来,在西方强势话语系统的影响之下,滋生了一种"不真实"的"拼音文字化",即呆板的形式逻辑语法化的"汉语",其通常的表现形式是:由一个坚强有力的、象征着说话权力的主体引导(或以主语的形式出现,或以条件句的形式出现,或隐于暗处不现身),经过类型不一的宣传与鼓动的谓语,作为实现某种或真或假的意图的桥梁,然后,去实现这个所谓的语言对象,也就是宾语。这种"汉语"实际上是在糟蹋汉语,是一种严重异化了的汉语,因为汉语从本性上说不是以实现所指对象为目的的语言。改变了汉语的天性,破坏了其"文化生态"或"文化风水",使我们难以掌握汉语的精髓;汉语本性的迷失,使汉语写作显得十分拘谨,失去了灵气乃至生命力[①]。一种"新文言"或"洋八股",大量见诸于各种体裁的文字作品中,汉语的典雅与创造性丧失殆尽。

在某种程度上,作为一种类似"翻译"的语言,现代汉语几乎沦为一种无根的语言;对于自己的这种无根性,现当代学者在根本上还缺乏自觉,更谈不上有充分的认识。古代汉语的基本特征在现代汉语写作中几乎荡然无存。中国现代学术之建立,往往仿傍西方,语法研究是如此,文学批评是如此,逻辑学是如此,哲学亦是如此。当下汉语写作使用的是"重影般的语言",即古代汉语、现代汉语、外来语言等"杂语共生",借用张东荪的话说,仿佛"穿了一套西服",大多埋没了中国言语文字的特性,偏离了汉语的精神方法。可以说,汉语写作的困境,正是现代汉语的困境。

对于现代汉语写作,叶维廉也有独到的体悟。他发现,白话取代文言后,受西方语法结构的影响,口语化的白话有了人称代词、指示时间的文字、分析性的文字,原先蒙太奇的显现效果、直接性消失了,叙述性、演绎性的作品,意象化的作品日益增多。那么,写作者应如何避过白话的陷阱而回到现象本身呢?叶维廉指出,诗人具有另一种听觉,另一种视境,诗人可以"融入外物,让它们的内在生命根据它们自己的自然律动生长、变化、展姿,但同时又保有其某种程度的主观性";诗人"把生命和节奏敲进经验、行动、情境的每一片断里,让这些力化的片段'演出'自己的秩序",其叙述"用一种'假叙述'的程序(用以连结每一片段),不断地从一个经验面急转到另一个经验面,形成张力与爆炸性";"唯有如此,面对着焦虑的存在的现代中国诗人始可以产生一种无所不包的动态的诗,以别于传

[①] 尚杰:《中西:语言与思想制度》,北京:北京大学出版社2010年版,第74—75页。

统诗中单一的瞬间的情绪之静态美"①。

任何话语系统都生成于特定的文化系统。从上下、左右、前后、里外、表层、内涵、本质等方面,将一个事物条分缕析,似乎说得明白透彻、严整周全;其实,这种逻辑统一性涵盖不了可见、可触、可觉知的日常生活。事实上,关于"状态"的描述比基于"逻辑"的描述更为可靠,盘旋于诸多疑问而蔓生的"思想枝桠",实难聚拢、囊括在既有的"自给自足"的思维框架之中。中西语言各有短长,瑕瑜互见,如前哲所示体现出一种惊人的互补性。在彼此对话中,进行必要的自我调整,实现传统话语的现代转型,势在必然。汪曾祺、叶维廉、余华等作家融通中西语言的写作,恰如让·斯塔洛宾斯基与让·鲁多谈话时所言,"它应该同时是对他者语言的理解和它自己的语言的创造,是对传达的意义的倾听和存在于现实深处的意外联系的建立"②。这再次印证了钱锺书的判断:"文人慧悟逾于学士穷研。"

英国哲学家J.L.奥斯汀(1911—1960)指出:"一个词几乎从不会完全摆脱它的词源和构词。一个词尽管有词义的变化、扩展和增加,但它的源始观念仍然在那里。甚至应该说,词的源始观念无处不在,并统治着词义的变化、扩展和增加。"③在语言的源头处有语言原初的呼声和它真正要道说的东西,这些东西"很容易为了那些浅显的意思而落入被遗忘状态中"④。为此,海德格尔尝试着回到苏格拉底的"残篇断简"倾听语词最初的道说,让传统哲学的一切范畴都动起来,其目的是"保护此在借以道出自身的那些最基本词汇的力量,免受平庸的理解之害,这归根结底就是哲学的事业。因为平庸的理解把这些词汇敉平为不可理解的东西,而这种不可理解的状态复又作为伪问题的源泉发生作用"⑤。

细读钱锺书的《管锥编》,其中有不少类似汉语语源考察的工作。钱锺书总是将古代典籍里关键词所包含的内涵释放到现代汉语(包括西方语言)之中,而让我们在中西古今的思想激荡中清晰地倾听到了沉淀在古代汉语里的原始呼声。钱锺书自述《管锥编》为"忧患之作",此言委实不虚。这皇皇巨著,表现了一

---

① 叶维廉:《中国诗学》(增订版),北京:人民文学出版社2006年版,第329—345页。
② 郭宏安:《从阅读到批评——"日内瓦学派"的批评方法论初探》,北京:商务印书馆2007年版,第299页。
③ J.L. Austin, *Philosophical Papers*, Oxford: Oxford University Press, 1961, p.149.
④ 海德格尔:《海德格尔选集》,孙周兴选编,上海:上海三联书店1996年版,第1191页。
⑤ 海德格尔:《存在与时间》,陈嘉映、王庆节译,北京:生活·读书·新知三联书店2012年版,第253页。

位知识人"眷恋宗邦,生死以之,与为遗客,宁作累臣"①的风范,凝聚着对悠远传统文化的深厚情怀,其意在恢复民族的智性。静水深流。在一切沉默之中,也有想说的东西。作为一个独立存在的世界,沉默也是一种发言、一种"显示",即以微知明,以见知隐,由可说出的东西推出不可说的东西。不可说之物通过"显示"自身而为我们所认知,由"言"而显现出来的"无言",就是自然之言,即"道言"。语言以自我揭示为目的,正确的语言只是沉默的回声。在沉默的音符里谛听生命的回声,在每一个瞬间与泰初的东西相遇合——这不正是"哲学的事业"吗?

四、"绕不可说而盘旋"

作为康德的信徒,洪堡特对康德的评价甚高:"他(康德)所摧毁的有些东西,再也不可能复生;他所创建的有些东西,永远也不会死亡;而最重要的是,他导致了一场在整个哲学史上鲜有前例的改革。"②但是,他对康德哲学未能回答自己关心的问题而感到失望。1803 年 10 月 22 日,在给布灵克曼的信中,洪堡特写道:"就著作来说,我对德意志形而上学……已经彻底厌倦了,但我相信,可以通过另一条途径达到形而上学的观念。"③

洪堡特认识到,根据一些抽象而普遍的原理、范畴、规则来定义人及其语言,只是研究的一个方面;另一方面,则需要通过实践的、经验的途径,即细致观察、描述所有人类群体(包括个人)及其语言,有关人及其语言的抽象定义才能不断丰富充实,而日益接近完善。洪堡特的学说包含一种"绝对的不可理解性":他偏爱形式上很美,但逻辑上有失准确的长句,并且喜欢使用柏拉图式的晦暗参半、模棱两可的表达;他的理论具有矛盾的两面性,还有深刻的神秘性;他在理论上宣称语言的起源和本质深不可及,在实践上又一直在努力揭示语言的奥秘,希望自己像康德教导的那样,去"塑造他自己类型的形而上学"④。从洪堡特身上,我们见到了后期维特根斯坦等人的影子。现代语言学所关心的诸多问题,洪堡特当年大都已经考虑到了。当代西方最重要的理论家、思想家都认识到了自身

---

① 钱锺书:《管锥编》,北京:中华书局 1994 年版,第 597 页。
② 姚小平:《洪堡特:人文研究和语言研究》,北京:外语教学与研究出版社 1995 年版,第 154 页。
③ 姚小平:《洪堡特:人文研究和语言研究》,北京:外语教学与研究出版社 1995 年版,第 184 页。
④ 姚小平:《洪堡特:人文研究和语言研究》,北京:外语教学与研究出版社 1995 年版,第 184—186 页。

话语的"危机",而在"语言学转向"中自我调整,通过具体的美学观照蓬勃其抽象理念,提出了诸多"生产性"(productive)理论。

胡兰成(1906—1981)的文章以《山河岁月》为标志,分为两个时期。1944年,胡兰成结识张爱玲。"我给爱玲看我的论文,她却说这样体系严密,不如解散的好,我亦果然把来解散了,驱使万物如军队,原来不如让万物解甲归田,一路有言笑。"此后,胡兰成"尽弃以前的文笔从新学起",其文字由原来的整饬拘谨一变而为摇曳多姿。胡兰成自认,从张爱玲这个"九天玄女娘娘"那里得了"无字天书",习得"用兵布阵",他说:"我知文章是四十岁后","我若没有她,后来亦写不成《山河岁月》","中国文明就是能直见性命,所以不隔"①。胡兰成的《山河岁月》《今生今世》两本书,可谓对于张爱玲的文字回向。

1977 年,胡兰成大声疾呼一种"讲思想理论的文学",他说:"今天最贫乏的就是理论。今天文学上最不足的是知性。……你看文艺作品,看一件已经创造好了的作品,但理论文则是教你自己去开出世界,自己去创造作品,不限于文艺。是这个缘故,所以史上凡新时代开始,皆是理论文当先。……好的理论文必是叫人读了兴发的……兴发则是知性的","今人以为理论文不可是文学,这个观念先要改变"②。

若不因人废文、因人废言,平心而论,胡兰成之论可谓切中肯綮。钱锺书的《管锥编》征引诸多笺注家、批点家、评论家、考订家的文字,须"调停他们的争执,折中他们的分歧,综括他们的智慧,或者反驳他们的错误"③,可谓"博览群书而匠心独运,融化百花以自成一味,皆有来历而别具面目"④。其中,处处可见小说家的手眼,即以小说家的眼光阐发典籍;灵心慧眼,明辨深思,"直见性命",其创作之愉悦隐约可见。钱锺书在《管锥编·老子王弼注》第 17 节中用了整节文字证明:盖修词机趣,是处皆有;说者见经、子古籍,便端肃庄敬,鞠躬屏息,浑不省其亦有文字游戏三昧耳⑤。走在语言之途,不知"理论文"亦可是"文学的",缺乏

---

① 胡兰成:《张爱玲记》,《今生今世》,北京:中国长安出版社 2013 年版,第 143 页、第 151 页、第 155 页。
② 胡兰成:《文学的使命》,《中国文学史话》,北京:中国长安出版社 2013 年版,第 163 页、第 164 页。
③ 钱锺书:《韩昌黎诗系年集释》,《写在人生边上 人生边上的边上 石语》,北京:生活·读书·新知三联书店 2002 年版,第 349 页。
④ 钱锺书:《管锥编》,北京:中华书局 1994 年版,第 1251 页。
⑤ 黎兰:《修辞机趣,是处皆有——论老子的为文意愿》,《钱锺书的述学文体——以〈管锥编·老子王弼注〉为个案的研究》,太原:三晋出版社 2015 年版,第 169—188 页。

有意为文的"兴味","道"将不可"道"。

汉唐儒学多通过经典"注疏"的形式予以言说。我们知道,汉语的语法关系主要靠语序得以体现,句子的构成与理解,主要依靠语义。只要把词的意思以及意思之间的关系弄清楚,一个句子的意思就明白了。"注疏"形式体现了汉语的这一语义句法精神。作为随文释义的一种解经方式,"注疏"覆盖了儒释道的典籍,其目的是通过训释疏通古语文字的难解之处,以助于学者寻求圣贤之义。"注疏"体式有训诂、传记、说、微、章句等,它或重视训诂(汉儒),或重视义理(宋儒)。作为经典的注经者,受文本主题的限制,只能对古代圣人言语作逐行式的回应,即在文本所允许的意义空间里阐发自己的理解,而无法游弋于概念与概念、文本与文本、文本与时代之间的多种联系之中,自由地反思文本。

宋明儒学除了传统文体形式,新增了"语录"体。宋代理学是对先秦儒家思孟传统的复兴。思孟学派强调道德的内在主体,在思理上有较强的"拟圣"色彩,其形式或为简约、灵活的"语录",或为类似札记、篇制精炼短小的"集义"。刘宁指出:"从思想的内在格局上看,思孟一派,高自树立,立足内在的道德主体,对儒家精神做深度的探求,其重心在于超越性的发明与感悟,以及心灵间的直接感染与启发,因此,语录与札记的简约、直接,就很好地适应了表达主体体认,实现心灵启发的需要。"①宋人追求主体树立,立足深刻的道德主体精神,而自然继承了思孟一派的这种表达方式。

以"语录"体著述,在宋代是一种时尚。人们"以俗语为书",撰有大量"口义"的著述,如《周易口义》《洪范口义》《春秋口义》《易口义》等。"语录"体的出现可远溯到《论语》,只是孔门之语录以雅言为主。宋代"语录"体的兴起与重视口传的禅宗有密切关系。10世纪中叶,禅宗开始出现语录形式,如《祖堂集》《景德传灯录》等,颠覆了六朝以来佛教注经的传统。宋明儒佛相互渗透,理学家的"语录"体沿袭宗门,多用委巷语。此外,有宋一代出版业的兴盛,也为"语录"体的流行提供了有力支持。

"语录"是师生之间围绕儒家生命智慧展开对话,是修道、证道、体道过程中机缘问答的记录;这种口传、面授式教学,因材施教、因事发明,现场感、当下性让对话的双方始终保持着有效的互动,能更为准确地把握先贤们是如何对他和他

---

① 刘宁:《汉语思想的文体形式》,上海:华东师范大学出版社2012年版,第124—125页。

同时代人所面临的问题作答的。评注式的传统注释,让位于"语录"里的"创造性的诠释"。又,"语录"体具有当场点化、见机施教、当下取效的行为话语特征,示人以钜镬,导人以轨辙,而通达经典世界。这种意义兑现的方式,是传统"注疏"体所没有的。儒学是生命的学问,是为己之学,"语录"体更能有效地切己、自由、表述、传递理学家的思想。

"语录"是宋明理学家更为切己的标识性文体,影响较大的有《张子语录》《朱子语录》《朱子语类》《程氏遗书》《程氏外书》《传习录》等。在实际流行过程中,通达经典之"阶梯"的"语录",往往成了"终点"。人们或因"语录"而废"经典",束书不观,经史不讲,游谈无根;或因"语录"而废"文章",不善修辞,不尚辞华,借理学以文饰其陋。加上记录者禀赋修为不一,所记"语录"不无讹误冗复、杂而未理,且易招致歧解。故学人多主张以《四书》为主,以"语录"辅翼之①。

据现存典籍,"学案"的雏形肇始于南宋初朱熹《伊洛渊源录》;作为论著名,"学案"可溯及王阳明《朱子晚年定论》之"定论"。明中叶出现"学案"体著述。万历初,有刘元卿《诸儒学案》;万历末,有刘宗周《论语学案》。它们或聚宋明理学大师于一堂,或集孔子并诸弟子于一编,皆为入案者"语录"之汇编。"学案"的完善定型,则是黄宗羲《明儒学案》。此后,全祖望《宋元学案》、徐世昌《清儒学案》等先后而起,在中国传统历史编纂中别张一军。

"学案"源于传统的纪传体史籍,系变通《儒林传》兼取佛家灯录体史籍之所长,经长期酝酿演化而成。"学案"系"学术公案"的简称,"公案"本佛门禅宗语,可释作"档案""资料",又有"立案""按断"(案、按字通)即考查论定之意。"顾名思义,学案体史籍以学者论学资料的辑录为主体,合其生平传略及学术总评为一堂,据以反映一个学者、一个学派,乃至一个时代的学术风貌,从而具备了晚近所谓学术史的意义。"②

"经学"注疏后延伸为"文学"注疏(如"选学"的笺释等),再由一般性注释、材料征引,向着欣赏、评论的方向发展,便有了后世的"诗话""词话""文话""小说评点"等。从"注疏"到"语录"再到"公案"(包括"学术公案"),从"经学"到"文学",释义活动未曾断绝,延续至今。

无论是"注疏""语录""公案",还是"诗话""词话""文话""小说评点",其文体

---

① 贾德纳:《宋代的思维模式与言说方式——关于"语录"体的几点思考》,参见田浩:《宋代思想史论》,杨立华等译,北京:社会科学文献出版社2003年版,第394—425页。
② 陈祖武:《中国学案史》,上海:东方出版中心2008年版,第259页。

形式皆为"断片"：或随意点染，秘响旁通；或收视返听，玄谈简远；或随物赋形，与心徘徊；或直接演示，弹指即现；或追本溯源，真积力久；或含英咀华，逸兴遄飞；或臧否人物，妍媸攸分；或捃拾古今，莫逆于心；或游移散观，若即若离；或凝神聚思，深邃精致。运动/中止、离散/聚合、逃逸/折返，是这些"断片"生成的本状；它们介于言语与沉默、连续与省略之间，瞬息不定；其空白未决处，可延伸发展，又戛然而止；这些吉光片羽，对象即世界，庄生梦蝶一般，与汉语的质性隐隐相应。"断片"是自由的谈片，是散点的间续，是咀嚼生命之果，是美的闪现与绽出！

春秋战国是大变革的时代，旧"名"未去而新"实"已生，新"名"已立而旧"实"仍存，名实混乱，"名实相怨"（《管子·宙合》），人们"不顾其实，务以相毁，务以相誉，毁誉成党，众口熏天"（《吕氏春秋·离谓》），加剧了社会的无序状态。"名""实"关系，成了先秦诸子关注的焦点问题之一。孔子的"正名"、墨子的"取名以实"、老子的"名"与"常名"之辨、庄子的"辩无胜"等，既是语言学的问题，也是语言哲学的基本问题，都是对这一时代问题的理论回应。

儒家的"正名"思想提出慎言重辩，是为了正人心、息邪说，是为了重建政治、伦理秩序，规范混乱的社会现实，而把语言当作实实在在的工具。墨家语言观主张立言要有历史根据，符合经验事实，有益国家百姓之利，同样有功利主义的一面；墨子的"取名以实"隐含承认现实合理性之意，故孟子力拒之。道家的道言观是从语言批判开始的，它区分了指谓本体世界和现象世界的"常名"与"名"，认为本体世界有难以把握的一面，对"可说的""不可说的"作了哲学的划界；道家对语言的态度是"即言即不言""即辩即不辩""即言即道"，以言泯言，以辩去辩，超越是与非、然与不然、可与不可的僵硬对立，通过"得其环中"的"大言"找到通往"道"的坦途，这种超语言学的态度富于形而上学的意味，较之于儒家、墨家正是一种哲学的态度。

围绕《老子》第一章，钱锺书《管锥编·老子王弼注》首先将"道"与"逻各斯"并举，确立了两者的联系："'道可道，非常道'；第一、三两个'道'字为道理之'道'，第二个'道'字为道白之'道'……即文字语言。古希腊文'道'（logos）兼'理'（ratio）与'言'（oratio）两义，可以相参，近世且有谓相传'人乃具理性之动物'本意为'人乃能言语之动物'。"[①]张隆溪翻译了钱锺书所注明的乌尔曼原文：

---

① 钱锺书：《管锥编》，北京：中华书局1994年版，第408页。

"(逻各斯)具有两个主要的意思,一个相当于拉丁文 oratio,即内在思想借以获得表达的东西,另一个相当于拉丁文 ratio,即内在的思想本身。"①显而易见,钱锺书关心的语言不是传统工具论的语言,而是存在论意义上的语言,是与"道"紧密相关的"道言"。这表明词章之道即思维之途,或"思"即"言"。

"名可名,非常名";"名"如《书·大禹谟》"名言兹在兹"之"名",两句申说"可道"。第二五章云:"吾不知其名,字之曰'道'",第三二章云:"道常无名",第四一章云:"道隐无名",可以移解。"名",名道也;"非常名",不能常以某名名之也;"无名,天地之始",复初守静,则道体浑然而莫可名也;"有名,万物之母",显迹赋形,则道用粲然而各具名也。首以道理之"道",双关而起道白之"道",继转而以"名"释道白之"道",道理之见于道白者,即"名"也,遂以"有名""无名"双承之。由道白之"道"引入"名",如波之折,由"名"分为"有名""无名",如云之展,而始终贯注者,道理之"道"②。

孔安国注"名言兹在兹"云:"名言此事,必在此义;信出此心,亦在此义。"也就是说,"名"即"义"。钱锺书说,"道可道,非常道;名可名,非常名"这两句反复申说的都是"道"如何"可道"的主题;接着,以老解老,分说"名"对"道"的言说方式:不可对象化者,道以"无名"为其名;此种非对象者落实为符号,字之曰"道";不可命名之"道",不能以有固定意义之"常名"相待。"无名"是对"复初守静"之"道体"的呼唤,"有名"是"显迹赋形"之"道用"的描述,此即所谓"道用粲然而各具名"。《谈艺录》有云:"有形之外,无兆可求,不落迹象,难着文字;表现冥漠冲虚者结为风云变态,缩虚入实,即小见大。"③两者可相参。

"首以……继以……"句,将"道理""道白"的链接处清晰呈现,并与"无名天地之始,有名万物之母"环环相扣,揭示了道与言、道与逻各斯之间"亲密的区分"。再以"波之折"的下贯,"云之展"的生成,体现由混沌一团到云舒云展的秩序;最后总提"而始终贯注者,道理之'道'"一句,凸显有无相生、体用不二的关系。钱锺书如此细密的析解,将"道可道,非常道"玄妙的琢磨,落实为"名可名,非常名"的语言辨析,这正是典型的语言批判的方法;如论者所言,这转换了一个

---

① 张隆溪:《道与逻各斯》,成都:四川人民出版社1998年版,第73页。
② 钱锺书:《管锥编》,北京:中华书局1994年版,第408—409页。
③ 钱锺书:《谈艺录》,北京:中华书局1984年版,第229页。

哲学分析的角度,去探究不可说之"道"在什么意义上在何种系统中成为我们可以言说之"道"①。

在接下来的篇幅里,《管锥编·老子王弼注》以辩证观、语言批判、身体批判为三个主线,分解"可名"如何传达"常名""常名"如何落实为"可名",展开对"无言"(不说、不可说、不必说、不应说、不想说、不用说、说不出等)诸象的分析,又从神秘主义角度研究"正反依待",深入阐释了"知者不言""法自然""正言若反"等老子的"立言"之方。钱锺书在研究老子的过程中,发现中国语言具有文字的多义现象,而导致这一现象的哲学根源则在于:中国哲学传统以对立统一规律作为把握世界意义的哲学方法,即"贼众理而约为一字,并行或歧出之分训得以同时合训焉,使不倍者交协、相反者互成"②。

钱锺书在诸多作品里找到了例证,并将这类现象称之为"情感辩证法",如"'哀'亦训爱悦,'望'亦训怨恨,颇征情感分而不隔,反而相成;所谓情感中自具辩证,较观念中之辩证愈为纯粹著明。《老子》四十章:'反者道之动','反亦情之动'也"③。钱锺书将"心肠或情感的辩证法"区分于"头脑或思想的辩证法",并将神秘主义归入前一类。因为,在西方文化传统中有"观念的"与"情感的"辩证之别,而在东方文化传统中似乎仅有"心肠或情感的辩证法"。《周易》没有黑格尔式的总结概念运动之发展变化规律的企图,更不存在逻辑、认识论、辩证法一致的思想。就认知方式论,《周易》的辩证法仍属于神秘主义的范围④。

作为形而上学的最高本体,不可说的"道"是难以用语言表达出来的。维特根斯坦说:"当然有说不出来的东西,它显示自己:这就是神秘的东西。"⑤他一再把"说"与"显示"区别开来,为神秘主义的直观领悟和内省体验留了一条后路。如钱锺书所揭示的那样,中国古代也有一种悖论式的解决方式,即由"无可名"走向神秘主义意义上的"多名"。胡河清指出:"不可名是从逻辑实证的角度得出的结论,而多名则由此而转向了另一种性质完全不同的思维方式——卡西尔谓之

---

① 黎兰:《修辞机趣,是处皆有——论老子的为文意愿》,《钱锺书的述学文体——以〈管锥编·老子王弼注〉为个案的研究》,太原:三晋出版社2015年版,第27—34页。
② 钱锺书:《管锥编》,北京:中华书局1994年版,第2页。
③ 钱锺书:《管锥编》,北京:中华书局1994年版,第1058页。
④ 胡河清:《真精神旧途径:钱锺书的人文思想》,《胡河清文集》,合肥:安徽教育出版社2014年版,第523—526页。
⑤ 维特根斯坦:《逻辑哲学论》,郭英译,北京:商务印书馆1962年版,第133页。

'神话思维'或'隐喻思维',海德格尔谓之'诗的思',维特根斯坦谓之'显示',冯友兰谓之'负的方法讲形而上学者',都差近之。"①

自先秦起,确立了一个重"象"、重直觉、重体验、重体悟的隐喻思维,这种始源性的思维模式影响了中国文化几千年,它有别于西方文化中借助符号化的概念语言,在判断、推理、归纳等系统中进行的"逻辑思维"。"象"是中国思维乃至语言形式的隐喻性特质的总概括。钱锺书指出,"理赜义玄",逻辑思辨难以穷尽之,只能"假象于实",托隐喻类比以为"研几探微"的途径,故可用各种不同的"象"即"多名"来隐喻同一所指对象——"变其象也可";"及道之既喻而理之既明,亦不恋着于象,舍象也可"②。理论文中的比喻只是用来说明道理,道理说明了比喻就可放弃;而且,"取象喻道"采取类推的方法而无法采用逻辑论证的方法,这虽可能产生某种卓越的洞见,洞见的产生仅属于或然率的范围,"所以喻道,而非道也"(《淮南子·说山训》)。

钱锺书心细如发,指出在审美创造中"隐喻思维"发挥了独特的作用:"诗也者,有象之言,依象以成言;舍象忘言,是无诗矣,变象易言,是别为一诗甚且非诗矣。"③在审美创造活动中,比喻往往成为诗的形象,隐喻思维本身就代表了诗的逻辑,诗的意义也附丽隐喻得以显现。故中国传统思维模式在审美创造的领域中的价值较其在哲学认识论上的价值为大④。真正的诗人,是卓越超拔的隐喻创造者。隐喻是一种富有想象力、创造性的理性,是一种类似触觉、听觉的人类赖以生存的机能,它使我们有可能通过一种熟悉的经验去理解另外一种陌生的经验,从而将世界的不同方面联系在一起,形成一个可以认知的整体。创造出什么样的新的隐喻,意味着开启什么样的世界,创造出焕然一新的现实。

钱锺书提出了"两柄多边"的隐喻理论。所谓"两柄",指的是取譬时同一喻体具有两面性,两意兼收,相克相成:"同此事物,援为比喻,或以褒,或以贬,或示喜,或示恶,词气迥异;修词之学,亟宜拈示。斯多噶派哲人尝曰:'万物各有二柄'(everything has two handles),人手当择所执。刺取其意,合采慎到,韩非

---

① 胡河清:《真精神旧途径:钱锺书的人文思想》,《胡河清文集》,合肥:安徽教育出版社2014年版,第523—528页。
② 钱锺书:《管锥编》,北京:中华书局1994年版,第11—12页。
③ 钱锺书:《管锥编》,北京:中华书局1994年版,第12页。
④ 胡河清:《真精神旧途径:钱锺书的人文思想》,《胡河清文集》,合肥:安徽教育出版社2014年版,第528—530页。

'二柄'之称,聊明吾旨。命之'比喻之两柄'可也。"①钱锺书举例说,如同是"月"这个喻体,可有"月"之"玄妙"和"虚妄"两个不同的喻意。所谓"多边",指的是取譬时所取事物之间的相似性是"多边"的,有多种不同的意义。钱锺书说:"比喻有两柄而复具多边。盖事物一而已,然非止一性一能,遂不限于一功一效。取譬者用心或别,著眼因殊,指(denotation)同而旨(significatum)则异;故一事之象可以孑立应多,守常处变。"②一般情况下,比喻的"多边"大多分见于各处,但也有用在同一篇作品里的。如艾青的名诗《礁石》便可作多重阐释,文艺理论家、批评家童庆炳有很好的分析③,此不赘述。

众所周知,毕达哥拉斯学派认为,"和谐"起于"差异"的对立,是杂多的统一、不协调因素的协调,即达到后来柏拉图所说的"杂于一"的境界。钱锺书指出,隐喻的构成本质在于"辩证法"之"相反相成",而与毕达哥拉斯学派的思想相通:"'有无相生,难易相成'等'六门',犹毕达哥拉斯所立'奇、偶、一多、动静'等'十门',即正反依待之理。"④钱锺书举了《管子·宙合》《庄子·齐物论》《维摩诘所说经·入不二法门品》等例子,说明"六门"之相生、相成,详细阐述了"难易相成""有无相生""长短相较""高下相倾""音声相和""前后相随"等"六门"⑤。钱锺书一眼觑见、领会了比喻所包含的辩证关系,他在《读〈拉奥孔〉》中说:"比喻体现了相反相成的道理。所比的事物有相同之处,否则彼此无法合拢;它们又有不同之处,否则彼此无法分辨。两者全不合,不能相比;两者全不分,无需相比。所以佛经里讲'分喻',相比的东西只有'多分'或'少分'相类……不同处愈多愈大,则相同处愈有烘托;分得愈远,则合得愈出人意表,比喻就愈新颖。"⑥故钱锺书有言:"取譬有行媒之称(参观《史记》卷论《樗里子、甘茂列传》),杂物成文,撮合语言眷属。"⑦

钱锺书总结说:"我们对于世界的认识,不过是一种比喻、象征的、像煞有介事的、诗意的认识。用一个粗浅的比喻,好像小孩子要看镜子的光明,却在光明

---

① 钱锺书:《管锥编》,北京:中华书局1994年版,第37页。
② 钱锺书:《管锥编》,北京:中华书局1994年版,第39页。
③ 吴子林:《教育,整个生命投入的事业——童庆炳教育思想文萃》,上海:华东师范大学出版社2016年版,第26—27页。
④ 钱锺书:《管锥编》,北京:中华书局1994年版,第414页。
⑤ 黎兰:《修辞机趣,是处皆有——论老子的为文意愿》,《钱锺书的述学文体——以〈管锥编·老子王弼注〉为个案的研究》,太原:三晋出版社2015年版,第100—117页。
⑥ 钱锺书:《七缀集》,上海:上海古籍出版社1994年版,第43页。
⑦ 钱锺书:《管锥编》,北京:中华书局1994年版,第930页。

里发现了自己。人类最初把自己沁透了世界,把心钻进了物,建设了范畴概念;这许多概念慢慢地变硬变定,失掉本来的人性,仿佛鱼化了石。到自然科学发达,思想家把初民的认识方法翻了过来,把物来统制心,把鱼化石的科学概念来压塞养鱼的活水。"①也就是说,人类在认识世界的各种事物和构建各种概念、范畴时,切切实实地借用了以己度物的隐喻方式。无疑,"理论文"可以是"文学的",逻辑思维可与隐喻思维互补融合,发挥出隐喻思维的独特作用:

……道不可说、无能名,固须卷舌缄口,不著一字,顾又滋生横说竖说、千名万号,虽知其不能尽道而犹求亿或偶中、抑各有所当焉。谈艺时每萌此感。听乐、读画,睹好色胜景,神会魂与,而欲明何故,则已大难,即欲道何如,亦类贾生赋中鹏鸟之有臆无词。巧构形似,广设譬喻,有如司空图以还撰《诗品》者之所为,纵极描摹刻划之功,仅收影响模糊之效,终不获使他人闻见亲切。是以或云诗文品藻只是绕不可言传者而盘旋。亦差同"不知其名",而"强为之名"矣②!

这里,钱锺书以身说法,"神会魂与",即进入在我非我的"道境";"口不能言,心下快活自省"(黄庭坚《品令·茶词》),"此中有真意,欲辨已忘言"(陶渊明《饮酒》);"巧构形似,广设譬喻"乃知难而上,横说竖说,千名万号。"纵极描摹刻划之功,仅收影响模糊之效,终不获使他人闻见亲切",也仍如推着石头上山的西西弗斯,"绕不可言传者而盘旋","不知其名",而"强为之名";在不懈"争执"中,"常名"许能在世界中获得澄明。

通过研究原始词义的两歧性、"虚实互变"的变易观、"一多互摄"的全息性等,钱锺书把握了汉语"一字多义且可同时使用"的精义,揭示出汉语现象的心理学依据及其潜在优势,其对于汉语特性与传统思维模式的分析,具有某种意义上的现代性。钱锺书的著述尽收"语录"中语、汉赋中板重字法、魏晋六朝人藻丽俳语、南北史佻巧语,诗歌中隽语,乃至市井俚语、现代白话和西方故实于笔端,充分发挥中国语言与文化的固有特性,表现了现代意味的心绪和创造性思想③。

---

① 钱锺书:《中国固有的文学批评的一个特点》,《写在人生边上 人生边上的边上 石语》,北京:生活·读书·新知三联书店 2002 年版,第 131 页。
② 钱锺书:《管锥编》,北京:中华书局 1994 年版,第 410 页。
③ 胡河清:《真精神旧途径:钱锺书的人文思想》,《胡河清文集》,合肥:安徽教育出版社 2014 年版,第 541—553 页。

钱锺书的研究表明,发挥汉语之人文特性的优势,把传统隐喻思维——冯友兰所谓"负的方法"——与西方逻辑思维相融通而实现创造性转化,将有助于我们更好地表现人类复杂的心灵世界。如艾略特所言,隐喻不是一种写作技巧,而是一种思维方式,"这种思维方式提高到某一高度就能产生大诗人、大圣人和神秘主义者"①。

"'我们究竟去哪里?'——'永远在还乡。'"②诗人哲学家诺瓦利斯如是说。

作为未来学术之"预流","毕达哥拉斯文体"的创构,是建立在上述汉语哲学思想的根基之上的。"毕达哥拉斯文体"由"论证"走向"悟证",即始于"负的方法",终于"正的方法",走出"语言牢笼";作为思想之颗粒的"断片",或是短的语句,或是短的段落,都是"本质直观"之"悟证"所得;"断片"的联缀组合成篇,则汲取了西方逻辑思维,发展、完善"悟证"所得之"证悟"。这种内在的机制与中国的汉语特质、书写经验、思维模式、文化范式等一脉相承,其核心实为钱锺书说的"辩证法"之相反相成的具体运行,亦即"隐喻思维"之开显、意义之创造的过程;在此基础上,它自觉地融通西方的"逻辑思维",思想从一个主题自然而无间断地延续或跳跃到另一个主题,构建一种"没有体系的体系",实现"隐喻"型与"演绎"型两种述学文体的合二为一。得力于汉语的表现力以及"隐喻思维","毕达哥拉斯文体"化解、协调、平衡、弥合了主观与客观、偶然与必然、感性与理性、物质与精神、认识与意志、直觉与逻辑、信仰与智慧、个性与共性等诸多矛盾,与永远处于辩证运动中的思维相汇合,动态地呈现了个人化的思想创见与风格,使一切如其所是。

一种崭新的语言可重塑心灵,形塑一种"新感性",即用一种新的方式去看、去听、去感受、去创造。1781年,康德问:"先天综合判断何以可能?"1964年,海德格尔问:"一种非对象性的思与言何以可能?"掌握一种隐喻的语言,拥有一个隐喻的心灵,在"观物取象"与"象以尽意"的体悟过程中,一旦抵达"物我两忘""天人合一"的境界,便可获得极大的精神自由,进入"生生不已"的精神创造空间。遥想一下,倘若施纳贝尔受过中国传统文化之熏染,从"知"到"知其不知"再到"不知其知",他肯定不止于"弹出自己耳朵听到的";其演奏所抵达的艺境,或如一代古琴宗师张子谦(1899—1991)1938年11月9日在《操缦琐记》中所描

---

① T.S.艾略特:《艾略特诗学文集》,王恩衷译,北京:国际文化出版公司1989年版,第77页。
② 刘小枫:《大革命与诗化小说——诺瓦利斯选集卷二》,林克等译,北京:华夏出版社2008年版,第152页。

绘的——

> 晚归,家人均外出,四壁俱静,不可多得之时也。理琴十余曲,达两小时。身心舒泰,琴我俱忘,一年中不知几度有此境界。余尝谓弹琴与人听,固不足言;弹琴及同志小集,仅供研究,亦不足言;弹琴至我弹与我听,庶乎可言矣。然仍不如我虽弹我并不听,手挥目送,纯任自然,随气流转,不自知其然而然,斯臻化境矣,斯可言琴矣。然此亦仅可与知者道耳。①

 作者手记:

述学文体的革命,是时候了!

维特根斯坦说过:"能够自我革命的人才会成为革命者。"

自19世纪中叶西方文化东渐以来,中国学界对于主要来自西方的逻辑、科学方法与方法论总是过分迷信,犯了形式主义即怀特海说的"错置具体感的谬误",或只看到事情粗略的表面,或把自己想象出来的意义投射到若干口号、名词术语之上,千篇一律,千人一面,使自己的思想变得很肤浅。"陈词滥调是这个世界上的中心原则。"(哈维尔语)坦白地说,我们是在制造而不是创造着语言,贫乏语言正无限疯长:在西方理论的炫光里,中国语境残碎不全、面目全非,外来词或借用词未能溶入母语的血脉,依然保持着"外来入侵者"的身份,"语言不再被经历,语言只被言说"(乔治·斯坦纳语);我们在技术化的道路上越走越快,深陷于概念的迷宫,从概念分娩概念、从教条分娩真理、从书本分娩书本,修辞代替了文采,行话("黑话")替换了思想,灵动的精神生活变成机械的习惯,被概念所主宰——语言的滑落显现的是思想的衰微乃至虚无。

遁入西方各种理论学说——包括其思维与言说方式,学院派的文学研究或文学批评业已深陷困境,沦为缺失传统文化根基的"无本之学",而制造了诸多"美学的谎言"。借用英国当代小说家杰夫·戴尔的话说,大部分研究者、批评家根本不懂也不理解文学,而"在忙着杀戮他们所接触的一切";成千上万学者所写

---

① 张子谦:《操缦琐记》(第1卷),北京:中华书局2005年版,第30页。

的书,简直是"对文学的犯罪"!这样的知识的价值何在?有些人戏剧性地度过一生,有些人史诗性地度过一生,还有人非艺术地和稀里糊涂地度过一生。如尼采所诘问的:难道"精英"们可以这样浪费自己、虚掷光阴吗?答案是不言而喻的。

"我们究竟如何才能注重思想呢?"华裔学者林毓生提出,"我们要放弃对逻辑与方法论的迷信,……培育视野开阔、见解邃密、内容丰富、敏锐而灵活的思想能力。"哲学家博兰霓(Michael Polanyi)告诉我们,影响一个人研究与创造的最重要因素,不是他表面上可以明说的"集中意识"(focal awareness),而是他的不能明说的、从他的文化与教育背景中经由潜移默化而得的"支援意识"(subsidiary awareness),这种"支援意识"是隐含的,无法加以明确描述的。也就是说,逻辑与方法论并不能对研究与创作活动中最重要的关键加以界定,更谈不上指导。

事实上,一个真正创造(或发现)的程序不是一个严谨的逻辑行为,我们在解答一个问题时所要应付的困难是一个"逻辑的缺口"(logical gap)。个别的重大与原创问题的提出,以及如何实质地解答这些问题,绝非逻辑与方法论所能指导的。换言之,在真正的人文世界与科学世界中,研究与创造活动的关键是博兰霓所提出的"未可明言的知识"——如,灵感、直觉、审美判断力,等等;这种"未可明言的知识"不是遵循形式的准则可以得到的,也不是学习方法或讨论方法论可以得到的,而是从严格的训练陶冶出来的,包括像学徒式地服膺自己心悦诚服的师长的看法与言论以求青出于蓝,努力研读文化原典,苦思、关心与自己有关的具体而特殊的问题。这种"未可明言的知识"是否丰富、有效与"支援意识"是否丰富和深邃直接相关,直接影响乃至决定着人文研究是否有生机与活力;而逻辑与方法论的研究仅能帮助人们在思想形式上不自相矛盾,或对论式表面上矛盾的可能提高警觉而已。因此,钱锺书斩钉截铁地说:"逻辑不配裁判文艺!"

"创造的转化"是一个相当繁复的观念。首先,它必须是创造的、创新性的,是过去没有的东西;其次,这种创造需要精密与深刻地了解西方文化以及我们自己的文化传统,在彼此深刻了解交互影响的过程中,产生了与传统辩证的连续性,继而在这种辩证的连续中产生了对传统的转化,产生我们过去所没有的新东西,同时这种东西辩证地衔接着我们自己的传统。只要我们以开放的心灵与文化传统相接触,如果我们在这种接触中真诚地对某些东西产生具体的亲切感,这种亲切感自然会使我们的"支援意识"丰富而活泼,我们文化的创造力也自然随之充沛起来。

所谓"创造性转化",是按照时代的特点与要求,对那些迄今仍有借鉴价值的思想及其悠久、丰富的表现形式加以改造,赋予其崭新的时代内涵与现代表达方式,激活其蕴藏的生命力;所谓"创新性发展",则是要按照时代的新进步与新进展,对中华优秀传统文化的内涵加以补充、拓展、完善,增强其影响力与感召力。就中国文化传统而论,"创造的转化"就是把中国文化传统中的一些符号与价值系统加以改造,使经过创造地转化的符号与价值系统,变成有利于变迁的"种子",同时在变迁过程中保持着"文化的认同"。实现传统文化"创造性转化"与"创新性发展",既不是文化复古,也不是现代新儒家的"返本开新",而是将中西古今融会贯通并在此基础上提出新见。

我们已经习惯了主要源自西方的一整套专业性编码语言及其"证明体系"(包括已经证明了的、用来作为证明的和要去证明的三个环节),也就是一个由逻辑关系构成的、从一般到具体的金字塔型的概念体系,其逻辑论证方式则清晰表达了事物之间知识论的从属关系——这种述学方式大致成形于18世纪的近代德国并蔓延至今,发展成一种语言空转而脆弱不堪的学术风尚。20世纪以降,西方众多现代思想家、理论家早已从中走出,而我们却模仿照搬、泥洋不化,乃至奉之为"学术规范"或"国际标准"——时下学术"洋八股"大面积繁殖,专家学者作为"工匠"的形象碌碌于复制性的、毫无促进效用的劳作,他们所使用的语言就像被太紧的鞋子挤得变了形。尼采一针见血地指出:"我们无法像事物所是的那样思想事物,因为我们根本就不能思想它们。"

——述学文体的革命,是时候了!

每一位想要有所作为的学者都必须从自我革命做起,努力调整、改变自己的学术实践方式,对我们的述学文体进行一番革命性的改造!

对于中国当代学者而言,首要的任务在于:用汉语而不是术语写作。我们不应让自己的思想受限于那些舶来的术语,而应用另外的词汇来说话,或是丰富我们自己的语词,以寻找到解决问题的方案,或者提出我们自己的问题来。如何摆脱语言书写的"匠气",开启激动人心的语言之旅,是所有学术研究者必须面对的难题。

与时间性的字母文字相比较,空间性的汉字更具信息的密度;在西方逻辑、论证之外,还有非形式逻辑的存在。迥别于西方重概念、重分析、重演绎、重论证的逻辑思维,中国文化确立了重"象"、重直觉、重体验、重体悟的隐喻思维,与之

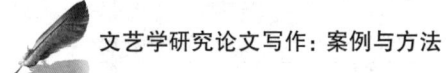

相映成趣的则是"注疏""语录""公案""评点""诗文评"等"断片"式学术书写。

20世纪以降,在西方话语系统的冲击之下,汉语逐渐丧失其主体性,从"文言"改造、转换到"白话",从古代汉语到现代汉语,从综合性语言形式发展到分析性语言形式,汉语逻辑功能得以强化的同时也弱化了自己的优长;在历次不无激进的语言革命中,思想与文化的传统随之断裂,整个传统文化的架构都近乎崩塌了,中国知识分子几乎丧失了理知与价值的基本取向。一个多世纪以来,中国思想界各式各样的意见虽多,但很少有精深、原创且经得起严格检验的思想系统建立。

维特根斯坦十分锐利地指出,只要我们的语言没有真正的革新,语言先在的给定性就会迫使我们的思想在既定的路线上活动,根据我们所掌握的技巧自动转向,进入某一个"思想共同体",被同样的"哲学问题"给绊倒,而丧失了任何进步的可能性。

——述学文体的革命,是时候了!

(1)未来的述学文体必须使语言保持有效,它充分发挥了汉语之人文特性的优势,将隐喻思维与逻辑思维彼此融通,以更细致、深入地呈现人类复杂的心灵世界。

(2)未来的述学文体必须是语言世界的拓荒者,它不断突破既有规范,寻求别样的言说方式,凸显各种保留与限制的认知,其话语作为世界,为世界而开启世界。

(3)未来的述学文体必须确立一个更高的历史整体性思维框架,建立与当代生活、文学实践的内在勾连,细描出与语言问题周旋时当代中国人所特有的生存体验。

(4)未来的述学文体必须把"理论"变成"写作",激活语言之"物性",将语言视为理性与启示之母,语言本身即心智存在,赋予思想强大的穿透力与生命力。

(5)未来的述学文体必须正视事物的差异性、偶然性与复杂性,弃绝那种直线式、封闭式的逻辑证明体系,在断片式、开放式的圆形结构之中,让一切如其所是。

(6)未来的述学文体必须重铸生命的理解力与思想的解释力,重塑一个既有个人内在经验,又致力于理解人类精神的生命,从易逝的事物中捕捉、体会永恒之事物。

(7)未来的述学文体必须返回内在的明镜灵台,书写心灵世界的隐秘对谈,倾听亿兆生灵、灾异世界之海潮音,在杂多统一的和谐中,动态呈现个人创见与风格。

毕达哥拉斯学派有言,"和谐"起于差异的"对立",是"杂多的统一"、不协调因素的协调;毕达哥拉斯学派又言,平面之中"圆形"最美,立体之中"球形"最美。未来的述学文体不时深情回望传统,打通人文各个学科,参互各种研究法,由一个个"断片"发展而为一无始无终、无穷无极的整体,最终抵达学贯中西、会通古今之学境——故名之曰"毕达哥拉斯文体"。

"毕达哥拉斯文体"的创构可谓"在汉语中出生入死",其内在机制与传统的书写经验、思维模式、文化范式等一脉相承;众多"断片"及其连缀组合是"毕达哥拉斯文体"显著的"语体"特征,其内在运行机制迥别于以往的述学文体——

(1)"断片"凭借隐喻思维而自出心裁,类似于钱锺书所谓"具体的鉴赏与评判",它切断线性的逻辑铺展、抽象论证,具有相对自足性与完整性,又蕴涵多种冲突与矛盾,呈现一种理论探索的未完成状态。

(2)"断片"是思想之颗粒,属于"正在描述的文字",处于一种生成状态,具有某种价值集聚性,是"转识成智"后"以识为主"之"悟证",即"感性认识→理性认识→感情深入"之后的"本质直观"。

(3)诸多"断片"系"悟证"所得,继而环绕某一个方向或统一性中心聚集,由理性思辨之论证予以发展、完善,这是一个"证悟"过程,即演绎思维与隐喻思维协同作用过程,具现于"断片"间的链接组合。

(4)通行述学文体有大量引文脚注,展现学者知识范围与学术视野,"毕达哥拉斯文体"则尽可能隐藏学识,称引绝少而融贯实多,许多本来不和谐的力量组成统一音阶和音调,进入了戛戛独造的精神空间。

(5)"毕达哥拉斯文体"由"悟证"到"证悟",打通"具体的解悟""抽象的解悟"两种思维方式,交融"隐喻型"与"演绎型"两种述学文体,点化出中西两种智慧的内在生命,铸就不愧时代的新思想。

——这是一种有难度的写作。"不让一个民族中的伟大的东西默默无闻或浪迹江湖乃是文化的任务所在。"尼采此言甚好。"毕达哥拉斯文体"是"有我""有渊源"的,是中西文化传统交流互鉴、"创造性转化"与"创新性发展"的宁馨儿:在基本理念与原则上,"毕达哥拉斯文体"返回中国文化之"本源",接续了中国古代悠远的述学传统(包括五四时期"文脉"),通过"回向"即"深入历史语境"的"处境分析",祛除"理障"或"知识障",在"进"—"出"—"进"反复往返的研究过

程中,既明"事理"又通"心理";在意图与智识气象上,"毕达哥拉斯文体"则深受西方现代思想的启迪,充分汲取了尼采、维特根斯坦、海德格尔、布朗肖等人的语言哲学思想,以及西方"Essay"的创造性文体实践成果。

"Essay"是在欧洲与主流思想形态相平行的一种思想书写形态,它承袭了从蒙田、帕斯卡尔到卢梭、尼采的传统;经过从本雅明到阿多诺,从柏格森到萨特、罗兰·巴特、福柯等思想家的传承,发展而为一种富有活力的知性实践,既体现思想者的主体性与节奏,又承载着历史文化的积淀与转化,融主观与客观、偶然与必然、感性与理性、物质与精神、认识与意志、直觉与逻辑、信仰与智慧、个性与共性为一炉。"毕达哥拉斯文体"融会贯通中西古今的思维与言说方式,构建了一种思想求索与书写的"没有体系的体系",而与永远处于变化之中的思维相汇合,并赋予我们所处的世界意义,获得一种本真思想之安宁与平和。

值得一提的是,区分中西文明或文化差异,不是作茧自缚,而是为了彼此会通;会通绝不是知识的堆砌,而是人文诸学科、文艺诸形式的打通;以此之明启彼之暗,取彼之长补此之短,"化冲突为互补",使许多本来不和谐的力量组成统一的音阶和音调——这是典型的中国哲学思想。《了不起的盖茨比》的作者菲茨杰拉德有一句脍炙人口的名言:"同时保有全然相反的两种观念,还能正常行事,是第一流智慧的标志。"我们中国人是拥有这种智慧的。

"毕达哥拉斯文体"是未来述学文体之"预流",它力图站到精神领域的最前沿,通过中西古今的会通,以回答时代提出的问题;并以其所揭示的"真理"表现出不确定性和未完成性。这样的双重特点同样铭刻在我们的生活结构之中,堪称理智诚实的标志。时至今日,"毕达哥拉斯文体"的探索与实践仍"在路上",可能在一个比笔者认为的还要有限得多的范围里活动——这是一项孤独、艰难而健康的事业,需要一种不断自我革命、孤往独创之勇气;用孟子的话说,"虽千万人,吾往矣"! 我们或可援用维特根斯坦的两句话自勉或勉人——

> 我的思考无意于当今时代,我不得不奋力逆流而上。或许一百年后人们会需要我写的东西。
>
> 假如某人领先于他的时代,有一天时代就会赶上他的。

附 录

导师寄语：

观剑识器，操曲知音

苗 田[*]

教育部将研究生培养目标分成学术和应用两种类型专门人才，与机器、工程、身体或事件之类与物打交道的专业不同，文学是涵泳于思想、情感和想象相浑一的事业，虽然也要借助物质而实现，但物质毕竟只是传达这些内容的辅助媒介，而非对象主体，因而无论学术还是应用，写都是第一位的。文艺学是对文学写作的反思活动，是对情感与想象的超越，不是成为作家，更不是去做个游吟诗人或说书人，它唯一该做的事情就是写作。

也许这与我们所接受到的理念不符。教育可能是古今中外的大哲圣贤们谈论最多的话题，几乎每一位思想家都谈论乃至专门著论。只是他们谈论的大都是教育的最高目标，比如成德。伊索克拉底虽然以教人雄辩术为生，强调的却是德行，认为雄辩是德行和智慧的宁馨儿。康德说只有人才是需要教育的造物。他将这个任务分解为好几项，其中的核心就是道德陶冶。同样作为教育家的蔡元培也认为教育的终极目的不在于学习知识，而在于健全的人格修养。人们讨论的都是教育的最大目标、最高目的，这与其说是讨论教育，不如说是在讨论成人的理想，是人学而非教育学了。就本体而言，作为职业的教育与作为成人理想的教育是可以区分的。道德人格固然可以说是雄辩家的应有原则，但教育者的工作首先在于授予他者一种非自然生成的辩论能力。王国维概括得最为简要，他说教育的目的固然在于"使人为完全之人物而已"，然而提到教育者的工作，却

---

[*] 苗田，上海大学文学院副教授。

首先是培养人的内外两种能力:"一曰身体之能力,一曰精神之能力。"将最大目标与具体工作内容明确地区分开。如此,认为研究生教育的内容首先是培养科学研究能力,应该是不错的了。作为专业目标,学术训练不止于获得知识,还要养成一种能力,简单说就是从事思想建设与学术研究的能力。其背后的基础则是思维和表达,西塞罗认为拥有这两项能力可以使人们展望未来并成为幸福的人。所以他认为学习活动中最主要的能力练习是写作。

常听到一种对论文能力不以为然的说法,认为有的人能说不能写,有的人能写不能说,许多工作,甚至比如教学这样的,其实是不需要写论文的。过于沉浸于写作反而可能变成干扰。这大概是由于没有认真思考说与写的关系。对于文科专业者来说,说与写本非二事,能写也就能说,反之亦然。那种所谓能说而不能写者,大概指的是面对听者可以口若悬河滔滔不绝,然而如果这种滔滔无法变成一篇思想鲜明逻辑清晰的文字,则其所谓"能说"的内容是大有可疑的。写论文并不止于陈述思想观点,更在于逻辑、语言、学识等全部能力的综合呈现。思想每个人都会有,很多人还常常有"洞见",但不是每个人都能将思想表达得清晰明畅,更不用说严谨充实,洋洋洒洒了。研究生作为高阶段的学习,在专业化和钻深的学习之上,就是展开"洞见"的能力的训练。对于文艺学的研究生们来说,也就是写论文,一种寻找文献、提炼主题、展开论证的专门技术。这是文艺学研究生培养的核心任务。

常规而言,论文是研究工作自然而然的成果,似乎不需要设置专门学习的环节,正如桃子是认真培植桃树之后的自然结果,然而现实并非都像逻辑那样的顺理成章。随便往研究生群里走一走,必然能见到为论文的愁容,听到"写不得也哥哥"的愁苦声。上天入地求之遍,觅句寻词无限愁,为论文发愁可说是研究生必得的一种"流感"。自然,相信每位研究生都是读书用功,志存高远的。写不出或者写不好文章,未必是由于疏懒。写作既然是一种技术,就必须要学习和训练才能拥有。研究生都有导师的悉心指导,从日常的阅读、讨论到选题,再到完成一篇达到公开发表水平的文字,是学生与导师共同的工作、共同的职责。然而"文章千古事,得失寸心知",论文写作不是操作工业机器的技术训练,通过一遍遍地重复即可掌握。写作的紧要处在于这个"寸心"。"人心惟危,道心惟微",文有文道,文心自然也可以说是道心,要得到它却并不容易。可能一朝悟得,豁然开朗;也可能百思不解,为伊憔悴。颇有点往来倏忽的神秘意味。"盖非知之难,能之难也"。导师的指导一般聚焦于研究课题。为了完成课题,自然需要大量地阅读,然而这种阅读主要还是文献意义上的。如何形成问题,怎样对问题进行分解,怎样更好地展开思路、组织材料、生成结构,是一种普遍性当然也就是基础的能力,姑且称之为论文能力。这种能力不是单纯通过文献阅读就能自然地生成,也很难说有了导师的指导就必然地能够把握。能力是内在的。"梓匠轮舆能与人规矩,不能与人巧",内在的东西只能自我生成,不能强行注入。而要获得这种能力,除了接受学习指导,自我阅读也是一条极为重要的途径。很少听说有作家是培训班训练出来的,但没有作家不是经历了一段着魔似的阅读的。刘勰说"观千剑而后识器,操千曲而后晓声",阅读是培养鉴别力,提升写作能力的保障。虽说书山勤为径,但书山高耸,这条径应该凿在何处,向哪里延伸,仍然是关键的。如果有一本专门针对这种论文能力培养的教材模式的读物,让我们既能登山,又可以省却曲折缠绕不得其途之苦,则必收事半而功倍、入少而出多之效。这是助人为乐的善事,值得去付出。

因此,编写本书既不是为了保存经典论述以省披览之功,也非追踪学术前沿以示未来之路,而是为了给研究生在读、或想攻读研究生的、或想进行学术研究工作的人们提供一种技术上的参考。写论文既是研究生学习的核心任务,也是最大目标。一篇论文无论字数多少,只要能够通过答辩或者被刊用的,必然要经过阅读文献、审慎选题、提炼主题、积累材料、确定思路、运用逻辑、推敲字句等许多环节,综合了学习者几乎全部的知识和能力,也即"论文能力"。这决定了本书的选文自然就以体现"论文能力"为编选原则和线索。当然这并不是说本书收录的文章只具技术示范意义而缺少学术价值。相反,介绍养花技术总得选些名贵花木作样本,正如中小学语文课本的选文目的主要在于示范语文知识和技能却仍然选择大家经典一样。阅读范文不仅要获取知识,还要得到美文的享受。何况这里提供的并不是一本技术手册,而是包含了技术难度的成品,希望能起到示范效果而非规范作用。技术含量高的文章自然也是好的文章,所以选编这些文章充分考虑了文章的学术地位,并征询了原创专家们的意见之后才确定下来的。

学生心得：

于文献与实践中，体味理论研究的魅力

黄雨璇[*]

学术研究是一个从发现问题、处理问题到解决问题的完整过程，论文写作则是对这一过程的表达。在学术研究与论文写作中，问题意识可以说占据核心位置。然而，我国中小学阶段的应试教育以及本科阶段对绩点的重视，在一定程度上培养了学生渴望标准答案与被动记忆的学习模式。与本科阶段的文学理论知识积累不同，到了研究生阶段，文艺学的学习进阶到要求学生运用其知识积累来进行理论研究。这一转变的存在使得不少同学在进入研究生学习阶段时，无法及时由接受知识的学习模式转换为研究问题的学习模式，难以找到进入学术研究的路径。直接后果往往表现为：一些同学分明在文献阅读和理解中投入了诸多时间与精力，但最终完成的论文仍停滞于知识转述层面，而未针对某一学术问题进行明确、分析与论证，更别提给出独特、合理的解决方案。人云亦云的研究无法推进研究的深化，其意义与价值自然也无从实现。

本书编写的出发点正在于此：给予已有知识积累的研究生以方法与素养的点拨，帮助其探索进入学术研究与论文写作的路径。具体来说，就是以名家论文及其作者手记为研究生的学习、研究和写作指出一些方向，让同学们明了哪些认识、方法和心态是有效的、可尝试的、值得继续坚持的，又有哪些问题是应该力图避免的，从而使其研究能力在前期阅读与积累的前提下实现迅速"蒸馏"。借用主编之一苗田老师的话来说，那就是："功底是个人的，我们的目的只是让酒糟变成酒。"

2021年夏，我收到导师曾军教授的邀请，正式加入本书的编撰队伍之中，为编写组提供学生的视角。教材的编写从结构设置、选篇、约稿到汇编历时近一

---

[*] 黄雨璇，上海大学文学院博士研究生。

年,最终确定新中国成立以来文艺学领域名家优秀论文 16 篇、作者手记 16 篇。论文涵盖古代文论、马克思主义文论、文化研究、美学、批评理论等方向,具有规范性、学术性、创新性与前沿性。论文后附作者手记,老师们将其论文的写作缘起、写作过程、写作经验或自我反思等和盘托出,向大家展示进入文艺学研究和写作的多种方式,回应如提出问题、确定研究方法、搭建论文框架、实现有效论证、关照现实等论文写作中的具体问题。

由于身兼本书编者的身份,我有幸"近水楼台先得月",第一时间拜读了老师们的论文及手记。如果将老师们各自的论文比作我们此前知晓的教材与会议主席台上高大却有一定距离感的专家形象,那么作者手记则是老师们从教材与主席台上走下来,如朋友般坐在我们身旁,将其论文背后的故事娓娓道出,循循善诱——以期为初入文艺学研究领域的青年学子们提供学术研究与写作的建议,助其站在前人的肩膀上,将目光投向更深、更远、更新处,推动文艺学研究发展、实现自身价值。

作为本书对话的对象之一,我在阅读本书的过程中,不断为老师们丰富饱满的学术热情、广阔翔实的理论积淀、游刃有余的研究方法、谦虚笃定的学习态度以及平静豁达的心态所触动,对于如何进行文艺学领域的研究与写作也有了一些个人所得,在此悉数道出,希望能为同学们提供参考。

一、立足文献阅读与实践反思,发现问题

相较其他学科,文艺学学科的特点在于其以理论为研究对象。理论往往以文献为载体,文学艺术活动又属实践的一种,这两点便决定了文艺学研究发现问题的途径主要有二:文献阅读与实践反思。

在文献阅读中发现问题,要求重视对原典的阅读,将泛读与细读相结合——在泛读中完善理论知识的结构及脉络,在细读中准确理解作者的思想观点及论证逻辑,探寻其中的可生长点。对核心文献进行精读、细读,要做到陈剑澜老师指出的"既要了解其中的观点和方法,也要仔细揣摩作者提出和解决问题的具体方式",即"像大师一样思考"。如张永清老师之所以将恩格斯"美学与历史的观点"作为问题提出来,源于其在阅读中注意到 1995 年版的《马克思恩格斯选集》将"美学观点和历史观点"改译为"美学观点和史学观点"。一词之差,唯有细致的阅读与揣摩,才能发掘其中的差别与背后的思想,从而使问题得以萌芽、诞生。

再如程相占老师正是从对李泽厚美学著作的文本细读出发,发现李泽厚将美学认识为"研究美和艺术的学科"以及由此建构的"美—美感—艺术"三元论美学框架,实质是对鲍姆加登"感性学"(即"审美学")的误解。

  赵宪章老师提到:"人文学术的问题不仅隐藏在文献中,还活生生地表征在现实中。"人文学科的理论建构作为对实践活动的抽象认识,其生命力和有效性是由实践来检验的,因而用变化着的、具有差异性的实践来反观理论和检验理论,往往是发现理论问题、实现理论创新的有力途径。在其作者手记中,朱国华老师将这种由实践出发建构理论的从具体到抽象、从个别到一般的思维方式视为反思性判断。区别于从一般到个别、以现成理论抓取经验材料的规范性判断,反思性判断往往能将一些现实事件从固化解释中解放出来,重新加以问题化。从实践中发现问题,这一点在文化研究中体现最为突出。如朱国华老师正是立足具体的文化事实,不预先设定理论视角,对刘海粟"模特儿事件"重新加以问题化,从而展现事件背后的客观逻辑以及中西、古今间的文化冲突,探索其所隐喻的中国文化的可能走向。金元浦老师指出,文化研究的兴起源于现有学科制度下的文学研究无法对一些新兴的大众文化现象进行充分有效的解释。这在本书收录的文章中亦可发现:21世纪,与图像有关的跨媒介"新文体"较之传统文体备受青睐,在"图像时代""文学危机"与"符号危机"的背景下,文学与图像的关系变得空前复杂,这是赵宪章老师《"文学图像论"之可能与不可能》一文的缘起;当今电子媒介、数字媒介与传统印刷媒介时代中声音重要性的变化呼吁新的声音研究,这是周志强老师《声音与"听觉中心主义"——三种声音景观的文化政治》一文的缘起。

  立足实践反思问题,必然要求中国学者在面对西方理论问题时具有中国意识。金惠敏老师在其作者手记中对此进行了详细论述,强调中国意识并非为突出中国,而是要求研究者正视其中国身份以及研究对象所处的中国语境,正视中西文化间的异同,从而为西方学者的理论建构加入中国经验,对理论的普遍性进行完善。此般"中国意识"在论文中得以体现:张晶、唐萌老师为了回应20世纪70年代以来中国文学理论界的"失语症"现象,寻求古代文论的现代转型之路,力图使中国古代文论以崭新的理论姿态回应西方文论既成的话语体系;陶东风老师深入历史现场,从邓丽君流行歌曲在改革开放初期中国大陆的传播与接受的实际情况出发,论证其与法兰克福文化批判理论的不符之处,从而提出建构中国本土的大众文化研究范式;吴子林老师由对西方理论的思维与言说方式的反思与对汉字空间性的注意出发,呼吁述学文体的革命;等等。

当然,从文献阅读中发现问题与在实践反思中发现问题这两条路径并非是非此即彼的对立关系,而是往往相互伴随,以确保所发现的问题站得住脚、有意义、可持续深入。如赵宪章老师指出,文学与图像关系研究之所以能够蓬勃兴起,被诸多学者视为值得研究的问题,在于其"既有丰富的文献资源,又有强烈的现实感,两方面实现了较好的互补、互证"。再如程相占老师《论生态美学的美学观与研究对象——兼论李泽厚美学观及其美学模式的缺陷》一文,其中对李泽厚"美—美感—艺术"三元论美学框架反思的问题意识诞生于文献的阅读与思考,而对"生态美"概念的反思及为生态美学合法性辩护的问题意识,则部分来源于全球性生态危机及生态运动的实践。由实践出发,程老师指出"生态美"一词无法深入解释当代生态审美活动,因而主张以"生态审美"的概念替换"生态美"的概念,从而对生态审美活动进行解释。

二、对研究问题进行分析,确定研究路径

研究问题确定后,接下来就是对研究问题进行处理,将总问题分为若干个逻辑相关的小问题逐个突破。在面临细化了的各问题时,需依据问题自身的特点与情况,选取合适的研究路径,有针对性地搜集资料与思考,为解决问题奠定基础。

(一)依问题的研究性质划分,可将研究分为纯粹的理性思辨与实践的理论升华

若是纯粹的理性思辨的研究,应以理论文献为核心进行文本细读、概念辨析,以演绎为主要逻辑思维,强调对原典的准确理解以及严谨的论证与推理。如:张晶、唐萌老师在对中国古代文论命题进行思维学考察以揭示其深层的学理依据时,对"范畴""命题"等概念的内涵、形式及关系进行梳理与辨析,归纳总结古代文论思维模式和理论表达模式,从而探索古代文论命题所建立的文学秩序;陈剑澜老师基于对《判断力批判》与其他相关著作的文本解读与系统认识,论证其先验哲学意图与人类学方法的并行路线,从而指出康德审美判断力批判的意义在于开辟了以审美和艺术为人性教育手段的思想道路,是现代审美主义的问题源头;张永清老师依据德文原文对"观点""标准""历史"等关键词在俄文译本与中文译本中的翻译及意涵加以具体分析,从而对恩格斯"美学与历史的观

点"进行研究;金惠敏老师以"体验"作为狄尔泰思想的关键词,对其概念化过程、涵义、性质进行梳理与辨析,以狄尔泰本人及其研究者如伽达默尔的具体论述为依据进行论证与思辨,从而对狄尔泰的生命解释学展开研究。

若是从实践出发对其进行理论升华,需深入实践的语境与现场,以问题为导向开展研究,提防预先设定某一理论视角对实践进行匹配。如张永清老师在其《对恩格斯"美学和历史的观点"及其相关问题的再思考》一文中摆脱了既有研究路径与问题取向的理论束缚,回归恩格斯"两个文本"所处的社会历史语境,结合社会运动实践来重构对恩格斯"美学和历史的观点"的理解,从而反思"美学和历史的观点"在20世纪80年代初之所以成为中国马克思主义批评的基本问题,是出于当时的中国学界而非恩格斯本人的理论自觉。此外,当今的文学实践已突破了传统意义上的边界而与其他学科紧密相连。若局限于文艺学学科的原有理论框架,对文学实践的理解就难以切中肯綮、抵达问题核心。因此,对实践的理论研究要求充分利用跨学科的视野、知识与方法。这也在本书所收录论文的作者们的观点与实践中得以体现,如金元浦老师明确指出文艺学研究要"广涉近邻,跨界运思",强调跨学科的视野与思维;胡亚敏老师由关键词的跨学科生成与传播指出文学批评需要跨学科的视野;刘俐俐老师在对其重大项目的组织与致思方式进行总结时,明确"以项目任务为主,不受学科设置限制";周宪老师"意义格式塔"解决之道的提出,广泛吸纳了语言学、美学、哲学和心理学等多种学科的理论资源;陶东风老师以大量史料为据,从政治文化、社会心理等多学科角度对邓丽君流行歌曲的独特价值与流行原因进行把握;等等。

(二)依问题的研究基础分类,可将研究分为已有理论的深化与新型理论的创建

对已有一定研究基础的理论问题进行深化研究,首先需要梳理与明确研究已涉及的范围与成果,再通过分析,凭借一定的论据——演绎逻辑、文献资料或现实现象等——指出其中的问题或不足,从而于此理论生长点上进行发掘与深化。如"形象思维"观点自20世纪30年代传入国内后已得到学者们的诸多讨论,要对此问题进行更深入的研究,就需先对之前的讨论进行分析。高建平老师的《"形象思维"的发展、终结与变容》一文正是通过历史梳理将"形象思维"的历史讨论分为"是认识""是一种特殊的认识"与"不是认识"三个阶段,继而提出应将"还是认识"作为理解的第四阶段。对基础理论的生长点进行发掘,需尽力掌握新材料、启用新视角以及运用新方法,以得出新思、新见。掌握新材料,需在资

料的搜集和阅读中做到金元浦老师所说的"爬疏抉择,涸泽而渔"。如张永清老师在论证恩格斯"美学与历史的观点"的问题时,将学界未曾给予过多注意的《马克思恩格斯全集》德文本与俄、中译本对照,以对关键概念进行甄别,从而得出"观点"与"方面""尺度""标准""历史"与"史学"等概念在选择和运用上存在着的差异。启用新视角,则需立足研究对象,在对其充分了解的情况下进行再解读。如赵勇老师正是由于对赵树理的创作与本雅明的思想十分熟悉,发现了两者间的相通之处,因而才能启用"看的辩证法"。一方面以本雅明的视角来看赵树理,从而发现赵树理创作实践与理论思想的独特性,同时对其创作进行反思;另一方面又能以赵树理反观本雅明,对本雅明的思想加以更深入的阐释,而从此出发又能为反思赵树理的创作提供更新的广阔的有效视角。若是对某一对象或群体进行理论研究,还需运用比较的视野,将其与其他同类对象作比较,从而在更广阔的视野中深化对其的认识。如傅其林老师将东欧马克思主义美学理论与西方马克思主义文艺美学、中国马克思主义文艺理论进行比较,从而提出东欧马克思主义美学的核心命题;再如金惠敏老师在对狄尔泰个人的解释学思想的研究中,以叔本华的生命哲学,康德、黑格尔、胡塞尔乃至结构主义者等的意义观,以及苏珊·桑塔格和海登·怀特的后现代阐释学为参照物,得出对狄尔泰思想继承性与独特性的认识。运用新方法,强调在对既有研究方法与模式进行反思的基础上,创造一种新的研究范式。如胡亚敏老师《概念的旅行——西方文论关键词与当代中国》一文中所采用的关键词研究的方法,突破了以往研究中追求概念涵义确定性的线性历史观,将关键词视为动态的、多维的乃至异质的发展过程,强调对历史语境的重视。

对新型理论进行建构,需全方面对该理论的缘起、意义、主要观点、范畴与方法、目标等进行阐释。如赵宪章老师在《"文学图像论"之可能与不可能》一文中对其提出的"文学图像论"进行阐释时,分别从缘起、意义、范畴与方法、努力方向四个方面进行;金元浦老师作为文化研究的主要推动者之一,其在《文化研究:学科大联合的事业》一文中将对文化研究的阐释分为缘由、定位、历史、未来、方法等多个层面;吴子林老师在《"在汉语中出生入死"——"毕达哥拉斯文体"的语言阐释》一文中从立意、价值、内涵、形式四方面层层递进对"毕达哥拉斯文体"这一述学革命进行全面的展示与探讨。新理论纵然"新",但也不是凭空出现的。在新型理论的建构过程中,应注意对既有理论研究的吸收与继承,以其为基础进行理论创建。如周宪老师在对"意义格式塔"进行建构的过程中,既吸收了巴特对文本意义阐释一元论的解构与维特根斯坦对语言命名论的本质主义的批判，以此指出应从单因论阐释转向复杂系统研究、从"何谓意义"的提问转向"意义如何产生"的提问；又吸收了伽达默尔"视域融合"的思想，以此指出文本意义的阐释是无限开放的过程，它永远在后人阐释的途中；还借鉴了"芝加哥学派"的整合的阐释多元论方法，论证正是由于不同视角、方法或观念的关联、参照或融合，使得读者或批评家可以洞见特定文本的复杂意义。再如吴子林老师从数量庞大的理论家的思想与论述中获得理论资源，其中又以叶威廉、钱锺书为最，从而提出其"毕达哥拉斯文体"这一述学文体革命主张。

三、以既有研究与现时实践为资源，解决问题

研究是为了发现问题、解决问题。若研究只提出问题而未解决问题，虽亦有其意义与价值，但终究有其缺憾，而非一次完整的研究。此外，陈剑澜老师还指出："一篇论文、一部专著应该有自己的见解。"因此，针对问题提出合理的、有效的且独特的解决方案既是研究的最终环节，亦是最重要的环节。对既有研究的批判继承与现实意识的高擎，正是理论研究中解决问题最主要的两方面。

对既有研究的批判继承，强调站在巨人的肩膀上，充分吸收前人研究成果中经过历史检验的合理部分，同时又要避免成为前人研究的复制品，对其做出批判性继承，以此为资源作出自己的创造性回答。这便是金元浦老师提到的"通过不同范式与话语间的对话来实现当代文艺理论的建设"；周宪老师提到的"深入到特定问题的理论及其问题史语境之中，参照已有的种种理论资源，在与其他理论家的对话中找到属于自己的答案"。以及吴子林老师提出的"创造性转化"："按照时代的特点与要求，对那些迄今仍有借鉴价值的思想及其悠久、丰富的表现形式加以改造，赋予其崭新的时代内涵与现代表达方式，激活其蕴藏的生命力。"这一点在本书所收录的文章中也得以体现：如赵宪章老师提出的"文学图像论"命题，一方面在命名上参照了维特根斯坦的"语言图像论"，延续其对语言、世界与图像之间关系的探讨，另一方面又与维氏的"语言图像论"具有不同内涵：维氏的"语言图像论"将语言与世界视为逻辑序列上的同型结构，而这种关系可通过"图像"进行一一对应，"文学图像论"则强调文学作为语言艺术，其与世界的关系并非是绝对的同构，而是既有再现或表现的一面也有游戏或解构的一面。再如周宪老师在对文本意义的单因论进行反思时，既从巴特的文本复数性或多元性

概念中受到了从追寻单一根源到探寻文本编织过程中的复数意义这一方法论转变的启发,又指出了巴特由于过度凸显文本的开放性而最终滑向相对主义的问题。由此出发,周宪老师在反思单因论的基础上对多因论的建构重点用力,提出"意义格式塔"作为其回答。又如胡亚敏老师在《概念的旅行——西方文论关键词与当代中国》中的关键词研究法,既是对逐渐兴盛的西方文论关键词研究的继承又是对其的扩展,从而在已有关键词研究的基础上,进一步对关键词发生发展中历史与系统的复杂性、某一关键词在理论系统中的位置及其与其他术语的关联、西方文论关键词在中国文坛的接受与变异等作出探究。

  对文学实践的观察与思考,既有助于发现问题,又能为解决问题提供指引。对文学实践中所存在的问题而做的理论研究,应以对现实文学实践的解释与影响为目标,力图使对问题的问答能对应当下的文学实践、对其后续发展产生正面作用。赵宪章老师在其作者手记中提出要"做一个实在的而不是空头的理论家",所谓"实在的理论家"就是要立足现实、面对现实,不做任何理论的附庸,以"拿来主义"之态对待古今中西的既有理论,从而回应现实、解释现实、影响现实;程相占老师以"审美"为核心建构的"审美能力—审美可供性—审美体验"三元美学模式,一方面是为从理论上对李泽厚的美学观进行反思,另一方面又是为生态美学的构建提供框架,从而对已然兴起的生态审美活动进行合理解释,以引导人们在进行审美活动时遵循基本的生态学原理和生态伦理规范,从而为拯救全球性生态危机做出贡献;周志强老师以摇滚乐、流行音乐与梵音音乐为研究对象,揭露了三种不同的声音文化政治的编码方式、生产机制及其背后的文化逻辑,对现代声音技术进行"声音政治批评",从而对"听觉中心主义"这一种声音拜物教进行反思,更进一步解释了现代声音技术与人们伦理退化之间的联系,有着强烈的现实意识与现实指向。

  前面谈到本书并非只是企图在"技"的层面给予同学们方法上的指导,也希望能在认识和心态上予同学们以启发。我本人在阅读过程中也是既有研究方法上的收获,又有对学术研究所需精神的感悟。

  其一,做持之有据的异议者。一切科学研究的进步都起源于疑惑。正如恩格斯在论及马克思天才般的预见与伟大创造性时所指出:"在前人认为已有答案的地方,他却认为只是问题所在。"无论是张永清老师的"大胆质疑、合理举证",还是赵宪章老师的"勇于持异又持之有据",以及赵勇老师的"思想层面的异议者"之语,皆在强调学术研究的质疑精神。正是因为具有积极的批判精神,程相

占老师才能发现李泽厚先生对鲍姆加登"审美学"的误读,才能澄清美学的核心概念在于"审美"而非"美"。批判精神是学术创新的前提,是问题意识的生发点。它要求我们不唯上、不唯书,只唯实,对于任何重要的文艺理论问题或历代中外伟大文论家的思想、观点、理论、学说都不盲从迷信,而是秉持一种质疑的眼光,除了从知识层面理解其内容外,也要问一个"为什么"。

其二,在阅读与交流中反思。好的学术研究和论文从来不是一蹴而就的,而是在反复的阅读思考与写作中逐渐诞生的,即便是本书中早已成为方家的学者们也不例外。他们既在阅读中反思:胡亚敏老师每当发现新材料、新观点时都对已有文稿重新审视,赵勇老师每隔十年对赵树理的创作进行再阅读与再思考;又在交流中反思:傅其林老师在与硕博生交流、认真对待评审意见的过程中对文章去粗取精,张永清老师在学术会议中意识到对恩格斯"美学和历史的观点"这一问题进行研究的必要,周志强老师通过与王敦博士的对话进一步明确了其"声音政治批评"的问题;还在写作中反思:在作者手记中,胡亚敏老师坦言其《概念的旅行——西方文论关键词与当代中国》一书仍存有缺憾和惆怅,周志强老师指出其文章的"未尽之意",陶东风老师反思其早期文章存在机械套用法兰克福文化批判理论的问题……灵感总是诞生于前期长时间的苦思和受启发瞬间的畅通。学术有成者尚且如此虔诚认真、刻苦用心,我们这些学术新人更该以其为楷模,耐下性子,不断沉淀,认真阅读与思考,反复推敲,大胆交流,于其中反思、成长。

其三,不忘初心,笃定前行。傅其林老师在作者手记中坦言,其《东欧马克思主义美学的理论形态及其启示》一文从准备到成文历经五年有余,修改时间三年有余,其间推动傅老师始终"朝着某种既定的未知领域前进"的是他对此领域的学术兴趣。正是这一兴趣使得傅其林老师在阅读中纵然面临艰巨的外语学习也始终感到愉快,在"思想的洗礼和理论的涌动"中享受着"一种生命的触动"。研究过程中所邂逅的理论认同、思想启发与人文关怀,大概就是前仆后继的学者选择步入文艺学研究的初心。这份初心也是胡亚敏老师在《概念的旅行——西方文论关键词与当代中国》写作的八年间甘苦自知却始终无悔的缘由,是陶东风老师选择以自己感兴趣的邓丽君流行歌曲作为研究对象的原因之一,也是吴子林老师的文章和手记读来酣畅淋漓、满怀热情的原因之一。金元浦老师提出:"学术若想有所建树,必以深度开掘为宗,为始,为标,为是。"在点上开掘、深耕,才能做到力往一处使,助研究达到一定高度与深度,而这就需要找准研究者真正关心的、有意义的、有深度的问题。学术研究是一个不断克服困难的过程,必将波折又漫长,需要不断地蛰伏、努力、沉淀才可能取得成果。因此,若学者在研究遇到阻碍时也能从阅读与思考中获得欣喜,其学术研究之路必定会更加愉悦、笃定。

以上就是我个人在参与编写与阅读本书中的所得。然而,文艺学的研究与写作断然不会在领悟老师们的经验后就变得一马平川,而是需要我们将这些认识落实于自身的日常学习中,反复揣摩、练习、反思,从而在实际的阅读、思考、交流与写作中获得能力的提升。就文艺学专业的研究生来说,可从以下几方面努力:第一,完善知识结构,拓宽研究视野。充分利用高校中系统科学的课程设置以及信息时代丰富的网络学习资源,在本科知识积累的基础上进一步完善自身理论知识架构,打好专业知识基础,在加强本学科学习的同时从问题出发,吸收各学科的视野与方法,实现"为我所用"。第二,积极与师长沟通,转益多师。与本科生相比,研究生有其明确的指导教师。研究生们应积极与导师交流所思所惑,主动寻求导师的帮助,近距离地学习导师的研究方法与态度。此外,也要转益多师,积极就相关问题向专家学者、任课教师乃至学术伙伴们请教,在交流中暴露问题、解决问题。第三,锻炼自身论文写作与表达能力。养成良好的阅读、思考、交流与写作的习惯,阅读时做好读书笔记、揣摩作者的研究与写作方法。认真对待每一次学术训练与课程论文,积极与师长交流,向学术论坛或期刊投稿,主动寻求意见与建议,在反思中对论文进行修改与完善。第四,密切关注学界研究动态。保持对当下文学实践与文化生活的关注,积极旁听学术讲座或论坛,关注学界重点期刊及文章,在开拓知识面的同时熟悉学界研究状况,从中发现尚存空间且有意义的研究问题,为自身研究方向的选定提供帮助。

我想,不妨将文艺学的研究与写作视作一场没有终点的奔跑:它需要一定的方向、科学的呼吸法与持续的发力,于此之中既能收获脚踏实地——问题来源于且作用于实践——的安全感,又能享受在耳际捕捉风——理论思辨与理论概括——的快意,思想如踏过的路程一般逐渐悠长深厚又始终被远方的魅力所吸引。总有学者与我们一同驰骋,总有后来者接棒向前。